La carte postale　Anne Berest

ポストカード

アンヌ

早川書房

ポストカード

装幀／田中久子
装画／荻原美里

母はその日初めてのタバコに火をつけた。朝一番のこのタバコの味が好きだった。目覚めたばかりの肺が焼かれる感覚を味わわせてくれる。それから外に出て、あたり一面が白く染まっているようすを眺めた。

寒かったが、一晩で雪が十センチも積もっていた。庭は非現実的な雰囲気で、美しかった。すべての色と線が消えた、何もない世界。

突然、どさっという音がした。郵便配達員だ。郵便受けに入れられた手紙の束が雪の上に落ちたのだ。母はスリッパが滑らないよう足元に気をつけながら、落ちたものを拾いに行った。

タバコをくわえたまま、手紙の束を持って急いで家のなかに戻る。タバコの煙と吐いた息が混ざって目の前が白く霞《かす》んだ。すでに指先がかじかんでいる。

郵便物にざっと目を通す。学生たちからの年賀状がほとんどだった。あとは、ガスの請求書、ダイレクトメール。父宛ての手紙もあった。フランス国立科学センター《CNRS》の同僚と、博士課程の学生たちからの新年の挨拶状。

ポストカードはそこにあった。一見、新年にありがちの、ごくふつうのカードだった。まるで見つかるのを嫌がって隠れているかのように、ほかの郵便物にこっそりまぎれこんでいた。

初めに引っかかったのは、その筆跡だった。どこか奇妙でぎこちない、これまで見たことのない筆跡だった。そこには、四つの名前が縦に整然と並べられていた。

エフライム
エマ
ノエミ
ジャック

それは、母方の親戚の名前だった。祖父母、そして叔父と叔母。四人とも母が生まれる二年前に収容所に送られていた。一九四二年、アウシュヴィッツにて死去。それから六十一年後、なぜか四人の名前が郵便受けから現れた。二〇〇三年一月六日、月曜日。

「いったいどこの誰がこんなものを」

母は背筋がぞっとした。遠い昔の暗闇にうずくまっている何者かに、脅かされている気分だった。両手が震えだした。

「ピエール！　ちょっとこの郵便物を見て！」

父がすぐにやってきてポストカードを手に取り、顔を近づけてよく見たが、差出人の名前も住所も、メッセージも何も書かれていなかった。

何もなかった。四人の名前以外は。

当時わたしの実家では、郵便受けに入れられた郵便物は地面に落ちるようになっていた。まるで熟したフルーツが木から落ちるかのように。経年劣化によって郵便函《ばこ》に穴が開き、ザルに水を流すようにすべてが下に滑り落ちていったのだ。だがそれでも構わなかった。誰も郵便函を新調しようとは思わなかった。うちの家族は誰もそういうことをしない。人間に対するのと同じように、ものの個性を尊重しながら生活しているからだ。

大雨の日は、郵便物がびしょ濡れになった。インクがにじんで字が読めなくなるのもしょっちゅうだった。最悪なのがポストカードだ。真冬でもコートを着ずに腕をむき出しにしている少女のように無防備だ。

もしあのポストカードが万年筆の水性インクで書かれていたら、きっとそこに書かれていたことは誰の目にも留まらず、その存在もすぐに忘れられていただろう。差出人もそれを承知していたのだろうか？　その字は黒いボールペンで書かれていた。

次の日曜の昼、母のレリアによって父と、姉と妹とわたしが招集され、家族全員がパリ郊外の実家のダイニングに集まった。テーブルを囲み、ポストカードを回し読みする。しばらくの間、誰ひとり口を開かなかった。日曜の昼時はみんなで賑やかに食事をするのが常だが、この日はそうではなかった。うちの家族が集まると、たいていは誰かしらが常に何らかの意見を述べたり、説明したりしようとする。ところがこの日は、このポストカードがどこから来たのか、誰もまったく見当がつかなかった。

よくあるポストカードだった。観光客向けの、裏面にガルニエ宮の写真がプリントされたカード。パリじゅうに何百軒とあるタバコ店の店先で、スチール製の回転ラックに入って売られているタイプだ。

「どうしてオペラ座《オペラ》なんだと思う？」母が尋ねた。

誰も答えられない。

「消印がルーヴル郵便局だけど」

「ここに行って聞いてみる？」

「パリ最大の郵便局だよ？　聞いたところでどうにもならないんじゃない？」

「わざとここで投函したのかな？」

「きっとそうだよ。匿名の手紙のほとんどはルーヴル郵便局で出されるっていうし」

「ねえねえ、このポストカード、最近のものじゃないみたい。少なくとも十年は経ってると思う」わたしが言った。


父がポストカードを明かりにかざした。数秒ほどじっくり眺めたあと、一九九〇年代に撮られた写真だと述べた。マゼンタが強い印刷の色からそう直感したというが、今オペラ座の周辺にあるはずの看板がないことで確信したという。

「うん、しかも九〇年代前半だ」父は断言した。

「どうしてそう思う？」母が尋ねる。

「ほら、この写真の後ろに緑と白のバスが写ってるだろう？　リアエンジンで、後方にデッキがついている。ＳＣ１０型だ。だが、一九九六年にはこの車体はすべてＲＰ３１２型に変えられているはずだ」


父がパリのバス車両の歴史に詳しいからといって、家族は誰も驚かない。バスはもちろん車の運転さえしないのだが、一般的なことから専門知識に至るまで、車だけでなくあらゆる事柄を熟知している。父は、月の満ち欠けが潮の満ち引きに与える影響の大きさの計算方法を発明した研究者だ。一方、母は、ノーム・チョムスキー（アメリカの言語哲学者）の『生成文法概論』をフランス語に翻訳したことがある。つまりわたしの両親は、想像を絶するほどさまざまなことに精通している。ほとんどが日常生活には役に立たないが、この日は数少ない例外だった。

「じゃあ、十年前に書いたカードを今頃になって投函したっていうの？　いったいどうして？」

両親は再びあれこれと考えはじめた。だが、わたしにはそんなことはどうでもよかった。むしろカードに書かれている名前のほうが気になった。血がつながっているはずのこの人たちについて、自分は何も知らない。どういうところで生まれ育ち、何をして暮らし、何歳で殺されたのか。もし彼らを撮った写真を見せられても、どれが誰かを見分けることさえできない。それが恥ずかしかった。

昼食を終えると、ポストカードは引き出しにしまわれて、その後はもうその話をすることはなかった。当時、わたしは二十四歳。自分自身の生活と、その時に執筆していた別のストーリーで頭がいっぱいだった。わたしはポストカードのことを記憶から追いはらった。だが、家族の過去についていつか母に尋ねてみようと思いつづけた。しかしそういう時間が作れないまま、年月が過ぎていった。

それから十年後、わたしは出産を間近に控えていた。

子宮口が早く開いてしまったので、早産を避けるために、なるべく横になっているよう医者から命じられた。両親の提案で、実家に戻って休養することにした。そうやって何もせずに出産日を待っているうち、すでに出産を経験した母や祖母たちへと自然に思いが巡っていった。今こそ祖先の人たちの話を聞くチャンスだった。

母は、ほとんどの時間を自分の書斎で過ごしていた。薄暗い部屋で、ここに来るたびに胎内に入ったような気分にさせられる。無数の本とファイルに囲まれた室内には、タバコの煙が充満し、冬の陽光が差しこんでいた。書棚には、いつのだかわからないオブジェや、灰と埃にまみれた思い出の品々も並んでいる。その真下に、わたしは腰を下ろした。棚の一角に、黒い斑点模様が入ったグリーンの書類ボックスが二十ほど並んでいる。母はそのうちのひとつを取りだした。当時は、十代の頃から、これらの箱にはうちの家族にまつわる暗い歴史が詰まっているとわかっていた。当時は、これらの箱が小さな棺のように感じられた。

母は紙とペンを手に取った。退職後の教員は誰もがそうであるように、母もいまだに〈先生〉でありつづけている。実の娘と接する時も同様だった。母はサン＝ドニの大学で学生たちから好かれていた。言語学の授業中、学生たちを驚嘆させたこともある。かつては教員が教室で喫煙しても許されたのだが、灰を一度も落とさずに、タバコを指に挟んだまま一本丸ごと円筒形の灰に変えるという芸当をやってのけたのだ。そしていつも灰皿は使わずに、小さくなった吸い殻を教壇の上に置いて、次のタバコに火をつけた。学生たちにとって、これは称賛に値する離れ技だった。

「はじめに言っておくけど、これから話すことは、フィクションとノンフィクションのハイブリッドだからね。資料にもとづいた事実に、あたし自身の仮説を組み合わせてひとつの物語に構築してある。もちろん、新たな資料が見つかるたびに、仮説を補ったり変更したりはしているけど」

「ねえ、お母さん、タバコの煙はお腹の赤ちゃんの脳によくないと思う」

「平気だよ。あたしなんか、三度の妊娠中にいつも一日一箱吸ってたけど、頭がおかしい子が生まれた覚えはないからね」

それを聞いてわたしは大笑いした。母はタバコに火をつけると、エフライム、エマ、ノエミ、ジャックの話をはじめた。あのポストカードに書かれていた四人の物語だ。

第一部
約束の地

第一章

「ロシアの小説を地で行くはじまりだったんだよ」母は言った。「むくわれない恋さ。エフライム・ラビノヴィッチはアンナ・ガヴロンスキーに夢中だった。アンナの母親はリバ・ガヴロンスキー、旧姓ヤンケレヴィッチ。エフライムとアンナは母親同士が姉妹で、つまり、いとこ同士だった。ところが、ガヴロンスキー家はこの恋愛を決して快く思っていなかった」

そう言われてもあまりぴんとこない。母は唇の端でタバコをくわえながら、煙のせいで半分閉じた目でわたしの怪訝そうな表情をうかがうと、大量の資料が置かれた棚を漁りはじめた。

「……あった。これを読めばわかるさ。一九一八年、モスクワにいるエフライムの姉のサラが妹のベラに宛てて書いた手紙だよ」

ベラへ、

お父さんもお母さんも悩みが尽きないようです。エフライムといとこのアニュータ（アンナの愛称）の件、あなたも知ってた？　初耳なら内緒にしておいてね。もっとも、親戚にはすでに知ってる人たちもいるようだけど。実は、二日前に二十四歳になったばかりのわたしたちの弟のフェディア（エフライムの愛称）がアン（アンナの愛称）と恋に落ちたの。お父さんもお母さんも、頭がおかしくなるほど心配してる。おばさんは何も知りません。もし知ったら大変なことになるでしょう。うちの両親はおばさんにしょっちゅう会ってるから、気が気じゃないみたい。でも正直言って、エフライムはアニュータに本気みたいだけど、彼女のほうはそうでもない気がするの。こちらの近況は以上です。この件にはもううんざり。さて、このへんで筆をおかないと。この手紙があなたのところにきちんと届くように、これから自分で投函しにいくね。

じゃあまた、サラより。

「つまり、エフライムはアンナを諦めなくてはならなかった？」

「そのあとすぐ、別の女性を紹介されて婚約した。それがエマ・ヴォルフ」

「ポストカードの二番目の名前」

「そう」

「エマもエフライムの親戚だったの？」

「いや、血縁じゃなかった。エマはウッチ（ポーランド中央部の都市）出身で、織物工場をいくつも経営する実業家、モーリス・ヴォルフの娘だった。母親の名前はレベッカ・トロツキー。あの革命家とは関係ないけどね」

「じゃあ、ふたりはどうやって知り合ったの？　ウッチってモスクワから千キロくらい離れてるんだよね？」

「千キロどころじゃないさ。おそらく《シャトハニト》（シナゴーグが斡旋する仲人）に頼ったか、あるいはエフライムの家族がエマの《ケスト＝エルテン》だったか」

「ケス……何？」

「《ケスト・エルテン》。イディッシュ語さ。何て言えばいいのか……あんた、イヌクティトゥット語の話を覚えてるかい？」

もちろん覚えている。イヌクティトゥット語はイヌイットの言語だ。子どもの頃、イヌクティトゥット語には〈雪〉を表すことばが五十二もあると母に教えてもらった。たとえば、〈カニック〉は降っている雪、〈アプット〉は積もっている雪、〈アニウ〉は解かして水にするための雪。

「イディッシュ語には《家族》を表すことばがたくさんあるんだ。《血のつながった家族》のほかに、《結婚によってつながった家族》、あるいは《血や結婚によるつながりがなくてもそれと同等の家族》を表すことばもある。そして、訳すのが難しいけど、《子どもの養育に関わった家族》っていうのも。感覚的には《ホストファミリー》に近いかもしれない。伝統的にユダヤの家庭では、子どもが遠いところの学校に入る場合、両親がその子を寄宿させてくれる家族を探さなくちゃならないんだ」

「ラビノヴィッチ家はエマの〈ケスト＝エルテン〉だったの？」

「そう。でもまあ、あまり急ぎなさんな。心配しなくてもそのうちわかるから」


エフライム・ラビノヴィッチは、かなり早いうちからユダヤ教を信仰するのをやめていた。十代になるとロシア社会革命党《エスエル》の党員になり、もう神を信じていないと両親に宣言した。しかも、まるであてつけのようにユダヤ人に禁じられていることをわざと行なった。たとえば、九月末から十月半ばの贖罪の日《ヨム・キプル》に、わざと飲食をしたり、タバコを吸ったり、髭を剃ったりした。

一九一九年、エフライムは二十五歳になった。モダンないでたちで、すらりとした体型にすっきりした顔立ちの青年だった。もしもっと色白で、髭の色がそれほど濃くなければ、きっと本物のロシア人に見えただろう。大学生全体におけるユダヤ人の割合を三パーセント以内に抑えなくてはならないという〈ヌメルス・クラウズス〉制度があったにもかかわらず、エフライムは大学を卒業し、技師になったばかりだった。この国の発展に貢献し、この国の明るい未来、ロシア国民の将来のために働きたいと願い、ロシア革命と運命を共にする決意を固めていた。

エフライムは自らをユダヤ人とみなしてはいなかった。何よりもまず、自分を社会主義者だと思っていた。実際、モスクワに暮らして、ほかのモスクワ人と何も変わらない生活を送っていた。シナゴーグで結婚式を挙げるのを了承したのは、単にエマがそうすることを強く望んだためだった。だが、エフライムはエマにあらかじめこう伝えていた。

「信仰を重んじる生活はしないからね」

ユダヤ教では、結婚式の最後に、新郎が右足でグラスを踏み割る伝統がある。エルサレム神殿がローマ帝国軍に破壊されたことを忘れないという誓いの儀式だ。グラスを割ったあと、新郎は心のなかで願い事をする。エフライムは、いとこのアニュータへの恋心をきっぱりと断ちきれるようにと願った。だが、グラスの破片が床に散らばっているのを見ると、まるで自分の心が粉々に砕け散ったような気がした。

第二章

一九一九年四月十八日金曜日、エフライムとエマはモスクワを発ち、首都から五十キロほどのところにあるダーチャ（菜園つきの田舎の邸宅）に向かった。エフライムの両親、ナフマンとエステルのラビノヴィッチ夫妻が暮らす家だった。ユダヤ教のイースターに当たる過越祭《ペサハ》に合わせて訪問すると決めたのは、父のナフマンからいつになく強い口調で命じられたためと、エマの妊娠がわかったためだった。せっかくなので、エフライムのきょうだいによいニュースを知らせたかった。

「エマはミリアムを身ごもったの？」
「そう、あんたのお祖母さんをね」

道中、エフライムは「ペサハは昔から好きだった」とエマに語った。子どもの頃、そのミステリアスな習わしに夢中になった。セデルと呼ばれるペサハの晩餐《ばんさん》では、苦みのある野菜、塩水、リンゴのハチミツ漬けなどをのせた大きな盆が食卓の中央に置かれる。「リンゴの甘みは『安楽さには用心せよ』というユダヤの教えを示している」と、かつて父から教わった。
「エジプトで、ユダヤ人は奴隷だった。苦役を強いられる代わりに、食事と住居は与えられていた。

頭上には屋根が、手には食料があった。わかるか？　自由とは不確かなものなんだ。苦しまなければ手に入らない。ペサハの夜に食卓に置かれる塩水は、鎖から逃れられた者たちの涙だ。苦みのあるハーブは、人間にとっての自由は本質的に苦しみであることを示している。エフライム、いいか？　唇の上にハチミツの甘みを感じたら、すぐに自分自身に問いかけるんだ。自分はいったい何の、誰の奴隷になっているのか、と」

革命を好むエフライムの性向は、ナフマンのこうした話から生まれたのだ。

その夜、両親の家に到着すると、エフライムはエマを連れてすぐにキッチンに駆けこんだ。酵母を入れないフラットブレッドのマッツァの、つんと鼻を突く独特な香りが漂っている。気分が高揚したエフライムは、年老いた料理人のカテリーナのしわくちゃの手を取ると、エマの大きな腹の上にそっとのせた。

「見てごらん」そのようすを見たナフマンは妻のエステルにこっそり言った。「うちの息子ときたらあんなに得意そうにして、まるで通りかかる人たちに育った実を自慢する栗の木みたいじゃないか」

その日は、ラビノヴィッチ家のきょうだいのほかに、父方のラビノヴィッチ家の親戚と、母方のフラント家の親戚も集まっていた。〈どうしてこんなにたくさんの人を呼んだんだろう〉と、エフライムは思った。食卓に置かれたシルバーのナイフがぴかぴかに輝いている。どうやら暖炉にたまった灰を利用して、何時間もかけて磨きあげたらしい。

「ガヴロンスキー家の人たちも呼んだのか？」ふと心配になったエフライムは、妹のベラに尋ねた。

「ううん、呼んでない」だがベラは、アンナとエマを会わせないために、ラビノヴィッチ家とガヴロンスキー家がそう取り決めたとは言わなかった。

「それにしても、どうして今年はこんなに……もしかして、何か重大発表でもあるのか？」エフライムは内心の動揺を隠すために、タバコに火をつけた。

「そう。でもこれ以上は聞かないで。わたしには言う権利はないから」


ペサハの夜は、一家の長がハガダという書物を読むのが習わしだ。虐げられていたヘブライ人を率いて、モーセがエジプトから脱出する物語が書かれている。ナフマンは、祈りのことばを唱え終えると、椅子から立ち上がってナイフの刃でグラスを軽く叩いた。

「今夜、預言書のこのことばをみんなに伝えたい」ナフマンはその場に集まった一人ひとりを見回しながら言った。「『今すぐ、聖地エルサレムを再建しなさい。そしてその地へ上りなさい』……これは、一家の長であるわたしのみんなへの警告だ」

「お父さん、警告って何のこと？」

「出発する時が来たんだ。われわれは全員この国を立ち去らなくてはならない。しかも一刻も早く」

「立ち去るだって？」息子たちが尋ねた。

ナフマンは目を閉じた。いったいどうしたらみんなを説得できるだろう？　何と言ったらわかってもらえるだろう？　これは、大気に漂うかすかな異臭を嗅ぎわけるようなもの、あるいは、吹雪の到来を知らせる冷たい風を感じとるようなものだ。目には見えず、ほとんど何も感じられないが、確かにそこにある。はじめは悪夢としてやってきた。子どもの頃の記憶を再現する悪夢。かつてはクリスマスの夜になると、ほかの子どもたちと一緒に家の裏手に身を潜めた。キリストを殺した民族を罰しようと、酒に酔った男たちがやってくるからだ。彼らは家のなかにずかずかと上がりこみ、女たちを犯し、男たちを殺した。

こうした残虐な行為は、皇帝アレクサンドル三世によってロシア政府の反ユダヤ政策が強化されたのを機に沈静化した。〈五月法〉と呼ばれる反ユダヤ法の成立によって、ユダヤ人の自由は奪われた。青年だったナフマンもあらゆることが禁じられた。大学に進学してはいけない、よその町へ行ってはいけない、子どもにキリスト教の聖人の名をつけてはいけない、演劇をしてはいけない……。ユダヤ人にとって屈辱的なこの措置はほぼ三十年間続いたが、それでロシア人たちが満足したのか、その間はユダヤ人の虐殺件数が減少した。そのためナフマンの子どもたちは、クリスマスの晩餐から抜けだした男たちが殺意を抱いて襲いかかってくる、あの十二月二十四日の恐怖を知らない。

だが数年前からナフマンは、大気中に再び硫黄臭と腐敗臭が漂うのを感じていた。ウラジミール・プリシケヴィチによって、極右君主主義団体の〈黒百人組〉がひそかに結成されていた。皇帝の元側近だったプリシケヴィチは、ユダヤ陰謀論を主張する文書を作成し、力を行使できる時機が来るのを今か今かと待っている。息子たちが現在行なっている革命運動とやらが、こうした根強い憎しみを解消できるとは到底思えなかった。

「そう、立ち去るのだ。子どもたちよ、よく聞きなさい」ナフマンは静かな口調で言った。「エス・シュティンクト・シュレクト・ドレク……嫌な臭いがするんだ」

突然、皿の上でかちゃかちゃと鳴っていたフォークの音が止んだ。大声で騒いでいた者たちは黙りこんだ。しばしの静寂。やがて、ナフマンが再び口を開いた。

「ここにいる者たちの多くは既婚者だ。エフライム、おまえはもうすぐ父親になる。おまえたちにはエネルギーと勇気がある。明るい未来がある。今すぐ荷物をまとめて立ち去りなさい」

ナフマンは着席すると、隣を振り向いて妻の手を握りしめた。

「エステルとわたしはパレスチナへ行くことにした。ハイファの近くに小さな土地を買ったんだ。そこにオレンジ園を作るつもりだ。みんな、わたしと一緒に行こう。おまえたちのために土地を買ってやろう」

「父さん、本当にエレツ・イスラエル《イスラエルの地》で暮らすの？」

ラビノヴィッチ家の子どもたちは誰ひとりとして、そんなことは一度も考えたことがなかった。かつて、ナフマンは第一ギルド商人の地位に就いていた。つまり、国内を自由に移動する権利を持っている数少ないユダヤ人のひとりだった。ひとりのロシア人としてロシアで生きていけるという、ユダヤ人にとってはこれ以上ない特権を享受していたのだ。こうした高い社会的地位をあえて捨てて、世界の辺境へ赴き、悪天候下の砂漠でオレンジを育てるのだという。なんという馬鹿げたことを考えるのか。料理人がいなければ、洋ナシの皮ひとつ剝《む》けないくせに……。

ナフマンはちびた鉛筆を手に取ると、芯の先端をぺろりと舐めた。それからみんなの顔を見回した。

「いいかい、これから順番に尋ねるから、それぞれ行き先を発表しなさい。船の切符代はわたしが出す。だから三ヵ月以内にこの国を出ていきなさい。わかったね？　まずはベラ、おまえはわたしたちと一緒に来なさい。いいね？　書いておこう。ベラ、ハイファ、パレスチナ。次、エフライム」

「ぼくは最後にしてもらいたいな」エフライムが答える。

「ぼくはパリへ行こうかな」末っ子のエマニュエルが、ふんぞり返って椅子を前後に揺らしながら言った。

「おい、パリ、ベルリン、プラハはやめておけよ」エフライムが真剣な表情をする。「こういう街では、めぼしい仕事は何世代も前からすでに誰かのものになっている。自立する手段など見つからないぞ。頭がよすぎる、あるいは頭が足りない、などと言われて、門前払いになるのがおちだ」

「平気だよ、パリではもう恋人がぼくを待ってるんだ」エマニュエルがそう言うとみんなが笑った。

「情けない子だ！」ナフマンが苛立《いらだ》った声を上げた。「豚のように生きることになるぞ。愚かで、短い人生になる」

「父さん、世界の尻の穴みたいなところで生きるより、ぼくはパリで死ぬほうがいいんだ」

「ああ、おまえというやつは！」ナフマンはエマニュエルを叩くふりをして手を振り上げた。「イェーデル・ナール・イズ・クルーグ・ウン・コミッシュ・ファル・ジック……馬鹿は誰でも自分を賢いと思いこむ。いや、冗談を言ってるんじゃないぞ。わかった、わたしたちと一緒に来るのが嫌なら、アメリカはどうだ？　あそこならいい」ナフマンはため息をつきながらそう言った。

カウボーイ、インディアン……アメリカ。いや、それはちょっと遠慮したい、とラビノヴィッチ家の子どもたちは思った。アメリカと言われてもあまりイメージが浮かばない。その点、パレスチナのほうが聖書に描写されているのでまだ見当がつく。石ころだらけの土地だ。

「おい、この子たちを見たか？」ナフマンはエステルに向かって言った。「まるで目鼻のついた骨つきロース肉みたいじゃないか！　いいか、よく考えなさい。ヨーロッパには何もない。いいことなど何ひとつない。だが、アメリカやパレスチナなら仕事だって簡単に見つかるはずだ」

「父さんは大げさなんだよ。ここにいたって、最悪でもなじみの仕立て屋が社会主義者になるくらいのことしか起こらないさ」

並んで座るナフマンとエステルの夫婦は、まるで菓子屋のショーウィンドーに置かれたふた切れのケーキのようだった。新天地で畑仕事をしている姿などまったく想像がつかない。きちんとした身なりをして、背筋を伸ばして椅子に腰かけている。エステルはすでに白いものが目立つ髪をお団子にまとめており、歳を取っても垢抜けていた。いつも真珠のネックレスやカメオのブローチを身につけている。ナフマンはモスクワで評判のフランス人経営の仕立て屋で、いつもスリーピーススーツをあつらえていた。顎鬚はわたのように白く、ネクタイとポケットチーフを水玉模様で揃えるという遊び心もあった。

ナフマンは、子どもたちのいい加減な態度に苛立ちを露わにしながら席を立った。首筋の血管がぱんぱんに膨れ上がっており、今にも破裂して清潔なテーブルクロスに血しぶきを降らせそうだった。

かっとなった心を落ちつかせるには、一旦横になって休養を取る必要がある。ダイニングのドアを閉めながら、ナフマンは「もう一度よく考えなさい」と、みんなに向かって言った。

「これだけはわかってほしい。いつか必ず、やつらはわたしたち全員を消しさろうとする」

一家の長による芝居がかった退場を見送ったあと、食卓では会話に花が咲き、夜遅くまで宴は賑やかに続いた。エマはピアノの前に座り、大きなお腹をかばってスツールを少し後ろに引いた。エマは名門の国立音楽院を卒業していたが、本当は物理学者になりたかった。だが〈ヌメルス・クラウズス〉制度のせいでその夢は叶わなかった。だからこそ、これから生まれるお腹の子には、自分が望む世界で生きてくれることを心から願っていた。

エフライムは、妻が奏でるピアノの音色に合わせてからだを揺らしながら、暖炉のそばできょうだいたちと政治談議を交わした。心地よい夜だった。父のかたくなな態度を冗談交じりに笑い飛ばしながら、きょうだい同士の結束を強めた。だが彼らはまだ知らなかった。こうして家族が揃って会えるのは、これが最後の機会になることを。

第三章

翌日、エマとエフライムはダーチャを発った。みんなで明るく別れの挨拶を交わし、夏が来る前にまた会おうと言い合った。

辻馬車に揺られながら、エマは窓外を流れる景色を眺めた。そして、もしかしたら義父のナフマンは正しくて、パレスチナへ移住したほうがよいのかもしれない、とつらつら考えた。夫の名前はすでにリストに挙がっている。警察がすぐにでも自宅へ逮捕しにやってくるかもしれない。

「何のリスト？　どうしてエフライムがマークされてるの？　ユダヤ人だから？」

「いや、この時点ではまだそうじゃない。前に言ったように、祖父は革命的社会主義者だったんだ。ところが一九一七年の十月革命のあと、社会主義多数派のボリシェヴィキが共に戦った仲間を排除しはじめた。メンシェヴィキ（社会主義少数派）と革命的社会主義者たちは追われる身となったんだ」

モスクワに戻ったエフライムは、すぐに身を隠さなくてはならなかった。アパートの近くに隠れ家を見つけた。ここからなら、時々妻に会いに帰ることができる。

その日の夜、一時的にアパートに帰っていたエフライムは、隠れ家に戻る前にからだを洗っておこうと思った。夫がキッチンで湯浴みをしている間、トタン製のたらいに落ちる水音をごまかすために、エマはピアノに向かって象牙のキーを力強く叩いた。近所の人たちも信用できなかった。いつ密告されるかわからない。

突然、玄関ドアを叩く音がした。高圧的な冷たい音だった。エマは大きなお腹を抱えながら玄関へ向かった。

「どちらさま？」

「ご主人はどこにいますか、エマ・ラビノヴィッチさん」

警察だった。エマは警官たちを外に待たせておき、エフライムはその間に荷物をまとめて身を隠した。毛布やファブリック類がしまってあるクローゼットの奥に、隠し扉が作ってある。

「ここにはいません」

「中を見せなさい」

「今、お湯を浴びていたんです。着替えさせてください」

「ご主人をここに呼ぶんだ」警官たちは急に脅し口調になって命令した。

「ここ一カ月以上連絡がないんです」

「どこに隠れているか知らないのか？」

「いいえ、まったく」

「ここを開けろ。中を調べさせてもらう。でないと、ドアを蹴破るぞ」

「あら、じゃあ、夫が見つかったら連絡するよう言ってくださいな」

エマはドアを開けながら、警官たちの目の前に大きなお腹をこれみよがしに突きだした。

「見てくださいよ、こんな状態のわたしをほっぽらかして、うちの人ったら！」

警官たちが部屋へ入ってきた。エマがちらりと視線を動かす。居間の大きなアームチェアの上にエフライムのハンチング帽がのっていた。エマの心臓は跳ね上がった。気分が悪くなったふりをしてアームチェアに座りこんだ時、尻の重みで帽子がつぶれるのがわかった。

「あんたのお祖母さんのミリアムはまだ胎内にいたけど、それでもこの時の恐怖感をからだで感じとっていただろう。エマの体内器官が、胎児のミリアムを締めつけるように収縮していたはずだから」

警官たちがアパートの部屋をひと通り捜索した頃には、エマはすっかり平常心を取り戻していた。「見送りませんよ。破水したら困るので」エマは青白い顔をして言った。「もしそうなったら、あなたたちにも出産を手伝ってもらいます」

警官たちは「まったく妊娠中の女ってやつは……」とぶつぶつ文句を言いながら帰っていった。

エフライムは、室内が静まりかえったのを見計らい、警官たちが出ていった数分後に隠れ扉から現れた。エマが暖炉の前のラグの上に横たわっていた。手足を縮めてからだを丸くしている。腹痛がひどくて起き上がれなかったのだ。エフライムは最悪の事態を恐れた。そこで「子どもが無事に生まれたらラトビアのリガへ行こう」とエマに約束をした。

「どうしてラトビアなの?」

「この頃、ラトビアはちょうど独立したばかりだったんだよ。だから、ユダヤ人も法で規制されることなく自由に商売ができたのさ」

第四章

　のちにパリの避難民事務局で作成された資料によると、わたしの祖母のミリアム（愛称はミローチカ）は一九一九年八月七日にモスクワで生まれたらしい。だが、ロシアでは一九一八年までグレゴリオ暦ではなくユリウス暦を使用していたので、おそらく日にちには多少のずれがあると思われる。結局、ミリアムは死ぬまで自分の正確な誕生日がわからずじまいだった。

だが、ミリアムが、〈レト〉（ロシア語で「夏」の意）のまばゆい光のなかでこの世に生を受けたことは確かだ。エフライムとエマがリガへ発つために荷造りをしている時、スーツケースのなかで生まれたようなものだった。エフライムはリガで事業を興してひと儲けしようと思い、キャビア販売の収益性について調べた。そしてアパートを退去する際に、家具、食器、ラグなどすべての家財道具を売りはらった。手元に残したのは湯沸かしポット《サモワール》だけだった。

「もしかしたら、居間にあるあれ？」

「そのとおり。あのサモワールは、あんたとあたしの経験を合わせたよりずっとたくさんの国を渡り歩いてきたんだよ」

ふたりは乳飲み子を連れて、深夜にモスクワを出発した。不安定でぐらつく荷馬車に乗り、田舎道を通ってこっそり国境を越えることにした。千キロ近い道のりを走りつづける、長くて厳しい旅だった。だが、ボリシェヴィキの警察からは着実に遠ざかりつつある。エマはミローチカをあやし、耳元で話しかけた。夕暮れ時にぐずり出すと、おくるみごと持ち上げて遠くの景色を見せた。

「『夜の帳《とばり》が下りる』ってよく言うけれど、実際は違うのね。ほら、見てごらん、夜は下りるのではなく地面からゆっくりと上ってくるの」

何日目かの夜、いよいよ数時間後には国境を越えるという段になって、エフライムはふと違和感を覚えた。なんだか妙に後ろが軽い。振り返ると、連結していたはずの荷車がなくなっていた。

エマは荷車がはずれたことに気づいていたが、人目につくのを恐れて声を上げられなかった。エフライムが歩いて荷車を探しに行った。荷馬車で待っていたエマは、ボリシェヴィキに捕まるかオオカミに襲われるかして、夫が戻ってこないのではないかと不安だった。だが、エフライムは無事に戻ってきて、一家は夜が明ける前に国境を越えることができた。

「見てごらん」母がわたしに言った。「ミリアムの死後、本人の机の引き出しから見つけたんだ。走り書きや書きさしの手紙だよ。荷車の話もここで見つけた。最後にこう書かれている。『夜明け前、空が灰色で、陽が上りだす頃までは、すべてが順調だった。だがラトビアに到着すると、行政手続きのためにわたしたちは数日間留置所に入れられた。母がわたしに授乳してくれたが、それにまつわる嫌な思い出は何もない。その数日間、母乳はライ麦とソバの実の味がした』」

「でもこのあとは、何を言っているのかよく……」

「アルツハイマーが始まっていたんだよ。文法的にめちゃくちゃだけど、何か言いたいことが隠されてるんじゃないかと、この文章を前にして数時間考えこんだこともある。ことばという迷路のなかには思い出が迷いこんでいるからね」

「ハンチング帽を警察に見つからないよう隠した話なら、わたしも知ってたよ。子どもの頃、ミリアムがショートストーリーとして紙に書いてわたしにくれたんだ。『ハンチング帽の話』というタイトルだった。でも、まさか実話だったとはね。てっきり創作かと思ってた」

「お祖母さんがあんたの誕生日のたびに書いてくれたちょっと悲しい物語は、すべて自分の体験談なんだよ。それらの物語も、ミリアムの子どもの頃のことを再構築するのにかなり役に立った」

「でもそれ以外の部分はどうしたの？　この話、ずいぶん細かいところまで再構築されてるけど」

「最初はほとんど何の情報もなかった。本人の死後に見つかった、いつどこで撮られたのかわからない写真や、個人的なことを殴り書きした紙切れくらいしかなかったんだ。こうして物語として再構築できたのは、二〇〇〇年以降、フランスの公文書やヤド・ヴァシェム（イスラエルのホロコースト記念館）の資料に当たったり、収容所の生還者たちの手記を読んだりしてきたからだよ。ただし、こうした資料に書かれていることが必ずしも正しいとは限らない。そのせいでおかしな方向へ導かれてしまうこともあった。フランスの行政機関の書類にさえ誤りがあった。公文書館や記念館の職員たちに手伝ってもらいながら、たくさんの資料を何度もしつこく突き合わせることで、ようやくさまざまな出来事と日付をあぶり出せたんだ」


わたしは目の前の高い書棚を見上げた。かつては恐ろしかった書類ボックスが、ひとつの大陸に匹敵する膨大な情報を秘めた宝箱に思われた。母は、さまざまな国を巡るようにして過去をたどってきた。こうして構築された物語によって、母の心のなかに風景が描かれた。今度はわたしがその風景を訪ねる番だ。わたしはお腹の上に手を置き、そこにいる娘に語りかけた。〈この話の続きは、これから始まるあなたの人生にも大いに関わっている。わたしと一緒によく聞いていなさい〉と。

第五章

エフライムとエマは、木造の美しい一軒家で暮らしはじめた。リガ市アレクサンドラ通り、六〇～六六番地が新しい住所だ。エマは近所の人たちから好かれ、すぐに地域に溶けこんだ。エマはキャビア販売事業を成功させた夫を尊敬していた。

「夫は起業家としての才能があり、人脈を作るのにも長《た》けています」エマはウッチの両親に宛てた手紙で誇らしげにこう書いている。「せっかくの腕をなまらせてはもったいないと、わたしにピアノを買ってくれました。必要なだけのお金は必ずくれます。近所の子どもたちのために音楽教室をしたらどうかとも提案してくれました」

キャビアの売れ行きが好調だったため、夫婦はラトビアの上流階級の人たちと同じように、リガ郊外のビルダーリングスホフにダーチャを購入した。エフライムは、エマの家事の負担を軽くするためにドイツ人のベビーシッターを雇った。

「これできみも働けるようになる。女性は自立すべきだからね」

空き時間を利用して、エマはリガにある大きなシナゴーグを訪ねた。コーラス隊の素晴らしさで名が知られる施設だ。ただし、ユダヤ教を信仰するのをあまりよく思わない夫には、音楽教室に通ってくれる子を探すためだと説明した。祈るためではない、と。礼拝が終わる頃に到着すると、ポーランド語を話す声が聞こえた。突然、ウッチに残してきた家族、故郷ののどかな雰囲気を思いだし、エマは動揺した。まるで子ども時代の欠片《かけら》を拾ったような気分だった。

シナゴーグでの井戸端会議で、エフライムのいとこのアンナが、ユダヤ系ドイツ人と結婚してベルリンに住んでいることを知った。

「あんた、旦那に言ったらいけないよ。かつての恋人との思い出をよみがえらせるようなことをしちゃ駄目だ」

ラビ（ユダヤ教の祭司）の妻であるレベツィンがそう忠告した。レベツィンは共同体の女性たちに、さまざまなアドバイスを行なう役割を担っている。

エフライムのほうは、パレスチナに移住した両親からよい知らせをもらっていた。オレンジ園は順調らしい。妹のベラは、ハイファの劇場で衣装係として雇ってもらえたという。きょうだいたちはみなヨーロッパじゅうに散り散りになったが、だいたいはうまくやっているようだった。唯一の心配の種は末っ子のエマニュエルだ。パリで映画俳優の卵になったという。兄のボリスが近況を知らせてくれた。

「今のところ、たいした役はもらっていないようだ。だがあいつももう三十歳だ。これでいいのかとちょっと心配だ。しかしそうは言ってもまだ若いので、いずれは物になってくれるだろう。撮影しているところを見たけど、なかなかのものだよ。これからもっとうまくなるんじゃないか」

エフライムはミリアムの成長を記録するために、カメラを手に入れた。着せ替え人形のようにきれいな服を着せ、髪に派手なリボンをつけて撮影をした。白いワンピースを着せられたミリアムは、どこかの国の王室のプリンセスのようだった。堂々としていて、自信に満ち、両親から大事にされているのを自覚していた。世界じゅうが自分の味方であるかのように振る舞った。

アレクサンドラ通りのラビノヴィッチの家からは、いつもピアノの音が響いていた。近所から苦情が出たことはなかった。むしろ誰もがその音色を楽しんだ。こうした幸せな日々が数カ月ほど続いた。

このままずっとここで暮らしていけそうな気がしはじめていた。そしてペサハの夜、エマはセデル（ユダヤ教のイースターに当たるペサハの晩餐の儀式）の盆を準備してほしいとエフライムに頼んだ。

「ねえ、お願い。お祈りのことばは唱えなくていいから、せめて『出エジプト記』くらいは読んでほしいの」

はじめは渋っていたエフライムもとうとう根負けし、セデルの盛りつけ方をミリアムに説明した。茹で卵、苦みのある野菜、リンゴのハチミツ漬け、塩水、骨つき仔羊肉を大きな盆にのせて、食卓の中央に置く。やがて興に乗ったエフライムは、かつて自分の父がしていたようにモーセの物語を嬉々として語りはじめた。

「今夜はいつもの夜と何が違うのかって？　どうして今日は苦い野菜を食べるのかって？　それはね、今日はユダヤ人が自由な民であることを再確認する日だからだ。自由になるには、汗と涙という代償を払う必要があるんだ」

エマはこの日、エフライムの実家の料理人のカテリーナから教わったレシピでマッツァを焼いた。子どもの頃に食べたという素朴なおいしさのパンを、夫にもう一度味わってもらいたかったのだ。エフライムは終始上機嫌だった。父のナフマンの真似をしてミリアムを笑わせた。

「レバーのミンチはな、人生の苦しみをやわらげるのにすごくよく効くんだ」ナフマンのロシア語なまりを真似ながらそう言うと、鶏レバーペーストを呑みこんだ。

大声で笑いながら、エフライムはふと胸に痛みを覚えた。アニュータ……。突然、いとこのアンナを思いだしたのだ。きっと彼女も今頃は、どこかで家族揃ってペサハを祝っているだろう。彼女の夫、そしてもしかしたら子どもも一緒に、キャンドルを灯した食卓を囲んでハガダを読んでいるはずだ。きっと女性として円熟して、ますます美しくなっただろう。ああ、あの頃以上に美しく……。エフライムが表情を曇らせたのを、エマは見過ごさなかった。

「あなた、大丈夫？」エマは尋ねた。

「なあ、おまえ、もうひとり子どもを作ろうか」エフライムは答えた。

それから十カ月後、ノエミが生まれた。ポストカードに書かれていたあのノエミだ。一九二三年二月十五日生まれ。プリンセスの座をミリアムから奪った小さな妹は、母親似で満月のようにまん丸の顔をしていた。

エフライムは、キャビアを売って儲けた金で土地を買い、発明研究所を設立した。新しい機械を開発するためだった。エフライムは毎晩のように、目を輝かせて自らの発明品の原理をエマに説明した。

「これは画期的な機械なんだ。完成すれば、女性はつらい家事から解放される。いいかい、『家庭において夫はブルジョワで、妻はプロレタリアの役を演じている』（エンゲルスのことば）。おまえもそう思わないか？」目覚ましい業績を誇る企業の経営者となった今も、エフライムはカール・マルクスを読みつづけていた。

「夫はまるで電気みたいです。あちこち動き回っては、そのたびに進歩の光を点灯させているんです」エマは自分の両親にそう手紙を書いている。

エフライムはエンジニアで、進歩主義者で、コスモポリタンだった。だが、彼は肝心なことを忘れていた。よそ者はいつまで経ってもよそ者だ。幸せに暮らせる場所がどこかにあると信じてはいけなかったのだ。発明研究所を設立した翌年の一九二四年、ひと樽分のキャビアが傷んでいたことをきっかけに、エフライムの小さな会社は倒産に追いこまれた。単に運が悪かったのか、それとも妬んだ誰かに陥れられたのか？　荷馬車でやってきた移民の立場でありながら、名士になるのがあまりにも早すぎたのかもしれない。ラビノヴィッチ一家は、リガのゴイ（非ユダヤ人を意味するヘブライ語）にとっての〈ペルソナ・ノン・グラータ〉、つまり、好ましからざる人物になった。彼らのダーチャがあるビルダーリングスホフの住民たちは、ピアノを習いにきた子どもたちが地域をうろうろするのは迷惑だとエマに苦情を言った。エマがシナゴーグの知り合いから聞いた話によると、ラトビア人たちはエフライムにわざと嫌がらせをして、国外退去せざるをえない状況に追いこもうとしているという。またしても、荷物をまとめて立ち去らなくてはならない。でも、今度はどこへ行けばいいのだろう？

エマは両親に手紙を書いた。ところが、ポーランドからはよくない知らせが舞いこんできた。国じゅうでストライキが勃発しているという。エマの父のモーリス・ヴォルフは経営する織物工場の行く末を心配していた。

「こんな時、おまえがそばにいてくれたらどんなに心強いだろうね。だがそんな自分勝手は許されないし、父親としては、おまえたち夫婦と子どもたちはもっと遠くへ行くべきだと言わざるをえない」

エフライムはパリにいる弟のエマニュエルに、そっちへ行ってもよいかと電報を打った。だがエマニュエルは、友人である画家夫婦のロベールとソニア・ドローネーのアパルトマンに厄介になっており、しかもそこには幼い息子もいた。エフライムたちの居場所はない。そこで今度は兄のボリスに電報を打った。社会革命党員の多くと同じように、ボリスもプラハに亡命していた。だが、プラハの政情もかなり不安定なので来ない方がいいとの返事だった。

エフライムにはもう金がなく、ほかに選択肢もなかった。結局、苦渋の決断でパレスチナの両親に〈そっちへ行く〉と電報を打った。

第六章

約束の地、パレスチナへ行くには、まずはリガから二千五百キロの距離を一直線に南下しなくてはならない。ラトビア国内を縦断し、リトアニア、ポーランド、ハンガリーを抜けてルーマニアのコンスタンツァに入り、港から船に乗りこむ。四十日ほどの長旅だ。モーセがシナイ山で過ごしたのと同じ期間だ。

「ウッチの両親のところに寄りましょう。娘たちを家族に会わせたいの」エマはエフライムにそう言った。

ルトカの沼地帯を越えると、そこはエマが夢にまで見た懐かしい故郷の町だった。交通量が多く、トロリーバスの合間を縫うようにしてドロシキ（屋根なしの軽四輪馬車）や自動車が行き交っている。すさまじい騒音だった。子どもたちは怯えていたが、エマの心は浮き立った。

「町にはそれぞれの匂いがあるの。目をつぶって嗅いでごらん」エマはミリアムに言った。

ミリアムは瞼を閉じ、鼻から空気を吸いこんだ。バウティ地区ではアスファルトとライラックが混ざった香りがした。ピョートルコフスカ通りは油と石けんの匂い。そして、どこかのキッチンから漂ってくるチョレント（肉と豆と野菜の煮こみ）の匂い。ユダヤ人労働地区では、織物工場の窓から飛んできた糸くずや繊維埃が空中を舞っていた。全身黒ずくめの男性たちが、カラスの群れのように集まっている。真っ黒な顎鬚を伸ばし、両耳の脇からはネジのように巻いたもみあげが飛びだしていた。畝《うね》織りの長いカフタンからはツィーツィートと呼ばれる房が垂れ下がり、頭上に大きな毛皮の帽子を被っている。奇妙な黒い箱を額の上につけている者たちもいたが、これはテフィリンと呼ばれ、聖書の句が書かれた紙が入っているという。

「この人たちは何をしてるの？」ミリアムは五歳になっていたが、これまで一度もシナゴーグに足を踏み入れたことがなかった。

「信仰心が厚い人たちよ」エマは口調に敬意をにじませながら答えた。「宗教の文献を研究しているの」

「どうやら誰もあいつらに、二十世紀になったことを教えてやらなかったんだな」エフライムはあざ笑った。

ユダヤ人地区の奇異な風景は、ミリアムの脳裏にしっかりと焼きついた。同じ年頃の女の子が、ケシの実入りのケーキの売り子をしながらこちらを凝視していた。カラフルなスカーフを頭に巻いて地べたに座っている老女たちが、腐ったフルーツや歯のない櫛《くし》を並べて売っていた。それを見たミリアムは〈あんな汚いものをいったい誰が買うんだろう〉と思った。

当時の、つまり一九二〇年代のウッチは、まるで前世紀にタイムスリップしたかのような、それと同時に昔話の不思議な世界から抜け出してきたような町だった。さまざまな人たちが集まっており、目を瞠《みは》るほど美しい人もいれば、震え上がるほどおぞましい人もいた。通りの角を曲がるたびに、ずる賢そうなペテン師にだまされそうになったり、着飾った娼婦に声をかけられたりする。迷路のように入り組んだ道の一角で、人間が動物たちと一緒に路上生活をしている。医学の勉強や恋人とのデートを禁じられたラビの娘が、自分らしい人生を取り戻そうと奮闘している。ユダヤ社会で昔から伝えられているように、たらいの水のなかで泳いでいたコイが突然人間のことばをしゃべりだす。自分の未来や過去を見たり、霊魂と話ができたりする〈黒い鏡〉の噂が飛び交う。そして、焼きたてのパンにバターを塗ってフレッシュチーズを挟んだものを食べ歩きする人たちがいる。騒然としていて熱気に溢れたこの町に漂う、チョコレート入りスフガニヤ（ドーナッツ）の胸焼けするような匂いを、ミリアムは生涯忘れることはなかった。

ラビノヴィッチ家の四人はポーランド人地区にやってきた。ここでもやはり織物工場の機械が鳴らす硬質な音が聞こえてくる。だが、この地区の人たちの応対はかなり手荒だった。

「おい、ユダ公！」

そう呼ぶ声がしたかと思うと、犬を連れた少年たちが四人に向かって小石を投げてきた。ミリアムの目の下に尖った石が当たり、旅行のために着ていたよそ行きの服が数滴の血で汚れた。

「大丈夫。単なるいたずらなの。愚かな子たちなのよ」

エマはそう言って、ハンカチで血の汚れをぬぐった。目の下についた小さな傷は、きっと黒い痕になってずっと残るだろう。エフライムとエマは懸命にミリアムをなだめた。だがミリアムは、両親のほうこそ《何か》を恐れているようだと感じていた。

「ほら、ごらん」エマは娘の気を紛らわせようと、赤い壁の建物を指さした。「お祖父ちゃんの工場よ。上海に行って織物の技術をたくさん習得してきたんですって。おまえたちのシルクのブランケットも作ってもらおうね」

そう言った途端、エマの顔が青ざめた。工場の壁にペンキで殴り書きされていることばに気づいたからだ。

ヴォルフ＝あくどい＝ユダヤ人経営者

「ああ、あれはもういいんだ」モーリス・ヴォルフはエマを両腕に抱きしめながら言った。「ポーランド人の従業員たちは、もうユダヤ人の従業員たちとは一緒に働きたくないんだそうだ。互いに憎み合っているからだと言うが、ポーランド人が一番憎んでいるのは彼らではなくわたしなんだ。わたしが雇い主だからか、ユダヤ人だからかはわからないが……」

こうした不穏な空気のなかでも、エマ、エフライム、ミリアム、ノエミの四人は、ヴォルフ家のダーチャで楽しい数日間を過ごした。ダーチャはピョートルクフとピルカ川の中間地点にあった。誰もがあえて機嫌のよいふりをしながら、子どものこと、天候、食事などについて会話を交わした。エマはパレスチナへ行ける喜びを大げさに両親に語った。これはエフライムにとって素晴らしい決断で、向こうに着いたらさまざまな発明品の研究開発を行なう予定だと説明した。

安息日《シャバット》の夜、ヴォルフ家の食卓にはごちそうがずらり並んだ。料理を作ったのはポーランド人の女中たちだ。ユダヤ人はシャバット中に火を使ったり機械を使ったりするのを禁じられているからだ。晩餐にはエマの三人の姉妹とひとりの弟も集まった。ファニアは歯科医で、結婚してライヒェル姓になっていた。オルガは医者で、メンデルスという男性と結婚していた。マリアはグトマンという男性と婚約しており、姉たちと同じように医学を専攻していた。エマは弟のヴィクトルに何を話したらいいかわからなかった。長い間会わないうちに、かつての少年は巻き毛の顎鬚をはやした一人前の男性になっていた。すでに結婚しており、中心街にほど近いジェロムスキエゴ通りの三十九番地で弁護士事務所を営んでいた。

エフライムがカメラを取り出すと、誰もが大きな関心を示した。ダーチャのエントランスに続くステップの前で、ヴォルフ家一同が勢ぞろいして記念写真を撮影した。

「ほら」母が言った。「これがその写真」

「なんか変な写真だね」

「あんたもそう思うかい」

「うん。みんなの顔が消えかかっていて、笑っているかどうかさえわからない。漠然とした危機意識に包まれてるみたい」

祖母のミリアムはこの時まだ幼い少女で、髪をひとつに結び、白いワンピースを着て白い靴を履いていた。首を横に傾《かし》げている。

「この写真を見つけたのはまったくの偶然だったんだ」母は言った。「ミリアムの友人の甥に当たる人が持っていた。その友人がミリアムから聞いた話だと、この日は大人も子どもも一緒になってハンカチ落としをして遊んだらしい。遊びの最中、ミリアムは『勝った人はこのなかで一番長生きするのよ』と言ったんだそうだ」

「なんだか不吉な予言みたい。五歳の子どもにしては奇妙なことばじゃない？　ミリアムはそれを覚えていたの？」

「そう、六十年間ずっとはっきりとね。頭から生涯離れなかったらしい」

「ミリアムは赤の他人にそんな話をしたの？　家族には何も言わなかったのに。変じゃない？」

「いや、よく考えればそれほど変でもないさ」

わたしは写真に顔を近づけて、みんなの顔をまじまじと眺めた。母の話を聞いた今なら、一人ひとりの名前を言い当てることができる。エフライム、エマ、ノエミ、そして、モーリス、オルガ、ヴィクトル、ファニア……。彼らはもはや抽象的な存在でも、歴史書に刻まれた単なる数字でもない。突然、お腹に引きつるような強い痛みを感じ、わたしは思わず目を閉じた。母が心配そうな顔をする。

「もう止めようか」

「ううん、大丈夫」

「疲れたんじゃないの？ まだこの先も聞けるかい？」

わたしは頷き、母に向かって自分のお腹を指さした。

「数十年後、この子の子どもたちも、わたしたちの写真を見つけるかもしれない。その時、彼らにとっての わたしたちは、はるか遠くの世界の人のように思えるんだろうね。もしかしたら、わたしたちがこの写真について思うよりずっと」

翌朝、エフライムとエマ、そしてふたりの娘たちは、およそ二千キロの旅路に就いた。ミリアムは生まれて初めて列車に乗った。鼻と頬がつぶれるほど窓ガラスに顔を押しつけて、飽きもせずに何時間も車窓の風景を眺めた。列車が自分のために景色を作りだしてくれているような気がした。列車が進むにつれて、ミリアムは頭のなかでさまざまなストーリーを作りだした。都会の駅舎の大きさにも驚いた。ブダペスト駅に到着した時は、まるで大聖堂の内側へ入っていくように感じた。逆に赤いレンガ造りの田舎の駅は、木製のよろい戸がカラフルな色に塗られていて、まるで人形の家のようだった。ある朝目覚めると、ブナの森のなかにいたはずがいつの間にか岩と岩の間を縫うように走っていて、両脇から押しつぶされるのではないかと怖かった。しばらくすると、列車は鉄道橋に差しかかった。橋の下は一面霧に覆われていた。

「お母さん、見て！ 雲の上を走ってる！」

エマは一日に何回も「ほかの人たちの迷惑にならないよう、いい子にしてなさい」と娘たちに言い聞かせなくてはならなかった。だが、ミリアムはしょっちゅうコンパートメントを飛びだしては、車内を歩き回った。あちこち見て回るのは楽しかった。とくに食事時間が愉快だった。列車が大きく揺れると、女性たちはワンピースの上に料理をぶちまけ、男性たちはシャツの胸飾りにビールをこぼした。ミリアムはそれを見て大笑いした。困っている大人を見て喜ぶ、ささやかな子どもじみた復讐だった。

どこかへ行ったきり一時間も帰ってこないミリアムを捜しに、エマが席を立った。コンパートメントをひとつずつ見て回る。トランプに興ずる家族たちや、さまざまな言語で話をする人たちがいた。エマは車内を歩きながら、かつて両親やきょうだいと一緒にウッチの町を散策したのを思いだした。春になると開け放たれた窓から、よその家庭のようすを垣間見た。

〈今度はいつみんなに会えるのかしら〉エマは思った。

エマはようやくミリアムを見つけた。車両の隅に設置されたサモワールで湯を沸かしている、太った中年女性に叱られていた。エマは女性に詫びを言い、ミリアムを食堂車へ連れていった。まるで兵舎の食堂のような雰囲気で、魚とキャベツを使った同じ料理を一日じゅう出している。ひとりの男性が、ロシア語でオリエント急行の話をしていた。

「こんなおんぼろ列車とは大違いだよ。まるで宝石箱のなかにいるみたいなんだ。すべてが眩しいほど輝いている。バカラのクリスタルグラスが使われててさ……。毎朝、世界じゅうの新聞と熱々のクロワッサンが届けられる。乗務員は車内のカーペットの色に合わせて、ダークブルーと金色の制服を着てるんだ」

その夜、ミリアムは列車の揺れに身をまかせながら、心地よい眠りについた。夢のなかで、ミリアムは鋼鉄の立派な骨組みを持つ生き物の腹のなかにいた。そして翌朝、ようやく目的地に到着した。

コンスタンツァ港にやってきた時、ミリアムは黒海が黒くなかったことにがっかりした。一家は〈ダチア〉という名の大型客船に乗りこんだ。ルーマニア国営海運サービス社が運航する高速豪華客船で、コンスタンツァとハイファ間を結んでいる。エマは純白のこの客船をうっとりと眺めた。白い煙を吐き出している二本のほっそりした煙突は、まるで天に向かって伸びる花嫁の腕のようだった。

快適な船旅だった。パレスチナに到着するまでの間、エマはこれが最後になるかもしれないヨーロッパ風の洗練された暮らしを楽しんだ。初日の夜、一家は船内の大きなレストランで食事をした。料理はいずれも素晴らしく、最後に出されたデザートはリンゴのハチミツ漬けだった。

第七章

船から降りて義父母のナフマンとエステルの姿を見た途端、エマは大きな違和感を覚えた。〈あのスリーピーススーツはどうしたのかしら。真珠のネックレスは？　レースの飾り襟や水玉模様のネクタイは？〉エステルは不恰好なカーディガンをはおっていた。ナフマンはよれよれのズボンと汚れて破れた靴を履いていた。

エマは〈ねえ、いったい何があったの〉と、エフライムに目で問いかけた。義父母の変化は服装だけではなかった。毎日野良仕事をしているせいか、からだつきまで変わっていた。全身に筋肉がつき、お腹が出ている。ずんぐりとした体型になって、日に焼けた肌は浅黒く、顔には深い皺が刻まれていた。

〈まるでインディアンみたい〉エマは思った。

キッチンにナフマンの轟《とどろ》くような笑い声が響きわたった。エフライムたちがミグダルにやってきたら一緒に飲もうと思っていた酒を探している最中だった。

「人間は塵《ちり》から生まれ、塵に返る」ナフマンはエマを抱擁しながら言った。「だがそれまでは、ぜひウォッカを飲もうじゃないか。おまえたち、ガーキンのマルソルニーを持ってきてくれただろうな？」
割れないように気を配りながらヨーロッパ五カ国を移動してきたのだ。エマはスーツケースからキュウリの漬物が入ったビンを取りだした。〈マルソルニー〉はロシア語で「薄塩」という意味だ。ガーキンのマルソルニーは、クローブやフェンネルで香りづけした塩水に小ぶりのキュウリを漬けたもので、ナフマンの大好物だった。

〈まるで別人のようだ〉父親を見ながらエフライムは思った。からだが一回り大きくなり、以前より穏やかで、驚くほどよく笑う。まるで牛乳が発酵してチーズになったような変化だった。

エフライムは両親が暮らしている家の中を見回した。すべてが質素で最低限のものしかなかった。

「オレンジ園を案内してやろう！　さあ、おいで！」ナフマンは得意げに言った。

ミリアムとノエミはオレンジ園へ向かって駆けだした。地平線まで続く広大な敷地には、細い川のような水路が蛇行している。ふたりは水路の両脇に築かれた土手の上に乗ると、両手を水平に広げて綱渡りをするような姿勢で歩きだした。水路に落ちないよう、足を一歩ずつ慎重に踏みだしている。

オレンジ園で働く労働者たちは、社長の孫娘たちを見て目を丸くした。きれいな靴を砂埃で汚しながら、縦横無尽に走り回っていたからだ。昼寝の時間になると、みんなでイナゴマメの木陰に座って一息ついた。太くてごつごつして奇妙にねじれた幹を持つ樹木で、ルビーのように赤い花が落ちると服に染みがついた。イナゴマメの種子を砕いて粉末状にすると、チョコレートのような味がする。ミリアムはその味をその後もずっと忘れなかった。

ナフマンがオレンジ園での仕事についてみんなに説明した。収穫されたオレンジは、荷車にのせて巨大な倉庫へ運ばれる。倉庫では、女性たちが地べたに座ってオレンジを包装していた。単純作業をひたすら繰り返す、うんざりするような仕事だ。タバコの巻き紙のような薄葉和紙の〈柑橘用包み紙〉を湿らせた指先で一枚ずつ剝がし、オレンジを一個ずつ包みこむ。

エフライムとエマは、ここに到着した時に覚えた違和感がずっとぬぐえなかった。新築の立派な施設だと思っていたのだ。ところが、何もかもが寄せ集めでできていた。どうやら、手紙に書かれていたほど事業は順調ではなかったらしい。パレスチナの土地は決して豊穣ではない。ナフマンとエステルは、オレンジ園を軌道にのせるのに苦労を強いられていた。

エフライムは、研究開発中の機械の資料をすべてスーツケースに詰めこんでいた。発明品を完成させて特許を取りたかった。そのための費用を父に援助してもらうつもりでいたのだ。ところが両親が生活に困窮していることがわかったので、エフライムも働きに出ざるをえなかった。

エフライムはすぐにハイファに職を見つけた。結束が強いユダヤ人コミュニティのコネのおかげで、パレスチナ電力会社で雇ってもらえた。

「ああ、そうさ、わたしも今ではすっかりシオニストさ！」ナフマンは得意げにそう言った。

ナフマンはエフライムに一冊の本を差しだした。何度も読みこまれ、書きこみされた跡があった。

「これが本当の革命だ」

テオドール・ヘルツル（イスラエルにユダヤ人の祖国を再建しようとするシオニズム運動家のひとり）が著した『ユダヤ人国家』だった。独立国家建設のためのノウハウが書かれているという。

エフライムはこの本を読まなかった。持てる時間のほとんどを、両親のオレンジ園と、パレスチナ電力会社でのエンジニアの仕事に費やしていた。自分の研究に打ちこめるのは週に数回の夜だけだった。その貴重な夜でさえ、図面の上に突っ伏して寝落ちすることが多かった。

エマは、夫の夢が破れるのを見るのがつらかった。エマ自身もピアノを弾けなかった。腕がなまるのが嫌なので、ナフマンに木の枝を削って鍵盤を作ってもらった。音が鳴らないその鍵盤を使って、ふたりの娘にピアノの弾き方を教えた。

唯一、ミリアムとノエミが大自然のなかで楽しそうにしているのが、エフライムとエマの救いだった。ふたりの姉妹は、祖父母の服の袖口をつかんでヤシの並木道を散歩するのが好きだった。ミリアムとノエミはハイファの幼稚園に通い、ヘブライ語を話すようになった。シオニズム運動によって、ヘブライ語の使用が推奨されていたのだ。

「それまでは、ユダヤ人は日常生活でヘブライ語を話していなかったの？」

「そう。ヘブライ語は書きことばにすぎなかった」

「ヘブライ語の使用が推奨されたのは、『聖書をフランス語に訳すより、ラテン語を話せるようになるほうがいい』って、パスカルが奨励したのと同じこと？」

「そのとおり。こうしてヘブライ語は、ミリアムにとって自由に読み書きができる三つ目の言語になった。六歳にしてすでに、キリル文字を使うロシア語、リガのドイツ人シッターに教えてもらったドイツ語、そしてヘブライ文字を使うヘブライ語を使えるようになったんだ。その上、アラビア語も少しはわかったし、イディッシュ語も理解できた。その一方で、フランス語はまだ単語ひとつ知らなかった」

十二月の光の祭り《ハヌカ》のために、ミリアムとノエミはオレンジのキャンドルを作った。実をくりぬいたオレンジの皮に芯を入れ、オリーブオイルを注いで固める。ハヌカ、ペサハ、仮庵祭《スコット》、ヨム・キプルといったユダヤ教の祭事は、子どもたちにとって一年を彩る特別な記念日となった。そして新たにもうひとつ、姉妹にとってのビッグイベントがあった。一九二五年十二月十四日、弟のイツァークが生まれたのだ。

息子の誕生後、エマは信仰心を堂々と表明するようになった。エフライムはもはや反対する気力を失っていた。それでもヨム・キプルの日に、禁じられているにもかかわらずわざと髭を剃ることでささやかな抵抗をした。昔なら、エフライムが神を冒瀆《ぼうとく》する行為をするたび、母のエステルはため息をつきながら苦言を呈したものだった。ところが今は何も言わない。エフライムは明らかに体調がすぐれないようだった。通勤でミグダルとハイファの間を往復する日々と、この暑さの影響で衰弱していた。そのせいか、すべてに対して投げやりになっているように見えた。

こうして五年が経過した。エフライムたちの生活は、ほぼ五年周期で巡っているのかもしれない。ラトビアのリガには四年と少しの期間暮らした。当時、転機は突然やってきた。だがこのパレスチナのミグダルでは、年を追うごとにゆっくりと、しかし確実に物事が悪化していた。

「一九二九年一月十日、エフライムは兄のボリスに手紙を書いた。パレスチナには両親にとっても自分にとっても未来はないと、窮状を嘆いている。『所持金もなく、未来もなく、何もない。明日食べるものすらなく、この先どうなるのかまったくわからない。子どもたちをどうやって養ったらいいかもわからない』。さらにこうも言っている。『両親の事業は借金まみれだ』」

パレスチナで祝うペサハは、ロシア時代とは雲泥の差だった。磨き上げられたシルバーのカトラリーの代わりに、使い古して歯が曲がったフォークが使われた。ハガダは年を追うごとに薄汚れていき、ナフマンはたまった埃を払ってから食卓に出した。だが、姉妹が小さな両手で大きなハガダを抱えて、一生懸命に『出エジプト記』を読む姿には心温められた。

「ペサハとは、ヘブライ語で『上を通りすぎる』という意味なんだ」と、ナフマンが説明した。「神がもたらした災いが、ユダヤ人の家の上を通りすぎたことに由来している。また、ペサハには移動や変化という意味もある。ヘブライ人が紅海を渡ったこと、ヘブライ人がユダヤ人になったこと、冬から春になることなども表している。つまり、再生を表現してるんだよ」

ナフマンが唱える祈りのことばを、エフライムは口先だけで繰り返した。一字一句をすべて暗記している。四十年近くも、同じ単語、同じフレーズを毎年繰り返し聞かされてきたのだ。

〈そうか、もうすぐ四十歳になるのか〉エフライムは内心驚いた。

その夜、エフライムの心を占めていたのは、いとこのアンナとの思い出だった。アニュータ。結婚後は一度も口にしていない名前だった。

「マ・ニシュタナ……何が変わったかって？　今夜はいつもの夜と何が違うのかって？　ユダヤ人はかつてエジプトのファラオの奴隷だったんだ……」

ペサハ伝統の四つの質問、「マ・ニシュタナ（何が変わったの）」を子どもたちが唱えたのに応じて、エフライムはお決まりの答えをうわ言のように口にした。その時突然、エフライムはひどく恐ろしくなった。すべきことを何もせずに、この国で死んでいくのだと思うと怖かった。その夜は悲しみのあまり眠れなかった。その悲しみはエフライムの心をとらえ、その後は何をしていてもずっとつきまとった。自分の本当の人生はまだ始まっていないように感じた。

弟からの手紙が、エフライムをいっそう憂鬱にさせた。

エマニュエルはかつてないほど楽しそうだった。映画監督のジャン・ルノワールから推薦状をもらって、フランス人になるための帰化申請を行なったという。いくつかの映画作品に出演し、俳優稼業も順調そうだった。恋人の画家、リディア・マンデルと一緒にジョゼフ＝バラ通り三番地に暮らしていた。モンパルナス地区にほど近いパリ六区の、アサス通りとノートル＝ダム＝デ＝シャン通りの間にある通りだ。エフライムは手紙を読みながら、自分が知らないところで賑やかなパーティーに参加している弟の笑い声が聞こえるような気がした。

エマも夫の変化に気づいていた。そこでシナゴーグでレベッツィンに相談した。

「旦那が悲しんで《トロイェリック》いるのはあんたのせいじゃない。この国の空気のせいさ。あんたの夫は動物のようなもので、自分の気質に合わない風土に暮らしているからそうなったんだ。あんたたちがここにいる限りどうしようもないね」

「ラビの奥さんでもたまにはいいことを言うんだな」エマからその話を聞いたエフライムは感心したように言った。「確かにそうだ。ぼくはこの国が好きじゃない。ヨーロッパがなつかしい」

「わかった」エマは答えた。「それならフランスへ行きましょう」

それを聞いたエフライムは、突然エマの頬を両手で挟んで唇に熱いキスをした。エマは仰天し、大声で笑った。これほど心の底から笑ったのは久しぶりだった。それから毎晩、エフライムはキッチンのテーブルで研究に精を出しはじめた。パリへ手ぶらで行くわけにはいかない。必ず発明品を持参するのだ。エフライムが開発していたのは、通常より早く生地を発酵させられるパン製造機だった。パリの人たちはバゲットを日常的に食べている。この機械の需要は必ずあるはずだ。エフライムは研究開発に夢中になった。かつてのような優秀なエンジニアに戻り、特許を取るために夜を徹して仕事に打ちこんだ。

一九二九年六月のある日、エマは娘たちを捜しにオレンジ園にやってきた。ミリアムとノエミははるか遠くにいた。園内には、奇跡の水を湛えるティベリアス湖から引いた水路が張り巡らされている。ふたりはその両脇に築かれた白い土手の上に乗って、体操選手のようにバランスを取って歩いていた。エマは片方の手でミリアム、もう一方の手でノエミの手をつなぎ、オレンジ倉庫へ向かった。ふたりのからだからは石油の匂いがした。髪に染みこんだ匂いは夜になっても落ちなかったので、ふたりの寝室にも石油の匂いが漂っていた。

オレンジ倉庫で、エマは一枚の〈柑橘用包み紙〉を開いた。中央に赤と青の船の絵が描かれている。

「この船はね、ここにあるオレンジをヨーロッパまで運んでくれるの」エマは娘たちにそう言った。

「今度、みんなでこの船に乗るのよ。知らない世界が見られるわ。すてきだと思わない?」

エマはオレンジを一個手に取った。

「これが地球だとするでしょう?」

エマは娘たちに見守られる中、オレンジの皮を少しずつ剝いて大陸と海洋を描いた。

「あなたたちが今いるのがここ。ここからここを通って、ずっと来て……ほら、今度はここへ行くの。フランス、パリよ!」

エマは一本の釘をつかむと、オレンジの地球に突き刺した。

「ほら、これがエッフェル塔」

ミリアムは母のことばにじっと耳を傾けた。パリ、フランス、エッフェル塔……いずれも初めて聞く名前だった。母の口調は生き生きとしていたが、それが何を意味するかにミリアムは気づいていた。ここから発たなくてはならないのだ。またよそへ行かなくてはいけない、前の時と同じように……。

ミリアムはわかっていた。つらい思いをしないためには、ただまっすぐ前を向いて歩けばいいのだ。決して、絶対に、後ろを振り返ってはいけない。

ノエミは泣きだした。大好きな祖父と祖母、天国のようなこの場所とそこに宿る神さまたち、オリーブやナツメヤシの木々、そしていつも昼寝をしているザクロの木陰と別れなくてはならないからだった。


「父さん、ぼくたちは出発するよ」エフライムはナフマンに言った。「エマはポーランドでひと夏を過ごしてからパリへ行く。向こうの家族とは長いこと会っていないし、イツァークにも会わせてあげたいしね。ぼくは一足先にパリへ行って、住まいを探したり、娘たちのためにいろいろ準備をしたりするつもりだ」

ナフマンがかぶりを振ると、わたのように白い顎鬚が左右に揺れた。息子たちの決断はどう考えても間違っている。

「パリに行ってどうするつもりだ？」

「ひと儲けするよ。ぼくが発明したパン製造機でね」

「誰もおまえを受け入れてはくれないさ」

「父さんったら……。ほら、《フランスのユダヤ人のように幸せだ》という慣用表現があるじゃないか。あの国はいつだってぼくたちにやさしかった。ドレフュス事件だってそうさ。無名のユダヤ人ひとりを擁護するために国じゅうが立ち上がったんだ」

「フランス人の半数にすぎない。残りの半数を忘れるな」

「やめてくれよ。金が貯まったら父さんたちを呼び寄せるから」

「けっこうだ。ベッセル・ミット・ア・クルーグン・ダン・ゲヘネム・エイデル・ミット・ア・ナール・ダン・ガンネィデン。天国の愚者になるより地獄の賢人になるほうがましだ」

第八章

エマとエフライムはハイファ港にやってきた。五年前に船から降りた時と、まったく同じ場所だ。だが当時と違って、子どもがひとり増えて、髪に白いものが混ざりはじめた。エマは腰回りと胸回りがふっくらし、エフライムは針金のように痩せた。ふたりとも歳を取り、服装がみすぼらしくなった。だがふたりともそんなことはどうでもよかった。ここを出られるのだと思うと、二十歳に戻った気分だった。

エフライムはマルセイユ経由でパリへ向かった。エマはコンスタンツァ経由でポーランドへ向かった。

エマの家族は初めて会ったイツァークのとりこになった。モーリス・ヴォルフは、蔦《つた》がからまる石造りの階段の上で、幼い孫に歩き方を教えた。エマはこれからイツァークをジャックと呼ぶことにした。そのほうがフランス的でかっこいいと思ったからだ。

「いいかい、この話に出てくる人たちは、みんな複数の名前を持っている。あたしはいろいろな手紙を読んできたけれど、エフライム、フェディア、フェデンカ、フィオドル、テオドルが、すべて同じ人物を指していると気づくのにずいぶん時間がかかったんだ。それから、ボリヤという名前がしょっちゅう出てくるから、てっきりラビノヴィッチ家の親戚のひとりかと思ってた。エフライムの兄のボリスのことだと気づくのに十年もかかったよ！　大丈夫、心配しなくていい。あたしが全員の名前の対照リストを作ってあげるよ。それを見れば、誰がどういう名前を持っているかすぐにわかる。どうやらロシア系ユダヤ人は、あの国で何世紀も過ごすうちにすっかりスラブ人らしくなってしまったらしい。ひとつは名前を変える趣味、もうひとつは決して諦めない恋心。それがスラブ人魂なのさ」

その年、つまり一九二九年の夏、エフライムの兄のボリスがヴォルフ家を訪れた。チェコスロバキアからポーランドにやってきて、義理の妹や姪っ子たちと数日間を一緒に過ごした。ボリスもエフライムと同様、ボリシェヴィキから追われる立場にあった。

若い頃のボリスは本物の〈ボイエヴィック〉、つまり戦闘的な活動家だった。十四歳の時に学校内で政治サークルを結成。のちに社会革命党戦闘団の第十二軍隊長、北部戦線ソヴィエト執行委員会副委員長、農民代表ソヴィエト議員、そして社会革命党によって任命された憲法制定議会議員に就任している。

「ところが、二十五年間も革命に命をかけつづけ、政治家として大きな議会に参加したにもかかわらず、ある日突然、ボリスはすべてを辞めてしまった。一夜にしてただの農民になったんだ」

ミリアムとノエミにとって、ボリスはずっと「ボリスおじちゃん」だった。卵のようにつるりとした禿げ頭に、いつも奇妙な麦わら帽子を被っていた。ボリスは農業従事者、自然主義者、農学者、そして蝶コレクターになった。旅をしながら植物の知識を深めていった。「チェコのボリスおじちゃん」はみんなに愛された。ミリアムとノエミはボリスと一緒に長時間森を散策して、植物のラテン語の学名や、キノコの特徴を教えてもらった。葉っぱを指で左右に引っぱりながら唇に当てて、トランペットのような音を出す方法も教わった。よく響く音を鳴らすには、大きくて丈夫な葉を見つけなくてはならない。

「この写真を見てごらん」母が言った。「この年の夏に撮られたものだよ。ミリアムもノエミも、ほかの親戚の女の子たちも、みんな同じデザインのワンピースを着ている。花柄のコットンの生地で、袖が短くて、白いエプロンがついていて」

「わたしたちが小さい頃、ミリアムに作ってもらったのとよく似てる」

「そう。民族衣装のようなこのワンピースをあんたたちに着せて、並んで写真を撮ったもんだよ。まさにこの写真のように、大きい順に横に並ばせて」

「わたしたちを見て、ポーランドを思いだしていたのかも。お祖母ちゃんがたまに遠くを見る目をしていたのを覚えてる」

第九章

ハイファからマルセイユへ向かう大型客船のなかで、エフライムは奇妙な感覚を味わっていた。ひとりになったのはほぼ十年ぶりだった。ベッドに横になっても、本を読んでいても、夕食を取る時も、何をしても常にひとりきり。最初の数日間は、子どもたちの存在を無意識に探した。笑ったり、喧嘩をしたりしている姿がなつかしかった。ところがある日突然、ぽっかり開いた心の穴にアンナの美しい姿が現れた。その後はずっと彼女が心から離れなかった。甲板に出て、船の通り道に浮かぶ泡状の波を眺めながら、アンナに手紙を書くことを妄想した。

〈ああ、愛しいアニュータ、アヌーシュカイア、ぼくのかわいいコガネムシ。今、フランスへ向かう船の上でこの手紙を書いている……〉

パリに着くと、すぐに弟のエマニュエルに会った。すでにフランス国籍を取得していて、新しい名前になっていた。今ではエマニュエル・ラビノヴィッチではなく、マニュエル・ラービーと名乗っているという。映画のクレジットタイトルにもそう記載されていた。

「おまえ、本当に馬鹿だな。どうしてフランスの姓を名乗らないんだ！」エフライムは驚いてそう言った。

「嫌だよ。芸術家っぽい名前にしたかったんだ。アメリカ式に『ルアーバイ』って発音してもらってもいいし」

エフライムは大笑いした。エマニュエルはどこからどう見てもアメリカ人には見えなかったからだ。エマニュエルはジャン・ルノワールのいくつかの作品に出演していた。『マッチ売りの少女』に脇役として登場したあと、アルジェリアで撮影された反軍国主義コメディの『のらくら兵』で主要登場人物のひとりに抜擢され、ジョルジュ・シムノンの「メグレ警視シリーズ」の映画化作品『十字路の夜』にも出演した。

無声映画から発声映画《トーキー》に移行する時代で、エマニュエルはロシア語なまりを矯正する必要に迫られた。同時に英語も勉強して、ハリウッド進出の夢を膨らませた。

エフライムは、エマニュエルの映画界のつてを頼りに、パリ郊外のブローニュ＝ビヤンクールにある撮影スタジオのそばに一軒家を見つけた。そして夏の終わり、エフライム、エマ、ミリアム、ノエミ、新たにジャックと名乗りはじめたイツァークのラビノヴィッチ五人家族は、フェサール通り十一番地で暮らしはじめた。

一九二九年九月、学校はまだ始まっていなかった。ミリアムとノエミは家庭教師からフランス語を学び、両親より早くことばをマスターした。

エマは高級住宅街の子どもたちにピアノを教えはじめた。本物のピアノに触れるのは五年ぶりだった。エフライムは、自動車エンジニアリングの会社、〈燃料・潤滑油・部品社〉の役員に就いた。仕事面の滑りだしは良好だった。

リガで暮らしはじめた頃と同じように、何もかもがあっという間だった。二年後、エフライムは父のナフマンにパリに来たのは正解だったと手紙を書いた。

一九三一年四月一日、一家はブローニュから、パリ南端のポルト・ドルレアンにほど近いブリュンヌ大通り一三一番地に移り住んだ。新築ビルの一室で、都市ガス、上下水道、電気を完備した近代的で快適な部屋だった。エフライムは妻や子どもたちに贅沢をさせられるのが嬉しかった。エフライム自身は、ベイルートを出発して中国を横断する自動車耐久旅行に夢中になった。主催したのはシトロエン社だった。

「オランダでレモン（フランス語でシトロン）売りをしていたユダヤ人一族が、ダイヤモンド商で財を成し、それから自動車業界に参入したんだ。シトロンから、シトロエンに！」

エフライムはこの運命に魅了され、自分も同じようにフランス国籍を取得したいと思った。そこまでの道のりが長いことはわかっている。でもどうしてもやり遂げたかった。

エフライムは、娘たちをパリの名門校に通わせることにした。暖かくなった頃、ラビノヴィッチ家はそろってフェヌロン高校を訪れて校長と面会した。フェヌロン高校は十九世紀末に設立された、もっとも優秀な非宗教的女子高校だ。娘たちをこの学校の初等部と中等部に通わせたかった。

「本校の教師は生徒たちをとても厳しく指導します」校長は警告するように言った。

ほんの二年前までフランス語をひと言も話せなかった外国人の子にとって、授業についていくのはそうとう難しいということだ。

「だからといって諦める必要はありません」

体育館の前を通りかかった時に窓から中を覗くと、若い女の子たちが腕や脚を空中で静かに旋回させていた。まるで闇夜に舞う蝶のようだった。

ミリアムとノエミはデッサン室に入って目を丸くした。古代ギリシア人の石膏の胸像がいくつも飾られていた。

「まるでルーヴル美術館みたいですね」ふたりは校長にそう感想を述べた。

食堂で食事ができないのが残念だった。きれいで清潔な部屋で、テーブルには白いクロスがかかり、パンが入った柳かごが置かれ、小さな花が生けてある。まるでレストランのようだった。

フェヌロン校は校則が厳しく、服装や行動も制限されている。ブラウスはベージュ色で、名前とクラス名を赤い糸で刺繍しておかなくてはならない。化粧をしてはいけない。

「学校の近くで男の子と待ち合わせをしてはいけません。たとえ兄弟であっても厳禁です」校長はぴしゃりと言い切った。

大階段の下に、アンティゴネーに手を引かれる盲目のオイディプスのブロンズ像が置かれていた。ミリアムとノエミは心を奪われた。

校外に出ると、エフライムは娘たちの視線に合わせてかがみこみ、両手でふたりの手を取った。

「この学校に入って優等生になるんだ、いいね?」


一九三一年九月、ミリアムとノエミはそろってフェヌロン校の初等部と中等部に入学した。ミリアムは十二歳、ノエミは八歳だった。入学申込書には《リトアニア出身のパレスチナ人。国籍なし》と記載された。

ミリアムとノエミは毎朝メトロに乗って通学した。ポルト・ドルレアン駅から十駅目のオデオン駅で降り、ロアン小路を抜けてレプロン通りに出る。ゆっくり歩くと、自宅から学校まで三十分ほどかかる。ふたりはそれを一日に二往復した。昼休みにはわざわざ自宅へ戻って昼食を取っていたからだ。時間がないので、二十分ほどで食べ終えなくてはならない。学校の食堂で食べると、メトロの切符より高くつくからだった。

この毎日の二往復は姉妹にとって試練だった。ふたりは勇敢な兵士のように常に並んで歩いた。ミリアムは、ノエミが変な人に引っかからないよう常に気を配った。ノエミは休み時間に校庭に出ても、いつもほかの子たちからちょっかいを出されていた。ふたりはまるで、小さな国を治めるふたりの女王のようにふるまった。

「一九九九年、わたしがフェヌロン校の高等師範学校《ENS》文科準備学級に入ると決めた時も、七十年前にミリアムたちがここの生徒だったと知ってたの？」

「いや、まったく。まだそこまでは調査が進んでなかったんだ。でなければ、その時にあんたにそう言っていたさ」

「すごいと思わない？」

「何が」

「絶対にフェヌロンに入るってわたしがしきりに言ってたの、覚えてない？　入学書類を用意しながら、必ず入るって決めていたんだよ。なんだかまるで……」


一九三二年二月、一家は再び引っ越しをした。エフライムはアミラル＝ムーシェ通り七十八番地のアパルトマンに空き部屋を見つけた。昔からあるレンガ造りの建物で、六階の広い部屋だった。四室に分かれ、さらにキッチン、バスルーム、トイレがついている。都市ガス、上下水道、電気完備。電話も設置されており、番号はGOB（ゴブラン）22－62。建物の一階は郵便局で、すぐそばにモンスリ公園があり、ソー線のシテ・ユニヴェルシテール駅にもほど近い。ミリアムとノエミの通学には二駅分乗るだけで済むので、これまでよりずいぶん楽になった。リュクサンブール駅で降り、リュクサンブール公園を抜ける。いつもメリーゴーラウンドのそばを通った。外側の馬に乗った子どもが係員からスティックをもらい、リングを引っかけて取る遊びが人気だった。だがふたりにとっては、どんなにたくさんリングを取っても何の褒美ももらえないのがもの足りなく思えた。

エマにとっては、母親になってから五回目の転居だった。引っ越しは苦痛でしかなかった。すべての所持品を並べたり、仕分けしたり、洗ったり、畳んだりしなくてはならない。見知らぬ土地、慣れない家に暮らすのも苦手だった。まるでなくし物をしたかのように、慣れ親しんだものがどこにもないことにとまどった。

　こうして数カ月が経った。ミリアムとノエミは成長し、それぞれ自己主張をするようになった。末っ子のジャックは丸々とした頬をして、母のスカートの裾をつかんで離さない子どもになった。

　姉妹の目前には明るい未来があった。十三歳になったミリアムは、中等教育修了認証《バカロレア》を取得してソルボンヌ大学に通いたいと考えていた。夜になると、ノエミに自らの夢を語った。タバコの煙が充満したカルチェ・ラタンのビストロや、サント・ジュヌヴィエーヴ図書館に出入りするのだ。ふたりとも、母が果たせなかったぶんの夢を自分たちが叶えようと考えていた。

「スフロ通りの屋根裏部屋で暮らすんだ」

「あたしも一緒に住んでいい？」

「もちろん。あんたはわたしの部屋の隣に住めばいいよ」

　ふたりはそんな話をしながら、震えるほどの幸せを噛みしめていた。

第十章

フェヌロン校の女学生のひとりが、クラスメートを招いて誕生日にティーパーティーを催した。クラスメートの女子全員が招待された。ただし、ノエミを除いて。ノエミは怒りで頬を紅潮させながら帰宅した。それを聞いたエフライムは、娘以上に機嫌をそこねた。なぜノエミだけが除《の》け者にされるのか。誕生会を開いたのは、パリ十六区の豪奢な邸宅に住む古い家柄のフランス人一家だった。

「真の気高さは知識に宿る」エフライムはきっぱりとそう言った。「その子たちがお菓子をたらふく食べている間に、われわれはルーヴル美術館へ行こうじゃないか」

エフライムは怒りがおさまらないまま、ふたりの娘を連れてカルーゼル広場へ向かった。芸術橋《ポン・デ・ザール》に差しかかった時、突然誰かに腕をつかまれた。エフライムは相手を怒鳴りつけようとした。が、顔を見て気づいた。社会革命党時代の友人だ。ほぼ十五年ぶりの再会だった。

「きみはてっきり一九二二年の革命裁判の時にドイツに移り住んだかと思ってた」エフライムは友人に言った。

「そうだよ。だけど、一カ月前に妻と子どもたちと一緒にドイツを出たんだ。知ってるか、向こうはおれたちにとって非常に厳しい状況になってる」

友人一家がドイツを発つ数日前、国会議事堂が放火によって炎上したのだという。当然のように、共産主義者《コミュニスト》とユダヤ人が犯人だと噂された。ドイツでは、反共主義と反ユダヤ主義を掲げる国民社会主義ドイツ労働者党が、新たに政権を獲得したばかりだったのだ。

「ユダヤ人をすべての公職から排除するっていうんだぜ？　そう、ユダヤ人全員だ。なんだ、知らなかったのか？」

その日の夜、エフライムはエマにその話をした。

「いや、でもさ、あいつは昔から何でも大げさに騒ぎ立てるやつだったんだよ」エフライムはエマを怖がらせないよう、そうつけ加えた。

だが、エマは不安を露わにした。ドイツでユダヤ人がひどい扱いを受けていると聞いたのは、これが初めてではなかった。どうやら事態は想像以上に深刻であるらしい。エマは夫にもっと詳しい情報を手に入れてほしいと頼んだ。

翌日、エフライムはパリ東駅のキオスクでドイツの新聞を購入した。そこには、ユダヤ人をあらゆる角度からとことん糾弾する記事が載っていた。エフライムはその時初めて、新たに首相に就任したアドルフ・ヒトラーという男の顔を知った。自宅に帰るとすぐ、エフライムは生やしていた口髭を剃り落とした。

第十一章

一九三三年七月十三日、フェヌロン校で優等生表彰式が行なわれた。フランス国旗と同じトリコロールのリボンで飾られた壇上に校長が立ち、そばには教師が勢ぞろいしている。生徒たちは国歌の『ラ・マルセイエーズ』を合唱した。

ミリアムとノエミは並んで立っていた。ノエミのまん丸の顔は母親似で、しゅっとした目鼻立ちは父親似だ。いつも笑顔で愛想がよく、誰が見ても魅力的な少女だった。ミリアムは生真面目で、無愛想で、堅苦しいところがあった。休み時間に運動場に出ても、ノエミのようにほかの子たちから声をかけられはしない。その一方で、毎年必ず投票によって学級委員に選ばれていた。

校長は、クラスの優等賞、科目別一位、科目別二位、優等生リストを発表した。スピーチの途中で、校長はラビノヴィッチ姉妹に言及した。ふたりとも入学してからずっと模範的な生徒だったと賞賛のことばが贈られた。

ミリアムは十四歳になろうとしていた。クラスの優等賞を受賞し、ほぼすべての科目で一位か二位を総なめにした。体育、裁縫、デッサンだけは上位から漏れた。もうすぐ十歳になるノエミも優等生リストに入った。

エマは〈これは本当に現実なのかしら〉と思った。嬉しすぎて怖いほどだった。エフライムは手放しで大喜びした。これで娘たちは一流のパリジェンヌの仲間入りを果たしたのだ。

『うちの息子ときたらあんなに得意そうにして、まるで通りかかる人たちに育った実を自慢する栗の木みたいじゃないか』もしナフマンがこの場にいたら、きっとそう言っていただろう。

表彰式のあと、エフライムの提案で家族みんなで歩いて帰宅することにした。

この年の七月十三日のパリは、暖かくて気持ちのよい一日だった。フランス式庭園のリュクサンブール公園では、フランス歴代の王妃や女性の著名人たちの彫像のまわりを蝶が飛び交っていた。木製の小舟が浮かぶ池の近くでは、幼い子どもたちがよちよち歩きをしている。いくつもの家族連れが、花壇の美しい花を眺めたり、噴水の水音に耳を傾けたりしながら、のんびりと家路についていた。すれ違いざまに、男性は帽子を取って軽く会釈をし、女性は上品な笑みを向ける。もうすぐソルボンヌ大学の学生たちが、あちこちに置かれているオリーブグリーンの椅子に座りにやってくるだろう。

エフライムはエマの腕をしっかりと引き寄せながら歩いた。自分がこのフランス的な光景の一員になっていることが信じられなかった。

「そろそろあたらしい姓に変えないといけないな」エフライムは遠くを見つめながら真剣な表情で言った。

エフライムは、自分たちがフランス国籍を取れると信じていた。エマはそれが怖かった。災厄から守ろうとするかのように、ジャックの小さな手を握りしめる。そして、表彰式で校長がスピーチをしている間、背後から聞こえてきた母親たちのひそひそ話を思いだした。

「子どもが褒められたからってあんなに得意げに大喜びして、下品な人たちね」

「うぬぼれてるのよ」

「娘たちを高い地位につけて、わたしたちを蹴落とそうとしてるんだわ」

その日の夜、エフライムは妻と子どもたちを近くのダンスホールに誘った。バスティーユ牢獄が陥落した日（七月十四日の革命記念日）の前夜祭として、多くのフランス人はこの日にダンスを踊るのだ。

「娘たちがあんなに頑張ったんだから、みんなでお祝いをしようよ」

上機嫌な夫を見て、エマは自らの不安を心の奥にしまいこんだ。

ミリアム、ノエミ、ジャックは、ダンスをしている両親を初めて見た。楽隊が奏でる軽快な音楽に乗って抱き合って踊るふたりの姿を、三人の子どもたちは目を丸くして眺めていた。

「アンヌ、この日付を覚えておくんだよ」母は言った。「一九三三年七月十三日は、ラビノヴィッチ家にとって祝福の日だった。完璧な幸せに恵まれた日だったと言えるだろうね」

第十二章

翌日の一九三三年七月十四日、ドイツで政党新設禁止法が成立し、国民社会主義ドイツ労働者党《ナチ党》はドイツ唯一の合法政党になった。新聞の記事には、今後は身体や精神に障がいのある者に断種、つまり不妊手術が施されると書かれていた。アーリア人の遺伝的な純粋性を守るためだという。エフライムは新聞を閉じ、今の幸せを誰からも邪魔されずに守りぬいてみせると決意した。

　エマと子どもたちは旅立つ準備をした。七月の終わりに、ポーランドのウッチにあるエマの実家にみんなで滞在することにしたのだ。父のモーリス・ヴォルフは、ジャックに自らのタリートを贈った。タリートとは、礼拝の時にユダヤ人男性が着用する大きなショールだ。

「ジャックがトーラー〈タナハ〉（聖書の冒頭にある「モーセ五書」のこと）を朗読する時、背中に祖父の存在を感じてくれるだろう」モーリスは孫のバル・ミツヴァ（十三歳になった少年が行なう成人式）を思い起こさせながらエマに言った。

　この贈り物は、ジャックがモーリスの精神的な後継者とみなされた証《あかし》だった。エマはそのことに感動しながら、先祖代々伝わる擦り切れたショールに触れた。だがそのショールを衣装ケースにしまう時、このせいでエフライムとの関係にひびが入るのではないかと不安を感じた。

　八月の二週間、エマと子どもたちはチェコスロバキアのボリスの実験農場に滞在した。その間、エフライムはパリに残り、ひとり静かにパン製造機の研究開発を行なっていた。

ラビノヴィッチ家の子どもたちは、この年のバカンスを思う存分楽しんだ。パリに戻った数日後、ノエミはこんなことばを残している。『ポーランドがなつかしい。本当に楽しかった！　ボリスおじちゃんの家のバラの花の香りが今もするような気がする。ああ、チェコもなつかしい。あの家、庭園、鶏たち、野原、青い空、散歩した道、町並み』

　翌年、ミリアムは全国スペイン語コンクールに学校代表として出場した。スペイン語はミリアムが習得した六番目の言語だ。哲学にも興味を持ちはじめた。ノエミは文学少女になった。日記に詩を書いたり、短篇小説を作ったりした。この年、ノエミはフランス語と地理学で科目別一位を獲得した。若い女性の担任教師、ルノワール先生は「文学の高い才能がある」とノエミを評価し、これからも小説や詩を書きつづけるよう推奨した。

〈いつか、自分の作品を出版するんだ〉ノエミは目を閉じて空想した。

ノエミは黒髪を長く伸ばして三つ編みにし、頭の上で冠状にまとめていた。ソルボンヌ大学に通うインテリ女学生たちの髪形の真似だった。『ダヴィッド・ゴルデル』という作品を読んで、イレーヌ・ネミロフスキー（ロシア帝国領時代のキーウ出身で、ソルボンヌ大学を卒業したフランス在住の小説家）のファンになった。

「その小説家は、ユダヤ人に悪いイメージをもたらしていると聞いたことがあるぞ」エフライムが心配そうに言った。

「そんなことないよ。お父さんたら知りもしないくせに」

「ゴンクール賞を獲った作品を読みなさい。フランス人の小説家のほうがいい」

一九三五年十月一日、エフライムは自分の会社の登記を申請した。社名は無線・電気工業会社（略称SIRE）で、所在地はパリ十三区のブリヤ＝サヴァラン通り十一－十二番地。登記場所はパリ商業裁判所で、登記書類にエフライムは《パレスチナ人》と記載された。資本金二万五千フラン（百フランの株式を二百五十株）の有限会社。エフライムは半数の株を取得し、残り半数はふたりの出資者によって折半された。ふたりの名前はマルク・ボロウスキーとオスヤス・コモルンで、いずれもポーランド人だ。コモルンはエフライムと同様、燃料・潤滑油・部品社（所在地はフォブール・サン＝トノレ通り五十六番地）の役員だった。エフライムの会社は、のちに防諜機関の対象組織にリストアップされた。

「お母さん、ちょっと待って」部屋に充満した煙を外へ出すために窓を開けながら、わたしは言った。「そんなに細かく、住所まで教えてくれなくてもいいよ」

「どんな情報も大切なんだよ。こうした細かい情報を積み重ねることで、あたしはラビノヴィッチ家の歴史を少しずつ再構築してきたんだから。さっきも言ったように、この物語は何もないところからスタートしたんだからね」母は短くなったタバコの火を使って、新しいタバコに火をつけた。

十歳を目前にしたある日、ジャックが泣きながら学校から帰宅した。その夜は部屋に閉じこもって、誰とも話をしようとしなかった。どうやら休み時間中の校庭で、クラスメートから嫌なことをされたらしい。

「ユダヤ人ひとりの耳を引っ張ると、みんなの耳が聞こえなくなる」

そう言われた時、ジャックには意味がさっぱりわからなかった。するとクラスメートのひとりがジャックのあとをついてきて、両耳を引っ張った。その後も数人の男の子たちから同じことをされた。

エフライムはその話を聞いて怒りを露わにし、娘たちにこう言った。

「われわれがこんな目に遭うのは、パリに一気に押しかけてきたドイツ系ユダヤ人たちのせいだ。フランス人は国を乗っ取られるんじゃないかと不安に感じているんだよ。ああ、そうさ、そうだとも」

ミリアムとノエミは、コレット・グレという女の子と仲よくなった。フェヌロンの女学生で、父が急死したばかりだという。エフライムは、娘たちに〈ゴイ〉の友だちができたことを喜んだ。エマにも娘たちを見習うよう苦言を呈したほどだった。

「帰化の手続きを進展させるために少しは努力してくれよ。ユダヤ人ばかりと親しくつき合うのはやめてくれないか」

「そんなことを言うなら、わたしは今日からあなたと一緒に寝るのをやめます!」

娘たちはそれを聞いて笑ったが、エフライムにとっては笑いごとではなかった。

コレットは、オートフイユ通りとピエール・サラザン通りの角のアパルトマンに母親とふたりで住んでいた。中世の小塔と石畳の中庭がある建物の三階の部屋だ。ミリアムとノエミは放課後になると、本に囲まれた円形のその部屋で長い時間を過ごした。姉妹はそこで自分たちの夢を膨らませた。ノエミは作家に、ミリアムは哲学の教師になりたかった。

第十三章

エフライムは、政治家のレオン・ブルムの躍進ぶりを、強い関心をもって注視していた。だがその活躍に比例するように、右派系マスコミと政敵たちによる反発も激化していた。彼らはブルムを《ロンドンの銀行家どもの卑しい下僕》や《ロスチャイルド家やユダヤ系銀行家たちのお仲間》と呼んだ。シャルル・モーラス（王党派右翼系作家）は「やつは銃殺されるべき人間だ。しかも背中から」と述べた。そしてそのことばは現実のものになった。

一九三六年二月十三日、アクション・フランセーズと王党派のメンバーによってレオン・ブルムが襲われた。サン＝ジェルマン大通りを歩いていたところを首筋と脚にケガを負わされ、いずれ殺してやると脅された。

フランス中東部のディジョンでは、複数の商店のショーウィンドーが破壊され、その週のうちに匿名の手紙が送られてきた。「おまえたちはフランスを滅ぼそうとする民族に属していて、おまえたちのものではない国で革命を起こそうとしている。なぜならおまえたちはユダヤ人で、ユダヤ人には祖国がないからだ」

それから数カ月後、エフライムは、小説家のルイ＝フェルディナン・セリーヌが著した小冊子『評伝　虫けらどもをひねりつぶせ』を手に入れた。わずか数週間で七万五千部以上が売れたと聞き、一般的なフランス人がどういうものを読んでいるかを知りたかったからだ。

エフライムは冊子を持ってカフェに入った。そして、アルコールが飲めないにもかかわらず、パリジャンを気取ってボルドーのグラスワインを注文した。ワインが供されると、エフライムは冊子を開いた。〈ユダヤ人は、八五パーセントの屑と一五パーセントの空虚でできている。ユダヤ人は自らがユダヤ民族であることをまったく恥じていない。忌々しいことに、むしろその逆なのだ！　ユダヤ人は、自分たちの宗教、口の巧さ、存在理由、横暴ぶりを、すべて自分たちだけに与えられた特権的な武器だとみなしている〉エフライムはここで一息ついた。胸が締めつけられる思いだった。グラスワインを飲み干し、もう一杯注文する。〈どこのユダ公の馬鹿だったかは忘れたが（いかにもユダ公らしい名前だったことは確かだ）、いわゆる医学専門誌（実際はユダヤのクソ雑誌だが）上でご丁寧にもわざわざ五回から六回にわたって、精神科医の名の下《もと》にわたしの著作をけなし、わたしを下劣と批判したやつがいた〉こんなひどいことを書いた冊子を、いったいどれだけの人たちが読んだのだろう。そう考えると、エフライムはめまいがするようだった。カフェの外に出て、ふらふらと歩きだす。喉の奥に吐き気を覚えた。足を引きずりながらサン＝ミシェル大通りを上り、リュクサンブール公園の鉄柵に沿って歩いた。そうしているうちにふと、子どもの頃に読んで震え上がった、聖書のある一節を思いだした。

「主はアブラハムに言われた。『よく覚えておくがよい。あなたの子孫は異邦の国で寄留者となり、四百年の間奴隷として仕え、苦しめられるであろう』」（日本聖書協会『新共同訳 旧約聖書』創世記一五章一三節）

第十四章

ミリアムは無事にフェヌロン高校を卒業した。念願のバカロレアを取得した上、フェヌロン卒業生協会によって贈られる《道徳心、知性、芸術性において高く評価される理想的な生徒賞》を授与された。

ノエミは優秀な成績で上級クラスに進級した。アンリ四世校の中学校《コレージュ》に通うジャックは、姉たちほど優秀ではなかったが、体育で非常によい成績を残した。十二月、ジャックはバル・ミツヴァを目前にしていた。ユダヤ人男性にとって生涯でもっとも重要な儀式で、成人として社会の一員になったことを祝福して催される。ところが、エフライムは断固としてこれに反対し、エマに抗議した。

「フランス国籍の申請の準備をしているところなんだぞ！　なのにきみはあんなくだらないお祭り騒ぎをしようっていうのか。頭がおかしいんじゃないか？」

バル・ミツヴァに対する意見の相違をきっかけに、夫婦の関係にひびが入った。これまでの結婚生活でもっとも深刻な対立だった。結局、エマのほうが折れて、ジャックはミニヤン（公式礼拝のための定足数＝十人）を集めない、つまり公式礼拝をしないことで決着した。〈父からもらったタリートを着せてあげられない……〉エマは心の底から落胆した。

ユダヤ教の祭事を知らないジャックには、何が起きたのかよくわからなかった。だが、自分が何かをするのを父親が反対したことだけはなんとなく理解できた。

一九三八年十二月十四日、ジャックは十三歳になった。シナゴーグへは行かなかった。十二月から始まる二学期に、ジャックの成績は下落した。クラスで最下位になり、自宅でも意気消沈していた。まるで幼い子どものように、母のスカートのなかに隠れるようにして過ごした。春になる頃には、エマは本気で心配になってきた。

「ジャックは大人になれないのよ。成長が止まってしまったんだわ」

「そのうちどうにかなるよ」エフライムは言った。

第十五章

エフライムは、家族全員のフランス国籍を取得するための申請手続きを進めていた。作家のジョゼフ・ケッセルに推薦状を書いてもらい、当局に書類を提出した。警察署長による評価はまずまずだった。《よく同化されている。フランス語を流暢に話す。知識も豊富である》

「もうすぐフランス人になれるぞ」エフライムはエマに断言した。

行政文書の身分欄には、とりあえず《ロシア出身パレスチナ人》と記載した。

エフライムには自信があったが、申請が正式に承認されるには数週間待たなくてはならない。その間に、新しい姓を考えることにした。十九世紀の小説の主人公のような名前がいい。そうだ、ウジェーヌ・リヴォシュはどうだろう？　エフライムは時折、バスルームの鏡に向かってこの名前を実際に発音してみた。

「ウジェーヌ・リヴォシュ。しゃれた名前だ。そう思わないか？」エフライムはミリアムに尋ねた。

「お父さん、その名前、どこから見つけてきたの？」

「それはだな……ああ、そうだ、おまえ、系譜学の本か何かに、ラビノヴィッチ家はロスチャイルド家の親戚だと書かれてなかったか？」

「なかったよ」ミリアムは笑いながら答えた。

「イニシャルが今と変わらない名前にしたいんだ。でないと、シャツやハンカチの刺繍《ししゅう》をすべてやり直さなくてはならなくなるからね」

エフライムは、もうすぐパリの扉が自分に向かって開かれると感じていた。発明したばかりのパン製造機を宣伝するためにあちこちに奔走した。ドイツとフランスの二カ国の商工業省に対して、エフライム・ラビノヴィッチとウジェーヌ・リヴォシュのふたつの名前で特許を申請した。そのことについて、エフライムはジャックにこう説明した。

「人生においては、先手を打つのが大切なんだ。おまえも覚えておけよ。物事をうまくやるには常に先手を打つことだ」


「最初はわからなかったんだよ」母は言った。「どうして日付も内容もまったく同じなのに、申請者が違う特許書類がふたつあるのか。ずっと謎だった。ふたつの名前が同じ人物を指していると気づくのに、長い時間がかかったんだ」

エフライム・ラビノヴィッチことウジェーヌ・リヴォシュは、こうして時短を可能にするパン製造機を発明した。生地の発酵を加速させることで、一回につき二時間の節約になる。パン屋が一日にパンを焼く回数を考えれば、かなり大きなメリットだ。

エフライムの発明品はかなり早い段階で話題になった。『デイリー・メール』（イギリスのタブロイド紙）には《偉大な発見》と題された大きな記事が掲載された。セーヌ＝エ＝マルヌ県出身の上院議員で企業家でもあるガストン・ムニエ（「そう、チョコレートで有名な菓子メーカーのムニエの社長だよ」と母が言った）の提案で、ノワジエルという町で機械の性能の高さを披露する試験が行なわれた。エフライムはこの発明品で成功を収めたかった。野菜ミルの発明のおかげでムリネックスという家電メーカーを設立した、ジャン・マントレのようになりたかったのだ。

パン製造機の成功を夢見るかたわら、エフライムことウジェーヌは音の機械的な分離について新たに研究をはじめた。鉱石ラジオ用の新しいコイルを作りたかったのだ。エフライムは三十台のラジオを買ってきた。部屋にずらりと並べられたラジオを使って、娘たちも楽しみながら組み立て方や解体のしかたを覚えた。

数週間後、ラビノヴィッチ家のフランス帰化申請が却下された。エフライムはひどく狼狽し、胸の後ろから食道にかけてきりきりと刺すような痛みを覚えるほどだった。却下の原因を考え、他人にも相談した結果、書類を作り直して半年以内に再申請することにした。

行政当局の関係者らしき者たちが街灯の陰に隠れてこちらを見張っているのを、エフライムはしばしば感じるようになった。きっと本当にフランスに《同化》しているかどうかを調べているのだろう。それ以来エフライムは、自分を外国人のように見せるあらゆるものを避けるようになった。かつては自分の名前を言うのが恥ずかしかったが、今はむしろ恐ろしかった。路上でロシア語、イディッシュ語、あるいはドイツ語が聞こえただけで、車道を渡って反対側の歩道を歩いた。ロジエ通りなどのユダヤ人地区でエマが買い物をするのも固く禁じた。エフライムはロシア語なまりをなくして、子どもたちのようにパリジャンらしいフランス語を話すよう努めた。

唯一会いつづけたユダヤ人は弟だけだった。

「役をもらうのがだんだん難しくなってきた」エマニュエルはエフライムに言った。「映画界にはユダヤ人が多すぎるって、みんながあちこちで言っている。この先どうなるかまったくわからないよ」

エフライムは、二十年前に父親が言っていたことばを思いだした。

『子どもたちよ、嫌な臭いがするんだ』

エフライムはすぐに行動に移した。パリから離れた田舎に別荘を購入した。フランス北西部のノルマンディー地方ウール県の、県庁所在地エヴルーにほど近い、レ・フォルジュという村の一軒家だ。スレートぶきの屋根と地下貯蔵庫を持つ美しい農家は、地元で〈ル・プティ・シュマン〉と呼ばれており、二十五アール（二千五百平方メートル）の敷地内には古い井戸、納屋、池もあった。

「ここではなるべく目立たないように暮らそう」村に着いた時、エフライムは妻と子どもたちにそう言った。

「お父さん、目立たないようにって、どういう意味？」

「ユダヤ人だってことが、村の人たちにバレないようにってことだよ！」エフライムは、家族のうちで誰よりも早くユダヤ人だとバレてしまいそうな、強いロシア語なまりでそう答えた。

だがその一九三八年の夏、レ・フォルジュにユダヤ文化の風が吹いた。孫たちと一緒に夏のバカンスを過ごそうと、パレスチナからナフマンがやってきたのだ。

「父さんは、ユダヤ人っぽいというより……」ノルマンディーの港で船から降りてきたナフマンの姿を見ながら、エフライムはため息をついた。「百人のユダヤ人を集結させたような人だ」

第十六章

田舎の家の状態を見たナフマンは、白く長い顎鬚を揺らしながらかぶりを振った。

「すべてのものにきちんと手を入れてやらないと。庭を耕して菜園を作り、井戸を修理して使えるようにして、納屋は鶏小屋に作りかえよう。エマが花を生けられるよう、花壇も作らなくては」ところが当のエマからは、「そんなに動き回ってばかりいないで、少しはゆっくりしてくださいな」と心配された。

「コールズマン・エス・リールト・ジック・アン・エイヴェル、クレールト・メン・ニット・フン・カイヴェル。手足が動くうちは死ぬことは考えないんだ」

ナフマンは両袖をまくり上げて、庭の土を耕しはじめた。

「ミグダルの土に比べたら、このノルマンディー地方の土などバターみたいに柔らかいぞ！」ナフマンは大声で笑いながらそう言った。

ナフマンの手にかかると、植物に命が吹きこまれるようだった。すでに八十四歳になっていたが、誰よりも元気で、頑強で、はつらつとしていた。ナフマンに何かを命じられると、誰もが嬉々として従った。とくにジャックは、初めて会ったこの祖父にすぐになついた。朝から晩まで愚痴ひとつ言わず、瓦礫をどっさりとのせた手押し車を運び、土を耕し、種を蒔き、板に釘を打ちつけた。ナフマンとジャックは昼食時にもふたりで庭に残って、まるでふたりの農夫のように一緒に弁当を食べた。家のダイニングでくつろいで食事をするようエマから促されても「やることがあるから」とふたりして断った。

ジャックは祖父のなまりに惹きつけられた。喉の奥から声をかき集めるようにして話すしゃべり方が魅力的だと思った。そして、まるで口のなかでキャンディを転がしているように甘い響きを持つイディッシュ語に魅了された。ジャックは、ふたつのビー玉のように輝くナフマンの青灰色の瞳が好きだった。ミグダルの陽の光にさらされたせいか、淡い色で、どこかさみしげで、遠くを見ている瞳。ジャックはパレスチナからやってきた「お祖父ちゃん」の魅力のとりこになった。残念ながら、祖母のエステルには会えなかった。リウマチのせいで長旅ができなかったからだ。

ひょろりと細くて神経質なジャックが、頑強でゆっくりと動くナフマンのそばでちょこまかと動き回るのを、エマは嬉しそうに眺めていた。時折、息が上がったナフマンが、胸を手で押さえたまま動けなくなることがあった。ジャックはそのたびに、祖父が農機具の上に倒れてしまうのではないかと慌てて駆け寄った。だがナフマンは必ず元気を取り戻し、大きく頷いてから空を見上げた。

「そんなに心配しなくていい。わたしはまだ長生きするつもりだ!」

それからジャックにウインクをしてこう言った。

「好奇心からそうしたいだけだがな」

祖父と弟がそうやって過ごしている間、秋から大学の哲学科に通う予定のミリアムは、授業で使う本を読んでいた。ノエミは小説と戯曲を書きはじめていた。ふたりの姉妹は庭に出した長椅子に並んで座り、麦わら帽子をかぶって読み書きをした。もうすぐ友だちのコレットがやってくるはずだった。コレットは、父親が亡くなる少し前に買っていたという別荘がここから数キロしか離れていないところにあり、そこでバカンスを過ごしていたのだ。

三人はしばらく一緒に勉強をし、それから自転車に乗って森へ出かけた。夕方になると戻ってきて、家族揃ってテーブルを囲んで食事をした。誰もが楽しい時間を過ごしていた。エマニュエルもやってきた。画家のリディア・マンデルとは別れて、シャンゼリゼ大通り二十六番地にあるファッションブランド《トゥマン》の直営店で売り子をしている、ラトビアのリガ出身のナタリアとつき合っていた。ふたりはパリ十三区のレスペランス通り三十五番地で同棲しはじめたばかりだった。

「ほらね、あなたみたいに心配性でなければ、こうやって穏やかな生活が送れるのよ」キャンドルに火を灯しながらエマは夫に言った。

毎週金曜にシャバット用の編み込みパンのハラーを作りたいというエマの希望を、エフライムは了承した。父に喜んでもらいたかったからだ。

「お父さんが神さまを信じていないのは悲しい？」ジャックはナフマンに尋ねた。

「昔は悲しかったよ。だが今は、神さまがおまえの父さんを信じていることのほうが大事だと思ってる」

ジャックの背は毎日一センチずつ伸びた。みんなが「ジャックと豆の木だ」と言ってからかった。エマがズボンを作り直すまでは、エフライムのズボンを着せておくしかなかった。声変わりもして、頬には顎鬚がうっすらと生えはじめた。サッカーとビー玉遊び以外には何も興味がなかったのに、両親の若い頃について知りたがり、ロシア、ポーランド、ラトビア、パレスチナなどさまざまな国で暮らしたことに関心を抱いた。一族の話を聞きたがり、世界じゅうに散らばっている親戚の名前を尋ねた。味は嫌いなのに、大人の振りをしてワインを飲みたがった。

「どうやってあの子をこんなに一気に成長させられたんですか？」エマはナフマンに尋ねた。

「いい質問だ。わたしもいい答えを与えるよう努めよう。子どもを教育するにはその子の性格を考慮すべきだと、賢人たちは言っている。ジャックは、ふたりの姉とはまるで性格が異なる。学校の規律を好きではないし、学ぶために学ぶのも好きではない。あの子にとっては、今自分がやっていることが実際に何の役に立つかを知る必要があるんだ。イギリス人はああいう子を遅咲《レイト・ブルーマー》きと呼ぶ。見ていてごらん、きっと何かを成し遂げるよ。いずれあの子を誇りに思う日が来るはずだ」

その夜、大人たちはナフマンがパレスチナから持ってきたスリヴォヴィッツ（プラムのブランデー）を飲みながら、昔話に花を咲かせた。ふと、エマは思った。〈ナフマンはどうしてわたしの前でアンナ・ガヴロンスキーの話をしないんだろう……。あれから二十年も経ったというのに。二十年間もずっと、義父は自分の前でその話をするのを避けつづけている〉。エマは酔いとプライドと挑発心から、無頓着なふうを装ってこう尋ねた。

「そういえば、アンナ・ガヴロンスキーさんは最近どうされてるんですか？」

ナフマンは咳ばらいをすると、ちらりとエフライムに視線を送った。

「ああ、そうだね」ナフマンは気まずそうに返事をした。「アニュータは今、ご主人と一人息子と一緒にベルリンにいるはずだよ。出産時に赤ん坊が大きすぎて命を落としかけてから、もう子どもが産めないからだになってしまったそうだ。家族三人でアメリカへ行く予定だったが、その後どうなったかはわたしも知らないんだ」

エフライムはその話を聞いて、〈もしアニュータが死んだと知らされていたら、自分はどうなっていただろう〉と思った。考えるだけで全身が震えた。ショックのあまり、エマと一緒にベッドに入った時にも動揺を隠すことができなかった。

「どうして父さんにあんなことを聞いたんだ？」

「だって悔しかったのよ。お義父さんたら、まるで彼女が今でもわたしの恋敵であるかのように、彼女の話を避けるから」

「そんなはずないじゃないか」エフライムは言った。

〈そう、そんなはずない〉エマも心のなかで思った。

それから八月の間ずっと、エフライムはアンナのことを思いつづけた。暑い日中に昼寝をしていると夢にも現れた。全裸で身をゆだねてくる彼女の、細くて美しい腰を両手でしっかりと抱きしめて、全身をくまなく指先で愛撫した。


こうして二カ月の夏のバカンスを、家族揃ってレ・フォルジュで過ごした。だがもう戸締まりをしてパリへ戻らなくてはならない。ジャックとナフマンのおかげで、荒れていた小さな庭は本格的な農場に生まれ変わった。ジャックは祖父に、将来は農業技師になりたいと告げた。

「シェイン・ヴィー・ディ・ジーブン・ヴェルトゥン！ 七つの世界のように素晴らしい！」ナフマンはそう言ってジャックを賛美した。「ミグダルに来るといい。わたしと一緒に働こう！」

「お義父さん」エマがナフマンに言った。「あと数週間いてくださらない？ パリにも滞在してほしいの。九月のパリはとても美しいのよ」

だがナフマンは首を横に振った。

「ア・ガスト・イズ・ヴィー・レーグン・アズ・エル・ドイエルト・ツー・ラング、ヴェルト・エル・ア・ラスト。招待客は雨のようなものだ。長引くと害をもたらす。子どもたちよ、わたしはおまえたちを愛している。だがわたしはパレスチナで死なくてはならない、誰にも知られずに……。そう、年老いた動物のようにな」

「父さん、やめてくれよ」エフライムが遮った。「死ぬなんてとんでもない」

「エマ、聞いたか？ おまえの旦那はそのへんの連中と同じだ。人はいずれ死ぬとわかっているのに、信じようとしない。いいかい、来年、おまえたちはわたしの墓参りに来るんだ。そしてそれを機にミグダルへ移り住むといい。なぜならフランスは……」

ナフマンはその先を言わなかった。そして、目の前を飛ぶ見えないハエを追いはらおうとするかのように、片手で宙を払った。

第十七章

一九三八年九月、ラビノヴィッチ家の子どもたちは新学年を迎えた。ミリアムはソルボンヌ大学で哲学を学びはじめた。ノエミはフェヌロン校でバカロレアの一次試験に合格し、赤十字社に登録をした。ジャックはアンリ四世校の第四学年に進級した。

エフライムは、フランス国籍取得の再申請手続きを進めた。だが、当局へ赴くたびに事態はどんどん後退しているように思われた。必ず何かしらの不備を指摘された。書類が足りない、もっと詳しい情報がほしい……。行政担当者との面談から沈んだ気持ちで帰宅すると、アパルトマンの玄関に帽子を置き、かぶりを振った。その時、父が言っていたことばをふと思いだした。

『群衆と呼ばれる集まりのなかに、本物の人間はひとりもいない』

十一月初めになると、ドイツからたくさんのユダヤ人がフランスに亡命してきた。エフライムはそれを知って不安になった。どうやらユダヤ人を国外脱出に駆り立てる恐ろしいことが、ドイツで次々と起きているらしい。家財道具を残したまま、取るものも取りあえず逃げてくる者もいた。エフライムはため息をつき、その話題を見聞きするのをなるべく避けた。

「肝心なのはそこじゃないんだ。フランスにどれだけユダヤ人がやってこようが、ぼくの問題は解決しない」

それから数日後、エマが帰宅するなり思いがけないことを言いだした。

「ねえ、あなたのいとこのアンナ・ガヴロンスキーさんに会ったわ。息子さんと一緒にパリに来てるんですって。ベルリンから逃げてきたの。ご主人がドイツの警察に捕まったんだそうよ」

エフライムは驚きのあまり声も出なかった。テーブルに置かれた水差しのほうを向いたまま、ぼんやりと宙を見つめていた。

「どこで会ったんだ?」しばらくして、エフライムはようやくエマに尋ねた。

「あなたに会いたかったのに、住所をなくしてしまったんですって。あちこちのシナゴーグへ行って捜してたらしいの。それで偶然わたしと……」

どうやらエマは夫に禁じられていたにもかかわらず、いまだにこっそりシナゴーグに通っていたらしい。だがエフライムはその点を咎《とが》めなかった。

「話をしたのか?」エフライムは興奮した口調で言った。

「ええ、息子さんと一緒にうちに食事に来てほしいと誘ったの。でも断られてしまって」

エフライムは、誰かに強い力で押されているかのように、胸に痛みを感じた。

「どうして?」

「招待を受けることはできないって言うの。お返しができないからって」

エフライムは〈アニュータの言いそうなことだ〉と思い、引きつった笑みを浮かべた。

「どれだけひどい混乱のさなかにあっても、礼儀作法を怠らない。ガヴロンスキー家の娘らしいよ」

「わたし、家族なんだからそんなふうに考える必要はないって言ったんだけど……」

「うん、きみはよくやったよ」エフライムはそう言いながら、勢いよく立ち上がった。はずみで椅子が床にひっくり返った。

実はエマには、ほかにも言わなくてはならないことがあった。緊張しながら、ポケットの底に入っている紙切れをぎゅっと握りしめる。そこには、アンナと息子が宿泊しているホテルの住所が書かれていた。エマはアンナからもらったその紙を夫に渡すのをためらった。アンナは今も美しかった。妊娠を経験しても体型はすらりとしたままだ。確かに頰が多少こけて、胸も昔ほど豊かではなくなったようだが、今でも十分に魅力的だった。

「あなたに会いに来てほしいって言ってたわ」エマは紙切れを差しだしながら、やっとのことで言った。

丁寧に書かれた丸っこいその筆跡は、確かにアンナのものだった。エフライムはそれを見て激しく動揺した。

「どうしたらいいと思う?」エフライムはエマに尋ねた。手の震えに気づかれないよう、両手をポケットにつっこんでいた。

エマは夫の目をまっすぐ見て言った。

「行ってあげるべきだと思う」

「今?」エフライムが尋ねる。

「ええ。なるべく早くパリを発ちたいって言ってたから」

エフライムはすかさずコートをつかみ取り、帽子をかぶると家を飛びだした。全身がこわばり、心臓が高鳴っている。まるで若い頃に戻ったかのように、地に足が着かない心持ちで、セーヌ川に架かる橋を渡ってパリの街を縦断した。日々のさまざまな悩みや葛藤はすべて脳裏から消え去っていた。しっかりとした足取りで、小走りで北へ向かう。ずっと前からこの日が来るのを待っていたのだ。いつかこういう日が来ると信じていた。その一方で、もしかしたら来ないかもと恐れてもいた。最後にアニュータに会ったのは、エマと結婚すると正式に告げた時……一九一八年だった。あれからちょうど二十年が経つ。あの時、アニュータは驚いたふりをしたが、実際はすでに知っていたはずだ。だが、彼女は最初に少しだけ泣いた。簡単に泣く女だとわかってはいたが、それでもその姿に動揺した。『きみが望むなら結婚をやめてもいい』
『まあ、あなたったら』アンナの涙は急に笑いに変わった。『そんなに深刻にならないでよ。笑ったりしてごめんなさい、でもおかしくて。さあ、わたしたちはいとこ同士でいつづけましょう』
エフライムにとっては嫌な記憶だった。最悪の思い出だった。

アンナが泊まっているホテルは、パリ東駅の裏手にひっそりと隠れるようにして建っていた。古くてほぼ倒壊しかかっているような建物だった。

なかに入ったエフライムは、〈あのアンナ・ガヴロンスキーが泊まるような場所じゃない〉と思った。ロビーに敷かれたカーペットは、フロントにいる女性と同じくらいくたびれていた。

フロントの女性は仕切りガラスの向こうで顧客名簿をめくっていたが、ガヴロンスキーという名前は見つからないようだった。

「本当にこのお名前ですか？」

「すみません、これは彼女の旧姓で……」

そう言いながら、エフライムはアンナの夫の姓を思いだせないことに気づいた。知っていたはずなのに、忘れてしまったのだ。

「ゴールドバーグだったかな。いや、グラスバーグか！　あるいはグリンバーグ……」

エフライムは、神経が高ぶるあまり頭が回らなくなっていた。その時、エントランスが開いてドアベルが鳴った。振り返ると、そこにアンナがいた。斑点模様のついた毛皮のコートに身を包み、ユキヒョウ柄のトック帽を被っている。外の冷気のせいで頬が赤く染まり、表情が張りつめていた。男なら誰でも魅了される、ロシアの王女のような高貴さを全身から発している。両手には、きれいに包装されたいくつかの箱を持っていた。

「あら、来てたの」アンナは昨日会ったばかりのような口調で言った。「ロビーで待ってて。荷物を部屋に置いてくるから」

エフライムは息を切らし、ひと言も発することができずに立ちすくんでいた。超常現象を目にした気分だった。アンナは二十年前とまったく変わっていない。

「よかったら、わたしのためにホットチョコレートを頼んでおいてくれない？　ごめんなさいね、あなたがこんなに早く来るなんて思わなかったから」アンナのフランス語の発音はとてもチャーミングだった。

だが、これを聞いたエフライムは〈もしかしたら、やんわりと非難されたのだろうか〉と思った。まるで自分が、帰宅したご主人を出迎えるために尻尾を振って飛んできた犬になった気がした。

「ある朝、夫とわたしが目覚めたら」アンナはホットチョコレートをちびちびと舐めながら話しはじめた。「家のすぐそばの通り沿いで、ユダヤ人の商店のショーウィンドーがことごとく割られていたの。歩道がガラスの破片でいっぱいになって、まるで水晶のように輝いてた。あなたには想像できないでしょうね、わたしだってあんな光景を見たのは生まれて初めてだったわ。それから電話がかかってきて、夫の友人が真夜中に妻と子どもたちの目の前で殺されたと知らされたの。電話を切るとすぐに家の呼び鈴が鳴って、やってきた警官に夫が連行されていった。連れていかれる直前、息子と一緒にすぐにベルリンを出るよう夫に命じられたの」

「ご主人は正しい」エフライムはそう言いながら、脚で椅子の端を叩くように貧乏ゆすりをした。

「信じられる？　荷物をまとめる暇さえなかったのよ。ベッドも直さずに、スーツケースひとつ抱えて、恐ろしさに震えながら大急ぎで出てきたの」

エフライムはアンナの話に集中していなかった。こめかみの血管がどくどくと音を立てている。アンナはエマと同い年、つまり現在は四十六歳のはずだ。それなのにまるで若い娘のように見える。

〈どうしてこんなに若々しくいられるんだろう〉エフライムは不思議に思った。

「なるべく早くマルセイユへ行くつもり。そこから船に乗ってニューヨークへ行く」

「何かぼくにしてほしいことは？　お金はある？」

「やさしいのね、大丈夫よ。夫が用意してたお金を全額持ってきたから。息子のダヴィッドとわたしがすぐにでもアメリカで暮らしていけるよう、あらかじめ準備しておいてくれたの。どれだけ向こうにいるかはまだわからないけど……」

「どうしたらきみの役に立てる？」

アンナはエフライムの腕にそっと手を重ねた。エフライムはそのしぐさに驚いて、またしてもアンナの話に集中できなくなった。

「ねえ、わたしの大切なフェディア、あなたもここを出ないと駄目よ」

エフライムは、上着の袖の上に置かれたアンナの小さな手を見つめながら、しばらく無言のままでいた。パールピンク色に塗られたその爪が、エフライムの心を浮き立たせた。自分はこれからアニュータと手に手を取って豪華客船に乗るのだ……新たに息子となったダヴィッドも一緒だ。潮風の匂いを胸いっぱいに吸い込み、船の汽笛の音色に聞き惚れる……。エフライムの胸中はこうした妄想でいっぱいになり、首筋の血管がはちきれそうになった。

「ぼくもきみと一緒に行こうか？」エフライムは尋ねた。

アンナは眉をひそめてエフライムを見つめた。それから大声で笑いだした。大きな口から覗く小さな歯が白く輝いている。

「嫌だ、もう！」アンナが言った。「あー、まったく笑わせないでよ。いったいどうしてそうなるの？　わたしたち、そういう間柄じゃないでしょう？　それより真面目に聞いてちょうだい。いい？　あなたたちもなるべく早くここを発つのよ、奥さんと、子どもたちと一緒に。仕事の清算をして、財産を売りはらって。所持品はすべて金塊に換えなさい。そしてアメリカ行きの船の切符を手に入れるの」

小鳥の鳴き声のようなアンナの笑いがエフライムの耳に不快に響いた。とても耐えられなかった。

「いい、よく聞いて」アンナはエフライムの腕を揺さぶりながら言った。「とても大事なことよ。あなたに会いたかったのは、どうしても言っておきたかったから。あいつらが望んでいるのは、わたしたちがドイツから出ていくことだけじゃない。わたしたちを追いだしたいのではなく、わたしたちを破滅させたいのよ！　もしアドルフ・ヒトラーがヨーロッパを征服したら、わたしたちはどこにもいられなくなる。どこにもよ、エフライム。ねえ、聞いてる？」

だが、エフライムは聞いていなかった。アンナのかん高い笑い声だけが耳に反響していた。親しげだけど、意地の悪い笑い。二十年前、彼女のために結婚をやめてもいいと言った時と同じ笑い。もはやエフライムにはただひとつの望みしかなかった。今すぐここから立ち去りたい。ほかのガヴロンスキー家の人間たちと同じ、高慢ちきなこの女のもとから一刻も早く離れたい。

「口のまわりにチョコレートがついてる」エフライムはそう言いながら立ち上がった。「言いたいことはわかったよ。ありがとう。でももう行かないと」

「もう？　息子のダヴィッドを紹介したいのに」

「いや、無理だ。妻が待ってる。ごめん、時間がないんだ」

エフライムがあまりにそそくさと帰りたがるので、アンナは傷ついたようだった。エフライムはその姿を見て〈勝った〉と思った。

〈どういうつもりだったんだろう。ぼくがホテルに泊まっていくとでも思ったんだろうか。まさか同じ部屋に？〉

帰途、エフライムはタクシーを拾った。アンナが泊まっているホテルが遠ざかるのをバックミラーで確認しながらほっとひと息ついた。そして声を上げて笑った。奇妙な笑いだった。運転手は酔っぱらいだと思っているようだった。確かにある意味、エフライムは酔っぱらいだった。取り戻した自由に酔っていた。

「ぼくはもうアニュータを好きじゃない」エフライムはまるで頭がおかしくなったかのように、車の後部座席で大声でそう言った。「愚かな女だ。まるでオウムのように、夫のことばを繰り返していた。夫はきっと金持ちで名士なんだろう。鼻持ちならないデブの経営者で、ユダヤ人への憎しみを人々の心にかき立てるタイプに違いない。それに、よくよく見たら彼女はもうそれほど美人じゃない。かつて卵形だった顔はすっかりこけていたし、瞼も垂れていた。手には茶色い染みがいくつもあったし……」

エフライムは汗をかいていた。アンナへの恋心が汗になって放出されているようだった。全身の皮膚の毛穴一つひとつから気持ちが蒸発していった。

「もう帰ってきたの？」夫の帰りが遅くなると思っていたエマは驚いた。

内心の動揺をごまかすかのように、エマはダイニングテーブルの椅子に座って黙々と野菜の皮を剝いていた。

「うん、もう帰ってきた」エフライムはそう言うと、エマの額にキスをした。温かい家に戻ってこれたのが嬉しかった。キッチンには料理の匂いが漂い、廊下からは子どもたちが立てる物音がする。

自分の家に帰ってきてこれほど心が安らいだことはかつてなかった。

「アニュータはアメリカに発つんだ。それをぼくに言いたかったらしい。夜になる前にホテルを出るんじゃないかな。ぼくたちもなるべく早くヨーロッパから逃げる準備をすべきだって言うんだけど、きみはどう思う？」

「あなたは？」エマは尋ね返した。

「わからない。きみの意見を聞きたい」

エマは長い間考えこんだ。椅子から立ち上がり、鍋の熱湯のなかに野菜を入れる。立ち上った熱い蒸気が顔にかかった。それから夫を振り返った。

「わたしはこれまでずっとあなたについてきた。もしここを出てまた一から始めるなら、やっぱりあなたについていく」

エフライムは愛おしげに妻を見つめた。これほど献身的で一途な妻に、自分はふさわしい夫だっただろうか？　この妻以外の女を愛するなんて、そんな馬鹿げたことができるだろうか？　エフライムは両腕でエマをしっかりと抱きしめた。

「じゃあ、ぼくの考えを話そう」エフライムは言った。「アニュータが政治に明るいとはとても思えない。いとこだからね、そのくらいはわかるよ。ぼくが思うに、彼女は少し神経質なんだ。もちろん、ドイツで起きていることはひどい。でもフランスはドイツじゃない。彼女はそこを混同している。ちょっと狂人みたいな目つきだったよ。瞳孔が開いててさ。それに、ぼくたちがアメリカへ行ったとして、いったい何をすればいい？　この歳で何ができる？　ニューヨークへ行って、きみはズボンにアイロンかけをする仕事なんかできるかい？　たいした稼ぎにもならないのに？　ぼくは嫌だ、冗談じゃない。向こうにはユダヤ人が多すぎる。目ぼしい仕事はすでに誰かのものになっている。エマ、ぼくはもうきみにつらい思いをさせたくない」

「本当にあなたはそれでいいの？」

エフライムはもう一度真剣に考えた。そして数秒後にこう答えた。

「やっぱり馬鹿げているよ。もう少しでフランス国籍を手に入れられるというところで、アメリカへ行くなんて。この話はもう終わりだ。さあ、子どもたちを呼んで、みんなで食事をしよう」

第十八章

ボリスは、十一年にわたる研究の末、孵化前の卵の状態で鶏の性別を確認できる機械を開発した。卵内に網目状に形成される血管網を観察することで、生まれてくる雛が雌鶏になるか雄鶏になるかがわかるという。この発明品は、『プラハ新聞』、『プラハ日刊新聞』、『国家解放』などのチェコの多くの新聞、そしてフランス語で書かれたチェコ情報誌に紹介された。

一九三八年十二月初め、フランスで発明品の特許を申請するために、ボリスが突然チェコからパリにやってきた。エフライムが経営するSIRE社名義で、学術研究資料をまとめる予定だった。エフライムとボリスは、資料を作成するために何日もオフィスに缶詰になった。ふたりの興奮は家族みんなに伝染した。エマはそのようすを見てほっとした。帰化申請を却下しつづける行政当局に対する夫の怒りが、いっときでもやわらいだようだったからだ。

クリスマス休暇になると、一家はボリスを連れてノルマンディー地方のレ・フォルジュの別荘へ向かった。

「こいつはまるでソ連の集団農場《コルホーズ》だな！　父さんがやったんだろう？」ボリスは到着するなりそう叫んだ。「だが、もう少し改良が必要だ」

社会革命党の上官から農業従事者に転向したボリスは、動物の生態に詳しかった。ボリスのおかげでラビノヴィッチ家の農場はさらに充実した。鶏舎を建てて、数頭の豚も飼育しはじめた。ミリアムとノエミはこの空想家の伯父が大好きだった。ひとり気ままに暮らしている大人の存在は、子どもたちを魅了し、ほっとさせるのだ。

エマは家族でハヌカを祝いたかったが、エフライムとボリスに反対された。兄弟の団結には逆らえず、夫の上機嫌に水を差すのもためらわれたので、エマはやむなく折れることにした。

「でも子どもたちに約束しよう」エフライムが言った。「フランス国籍が取れたらみんなでクリスマスを祝うんだ。モミの木も買おう！」

「ちっちゃなキリストがいるクレーシュ（キリスト降誕シーンの模型。クリスマスシーズンに飾られる）はどう？」ミリアムが父をからかうように尋ねた。

「いや、それはちょっとやりすぎじゃないかな……」エフライムはエマをちらりと見ながら答えた。

一九三九年一月五日、一家がパリに戻ると、アメリカのメリーランド大学からボリス宛てに手紙が届いていた。国際的な鳥類飼育会議である〈第七回世界家禽学会　生産性向上〉への招待状だった。ボリスの発明品が高く評価された証だ。エフライムはお祝いにシャンパンを手に入れた。弟のエマニュエルもやってきて、兄たちに「渡米してハリウッドに挑戦したい」と告げた。

「父さんが勧めてくれた時にアメリカに行かなかったことを、今では後悔してるんだ。フリッツ・ラング、エルンスト・ルビッチ、オットー・プレミンジャー、ビリー・ワイルダーたちのように、ぼくだってもっと早く渡米していたら向こうで成功していたかもしれない。ぼくは子どもだった。父親より自分のほうが世間を知っていると思いこんでいたんだ」

だがボリスとエフライムは、機が熟すまでもう少し待ったほうがいいとアドバイスした。

チェコスロバキアに戻ったボリスから、ふたりの姪っ子と弟のエフライム宛てにポストカードが届いた。
ヨーロッパの状況はさらに悪くなっていた。

ポストカードには「まさかこんなことになるとは」と書かれていた。

一九三九年三月、チェコスロバキアがナチス・ドイツに制圧され、ボリスは国外に出られなくなった。メリーランド大学の世界家禽学会にも行けなくなり、ひどく落胆しているようだった。それからエマニュエルとの会話に触れて、「国から出られなくなる前に、アメリカへ行くよう勧めればよかったかもしれない」と書いていた。

ナフマンからは、夏のバカンス中に家族でパレスチナに来ないかと誘われた。だが、エフライムとエマはパレスチナの夏の厳しい暑さを知っていたので、涼しいノルマンディー地方の別荘で過ごすほうを選んだ。それにエフライムはフランス国籍取得にこだわっていたので、ハイファへの旅行は申請にとってマイナスになると考えた。

五月、フランスは、ドイツから攻撃を受けたら軍事支援をする契約をポーランドと締結した。エマはポーランドのウッチに暮らす両親に毎日手紙を書いた。エマは不安を外に表さなかった。とくに子どもたちにはひた隠しにした。

夏のバカンス中、ミリアムは数枚の絵画を描いた。かご盛りのフルーツ、グラスワイン、頭蓋骨などのヴァニタス（はかなさを象徴する物）など、小さなサイズの静物画ばかりだった。ミリアムは「静物画」を表すことばとして、フランス語の〈ナチュール・モルト〉より英語の〈スティル・ライフ〉のほうを好んだ。「死んだ自然」より「まだ生きている」のほうがずっといい。ノエミは毎日欠かさず日記を書いた。ジャックはラズニエ＝ラシェーズの『農学総覧』を読んで農業技術を学んだ。九月初め、パリへ戻る前日に、ミリアムとノエミはガッシュ（不透明水彩絵具）と小型のキャンバスを買いにエヴルーへ出かけた。

ふたりの姉妹は自転車を押しながら、信用金庫の大きな建物の前を歩いていた。すると突然、時計塔の鐘が激しく鳴る音が聞こえた。警鐘だ。鐘の音は何度も繰り返され、なかなか鳴りやまなかった。そのうち、町中の教会の鐘も一斉に鳴りだした。ふたりが画材店に到着すると、ちょうど店主が金属音を立てながらシャッターを下ろすところだった。

「きみたち、早く家へ帰りなさい！」店主はふたりにそう怒鳴った。

どこかの建物の開いた窓から悲鳴が聞こえてくる。

ミリアムはこの時の騒ぎをその後もずっと忘れなかった。戦争の始まりだった。

ふたりは自転車に乗って急いで別荘へ戻った。帰り道、村はふだんと何ひとつ変わっていなかった。すべてがいつもどおりだった。


パリへ戻る準備をしていたラビノヴィッチ家の一同は、再び荷物を解いた。パリは爆撃の危険性が高い。ここにいるほうが安全だった。

エフライムとエマはレ・フォルジュの村役場へ行き、別荘を本拠地に変更する手続きをした。ノエミとジャックはエヴルーの学校へ通うことになった。

田舎にいると安心感があった。近所の人たちも、パリよりやさしかった。それにナフマンの菜園とボリスの鶏舎のおかげで、新鮮な野菜と卵がいつでも手に入る。世の中が混乱状態に陥った今、エフライムはこの田舎の家を事前に買っておいてよかったと心の底から思った。

一週間後、ノエミとジャックの新学年がスタートした。ノエミは高校《リセ》の最終学年、ジャックはコレージュの第三学年に進級した。ミリアムは哲学の授業を受けるために、レ・フォルジュからパリのソルボンヌ大学に通った。エマは音階練習をするためにパリの家からピアノを運ばせた。日曜になると、エフライムは小学校教師の妻を持つ男を相手にチェスを指した。

「今は戦時中だから」ラビノヴィッチ家ではみんながそう言った。そう言いつづけていれば、いつもどおりの生活をしていてもいずれはそれを実感できそうな気がした。

今のところはまだ、「戦争」はラジオで聴いたり、新聞で読んだり、隣人と話をしたり、カフェで小耳に挟んだりするだけのものだった。

ノエミは、伯父のボリス宛てに手紙を書いた。「でもわたしは死にたくない。だって空が青ければ生きるのは楽しいから」

そんな奇妙な雰囲気のなかで数週間が経った。戦争は遠くから聞こえてくる非現実的な噂にすぎず、前線での死者数は抽象的な数字でしかなかった。誰もがこの動乱に対して無頓着だった。

「ミリアムの遺品のなかに、ノエミのノートが数ページ残ってたんだ」母はそう言うと、そのノートを読み上げた。「ほかの人たちはみんないつもどおりに暮らしている。食べて、飲んで、眠って、自分がやるべきことに精を出して。それでおしまい。『ええ、もちろん、どこかで戦っている人たちがいるのは知ってるわよ。だからといってどうしろっていうの？　ここでは必要なものは何でも手に入るのに』。いや、まじめな話、本当に誰もがたくさんの料理をお腹いっぱい食べながら『あっちでは飢えて死んでる人たちがいるんですって』と言い合っているのだ。バルセロナでは、『あたし音楽が聴きたい』と言ってラジオ受信機のボタンを回し、アナウンサーが読むニュースを聞かずに、ティノ・ロッシのささやくような甘い美声に耳を傾ける人たちがいる。見事なまでの無関心、完全なる無関心。目を背け、無邪気で無垢なふりをする。あたしたちがおしゃべりをし、金切り声を上げ、取っ組み合いの喧嘩をし、仲直りをしている間に、死んでいる人たちがいる」

一九三九年九月、ドイツ軍がポーランドに侵攻し、ポーランドは一カ月ほどで陥落した。ドイツに宣戦布告したフランス軍とイギリス軍は、ドイツ軍に対して形ばかりの攻撃をしたものの、戦時中であることが信じられないかのように、戦闘行為はほとんど行なわれなかった。イギリス人はこれを〈フォウニー・ウォー（まやかしの戦争）〉と呼んだ。あるフランス人ジャーナリストがこの「フォウニー（まやかしの）」を「ファニー（奇妙な）」と聞き間違えたため、フランスでは〈ドロール・ド・ゲール（奇妙な戦争）〉と呼ばれるようになった。

エマは父のモーリス・ヴォルフから手紙を受け取った。ドイツ軍侵攻のようすが書かれていた。ウッチにも装甲車が列を成してやってきたという。ヴォルフ家は、ドイツ占領軍に自宅を接収され、引っ越しを余儀なくされた。手紙には書かれていなかったが、きっと織物工場とダーチャも奪われてしまっただろう。ジャックがよちよち歩きを覚えた石造りの階段……あの蔦のからまる階段を、今はドイツ軍兵士たちが昇降していると思うとエマの胸は痛んだ。ウッチの町は再編成され、新たな地区に再分割された。ミアスト地区、バルティ地区、マリジン地区はユダヤ人居住区（ウッチ・ゲットー）とされた。ヴォルフ家はバルティ地区へ移住させられ、小さなアパートで暮らしはじめた。夜間外出禁止令が出され、ゲットーの住民は夜七時から朝七時までは自宅から出られなかった。

フランスに暮らす多くのユダヤ人と同様、エフライムも向こうで起きていることがさっぱり理解できなかった。

「フランスはポーランドとは違う」エフライムはエマに繰り返しそう言った。

学年度が修了する翌年五月頃、〈ドロール・ド・ゲール〉が終わり、ドイツ軍はいよいよ侵攻を開始した。学年度末の試験は延期、あるいは中止された。学生たちは免状をもらえるかどうかさえわからなかった。エフライムは、ドイツ軍がパリに入ったという新聞記事を読んだ。ドイツ軍はすぐそばまで来ているようでも、まだ遠くにいるようでもあり、エフライムは奇妙な脅威を感じた。一九四〇年六月二十三日、ヒトラーはお抱え建築家であるアルベルト・シュペーアを連れてパリの街を見学した。ウエルトハウプトシュタット・ゲルマニア、つまり《世界首都ゲルマニア》というベルリン都市計画の参考にするためだった。ヒトラーは、ヨーロッパ最大級の建築物を次々と建ててベルリンを近代都市に改造しようとしていた。シャンゼリゼ大通りや凱旋門のような建造物を十倍の大きさにして造るというのだ。なかでもヒトラーがもっとも気に入っていたのが、ネオ・バロック様式のオペラ座だった。

「この建物の大階段は世界一美しい！　豪華に着飾った貴婦人たちが、正装した紳士たちが立ち並ぶ前で階段を優雅に降りていく……。シュペーア、われわれもこういうものを造らなくてはならない！」

　だが、ドイツ人がみなヒトラーのようにフランスに来るのを喜んだわけではない。ドイツ占領軍の兵士たちは、家を出て、祖国を離れ、妻や子どもと別れて、異国のフランスに駐留するのを嫌がった。そこでナチス宣伝省は、大々的なキャンペーンを打ちだした。フランスの生活水準の高さをアピールすることで、フランス駐留希望者を集めようとしたのだ。ナチスのスローガンにされたのは、皮肉にもユダヤの慣用表現だった。グリュックリッヒ・ヴィ・ゴット・イン・フランクライヒ、「フランスの神のように幸せだ」。もとのことばは「フランスのユダヤ人のように幸せだ」で、「フランスではユダヤ人でも自由に、安全に、尊厳を保って暮らせる」という意味のイディッシュ語だったのだが、それがそのままドイツ軍兵士向けに流用された。

　一九四〇年六月二十二日、ナチス・ドイツとフランスの間で休戦協定が締結された。これによって、フランス国土の北半分がドイツ軍に占領された。ラビノヴィッチ家はパリには戻らなかった。占領軍から逃げるようにして多くの人たちが西へ向かうと、ラビノヴィッチ家もそれに従った。一家はブルターニュ地方のサン＝ブリユーにほど近いル・ファウエに数週間滞在した。到着当初、ミリアムとノエミは海が磯臭いことと、海岸沿いに海藻がたくさん生息していることに驚いた。だがすぐにそれにも慣れた。ある朝、海の水が地平線のかなたまで引いていた。ふたりの姉妹は引き潮を見たのは初めてで、しばらく黙ったまま立ち尽くしていた。

「まるで海も怖がっているみたい」ノエミが言った。

新聞が数日間発行されなかった。海に沈む夕日を眺めていると、まるでパリが占領されたことが嘘のように思えた。目を閉じて、顔を海のほうへ向ける。波の音と、砂の城を作って遊ぶ子どもたちの笑い声が聞こえる。八月の最後の日々、なぜかかつてないほど強く、こういう幸せなひと時はもう二度と戻ってこないかもしれないという気持ちにさせられた。のんびり暮らす日々、ぼんやりと過ごす時間。これまで体験してきたことがすでに失われてしまったような、嫌な感じがする日々だった。

第十九章

一九四〇年の新学年度から、ドイツ政府の命令によってフランスはドイツ時間に変更させられた。当局はすべての時計を一斉に一時間進めなくてはならず、誰もがとまどった。フランス鉄道《SNCF》の乗り換えではパニックが起きた。切手にはドイチェス・ライヒ《ドイツ国》と記され、下院議事堂には鉤十字《ハーケンクロイツ》の旗が掲げられた。学校の校舎は軍政当局に徴発され、夜間外出禁止令によって夜九時から朝六時まで外に出られなくなった。日が暮れても街灯は点かず、買い物には配給チケットが必要だった。民間人はすべての窓ガラスを黒いサテン生地で覆うか、黒く塗りつぶすかするよう命じられた。連合軍の飛行機に信号で合図を送れなくするためだった。ドイツ軍兵士たちはあちこちで検問を行なった。フィリップ・ペタン元帥がフランス国の国家主席に就任したのは、一九四〇年の夏至が過ぎた頃だった。フランス中部の町ヴィシーに首都を置いた、ヴィシー政権の始まりだった。ペタンは〈国民革命〉と銘打った政策に取り組んだ。すべてがここから始まった。一九四〇年九月二十七日、ドイツ軍政当局により、フランス北部の占領地区で初めてユダヤ人の身分に関する政令が出された。そして一九四〇年十月三日、この政令にもとづいて、今度はフランス政府（ヴィシー政権）によって「ユダヤ人身分法」が制定された。のちにミリアムはこの時のことをこう述べている。

『ある日突然、すべてがひっくり返った』

逆説的ではあるが、すべてはゆっくりと、そしてそれと同時に急速に進んだ。あとになって振り返ると、〈あんなに時間があったのに、どうして何の対処もしなかったのだろう〉と思う。そして〈どうしてあんなに大丈夫だと思えたのだろう〉と自問する。だが、その時にはもう遅いのだ。一九四〇年十月三日のユダヤ人身分法では、ユダヤ人は「三人の祖父母がユダヤ人である者、あるいは、二人の祖父母がユダヤ人で配偶者もユダヤ人である者」とされた。この法律によって、ユダヤ人はすべての公職に就くことを禁じられた。ユダヤ人の教師、軍人、国家公務員、地方自治体職員は、みな退職を強いられた。新聞や雑誌で文章を公表することも禁じられた。演劇、映画、ラジオなどエンターテインメント関連の職業に就くことも許されなかった。

「発禁作家のリストもあったの？」

「あったよ。パリ在住ドイツ大使のオットー・アベッツの名を取って『オットー・リスト』と呼ばれてた。このリストに掲載されたすべての作家の書籍が、書店から回収されたんだ。ユダヤ人はもちろん、コミュニスト、体制を維持するのに邪魔になるとみなされたフランス人の作家も含まれた。たとえば、コレット、アリスティッド・ブリュアン、アンドレ・マルロー、ルイ・アラゴン、すでに鬼籍に入っているジャン・ド・ラ・フォンテーヌでさえそうだった」

一九四〇年十月十四日、エフライムはエヴルーにあるウール県庁で、ユダヤ人第一号として登録された。大判のマス目入り用紙を束ねた登録簿の一番にエフライム、二番にエマ、そして三番にジャックの名前が記載された。フランスに暮らしてすでに十年以上経っていたが、フランス国籍の申請が却下されたので、一家は「外国籍ユダヤ人」とされた。エフライムは、今こうして迅速に命令に従っておけば、フランス行政当局に好印象を与えて後々有利になるかもしれないと考えた。だが、本当の身分と職業を告げるには問題があった。ドイツ軍政当局の政令によって、ユダヤ人は「企業家、経営者、取締役」に就くことを禁じられていたからだ。エフライムは小さな技術会社の経営者だ。しかし、それを正直に言うわけにはいかない。かといって、無職とは言いたくなかった。そこで嘘をついて、ユダヤ人に許されているいくつかの職業からひとつを選ぶことにした。結局、選んだのは「農業従事者」だった。パレスチナでの農業生活をあれほど嫌っていたエフライムにとっては、皮肉な選択だった。登録簿に署名をしたあと、「一九三九年から一九四〇年にかけてドイツと戦った人たちを誇りに思う」と余白に記してからもう一度署名をした。ミリアムとノエミは「余計なことをして」と父に文句を言った。馬鹿げた行為が恥ずかしかった。

「ペタンがこんな登録簿を読むとでも思ってるの?」

ミリアムとノエミは登録に行くのを拒んだ。エフライムは「おまえたちはそれがどんなに危険かわかっていない」と言って怒った。エマは激しく動揺し、命令に従うよう娘たちに懇願した。結局、四日後の一九四〇年十月十八日、ふたりの姉妹はユダヤ人住民登録のために渋々と県庁を訪れた。無宗教者と記して、番号は五十一番と五十二番だった。県庁からは「ユダヤ人」と記された新しい身分証明書を配布された。一九四〇年十一月十五日、ウール県庁で発行された証明書の番号は40AK87577だった。

エマニュエルはアメリカ行きの夢を諦めていなかった。しかし渡米には乗船料が必要で、それだけの金額をどうやって稼いだらいいのかわからなかった。ユダヤ人は俳優業も禁じられたので、もう映画に出ることはできないのだ。ユダヤ人登録はしなかった。エフライムは、こんな時にも自分勝手に振る舞おうとする弟に苛立った。

「県庁に出頭するのはぼくたちの義務なんだぞ」

「お役所って苦手なんだよ」エマニュエルはタバコに火をつけながらおざなりな返事をした。「あいつら、どっかへ行っちまえばいいのに」

「結局、エマニュエルは登録をしなかったの？」

「しなかった。法に違反する道を選んだんだ。ナフマンとエステルはずっとこの末っ子のエマニュエルを心配していた。子どもの頃からちゃらんぽらんで、学校でも勉強をしないし、ふつうの子たちがすることを何もしない。でもそのいいかげんさがエマニュエルを救ったんだ。エフライムとエマニュエルの兄弟を比べてごらん。何もかもが正反対だ。まるで神話に出てくる兄弟神みたいだよ。エフライムは勉強家で働き者、妻を大事にし、一般常識にこだわる。エマニュエルは女性を簡単に裏切り、嫌なことがあるとすぐに逃げだし、使い古したシャツのように簡単にフランスを捨てる。平和な時代に民族を守れるのは、エフライムのような人間だ。子どもを作り、愛情、忍耐、知性をもって育てられる。正常に機能している国では、未来を担う人間になれる。一方、混乱の時代に民族を救えるのは、エマニュエルのような人間だ。規則に従わず、よその国々に子種をばらまく。生まれた子どもを認知も養育もしなくても、とりあえず生き延びさせることはできる」

「エフライムは、自分を破滅させようと企んでいる国家に従ってしまったんだね。そう思うと本当に嫌になる」

「でも本人は知らなかったんだよ。そんなことは考えもしなかった」

外国籍ユダヤ人を《収容所》または《強制居住地》に拘禁すると決めた法律が制定された。文面は実に簡潔で、そして不明確だった。どうして収容所に拘禁されなくてはならないのか？　いったい何の目的で？　ドイツに移送されて働かされるという噂が広まった。だが、何をさせられるのかはわからない。ヴィシー政権の法律で、無職の外国籍ユダヤ人は《国内経済ではまかなえない余剰分》とみなされていた。そのため、勝利国の労働力として使われるのだろうと思われた。

「ここで重要なのは、最初に移送されたのは『外国籍ユダヤ人』に限定されていたという点だ」母が言った。

「意図的にそうしたんだね」

「もちろん。フランス社会に同化しているユダヤ人には後ろ盾がある。もし初めから《フランス籍》ユダヤ人を迫害していたら、国民はもっと反発していただろう。彼らにはすでに友人、同僚、同業者、クライアント、配偶者などがいたからね。ドレフュス事件を思いだせばわかる。アルフレッド・ドレフュスはフランス生まれだったからこそ、あれだけの擁護者を集めたんだ」

「外国籍ユダヤ人なら、それほど社会に根を張ってない……つまり、《見えにくい》ってことだね」

「外国籍ユダヤ人は無関心というグレーゾーンに生きていた。ラビノヴィッチ家が迫害されたからといって、いったい誰が擁護してくれる？　彼らには家族以外に誰もいなかった。つまりこうした法律では、まずは『ユダヤ人』という大きなカテゴリーを作っておいて、それをさらに細かく、外国籍ユダヤ人、フランス籍ユダヤ人、未成年ユダヤ人、高齢ユダヤ人などに分類し、状況に合わせて順番に適用させていく。よく考えぬかれたシステムだよ」

「でもお母さん、いずれは《知らなかった》では済まされなくなる時がくると思うんだけど」

「誰でも何かに対して無関心になるんだよ。今のあんたは誰に対して無関心か、自分の胸に手を当ててよく考えてみるといい。仮設テント、高架下、町から離れた収容施設に押しこまれた人たちは、あんたにとっての見えにくい人たちじゃないかい？　ヴィシー政権はユダヤ人をフランス社会から切り離そうと試みて、まんまとそれをやり遂げたんだよ」

エフライムは県庁に召喚された。この頃、行政当局に呼び出された時以外に町から出ることは許されていなかった。

本人と家族に関する登録情報を改訂するための呼び出しだった。

「前回の登録時、あなたは《農業従事者》と申告していましたね」エフライムと面会した担当者はそう切り出した。

エフライムは嫌な予感がした。もしかしたら嘘がバレたのかもしれない。

「何ヘクタールの畑を持っていますか？　従業員は何人？　畑で働く作業員は？　どんな農業機械を使ってますか？」

エフライムは本当のことを言わざるをえなかった。小さな庭、三羽の鶏、四匹の豚、近所の人たちと共同で使っている小さな菜園があるだけで……広大な農地を管理しているわけではない、と。

エフライムの登録情報を改訂する係の者が、《農業従事者》という記述を鉛筆で線を引いて消した。そして余白にこう書き添えた。「ラビノヴィッチ氏は、数本のリンゴの木が立つ二十五アールの土地を持っている。家族で消費するために数羽の鶏とウサギを飼っている」

「どういうトリックかわかるかい？　恐ろしいよ」

「本当だね。わざと嘘をつかせておいて、嘘つき呼ばわりする。わざと仕事を奪っておいて、おまえはこの国の厄介者だと言う」

「登録簿の《農業従事者》は《SP》と書き換えられていた。《無職《サン・プロフェッション》》の略語だ。こうしてエフライムは、フランスの土地で育った果実を横取りしているだけの《無国籍の無職》にさせられた。本当はこの土地の《所有者》になりたかったのに、決してそうさせてはもらえなかった。それだけじゃない。エフライムは《無国籍》ではなく、その後は《出身国不明》とされたんだ」

「なるほど。無国籍ならそれなりの事情がありそうだけど、出身国不明だとただ怪しくしか思えないもんね」

同じ頃、ユダヤ人が所有する企業と財産の接収に関する法律も制定された。経営者や商店主は自ら管轄の警察署へ申告しに行かなくてはならなかった。これは《企業のアーリア化》と呼ばれた。エフライムもSIRE社をフランスの企業に譲渡することを余儀なくされた。二十年間の汗と涙の結晶だった自らの発明品と特許、そして兄のボリスの特許も、すべてが大手水道会社のジェネラル・デ・ゾー社のものになった。

ヴィシー政権とドイツ占領軍によって大きな仕掛け網がひと目ずつ編まれていく間も、ラビノヴィッチ家のふたりの姉妹は活気に溢れる生活を送っていた。ノエミは小説を書き上げて、フェヌロン校の恩師のルノワール先生に読んでもらった。先生はノエミの才能を高く評価し、出版社の知り合いに頼んでペンネームで出版できるよう話を進めてくれた。ミリアムは、ソルボンヌ大学のそばでヴィサントという青年と知り合った。二十一歳で、父は画家のフランシス・ピカビア、母はパリの知識階級で才女として知られるガブリエル・ビュッフェ。この夫婦は子どもを持つ親というより、天才だった。

第二十章

ヴィサント・ピカビアはひとりで育った。庭師を悩ませる雑草のカモジグサのように、何があっても枯れることのないタンポポのように、ひとりでたくましく生きてきた。生まれてからこれまでの二十一年間ずっと、さまざまな場所を縫うようにして進んできた。どこへ行っても歓迎されず、悪い噂ばかりが先立ち、教師たちから疎《うと》まれ、寄宿舎から寄宿舎へと渡り歩いた。子どもの頃、バカンス初日にクラスメートたちが親と一緒に帰っていったあとも、ひとりぽつんと学校の出入口に佇《たたず》んでいた。両親は遊ぶのに忙しくて、子どもを迎えには来なかった。

母のガブリエルは、幼いヴィサントを避けながら暮らしていた。子どもは何を考えているのかわからないし、話すべきことは何もなかった。もっと興味深い存在になってから近づこうと思っていた。ヴィサントは兄や姉たちとかなり歳が離れた末っ子だった。おそらく過ちから生まれたのだろう、両親はずいぶん前にすでに離婚していた。ガブリエルはヴィサントを、ウール県ヴェルヌイユ＝ダヴル＝エ＝ディトンにあるロッシュ校の寄宿舎に入れた。屋外スポーツと芸術活動を重視するイギリス風教育方針を実施する学校だった。十九世紀末にエドモン・ドモランによって著された『アングロサクソンの優越性は何に由来するか？』という教育書が、八カ国語以上に翻訳されてベストセラーになっていた。人並みにこの本を手にしたガブリエルは、裏表紙に掲載されていた紹介文を読んだだけで、この本のタイトルの問いかけの答えを見いだした。「その優越性は教育にある」。ロッシュ校はドモランが創設した学校だった。

最先端の教育を受けながら、ヴィサントはロッシュ校で何も学ばなかった。集中力がなく、クラスメートの前で本を音読しなくてはならない時も、しどろもどろになって冒頭部分を何度も繰り返すだけだった。文字や単語が頭のなかでこんがらがってしまうのだ。

「学校なんて何の役にも立たないよ。大切なのは生きて、感じることさ」母のガブリエルは言った。

「単語のスペルなんて覚えなくていいよ。ことばは自分で作るほうが美しい」父のフランシスは言った。

一九四〇年十月、ミリアムと出会った時のヴィサントは何の資格も持っていなかった。コレージュの修了証書すらなかった。戦争勃発前は、レストランで皿洗いをしていた。山岳ガイドと詩人になりたかったが、フランス語の文法が苦手なのがネックだった。そこでソルボンヌ大学の掲示板に「文法を教えてくれる学生求む」と張り紙を出した。ミリアムがその張り紙を見つけて、ふたりは知り合った。誕生日はわずか三週間違いだった。ミリアムはロシアのどこかで八月に生まれ、ヴィサントはパリで九月十五日に生まれた。

「偶然とは思えない」わたしは母に言った。

「何の話?」

「わたしがお母さんのお父さんと同じ九月十五日に生まれたのは、単なる偶然とは思えないって」

「うーん、『偶然』ということばには三つの意味があるんだよ。ひとつ目は『幸運な巡り合わせ』、ふたつ目は『運命のいたずら』、三つ目は『突発的な出来事』。あんたはどの意味で『偶然』って言ったんだい?」

「わからない。でもわたしは、記憶が先祖のゆかりの地へわたしたちを導いてくれている気がする。本人が知らないうちに彼らにとって大切な日を祝ったり、彼らが行き来していた場所に通ったり……。こういうの、心理系譜学や細胞の記憶っていうんだろうけど、とにかくわたしには単なる偶然とは思えない。ヴィサントと同じ九月十五日に生まれて、フェヌロン校のENS文科準備学級に入って、ソルボンヌ大学で学んで、叔父のエマニュエルのようにジョゼフ・バラ通りに暮らして……。小さなことだけど、こうして並べるとすごいと思わない？」

「まあ、そうだね、たぶん」

ミリアムとヴィサントは週二回、ソルボンヌ広場のレクリトワールというカフェで待ち合わせをした。ミリアムは毎回、クロード＝ファーヴル・ド＝ヴォージュラが著した文法書と、ノートとペンを持参した。ヴィサントはぼさぼさの髪で、馬小屋から出てきたような匂いを発しながら、両手をポケットにつっこんでやってきた。いつも奇妙な服装をしていた。古いケープに身を包んでいたかと思えば、翌日はアルプスの猟師のような格好でやってくる。毎回違う服装だった。ミリアムは〈こんな男の子は見たことがない〉と思った。

ヴィサントの問題は発音だと、ミリアムはすぐに気づいた。発音が難しい単語があるとすぐにつまずいてしまう。集中力もなかった。だが、楽しくて無邪気な青年だった。先生ぶって真面目に勉強を教えようとするミリアムを、わざと笑わせようとした。不規則動詞や過去分詞の一致などを教えながら、ミリアムはヴィサントの冗談に声を上げて笑った。

ある日、ヴィサントはカフェでグロッグ（ラム酒のお湯割り）を注文した。酔いにまかせて、書き取りの時に無意味な文章をでっち上げ、フランス語の文法規則の一貫性のなさを指摘した。そして、ソルボンヌ大学の学生の真面目で偉そうな態度を揶揄《やゆ》し、ふんぞりかえって紅茶を飲む教授の物真似をした。

「リュテシアホテルのプールにいるほうがましだ」ヴィサントは最後にそう言った。

授業が終わると、ヴィサントはミリアムを質問攻めにした。両親はどういう人たちか、パレスチナでの暮らしはどうだったか、どういう国でどういう生活をしてきたか。同じ文章を、ミリアムが知るさまざまな言語で発音してもらいたがった。それからヴィサントは、ミリアムをじっと見つめた。こんなふうに誰かに興味を示してもらったのは、ミリアムにとって初めてだった。

だが、ヴィサントは自分のことはあまり話さなかった。唯一教えてくれたのは、気圧計のセールスマンの仕事を辞めたばかりということだけだった。

「一カ月でクビになったよ。本だったらもっとたくさん売ったんだけどな。おれ、アメリカの作家が好きなんだ。『ザ・サヴォイ・カクテル・ブック』って知ってる?」

ヴィサントを初めて見た時、そのスペイン系の美しい顔立ち、黒くて豊かな髪に、ミリアムは内心どぎまぎした。そして、過去の苦悩を示しているような、目の下の隈にも惹かれた。ヴィサントの顔立ちは祖父ゆずりだそうだ。物静かな人で、生涯を通して一度も定職につかなかったという。若い闘牛士のようにほっそりして、二度目の結婚で娘ほどの年頃のパリ・オペラ座バレエ学校の生徒と再婚した。その祖父にも目の下に隈があった。

数週間が経つと、ミリアムは、ヴィサントと会う日だけを楽しみに生きるようになった。ミリアムにとって、行動できる範囲や時間は狭まりつつあった。外出禁止令が出され、メトロの運行時間が短縮され、多くの商店が閉業し、発禁で読めない本が増え、遠方への旅行が禁止され、あちこちに検問所が設けられた。だが、ヴィサントがもたらしてくれた新しい世界のおかげで、すべてのつらさを忘れられた。

ミリアムは生まれて初めて、異性の気を引きたいと思った。物資が不足して石けんで洗濯ができなかったため、使いかけの粉末シャンプーの〈エドジェ〉と、瓶の底に数滴残った〈ソワール・ド・パリ〉を、有金をはたいて手に入れた。ダマスクローズとスミレの香りがするブルジョワ社の〈ソワール・ド・パリ〉は《恋の秘薬》と異名を取る香水で、一八六三年の発売当初は大変な評判を博したという。

ノエミは、ミリアムが香水を使っているのを見て〈好きな人ができたに違いない〉と思った。そして、姉が何も言ってくれないことにショックを受け、胸中がざわついた。もしかしたら相手は既婚者か、大学の教授かもしれない……。

ある日、ヴィサントが約束の時間に来なかった。ミリアムは辛抱強く待ちつづけた。香水の匂いを漂わせ、化粧をした姿で、いつものように授業ができるのを待った。それから心配になった。警報が発令して、メトロに閉じこめられたのかもしれない……。だが、四時間経過した頃には屈辱感にさいなまれ、ガストン・バシュラール教授の科学哲学の授業を受けそこねたことを腹立たしく感じていた。

次の待ち合わせのためにミリアムがカフェへ行くと、「いつもの青年から」とギャルソンに封筒を手渡された。なかには紙が一枚入っていて、鉛筆で何かが書き殴られていた。それは一篇の詩だった。

なあ、知ってるかい
女を引き止めようとしちゃだめだぞ
それは大きな間違いだ
多少の時間稼ぎにはなるだろうが
しまいにはきっとどこかへ行ってしまう
きみはほかの人たちのようには応えてくれない
いったいきみはいつの時代から来たのか
まわりに友人たちがいても

誰もいないような気持ちになる
きみは黒い瞳を持つ月だ
きみに言いたいことがたくさんある
なのにすべて忘れてしまった
もうほとほとくたびれた
頭がゆっくりと壊れていく
タバコはまだあるのにライターが点かない
その上、世界じゅうのマッチは涙で濡れてしまった
生は死の対義語ではない
昼が夜の対義語ではないように
それはたぶん、母が異なる
双子の兄弟のようなもの
世界の始まり
きみとおれ
世界の終わり
もうインクがない
きみにとってはラッキーか？

紙の裏には、わざと綴《つづ》りを間違えた文章が書かれていた。「足田の寄る、歯はの言えで、ぱあ邸を刷るので、着て星井。美賛都」ミリアムは笑った。そして胸が大きく高鳴るのを感じた。
「住所は書いてあるけど、時間がわからないんだよね」ミリアムは紙を見せながらノエミに言った。

「ねえ、どうしたらいいと思う？　着くのが早すぎるのも遅すぎるのも嫌だし」

ノエミはこの時初めて、姉が美青年の詩人に恋をしていると知った。しかも、その人の母親の家でパーティーを催すのだという。

「あたしも一緒に行っていい？」

「悪いけど、今回は駄目」ミリアムはささやくように答えた。まるで小声で言えばそのぶん罪が軽くなると考えているかのようだった。

ミリアムにとって、このパーティーは自分だけのもので、この日だけはどうしてもひとりで行きたかった。だが、それをノエミにどう伝えたらいいかわからない。ふたりはこれまでいつも一緒だった。でも今回ばかりは「ふたり」は無理なのだ。

ノエミは傷つき、姉に見捨てられたと感じた。姉を自分から奪ったこの詩人を憎んだ。美しいけれど奇妙な詩を書くこの青年を恨んだ。姉が交際する相手は、哲学教授の資格を取得するために一緒に頑張れる学生のほうがいいのに。詩人、画家の息子、変わり者は、自分のほうが合っている。男の人から詩を贈られるのも、華やかなパーティーに招待されるのも、黒い瞳を持つ美しい月と呼ばれるのも、姉より自分であるべきだ。ノエミは自室に閉じこもり、ベッドの下に隠しておいたノートに怒りにまかせて気持ちを書き殴った。

翌日の夜、ミリアムはコレットを呼んで、ふくらはぎに鉛筆でまっすぐな線を引いてもらった。ストッキングがないので、縫い目を描いてごまかしたのだ。

「脚を触られるのはいいけど、あまり奥まで見せちゃ駄目だよ。偽物だってバレちゃうから」コレットはそう言って笑った。

ミリアムは高揚した気分でヴィサントのパーティーへ向かった。ところが、アパルトマンの階段を上って部屋の前まで来ても、笑い声も音楽も聞こえない。日にちを間違えたのだろうか？　困惑しながら呼び鈴を鳴らした。迷った末、三十まで数えて誰も出なかったら帰ろうと思った。するとドアが細く開いて、隙間からヴィサントが現れた。真っ暗闇に美しい顔が浮かび上がる。なかには誰もおらず、ヴィサントも今まで寝ていたことが明らかだった。

「ごめんね、日にちを間違えたみたい」ミリアムは謝った。

「中止にしたんだ。待ってて、ロウソクを取ってくる」

戻ってきたヴィサントは、お香と埃の匂いがする東洋風の女性用ガウンを着ていた。生地にスパンコールが無数についていて、手にしたロウソクの灯を受けてきらきらと輝いている。ヴィサントは先に立って歩きだした。マハーラージャのように素足だった。

ミリアムは、ロウソクの灯だけが頼りの薄暗い室内に足を踏み入れた。まるで古道具店のように、どの部屋もがらくただらけだった。壁には何枚もの絵画が立てかけられている。棚の上には写真が積み重ねられ、アフリカの人形が並べられていた。

「音を立てないで」ヴィサントは小声で言った。「寝てる人がいるんだ」

ミリアムは静かにあとをついていった。キッチンに入ると電灯がついていて、そこで初めてヴィサントが目元に眉墨を塗っていることに気づいた。ヴィサントはワインを開けると、ボトルの首をつかんでそのままラッパ飲みした。それからグラスにワインを注ぎ、ミリアムに差しだした。ガウンの下には何も着ていなかった。

「あなたの詩、とてもよかった」ミリアムは言った。

ヴィサントは無言だった。〈あの詩は自分のものじゃない〉とも言わなかった。実際は、父のフランシス・ピカビアが母のガブリエル・ビュッフェのために書いた手紙を書き写しただけだった。離婚して十五年が経っていたが、ふたりはいまだにラブレターを送りあっていた。

「食べる？」ヴィサントはフルーツが入ったかごを指差した。

ヴィサントは洋梨の皮を剝き、実を小さくカットすると、ひとつずつミリアムに差しだした。果汁が次々としたたり落ちたが、ミリアムは何も言わずに洋梨を食べつづけた。

「パーティーをする気分じゃなくなっちまったんだ。今朝、父親が再婚してたことがわかったんだよ。しかも半年も前に。おれには誰も教えてくれなかった」ヴィサントはミリアムに言った。「うちの家族にとって、おれなんかどうでもいいんだよ」

「誰と再婚したの？」

「ドイツ系スイス人だ。馬鹿な女でさ、うちでずっと住み込みの家事手伝い《オーペア》をしてたやつなんだ。そういえば、『オーペア』ってことば、おれはずっと『父親のもの《オーペール》』って意味だと思ってた」

ミリアムはこれまで、両親が離婚した青年に会ったことがなかった。

「つらくなかった？」

「まあ、『おれの背後で悪口を言うやつらを、おれの尻は見逃さない』からね」父のフランシスのことばを借りて、ヴィサントはそう言った。「父親とスイス女は六月二十二日に結婚したんだ。休戦協定と同じ日だぜ。この結婚の行く末が目に見えるようだよ。それにしても、おれが式に招待されなかったってことは、きっと双子が行ったんだろうな」

「双子のきょうだいがいるの？」

「いや、おれが勝手に双子って呼んでるだけだ。きょうだいって呼ぶのは嫌だからさ」

ヴィサントは、自らの出生にまつわる奇妙なエピソードを話しはじめた。

「うちの両親は離婚して、父親のフランシスは愛人のジェルメーヌの家で暮らしはじめた。母親のガブリエルはこの家で父親の親友のマルセル・デュシャンと暮らしはじめた。つまり……わかっただろう？」

ミリアムにはまったくわからなかったが、話のつづきに耳を傾けた。こんな奇妙な話は今まで聞いたことがなかった。

「ジェルメーヌはフランシスの子どもを妊娠した。ジェルメーヌは喜んだ。ところが、ガブリエルも妊娠していたと知って大騒ぎになった。フランシスはいまだに元妻を愛しているのではないかと、ジェルメールは疑ったんだ。フランシスは、ガブリエルは自分ではなくマルセルの子を妊娠したのだと言って、ジェルメーヌを安心させた。ここまではわかった？」

ミリアムは、わからないとは言えなかった。

「つまり、父親の元妻と愛人がふたり同時に妊娠したのさ。簡単な話だろう？」

ヴィサントは灰皿を探しながら立ち上がった。

「ジェルメーヌはそれでもまだ不満だった。子どもの身分をはっきりさせるために、フランシスに結婚を迫った。フランシスはそれを受けて、アパルトマンの建物の外壁に《神が同棲を発明した。悪魔は結婚を発明した》と書いた。そのせいで近所の人たちから苦情が出て、どうやら一悶着あったらしい」

最初に生まれたのはヴィサントだった。はたして芸術家のマルセル・デュシャンは、この生きた〈レディ・メイド〉の父親になることを望んでいたのだろうか？　だが、ヴィサントの髪はスペインの闘牛用の牛のように黒かった。フランシス・ピカビアの子であることは誰の目にも明らかだった。そのことに誰もが失望した。フランシス本人も例外ではなかったが、父の責任として生まれた子に名前をつけることにした。子どもはロレンツォと名づけられた。それから数週間後、責任を逃れたマルセル・デュシャンはアメリカへと旅立った。ジェルメーヌも黒髪の子どもを産んだ。フランシスはまたしても子どもに名前をつけなくてはならなかったが、ほかに思いつかなかったのでこの子もロレンツォと名づけた。

「物事の利便性を考慮すべきだ」フランシスは言った。

ヴィサントは、自分の名前と半分血がつながった弟が嫌いだった。夏のバカンスは父に会いに南仏へ行き、弟と一緒に過ごさなくてはならなかった。フランシスはよくこんな冗談を言った。

「ぼくのふたりの息子を紹介するよ。ロレンツォとロレンツォだ」

ヴィサントはそれが嫌でしかたがなかった。

フランシスは、子どもの世話をさせるために住み込みの家事手伝いを雇った。それがドイツ系スイス人のオルガ・モレールだった。子どもたちは彼女を、オルガ・マルール（マルール＝フランス語で「不幸」の意）と呼んでからかった。ガブリエルほど知的ではなく、ジェルメーヌほど美しくない女。だが、フランシスの扱い方は誰よりもよく知っていた。オルガはフランシスのすべてを手に入れた途端、本性を露わにした。本当は子どもの世話などしたくなかったのだ。

「おれはどこにも居場所がなく、誰もおれを望んでいなかった。だから六歳の時に自殺をはかった。寄宿舎の三階から飛び降りたんだ。ところが運が悪いことに、肋骨二本にひびが入り、腕を骨折しただけだった。この顚末は両親には報告されなかった。十一歳のある朝、おれはロレンツォではなくヴィサントと名乗ることに決めた。一九三九年に、第七〇アルペン猟兵要塞隊に入隊した。二等兵だった。母親からスキーを教わったので、喜んでもらえると思ったんだ。人生で一度くらいは親孝行できるかな、ってね。その後、アルペン要塞大隊の一員としてノルウェー遠征に志願した。ナルヴィクの戦いにも参戦したんだ。だが六月にポーランド軍とともに撤退した。ブレストに上陸し、こうして無事に生還した。わかるかい？　死神さえおれを望まなかったんだよ。まあ、そんな感じさ」

ヴィサントはまたフルーツを小さくカットし、ミリアムはおとなしくそれを口にした。一切れも拒まなかった。そんなことをしたら、ヴィサントが話をするのをやめてしまう気がしたからだ。

「ちくしょう。おれが泣いてるってバレないよな？」ヴィサントは果汁まみれの指で、眉墨で黒くなった目をこすった。

ヴィサントは布巾を探しに行こうと立ち上がった。するとミリアムはその手を取って口づけ、果汁だらけの指を舐めた。ヴィサントは自分の唇をミリアムの唇にぎこちなく重ねると、そのままじっとしていた。ガウンの下の素肌が感じられた。ヴィサントはミリアムの手を取って歩きだし、廊下の奥の小さな部屋に連れていった。

「姉のジャニーヌの部屋だ。外出禁止令があるから、ここで寝ていきなよ」ヴィサントはそう言った。「すぐ戻る」

ミリアムは服を着たままベッドに横たわった。シーツをめくりさえしなかった。ヴィサントを待ちながら、先ほど嗅いだ指の匂い、燃えるようでいて陰のある美しい顔、奇妙なキスを思いだした。お腹の窪みに今まで味わったことのない熱さを感じた。閉じられたよろい戸から、夜明けの光が漏れ入ってくる。突然、キッチンから物音がした。ヴィサントがコーヒーを淹れているのだと思った。


「何か飲む?」小柄な女性がミリアムに尋ねた。ヴィサントの母のガブリエル・ビュッフェだった。

ヴィサントが前日に着ていた、インド製のスパンコールつきガウンをはおっている。

ミリアムが返事をする前に、ガブリエルはコーヒーカップを差しだした。

「あんたたち、キッチンをずいぶんと散らかしてくれたわね」

ミリアムは頰を赤く染めた。空のワインボトル、洋梨の皮、タバコの吸い殻が散乱している。

ガブリエルは、ミリアムを品定めするようにじろじろと眺めた。前の彼女、ロジーという小柄な子のほうがかわいかった。息子は女の子を泣かせてばかりいる。息子についてはそのくらいのことしか知らないけれど。

「あの子とつき合ってもろくなことにならないよ」

ガブリエルは、息子にゲイになってほしかった。そのほうが挑発的でかっこいいと思ったからだ。だから、ヴィサントにしばしばこう言った。

『ねえ、男が相手のほうが楽だよ』

『あんたに何がわかるんだよ』ヴィサントはそのたびに食ってかかった。自分の母親に露骨な話をされるのが我慢できなかった。

ヴィサントの美しさは、若い女性から年老いた男性まで、あらゆる人たちの欲望を荒々しくかき立てた。学校の寄宿舎で情事を覚え、好色な教師たちの慰み者にされた。両親の家へ帰ったら帰ったで、精神的にはまだ幼い彼にとって、大人の世界はあまりにも奔放すぎた。大人たちのシーツはいつも精液の匂いがした。そしてとうとう、ヴィサントの中の何かが壊れた。まともな恋愛ができなくなった。ガブリエルはそのようすを見て〈だからってどうしようもない〉と思った。

ヴィサントがキッチンに入ってきた。寝ぼけ眼で、瞼《まぶた》が腫れている。不機嫌そうな母の顔を見ると、ヴィサントは反射的にミリアムの手を取り、まじめくさった口調でこう言った。

「母さん、彼女はミリアム。おれたち、婚約するんだ」

ミリアムとガブリエルは同時に動きを止めた。ミリアムは足元の床が崩れ落ちるような気がした。ガブリエルは落ちついていた。〈どうせ口から出まかせに決まってる〉と思ったからだ。

「二カ月前から会うようになったんだ」ヴィサントは落ちついた口調で言った。「まじめにつき合ってたから、母さんには何も言わなかった」

「あ、そう。こっちもとくに言うことはないけど」いつになく真剣なようすの息子に、ガブリエルは困惑していた。

「ミリアムはソルボンヌ大学で哲学をやってるんだ。六カ国語が話せる。そう、六カ国語だぜ？　父親は革命家だったけど、荷馬車でロシアを脱出して、ラトビアで勾留された。それからカルパティア山脈を眺めながら列車に乗って、黒海を渡って、エルサレムでヘブライ語を学んで、パレスチナでアラブ人と一緒にオレンジを収穫して……」

「へえ、まるで小説みたいな人生じゃないの」ガブリエルは、息子の大げさな口調をからかうように言った。

「羨ましいだろう?」ヴィサントは横柄な口調で応じた。

ミリアムはパリの路上を歩きながら、たった一晩で一生分の出来事を体験したような気がしていた。朝のうちに家に帰り着いた。まるでおとぎ話のように、月がミリアムに婚約者を与えてくれた。それからは何もかもが変わってしまった。すべてが、厄介な人間だけど美しい、死ぬほど美しい青年のせいだった。

第二十一章

数週間後、ミリアムはノエミとコレットにヴィサントを紹介した。エコール＝ド＝メドゥシーヌ通りのウィーン菓子店で会って、みんなでホットチョコレートを飲んだ。コレットはヴィサントを「すっごくいい感じ」と言った。だが、ノエミは冷静だった。姉は恋のせいで盲目になっていると感じた。

「気をつけて。よく知りもしない相手に身をまかせちゃ駄目だよ。ペタンが離婚を禁止しようとしてるのは知ってるよね？」

〈親切にアドバイスしていると見せかけて、本当は嫉妬してる……〉ミリアムは妹のことばを聞き流した。

ヴィサントも自分の友だちにミリアムを紹介した。育ちの悪い、変わった子たちばかりだった。ハシシ入りのジャムを食べたり、〈グラス〉（メタンフエタミン）を飲んだりしていた。ブルジョワを憎み、長い髪をポマードで固めて、マチ付きポケットのついたジャケットを羽織って、「モン」がつく三つの街、モンマルトル、モンパルナス、ヴィラ・モンモランシー（著名人の邸宅が集まる地区）でしか遊ばなかった。ヴィラ・モンモランシーでは、シコモール大通りに作家のアンドレ・ジッドが住んでいて、ヴィサントは時折その家で寝泊まりしていた。

彼らはミリアムをまじめすぎると思った。

「あんな女、さえないガリ勉じゃないか。ロジーはブルジョワだけど、顔はかわいかった」

だがヴィサントは、かつて一緒に夕日を見た時に父に言われたことばをそのまま返した。

「かわいいものを疑え。美しいものを探すんだ」

「あの女のどこが美しいんだ？」

ヴィサントは友人たちをまっすぐ見つめて、一字一句をはっきりと発音しながらこう言った。

「彼女は、ユダヤ人だ」

ミリアムは、ヴィサントにとってのスローガンだった。黒くて美しい自分自身のかけらだった。彼女と一緒なら、この地球上のすべてのものをあざ笑える。ドイツ人も、ブルジョワも、オルガ・モレールもくそくらえだ。


ノエミはこれまで優秀な生徒で通っていたが、成績にむらが出るようになった。一学期修了時の通知表には、ドイツ語教師から「出来がとても良い時もあれば、とても悪い時もあり、その落差に戸惑います」と書かれた。

ノエミはグランゼコール文科準備学級一年を中途で辞めて、ソルボンヌ大学の文学講義の聴講生になった。そうすれば、大学で姉に会える。ノエミはリシュリュー講堂の出入口で、ミリアムの授業が終わるのを何時間でも待った。コレージュの頃のように、姉と一緒にメトロに乗って帰宅したかった。

「あの子、うっとうしいんだけど」ミリアムは母に訴えた。

「何言ってるの、あなたの妹でしょう？　きょうだいがいるのは喜ばしいことなのよ」母のエマは悲しそうな表情でそう言った。

ミリアムははっとし、自分が言ったことを後悔した。母の両親や姉妹と連絡が取れなくなって数週間が経っていた。エマがポーランドにいくら手紙を送っても、向こうからは一向に返事がなかった。

ある朝、ウッチ・ゲットーにいるエマの両親は、自分たちが囚われの身になっていることに気づいた。夜のうちに、ゲットーが木の柵と有刺鉄線で封鎖されていたのだ。それ以降、逃亡を防ぐために警察が頻繁に見回りをするようになった。誰もなかへ入ることも、外へ出ることもできない。商店には品物が入荷しなくなった。病原体が増殖し、疫病がまん延した。数週間もすると、ゲットーは屋外墓地のようになっていた。毎日数十人が飢えや病気で死んでいった。荷車の上に死体を重ねても、どこへ運んだらいいか誰もわからない。あたりにはひどい悪臭が漂っていた。疫病を恐れてドイツ人たちはゲットー内に立ち入らなかった。彼らはただ、全員が「自然死」するのを待っていた。ユダヤ人虐殺の始まりだった。

エマが家族と連絡を取れなかったのは、こうした事情のせいだった。両親のヴォルフ夫妻、三人の姉妹のオルガ、ファニア、マリア、そして弟のヴィクトルからも、手紙の返事はなかった。

ノエミはソルボンヌの教員育成速修コースに登録した。試験が延期にさえならなければ、七月に教員免許を取得できるはずだった。教員になれば、働きながら小説が書けるだろう。

「ほら、この手紙」母がわたしに言った。「ユダヤ人は本の出版を禁じられていたけれど、ノエミは諦めていなかったんだよ」

ソルボンヌにて、朝九時、先生を待ちながら。

お母さん、お父さん、ジャコ、

三週間前、恋愛関係でショックなことがあったんだ。でもそれ以来、ちょっとした散文詩をいくらでもスムーズに書けるようになったよ。

これまで書いたもののなかで、もっとも出版に値する作品が書けたと思う。決して青臭くないし、すでに光るものがあるのがわかる。ルノワール先生に送ってみたら、昨日返事をもらったの。話をしたいから来てほしいって。先生も気に入ってくれたみたい。この部分とあの部分がよかったって、わざわざ読み上げてくれたりして、なんだか照れくさかった。とにかく、先生も興奮していたの。

ソルボンヌ図書館にて、午後三時二十分。

先生はあたしの作品をタイプライターで清書して、公平な判断をしてくれるという人に送ってくれた。先生自身だと、甘すぎたり厳しすぎたりしてしまうかもしれないからって。昨日は本当にあたしにとって重要な一日だった。

どう言ったらうまく伝えられるかよくわからないけど、昨日は心の底から思ったの。この先……といっても「はっきりわからないいつか」じゃなくて、二、三カ月後かあるいはもっと早く、わたしは自分が書いたものを出版する。

まあ、ざっとこんな感じ。もっと詳しく事情を説明すべきかもしれないけど、今はできない。いろいろあったし、まだ話すのがつらいから。いずれにしても、これはある人のおかげなの。悪くない、どころか、こうなってよかった。

それじゃあ、またね。ジャコ、金曜に待ってる。駅に迎えにいくから。

みんな元気で。ノーより。


手紙には日付がなかったが、一九四一年六月より前に書かれたことは確かだった。〈ヌメルス・クラウズス〉（一九四一年六月二日、新しいユダヤ人身分法によって制定された入学制限制度）によってユダヤ人の大学入学が制限されたからだ。ノエミは教員免許の取得を諦めなければならなかった。

〈ヌメルス・クラウズス〉……ミリアムとノエミは、このラテン語のことばに大きなショックを受けた。母から聞いたことはあった。そのせいで、物理学者になる夢を諦めざるをえなかったと言っていた。だがふたりにとって、このことばは遠い過去のもののはずだった。ロシアの、十九世紀のもの。まさか自分たちの身に降りかかってくる日が来るとは、思いもよらなかった。

パリでドイツ人兵士の殺傷事件が起き、報復としてフランス人捕虜が銃殺された。劇場、レストラン、映画館は一時閉鎖された。ミリアムとノエミはもう何もしてはいけないと言われた気がした。

一九四一年七月一日、ラトビアのリガがナチス・ドイツ軍によって占領された。エマが好きだった合唱で有名なシナゴーグは、七月四日、ドイツ軍にけしかけられた民族主義者たちの放火によって焼失した。シナゴーグ内には多くのユダヤ人が閉じこめられ、生きたまま焼かれて死んでいった。

エフライムはこの事件を新聞で知ったが、エマには伝えなかった。エマはポーランドの家族から手紙がこないことをエフライムに伝えなかった。夫婦はそれぞれが互いをかばい合っていた。

エフライムとエマは、ユダヤ人登録簿の改訂のために県庁へ赴いた。ドイツへの労働力派遣の話を小耳に挟んでいたエフライムは、その件について担当者に尋ねてみた。

「ドイツでは具体的に何をするのですか？」

担当者はエフライムに一枚のパンフレットを差しだした。そこには、ひとりの男が太陽が上る東の空を眺めている絵が描かれていた。そして大文字でこう書かれていた。《大金を稼ぎたいなら……ドイツへ行って働こう。問い合わせ先：ドイツ就職斡旋所、地域軍政本部または地区軍政本部》

「いいんじゃないかな」エフライムはエマに言った。「フランスから派遣された労働者として数カ月ほど働けば、もしかしたら国籍取得に有利になるかもしれない。同化に対する努力と意欲の強さが認められるかも」

県庁の廊下で、夫婦はジョゼフ・ドゥボールとすれちがった。レ・フォルジュの小学校教師の夫で、エフライムのチェス仲間だ。彼は県庁の職員だった。

「どう思う？」エフライムはドゥボールにパンフレットを見せた。

ドゥボールは左右を一瞥し、まわりに誰もいないことを確かめると、エフライムの手からパンフレットを奪いとってふたつに裂いた。それから何も言わずに立ち去った。エフライムとエマはその後ろ姿を黙って見送った。

第二十二章

オペラ座の正面に、まるで巨大なビスキュイローズ（シャンパーニュ地方名産のピンク色の焼き菓子）を積み上げたかのようなアールデコ様式の建築物、パレ・ベルリッツがある。ショッピングモール、映画館の〈ル・ベルリッツ〉、人気画家のジノ（アレクサンドル・ジノヴィエヴ）が内装を手がけたダンスホール、イベント会場が入る建物だ。ロープにぶら下がった十人ほどの作業員が、巨大ポスターを引っぱり上げていた。縦が数メートルほどの大きさで、ひとりの老人が描かれている。鉤状に曲がった指、分厚い唇を持った男が、まるで独り占めしようとするかのように大きな地球を抱えていた。〈ユダヤ人とフランス〉というタイトルが、大きな赤字で書き添えられている。ドイツ占領軍による反ユダヤ主義プロパガンダの大々的なキャンペーンの一環として、ユダヤ人問題研究所の主催で行なわれた企画展だった。

企画展は一九四一年九月五日にスタートした。フランスにとってユダヤ人がどれほど危険な存在であるかを、パリジャンたちに説明するための展覧会だ。ユダヤ人がいかに貪欲で、嘘つきで、堕落していて、性的変質者であるかを《科学的》に立証し、世論を操作することで「フランス人の敵はドイツ人ではなくユダヤ人だ」という印象を植えつけるのが目的だった。

楽しみながら学べるように構成されていた。入口のすぐそばには、巨大な鼻を持つユダヤ人の顔の模型が置かれており、一緒に写真を撮ることができる。近くには顔のパーツごとの模型が並べられ、鉤鼻、分厚い唇、汚れた毛髪などがクローズアップされていた。出口付近の壁には、著名なユダヤ人たちの写真が貼りだされていた。政治家のレオン・ブルム、ジャーナリストのピエール・ラザレフ、劇作家のアンリ・ベルンスタン、映画製作者のベルナール・ナタン……彼らはみな《フランスの国家活動を脅かす危険人物》とされた。そしてフランスを象徴する存在として《寛大すぎるがゆえにユダヤ人の犠牲になっている美女》の姿が描かれていた。

企画展を見終えるとすぐに、併設する映画館〈ル・ベルリッツ〉のチケットを購入する人たちもいた。ドイツ宣伝大臣ヨーゼフ・ゲッベルス監修によるドキュメンタリー映画『永遠のユダヤ人』が上映されていたからだ。作家のリュシアン・ルバテはこの映画を傑作と評した。

この反ユダヤ主義プロパガンダは、ドイツ側にとって大きな成果をもたらした。一九四一年十月、ドイツ占領軍に焚きつけられた対独協力活動家たちによって、パリの六カ所のシナゴーグにプラスティック爆弾が投げこまれたのだ。コペルニク通りのシナゴーグでは建物の一部が破壊され、窓ガラスが粉々になった。翌日、パリ警視庁情報部はこの事件を次のように報告している。「昨日シナゴーグで発生したテロのニュースは、一般市民には驚きも動揺も与えなかった。『いずれこうなると思っていた』という、ある種の冷淡さすら感じられる感想が聞こえてきた」

〈ユダヤ人とフランス〉展によって、ヴィシー政権とドイツ占領軍による反ユダヤ政策は正当化され、ますます厳しさを増していった。ユダヤ人は手持ちのラジオ受信機を管轄の警察署に差しだし、自らの連絡先を書き残さなくてはならなかった。ユダヤ人が所有する銀行口座は、すべて臨時管財局の管理下に置かれた。そしてこの頃から、働きざかりのポーランド系ユダヤ人が次々と逮捕されはじめた。

警察署は、管轄地区のユダヤ人について各家庭の財産目録を作成した。のちに「ユダヤ人は十億フランの罰金を支払わなくてはならない」という政令を出して、国家がめぼしいものを接収するためだった。

「あたしが見つけたこの目録を見れば、ラビノヴィッチ家にたいした財産がなかったことがわかるよ」母が言った。

ユダヤ人に科せられる罰金に関する命令

姓：ラビノヴィッチ

名：エフライム、エマ、その子どもたち

住所：レ・フォルジュ

差し押さえ可能な貴重品（例：銀器、宝石、芸術作品、有価証券など）ただし、国家経済およびフランス人債権者に損害をもたらさないものに限る：自動車一台、一般家具一式

日曜になると、エフライムは小学校教師の夫、ジョゼフ・ドゥボールとチェスを打った。

「ユダヤ人はどうにかしてフランスを出るべきだと思う」チェスボードの上でポーンを動かしながらドゥボールが言った。

「でもぼくたちは通行許可証もないし、居住地も定められてる」

「それでもいちおう、調べてみたらどうかな」

「調べるって？」

「たとえば、誰かに頼むとか」

エフライムには、ドゥボールが暗に伝えようとしていることがわかった。非合法で国外脱出させてくれる相手を探せというのだ。だがこれまで、エフライムは困った時に誰かに頼ったことがなかった。とくに家族に関わりがあることは、いつも自分でどうにかしてきた。

「いいかい」ドゥボールが声をひそめた。「もし万一何かあったら、ぼくのところに来るんだ。いいね、警察に行ってはいけない」

ドゥボールのそのことばは、エフライムの胸に重く響いた。……確かに、外国に行く手段を探したほうがいいのかもしれない。密航できる手立てを見つけて、父のナフマンのところにいっとき身を寄せたらどうだろう？　だがさっそく調べたところ、ユダヤ人がイギリス委任統治領パレスチナへ移住するのを、イギリス政府はもう許可していなかった。アメリカ行きも検討したが、すでに移民の入国が困難になっているという。ルーズベルト大統領が、移民受け入れを制限する政策を打ちだしたためだった。すでにそのせいで、ナチス・ドイツから逃げだした千人近いユダヤ人を乗せた客船セントルイス号が、フロリダ沿岸まで到着したにもかかわらず、ヨーロッパに送り返される羽目に陥っている。もはや八方ふさがりだった。数カ月前ならできたことが、今はもうできなくなっている。

ここから出るには現金が必要だ。だが、所有品はすべてフランス政府の抵当に入れられてしまった。それに、もし非合法に出国したら、また到着先でゼロからやり直さなくてはならない。そうするには、エフライムは歳を取りすぎていた。雪が積もる森を荷馬車で駆け抜けて、家族と一緒に国を脱出する勇気は今はもうない。

エフライム自身の肉体も限界だった。資金だけでなく、体力もなくなっていた。

一九四一年十一月十五日、ヴィサントとミリアムはレ・フォルジュの役場で結婚式を挙げた。ドラジェ（結婚祝いに定番の糖衣菓子）もなく、カメラマンひとりいない式だった。ピカビア家の人々はこの式を重要なイベントとはみなさなかったらしく、誰も出席しなかった。ミリアムは、エマからもらったドレスを着た。赤い糸で縁かがりをした厚地のリネンの、ポーランド製ドレスだった。役場へ行くには村を通り抜けなくてはならない。奇妙な格好をしたラビノヴィッチ家一行は、村人たちからじろじろと見られた。ノエミは、小学校教師のドゥボール夫人から借りたヴェールつきの小さな帽子を頭にのせていた。ミリアムは、ヴェールの代わりにレースのテーブルセンターを折って被っていた。到着した一行を見て村長も目を丸くした。芸術家のようにも泥棒のようにも見える、町の周辺を徘徊しているサーカス団みたいだったからだ。

「ユダヤ人ってやっぱり変わってるな」村長は副村長に言った。

ミサもない、軍歌も唄わない、アコーデオンの演奏もダンスもない結婚式など、レ・フォルジュで行なわれたことはこれまでなかった。式は簡素だったが、この日以来ミリアムの立場は大きく変わった。ミリアムの氏名はウール県のユダヤ人登録簿から抹消され、新たにパリの登録簿に掲載された。

ミリアムは、パリのヴォージラール通りにあるアパルトマンの最上階の七階で暮らしはじめた。三つの女中部屋が長い廊下を介してつながっていた。

若妻となったミリアムは、家庭を築く努力をはじめた。だがヴィサントはこれまでどおりの生活をしたがった。

「やめろよ、そんなプチブルみたいな真似ごと。家事なんかしなくていい」

そう言われても、食べていかなくてはならない。ミリアムは、ソルボンヌの授業がない時には食品店の列に並んだ。ユダヤ人なので、ほかのフランス人たちと同じ時間帯に買い物ができない。入店が許されているのは午後三時から四時の間だけだった。DNという配給チケットではキャッサバ粉が、DRというチケットではグリーンピースが、36というチケットではサヤエンドウが手に入る。だが、自分の番が来た時にはすでに商品がなくなっていることもしばしばだった。そんな時、ミリアムはヴィサントに謝った。

「謝るなよ！　いいから飲もうぜ。食べるより飲むほうがずっといい」

ヴィサントは空腹のまま酔っぱらうのが好きだった。ミリアムを連れて、地下で闇営業をしているカフェを訪れた。サン＝ミシェル大通りとエコール通りの角にある〈カフェ・デュポン＝ラタン〉、スフロ通りの〈カフェ・カプラード〉。ミリアムはこう書いている。「ある夜、ヴィサントとゲイ＝リュサック通りに出かけた。わたしたちが立てる騒音が近所に響きわたり、警察に通報された。わたしは窓から逃げだした。あたりは真っ暗だった。フイヤンティーヌ通りの付近で、フランス人警官ふたりがパトロールをしていた。わたしは暗い隅にうずくまってじっとしていた」

　逃げたり、隠れたり、飛び降りたり、まるで大がかりなサバイバルゲームのようだった。ミリアムは何も恐れていなかった。自分は大丈夫だと信じこんでいた。


「レジスタンス運動家には、戦後にうつに陥った人たちがいたらしいね。常に死と隣り合わせだった戦時中のほうが、はるかに生きている実感があったって。ミリアムもそうだったのかな？」

「父親はそうだったよ。ヴィサントは『ふつうの生活』に戻るのが耐えられなかった。ひりひりするほどの危険を感じないと生きていられなかったんだ」


　フランス行政当局は、まるでシラミ退治をするかのように根気よく、フランス国内に暮らすユダヤ人をひとりずつ調査して回った。ドイツ軍政当局も、ユダヤ人の自由をより厳しく制限するために次々と命令を出していった。その効果は少しずつ、ゆっくりと表れていった。一九四一年終わり頃から、ユダヤ人は自宅から半径五キロより外には出られなくなった。夜八時以降は外出できなくなった。引っ越しもできなかった。一九四二年五月以降、コートの上によく見えるように黄色い星章をつけなくてはならなくなった。夜間外出禁止や移動禁止の命令を守っているかどうか、警察が確認しやすくするためだった。

　ソルボンヌ大学の学生たちはこれに抗議するために、《Ｐｈｉｌｏ《哲学》》と書いた黄色い星章を上着につけた。彼らはカルチェ・ラタンで警察に捕まった。学生の親たちは半狂乱になって子どもたちを叱った。

「あんたたち、それがどんなに危険なことかわかってるの?」

ラビノヴィッチ家の一同はみな田舎に引きこもった。旅行に出ることも、夜間に出歩くことも、列車に乗ることも禁じられていたからだ。

その代わり、ミリアムとヴィサントがパリとレ・フォルジュを往復した。パリからはバッグに生活必需品を詰めていき、レ・フォルジュからは生鮮食品を持ち帰った。ふたりの訪問はラビノヴィッチ家にささやかな活気をもたらした。

この状況に一番苦しんでいたのはノエミだった。とくに、ミリアムが若くて美しい夫と連れ立ってパリ行きの列車に乗るのを見送る時、つらそうな表情を見せた。

ある土曜の夜、ミリアムはヴィサントやその仲間たちと一緒に、サン=ジェルマン大通り一六六番地にあるカクテルバー〈ラ・ロムリー・マルティニケーズ〉のテラス席にいた。楽しい時間はあっという間に過ぎて、ユダヤ人が外出を禁じられている午後八時になろうとしていた。だが、アルコールの匂いをぷんぷんさせて笑い転げる仲間たちと別れてひとり帰るのがさみしくて、なかなか席を立てなかった。自分はすでに成人した大人の女性で、しかも既婚者だ。思う存分自由を謳歌したい。ミリアムは目を閉じて椅子の背にもたれ、焼けるようなラム酒の感触を唇から喉の奥にかけてたっぷりと味わった。

目を開けると、視界に警官の姿があった。身分証明書の検査だ。洪水に襲われたかのように、あっという間の出来事だった。あと数秒早く気づいていれば、立ち上がって逃げだせただろう。だがもう遅い。今立ち上がっても、すぐに見つかって逮捕されてしまう。頬、首筋、二の腕を、冷たい手で強く締めつけられる感覚。まるで水に溺れているようだった。その一方で、大声で笑いだしたかった。

アルコールのせいでふわふわと宙に浮いているようで、すべてが虚構のように思われた。〈ラ・ロムリー・マルティニケーズ〉のテラス席が緊張感に包まれた。制服を着た人間がこの場にいることを誰もが不快に感じ、反抗的な対応をしている。男性たちは必要以上に時間をかけて所持品をひっかき回して、警官たちを苛立たせた。女性たちはハンドバッグから身分証明書を取りだしながら、わざと大きなため息をついた。

もう終わりだ、とミリアムは思った。脳裏に無意味な考えが次々と浮かんでは消えていく。トイレに隠れたらどうだろう？　いや、警官は探しにやってくる。ふつうに支払いをし、平然と出て行くのは？　いや、警官はすでに自分がここにいるのに気づいている。必ず追いかけてくるだろう。走って逃げたら？　きっとすぐに捕まってしまう。万事休すだった。目の前のすべてのものが馬鹿げて見えた。飲んでいたラム酒、灰皿、タバコの吸い殻も。パリのカフェでアルコールを飲み、自由を謳歌しながら自分は死んでいくのだ。こんなふうに人生が終わってしまうなんて。ミリアムは、「ユダヤ人」と記された身分証明書を警官に差しだした。

「違反だ」

わかっている。収監に値する罪だ。きっと今夜のうちに、実際に何が行なわれているのか誰も知らない、あの不可解な〈収容所〉とやらに移送されるのだろう。ミリアムは静かに立ち上がり、荷物をまとめ、コートを取り、バッグを手にした。それからヴィサントに手を振ると、警官たちに従って歩きだした。

手錠をはめられたミリアムが遠ざかるのを、バーの客たちは苦々しげに見送っていた。誰もがユダヤ人が受ける仕打ちに憤った。

「その子は何もしてないじゃないか！」

「こんなくだらない命令、くそくらえだ！」

ところが、それも一瞬だけだった。やがてバーのテラス席に笑い声が戻り、みんなが再びラム酒のカクテルをすすりだした。

ヴィサントは落胆し、店を飛びだして母のガブリエルの家へ向かった。そして起きたことをすべて打ち明けた。

「あんたたち、何をふらふら出歩いてるのさ！」ガブリエルが怒鳴った。「ふたりとも馬鹿じゃないの！　ゲームか何かだとでも思ってるの？　ミリアムは夜に外出しちゃいけないってあれほど言ったじゃないか！」

「母さん、でもミリアムはおれの妻なんだ」ヴィサントは反論した。「一晩中ひとりきりで家に閉じこめておくなんてできない」

「ヴィサント、こればかりは冗談じゃ済まないからね。いいかい、よく聞きな。これからあんたにまじめな話をするよ」

ガブリエルとヴィサントが母子で初めて真剣な話をしている間、ミリアムはラベイ通りの警察署に連行され、そこで一晩を過ごした。翌朝、サン＝ルイ島にある警察署の留置所へ徒歩で移動させられた。手錠はかけられなかった。そして二日目の夜を留置所で過ごした。

翌日の月曜の朝、ひとりの警官がミリアムを迎えにやってきた。

警官はにこりともせず、硬い表情を崩さなかった。決してこちらを直視せず、常に俯《うつむ》いている。そのまま一緒に外に出ると、停まっていた自動車を指差した。

「何も言わずに乗りなさい」

警官が運転席に座るために車の外側を回りこんでいる隙に、ミリアムはシャツの上から脇の下の臭いを嗅いだ。あまりに臭くてたじろいだ。丸二日間監禁されて、からだを洗えなかったからだ。

ミリアムは警官に、パリ市内の別の留置所へ行くのかと尋ねた。返事はなかった。パリの街は閑散として静かだった。フランス人が自動車を所有する権利をなくしてから、街中は恐ろしいほど静まりかえっていた。白地に黒縁の道路標識板に従って車は走った。パリに昔からある標識ではなく、占領後にドイツ語で書かれたものが街の至るところに設置されていた。

どうやら駅へ連れて行かれるらしい……ミリアムはそう気づくと不安になった。車は先ほどからずっと〈デア・バーンホフ・サン＝ラザール〉という標識に従って進んでいたからだ。もしかしたら、パリから遠く離れた例の収容所のひとつに移送されるのかもしれない。ミリアムは震え上がった。

通勤中の会社員たちが歩道を行き交っていた。金縁のメガネをかけたり、革製の書類ケースを抱えたり、黒いスーツとエナメルシューズを身につけたりした人たちが、バスに乗り遅れまいとして走っている。木炭バスのガス発生装置の品質が悪いため、バスはゆっくりとしか走れず、しかも本数が減らされていた。今やこうした風景は、ミリアムにとってガラス窓の向こう側の世界になってしまった。いつかまたその一員になれる日が来るのだろうか。

突然、車がサン＝ラザール駅のそばの細い通り沿いに停まった。警官はスリーピーススーツのポケットから十フラン硬貨を三枚取りだすと、ミリアムに差しだした。ほっそりしたその手は震えていた。

「これで列車の切符を買って、両親の家に帰りなさい」警官はミリアムの手に小銭を握らせた。

言われていることは理解できる。でも……ミリアムはぼう然としていた。手の上の硬貨に書かれたフランスの標語「自由・平等・友愛」と、麦穂の意匠をただ黙って見つめていた。

「急ぎなさい」警官は苛立った声で言った。

「これは、うちの両親が……？」

「質問は受けつけない」警官がミリアムの話を遮った。「駅に入りなさい。ここで見張っているから」

「手紙を一通書かせて。夫に知らせておきたいの」

「お母さん、ちょっと待って」わたしは母の話を遮った。「この警官のエピソード、すごく変だと思うんだけど。これって創作？　こうだったんじゃないかってお母さんが想像したことなの？」

「違うよ。あたしは何ひとつ創作なんかしてない。事実を再構築して、物語として再構成しているだけさ。これを見てごらん。というか、読んでごらん」

母がわたしに一枚の紙を差しだした。学習ノートを破ったものらしく、裏面も表面も方眼紙になっていた。ミリアムの筆跡で何かが書かれている。

「どういうわけか、わたしは幸運に恵まれている。黄色い星？　そんなものはつけたことがなかった。サン＝ジェルマン＝デ＝プレの《ラ・ロムリー・マルティニケーズ》で、わたしは本当に『ユダヤ人』と赤いスタンプが押された身分証明書を、警官に見せたのだろうか？　それともあそこにはわたしの名前しか書かれていなかったのだろうか？　あれは本当に外出禁止時間の午後八時過ぎだったのだろうか？　ユダヤ人が外出禁止令を違反したら、『即逮捕』だ。わたしはラベイ通りの警察署に連行されて、親切な男の子の肩にもたれて眠った。売春婦のヒモの、リトンとかいう名前の青年だ。翌朝、手錠もかけられず、脅されもせず、私服警官に連れられてサン＝ルイ島の警察署へ徒歩で移動した。そこでは、お金を持っていればコーヒーを飲むことができた。そばには巨体のスペイン人女性がいて、ずっとフランス人たちに向かって悪態をついていた。わたしは少しだけお金を持っていた。飲み終えたコーヒーカップをカフェのギャルソンが下げに来た時、代金の小銭の下にチップとして紙幣を一枚置いた。わたしはギャルソンに『あり金をすべてあげるから、この番号に電話をかけてわたしがここにいると知らせてほしいの。警察署にいると伝えて』と言った。翌日の月曜の朝、ひとりの警官がわたしを迎えにきた。『あなたを駅へ連れていくよう言われた。列車の切符を買うお金もある』という。パリの家に立ち寄ることはできなかった。警官の許しを得て、わたしは夫に手紙を書いた。身分証明書を返してもらうと、わたしはレ・フォルジュ行きの列車に乗った」

「一九三三年七月十三日という日にちを覚えておくように言ったのを覚えてるかい？　その日は『完璧な幸せに恵まれた日』だったと」

「フェヌロン校で表彰された日だね」

「そう。そしてその日からちょうど九年後の一九四二年七月十三日に、これから話すことが起こったんだよ」

第二十三章

　ジャックは上着に黄色い星章をつけて、エヴルーの学校に出かけた。バカロレアの第一次試験の結果発表を見に行ったのだ。合格だった。ジャックとノエミはよい知らせを持って、自転車でコレットの家へ向かった。

　暑い一日だった。三人で楽しい時間を過ごした。ミリアムが結婚してからは、仲よし三人組の欠けたひとりをジャックが埋めるようになった。ノエミはジャックの積極的な参加を意外に思いながらも、心から喜んだ。弟がこれほど明るい性格だったと初めて知った。コレットから泊まっていってほしいと請われたが、家族でお祝いをするからと言って断った。

　帰り道、ジャックとノエミはレ・フォルジュの中央広場で足を止めた。革命記念日前夜祭のダンスパーティーのために、村人たちがステージと提灯の準備をしていた。

「夕飯を食べ終わったら見にこようか？」ジャックがノエミに尋ねる。

　ノエミは馬鹿にするように、手を伸ばしてジャックの髪をくしゃくしゃにした。ジャックは「やめろよ」と言いながらノエミを殴る真似をした。髪をいじられるのは嫌いなのだ。

「駄目に決まってるでしょ」

　ふたりは上着を脱いで折り畳み、自転車の荷物入れに入れた。黄色い星章を隠すためだった。どうやら賢明な判断だったようだ。外出禁止時間になってから、バイクに乗ったドイツ人兵士たちとすれちがったからだ。

ジャックの合格を祝うため、エマは庭の木の下にテーブルを出して、腕によりをかけて料理をした。農業技師になると決めてからのジャックは、ふたりの姉に負けないほどまじめに勉強するようになっていた。

エマはテーブルにクロスをかけ、中心にテーブルセンターを敷いて花を飾った。ミリアムもいた。留置所から奇跡的に解放されて以来、パリに戻らずにレ・フォルジュにとどまっていた。家の裏手にある庭で、家族五人揃って食事をした。パレスチナでも、バカンス中のポーランドでも、パリのアミラル＝ムーシェ通りのアパルトマンでも、こうして五人で食卓を囲んだ。食卓は、家族五人を乗せてあちこちを移動する小舟のようだった。日が長い夜で、なかなか暗くならなかった。庭は昼間のようにどろりとした熱気に包まれていた。

突然、遠くから唸るようなエンジン音が聞こえてきた。こちらへ向かって自動車がやってくる。一台……いや、二台だ。食卓の会話がぴたりと止んだ。危険を察知した動物のように、みんなで耳を澄ませる。あの音が通りすぎて、そのままどこかへ行ってくれますように。いや、駄目だ、音はどんどん大きくなる。五人は息をこらした。胸が締めつけられる。自動車のドアが閉まる音、カツカツと鳴るブーツの音。

みんながテーブルの下でほかの人たちの手を探した。指と指をからませる。心臓が切り裂かれるようだ。家の玄関ドアを叩く音。子どもたちは飛び上がった。

「みんな静かに。ぼくが行くから」エフライムが言った。

エフライムは家の玄関のドアから外に出た。外には二台の車が停まっていた。一台にはドイツ人兵士が三人、もう一台にはフランス人憲兵がふたり乗っていた。ひとりは通訳としてついてきたようだ。

だがエフライムはドイツ語がわかるので、ドイツ人兵士の指示も、ふたりの会話も理解できた。子どもたちを迎えにきたのだという。

「代わりにわたしを連れていってください」エフライムは即答した。

「それはできない。すぐに旅のしたくをさせるように」

「旅とは？　どこへ行くんです？」

「近いうちに知らせる」

「わたしの子どもなんです！　今教えてください！」

「働いてもらうんだ。悪いようにはしない。いずれ本人から連絡があるだろう」

「どこで働くんですか？　いつ連絡をもらえるんですか？」

「われわれは話をするためにここに来たんじゃない。この家の子どもふたりを迎えにきたのだ。ふたりを連れて帰る義務がある」

ふたり？

ああそうか、とエフライムは思った。ミリアムは今はパリの登録簿に載っているのだ。この男たちが迎えに来たのはノエミとジャックだ。

「みんなもう寝ました」エフライムは言った。「妻はすでに就寝しています。明日の朝に出直していただきたいのですが」

「明日は七月十四日、革命記念日だ。警察は休業する」

「じゃあ、少し待ってください。妻と子どもたちを着替えさせます」

「一分だ。それ以上は待てない」憲兵たちは言った。

エフライムは憲兵たちを外に待たせ、ドアを閉めて家のなかに入った。ゆっくりと歩きながらいろいろなことを考える。……ミリアムにも一緒に行ってもらおうか？　一番歳上だし、いざという時に機転が利く。妹と弟をリードしながら、うまく抜けだす手段を考えてくれるかもしれない。ひとりで留置所から出てきたという前例もある。いや、それとも逆に、もう二度と逮捕されないようかくまってやるべきだろうか？

　庭では、エフライムが戻ってくるのを家族が息を凝らして待っていた。

「警官だ。ノエミとジャックを迎えにきた。部屋に上がって荷物をまとめなさい。ミリアムはいい。登録簿に載ってないから」

「どこに連れていかれるの？」ノエミが尋ねた。

「ドイツで働くんだそうだ。向こうは寒いからセーターも忘れないように。さあ、急いでしたくして」

「わたしも行く」ミリアムは言った。

　ミリアムが荷物をまとめるために立ち上がる。その瞬間、エフライムの脳裏に何かが去来した。忘れかけていた記憶だった。遠い昔、ボリシェヴィキの警官が自分を逮捕しにやってきた夜のこと。エマの気分が悪くなり、エフライムは妊娠中のその大きなお腹にそっと触れた。なかにいる子が死んでしまったのではないかと心配しながら……。

「庭に隠れてなさい」エフライムはミリアムの腕を強くつかんだ。

「でも、お父さん」ミリアムは異議を唱えた。

　警察が玄関ドアを叩く音が聞こえる。エフライムはミリアムのシャツの襟をつかみ、息ができなくなるほど強く締めつけた。それから、恐怖に唇を歪ませているミリアムの目をまっすぐ見つめて、こう命じた。

「ここからすぐに出ていくんだ。わかったか？」

第二十四章

「どうしてラビノヴィッチ家では子どもたちだけが逮捕されて、大人はされなかったの？」

「そうだね、変だと思うだろう？　ユダヤ人の逮捕に関しては、両親、祖父母、子どもたちなど家族全員が一度に捕まるイメージがあるからね。でも実際は、逮捕にもいろいろなやり方があったんだ。数百万という人間を絶滅させる第三帝国の計画は、数年にわたって段階的に実施された。初期では、ユダヤ人を無力化して逆らえなくさせるための政令が次々と出された。わかるかい、それがどういうことか」

「うん。ユダヤ人をフランス人と引き離して、物理的に遠ざけることで姿を見えにくくさせたんでしょ？」

「そう。たとえばメトロでは、ユダヤ人はフランス人と同じ車両に乗ることが許されなくなった」

「でもフランス人だって、みんながみんな無関心だったわけじゃないよね？　シモーヌ・ヴェイユ（アウシュヴィッツ被収容者でのちの欧州議会議長）も言ってたよ。『（ユダヤ人擁護に関する）フランスほどの強い連帯感は、ほかのどの国でも見られなかった』って」

「ヴェイユの話はそのとおりだよ。戦時中にフランスから収容所に送られて助かったユダヤ人の割合は、ナチスに占領された国々のなかでもっとも高い。だけど、あんたの最初の質問に対する答えはノーだ。初めのうちは、家族が全員揃って収容所に送られることはなかった。フランスからの収容所移送は一九四一年に始まったが、当時は働きざかりの男だけが対象だった。それも主にポーランド人だ。だからフランス人は誰もが無関心だったのさ。当時、この召集は《グリーンチケット》と呼ばれていた。緑色の切符のような召集状を受けとった者たちが移送されていたからだ。

頑丈な男たちだけが移送されていたのは、働き手として駆りだされているという理由をもっともらしくするためだった。だから、一家の若い父親、学生、体格のよい労働者ばかりが召集された。エフライムは五十歳を越えていたから対象外だった。こうして屈強な男たちが手始めに排除された。戦える体力があって、武器の使い方を知っている者たちを早めに抹殺したかったのさ。『どうしてそんなふうに黙って言いなりになっていたんだろう。こんな言い方はなんだけど、まるで生きながらにしてすでに死んでいたみたい』ってあんたはよく言ってたね。ところがこの《グリーンチケット》の男たちは、ただ黙って移送されたわけじゃなかった。まず、ほぼ半数が召集令に従わなかった。そして、嫌々ながら従った者たちも反抗した。一時的に収監されたフランス国内の通過収容所で、たくさんの脱走者が出たんだ。脱走者の手記を読んだけど、収容所の看守たちとひどい乱闘になったらしい。結局、召集された三千七百人の《グリーンチケット》のうち、八百人ほどが脱走に成功した。といっても、ほとんどが脱走後に再び捕まってしまったんだけどね。

こうしたことはすべて、ユダヤ人は『ただ単に』一時的に収監されるだけであって、のちにフランスのどこかで働いていると、人々に信じさせるための作戦だった。決して殺されてはいないのだ、と。誰もが戦争捕虜のようなものだと思っていた。その後、徐々にジャックやノエミのような若者や、ほかの国籍の者たちも逮捕されるようになり、とうとう年齢、性別、国籍を問わず、幼い子どもですら逮捕された。そうだ、子どもに関して言っておきたいことがある。ドイツ軍政当局は子どもの逮捕は後回しにするつもりだったのに、ヴィシー政権は大人と一緒に子どもも片づけてしまおうとした。フランス行政当局はドイツ側に対して『子どもも一緒に第三帝国に向けて移送されることを望む』という要望を出したんだ。そう明記された書類が実際に残っている。

ナチス・ドイツは、西ヨーロッパ諸国でのユダヤ人強制移送をスピードアップさせるために、大量検挙を計画した。コードネームは《春の嵐》。最初は、アムステルダム、ブリュッセル、パリで同日に一斉検挙する予定だった」

「同日に大量検挙！　反ユダヤ主義的な野望が感じられる計画だね。『ヨーロッパじゅうのすべてのユダヤ人を、同じ日に、同じ時間に逮捕してやる！』みたいな」

「ところが、現実に実行するのは難しいとわかったんだ。そこで一九四二年七月七日、フランスとドイツ両国の代表がパリで話し合いを行なった。その結果、ドイツ政府が立てた計画を、フランス政府が実行に移すことにした。週に四回、一回につき千人のユダヤ人を乗せた列車をフランスから東ヨーロッパへ向けて出発させる。一カ月当たり一万六千人を移送することで、三カ月当たり四万人という目標を達成させる。ただし、この三カ月で終わりじゃない。一九四二年の一年間でフランスから十万人のユダヤ人を移送するのが最終目標だ。そしてこれも計画全体にとっては始まりにすぎない。非常に明瞭で、的確で、わかりやすい計画だったんだ。

パリでの話し合いの翌日、フランス各県警の指揮官が次のような命令を受けた。当時の資料から書き写した内容をそのまま読むよ。『性別を問わず、十八歳から四十五歳までの、国籍がポーランド、チェコスロバキア、ロシア、ドイツ、オーストリア、ギリシャ、ユーゴスラビア、ノルウェー、オランダ、ベルギー、ルクセンブルク、および無国籍のすべてのユダヤ人をただちに逮捕し、ピティヴィエ通過収容所へ移送すること。ただし、外見上の障がいが認められる者、および、異宗婚によってユダヤ人に改宗した者は逮捕対象から除外する。逮捕は七月十三日の午後八時に行なう。逮捕したユダヤ人は、七月十五日午後八時までに通過収容所に収監すること』

「七月十三日って、ラビノヴィッチ家の子どもたちが逮捕された日だね。ノエミは十九歳だから確かに逮捕の対象者だけど、ジャックは？　まだ十六歳とちょっとだったよね？　十八歳には達してない。ふつう、行政当局って規則を厳守するものじゃないの？」

「そう、そのとおり。ジャックは本来なら逮捕されるべきじゃなかった。ところが、フランス政府はある問題を抱えていたんだ。一部の県では、移送対象のユダヤ人だけではドイツ政府が掲げる目標値に達しなかった。さっき言った数字を覚えてるかい？　『一回につき千人のユダヤ人を、週に四回移送する』。この目標値を無理やり達成させるために、非公式な命令では年齢制限が十六歳まで引き下げられていたんだ。ジャックが逮捕者リストに載ったのもそのせいだろう」

「じゃあ、ミリアムは？　もしあの夜、ミリアムがドイツ人兵士たちの前に姿を現していたらどうなったの？」

「きっと妹と弟と一緒に連れていかれただろうね。それもまた……」

「……目標値を達成するために」

「そう。あの日、ミリアムが逮捕者リストに載っていなかったのは、運よく結婚したばかりだったからだ。あたしたちの命は、運命の細い糸にぶら下がっているんだよ」

第二十五章

ノエミとジャックは、警察の車の後部座席でぴったり寄り添いながら座っていた。いったいどこへ行くのだろう。ジャックは目をつぶって、ノエミの肩に頭を預けていた。なぜか昔遊んだゲームが脳裏によみがえった。同じ文字から始まることばを、さまざまな分野から見つけだす遊びだ。スポーツ、名高い会戦、英雄……。ノエミは一方の手で弟の手を握り、もう一方の手でスーツケースの取っ手をつかんでいた。急いでいたから忘れものがたくさんあった。唇がひび割れた時に塗る〈ロザ〉のリップクリーム、石けん、お気に入りのワインレッド色のカーディガン。どうして、ジャックの〈ペトロール・アン〉のヘアローションなんかを持ってきてしまったのだろう。荷物になってしかたがないだけなのに。

ノエミは窓ガラスに頬をつけて、村の通りを眺めた。よく知っている場所だった。同年代の子たちが小さなグループに分かれて、革命記念日前夜祭のダンスパーティーに繰りだしている。車のヘッドライトが彼らの脚と胸のあたりを照らした。顔は見えなかった。見えなくてよかった、とノエミは思った。

〈作家になるにはこういう試練が必要なのだ〉ノエミは自分に言い聞かせた。だから、しっかり見ておこう。細かいところまできちんと記憶しておこう。道端にごろごろしている石ころで傷つけないよう、エナメルの靴を両手に持って、裸足で歩いている女の子たち。コルセットをきつく締めすぎて、胸が不自然に膨らんでいる。そのすぐ前には、自転車を押しながら歩く男の子たち。女の子たちを笑わせようとして動物の鳴き真似をしている。ポマードで固めた髪が月の光を受けて輝く。ダンスパーティーには官能的な雰囲気が漂う。酒を飲まなくても、音楽に酔いしれる若者たち。リズミカルな音色が七月の風に運ばれる。真夏の夜の、湿気があって独特の匂いがする風が吹いている。

警察の車は村を出ると、エヴルー方面へ向かって走った。突然、森のはずれの茂みから一組の男女の姿が現れた。悪事をはたらいて現行犯で捕まった者たちのように、ヘッドライトに照らされて目を丸くしている。ふたりは手をつないでいた。ノエミはその姿を見て胸を痛めた。まるで、自分はもう決してそういうことはできないと思いしらされたかのように。

車は森の奥へ入っていった。静寂のなかを進んでいく。同じ頃、エフライムとエマが残された家のなかも、静寂に包まれていた。ふたりは恐怖のせいで身動きひとつできずにいた。そして庭に隠れていたミリアムのまわりも、静寂に覆われていた。ミリアムは何かが起こるのを待っていた。だが、それが何なのかはわからなかった。

それからかなり月日が経った一九七〇年代半ばの、ある酷暑の午後、ニースの歯科医院の診察室にいた時だった。ミリアムは突然、あの時庭の隅に身を潜めて、自分が何を待っていたかを理解した。じっと待っていた時の記憶がよみがえる。唇に当たった草の感触、吐きたくなるほどの恐怖。あの時の自分は、父親の気が変わるのを待っていたのだ。ただそれだけだった。父親がミリアムのところに戻ってきて「やっぱりジャックとノエミについていってやってくれ」と言ってくれるのを待っていたのだ。

だが、エフライムは決心を変えなかった。よろい戸を閉めて、寝る準備をするようエマに命じた。落ちついて、決して動転してはいけない、と。

「動転すると、悪いことしか考えられなくなる」ロウソクの火を消しながらエフライムは言った。

ミリアムは、両親の寝室のよろい戸が閉まるのを見ていた。それからしばらく待ってみた。だが、庭は闇に包まれ、しんと静まりかえったままだった。両親は自分を迎えにきてはくれない。ミリアムは立ち上がり、父親の自転車が置いてある場所へ向かった。自分には大きすぎるけれどかまわない。ハンドルをつかんだ時、父親の手を握っているような気がした。勇気を出せと励まされているように感じた。自転車そのものが父親のようだった。骨組みがほっそりして、でも丈夫で、柔らかくて弾力性のある筋肉がついている。きっと一晩じゅうかけても自分をパリまで連れていってくれるだろう。

大丈夫。暗闇はいつも自分の味方をしてくれた。そして森はやさしく、差別をしたりせず、逃げまどう者を誰でもかくまってくれる。ロシアから逃亡した時の話を両親から何度も聞かされた。馬車から荷車がはずれてしまった時のことも。大丈夫。どうやって逃げたらいいか、自分は知っている。突然、道端に動物のような影が現れて、ミリアムは急ブレーキを踏んだ。鳥の死骸だった。飛び散った羽が黒い血で汚れている。このおぞましい光景は不運の前兆なのだろうか？　ミリアムはまだ温かくて丸っこい死骸の上に柔らかい腐植土をかぶせた。それからパレスチナでナフマンに教わったアラム語の詩を小声で唱えた。死者を弔うための詩、〈カッディーシュ〉だ。唱え終えると、どういうわけか勇気が湧いた。鳥が力をくれたのだ。ミリアムは森のなかを飛ぶように走った。木の陰に隠れながら、動物のように木々の間を縫って走った。たまに姿を見せる動物たちのおかげでさみしくはなかった。彼らはミリアムの逃亡仲間だった。

朝の白い光が差し、かげろうが立ちはじめた頃、ようやくパリの〈ゾーン〉が視界に入ってきた。あともう少しだ。

「〈ゾーン〉（現在は大都市周辺の貧民街を意味する）はね」母が説明してくれた。「かつてパリをぐるりと取り囲むように広がっていた、軍事施設地帯の跡地だったんだよ。その昔はフランス軍の砲兵隊がここで砲撃訓練を行なっていた。〈建築不可地域〉とされた土地だ。だがやがて、パリ市内からはじき出された貧しい人たちが徐々にこのエリアに集まるようになった。ユゴーの『レ・ミゼラブル』の世界さ。オスマン男爵によるパリ大改造計画のあおりで、中心街から追いだされた子だくさんの家族がこのエリアに押し寄せて、掘っ建て小屋、テント、トレーラー、泥や沼に浸かったあばら屋、ありあわせのもので作ったぼろ家などで暮らしはじめた。地区ごとに集団のタイプが分かれていた。たとえば、クリニャンクール地区にはぼろ布収集人が、サン＝トゥアン地区には紙くず収集人が、ルヴァロワ地区には浮浪者が、イヴリー地区には椅子の座面張り替え職人が、それぞれ集まっていた。セーヌ河岸に建ち並ぶ研究所の実験用にラットを集める者たちもいた。手袋職人が革を洗うのに使用するため、鳥の糞を集めて一キロいくらで売る者たちもいた。国籍も地区ごとにイタリア人、アルメニア人、スペイン人、ポルトガル人などに分かれていた。だがふつうはみんなひっくるめて〈ゾーンの住民〉と呼ばれていた」

早朝の静かな時間帯に、ミリアムは〈ゾーン〉に到着した。水道も電気も通っていない、腐敗臭が漂うエリアだが、住民たちはユーモアを忘れていないようだった。掘っ建て小屋同士の間を貫く路地に、彼らはことば遊びで名前をつけていた。《ルバーブ《バーブ通り》》、《ルーベンス《ベンス通り》》、《ルーシー《シー通り》》といった具合だ。ミリアムはこうした路地を通りぬけた。

朝の六時は〈ゾーン〉の若い女性たちにとっては夜の仕事が終わる時間、そして労働者や職人たちにとっては一日が始まる時間だ。夜間外出禁止令が解除されるこの時間帯、労働者たちは、早くカフエへ行ってミルク入りコーヒーを飲みたいと思いながらパリへ向かう。ミリアムも彼らと一緒に、夜間は閉鎖されているパリの市門が開くのを待った。そして門が開くと同時に、一気に走りだした自転車の大群にまぎれこんだ。パリでの自転車の交通ルールがわからないので、まわりの真似をしながら走った。ハンドルから手を離してはいけない。ポケットに手を突っこんではいけない。ペダルから足を離してはいけない。ナンバープレートにWH、WL、WM、SS、POLと記された自動車を優先しなくてはいけない。

ミリアムは閑散としたパリの街を走った。たまに見かける通行人たちはみな、壁により添うようにしながら早足で歩いている。街並みの美しさがミリアムに希望を与えてくれた。朝の太陽がよくない考えを吹き飛ばしてくれた。夏の早朝の爽やかさが夜の暗い妄想を洗い流してくれた。

〈弟と妹がドイツに移送されるなんて、どうしてそんなことを考えたんだろう？　馬鹿げてる。あの子たちはまだ未成年なんだから、そんなはずないのに〉

ふと、ブローニュの家でのある夜の出来事を思いだした。パレスチナからヨーロッパに戻ってきて最初に住んだ家で、ノエミはベッドのそばにいた蜘蛛《くも》に怯《おび》えてなかなか眠れなかった。ところが朝見てみると、ノエミが怖がっていたのは蜘蛛ではなくて丸まった糸くずだった。そう、恐れているものの正体なんてそんなものだ。暗闇に邪悪な何かが潜んでいると思いこんでも、実際はつまらないものなのだ。夜明けの光が、夜の間の馬鹿げた不安を取り除いてくれた。

コンコルド橋を渡り、サン＝ジェルマン大通りに入る。下院議事堂のファサードには横断幕が掲げられていた。幕にはドイツ語で《ドイツ、すべての戦線で勝利》と書かれており、ペディメントの中心には〈勝利〉を表す巨大な〈V〉の文字が掲げられている。だが、ミリアムは横断幕の存在に気づかなかった。そして、ジャックとノエミがドイツに移送される前に、きっと両親がふたりを助けだしてくれるだろうと考えた。

〈あのふたりが働き手としてほとんど役に立たないことがわかれば、きっとドイツ人は家に帰してくれるだろう〉ミリアムは自分にそう言い聞かせながら、ヴォージラール通りのアパルトマンの階段を五階まで一気に駆け上がった。

玄関のドアを開けたのはヴィサントだった。室内に白い煙が立ちこめている。ヴィサントはミリアムをなかに入れると、考えごとをしているような顔で居間へ向かった。目の下に隈ができている。居間のテーブルには、飲みかけのコーヒーカップと吸い殻で一杯になった灰皿が置かれていた。どうやら一晩じゅう眠れなかったらしい。ミリアムは、ジャックとノエミが逮捕されたこと、レ・フォルジュから自転車で戻ってきたことを、興奮した口調で話した。だが、ヴィサントは聞いていなかった。無言のまま、心ここにあらずといったようすで、短くなったタバコを使って新しいタバコに火をつけた。それから立ち上がってキッチンへ向かうと、〈トニマルト〉を入れたカップを手にして戻ってきた。麦芽をチップ状に加工したものに湯を注いで作る飲みもので、手に入りにくくなったコーヒーの代わりに、ヴィサントが大枚をはたいて薬局で買ってきたのだ。

「待ってて。すぐに戻るから」ヴィサントは、ミリアムにカップを差しだしながらそう言った。

廊下へ向かうヴィサントの頭越しに白い煙が立ち上った。まるでトンネルに入っていく蒸気機関車のようだった。ミリアムは居間のラグの上に寝転がった。からだじゅうが痛い。一晩じゅう走りつづけ、ペダルを数千回も漕いだせいで、すっかり疲労困憊していた。倦怠感にからだを震わせながら埃だらけの床に横たわり、目を閉じる。すると奥の寝室から物音が聞こえた。女性の声だ。

〈女性？　寝室のベッドに女性が？　夫と一緒に寝てたの？　まさか、ありえない〉

ミリアムはそのまま眠りに落ちた。どのくらい経ったのか、誰かに勢いよく揺り動かされて目が覚めた。目の前に小柄な女性がいた。

第二十六章

「紹介するよ、姉のジャニーヌ」ヴィサントが言った。小柄なので妹と間違われそうだと思ったのか、〈姉〉を強調して発音する。

ジャニーヌはヴィサントより三つ歳上だが、背丈はヴィサントの肩にも届かなかった。母のガブリエルと同じだ。〈すごくよく似た母娘〉と、ミリアムは思った。知的な女性にありがちな広い額と、意志が強そうな薄い唇。

「昔の資料を見ると」母は言った。「写真によっては見間違えそうになるほど似ていたんだよ」

「夫の姉なのにこれまで一度も会わなかったの？」

「ピカビア家の人たちは《家族》にほとんど興味がなかったんだ。ブルジョワ的な概念だと思ってわざと破壊しようとしたのかもしれない。前にも言ったように、ヴィサントとミリアムの結婚式にピカビア家の人間は誰も来なかった。それに、ジャニーヌはすごく忙しい人だったんだ。この二年前の一九四〇年三月、彼女は赤十字社で看護師の資格を取得して、メッツの第十九補給部隊の衛生部門で働きはじめた。休戦協定が締結された一九四〇年六月から同じ年の十二月までは、ブルターニュ地方とボルドー地方の捕虜収容所の補給管理者としてシャトールー支部に配属された。わかるかい、ちゃらちゃらした優雅な暮らしにはほど遠い人だったんだよ。救急車を自分で運転さえしていた。後ろから見たら、まるで十二歳の少女のように小さかったけどね」

「あんた、妊娠はしてないね？」ジャニーヌはやぶからぼうにそう尋ねた。

「してません」ミリアムは答えた。

「よし、わかった。母さんのシトロエンに乗せよう」

「シトロエン？」ミリアムは尋ねた。

ジャニーヌは答えなかった。ヴィサントに話しかけていたのだ。

「ジャンの荷物が載ってるところに入れるから。全部出しておいて。は？　じゃあどうしろっていうのさ。もうそれしか方法はないだろう？　明日の朝、外出禁止令が解けたらすぐに出発するよ」

ミリアムにはさっぱり訳がわからなかった。だが、ジャニーヌは質問は受けつけないというしぐさをした。

「あの《奇跡》を覚えてるだろう？　警官があんたを留置所から解放した時のことさ。いいかい？　あの《奇跡》には、顔と、名前と、家族と、子どもがあった。あの《奇跡》には階級もあった。准尉だ。そして、あの《奇跡》は先週ドイツ秘密国家警察《ゲシュタポ》に逮捕された。わかったかい？　今の状況が？　あんたはもうこの占領地区にはいられないんだ。あんたの弟や妹と同じように、警察がいつあんたを捜しにやってくるかわからない。あんたは危険にさらされてるんだよ。あんたがやばいってことは、あんたの夫も、そしてあたし自身もやばいんだ。だからあんたをこの占領地区から出して、フランス南部の自由地区へ連れていく。今日は無理だね、祝日だから。車の通行が禁止されている。明日の朝なるべく早く、うちの母親の家から出発するよ。さあ、これからすぐに母さんの家に行こう。急いでしたくして」

「待って、両親に連絡しないと……」

ジャニーヌはため息をついた。

「駄目だよ。あんたの両親には知らせちゃいけない。あんたとヴィサントときたら、本当にまるっきり子どもだね」

ヴィサントには、姉が我慢の限界に達したことがわかったようだった。そこで結婚してから初めて、ミリアムに夫らしいことばをかけた。

「ここで議論していてもしかたがないよ。きみはジャニーヌと一緒に行くんだ、今すぐ。そうするしかない」

「下着を重ねばきしておくといい」ジャニーヌがミリアムにアドバイスをした。「スーツケースは持っていけないから」

アパルトマンを出る時、ジャニーヌはミリアムの腕をつかんだ。

「いいかい、黙ってあたしのあとをついておいで。警官に何か尋ねられても、あたしが代わりに話をするから」


どうでもいい無意味なことに、なぜか心がとらわれてしまうことがある。日常だったはずのさまざまなことが突然失われてしまった時や、これまでの経験が何の役にも立たなくなる不条理な状況に陥った時、くだらない細部にどうしてか引きつけられてしまうことがある。ジャニーヌとふたりでオデオン劇場の外壁沿いの道を歩いていた時、ミリアムは脳の記憶装置にあるイメージを焼きつけた。劇作家クルトリーヌによる喜劇の宣伝ポスターだ。おそらく《クルトリーヌ》と《キュロット》というふたつのことばの語感が似かよっているせいだろう。戦後かなり経ってから、クルトリーヌの名前を見聞きするたびに、下着のパンツ（フランス語でキュロット）五枚を何の脈絡もなく自動的に思いだすようになった。

この日、劇場の外壁沿いにオークル色の石造りの回廊を歩いていた時、ミリアムはスカートの下に五枚のパンツを重ねばきしていた。それから一年間、ミリアムはその五枚のパンツを取っ替え引っ替えしながら、股の部分に穴が開くまで履きつづけた。

ガブリエルの家に着くと、ジャニーヌはミリアムにこう言った。

「今日は塩からいものは食べないで。そして明日の朝は一滴も水を飲まないで。わかった？」

ジャックとノエミは、犯罪者でもないのに一晩留置所に入れられた。当時の記録によると、七月十三日二十三時二十分にエヴルーに拘置されている。拘置の理由は〈ユダヤ人だから〉。ジャックは、旧名イツァークのフランス語読みで、イサクと呼ばれた。留置所は男女別だったので、ふたりは別々の部屋に収容された。ジャックの部屋にはほかに男性が三人いた。ベルリン生まれのドイツ人で十九歳のナタン・リーバーマン、ポーランド人で三十二歳のイズラエル・グートマン、そしてその兄で三十九歳のアブラハム・グートマン。

ジャックは両親の話を思いだした。両親もまた、ロシアから逃亡してラトビアに入国する前に留置所に入れられた。だが、その後ふたりは何事もなく留置所から出ることができた。

「うちの両親は数日後に解放されたんだ」ナタン、イズラエル、アブラハムの三人を安心させようとしてジャックは言った。

七月十四日の革命記念日だったので、憲兵隊は全員動員されていた。これを機にフランス人の祖国愛が一気に高まるのを恐れたドイツ人は、いっさいの集会とパレードを禁止した。ユダヤ人の移送も延期された。ジャックとノエミはエヴルーにもう一晩留め置かれた。

同じ日の朝、子どもたちが数キロ離れた留置所で目覚めた頃、エフライムはベッドに横たわって目を大きく見開いていた。あることばが脳裏から離れなかった。家族全員が集まった最後のペサハの夜、

父のナフマンが言ったことばだった。《いつか必ず、やつらはわたしたち全員を消しさろうとする》

「まさか、そんなはずは……」エフライムは思った。

しかし、どうしてウッチの義両親から一向に便りがないのだろう。プラハにいるはずのボリスからも連絡がない。リガの知り合いたちもどうしているかわからない。どこからも、何の知らせもなかった。

エフライムはアンナの甲高い笑い声を思いだした。自分たち家族が逃亡しないと決めるきっかけを作った、あの残酷な笑い。アンナがアメリカに発ってから四年が経つはずだ。もう四年か。なんて長い年月だったろう。この四年間、いったい自分は何をしたのか？　少しずつ、しかし確実に足下の水位が上がっていくのをただ黙って見ているだけで、とうとう溺れる寸前の状態まで家族を追いこんでしまったのではないか？

同じ頃、ミリアムはガブリエルのアパルトマンでジャニーヌに起こされた。服を着たまま眠っていた。まるで列車で一晩過ごしたあとのような気分だった。

ふたりはアパルトマンを出て、少し離れたところにある小道へ向かった。そこに車が停めてあるという。車のそばにはガブリエルがいた。両手に手袋をはめ、ひだの入った服を着て、帽子を被り、堂々と立っている。まるでカーレースに出場する選手のようだった。そばには、オーバー・ヘッド・バルブ形式4気筒エンジン搭載のシトロエン・トラクシオン・アヴァン・フォー・カブリオレ。後部座席にはバッグとスーツケースがいくつも重ねられ、その上に包装された箱が山のように積まれていた。新聞紙に包まれた不気味な塊からは、カラスの頭が四つ飛びだしていた。奇妙な光景だった。荷物だけでぎゅうぎゅう詰めなのに、いったいどこに座ればいいのだろう。すると、ジャニーヌが右をちらりと見て、続けて左をちらりと見た。通行人がひとりもおらず、車が来る気配もないことを確かめると、すばやく荷物をかき分けた。どうやら、後部座席のシートの下に穴が空いているらしい。

「なかに入って。さあ、早く」
後部座席とトランクの間の背もたれが倒されて、その下に広い空間が設けられていた。ジャニーヌが自動車修理工の友人に頼んで、ガブリエルの車に隠しスペースを作ってもらったのだ。ミリアムは不思議の国のアリスになった気分でトランクから車内に入ると、からだを丸めて隠しスペースに潜りこんだ。ところが脚を伸ばそうとした途端、底のほうで何かが動くのを感じた。生きものがいる。ミリアムは初めは動物かと思ったが、じっとうずくまっていたのはひとりの男性だった。

全身は見えなかったが、からだのパーツでどういう人なのかだいたい想像できた。詩人のように澄んだ瞳、剃髪した司祭のように短く切り揃えられた前髪、割れた顎。

「ジャン・アルプだよ。当時は五十六歳だった」母が言った。

「画家の？」

「そう。ガブリエルの親友だったんだ。ミリアムの死後、この出来事について記されたメモが見つかった。『トランクに入って境界を越える。ジャン・アルプと一緒に』と書かれていた。この時、アルプはフランス南西部のネラックという町で、妻のゾフィー・トイバーと落ち合ったらしい。ふたりともパリから逃げてきたんだ。ジャンはドイツ人だけど、ナチスから《退廃芸術家》の烙印を押されていたからね。逮捕される危険性があった」

ミリアムとアルプは隣同士で横になりながら、ひと言もことばを交わさなかった。そうするのが互いのためだったからだ。自分を守るために話をしない。自分の身を危険にさらさないために相手に質問をしない、自分のことを相手に教えない。ジャン・アルプは、隣にいる若い女性がユダヤ人だと知らなかった。ミリアムは、隣にいる男性がジャン・アルプで、イデオロギーの違いのためにナチスから逃げていることを知らなかった。

車はゆっくりとパリ南端にある市門のひとつ、ポルト・ドルレアンに向かって進んだ。ジャンヌとガブリエルは、そこで通行許可証を提示しなくてはならない。もちろん偽造だ。兵士たちの前まで来ると、ふたりは堂々とした態度で偽造許可証を示した。そして、これから結婚式を挙げにいくと説明した。ジャニーヌはこれから未来の夫に会いに行く。兵士たちの前で、ジャニーヌは式を控えて緊張している花嫁役を、ガブリエルは一大イベントを前に神経が高ぶっている母親役をそれぞれ演じた。これほど愛らしくてにこやかなふたりは、これまで誰も見たことがなかっただろう。

「ねえちょっと、うちの娘がトランクに詰めこんだこの荷物の量を見てよ！　まるで引っ越しするみたいじゃない？　この子、嫁入り道具を一式すべて持っていくって聞かないんだよ。どうせまたパリに持って帰ってくるのにさ。馬鹿げてると思わない？　あんたたち結婚してる？　結婚なんてするもんじゃないよ」

ガブリエルは兵士たちを笑わせた。ドイツ語を流暢《りゅうちょう》に話し、若い頃に音楽の勉強をするためにベルリンにいたと説明した。兵士たちは、自分たちの言語でおしゃべりをし、気さくで才気に溢れるこのフランス人女性に好感を抱いたようだった。兵士たちはガブリエルを褒めたたえ、ガブリエルはそれに対して礼を述べ、互いに長々と会話に花を咲かせた。ガブリエルは、披露宴の食事用に持ってきた鳥があるけれど一羽いらないかと、兵士たちに尋ねた。ドイツ占領下のフランスでカラスはごちそうだった。一羽二十フランほどで売られており、おいしいスープの出汁《だし》が取れると評判だった。

「欲しくないかい？」

「いや、けっこうです、ありがとう」

兵士たちはふたりの許可証を確認すると、あっさりと車を通過させた。ガブリエルは決して慌てることなく、ゆっくりと車をスタートさせた。

エフライムとエマは眠れぬ夜を過ごした。早く朝になって、村役場が開かないかと待ちつづけた。ふたりは静かに着替えをした。エマが何かを言いかけても、エフライムは〈今は何も話したくない〉としぐさで妻を制した。着替え終えると、エマは寝室から一階に降りてキッチンに入り、テーブルの上に子どもたちのスープボウル、スプーン、ナプキンを並べた。エフライムは、妻の行動にどういう意味があるのかわからないまま、口を出さずにそのようすを眺めていた。それからふたりは、顔をまっすぐ上げて堂々とした態度で、レ・フォルジュの村役場を訪れた。ブリアン村長がふたりを村長室に招き入れた。小柄な男だった。魚の腹のように光る額の上に、黒い前髪をぴったりとなでつけている。エフライムたちがこの村に来た時から、この村長は迷惑そうな態度を隠さなかった。村から出ていってほしいと思っているようだった。

「子どもたちがどこに連れていかれたのか、教えてください」

「県庁からは何も聞いていない」

村長はかぼそい声で答えた。

「ふたりともまだ未成年なんです！　あなたには、子どもの居場所を親に知らせる義務があります」

「わたしにそんな義務はない。怒鳴るのはやめたまえ。何を言われても、できないものはできないんだ」

「お金を渡しておきたいんです。遠くへ行くならなおさら」

「わたしなら、そのお金は手元に残しておくがね」

「どういう意味ですか？」

「いや、何でもない」村長はごまかすようにそう言った。

エフライムはその顔を殴りつけてやりたいと思ったが、ぐっとこらえて帽子を被って外に出た。ここで我慢しておかないと、子どもたちに再会できるのが遅れてしまうかもしれない。

「ドゥボールさんのところへ行ってみたらどうかしら」役場を出たところでエマが言った。

「そうだな。もっと早くそうすればよかった」

エマとエフライムはドゥボール家の玄関の呼び鈴を鳴らした。だが誰も出ない。朝市に出かけているのかもしれないと思い、しばらく待つことにした。すると近所の人が通りかかって、ドゥボール一家は夏のバカンスに出かけていると教えてくれた。もう二日も前になるという。

「ご主人が荷物を全部運んでいたんだ。すごく重そうだったよ」

「いつお帰りかわかりますか?」

「夏の終わりまで帰らないんじゃないかな」

「手紙を書きたいのですが、住所は知りませんか?」

「さあ、知らないなあ。九月まで待つしかないんじゃないかねえ」

ガソリンはドイツ占領軍に徴発されていた。すべてのフランス人と同じように、ジャニーヌとガブリエルも、車のエンジンを作動させるにはガソリン以外の液体を使わなくてはならない。たいていは、ゴデ社のコニャック、オー・デ・コロン、服のシミ抜き剤、マニキュア除光液、赤ワインなどが使われた。この日のジャニーヌとガブリエルは、ガソリン、ベンゼン、テンサイ酒の混合液で車を走らせていた。

ミリアムはシトロエンの排気ガスの匂いに酔い、意識がもうろうとしてきた。隣に乗っている男性も同じようだった。曲がりくねった道に入るとふたりは互いにぶつかり合い、でこぼこ道では同時に天井の鉄板まで跳ね飛ばされた。男性は自分の腕や腿がミリアムのからだを押しつぶすたび、心から申し訳なさそうな顔をした。〈触れてしまってごめん〉〈ぶつかってごめん〉と目で謝っていた。時折、車は森のはずれの草むらの上で停止した。ジャニーヌはそのたびにミリアムたちを外に出してくれた。地面に立ち上がると、血液が循環しはじめる。それから再びトランクの下に潜りこみ、また数時間我慢する。こうして少しずつ自由地区に近づいていった。だが境界線には検問所がある。そこを無事に通過しなくてはならない。

　フランスを南北に分けるこの境界線は、ほぼ二千二百キロメートルの長さに及んだ。急ごしらえの境界のせいで、いくつか不合理な点もあった。たとえば、シュノンソー城（ロワール渓谷のシェール川の上に建つ城館）。河床の上に建っており、占領地区側の入口から入って庭園を抜けると、いつの間にか自由地区側に出てしまうのだ。

　ガブリエルとジャニーヌは、フランス中東部のソーヌ＝エ＝ロワール県にあるトゥルニュという町を通って南下することにした。ジャン・アルプの目的地であるフランス南西部のネラックへは遠回りだったが、ガブリエルが自分の庭のようによく知っている地域だった。元夫のフランシス・ピカビアと一緒に何度も訪れており、マルセル・デュシャンや詩人のギヨーム・アポリネールと来たこともあった。

　検問所は、トゥルニュより少し手前のシャロン＝シュル＝ソーヌ市にあった。ガブリエルとジャニーヌは昼時の到着を狙っていた。昼食を食べに自宅に帰る労働者たちは、多くが検問所を通るだろうと予測したからだった。

「兵士たちも、面倒くさがっておおざっぱにしか検査しないだろう」ジャニーヌはそう高をくくった。シャロン＝シュル＝ソーヌ市庁舎の前を通りかかる。ナチスの旗がふたりを脅すように風に揺れていた。ふたりは道を尋ねるために一旦停止すると、再びゆっくりと走りだした。カルノー兵舎に沿って走りつづける。この建物はドイツ占領軍に徴発され、今では〈アドルフ・ヒトラー兵舎〉と呼ばれていた。ポール・ヴィリエ広場は閑散としていた。巨大な石造りの台座があるのが見えたが、その上にあるはずのブロンズ像は影も形もない。ドイツ軍によって取り壊され、溶かして武器にされたのだ。本来は、この土地出身の発明家、写真技術を開発したことで知られる、ジョゼフ・ニセフォール・ニエプスの立像がのっているはずだった。きっと今頃は彼の亡霊が自分の台座を探してどこかをさまよっているだろう。

シャヴァンヌ橋の上に木造の哨舎が建っていた。中世には橋の通行料を徴収していたこの場所で、今は検問が行なわれていた。ドイツ側では国境監視局所属の兵士たちが、フランス側では予備機動憲兵が、それぞれ検問を担当していた。フランス人憲兵は人数が多くて、ドイツ人兵士たちよりとっつきにくそうに見えた。現在、占領地区のあちこちで大量検挙が行なわれており、自由地区に逃げだそうとするユダヤ人が急増している。そのため、フランス警察は警備を強化していたのだ。

ガブリエルとジャニーヌの心臓は激しく鼓動した。予測にたがわず、昼食のためにたくさんの人たちが境界線を通過していた。双方の地区からひっきりなしに自転車が行き交う。職場に通うために毎日この橋を通っている地元住民たちが、半径五キロ以内のみ有効の《近隣》と記された通行許可証を提示している。

ジャニーヌとガブリエルは自分たちの番が来るまで、前日に貼られたばかりというポスターを眺めていた。そこには、警察が捜索している人物をかくまおうとした家族が、どのような刑罰を受けるかが記されていた。

一　その人物の直系のすべての男性近親者、および、十八歳以上の義理の兄弟と従兄弟は銃殺される。
二　一と同様の関係にあるすべての女性は強制労働刑に処される。
三　本措置によって刑罰を受けた男女の、満十七歳以下のすべての子どもは、保護観察矯正教育施設に収容される。

ふたりとも十分わかっていたことだった。今さらおじけづいて逃げだしても無駄だ。フランス人憲兵たちが、検査のためにシトロエンのほうにやってきた。ジャニーヌとガブリエルは偽造許可証を提示し、パリの市門の時と同じ演技を始めた。ふたりとも結婚式を控えて神経が高ぶっていること、ウエディングドレスと嫁入り道具一式をすべて積みこんだこと、持参金、招待客……こうした話を愛想よく話した。憲兵たちは、パリ市門のドイツ人兵士たちほど気さくではなかったが、それでも最後にはふたりを通してくれた。花嫁とその母は敬意に値する存在だからだ。続けて、ドイツ人兵士の番だった。数メートル離れたところに待機している。

スーツケースの中身を見られたり、車のトランクを開けられたりしないよう、うまく騙《だま》さなくてはならない。ガブリエルがドイツ語を流暢に話せるのは大きなプラスになった。兵士たちは一生懸命な女性に弱い。ガブリエルはベルリンの最新ニュースを兵士たちに尋ねた。「あたしが音楽の勉強をするために住んでいたのは一九〇六年だったから、もうずいぶん変わっただろうねえ。ああ、時間が経つのはなんて早いんだろう。あたしはベルリンっ子が大好きでさ……」突然、車のトランクのそばで犬たちが匂いを嗅ぎはじめた。つながれている鎖をぎりぎりまで引っぱって吠えはじめる。その声はどんどん大きくなった。このなかに何か生きものがいると、主人たちに伝えようとしているのだ。

ミリアムとジャン・アルプがいる隠しスペースの天井の鉄板に、興奮した犬が鼻面をぶつけつづけている。ミリアムは目を閉じて、じっと息をこらした。

どうして犬たちが急に興奮しはじめたのか、ドイツ人兵士たちにはさっぱりわからなかった。

「トゥット・ミーア・ライト・マイネ・ダーメン、ダス・イスト・エトヴァス・イン・コーファーラウム（すみませんが、こちらのトランクに入ってる何かに犬が興奮しているようです）」

「ああ、カラスのせいだよ！」ガブリエルはドイツ語で「ディー・クレーエン！　ディー・クレーエン！」と叫んだ。

ガブリエルは、後部座席に無造作に置かれていた新聞包みをつかんだ。「結婚披露宴で食べようと思ってね」そう言いながら、犬たちの鼻先にカラスが入った包みを近づける。犬たちはトランクのことなどすっかり忘れて、いきなり現れた獲物に群がった。黒い羽があちこちに飛び散る。兵士たちは、せっかくの披露宴のごちそうが自分たちの犬の胃のなかに呑みこまれていくのをぼう然と見守った。

結局、兵士たちは恐縮しながらシトロエンを通してくれた。

バックミラーに映る哨舎の姿がどんどん遠ざかり、やがてまったく見えなくなった。トゥルニュの町を出る頃、ジャニーヌはガブリエルに車を停めてくれるよう頼んだ。後ろに乗っているふたりを安心させたかったのだ。隠しスペースを覗くと、ミリアムは全身を震わせていた。

「大丈夫だよ、成功したから」ジャニーヌはミリアムを落ちつかせた。

ジャニーヌは車から数歩離れると、自由地区の空気を思いきり吸いこんだ。ふいに脚から力が抜けて、片膝が崩れ落ち、すぐにもう片方の膝も崩れ落ちてひざまずく姿になった。そして、そのまましばらく頭を垂れて脱力していた。

「ほら、暗くなる前にあと六百キロは走らないと」ガブリエルは娘の肩に手を置きながら言った。

ガブリエルが母としてのやさしさをジャニーヌに示したのは、これが初めてのことだった。

その後は休まずに車を走らせた。そして自由地区での外出禁止令が始まる深夜十二時少し前に、大きな邸宅にたどり着いた。車が停まり、誰かが小声で話すのがミリアムに聞こえた。もう出てきてもいいと言われたが、脚がしびれてなかなか動けなかった。囚人のようにされるがままに運ばれていき、寝室に到着するとすぐに気絶するように眠りについた。

翌朝、ミリアムが目覚めると、からだじゅうに青あざができていた。床に足をつくのもつらかったが、痛みを我慢して窓辺に近づいた。どうやらここは城館らしい。窓の外にナラの大木が立ち並ぶ見事なアプローチが見える。建物のファサードはオークル色で、窓に装飾的な欄干がついており、まるでイタリアのヴィラのようだ。ミリアムはこれまで、ロワール川を越えた南側に来たことはなかった。湿気を含んだ光が木々の上で煌めいていて美しい。その時、部屋にひとりの女性が入ってきた。水差しとグラスを手にしている。

「ここはどこなんですか？」ミリアムはその見知らぬ女性に尋ねた。

「ラモット城です。フランス南西部のヴィルヌーヴ＝シュル＝ロット市内です」

「みんなはどこ？」

「朝早く出発しました」

確かに、窓の外の前庭にシトロエンの姿は見当たらなかった。

〈わたしは置いていかれたんだ〉ミリアムはそう思いながら、床の上に倒れこんだ。それ以上立っていられなかったのだ。

第二十七章

一九四二年七月十五日の夜明けすぐ、ジャックとノエミはエヴルーの留置所を出た。ほかに十四人が一緒で、ジャックが一番若かった。一同はルーアンの第三憲兵部隊の本部へ移動させられた。七月十三日の一斉検挙でウール県内で逮捕されたユダヤ人が、全員ここに集められていたのだ。

翌日の七月十六日の朝、パリで大量検挙が行なわれた。エフライムとエマはこの事実を当日の午後に知った。ユダヤ人たちは朝四時にベッドから引きずりだされ、言うとおりにしないと殴打すると脅されながら荷物をまとめ、即座に出発することを余儀なくされたという。多くのパリジャンがこうした一部始終を目撃していた。当時の報告書に、人々から寄せられた情報が記録されている。『ごく一般的に見れば、確かに多くのフランス人はかなり反ユダヤ的であるかもしれないが、それでもこれはあまりにもひどいと誰もが思った。あまりに非人道的な仕打ちだった』

「若い母親と子どもたちを一緒に連れていったんだって。妹がパリのアパルトマンで管理人をやっててさ、それで聞いたんだけどね」近所に住んでいる女性がエマに教えてくれたのだ。「警察が鍵束を持ってやってきて、玄関ドアを開けるのを拒んでも無理やり押し入ったんだそうだよ」

「それから」その女性の夫があとを継いだ。「警察は、その人たちの部屋のガスの元栓を閉めておくよう管理人に言い残したんだ。すぐには戻らないから、と」

「どうやら、ヴェロドローム・ディヴェールってところに連れていかれたらしいよ。あんた、どこだか知ってるかい？」

ヴェロドローム・ディヴェール……通称ヴェル・ディヴ。エマはもちろんどこにあるかよく知っていた。パリ十五区のネラトン通りにある冬季競技場で、自転車競技、アイスホッケー、ボクシングの試合などが行なわれる。〈パタン・ドール〉（ローラースケート二十四時間耐久レース）を観戦しに、エフライムが幼いジャックを連れていったことがあった。

「いったいどういうことなんだ」エフライムは恐ろしさに身震いした。

エマとエフライムは詳しい話を聞くために村役場へ急いだ。ブリアン村長は、偉そうな態度で何度も役場にやってきては質問攻めにする外国人夫婦に、ほとほとうんざりしているようだった。

「ユダヤ人がパリに集められていると聞きました。うちの子どもたちがそこにいるかどうかを確かめに行きたいんです」エフライムは村長に言った。

「ですから、特別に通行許可証を出してください」エマがつけ足した。

「県庁に行ってくれ」ブリアンはそう言うと、村長室からふたりを追いだしてドアに鍵をかけた。

村長は気持ちを落ちつかせようと、ショットグラス一杯のコニャックを飲んだ。それから秘書を呼び、今後はあの夫婦の訪問をいっさい取り次がないよう命じた。村長の秘書は、ローズ・マドレーヌというかわいらしい名前を持つ若い女性だった。

第二十八章

七月十七日、ジャックとノエミは、ルーアンの留置所から二百キロほど離れた収容所へ送られた。ロワレ県の県庁所在地であるオルレアンにほど近いところにあり、午前中いっぱいかけてようやくたどり着いた。

ピティヴィエ収容所に到着してすぐ、ふたりの目に飛びこんできたのは、投光機がついた監視塔と有刺鉄線が張り巡らされた柵だった。柵の向こうにはさまざまな建物が並んでいた。まるで屋外にある刑務所か、厳重な監視下に置かれた軍事基地のようだった。

憲兵たちに追い立てられながらトラックを降りる。収容所の入口で、ジャックとノエミはほかの人たちと一緒に列を作った。まずは登録を済ませなくてはならなかった。木製のテーブルの後ろに座った警官が、ひとりの兵士と一緒に登録を行なっていた。ふたりとも光沢のあるヘルメットを被っている。革製のブーツも七月の陽光を受けて艶やかに輝いていた。

ジャックは被収容者番号二五八二番として名簿に登録された。ノエミは一四七番だった。特別会計簿には所持金の金額が記載された。ジャックとノエミは無一文だった。同じトラックで来た人たちと一緒に中庭へ移動すると、すでにほかの被収容者たちが集まっていた。突然、拡声器から声が響きわたった。すみやかに列を作り、これから説明される収容所の規則をよく聞くよう指示される。毎日規則正しい生活を送ること。朝七時はコーヒータイム、八時から十一時までは清掃と整備、十一時半に昼食、十四時から十七時半までは再び清掃と整備、十八時に夕食、二十二時半に消灯。被収容者は忍耐強く指示に従い、協力的でなくてはならない。今後、外国に派遣されて仕事を始めれば、もっとよい生活環境が与えられる。この収容所は通過地点にすぎないので、我慢して命令に従わなくてはならない。続いて拡声器の声は、全員徒歩で宿舎へ向かうよう命じた。ジャックとノエミは歩きながら、ピティヴィエ収容所がどういうところかわかりはじめていた。十九棟の小屋に二千人の被収容者が寝泊まりしている。宿舎は木造で、いずれも《アドリアン方式》で建てられていた。第一次世界大戦の時、ルイ・アドリアンという名の特技兵によって開発された組み立て式の小屋で、簡単に組立と解体ができるのが特徴だった。長さ三十メートル、幅六メートルで、中央に廊下が通っている。両脇に二段ベッドの骨組みが並べられ、布団の代わりにわらが敷き詰められている。これが被収容者の寝床だった。

宿舎の内部は、夏は息苦しいほど暑く、冬は凍えるほど寒かった。衛生状況は最悪だった。何十四というネズミが壁を這い回り、あっという間に感染症が蔓延《まんえん》しそうだった。朝から晩まで、ネズミたちが木材に爪を引っかけながら走り回る音が聞こえる。洗面所とトイレは宿舎の外にある。ただしトイレといっても、セメントで固められた溝の上にしゃがんで用を足すだけのものだ。仕切りがなく、ほかの人たちから見えるところで排尿や排便をしなくてはならなかった。

調理棟と管理棟は石造りの建物だった。医務棟の前を通りかかった時、ノエミは白衣を着た女性がじっとこちらを見ているのに気づいた。四十歳くらいの巻き毛の女性で、どうやらフランス人らしかった。外のステップのところでひと休みしていたようで、澄んだ瞳で食い入るようにノエミを見つめていた。

ジャックとノエミは再び離れ離れになった。ジャックは第五宿舎、ノエミは第九宿舎に収容された。

この別れはふたりにとって非常につらく、とくにジャックはパニックを起こした。男ばかりのところで生活したことなど一度もなかったからだ。

「なるべく早く会いに行くから」ノエミはジャックに約束をした。

ノエミは自分の宿舎に入った。夜寝ている間に所持品を盗まれないよう、衣類をうまく吊るしておくコツをポーランド人の女性が教えてくれた。方言がほとんど同じだったので、ノエミもポーランド語で話をした。この年、つまり一九四二年の検挙で収容されたユダヤ人は、ほとんどが外国籍だった。ポーランド人、ロシア人、ドイツ人、オーストリア人……フランス語がわからない者も少なくなく、とくに外に働きに出ていない女性に多かった。収容所内では、ユダヤ人なら誰でも理解できるイディッシュ語が共通語とされた。フランス語を解する被収容者が、一日じゅう流れている拡声器の声を翻訳する役割を担っていた。

ノエミが荷物をまとめていると、急にものすごい力で腕をつかまれた。〈男だ〉ととっさに思った。ところが振り返ってみると、澄んだ目をした女性だった。医務棟の前で自分を見ていたあのフランス人だった。

「あんた、フランス語はしゃべれる?」

「はい」ノエミは思いがけない問いかけに驚きながら答えた。

「ほかのことばは?」

「ドイツ語を。それから、ロシア語、ポーランド語、ヘブライ語も」

「イディッシュ語は?」

「少しなら」

「上等だ。片づけを終えたら医務棟においで。もし兵士に何か言われたら『オーヴァル先生に呼ばれた』と言いなさい。早く来るんだよ」

ノエミは言われたとおりに、すぐに荷物を片づけた。スーツケースの底に、忘れたと思いこんでいた〈ロザ〉のリップクリームがあるのを見つけた。それから医務棟へ急いで向かった。

医務棟に到着すると、先ほどの女性がこちらに向かって白衣を放り投げた。

「それを着なさい。あたしがすることを見ておいで」そう言われたノエミは、投げられた白衣をじっと眺めた。

「ああ、汚いだろう？　でもきれいなのはないんだよ」

「オーヴァル先生はどちらに？」ノエミは尋ねた。

「あたしだよ。看護助手に必要なことをあんたにすべて教えてあげよう。専門用語を覚えて、衛生基準を守るんだ。いいね？　ここから無事に出たいなら、毎日ここであたしと一緒に仕事をするんだよ」

その日、ノエミはオーヴァル医師の仕事を見よう見まねで覚えながら、夜まで休まず働いた。ノエミは医療器具の消毒を担当した。この仕事でもっとも大切なのは、医務棟にやってくる女性たちを励まし、支え、話を聞いてあげることだと、ノエミはすぐに理解した。一日はあっという間に過ぎた。ひっきりなしにさまざまな国籍の人たちがやってきて、それぞれ即急に手当てを施さなくてはならなかった。

「よくやったね」一日の仕事を終えた時、オーヴァル医師は言った。「あんた、もう仕事を覚えちゃったじゃないか。明日も朝からおいで。でもひとつ気をつけて。病人に近づきすぎないこと。とくに病人の血液に触れたり、相手が吐く息を吸いこんだりしちゃいけないよ。あんたが病に倒れたら、あたしを手伝ってくれる人がいなくなっちゃうからね」

「ねえ、お母さん、ノエミがこのお医者さんの看護助手をしてたって本当？」

「本当だよ、あたしの創作じゃない。アデライド・オーヴァル医師は実在の人物さ。戦後、彼女は『医療、そして人類に対する犯罪』という著書を出している。ああ、ここにあった。上から投げるから受けとめておくれ。確か、アンダーラインを引いておいたはずだけど……ほら、ここだ。七月十七日、たくさんの人たちが新たに収容されたと書かれている。『……女性は二十五人。フランスにやってきた外国籍の人たちばかりだった。あたしはある若い女性にすぐに目が釘づけになった。ノー・ラビノヴィッチ。リトアニア系の顔立ちで、骨格がしっかりしていて、健康で丈夫そうだった。年齢は十九歳。この子にしようとすぐに決めた。こうして彼女は、あたしにとって唯一無二の助手になった』」

「すごいね、ノエミのことを覚えていて、こうして書き残してくれるなんて」

「この本、ノエミに関する記述がかなり多いんだ。オーヴァル医師はユダヤ人ではなかったが、正義感の強い人だった。当時、三十六歳。牧師の娘で、神経精神医学の研究者だった。病人やケガ人を治療するためにピティヴィエ収容所に移送されたんだ。ノエミだけでなく、行く先々で出会ったほかの人たちについても細かく書き残している。あとでまた何カ所か引用しよう」

初日の仕事終わりに、オーヴァル医師はノエミに白い角砂糖をふたつくれた。ノエミはポケットにその砂糖をそっとしまうと、ジャックのいる宿舎へ走っていった。ところが、ジャックはノエミに気づくと真っ先に怒りだした。

「どうして会いにきてくれなかったんだよ。一日じゅう待ってたのに」

ジャックはノエミから角砂糖をふたつもらうと、すぐに口に入れてしゃぶりはじめた。そうしているうちに、ようやく怒りがおさまったようだった。

「今日は何をしたの？」ノエミが尋ねた。

「雑用だよ。ほかの男の子たちと一緒に便所掃除をさせられたんだ。指くらい太いうじ虫が便所の穴の底にうじゃうじゃいるんだ。その上から〈クレジル〉っていう顆粒状の消毒剤を撒かなくちゃならないんだよ。でもそのつんとする匂いのせいで頭が痛くなっちゃってさ。だから宿舎に戻ったんだ。ここは最悪だよ、信じられない。だってネズミがいるんだぜ。ベッドに横になっててもネズミの声がする。もううちに帰りたいよ。ねえ、何とかしてくれよ。ああ、ミリアムがここにいたらなあ、きっとどうにかしてくれるのに」

そう言われたノエミは思わずかっとなり、ジャックの両肩をつかんで揺さぶった。

「ミリアム？　ミリアムがどこにいるっていうのよ？　自分で捜しに行ってミリアムにどうにかしてもらえばいいでしょう？　ほら、行きなさいってば！」

ジャックは俯き、ノエミに謝罪した。翌朝、被収容者は一カ月に一通だけ手紙を書くことが許可されているとノエミは知った。それならすぐに手紙を出そう、とノエミは思った。両親はさぞかし心配しているだろう。別れてから五日も経っている。五日間、互いにどうしているかわからなかった。ノエミは事実を潤色しながら手紙を書いた。自分は医務室で働いていて、ジャックも元気だと報告した。

ノエミは仕事をするために医務棟へ赴いた。オーヴァル医師が収容所の管理者と言い争っていた。医師が医療器具が足りないと苦情を言うと、管理者は返事をする代わりに脅迫めいたことばを投げつけた。そのやりとりでようやくノエミは悟った。オーヴァル医師は収容所の従業員ではなく、被収容者なのだ。自分と同じようにこの収容所に監禁されていたのだ。

「四月に母親が亡くなってさ」その日の仕事終わりに、オーヴァル医師が話しはじめた。「葬式に出るためにパリへ行きたかったんだ。でも〈通行許可証〉がなかった。そこでシェール県のヴィエルゾンで不法に境界線を越えようとしたら、警察に見つかっちゃってね。逮捕されてブールジュの留置所に入れられたんだ。留置所で、ユダヤ人の家族に暴力を振るうドイツ人兵士がいたから止めに入った。

その兵士の男、フランス人の、しかも女に楯突かれてよっぽど悔しかったんだろうね。『ユダヤ人の味方をするなら、おまえも同じ目に遭わせてやる』って言って、あたしの服に黄色い星章と『ユダヤ人の友』と書いた腕章をつけさせたんだ。そのあとすぐ、ピティヴィエ収容所で医者を探していると いう知らせが入った。それであたしが送られてきたってわけさ。あたしも被収容者であることに変わらないけど、少なくともみんなのために便宜をはかることはできるだろうよ」

「それならお尋ねしたいんですが、紙とペンは手に入らないでしょうか」

「どうして？」オーヴァル医師が尋ねた。

「小説を書くんです」

「どうにかしてみよう」

するとその夜のうちに、オーヴァル医師は二本のペンと数枚の紙を届けてくれた。

「あんたのために管理部からもらってきた。代わりに頼みがあるんだけど」

「何でしょう」

「あそこに女性がいるだろう？ ホーデ・フルフトっていうんだけど」

「知ってます。宿舎が同じなので」

「じゃあ今夜、彼女の旦那に手紙を書いてやってくれないかな」

「こういうのも全部、オーヴァル先生の本に書いてあったの？」

「調査中に偶然知ったんだ。ノエミはピティヴィエ収容所の女性たちのために代筆をしていたんだよ。ホーデ・フルフトという女性の子孫に会ってきた。ノエミが書いたという手紙を見せてもらったよ。まさにノエミ自身の筆跡で、とても丁寧に書かれていた。若い女の子にはよくあるように、ノエミも文字の書き方にこだわりがあってね。大文字の《M》の縦線の端をくるっとカールさせてるんだ。収容所で代筆したすべての手紙の《M》が同じ形だった」

「どういうことが書かれてたの？」

「収容所に入れられた女性たちは、家族を安心させたかったんだよ。だからみんな《心配しなくていい、こっちは大丈夫》と書いた。もちろん事実じゃない。でもこうした手紙はその後、歴史修正主義者たちの主張の裏づけに利用された」


ジャックがノエミに会いに医務棟にやってきた。ジャックにとっては嫌なことばかり起きていた。〈ペトロール・アン〉のヘアローションが兵士に押収された。お腹が痛くて、孤独でつらかった。ノエミは友だちを作るようアドバイスした。

その夜、ジャックの宿舎の男性たちが、シャバットを祝うために部屋の隅に集まった。ジャックもそれに加わり、輪の外側に座りこんだ。いい気分だった。グループの一員になれたような気がした。祈禱を終えたあと、シナゴーグでよくしていたように男性たちはそのまま話しこんだ。ジャックもその会話に耳を傾けた。ここから出発する列車の話だった。その列車がどこへ行くのか、誰もよくわからないようだった。東プロイセンじゃないかという者もいれば、ケーニヒスベルクじゃないかという者もいた。

「シレジアの岩塩鉱山で働かされるんだろう」

「農場って話も聞いたぞ」

「それならいいけどな」

「馬鹿だな。牛の乳搾りをするだけで済むと思ってるのか？」

「処理場に送られるのは牛じゃなくておれたちだ。墓穴の前に立たされて、ひとりずつ頭を銃で撃たれるのさ」

ジャックはそれを聞いて恐ろしくなった。ノエミにその話をすると、ノエミはオーヴァル医師にこの噂が本当かどうかを尋ねた。オーヴァル医師はノエミの腕をつかみ、目をまっすぐに見つめて力強い口調でこう言った。

「いいかい、ノー、よく聞くんだ。ここではそういう噂を《便所放送》って言うんだよ。そんな反吐《へど》が出るような話を本気にするんじゃない。弟にもよく言って聞かせるんだよ。ここでの生活は厳しい。でもどうにかして耐えていかなくちゃいけない。だからこそ、こんなおぞましい話に耳を傾けちゃいけないんだ。わかったね?」

「この時点ではまだオーヴァル医師は、ピティヴィエ収容所に入れられた人たちはドイツに働きに行かされるだけだと信じてたんだ」母が言った。「手記にこう書かれている。『この時のあたしはまだ何ひとつわかっていなかった』。このことばには、このあとで彼女が体験することが示唆されている。本のサブタイトルを読めば想像がつくだろう。『医療、そして人類に対する犯罪：医学実験への参加要求を拒否した、アウシュヴィッツに収容されていた医師の告白』。興味があるなら読んでみるといい。ただし、洗面器を用意しておくんだね、間違いなく吐きたくなるから。いや、冗談じゃなくて真面目な話だよ」

「どうしてオーヴァル先生はアウシュヴィッツに送られたの? ユダヤ人でも政治犯でもないのに」

「口が過ぎたんだよ。弱者をかばいすぎた。そのせいで、一九四三年初めに移送されたんだ」

七月十七日と十八日は一日じゅう暑かった。そのせいで医務棟も忙しかった。気絶する人や気分が悪くなる人が続出し、妊娠中の女性たちはお腹の張りに苦しんだ。あるハンガリー人の女性は、コラミン(中枢神経興奮剤ニケタミドの商品名)を注射してほしいと言った。彼女自身が医師で、自分が心臓発作を起こしかけているとわかったからだった。
翌日の七月十九日、ヴェロドローム・ディヴェールから初めて家族連れの逮捕者たちが移送されてきた。最初の大量検挙から数えて八千人ものユダヤ人が、ピティヴィエやボーヌ＝ラ＝ロランドなど複数の通過収容所に割り振られていた。今回は初めて、移送者の大半が未成年とその母親たちだった。高齢者も多かった。

「大量検挙の数日前、パリじゅうに検挙の噂が広まったんだ」母は言った。「一家の父親にはひとりで逃亡した者もいた。妻と子どもを置いてね。まさか女子どもまで検挙されるとは思わなかったのさ。こうなったあとの父親たちの自責の念は相当のものだったろう。その後、どうやって生きていったんだろうね」

ピティヴィエ収容所には、これほど大勢の人間を収容するだけのキャパシティはなかった。宿舎にはもう居場所もなければ、ベッドもない。これほどの大人数がやってくるとは想定されていなかったし、急に対処もできなかった。
移送者を乗せたバスはひっきりなしにやってきた。家族連れの到着に、ピティヴィエはパニックに陥った。被収容者たちも、収容所の管理者たちも、医師とその助手たちも、警官たちでさえも困惑した。厚生省の事務局は、警察長官のルネ・ブスケに手紙を書いた。「ピティヴィエとボーヌ＝ラ＝ロランドの収容所は、これほど多くの人間を収容するようには作られていません。（中略）たとえ短期間であっても、彼らを全員収容するのは不可能です。でないと、最低限の衛生状態さえ維持できず、とりわけこの暑い季節では感染症の流行を引き起こしかねません」ところが、警察は衛生上必要な措置を何も施さなかった。代わりに七月二十三日、ロワレ県庁から新たに五十人の憲兵が送られてきた。

収容所の管理部は、乳幼児の収容をまったく想定していなかった。適切な食料もなければ、からだを洗ったりおむつを替えたりする設備もない。乳幼児向けの医薬品もない。七月の暑さのなかで、母親たちは幼い子どもたちに何もしてやれなかった。肌着の替えもない、清潔な水もない、ミルクもあげられない、湯を沸かす道具もない。こうした状況の調査報告書が県庁に提出されたが、何の対策も講じられなかった。ただ、現行の柵に追加するために、新たな有刺鉄線が送られてきただけだった。からだの小さな子どもたちが柵をくぐり抜けて脱出してしまうことを、憲兵たちは恐れていた。

収容所で、ある警官が次のような報告書を書いた。「今日ここに到着したユダヤ人の九〇パーセントが女性と子どもだった。みなひどく疲れていて元気をなくしている。直前にいたヴェロドローム・ディヴェールの設備が整っておらず、あらゆるものが不足していたからだ」これを読んだオーヴァル医師は、『ひどく疲れて』や『元気をなくして』という表現では到底言い尽くせない状態だと思った。実際、ヴェル・ディヴからやってきた家族連れはみな完全に衰弱しきっていた。彼らは何日もの間、屋根のない競技場に折り重なるようにして詰めこまれ、地面の上で直に眠らされていた。トイレも洗面所もなく、スタンド席からは尿がしたたり落ち、一面悪臭が漂っていた。むせ返るような暑さで、あたりは埃まみれで息もできないほどだった。男性たちは全身が汚れていて、警官たちから家畜のように扱われ、侮辱され、暴力を受けていた。一部の女性たちは生理の血液で服を汚していて、暑さのせいで悪臭を放っていた。子どもたちは埃だらけで、憔悴《しょうすい》してぐったりしていた。スタンド席の上から人混みに身を投げて自殺する女性もいた。競技場内にはトイレが十室あったが、そのうち五室は窓が外の通りに面していたので、逃亡を防ぐために閉鎖されていた。つまり、八千人近くの被収容者に対して、たった五つのトイレしかなかったのだ。初日の午前中にはすでに汚物が溢れ、排泄物の上に座って用を足さなくてはならなかった。食料も水も与えられなかった。男性、女性、子どもたちが喉の渇きで文字どおり死にそうになっていたため、とうとう見るに見かねた消防士たちが消火栓のバルブを開けて放水した。市民たちによる違反行動だった。

七月二十一日、母親と幼い子どもたちが納屋へ移住するのを、オーヴァル医師とノエミは手伝った。納屋はこれまで作業場にされていたが、不足する宿舎の代わりに使われることになったのだ。被収容者たちは、地面の上に直にわらを敷いて寝泊まりさせられた。全員に行き渡るだけのスプーンと飯碗がなかったので、スープは空缶に入れて供された。子どもたちのためには、赤十字社からもらったビスケットの空缶が配られた。食事時には食器として、夜間には〈おまる〉として使うためだった。だが、鉄の缶詰の切り口でケガをする子どもたちもいた。

収容所の衛生状態は悪化の一途をたどり、やがて感染症が流行した。ジャックは赤痢にかかり、ほとんど宿舎にこもりきりになった。オーヴァル医師の手記によると、当時の宿舎は「わらが敷かれ、埃だらけで、虫がたかり、まるでうさぎ小屋のようだった。病気が蔓延し、言い争う声や不平不満に溢れていた。一分たりともひとりになれる時間がなかった」という。ノエミも山のような医務仕事を手伝った。オーヴァル医師はこう書いている。「医務に携わるのは、ノーとあたしのふたりだけだった。ありとあらゆる病気が発生した。重度の赤痢、猩紅熱《しょうこうねつ》、ジフテリア、百日咳、麻疹《はしか》……」。憲兵たちは、ピティヴィエ駅と収容所の間を往復するトラックの増便のために、追加のガソリン券を支給してくれるよう当局に要求した。それに加えて、被移送者たちを全員収容できるよう宿舎の増設も要請した。収容者が増える一方なのに対し、何の準備もされていなかったからだ。

「憲兵たちは、自宅に帰ってから自分の妻にどういう話をしていたんだろう?」

「さあ、そういう記録は残っていないようだね」

ノエミは単に仕事ができるだけではなかった。オーヴァル医師は、ノエミの思慮深さにも感銘を受けた。「厳しい試練をくぐり抜けることで、自らの勇敢さを示さなくてはいけないんです」とノエミはしょっちゅう口にし、実際そのように行動していた。「いったいどうしてそんなふうに考えるようになったのだろう？」と、オーヴァル医師は手記に書いている。夜になると、ノエミは宿舎で小説を書いた。暗くなって手元が見えなくなるまで書きつづけた。

ある時、ポーランド人の女性に話しかけられた。

「以前にあんたと同じ場所で寝泊まりしてた人も、作家だったんだよ」

「え、本当？」ノエミは驚いた。「ここに作家の女性がいたの？」

「なんて名前だったっけ、ねえ？」ポーランド人はほかの女性に尋ねた。

「上の名前は覚えてるよ、イレーヌだ」その女性は答えた。

「まさか……イレーヌ・ネミロフスキー？」ノエミは眉をひそめながら尋ねた。

「そう、その人だよ！」女性は答えた。

イレーヌ・ネミロフスキーは、ピティヴィエ収容所に二日間しかいなかった。第九宿舎に寝泊まりしていた。そして七月十七日、ノエミが到着する数時間前に、第六号移送列車で移送されていった。

七月二十五日、管理棟の廊下を歩いていたオーヴァル医師は、次の移送列車の準備が進められていることを知った。収容所の人減らしのために、またしてもドイツに向けて千人ほどが移送されるのだ。ノエミも連れていかれてしまうのでは、とオーヴァル医師は不安に思った。「ノーは素晴らしい看護助手だ」と、彼女は手記に書いている。「強くて豊かな人間になりたいと思いながら、自分の人生をまっすぐに見つめている。自らの理想のためには身も心も投じる覚悟ができていた。たくさんの可能性を秘めていて、自分がやがて人々に注目される人間になることを知っていた」。オーヴァル医師は、どうしたらノエミをここに引き止められるだろうと考えた。そこで、収容所の管理者のひとりに話をすることにした。

「あたしの看護助手を連れていかないでください。ここまで育てるのに時間がかかったんです。有能な助手なんです」

「わかった。解決策を探ってみる。考えさせてくれ」

ノエミが両親宛てに送った手紙は、七月二十五日にレ・フォルジュの家に到着した。エフライムとエマは安堵した。エフライムはすぐにウール県庁宛てに手紙を書いた。フランスの行政当局が子どもたちをどうするつもりかを知りたかったのだ。いったいあとどのくらいピティヴィエ収容所にいつづけるのか？　数週間後にはどうなるのか？　エフライムはなるべく早く返事がもらえるよう、手紙のなかに切手を貼った封筒を同封した。


「いつだったか、ウール県庁の資料室で、エフライムのこの手紙を見つけたんだ。胸が揺さぶられたよ。エフライムが同封した封筒にこの手で触れたんだ。ペタン元帥の肖像が印刷された一・五〇フランの切手が貼られていた。結局、誰も返事をしなかったんだよ」

「行政当局に残された資料は戦後すべて破棄されたんじゃなかったっけ？」

「そうでもないんだ。確かにフランス政府は行政機関に残された記録を廃棄し、とりわけ自分たちの立場を悪くしかねない資料を隠滅しようとした。だが、フランスじゅうで三つの県庁だけがそれに従わなかった。あたしたちにとっては運のいいことに、そのひとつがウール県庁だったんだ。あの資料室に今も残されている文書を読んでいると、まるで地下世界に、あるいはパラレルワールドに入りこんだ気分になるよ。その一方で、ほんの少し息を吹きかければ再び燃え上がる燠火《おきび》のようでもあるんだ」

それから数日が経った。エフライムとエマは毎日のようにウール県庁に子どもたちの消息を尋ねつづけた。それ以外にすべきことは何もなかった。

その間、ピティヴィエ収容所では、次の移送列車にノエミを乗せずに済む方法をオーヴァル医師と管理局が模索していた。当時、つまり一九四二年七月時点では、アウシュヴィッツ行きを免除される被収容者たちがまだ存在していた。フランス系ユダヤ人、フランス人と結婚したユダヤ人、ルーマニア人、ベルギー人、トルコ人、ハンガリー人、ルクセンブルク人、リトアニア人だった。

「きみの看護助手はここに当てはまらないかい？」

ノエミがリガ生まれであることをオーヴァル医師は知っていた。リガはラトビアであって、リトアニアではない。だが、オーヴァル医師はそれに賭けてみようと思った。どうせ収容所の管理者には、リトアニアとラトビアの違いなどわからないだろう。

「彼女の入所時の登録カードを捜してきてくれ。リトアニア国籍であるとわかれば、移送されないように対処しよう」

オーヴァル医師は急いで管理棟のオフィスに行き、ノエミの登録カードを捜しだした。ところがノエミの出生地は空白になっていた。

「じゃあ、彼女の出生証明書を取り寄せておいてくれ。その間、詳細が不明だから移送は保留すると記しておこう」

その管理者は、七月二十八日火曜日付で《ピティヴィエ収容所・過ちによって逮捕されたと思われる人物》というリストを作成し、そこにジャックとノエミの名前を記入した。

「お母さん、そのリストも見つけたの？」

母は黙って頷いた。気持ちが高ぶって何も言えなくなっているようだった。〈過ちによって逮捕されたと思われる人物〉という文言を読んだ時、母はいったいどう思ったのだろう。それを想像だけでことばにするのは難しい。こういう時はただ、沈黙を受けとめるしかないのだ。

オーヴァル医師は、ジャックとノエミがフランスに入国した時の証明書を捜してくれるよう、管理局に特別要請を出した。奇跡を信じているわけではなかったが、少なくとも時間稼ぎにはなるはずだった。

次の移送列車がもうすぐ出るという噂は、やがて収容所内に広まった。いったいどこへ連れていかれるのか？　子どもたちはどうなるのか？　被収容者たちはパニックに陥った。別の場所で殺されるのだと騒ぎ立てる女性たちもいた。彼女たちは、ここにいる全員がいずれは殺されるという噂を拡散させた。こうした女性たちは《気がふれた者》というレッテルを貼られ、ほかの人たちの精神状態に悪影響を与えるとして隔離された。オーヴァル医師はこの件について手記にこう書いている。「ひとりの女性がこう言った。『あたしたちは列車に乗せられて、国境を越えたところで車両から放り出されるんだよ！』。そのことばにあたしたちは考えさせられた。もしかしたら彼女は正しいのかもしれない。精神の病におかされた人たちには、先見《せんけん》の明《めい》を持っている人がいるというではないか？」

ピティヴィエ収容所から、まもなく第十三号移送列車が出発しようとしていた。オーヴァル医師は管理棟のオフィスに入り、移送者リストを確認した。本来はそんな権限はないのだが、リスクを負ってでもそうせずにいられなかった。リストには、ルーアンから来た被収容者たちの名前がすべて掲載されていた。ジャックとノエミも含まれていた。オーヴァル医師は最後の頼みの綱として、直々に収容所の所長に対してラビノヴィッチ姉弟の出発を遅らせてくれるよう懇願した。

「今、ふたりがリトアニア国籍かどうかを確認してもらってるところなんです」

「それを待っている時間はない」所長は答えた。

オーヴァル医師は怒りだした。

「彼女がいなくなったら、あたしはどうすればいいんです？　ふたりでもてんてこまいなんですよ！　これ以上感染症が広まっても構わないんですか？　とんでもないことになりますからね、看守や警官たちにも伝染して……」

そのことばが管理部の人間たちにどれほどの恐怖を与えるか、オーヴァル医師にはわかっていた。外部の労働者たちは、感染症を恐れて収容所に来たがらなくなった。働き手はどんどん見つかりにくくなっている。所長はため息をついた。

「保証はしないからな」

被収容者全員が広場に集められた。拡声器を通して、男性六百九十人、女性三百五十九人、子ども百四十七人の名前が読み上げられた。

ジャックとノエミは呼ばれなかった。

自分の子ども、時には赤ん坊を残して出発しなければならない母親たちもいて、誰もが移送を拒んだ。半狂乱になって地面に頭を叩きつける女性もいた。そのうちのひとりは、憲兵に服を脱がされて冷たいシャワーを浴びせられ、裸のまま列に並ばされていた。オーヴァル医師は所長から「このままでは埒《らち》が明かないから、女たちを落ちつかせてくれ」と頼まれた。オーヴァル医師が被収容者たちから信頼されていることを、所長も承知していたのだ。

オーヴァル医師は了承した。代わりに、残された子どもたちをフランス政府はどうするつもりか、説明してくれるよう要求した。所長は、ロワレ県庁から受け取った手紙を医師に差しだした。そこには「移送先で受け入れ準備をするために、両親は子どもたちより先に出発する。残された子どもたちは、なるべく良好な条件下で生活できるよう最大限に配慮する」と書かれていた。子どもたちの処遇が保証されると知って安堵したオーヴァル医師は、母親たちに「ほんのわずかな間だけ我慢すれば、また元気な子どもたちに会えるから」と言って安心させた。

「またみんなで一緒に暮らせるようになるよ」

ジャックとノエミは、ルーアンからずっと一緒だった仲間たちが正門から出ていくのを見送った。有刺鉄線の向こうに広がる野原で、彼らは列を作っていた。そこですべての貴重品を没収されると、徒歩でピティヴィエ駅のほうへ歩いていった。


移送列車が出発してからの数時間、収容所はしんと静まりかえっていた。誰も口を開かなかった。真夜中、静寂を破って叫び声が響いた。ひとりの男性が、腕時計のガラスで手首の血管を切ったのだ。

第二十九章

ノエミとオーヴァル医師は、両親が移送されてしまった子どもたちの面倒を見なければならなくなった。オーヴァル医師は、この時のことをこう書き残している。「ノーとあたしは、真夜中も幼い子たちの世話をせざるをえなかった。あちこちでうんちやおしっこを垂れ流す音が聞こえた」。収容所の子どもたちは、自分たちだけでわかり合えることばを話した。大人には、何を言っているのかさっぱり理解できなかった。多くの子どもが体調を崩したり、発熱したり、中耳炎にかかったり、はしかになったり、猩紅熱を発症したりした。まつ毛にシラミがたかった子もいた。少し大きな子どもたちは、集団で収容所内をうろついた。トイレの穴を覗きこんで、落ちているものを物色する子たちもいた。移送が決まった被収容者には、憲兵に取られるくらいならと、貴重品をトイレに落としてから出発する者が多かったのだ。子どもたちは、糞便の山のなかにきらきらと光るものを見つけて、目を輝かして眺めていた。

八月一日、またしても次の移送列車の準備がはじまった。オーヴァル医師は、司法警察の代理を務める収容所所長の命令によって、母親と子どもを引き離す役割を担わされた。

「向こうに着いたら、子どもたちを学校に行かせると言ってくれ」

母親たちは、子どもを置いていくのを嫌がって半狂乱になった。警官たちをなじり、こぶしを上げて刃向かった。子どもを抱きしめて離さないため、意識を失うまで殴られる者もいた。

ノエミは、子どもの名前と年齢を小さな白いリボンに刺繍する役割を担った。

「あとから子どもたちを移送する時のためだ」母親たちはそう説明を受けた。「これをつけておけば、再会した時に自分の子を見つけやすくなる」

だが子どもにはそんなことはわからないので、つけられたリボンをすぐにはずしてしまったり、ほかの子と交換したりしていた。

「これじゃあ、どの子が自分の子かわからなくなってしまう！」

「子どもたちは自分の苗字なんて知らないのよ！」

「どうやって子どもたちを送り届けてくれるんですか！」

母親に置いていかれて途方に暮れた子どもたちは、汚いなりをして、鼻水を垂らしながら、うつろな目をして収容所内を徘徊した。憲兵は子どもたちを小動物のように扱った。バリカンで髪を刈って頭の上に絵柄を描いたり、おかしな髪型にしたりして、からかって馬鹿にした。憲兵たちにとって、子どもを弄ぶのは格好の娯楽であり、暇つぶしだった。

納屋のなかをざっと見回すだけで、母親がいなくなったのはどの子かすぐに見分けがついた。すでに涙も枯れはてて、わらの上で身動きひとつせずにぼんやりしている。驚くほどおとなしくて、生気をなくし、からだの力が抜けて、まるでぼろぼろの汚らしい人形のように見えた。まわりには小さな虫がぶんぶんと飛び回り、肉体から魂が消える瞬間を待ち構えている。目を覆いたくなる光景だった。

小さい子どもたちは呼んでも返事をしない。幼すぎて自分の名前がわからないからだ。憲兵たちはそれに苛立った。小さな男の子がひとりの憲兵に近寄っていって、「おじさんのその笛で遊んでもいい？」とかわいらしい声で尋ねた。返事に困った憲兵は、黙ったまま上司のほうを振り向いた。

翌朝、オーヴァル医師は、次の列車の移送者リストにノエミと弟の名前を見つけた。もう一度ふたりを救出しなくてはならない。

わらをもつかむ思いで、今度はドイツ人司令官に頼むことにした。移送列車が出発する当日、ドイツ人司令官は現場を監督するためにやってくる。すべてのフランス人スタッフを指揮する立場にいる人物だった。

司令官が到着するとオーヴァル医師はすぐに会いに行き、看護助手のノエミを失うのはこの収容所の運営にとって大きな痛手になると述べた。

「どうして彼女でないと駄目なんだ」

「子どもがいないからです」

「何の関係がある」

「納屋に行ってご覧になればわかります。子どもがいる女性たちは働くどころではありません。あたしは常に冷静でいられる助手が必要なんです」

「アインフェアシュタンデン（わかった）」ドイツ人司令官は言った。「彼女をリストからはずそう」

一九四二年八月二日は、非常に暑い日だった。今回は、男性五十二人、女性九百八十二人、子ども百八人が移送される予定だった。子どもを残していかなくてはならない母親たちは、ピティヴィエの村じゅうに聞こえる大きな悲鳴を上げた。この時から数十年後、当時小学生だった村人が、休み時間に校庭で遊んでいる時に女性の叫び声が聞こえたと証言している。大混乱のなか、ノエミとジャックの名前が拡声器から響きわたった。オーヴァル医師は怒り狂い、ドイツ人司令官に詰め寄った。

「約束は覚えている」司令官は答えた。「ほかの者たちと一緒に所持品検査を受けるために呼ばれただけだ。あとでわたしが呼び戻す」

女性たちは列を作らされ、収容所の外の野原へと追い立てられた。子どもたちは必死に母親にしがみつき、地面に引きずられながら引き止めようとした。憲兵たちが思いきり蹴飛ばしたせいで、気絶する子もいた。この時に被収容者だった人物ののちの証言によると、有刺鉄線の隙間から小さな手を伸ばして母親を呼ぶ子どもを見て、涙を流した憲兵もいたという。

拡声器は何度もこう繰り返した。

「子どもたちにはあとで必ず会える」

だが、母親たちは信じなかった。彼女たちは群れを作り、渦を巻いて飛び回るミツバチのようにあちこちを走りはじめた。フランス人憲兵たちは呆気に取られた。女性の集団はどんどん大きくなり、ひとかたまりになって正面入口の前にひしめいた。全員で力を合わせて、頑丈な扉を力まかせに押しまくる。いよいよこじ開けられるかと思ったその瞬間、扉が大きく開かれた。外からドイツ軍のトラックが現れて、彼女たちの前に立ちはだかる。敷地内では、兵士たちが軽機関銃を構えて狙いを定めている。拡声器から責任者らしき人物の声が響いた。「あたりが血の海になるのを避けたいなら、全員ただちに宿舎へ戻りなさい。ただし、名前を呼ばれた者たちはすみやかに命令に従って列を作りなさい」

ノエミとジャックは、所持品検査が行なわれている野原のほうへ歩いていった。人々は列を作って自分の番を待った。テーブルの上に、次々と所持金や宝飾品が並べられていく。もたもたしていたせいで、無理やり耳からイヤリングをもぎ取られた女性がいた。服装検査のあとは、金目のものを忍ばせていないかと、女性の肛門と生殖器の内側も調べられた。そうして数時間が経過し、オーヴァル医師の手記によると「木陰ひとつない野原に、日差しがかんかんに照りつけるようになった頃」、一向にノエミが戻ってこないことにオーヴァル医師は業を煮やしはじめた。そしてドイツ人司令官のもとに駆けつけた。

「呼び戻すって約束してくれましたよね。あれから数時間経ってます」

「ああ、行ってこよう」

ドイツ人司令官が敷地内から野原に出てきたことに、ノエミはすぐに気づいた。フランス人憲兵たちに何かを話しかけ、こちらを指さしている。どうやら自分のことを話しているらしい。きっとオーヴァル医師が話をつけてくれたのだろう。ドイツ人司令官は、列の間を縫うようにしてそばにやってきた。ノエミの胸は高鳴った。

「看護助手はきみか」

「はい」ノエミは答えた。

「よし、来なさい」

ノエミは列を横切り、司令官のあとをついていこうとした……が、突然立ち止まった。あたりを見回すと、遠くのほうにジャックの姿が見えた。

「弟がいるんです」ノエミは司令官に言った。「あの子も連れてこないと」

「きみの弟は医務棟では働いていないはずだ。きみだけ来なさい」

ノエミは「できません」と言った。ジャックと別れるなんて、無理に決まってる。司令官は急に苛立った顔になり、〈この娘を列に戻せ〉と憲兵たちに身振りで合図した。所持品検査が終了し、とうとう出発の時が来た。笛の音が鳴る。移送者は全員、ピティヴィエ駅へ向かって歩きだした。野原のなかほどで、静寂を破る声が響いた。ひとりの男性がイディッシュ語で、天に届くほどの大声で叫んだのだ。

「フレンズ、ミル・ゼネン・トイト！　みんなよく聞け！　わたしたちは全員死ぬのだ！」

第三十章

　時刻は十九時だった。被移送者たちは駅に向かって歩きだした。のちに〈母親移送車〉と呼ばれる、第十四号移送列車に乗るためだった。オーヴァル医師は、有刺鉄線の向こうで列を作って歩く人たちのなかからノエミの姿を捜したが、とうとう見つからなかった。

　ピティヴィエ駅では、すでに列車が被移送者たちの到着を待っていた。八頭の馬を収容できる家畜車両を連結させた貨物列車だった。兵士たちは被移送者の人数を数えながら、車両に押しこんだ。一両につき八十人。乗車を拒んで激しく暴れた女性は、兵士に顔を殴られて顎の骨を折った。

　最後に説明があった。

「もし移動中に誰かひとりでも逃げだそうとしたら、同じ車両の者たちを全員射殺する」

　列車はプラットフォームに停止したままだった。千人の被移送者たちは、すし詰めの車両のなかで身動きひとつできないまま夜を明かした。この先どうなるのか誰にもわからなかった。運よく通風用の格子窓のそばにいた人たちだけは、少し息苦しさから逃れられた。ジャックはあまりのひどい臭いに吐きそうになった。赤痢にかかってからからだが弱くなっていた。夜が明けて、ようやく出発の合図の汽笛が鳴った。列車がゆっくりと動きだすと、車両の上のほうから男性の声が響いた。

「イットガダル・ヴェイットカデシュ・シェメイ・ラバ、ベアルマ・ディヴラ・ヒルテイ・ヴェヤムリフ・マルフティ……」

死者のための祈りのことば、〈ラビのカディッシュ〉の冒頭部分だった。ひとりの母親はそれを聞いて「縁起でもない」と怒りだし、娘の両耳に手を当てて聞こえないようにした。

「シュティル・イム！　あの声を黙らせてちょうだい！」

少女たちは、少しでも明るい気分になろうとして、ドイツでこれからする仕事について話をはじめた。

「お姉ちゃんはお医者さんだから、きっと病院で働くことになるね」小さな女の子がノエミに言った。

「あたしはお医者さんじゃないよ」ノエミは答えた。

「話をするのをやめなさい！」大人たちが言った。「唾液を無駄づかいするんじゃないよ！」

そのとおりだった。今は八月で、むせ返るような暑さだ。多くの人間が積み重なるように押しこめられ、水も与えられなかった。飲みものを求めて車両から手を出した者は、憲兵に銃床の先端で振り払われ、壁にぶつけて指の骨を折った。

ジャックは寝転んで床に顔を押しつけ、床板の隙間からわずかな空気を吸いこもうとした。ノエミはその上に立って、弟がほかの人たちから踏まれないようにかばった。日差しが強い時間帯になると服を脱ぐ者たちが現れて、女性も男性も関係なく下着だけの半裸になった。

「まるで動物みたいだ」ジャックは言った。

「そんなこと言ったら駄目」ノエミは答えた。

被移送者たちは、丸三日間列車に乗りつづけた。トイレはないので、みんなが見ている目の前で桶のなかに用を足さなくてはならなかった。桶が満杯になると、車両の隅に積まれたわらの上で用を足した。絶望にかられて列車から身を投げたいと思っても、そのせいでここにいる全員が殺されてしまうと思うとできなかった。ノエミは、自分の部屋に残してきた書きかけの小説を思いだしながらこらえた。頭のなかでもう一度書き直して、その続きを考えた。

列車は合計で五十三の鉄道駅を通過したが、一度も汽笛を鳴らさず、停車もしなかった。そして三日目になってようやく甲高い警笛が鳴り響くと、列車は急停車した。けたたましい音を立てながら車両の扉が開く。急に強い光が差しこんで、ジャックとノエミは目が眩んだ。投光機の明かりはピティヴィエ収容所よりずっと強烈だった。いったいここはどこなのか。野放しにされた犬たちが、被移送者たちに今にも咬みつかんばかりに吠えている。そして、大声で怒鳴り散らす人間の声。「アレ・ルンター！（降りろ！）」「ラウス！（外に出ろ！）」「シュネル！（急げ！）」看守たちは、千人の被移送者たちを次々と列車から引きずり下ろした。床に横になっていた病人たちは警棒で殴られた。気を失っていた者たちは無理やり起こされ、死んでしまった者たちはどこかへ運ばれた。ノエミも、唇が腫れるほど強く顔を殴られた。そのせいで一瞬ふらついて方向感覚を失い、思わずジャックの手を離してしまった。だがその直後、すぐ前で坂道を走って上るジャックの姿が目に入った。ドイツ語で「走れ」と命じる声。ノエミもジャックに追いつこうと走りだした。その時、あたりにひどい悪臭が漂っていることに気づいた。これまで嗅いだことがない臭いだった。吐き気をもよおす強烈な臭い。動物の角と脂を焼いたような臭い。

「十八歳って言うんだぞ」走っているジャックの耳に、どこからともなくそう言う声が聞こえた。

ジャックがあたりを見回すと、パジャマのような縦縞の服を着た、死人のように青白い顔の男たちが並んでいた。彼らはみな、骨の上にじかに皮が貼りついているかのように痩せ細り、血の通っていない幽霊みたいに見えた。頭上には、犯罪者がかぶるような奇妙な丸い帽子を被っている。その視線はどこか一点を見つめていた。まるで、彼らにしか見えない何かを見つけて怯えているような目つきだった。「シュネル、シュネル、シュネル！」看守たちは縦縞の服を着た男たちに、糞尿で汚れたわらを急いで車両から運びだすよう命じた。

被移送者たち全員が坂の上に集まった。病人、妊婦、子どもは一ヵ所に集められた。疲労が著しい者たちもそちら側に加わった。トラックがやってきて、まとめて医務棟へ連れていくのだという。

突然、怒鳴り声、犬の吠え声、警棒で誰かを殴る音が響きわたった。あたりが凍りつくように静まり返る。

「子どもがひとり足りない！」

軽機関銃の銃口が一斉に被移送者たちに向けられた。全員が慌てふためきながら両手を挙げる。

「もし子どもが逃げだしたとわかれば、ここにいる全員を射殺する」

投光機の明かりを受けて、軽機関銃がきらきらと輝いている。いったい誰の子がいなくなったのか。母親たちは震え上がった。それから数秒が経った。

「いたぞ！」制服を着た男が、そう叫びながら彼らの前を通りすぎた。

その手には、小さな子どもの遺体がぶら下がっていた。押しつぶされた猫のような姿をしている。車両内のわらの下にいたのだという。軽機関銃の銃口が下ろされた。誰もが安堵した。被移送者たちの選別が再開された。

「ぼく、疲れたよ」ジャックはノエミに言った。「トラックに乗って医務棟に行きたい」

「駄目。一緒に残ろう」

ジャックは少しためらったが、結局トラックに乗ることを選んだ。

「向こうで会おう」ジャックはそう言って去っていった。

ノエミはなすすべもなく、トラックの荷台に乗りこむその後ろ姿を見送った。すると、またしても看守から頭を殴られた。いっときでも立ち止まることは許されないのだ。列を作り、奥のほうに見える大きな建物に向かって歩きはじめる。長方形のレンガ造りの建物で、横に長くておそらく一キロはありそうだった。中央に三角屋根の塔が立っていて、塔の下が入口になっている。大きく開けられた口をくぐると、まるで地獄に入るような気分だった。塔の上のふたつの監視窓は、憎しみをこめてこちらを睨みつける目のように見えた。SSの男たちが、到着したばかりの者たちに手短に質問をした。返答次第で、新規入所者はふたつのグループに分けられた。ひとつは労働適格者、もうひとつは労働不適格者で、ノエミは適格者のほうに振り分けられた。当時、つまり一九四二年の夏には、被収容者の左前腕への入れ墨はまだ行なわれていなかった。唯一、ソヴィエト人捕虜だけが、数字の形をした小さな剣山のようなもので胸の上に入れ墨を施された。その後、一九四三年になってから、入れ墨係(書記《シュレイバー》と呼ばれた)に任命された被収容者によって、新規入所者の腕に登録番号が刻印されるようになった。死亡者の身元を判別しやすくして、管理を合理化させるためだった。

ひとりの上官らしき男が、新規入所者たちの前に立ちはだかった。身につけた軍服はしわひとつなく、革靴から上着のボタンまで何もかもが曇りひとつなく輝いている。男はナチス式敬礼をしてから話しはじめた。

「ここは、第三帝国の模範収容所だ。他人に迷惑をかけながら生きてきた寄生虫どもを受け入れて、ここで働かせてやっている。おまえたちはようやく他人様の役に立つ人間になれるのだ。帝国の戦争に貢献できることをありがたく思うんだな」

ノエミは、左手にある女性用収容所へ連れていかれた。まずは《サウナ》と呼ばれる消毒用の建物に誘導される。全員服を脱がされて全裸になり、段の上で隣り合わせに座らされた。体毛を剃るために順番待ちをするのだ。頭部から恥部まで全身の毛を剃られたあとで、シャワーを浴びる。若い女性の何人かは剃髪をまぬがれたが、その後彼女たちは収容所売春宿で働かされた。

ノエミは髪が自慢だった。頭上で冠状にまとめていた長い髪が、バリカンで刈られて床の上に落ちていく。ほかの女性たちのものと混ざり合った大量の髪は、大きくてカラフルな敷物のように見えた。ちょうどこの日、一九四二年八月六日に書かれたリヒャルト・グリュックス強制収容所監督の通達によると、こうして刈られた髪は、潜水艦乗組員たちのスリッパや鉄道会社従業員のフェルト製靴下に加工されたのだという。

新規入所者たちの衣類や所持品は、《カナダ》と呼ばれる倉庫に集められ、種類ごとに分別された。ハンカチ、櫛、ブラシ、スーツケースはドイツ民族性強化国家委員会本部へ、腕時計はドイツ・ブランデンブルク州のオラニエンブルクにある親衛隊経済管理本部へ送られた。メガネは衛生局の管轄とされた。金目のものはすべてリユース、またはリサイクルされた。人間のからだでさえ再利用された。人体を焼いたあとに残った灰は、リンを豊富に含むことから、干上がった沼地の土壌に肥料として散布された。金歯を高温で溶かせば、一日当たり数キロの純金になった。収容所のそばに精錬所があり、そこで製造された金塊はベルリンにあるSSの秘密金庫に入れられた。

ノエミは飯碗とスプーンをひとつずつ受け取ってから、ほかの人たちと一緒に宿舎へ向かった。広大な収容所で、ピティヴィエより二十倍ほど広かった。武器を携帯した看守たちに監視され、人間の怒鳴り声と犬の吠え声を浴びながら、長い間歩きつづけた。ふと、どこかからオーケストラのバイオリンの音色が聞こえてきた気がした。いやまさか、そんなはずはない。ところが実際に、ユダヤ人音楽家たちが壇上にいるのが見えた。被収容者たちが重労働を強いられている間、やる気を鼓舞するために音楽を演奏しているのだという。看守たちがふざけて彼らに女性用のドレスを着せることもあった。この日、指揮者の男性は純白のウエディングドレスを着せられていた。

ようやく宿舎にたどり着いた。女性たちはみな頭を丸刈りにされていた。カミソリの刃が当たって血が出ている者もいた。ピティヴィエと同じように、宿舎にはベッドの骨組みが並んでいた。ただしピティヴィエとは違って、ひとつの寝床を五、六人で使わなくてはならなかった。わらも敷かれておらず、木の板の上にじかに寝ざるをえなかった。

ノエミはひとりの女性に、ここはどこかと尋ねた。アウシュヴィッツ、と女性は答えた。聞いたことがない地名だった。いったい地図上でどのあたりなのだろう。それからほかの人たちに、弟が病人たちと一緒にトラックに乗ったのだが、どこで会えるかと尋ねた。ひとりの女性がノエミの肩をつかみ、宿舎の入口へ引っ張っていった。女性は煙突が見える方向を指差した。煙突のてっぺんからはもうもうと煙が上がり、たくさんの灰をあたりに撒き散らしていた。真っ黒で脂っぽい煙だった。ノエミは〈あの方角に医務棟があるのだろう〉と思った。明日になればきっと会える。


ジャックが乗ったトラックは、収容所を通りぬけてカバノキの林に到着した。林のなかにいくつかの小屋が並んでいる。ここでからだを洗うのだという。トラックから降りると、ジャックは学校で何を学んでいるかと尋ねられた。大人たちは従事している職業を尋ねられていた。割り当てる仕事の参考にするのだろうと、誰もが思った。

生年月日を尋ねられたジャックは正直に答えた。さっき助言されたように、十八歳と偽ることはしなかった。嘘が発覚して処罰されるのが怖かったのだ。促されて小屋に続く階段を降りると、地下に脱衣所があった。ジャックの後ろにはすでに長蛇の列ができていた。トラックに乗ってやってきた者たちのほかに、のちの選別で《不適格者》とされた者たちも加わったからだ。

宿舎に入る前に特殊な消毒液を使ってシャワーを浴びると言われ、タオルと石けんをひとりずつ手渡された。シャワーを浴びたあとは食事ができるという。それからゆっくり休んでよく眠り、仕事は明日からスタートだ。そう聞いて、ジャックは少し気分が明るくなった。消毒なんて面倒なことはとっとと終わらせてしまおう。早く済ませれば、そのぶん早く食事にありつける。ようやくお腹いっぱい食べられるのだ。からだに力を蓄えないと、気持ちまで滅入ってしまう。

脱衣所の壁に沿って、順に通し番号が振られていた。ジャックは小さな板の上に座って服を脱いだ。人前で裸になるのが嫌だった。性器を他人に見られたくない。他人の裸を見るのも気づまりだった。ひとりの親衛隊員が入ってきた。通訳としてフランス人の被収容者を伴っている。親衛隊員から、服を置いた場所の番号を覚えておくよう命じられた。シャワーを浴びたあと、すぐに見つけられるようにするためだという。また、左右の靴のひもをしっかり結んでおくよう命じられた。

こうして服を畳み、きちんと並べさせるのは、あとで《カナダ》に運んだ時に分別しやすくするためだった。

「シュネル、シュネル、シュネル!」ジャックたちは、あとがつかえているのだからと、早くするよう急かされた。実際は、被収容者たちが疑問を感じたり、抵抗したりする暇を与えないためだった。親衛隊員たちは、軽機関銃の先端で押しながら、なるべくたくさんの人たちをシャワー室に詰めこんだ。ジャックは銃床で殴られて肩を脱臼した。シャワー室がいっぱいになると、親衛隊員たちはドアを閉めて鍵をかけた。屋外に待機していたふたりの〈ゾンダーコマンド〉(被収容者で構成された特別部隊)が、天井の穴から〈ツィクロンB〉という白い粉を投入した。シアン化水素が有効成分で、散布すると数分で青酸ガスを発生させる薬剤だ。被収容者たちは、天井にシャワーノズル以外の穴が開いていて、そこから何かが落ちてくるのに気づいた。その瞬間、誰もがすべてを悟った。

わたしはジャックの顔を見た。褐色の髪で、あどけない顔をして、ガス室の床に横たわっている。

今、わたしはその顔の上に両手をのせて、大きく見開いた両目を閉じる。

ノエミは、アウシュヴィッツに到着して数週間後、チフスに罹患して亡くなった。作家のイレーヌ・ネミロフスキーも、ほぼ同時期にアウシュヴィッツでチフスによって命を落としている。ふたりが出会えたという記録は残っていない。

第三十一章

八月終わり、ジョゼフ・ドゥボールがエフライムとエマの家にやってきた。バカンスから戻ってきて、ラビノヴィッチ家の子どもたちが夏の初めに逮捕されたのをはじめて知ったのだという。

「きみたちふたりでスペインに行かないか？　それなら何とかできる」

「いや、子どもたちが帰ってくるのをここで待ちたい」エフライムはそう言うと、ドゥボールを玄関口まで送りだした。

エフライムは食事のしたくを始めた。子どもたちのナイフとフォークもテーブルの上に並べた。ふたりが逮捕されてからずっとそうしていた。

一九四二年十月八日の午後四時、ラビノヴィッチ夫妻の家の玄関ドアを、誰かがこぶしで強く叩いた。ふたりはこの時が来るのをずっと待っていた。静かにドアを開けると、ふたりのフランス人憲兵がいた。夫妻を逮捕しにきたという。無国籍のユダヤ人を対象にした一斉検挙がまた始まったのだ。

「その憲兵たちの名前もわかってるよ」母は言った。「あんたも知りたいかい？」

わたしは考えた末、「やめておく」と答えた。

エマとエフライムはすでに準備を整えていた。スーツケースに荷物をまとめ、家のなかを片づけておいた。家具には埃がつかないようシーツをかぶせてあった。ノエミの原稿もすべてまとめた。ノート類は封筒に入れて「ノエミのノート」と表書きをし、キャビネットの引き出しにしまっておいた。

エマとエフライムは抵抗しなかった。子どもたちのところへ行けるとわかっていたからだ。ふたりは憲兵たちに従った。すべて言われるがままにした。

エフライムはグレーのフェルト帽をかぶった。エマは着心地のよいネイビーブルーのスーツを身につけ、ファー襟つきのコートをはおり、歩きやすいようヒールが高すぎない赤い靴を履いた。ハンドバッグには、シャープペンシルと色鉛筆が一本ずつ、ポケットナイフ、爪やすり、黒い手袋、小銭入れ、配給チケット、そして全財産が入っていた。

スーツケースはふたりでひとつだった。子どもたちに会ったら渡すつもりの品物以外、ほとんど何も入っていなかった。エマは、ジャックには羊の骨のおはじきのゲームを、ノエミには上質紙を使った新品のノートを用意した。きっと喜んでもらえるだろう。エフライムとエマはふたりの憲兵の間をすり抜けて、レ・フォルジュの家の玄関ドアからためらうことなく足を踏みだした。

ふたりとも後ろを振り返らなかった。

ふたりをのせた車は、ウール県のコンシュ＝アン＝ウシュという町にある憲兵隊本部に到着した。ここで二日間留置されたのち、同じウール県のガイヨンという町へ移送された。この地域の収容施設はルネサンス様式の城館だった。ガイヨンの町を見下ろす丘の中腹にあり、ナポレオン皇帝治下で監獄に改装されていた。一九四一年九月以降は、共産主義者、普通犯罪者、《食料品の違法取引》を行なった者、いわゆる闇商人が収容された。ドランシー収容所へ送られる前に、ユダヤ人が一時的に収容されることもあった。

憲兵隊本部で収容登録が行なわれた。登録番号は、エフライムは一六五番、エマは一六六番だった。所持金はそれぞれ三千三百九十フランと三千六百五十フランだった。

エフライムの登録簿には《青灰色の瞳》と記されていた。

数日後、エフライムとエマはガイヨンを出発した。一九四二年十月十六日、ドランシー収容所に到着。ここで所持金全額を没収された。この日、新規入所者たちの所持品検査後、合計十四万千八百八十フランが預金供託金庫に納められた。

ドランシー収容所の運営方法は、ピティヴィエとは大きく異なっていた。宿舎の建物はピティヴィエのような木造の小屋ではなく高層住宅で、被収容者たちは同じ階段を使う部屋ごとに行動を共にした。笛の音の長さと回数によって合図が決められており、被収容者たちはどういう音が何を意味するかをあらかじめ覚えなくてはならなかった。長音三回と短音三回は、少人数の新規入所者の到着に伴うグループリーダーの呼び出し。長音三回と短音三回の三回繰り返しは、大人数の新規入所者の到着に伴うグループリーダーの呼び出し。長音三回は、窓の閉鎖。長音二回は、野菜の皮むき。長音四回は、パンと野菜スープの準備。長音一回は呼び出し開始と呼び出し終了の合図。長音二回と短音二回は、一般労働。

十一月二日の夜、エマとエフライムを含むおよそ千人の被収容者たちが中庭に集められ、柵に囲まれた別の宿舎に移動させられた。宿舎の第一階段から第四階段までは高い柵で仕切られており、〈次回の移送〉で出発する者たちをそこに寝泊まりさせていたのだ。

柵内の〈出発用宿舎〉で過ごす被収容者たちは、外に出られず、ほかの被収容者たちと会うことを禁じられていた。エマは第二階段の第七房、四階の二八〇号室を割り当てられた。出発前に、最後の所持品検査が行なわれた。寒い日だったが、女性たちは靴も履けず、下着もつけずに検査を受けなくてはならなかった。到着時の手荷物を最小限にするために、不要なものはすべて没収された。

エフライムとエマはバスに乗せられてブールジェ鉄道駅へ向かった。ノエミとジャックと同じように、プラットフォームに停まった貨物列車のなかでひと晩を明かし、十一月四日八時五十五分に移送列車は出発した。

エフライムは目を閉じた。過去の思い出が走馬灯《そうまとう》のようによみがえる。子どもの頃、つないだ母の手から匂ったクリームの香り。両親のダーチャで、木立に射しこんでいた陽の光。親族の食事会で、白いドレスで強調された従妹の胸がレースの籠に閉じこめられた二羽の鳩に見えたこと。結婚式当日に足で踏みつけて割ったグラス。大金をもたらしてくれたキャビアの味。両親のオレンジ園で遊ぶ娘たちを見守っていた時の幸福感。ジャックと一緒に庭仕事をしたナフマンの笑い声。髭をはやした兄のボリスが、夢中になって蝶の収集をしていたこと。ウジェーヌ・リヴォシュの名で特許を申請した日の帰り道、ようやく人生の歯車がうまく回りはじめたと思ったこと……。

エフライムはエマを見つめた。彼女の顔こそが、エフライムの歩んできた人生そのものだった。エフライムは妻の両足を手にとった。家畜用列車のなかはとても寒く、エマの足はすっかり凍えていた。エフライムは両手でその足を包みこみ、上から温かい息を吹きかけた。

十一月六日から七日にかけての深夜、エマとエフライムはアウシュヴィッツに到着するとすぐにガス室に入れられた。五十歳と五十二歳という年齢のせいだった。

『うちの息子ときたらあんなに得意そうにして、まるで通りかかる人たちに育った実を自慢する栗の木みたいじゃないか』

レ・フォルジュのブリアン村長は、毎週ウール県庁にある書類を提出しなくてはならなかった。それは、《現時点で村に在住しているユダヤ人の数》と題されたリストだった。

その日、村長はひと仕事をやり遂げた満足感を味わいながら、そのリストに丸っこい文字で丁寧に記載した。

《ゼロ》

「……これが、エフライム、エマ、ジャック、ノエミの人生だよ。ミリアムは生前に彼らの話をしなかった。自分の母親が、両親、弟、妹の名前を口にするのを、あたしは一度も聞いたことがなかったんだ。今話したことはすべて、あたし自身が資料を調べたり、本を読んだり、母親が亡くなったあとに所持品から走り書きしたものを見つけたりしてわかったことを再構築したものだ。たとえばこれは、ドイツ人親衛隊員だったクラウス・バルビーの裁判の時にミリアムが書いたものだよ。読んでごらん」

バルビー事件

この裁判がどんなものになろうと、思い出はかき立てられる。わたしの記憶装置にしまっておいたあらゆるものが、時には時系列に、時には無秩序に、いくつかの空白と多くの（判読不明）を伴いながら、少しずつ繰り広げられる。だが、これは本当に「思い出」なのだろうか？　いや、違う。これは「人生の瞬間」だ。〈マン・ハット・エス・エアレープト〉、つまり、実際に経験した時間であり、今も自分のなかに存在し、自分自身に溶けこみ、刻みつけられている、おそらく。だがわたしは、この「思い出」と一緒に生きていきたくはない。なぜなら、そこからは何の教訓も引きだせないからだ。どうやって説明しても陳腐にしかならない。大きな動乱に巻きこまれながらも、取るものも取りあえず逃げだしたことで、どうにか生き延びてきた。時に無力になりつつ、しかし精力的に動きながら。だが航空事故で生き残った人は、どこに運命の分かれ道があったかをわかっているのだろうか？　チェックインがあと数分早かったり遅かったりして、もしその座席に座っていなかったら？　その人は勇敢だったのではなく、ただ単に運がよかっただけなのだ。

わたしを救った運命の分かれ道

一　田舎からパリへ向かう列車のなかで身分証明書を確認された時。
二　夜間外出禁止時間中、フイヤンティーヌ通りとゲイ・リュサック通りの角で警官がパトロールをしていた時。
三　ラ・ロムリー・マルティニケーズで逮捕された時。
四　ムフタール通りの朝市で。
五　ジャン・アルプと一緒に車のトランクに入って、トゥルニュで占領地区と自由地区の境界線を通った時。
六　ビュウーの高原にふたりの憲兵がやってきた時。
七　戦争末期、レジスタンス組織に入って《カルヴァリオの修道女》の集会に参加した時。
もっとも陳腐な状況は一、四、六。
もっとも珍妙な状況は二。
驚くべき好運だったのは三。
もっとも危険だったのは五。

危険を承知で行なったのは七。

陳腐であろうが、珍妙であろうが、危険であろうが、好運であろうが、承知で行なったのであろうが、いずれの場合も運がよかったことは確かだ。わたしは常に希望を捨てないようにしてきたし、なるべく冷静でいようと心がけてきた。思いだすのはあっという間だが、書くのはそうではない。今日はここまでにしておこう。

「この話に出てくる人たちは影のようなものだ」母はそう言いながら、一本だけ残ったタバコを吸うために窓を開けた。外はすっかり陽が落ちていた。「彼らがどういう人間だったのか、本当のところは誰にもわからない。ミリアムは真実のほとんどをひとりで抱えこんでしまった。だけどそろそろ、ミリアムが止めてしまったところから再びやり直さなくてはならない。そして、書くんだ。さて、タバコを買いに行くよ。ちょっと外の空気を吸いに行こう」

ヴァッシュ・ノワール交差点のところに、夜八時以降も開いているタバコ店がある。二重駐車した車のなかで、わたしは母が買い物を済ませるのを待っていた。その時、下半身で小さな音がした。両脚の間に何かが流れ出たのを感じた。一筋の温かい液体が体内から出てくるのを、わたしはどうすることもできずに眺めていた。

第二部　シナゴーグを知らない
ユダヤ人の子の思い出

「おばあちゃんはユダヤ人なの？」

「そうだよ、ユダヤ人だよ」

「おじいちゃんも？」

「いや、違うよ、おじいちゃんはユダヤ人じゃない」

「じゃあ、お母さんは？　ユダヤ人なの？」

「そうだよ」

「あたしも？」

「そう、おまえもだよ」

「やっぱりね、そうだと思ったんだ」

「おやおや、どうしたんだい、そんな顔して」

「だって、それだと困るんだもん」

「どうして？」

「みんな、学校にユダヤ人がいるのは嫌なんだって」

毎週水曜、母のレリアは小さな赤い車でパリにやってくる。午前中で授業が終わる娘のクララを、小学校へ迎えに行くためだ。祖母と孫娘が一緒に過ごす、ささやかなひと時。ふたりで昼食を取ると、母はクララを柔道教室に送り届けて、郊外の自宅へ帰っていく。

その日の夕方、わたしはいつものように早めに教室に到着した。一週間で一番好きな時間帯だ。古びて黒ずんだ蛍光灯に照らされた柔道場にいると、まるで時が止まったように感じる。柔道創始者の嘉納治五郎《かのうじごろう》の写真に温かく見守られながら、小さな柔道家たちが年季の入った畳の上で稽古をする。六歳の娘もそのひとりだ。小さいからだに大きすぎる白い柔道着を身につけて、よその子どもと組み合っている。その姿をわくわくしながら見守る。

携帯電話が鳴った。出たくなかったが、母からだったのでしかたなく出る。興奮した声だった。何か重大なことが起きたらしいが、何が言いたいのかよくわからない。わたしは落ちついて話をするよう繰り返し母に頼んだ。

「おまえの娘が言ってたんだよ」

母は気持ちを落ちつかせようとタバコを吸おうとしたが、ライターが点かないようだった。

「キッチンからマッチを持ってくれれば?」

母が受話器を置いてキッチンへ行く。その間に、娘はきびきびした力強い動きで、自分より大きな男の子を畳に押さえつけていた。わたしは母親として誇らしい気持ちになってほほ笑んだ。母が電話口に戻ってきた。何度か煙を吸ったり吐いたりしているうちに、興奮がおさまってきたようだった。そしてようやく、クララが言ったということばを教えてくれた。

『みんな、学校にユダヤ人がいるのは嫌なんだって』

突然、耳鳴りがした。わたしは慌てて言った。「お母さん、今、柔道教室が終わったの。またあとで電話する」喉の奥から熱い唾液が上がってくる。柔道場がぐらぐらと揺れる。わたしは溺れないよう救命道具にしがみつく人のように、娘の白い柔道着をつかんだ。だが、〈いけない、もっと母親らしくしないと〉と思い直す。そこで「さあ、急ぎなさい」と娘に言い聞かせると、更衣室に入って着替えを手伝いはじめた。柔道着を畳んでスポーツバッグにしまい、ズボンのすその折り返しに入れてあった靴下を取りだす。ベンチの間に挟んであったサンダルを見つけて、靴、お菓子の箱、左右がひもでつながった手袋など、小さくてすぐになくしそうなものたちをあちこちから捜しだした。それから両腕で娘のからだを包みこみ、力いっぱい抱きしめた。自分の心を落ち着かせるためだった。

『みんな、学校にユダヤ人がいるのは嫌なんだって』

帰り道の路上でも、娘とわたしの上空に、そのことばが浮かんでいるのが見えた。だがその話はしたくなかった。忘れてしまいたかった。そんな会話はどこでも交わされなかったことにしてしまいたかった。家に帰ってスリッパを履き、夜のルーティン作業に没頭する。娘と一緒にお風呂に入りながらも、シェル形のパスタを茹でてバターにからめながらも、『ちいさなちゃいろいくま』を娘に読み聞かせながらも、歯を磨きながらも、わたしは自分の殻に閉じこもりつづける。いつもどおりにしていれば、余計なことを考えずに済む。忘れよう。頼りがいのあるしっかりした母親にならなくては。

だがクララの寝室にお休みのキスをしに行った時、さすがに聞いてみなくてはいけないと思った。〈学校で何があったの?〉でも言えなかった。わたしのなかの何かがそのことばを発するのを妨げた。

「お休み、クララ」代わりにそう言うと、部屋の電気を消した。

その夜はなかなか寝つけず、シーツの上で何度も寝返りを打った。からだが熱くて、下半身が燃えるようだった。起き上がって窓を開ける。筋肉がこわばっていた。枕元の照明を点けても、不安な気持ちは消えなかった。ベッドの足下あたりに、濁った地下水が溜まっているように感じた。地下にずっと滞留していた汚水が、下水管を通ってここまで上ってきたのだ。戦争によって汚染された液体が滲みでてきて、床の木材の隙間に淀《よど》んでいる。

その時、あるイメージがはっきりと浮かび上がった。

オペラ座の写真だ。夕暮れ時に撮られたガルニエ宮が、まるでフラッシュを焚いたように目の前に鮮明に現れた。

この時から、わたしは調査を開始した。母が十六年前に受け取ったあのポストカードを誰が書いたのか、何が何でも捜しだそうと思った。犯人を突き止めたい。どうしてあんなことをしたのか知りたい。それにしても、いったいどうしてこの時だったのだろう? どうしてあのポストカードに執着しだしたきっかけが、娘のクララの学校での事件だったのだろう? だが、年月が経った今になってみれば、この件には別の出来事……突然起きた事件ではなくゆっくりと訪れた別の要因も、大きく関わっていたように思う。年齢だ。この時、わたしは四十歳を間近にしていた。

すでに人生の半分を生きたと自覚したことから、この調査をやり遂げたいという思いが生まれたのではないか? 何カ月にもわたって、昼夜を問わずこのことについて考えつづけた理由はそこにあるのではないか？　この歳になったからこそ、ようやく過去を直視する勇気を持てたのではないか？

それもこれも、自分の未来に広がるものより、過去に広がるもののほうが、より壮大で神秘的に見える年齢になったからだ。

第一章

翌朝、娘を学校に送り届けたあと、母に電話をした。

「お母さん、匿名のポストカードのこと、覚えてる?」

「ああ、覚えてるよ」

「まだ持ってる?」

「机の引き出しのどこかにあるはずだけど」

「見せてもらっていい?」

不思議なことに、母はそれほど驚いていなかった。わたしに何も尋ねない。いきなり昔の話を持ちだしても、とくに疑問を感じていないようだった。

「うちにあるから、見たいならおいでよ」

「今?」

「お好きな時にどうぞ」

わたしは躊躇した。書かなくてはならない仕事を抱えていたからだ。常識的に考えたら、今は行くべきではない。なのにこう答えていた。

「すぐに行く」

小銭入れのなかには、イル＝ド＝フランス地域圏急行鉄道《RER》のチケットが二枚入っていた。だが、期限がすでに切れている。娘が生まれてからは、たいていは車で実家に帰っていたからだ。年に一、二度くらいはRERを使うが、それ以上はない。

ブール＝ラ＝レーヌ駅のプラットフォームに降り立った時、〈この駅からパリまでこれまで何往復しただろう〉と思った。何百回、あるいは何千回？　十代の頃は、毎週土曜になるとここからRER B線に乗ってパリへ遊びに行った。当時は、列車を待つ時間がひどく長く感じられたものだった。〈早くパリに行きたい〉〈約束をした相手に会いたい〉と気が急《せ》くばかりで、列車はなかなかやってこない。車内ではいつも同じ場所に座った。最後尾の車両の、窓際の進行方向を向いた席。夏には、赤と青の合成皮革の座席が、汗ばんだ脚に貼りついた。一九九〇年代のRER　B線の車両は、金属と茹《ゆ》で卵を混ぜたような独特な匂いがした。みんなが慣れ親しんでいたこの匂いは、わたしにとっては自由の象徴だった。十三歳から二十歳になるまでの間、郊外から連れだしてくれるこの列車に乗るのがとても嬉しかった。列車のスピードと低い機械音にうっとりしながら、頬を紅潮させてパリへ向かった。あれから二十年、今日のわたしは同じ列車に乗って、逆方面に向かって急いでいた。早く実家に連れていってほしいとじりじりしながらRERに乗っていた。あのポストカードを見るために。


「久しぶりだね。あんたがここに来たのはいつ以来だろう」母は玄関ドアを開けながらそう言った。

「ごめん。もっと頻繁に来ないといけないなって、ちょうど思ってたところ。ところで、見つかった？」

「まだ捜してないんだ。お茶を入れてたんだよ」

お茶なんかより、一刻も早くあのポストカードが見たかった。

「あんたは昔から本当にせっかちだね」母はわたしの気持ちを読んだように言った。「でも結局は、誰にとっても一日の終わりには同じ時間に日が沈むんだよ。ところで、クララとあの話はしたのかい？」

母はやかんに水を入れると、中国産燻製《くんせい》茶の茶葉が入った缶を開けた。

「ううん、まだ」

「早く話さないと。こういうのは放っておいちゃ駄目だよ」そう言いながら、開封済みのタバコの箱に手を伸ばす。

「うん、話しておく。ねえ、まずは書斎に行って捜してみない？」

母と一緒に二階に上り、書斎に入る。部屋のようすは数年前とまったく変わっていなかった。クララの写真が新たに壁の上に留められたのを除けば、何もかもが昔のままだ。さまざまなオブジェが置かれたキャビネット、複数の灰皿、ぎっしりと本が並んだ書棚、書類ボックス……。母がポストカードを捜しているのを横目で見ながら、わたしは小さなインク壺を手に取った。両サイドが斜めにカットされたガラス瓶に黒インクが入っており、デスクの上でまるで黒曜石のように光っている。母が自分で万年筆にインクを吸入していた時代のものだ。同じ頃、母がタイプライターで原稿を打つ姿もよく見ていた。ちょうどクララの年頃だった時のことだ。

「確か、ここにあるはずだよ」母はデスクの引き出しを開けながら言った。

引き出しの奥に手を突っこんで、指でまさぐる。小切手の控え、電気料金の明細書、昔のスケジュール帳、映画の半券の束など、次世代の者たちが部屋を片づけるために引き出しをひっくり返した時に、捨てようかどうしようか迷うにちがいない紙類がどっさりと入っていた。

「ほら、あった！」母が叫んだ。昔、わたしの足に刺さったトゲがようやく抜けた時と同じ声だった。

「このポストカードをどうするんだい？」と、わたしに差しだしながら尋ねる。

「書いたのが誰かを突きとめたいの」

「映画のシナリオの参考に？」

「ううん、そうじゃなくて、ただ知りたいだけ」

母は驚いたようだった。

「どうやって調べるつもり？」

「うーん、手伝ってくれないかな？」わたしはそう言いながら視線を上に向け、母の書棚を目で指し示した。

母の書斎に保存されている書類は、また一段と量が増えたようだった。

「差出人の名前はこのどこかにある気がするんだよね」

「ねえ、そのポストカードはあんたに預けるよ。でもあたしはこれに関してあまり時間を割けないから」

どうやら遠回しに〈手伝うつもりはない〉と言いたいらしい。母らしくない、とわたしは思った。

「ねえ、覚えてる？　このポストカードを受けとった時、みんなで話し合ったよね」

「ああ、覚えてるよ」

「差出人に心当たりはないの？」

「ないね」

「まったく？『あ、もしかしたらあの人かも』と思ったことも？」

「ない」

「変なの」

「何が変なのよ」

「だって、お母さん、まるで興味がないみたい。いったい誰が……」

「いいからそのポストカードは持っていきな。でももうその話はしないで」母はわたしのことばを遮ってぴしゃりとそう言った。

母は窓辺に近寄ると、タバコに火をつけた。どことなくぴりぴりした空気が漂っている。〈そうか、母は気持ちを落ち着かせるために、わざとわたしから離れたところに移動したんだ〉と、わたしは気づいた。母が窓辺に立つ姿を見ていると、紙を光にかざしてその透き通り具合を確かめる時のように、そのからだから何かが透けて見える気がした。母の内側にあったのは、質素なブリキ缶だった。端が錆びついて蓋が開かなくなっている。母はそこにポストカードをしまいこんでいた。ずっとうまく言い表せなかったけれど、これを書いている今なら、母がどうしてそうしたかをはっきりと説明できる。ヘレン・エプスタイン（ユダヤ系アメリカ人のジャーナリスト・作家）のことばを借りるなら、母がブリキ缶の暗い奥底にしまいこんだものは、《それについて言い表そうとしても、そのことばが粉々に崩れてしまうほどに強烈なもの》だったのだ。

「お母さん、ごめん。悪かった。無理強いするつもりじゃなかったの。ポストカードの話はしたくないってこと、よくわかった。さあ、下へ行ってお茶を飲もう」

わたしたちはキッチンに戻ってきた。母はわたしのために、ロシア風ガーキンの塩漬けの瓶詰めを袋に入れて渡してくれた。わたしの大好物だ。子どもの頃、いつもおやつに食べていた。ほんのり甘酸っぱくて、カリッと硬いところとしっとり柔らかいところがある、独特な味と食感。ニシンの塩漬け、薄切りの黒パン、フレッシュチーズを使ったケーキ、ジャガイモのパンケーキ、タラマ（魚卵の前菜）、ブリニ（ソバ粉のパンケーキ）、ナスのキャビア仕立て、そして鶏レバーのパテは、わたしにとっての〈おふくろの味〉だ。失われた文化を継承しようとする、母なりのやり方。〈ミッテルオイローパ〉（ドイツ語で中欧の意味）の味を通して伝えられる、一族の習慣。

「さあ、RERの駅まで車で送ろう」母がわたしに言った。

玄関のステップを下りながら、郵便函が新しくなっていることに気づいた。

「郵便受け、変えたの?」

「ああ、前のはさすがに寿命だよ」

わたしは少しの間そこに立ち尽くした。穴の開いたあの郵便函がなくなってしまったのが悲しかった。まるで、調査の重要証人が急死したと聞いた気分だった。

車のなかで、どうして郵便函を変えたことを教えてくれなかったのか、とわたしは母を責めた。母は驚いたような顔をした。それから窓を開けて、この日何本目かのタバコに火をつけた。

「ポストカードの差出人を捜すのを手伝ってやってもいいよ。ただし……」

「ただし、何?」

「あんたの娘の学校でのこと、早くどうにかしなさい。それが条件」

第二章

RERの車窓から、パリ南郊外の街並みが次々と移り変わるのを眺めた。ショッピングセンター、団地、オフィスビル……どこに何があるのか、すべて覚えている。〈そういえば〉と、わたしは思いだした。バニュー駅からジャンティイ駅にかけての区間に、かつて《ゾーン》と呼ばれていたエリアがあったはずだ。椅子の張り替え職人や籠細工職人たちが暮らしていた場所。一九四二年、ミリアムが警察から逃れるために自転車で一晩じゅう走ったところ。

シテ・ユニヴェルシテール駅を通りすぎた頃、オレンジ色がかった赤レンガ造りの七階建ての古い建物群が現れた。現在の低家賃住宅《HLM》の前身、かつて安売り住宅《HBM》と呼ばれていた住宅街だ。免税対象にして低所得者でも安価に賃貸できるよう造られた大衆住宅で、今も現役で使われている。かつてラビノヴィッチ家もこの手の建物のひとつ、《フランス在住外国人》向け住宅に暮らしていた。アミラル＝ムーシェ通り、七十八番地。あれから七十五年、わたしはエフライムの夢だったフランス帰化を実現させている。そして郊外ではなくパリの中心に暮らしている。本物のパリジェンヌになったのだ。

ハンドバッグからポストカードを取りだす。プリントされたオペラ座の写真は、ドイツ軍に占領されていた暗黒時代のパリを思わせる。これを送った人物は、それも承知の上でこのカードを選んだのではないか。オペラ座は、パリにやってきたヒトラーが初めて訪れた建物だった。

だが降りるべき駅に着いた時に、思いなおした。もしかしたら、そうではなかったかもしれない。これを書いた人は、たまたま手元にあったカードを選んだだけかもしれない。そこには何の意味もなかったのかもしれない。調査を進める上で、勝手な思いこみをしないように気をつけないといけない。とりわけ、小説的な解釈に流されないように注意しないと。

ポストカードの裏面には、四つの名前が縦に並んで書かれている。書きだしは揃っておらず、ジグザグになっていた。まるで一種の文字パズルみたいだ。宛名書きはふつうの字体なのに、四つの名前だけはわざと字体を崩しているように見える。とくに〈Ｅｍｍａ〉の最後の〈ａ〉の字は、これまで見たことがない書き方だった。逆向きの〈ｓ〉をふたつ並べたような形で、レオナルド・ダ・ヴィンチの鏡文字のように反転させて読む文字に似ていた。

オペラ座の写真は秋頃、おそらく十月のよく晴れた日のたそがれ時に撮られたように思われた。ちょうど夏時間から冬時間に変わる頃、まだ夏の夜のように空が明るいにもかかわらず、あやまって早めに街灯を点けてしまったように見える。おそらくそのせいだろう、このポストカードを書いた人は人生のたそがれ時にいるのではないか、この世とあの世の境目にいるのではないか、と勝手な想像を膨らませた。ちょうどこの写真の前景に写っている男性のように。右肩にバッグを下げたその後ろ姿の人物は、シャッターを下ろした瞬間に動いたらしく、輪郭がぼやけてまるで亡霊のようだった。生者と死者の中間の存在に思われた。

このポストカードは、実際に郵送された二〇〇三年よりかなり前のものだ。その間に何があったのか？　差出人は一旦郵便局まで来たのに、投函するのをやめたのか？　考えなおさなくてはならない理由があったのか？

その人物は迷っていた。郵便ポストにそれを入れようとしたが、最後の瞬間に思いなおした。ほっとしながら、あるいは後ろ髪を引かれながら、郵便局をあとにして自宅に戻った。机の上にカードを置く。そしてそのまま次の世紀に突入した。

その日の夜、娘と一緒に夕食を取り、お風呂でからだを洗ってやり、パジャマを着せてキスをして、寝室のベッドに寝かしつけた。結局、学校での出来事を尋ねられなかった。母と約束したにもかかわらず、またしても何かがそうすることを妨げた。

キッチンへ戻り、レンジフードの照明の下でポストカードを眺める。そうしていればいずれは理解できるかのように、長いこと眺めていた。

ポストカードの紙をそっと指先で撫でる。まるで生きている人間の肌に、その皮膚に触れているかのようだった。皮膚は脈を打っていた。初めは弱く、だがわたしが撫でるとどんどん強くなっていった。わたしは彼らの名前を呼んだ。エフライム、エマ、ジャック、ノエミ。どうか、この調査がうまくいくよう導いて。

まずはどこから手をつけよう。わたしは少しの間頭を悩ませた。静かなアパルトマンのなか、キッチンに立ちっぱなしで考えた。それから寝室へ向かった。眠りに落ちながら、その姿をちらりと見たような気がした。ポストカードの差出人だ。ほんの一瞬だった。古いアパルトマンの暗闇のなか、まるで洞窟の奥に佇むようにして廊下の隅に立っている。何十年も前から、わたしが見つけに行くのをそこでじっと待っているのだ。

「変なことを言うようだけど、時々見えない力に押されてると感じるんだよね」

「ディブク（ユダヤの伝説の悪霊の名前）じゃない？」翌日、ジョルジュはランチの最中にわたしに尋ねた。

「まあ、ある意味、わたしは亡霊のようなものの存在は信じてるけど……ていうか、ねえ、真面目に聞いてくれる？」

「すっごく真面目に聞いてる。そうだ、私立探偵に相談したらどうかな。ああいう人たちって人捜しのプロだろう？　昔の年鑑とか、特別な人脈とかを使って見つけてくれるんじゃないの？」

「でも、私立探偵の知り合いなんていないよ？」わたしは笑いながら言った。

「デュリュック探偵事務所があるじゃないか」

「デュリュック探偵事務所って、トリュフォーの映画に出てくる、あの？」

「そう、それ」

「もうないんじゃないの？　だってあれは七〇年代の……」

「あるんだって。病院へ行くのに毎朝その前を通ってる」

　ジョルジュと知り合ったのは数カ月前だ。以来、彼が勤める病院のそばで一緒にランチを取るようになった。わたしの娘が留守にしていて、ジョルジュの子どもたちも留守にしている土曜の夜を、ふたりきりで過ごすこともあった。一緒にいるのは楽しかった。ふたりともバツイチで、ゆっくり時間をかけて関係を築きたいと互いに思っていた。つき合いはじめの楽しさを長く味わっていたかった。わたしたちは決して急いでいなかった。

「明日はセデルだ、忘れるなよ」ランチの終わりにジョルジュが念を押した。

　もちろん忘れてなどいない。ふたりの関係を初めて彼の友人たちにお披露目すると決めた日だ。わたしにとっては人生初のペサハを祝う日でもある。そのことを思うと憂鬱にもなった。ジョルジュには、自分がユダヤ人だとは伝えていたが、これまで一度もシナゴーグに足を踏み入れたことがないとはまだ打ち明けていなかった。

　初めてふたりでディナーを摂った時、わたしは家族の話をした。一九一九年にロシアからやってきたラビノヴィッチ家のこと。ジョルジュも自分の家族の話をした。父親がやはりロシア生まれで、第二次世界大戦では移民として義勇兵パルチザン《FTP》の一員になったという。その日は長い時間をかけて、互いの家族の境遇について話をした。わたしたちは同じ本を読み、同じドキュメンタリー映画を観ていた。そのおかげで、ずいぶん前から相手を知っている気分になった。

ディナーのあと、帰宅したジョルジュは、ダニエル・メンデルソーンの著書『失われた者たち』に書かれていたサイトにアクセスして、十九世紀のアシュケナジム系（ドイツ・東欧系）ユダヤ人の家系図を参照したという。すると一八一六年のロシアで、ジョルジュの祖先であるチェルトフスキー家の男性が、ラビノヴィッチ家の女性と結婚したという記録が残っていた。

『ぼくたちの先祖はすでに愛し合っていたんだ』ジョルジュは電話口でそう言った。『きっと彼らがぼくたちを引き合わせてくれたんだよ』

馬鹿げて聞こえるかもしれないが、まさにそんなふうにしてわたしたちは恋に落ちたのだ。

ランチのあとは家へ帰り、仕事をするために机に向かった。だが集中できない。どうしてもポストカードのことばかり考えてしまう。あのカードは、きちんと埋葬されなかった人たちに対する弔いの気持ちを表しているのだろうか？　縦十五センチで横十七センチの四角い紙を墓石とみなした、墓碑銘のつもりだろうか？　あるいは逆に、悪意がこめられているのか？　わたしたちを怯えさせるため？　〈メメント・モリ〉的な「おまえもいつか死ぬのだ」という冷笑を伴った不吉な詩のつもり？　わたしの想像は、陰と陽の間を行ったり来たりした。まるでオペラ座の屋根の上にそびえる二体の黄金色の彫像のようだ。ポストカード上では、向かって左側の〈調和〉は光が当たって明るく、右側の〈詩〉は光が当たってなくて暗い。光と影のコントラストが明らかな、翼の生えた二体の女神像。わたしは仕事をするのを諦めて、グーグルの検索エンジンに「デュリュック探偵事務所」と打ちこんだ。

〈一九一三年創業、調査、捜索、尾行、パリ〉

コンピュータの画面に、創設者のデュリュック氏のオフィシャルポートレイトが現れる。褐色の髪、雄羊の角のような眉、尖った顎を持つ小柄の男性だった。口髭がとてつもなく大きくて、くるりとカールした先端が鼻先まで届いている。真っ黒で、フェルトで作ったつけ髭のように見えた。

〈デュリュック探偵事務所は、一九四五年以来、パリ一区の同じ場所で営業を続けています。活動範囲は多岐にわたり、個人・企業向けの調査、捜索など。年中無休、二十四時間営業。相談無料〉

《迷っているあなた、まずはお気軽にご相談を》

このキャッチフレーズを読んで、わたしはしばらく考えこんだ。それからメールを書いて自分の連絡先を記した。

「はじめまして。二〇〇三年に、母宛てに送られてきた匿名のポストカードを書いた人物を調べていただきたく、このメールを書いています。わたしにとっては重要なことなので、緊急にお願いします。お返事お待ちしてます」

すると一分後、携帯電話の通知音が鳴った。探偵事務所からのメッセージだった。〈年中無休、二十四時間営業〉という宣伝文句は嘘ではなかったのだ。

「はじめまして。なんと十六年も前の出来事ですか！　現在、出先からパリに戻っている最中です。あと一時間ほどで事務所に到着します。どうぞよろしく。ＦＦ」

芸術橋《ポン・デ・ザール》を渡ってしばらく歩くと、大文字で書かれた蛍光グリーンのネオンサインが遠くのほうに見えた。見慣れた看板だった。夜遅くにルーヴル美術館付近でリヴォリ通りを渡っている時も、緑色の文字が煌々《こうこう》と輝いているのを何度か見かけていた。〈ＤＵＬＵＣ　ＤＥＴＥＣＴＩＶＥ〉の電灯の一部が切れて、〈ＤＵＣ　ＤＥ　ＣＩＶＥ（シーヴ公爵）〉になっている。そのせいでこれまでずっと、ここは古いジャズクラブか何かだと思っていた。

木製のエントランスドアのインターホンの上に、真鍮のプレートが掲げられている。「調査」そして「二階」とだけ書かれていた。

アパルトマンのドアは自動で開いた。廊下を進み、待合室に入る。誰もおらず、室内はしんと静まりかえっていた。壁の上には、ジャン・デュリュック氏の資格証明書の原本が額装入りで掲示されている。少なくとも場所は間違っていないらしい。部屋はがらんとしていたが、ディスプレイケースのなかに小さな置物がいくつか飾られていた。探偵が個人的に思い入れがある品なのか、あるいは待合室を彩る目的で購入したものなのか、どちらかはわからない。いずれにしても場違いな雰囲気のものばかりで、つい目が引きつけられた。ひとつは、人気コミック「タンタンの冒険」シリーズの『青い蓮』に出てくる陶製の壺で、本の表紙と同じようにタンタンとスノーウィが壺から顔を出している。その隣にあるのは、ガラス製の蛇口形の置物で、蛇口の下にはキスをしている二匹の赤い金魚など、水中生物たちのミニチュアが置かれていた。この場所にタンタンがいるのは、まあ、わからないでもない。このベルギー人の少年は、職業は私立探偵ではないけれど、さまざまな調査を行なって多くの事件を解決に導いている。一方、水中生物の存在はわたしには謎だった。

ローテーブルの上に、探偵事務所のパンフレットが置かれていた。

《迷っているあなた、まずはお気軽にご相談を。わたしたちは調査のプロとして、信用できる有益な情報を完璧に揃えてお渡しします。豊富な経験と確かな技術、直感と厳密さ、適切な道具と有能な人材を駆使して仕事をします。もちろん守秘義務は遵守いたします》

さらにパンフレットには、ジャン・デュリュック氏のプロフィールが書かれていた。一八八一年六月十六日、フランス南西部のランド県ミミザン生まれ。二十九歳でパリ警視庁にて探偵資格を取得。デュリュック氏自身の写真も数多く掲載されていた。身長は一五四センチで当時としても小柄だったが、口髭は長かった。一九七〇年代の刑事ドラマの登場人物のような、自転車のハンドルバーの形に似た見事な口髭で、先端がくるりとカールしているのが特徴だった。

パンフレットをすべて読み終える前に、待合室のドアが開いた。

「どうぞこちらへ」探偵は言った。地獄のカーチェイスから帰ってきたばかりのように息を切らしている。「すみません、列車が遅れてしまって」

探偵の名はフランク・ファルク。白髪交じりの六十代で、美食家を思わせる丸顔とずんぐりした体型をした、やさしそうな雰囲気の男性だった。べっ甲のメガネ、茶色いコーデュロイのズボンにサスペンダーをつけて、ズボンと同系色のジャケットと、一度もアイロンを当てたことがなさそうなシャツを着ていた。探偵のオフィスは、両手を伸ばせば壁に指が届くほどの狭い部屋だった。窓はルーヴル通りに面しており、外の喧騒が室内にも入りこんでくる。

窓ガラスの真下に、青い照明に照らされた巨大な水槽が置かれていた。南米原産の淡水魚、グッピーが二十四ほど泳いでいる。青っぽいもの、黄色いものなどさまざまな色があり、黄色地に黒いまだら模様があるものはファルク探偵のべっ甲メガネによく似ていた。よっぽどこの魚が好きなのだろう。そう考えると、待合室の蛇口形の置物の意味がわかるような気がした。

デスクの後ろには書類が山のように積まれていて、崩れたサンドイッチのように今にも落ちそうになっていた。

「さて、例のポストカードはお持ちですか?」探偵はフランス南西部のなまりでそう言った。およそ一世紀前、ミミザン生まれのジャン・デュリュックもおそらくこういう発音で話していたのだろう。

「ええ、持ってきました」わたしは探偵の正面に腰かけながら言った。

ハンドバッグからポストカードを取りだし、そのまま相手に手渡す。

「この匿名のカードを、あなたのお母さんが受けとったのですね」

「はい、そうです。二〇〇三年に」

ファルク探偵は時間をかけて、ポストカードに書かれている文字を読んだ。

「この、エフライム、エマ、ジャック、ノエミというのは誰ですか？」

「母の祖父母、そして叔父と叔母です」

「なるほど。では、このカードを送ったのがこの四人のうちの誰か、ということはないですか？」探偵はため息交じりに尋ねた。故障車を見た修理工が、所有者に〈オイル交換をし忘れたということはないですか？〉と尋ねる時と同じ表情だった。

「いいえ、全員一九四二年に亡くなってます」

「同じ年に全員？」探偵は意外そうな口調で尋ねた。

「はい、四人とも、アウシュヴィッツで」

ファルク探偵は、しかめ面をしながらこちらを凝視した。哀れんでいるのか、こちらの言うことが理解できなかったのか、よくわからない表情だった。

「絶滅収容所です」わたしは念のためにつけ加えた。

だが探偵は、眉をひそめたまま黙りこくっている。

「ナチスに殺されたんです」まだ理解できていないのかもしれないと思い、わたしはさらにつけ足した。

「いやはやなんとも」探偵は南西部なまりでつぶやいた。「なんてまあ、ひどい話だ。いやあ、本当にひどすぎる」

ファルク探偵はそう言いながら、まるで団扇をあおぐようにしてポストカードをひらひらと振った。どうやらこのオフィスでは、これまで《アウシュヴィッツ》や《絶滅収容所》ということばを聞く機会はなかったらしい。だからこそ、唖然としてしばらく声が出なかったのだろう。

「差出人を見つけるのを手伝っていただけますか？」わたしは話を進めるために訪問の趣旨をあらためて口にした。

「いやはやまあ」ファルク探偵はまたしてもポストカードを振りながら言った。「ここは今、わたしと妻のふたりでやってるんですけどね、不倫、企業スパイ、近隣トラブルといった日常的な問題は扱ってますが、こういうのはどうも」

「匿名の手紙の調査はしたことがない、と？」

「いやいや、それはありますよ、もちろん」ファルク探偵は大きく頷きながら答えた。「ただ、今回はかなり難しいのではないかと」

わたしたちは黙りこんだ。互いに、それ以上何を言ったらいいのかわからなかった。

「なんといっても、二〇〇三年ですからねえ」わたしの失望した表情を見ながら探偵は言った。「もっと早く来てくれればよかったんですが。正直なところ、差出人が今も生きている可能性はほとんどないと思いますよ」

わたしはコートを取り、探偵に礼を述べた。

ファルク探偵は、大きなべっ甲メガネをずり下ろし、フレームの上からこちらをじっと見た。額に汗をかいているようだった。きっともう、わたしをここから追い払いたくてしかたがなくなっているのだろう。ところが探偵は、少しだけ猶予を与える気になったようだった。

「ちょっと待って」探偵はため息交じりに言った。「今ふっと頭に浮かんだんですが、どうしてオペラ座なんでしょう」

「それもよくわからないんです。何か、思いつかれました？」

「オペラ座に、あなたの祖先の誰かが身を潜めていたということは？」

「はっきり言ってそれはないと思います。かなり危険だと思うので」

「どうして？」

「占領下のオペラ座は、ドイツ人社交家たちがもっとも多く集まる場所でした。オペラ座のファサードは全面ハーケンクロイツの旗で覆われていたんです」

ファルク探偵は少し考えこんだ。

「あなたの祖先は近くにお住まいだった？」

「いいえ、まったく。当時、祖先の一家はパリ十四区のアミラル＝ムーシェ通りに住んでいました」

「待ち合わせ場所だった可能性は？　彼らはレジスタンス運動家ではなかったですか？　メトロの駅とか、そういう場所で落ち合ったりしたのでは？」

「ああ、確かにそうかもしれないですね、待ち合わせ場所」

わたしはあえて探偵の話を肯定してみた。そうすれば、相手の考えをもっと聞けるかもしれないと思ったからだ。

「祖先に音楽家のかたは？」探偵は数秒ほど考えこんだあとにそう言った。

「はい、エマがそうです！　ポストカードに書かれている彼女、つまり母の祖母は、かつてピアニストでした」

「オペラ座で演奏していませんでしたか？　オーケストラの一員だったことは？」

「いいえ、エマはただのピアノ教師でした。コンサートで演奏したことはありません。それに、ユダヤ人は戦時中、オペラ座で楽器を演奏することはできなかったんです。ユダヤ人作曲家の作品もすべてレパートリーからはずされました」

「それだと……」探偵はそう言いながら、ポストカードの裏と表をざっと眺めた。「もうこれ以上はちょっと……」

ファルク探偵は〈これでやるべき任務はすべて終えた〉という顔をした。〈これだけ時間をかけて調べたのだからもういいだろう〉と言わんばかりで、すぐにでも帰ってほしそうだった。だが、わたしは食い下がった。

「そうですね」探偵はため息をついた。「ひとつ、考えたのですが」

それから探偵は、黙ったまま額の汗をぬぐった。なんとなく、今言ったことをすでに後悔しているように見えた。

「わたしの義父が、実は憲兵だったんです……。いつも憲兵時代のいろいろな話をしてくれたんですが」

ファルク探偵はそう言ってから口をつぐんだ。昔のことを思いだそうとしているようだった。考えごとに没頭する表情をしている。

「大変興味深いです」わたしは先を促すつもりでそう言った。

「いや、そうでもないですよ。義父の話はたわいもないものばかりでしたから。同じようなことばかり話すんです。それが役に立つ場合もありますが、そうでない時も多いんです。で、お気づきでしょうか、この切手なんですけど」

「切手ですか？　ああ、逆さに貼られてますね」

「ええ」探偵は大きく頷いた。「まあ、何の意味もない可能性もありますけど」

「差出人があえて逆さに貼った可能性がある、と？」

「そうです」

「何かを伝えたくて？」

「そう、何かのメッセージとして」

探偵はわたしをまっすぐ見つめた。何か大事なことを言おうとしているらしい。

「メモを取ってもよいでしょうか」

「どうぞ、構いませんよ」探偵はメガネの曇りを拭いた。「ご存じでしょうか？　昔、といってもずいぶん前のことで十九世紀ですが、郵便料金は二回支払わなくてはならなかったんです。送る時に一回、そして受けとる時にもう一回」

「手紙を読むのに料金が必要だったんですか？　知りませんでした」

「郵便制度が始まった当初はそうだったんです。でも、送られてきた手紙の受けとりを拒否することもできた。その場合、受取人は料金を払う必要はありませんでした。そこで人々は、二回目の支払いをせずに済む方法を考えました。暗号です。つまり、封筒に貼る切手の位置や角度を変えることで、言いたいことを伝えたんです。たとえば、封筒の隅に右に傾けて貼ったら《病気になった》とか。わかりますか？」

「ええ、よくわかります。手紙を開封しなければ、料金を支払わなくてもいい。でも切手を見れば相手が言いたいことはわかる、ということですね？」

「そのとおり。この時以来、人々は切手の位置に意味を持たせるようになりました。たとえば今でも、元貴族の人たちは共和政への抗議の印として切手を逆さに貼ることがあります。〈共和国なんてくそくらえ〉という意味をこめて」

「つまり、このポストカードの差出人も、わざと切手を逆さに貼ったと？　そうお考えですか？」

ファルク探偵は黙って頷いた。だが、ほかにも言いたいことがありそうだった。わたしは口をつぐんで、相手の話に耳を傾けた。

「レジスタンス運動家の間では、切手を逆さに貼るのは《逆に解釈しろ》という意味だったそうです。たとえば、《すべてうまくいっている》と書かれた手紙の場合、《すべてがうまくいっていない》という意味になります」

探偵はそう言うと、アームチェアの背もたれに寄りかかって息をついた。このポストカードからようやく何かを引きだせたという、安堵のため息のように聞こえた。

「実はひとつ、わからないことがあるんです。あなたはこのカードが『母宛てに送られてきた』と言いましたね。では、この宛名の《M・ブーヴリ》とは誰なんです？　あなたのお母さんじゃないんでしょう？」

「ええ、違います。《M・ブーヴリ》は《ミリアム・ブーヴリ》、わたしの祖母の名前です。祖母の旧姓はラビノヴィッチでしたが、結婚してピカビア姓になり、その後再婚してブーヴリ姓になったんです。つまり、この宛名は祖母の名前ですが、母の住所宛てに届いたんです。母の名前はレリアと言います」

「あなたの話はさっぱりわからない」

「ええと、デカルト通り二十九番地、というのは母のレリアの住所です。《M・ブーヴリ》は祖母のミリアムです。おわかりですか？」

「ええ、ええ、それはわかってますよ。じゃあ、あなたのお祖母さん、ミリアムはこれについて何て言ってるんですか？」

「何も。祖母は一九九五年に亡くなりました。ポストカードが送られてきた八年前です」

ファルク探偵は目を細めながら何かを考える顔をした。

「いや、そういうことじゃないんです。実は、初めにこのカードを見せてもらった時、わたしはこの宛名を《ムッシュ・ブーヴリ》だと思ったんですよ。つまり、《M》は《ミリアム》ではなく《ムッシュ》、つまり男性を意味するのではないかと」

確かにそれは的を射ている。

「本当ですね。《ムッシュ・ブーヴリ》、考えもしませんでした」

わたしはノートにメモを取った。これは母に話しておかないと。

ファルク探偵はわたしのほうへ前かがみになった。わたしもつられて前のめりになる。この機会に、もう少しこの探偵の知恵を拝借しておきたい。

「じゃあ、《ムッシュ・ブーヴリ》とは誰か？　あなたはご存じですか？」

「祖母の二番目の夫がそうですが、一九九〇年代初めに亡くなっています。いつもふさぎこんでいる人でした。一時期は税務関係の仕事をしていたようです。わたしも詳しくは知らないのですが」

「どうして亡くなられたんですか」

「よく知らないんですが、確か自殺だったはずです。ミリアムの前の夫、つまりわたしの祖父と同じように」

「あなたのお祖母さんは二回結婚して、二回ともご主人が自殺してるんですか？」

「はい、そうです」

「なんと」探偵は濃い眉毛を持ち上げながら言った。「あなたのご家族は、ベッドの上で亡くなることはあまりないようですね……ええと、それでは、あなたのお祖母さんはこの住所で暮らしていた？」探偵はわたしにポストカードの宛先を示しながら言った。

「いえ、ミリアムは南仏で暮らしてました」

「それはまた困ったことになりましたね」

「どうしてですか？」

「あなたのお祖母さんの苗字、つまり《ブーヴリ》という名は、あなたのご両親の家の郵便受けに記されていましたか？」

　わたしは首を横に振った。

「じゃあ、どうして郵便配達人はこのポストカードをあなたのご両親の家の郵便受けに入れたんでしょう？　《ブーヴリ》とは記されていないにもかかわらず」

「考えてもみませんでした……確かに変ですね」

　その瞬間、わたしたちは同時に飛び上がった。玄関ドアのベルがいきなり甲高い音を立てて鳴ったからだった。どうやら、次の面会人か誰かがやってきたらしい。

わたしは立ち上がると、感謝の気持ちを込めて探偵に握手を求めた。

「ありがとうございました。おいくらお支払いすれば？」

「お代はいりません」

急いでオフィスから出ようとするわたしに、探偵が一枚のくたびれた名刺を差しだした。

「わたしの友人です。よかったら電話をしてみてください。匿名の手紙の筆跡鑑定のプロです」

わたしはその名刺をポケットにしまった。そろそろ学校へ娘を迎えに行く時間だった。遅れないようにバスに乗った。バスのなかで、前にジョルジュが言っていたことを思いだした。ディブクは人間に憑依する悪霊だ。憑いた肉体を操って人知れず悪事を働き、前世で生きていた時の感覚を取り戻そうとするのだという。

第三章

〈ペサハ　着る　ふさわしい　服〉

　グーグルの検索エンジンに、この四つの単語を入力する。ミシェル・オバマの姿が画面に現れた。ユダヤの帽子のキッパーをかぶった男性たちに囲まれて、食卓についている。ネイビーブルーのシンプルなワンピースに身を包み、いつものあの気さくな笑みを浮かべていた。〈確か、ワードローブにこれと似たワンピースがあったはず〉と思い、わたしは安堵した。どうやらジョルジュの家でのディナーは、それほどひどいことにならずに済みそうだった。

　ベビーシッターがやってきた。娘に本を読んでもらっている間、調べものを続ける。〈セデル　食卓〉と検索すると、骨、サラダ菜、茹で卵などが盛られた皿とヘブライ語の本がのった食卓の画像が現れた。象徴の迷宮に入りこんだ気分だった。未知の世界すぎて迷うのが恐ろしい。これまでの会話を思い返すと、ジョルジュはわたしがユダヤ教の祭事の作法を知っていて、ヘブライ語が読めると思っているはずだ。

　わたしはそれを否定しなかった。

　ユダヤ教徒の男性とつき合うのは、これが初めてだった。彼と出会う前は、セデルのマナーを覚えるべきか、バト・ミツヴァ（十二歳になった少女が行なう成人式）を経験しておくべきかなど、考えたことは一度もなかった。

わたしの姓はユダヤ名ではないし、これまでつき合った男性たちには必ず驚かれた。

「え、本当？　きみ、ユダヤ人なの？」

そう、見た目に反して。

大学に通っていた頃、サラ・コーエンという女の子と仲良くなった。黒髪で、肌が浅黒く、つき合った男性はみな当然のように彼女をユダヤ人だと思ったという。だが実際は、彼女の母親も、彼女自身もユダヤ人ではない。サラにとって自分の見た目はコンプレックスだった。

わたしは、ユダヤ人でありながらそうは見えなかった。サラは、見た目はユダヤ人なのにそうではなかった。わたしたちはそのことで笑いあった。馬鹿げていて笑うしかなかった。でもそのことは、わたしたちの人生に大きな影響を与えた。

年月が経つにつれて、ユダヤ人の血を引くかどうかという問題は、ほかの何にも例えられない、つかみどころのない、非常に複雑なものになった。わたしには、スペイン人の血を引く祖父と、ブルターニュ人の血を引く祖父がいた。曽祖父のひとりは画家で、もうひとりの曽祖父は砕氷船の船長だった。だがいずれも、ユダヤ人の血を引くという事実とは、比べものにならないくらいささいなことだった。つき合った男性たちの目から見れば、〈ユダヤ人〉である以外はどうでもよいことだった。レミには、対独協力者《コラボラトゥール》の祖父がいた。テオは、もし自分にもユダヤの血が流れていたらどうしようと考えた。オリヴィエは、ユダヤ人のような見た目で、みんなからそう勘違いされていた。そして今、ジョルジュにとっても、わたしがユダヤ人の血を引くという事実はささいなことではなかった。

ワードローブのなかから、ネイビーブルーのワンピースが見つかった。着てみると、腰回りが少しきつかった。出産で少し骨盤が広がったせいだろう。だが、ほかの服を探している時間はない。すでに時間に遅れていた。ジョルジュの家に着くと、すでにほかの招待客は全員揃っていた。

「やっと来たね！」ジョルジュはそう言いながらわたしのコートを受け取った。「来ないんじゃないかと思ったよ。アンヌ、こちらはいとこのウィリアム、そしてその妻のニコル。キッチンには彼らのふたりの息子がいる。それからこちらはフランソワ、ぼくの親友だ。そしてその妻のローラ。ぼくの息子たちは残念なことにまだロンドンにいる。ちょうど試験期間中なんだ。息子たちがいないセデルなんて初めてだよ。そしてこちらがナタリー。彼女が書いた本を今度きみにあげるよ」それからジョルジュは、ダイニングルームに入ってきたばかりの女性を見て「ああ、ちょうどいいところに。こちらがデボラ」と言った。

デボラに会ったのは初めてだったが、どういう人物かはよく知っていた。ジョルジュがしょっちゅう話題にしていたからだ。

彼女がわたしを見る目つきから、いろいろなことに気づいた。まず、自信があって、威圧的な女性だということ。そして、わたしがここにいるのを決して快く思っていないこと。

デボラとジョルジュはインターン時代からの知り合いだった。当時、ジョルジュはデボラに夢中だったが、彼女のほうはそうではなかった。言い寄るジョルジュをつれなくあしらった。それにしても当時のジョルジュは、どうして彼女のような女性が自分に関心を抱くかもしれないなどと思ったのだろう？

『友だちでいましょう』彼女はジョルジュに言った。

それから三十年以上経ったが、ジョルジュとデボラはずっとつかず離れずの関係を保っていた。同じ病院に勤務していたということもあった。現在、ジョルジュはバツイチでふたりの息子がいる。デボラは結婚していた期間が短く、娘がひとりいる。ふたりは一対一で会うのではなく、医者仲間の誕生会にみんなで会うなど、ある程度距離のある関係を続けていた。

『あの人と話をしなくなってずいぶん経つわ』デボラはジョルジュとの関係について、まわりにそう言っていた。

『昔は仲がよかったんだけどね』ジュルジュのほうは、デボラとの関係をそう述べていた。そして三十年以上を経た今、デボラはジョルジュをあらためて観察した上で、ようやく関心を抱きはじめたようだった。

デボラは、自分が好意を抱いていると知れば、ジョルジュも喜ぶはずだと思っていた。ところが、実際はそうではなかった。ジョルジュはデボラにこう言った。

『デボラ、やっぱりぼくたちは友だちのままでいよう』

ジョルジュの愛情を取り戻すのは、デボラが想像するほど簡単ではなかった。

だが、デボラは〈望むところよ〉と思った。

ジュルジュは、見かけ上はデボラとの間に友情を築いていたが、その裏には一種の復讐心が隠されていた。どうやら彼女は自分に気があるらしい。かつてあれほど苦しめられた片思いの相手が、今やこちらに言い寄ろうとしているのだ。

ジュルジュの家に到着したわたしを見た瞬間、デボラは心底驚いたようだった。ジュルジュからわたしの話を聞いてはいたものの、医者ではないし、到底ライバルになりえない相手とみなしていたのだ。ところが、ペサハの食事会にわたしが招かれていたことで、その考えが間違っていたと思い知らされた。わたしが来ると事前に知らされなかったことで、彼女は深く傷ついていた。侮辱されたと感じていた。

「さあ、食事をはじめよう」ジョルジュは言った。

〈見てらっしゃい〉デボラは思った。

男性たちがキッパーをかぶると、デボラはセファルディム系（南欧・中東系）ユダヤ人とアシュケナジム系ユダヤ人の違いについて冗談を言い、それを聞いたみんなが大笑いした。もちろん、わたしを除いて。

するとデボラは、わたしの無知を強調する言い方で謝罪した。

「ごめんね、ユダヤ人ジョークだったの」

「アンヌもユダヤ人なんだよ」ジョルジュが言った。

「そうなの？　あなたの苗字から、てっきりブルターニュ系かと思った」デボラが回りくどい言い訳をした。

「母がユダヤ人なんです」わたしは顔を赤らめながら答えた。


ジョルジュがヘブライ語で祈りのことばを唱えはじめると、わたしの鼓動は激しくなった。誰もが「アーメン」のところを「オーメイン」と発音しながら、祈りのことばを完璧に復唱している。それを聞いて動揺する。てっきり「アーメン」と唱えるのはキリスト教徒だけかと思っていたのだ。デボラがわたしの一挙手一投足を観察している。悪夢を見ているようだった。


ジョルジュは、バル・ミツヴァを控えた〝いとこおい〟のひとりに、セデルの盆に盛られたものを説明するよう命じた。

「苦みのある野菜はマーロールといって、エジプトで奴隷として働かされたわたしたちの先祖、ヘブライ人捕虜たちが耐え忍んだ試練、厳しい生活、苦しさを象徴しています。酵母を使わずに作るパンのマッツァは、自由を取り戻すためには早く脱出しなくてはならず、パンを発酵させる時間すらなかったことを表しています……」


いとこおいが学んだことを暗唱している間、わたしたちは食卓に着席していた。ふと視線を下ろすと、ネイビーブルーのワンピースが腰の縫い目のところで裂けていた。それに気づいたデボラが苦笑を浮かべている。

「ハガダを手に取って」ジョルジュが言った。「両親のものを見つけたから、今年はひとり一冊ずつすべて用意できた」

わたしは動揺を悟られないようにしながら、自分の前の皿の上にあった冊子を手に取った。ヘブライ語で書かれていた。

デボラがわたしのほうに身をかがめながら、みんなに聞こえるような声で言った。

「ハガダは右から開くのよ」

わたしはおどおどと口ごもりながら謝った。ジョルジュが低い声で、出エジプト記を読みはじめた。

「この年、奴隷だったわたしたちは……」

テーブルを囲んだわたしたちは、ハガダの物語を聞きながら、モーセが耐え忍んだ数々の厳しい試練に思いを馳せた。

わたしは、ヘブライ人の解放の物語のテンポのよさと粗野な美しさにうっとりした。ペサハのワインでほろ酔い気分になった頃、デジャヴを味わった。今ここでこうしているのとまったく同じことを、すでにどこかで経験した気がする。何もかも知っていることばかりだった。マッツァをみんなで分け合ったり、苦みのある野菜を塩水に浸したり、一滴のワインを指に浸けて皿にのせたり、食卓に肘をついたりしたことが、かつて確かにあった。ペサハの象徴的な食材をのせた銅製の皿にも見覚えがあった。いつも目にしているかのようになじみがある。ヘブライ語の歌にも聞き覚えがあった。時間の概念がかき消され、大きな感動に包まれ、どこかから湧いてきた深い喜びで胸が熱くなる。セデルの儀式によって、わたしは過去へ引き戻された。自分の手の上に誰かの手が重ねられる。ナラの老木の根のようにごつごつしたその指は、ナフマンのものだった。ナフマンは、キャンドルの灯の上からわたしの顔を覗きこんでこう言った。

「わたしたちは、同じネックレスのひと粒ずつの真珠なんだ」

セデルの儀式が終了した。いよいよ食事のスタートだ。

デボラはくつろいだようすで、よくしゃべった。まるでこの家の女主人のようにふるまった。一人ひとりに愛想を振りまき、みんなに平等に話しかけた。もちろんわたしを除いて。わたしはみんなにとっての遠縁の親戚のようなもので、祭事だからしかたがなく呼んだものの、どう接していいかわからない相手だった。

デボラは美しくて、ユーモアがあって、話し上手だった。かつてジョルジュのために作ったという料理について、おもしろおかしく話をした。パプリカを黒焦げになるまで焼いたり、母親直伝のナスのキャビア仕立てや、父親から教わったパプリカのマリネを作ったりしたという。彼女はひっきりなしにしゃべりつづけ、みんながそれに耳を傾けた。

「ねえねえ、あなたのお母さんは、ゲフィルテ・フィッシュ（魚のすり身や詰め物）をどうやって作るの？」デボラはわたしに尋ねた。

わたしは返事をしなかった。何も聞こえなかったかのようにふるまった。するとデボラはすぐにジョルジュのほうへ向きなおった。

「ハガダは毎年聞いてるけど、あの大昔の命令には毎回はっとさせられるわ。ほら、迫害を逃れるためにイスラエルへ行け、っていうやつ。《聖なる都市のエルサレムをただちに再建せよ》と書かれたのって、五千年以上も前なのよ？」

「そういえば、イスラエルに住もうと思ってるんだって？」ジョルジュがいとこのウィリアムに尋ねた。

「うん。だってさ、フランスで現在起きていることを新聞で読むたび、自分たちはもうこの国の厄介者なんだって思うんだよ」

「お父さんはいつだって大げさなんだ」ウィリアムの息子が言った。「別に迫害されてるわけでもないのに」

ウィリアムはそれを聞いて驚いた顔をし、椅子を少し後ろに引いた。

「おまえ、ユダヤ人を差別する言動が、今年だけでもどれだけあったか知らないのか?」

「でもお父さん、フランスでは毎年、ユダヤ人よりも黒人やアラブ人に対する差別のほうがずっとひどいんだよ」

「ヒトラーの『我が闘争』がフランスで再版される問題だって知ってるだろう? 《詳細な注釈つき》だとさ。皮肉なものだ。出版社が儲けたいだけだろうけど」

ウィリアムの妻が〈言い返さなくていいから〉と息子に目で合図をした。ジョルジュの親友のフランソワが話題を変えようとした。

「極右政党の国民戦線が政権を握ったら、フランスから出ていくかい?」と、ジョルジュに尋ねる。

「いや、ぼくは残るよ」

「どうして? 馬鹿なことを言うなよ!」ウィリアムが言った。

「戦いたいんだ。レジスタンスは現地で組織されないと」

「言ってる意味がわからない。戦いたいならどうして今何もしないの? 手遅れになる前に戦えばいいじゃない。結局のところ、何事もなく済めばいいと思ってるだけじゃないの?」フランソワの妻のローラが言った。

「確かにそのとおりだ。ぼくたちはこうして椅子に座ったまま、最悪の事態が起こるのをただ待っているだけだ」

「きみの場合、もしかしたら心のどこかで、戦時中のレジスタンス運動で父親がやってたことを、自分もやりたいと思ってるんじゃないのか? でも歴史は繰り返さないよ。きみは決して地下活動をしたりしないさ!」

「確かにそうだ」ジョルジュは言った。「家族と同じことをしたいという無意識の欲求は強いと思う」

「まさにそこなんだよ」ウィリアムの息子が、年寄り連中にひとこと言わずにはいられないという勢いで切りだした。「問題は、お父さんやおじさんたちの無意識の欲求にあるんだ。お父さんの世代の人たちは、国民戦線が政権を握ったら、今度は自分たちの出番だと思ってる。五月革命の時のお祖父さんたち、そして戦時中の曽祖父さんたちと同じようにね。心の奥では、極右政党が台頭するのを今か今かと待ってるんだ。戦っていれば生きていると感じられるからさ。あんたたち強硬左派は、自分の人生に意味を与えるために、最悪の事態が起こるのを待ってるんだよ」

「馬鹿かおまえは……うちの息子が申し訳ない」ウィリアムがみんなに謝った。

「いや！　とんでもない。すごく興味深いよ」フランソワが応じる。

「最悪の事態ね……いや、ちょっと待って」ローラが間に入った。「たとえ国民戦線が与党になったとしても……ううん、もちろんわたしはそうなるとは思ってないけど……そして、たとえわたしたちがそういう極限状態を望んでいたとしても、ユダヤ人はいったい何に苦しむことになるの？　わたしにはよくわからない。もっと現実を見たほうがいいわよ。ウィリアム、わたしはあなたの息子と同意見よ。そうなった時に危ない目に遭うのは、わたしたちユダヤ人よりも、不法入国者、アフリカ人、移民といった人たちだわ。男性諸君、がっかりさせて申し訳ないけど、路上で逮捕されるのはあなたたちじゃない」

「いや、わからないぞ？」ウィリアムが反論した。

「いえ、ローラが正しい。わかるでしょ？　あなたたちにもわたしたちにも何も起こらない」ウィリアムの妻のニコルが言った。「黄色い星章をつけることもない」

「でも、別の形の暴力がユダヤ人に対して行なわれるかもしれない」

「あなたって本当にわかってない。国民戦線が勝利したら、本当に危険なのは中東やアフリカ出身の人たちだよ。わたしたちじゃない」

「問題は」ウィリアムの息子が言った。「自分たち以外の人たちのために、戦う覚悟があるかどうかだよ。本当に自分たちが《正義》の側にいると思ってるの？ 路上生活をしている家族連れや、敷物の上に横たわって空腹で死にそうになっている子どもたちは、今もたくさんいるじゃないか。そういう人たちを見て何か感じない？ 今度はぼくたちが寛大になる番じゃないの？ そういう人たちを家に連れてきて、ソファで寝かせてあげるべきじゃないの？ そういうリスクを負うことができる？ 今度ばかりは、ぼくたちは被害者じゃなくて、誰かを助けられる立場になったんじゃないの？」

「ユダヤ人はかつてフランス国内に敵がいた。でも今の移民はフランスに敵がいるわけじゃない」

「でもお父さんたちは無関心じゃないか。それとかつての対独協力とどう違うっていうんだよ？」

「ちょっとあんた、落ちつきなさい。それに、自分の父親にそんな口の利きかたをするのはやめなさい」

「おまえと同じような意見を最近よく見聞きするが、短絡的すぎる」ウィリアムは応じた。「そうやってユダヤ人に罪悪感を与えようとしてるんだ。おれたちは、反ユダヤ主義者が多く暮らす国に住んでいる。近頃立てつづけに起きたさまざまな出来事がその証拠だ。よく考えてみろ。仮に国民戦線が政権を握ったとする。国家組織のトップが自分たちの味方でない時に、もし急に裁判にかけられることになったら？ おれはやっぱり、この国でのユダヤ人の立場は変わると思う。確実にそうなるさ」

「お父さんはその悲観的な考え方を、他人のために何もしない言い訳にしてるだけだ」

「おまえに何がわかる！」ウィリアムは怒鳴った。「ジョルジュやおれたちの世代の人間は、何度もユダヤ人差別に遭ってきたんだ。そのことはおれたちの心に大きな傷跡を残した。なあ、ジョルジュ、そうだろう？」

ジョルジュはぷっと噴きだした。ウィリアムの話し方があまりにも芝居がかっていたからだ。

「なあ、ウィリアム」ジョルジュは応じた。「ぼくもきみの意見には全面的に賛成だよ。でも正直言って、ぼくはユダヤ人差別を受けたことは一度もない。学校でも、職場でもね」

ウィリアムは目を丸くし、〈まさかきみがそんなことを言いだすとは〉とでも言うように、胸の前で腕を組んだ。それから意味ありげな笑みを浮かべ、ジョルジュに尋ねた。

「へえ、本当に？」

「そうさ、本当だよ」ジョルジュは答えた。

「じゃあ、きみがバル・ミツヴァを祝った年に起きたあの出来事も、ユダヤ人差別じゃなかったっていうのか？」

ジョルジュはすぐに、ウィリアムが言いたいことを理解したようだった。

「オーケー、わかったよ」ジョルジュは両手を挙げて〈自分が間違ってた〉というしぐさをすると、申し訳なさそうに言った。「確かにぼくはあのテロの夜、コペルニク通りのシナゴーグにいた」

「あれはどう考えてもユダヤ人差別事件だろう！」ウィリアムはそう叫ぶと、勢いよく立ち上がった。はずみで椅子が音を立てて後ろに倒れた。まるでいとこ同士で芝居を演じているようだった。

「そうだね。あれは一九八〇年十月三日、ぼくのバル・ミツヴァの式典の数カ月後だった。当時のぼくは熱心なユダヤ教信者で、ことあるごとにシナゴーグに出かけていた。そんなことをしてたのはあの頃くらいだったけど……」

「ジョルジュ、ちょっとごめん」ウィリアムがジョルジュの話に割りこんだ。「中断して悪いんだけど、息子にこれだけは説明しておきたい。そのテロの首謀者は、一九四一年十月三日の夜に、コペルニク通りを含むパリのシナゴーグ六カ所が爆弾テロに遭ったのを記念して、あえて同じ日を選んだんだ」

「……あれは、金曜の夜のミサを行なっている最中だった。シナゴーグには人がたくさんいて、ぼくは姉と一緒にお祈りをしていた。あと十分ほどでミサが終わろうという時、賛美歌の〈アドーン・オラム〉を歌っていると、突然大きな爆発音がした。割れたステンドグラスの破片がみんなの頭上に落ちてきた。ラビに誘導されながら、姉とぼくは裏口から外に出た。シナゴーグのそばの路上で車が燃えていた。ぼくたちは左に向かってクレベール大通りに出ると、そこからバスに乗った。家にはベビーシッターのイレーヌがいた。ちょうどテレビのFR3局でローカルニュースをやっていて、シナゴーグのテロについて報じられたところだった。イレーヌには、ぼくたちが大きな危険を逃れたばかりだとすぐにわかったようだった」

「その時、きみは何が起きたかわかっていたの?」

「いや、その時はわからなかった。でも夜ベッドに入った時、脚の震えがずっとおさまらなかったよ」

「そのあとのことだけど」ウィリアムが話を続けた。「覚えてるかい、レイモン・バールのユダヤ人差別発言を」

「うん。バールは当時首相だった。彼はこの時、『このテロは、その時たまたまシナゴーグのそばにいた罪のないフランス人も犠牲になっただけに、いっそうショッキングだった』と言ったんだ」

「え、『罪のないフランス人』って言ったの?」

「そうなんだよ! まるでバールにとって、われわれユダヤ人は《フランス人》でも《罪のない人間》でもないかのようにね」

「でもきみは、このテロによって心に傷跡が残らなかったんだ?」フランソワが尋ねた。

「うん、残らなかったと思う」

「それはいわゆる現実否認だよ」

「そうかな？」

「そうさ。事実を心の奥底にしまいこんでるだけだ。そして、同化することで守られていると感じてる」

「どういう意味？」

「ぼくたちはみんな移民の子孫だ」フランソワは言った。「いや、ぼくたちだけじゃなくて、フランスのユダヤ人はたいていそうだ。だが、ぼくたちは自分を移民だと思っているだろうか？　いや、まったく思っていないはずだ。むしろ、中産階級出身で社会的に成功したブルジョワだと思ってる。フランス社会に完璧に同化していると考えてる。ぼくたちの苗字は確かに異国の響きを持っている。でもぼくたちは、どのフランスワインがおいしいかを知っていて、フランスの古典文学に親しんでいて、ブランケット・ド・ヴォー（仔牛肉のクリーム煮）などのフランス料理を作って食べている。しかしよく考えてみろよ。一九四二年にフランスで暮らしていたユダヤ人たちだって、ぼくたちと同じようにフランス社会に同化してると思ってたんじゃないか？　ところが当時のユダヤ人たちは、第一次世界大戦でフランスのために戦ったにもかかわらず、列車に乗せられて収容所送りにされたんだ」

「自分には何も起こらないと思うのも現実否認だ」

「でも、ぼくたちはメトロに乗っても身分証明書を見せろとは言われない。お父さんたちの言ってることは妄想だ」ウィリアムの息子は言った。

「《妄想》なんかじゃない。フランスは現在、経済的にも社会的にも大きな激動のさなかにいる。十九世紀末のロシア、一九三〇年代のドイツを見ればわかるように、こういう時期には反ユダヤ主義的な言動が急増するんだ。人類史上ずっとそうだった。今だけ違うなんてどうして言える？」

「みんな聞いてくれ。実は、アンヌの娘さんの学校で問題があったんだ。そうだね、アンヌ？　何が起きたか話してくれないか」

みんなが一斉にこちらに視線を向ける。食事中、わたしは討論に参加していなかった。ところが今、全員がわたしが話しだすのを興味深げに待っている。きっとジョルジュはすでにわたしの話をよくしていたのだろう。

「待ってください。学校で何が起きたか、まだよくわかってないんです。でも、娘がショックを受けたことは確かで……娘がわたしの母に、自分がユダヤ人かどうかを尋ねたらしいので……」

「つまり娘さんは、自分がユダヤ人かどうかを知らなかったの？」デボラがわたしの話を遮って尋ねた。

「知ってました。でも、よくわかってなかったんです。わたし自身が熱心なユダヤ教信者じゃないので。……つまり、朝起きてすぐに、ユダヤ人の文化や習慣を娘に教えてあげるようなタイプじゃないんです」

「祭事のお祝いは？」

「ユダヤ教のものに限らずなんでもやります。クリスマス、ガレット・デ・ロワ（キリスト教の公現祭のお菓子）、ハロウィン、イースターエッグ……娘のなかではすべてごちゃまぜになってると思います」

「それで？」ジョルジュが言った。「何があったか話してくれないか」

「娘は『学校にユダヤ人がいるのをみんなが嫌がっているらしい』って、わたしの母に言ったんです」

「何だって？」

「なんてひどい！」

「そんなことを言われるなんて、いったい何があったんだ？」

「実は、よくわからないんです……」

「どういうこと？」

「何があったか、娘に尋ねていないんです、まだ」

胸が締めつけられた。初対面のジョルジュの友人たちから、ひどい母親だと、無責任な女だと思われるにちがいない。

「時間がなくて、まだ娘ときちんと話ができてないんです」わたしはつけ加えた。「ほんの数日前の出来事だったので」

ジョルジュは何も言わなかった。わたしの肩を持ちたくても、どうしたらいいかわからずにいるようだった。

緊迫した空気が漂った。ジョルジュの友人やいとこたちは表情を一変させていた。誰もが不信感を露わにしてこちらを見ている。

「あまり大げさにしたくなかったんです」わたしは自己弁護のためにさらに言った。「ユダヤ人、ユダヤ人と騒いで、共同体主義を前面に出したくないというか……。それに、もし学校の休み時間にたまたま言われた軽口を深刻に受けとめすぎると、かえって逆効果になるかもと思って」

どうやらわたしの言いたいことは伝わったようだった。ジョルジュの友人たちはみな〈それなら理解できないこともない〉という表情になり、ほかのことに話題を移しはじめた。ちょうど食事が終わり、場所をダイニングからリビングに移して飲みなおす時間帯になっていた。ジョルジュがみんなに移動を促した時、デボラがわたしに向かっていきなり切りだした。

「もしあなたが本当のユダヤ人なら、こういうことを軽んじたりしないはず」

そのことばは、わたしよりも先に、まわりの人たちを驚かせた。それほど攻撃的な口調だったのだ。

「何が言いたいんだ？」ジョルジュは尋ねた。「さっき聞いただろう？　アンヌのお母さんはユダヤ人だ。お祖母さんもユダヤ人だ。アウシュヴィッツで亡くなった親戚もいる。いったいどうしろって言うんだ？　出生証明書を見せろとでも言うのか？」

だがデボラは平然としていた。

「ああ、そういえばあなた、自分の本でユダヤ教について書いてるんですって？」

わたしは返事ができなかった。ひどく動揺し、口ごもって何も言い返せなかった。すると、デボラはまっすぐわたしを見ながらこう言った。

「わかった。結局のところ、あなたは都合のよい時だけユダヤ人になるのよ」

第四章

ジョルジュへ、

確かにわたしはデボラのことばに傷ついたけど、本当のところ、ある意味では図星を指されたせいだと思う。

実は、あなたの家へペサハを祝いに行くのは、まったく気が進まなかった。

初めて一緒にディナーを摂ったあの日から、わたしとあなたの間には行きちがいがあったの。

あの日のわたしは、自分の先祖がたどった運命について話をした。それを聞いたあなたは、わたしもあなたと同じようにユダヤ教文化のなかで育ったと思いこんだ。だからこそ自分たちは親しくなれた、とあなたは言った。わたしは否定できなかった。『だからこそ自分たちは親しくなれた』と思いたかったから。

でも、本当はそうじゃなかった。

わたしは確かにユダヤ人だけど、ユダヤ教文化について何も知らない。

戦後、祖母のミリアムは共産党に接近した。ロシアに暮らしていた当時の彼女の両親の、革命家としての理想を受け継いだかのように。祖母は、自分の子どもや孫たちが、古い世界とはなんの関わりもない、新しい世界で生まれ育つことを望んでいた。戦後、家族のなかでただひとり生き残った祖母は、二度とシナゴーグに足を踏み入れなかった。彼女の神は絶滅収容所で死んだ。

そしてわたしの両親もまた、わたしたち姉妹をユダヤ教文化のなかで育てようとしなかった。わたしたちが教わった善悪の基準、教養、あるべき家族の姿などはすべて、非宗教的な社会主義、そして共和主義に基づいていた。十九世紀の終わりに成人になった世代の理想そのままに。そういう意味でわたしたちの両親は、母方の祖父母のラビノヴィッチ夫妻、エフライムとエマによく似ていた。


わたしの両親は、一九六八年の五月革命の時に成人になった。その事実が子どものわたしにも大きな影響を与えた。言ってみれば、それこそがわたしにとっての信仰だったと思う。

わたしがシナゴーグに一度も足を踏み入れたことがないのも、そのためだった。両親にとっての宗教は大衆のためのアヘンでしかなかった。わたしは金曜夜のシャバットに礼拝をしたことも、ペサハを祝ったことも、ヨム・キプルに断食をしたこともない。家族と一緒に祝うイベントといえばフェット・ド・リュマニテ（左派系の音楽・文化フェスティバル）だったし、バーバラ・ヘンドリックスがバスティーユ広場で『さくらんぼの実る頃』を歌ったコンサートがうちの家族にとっての《両親の日》だった。日和見《ひよりみ》主義的でも資本主義的でもない、自分たちらしい母の日と父の日にしたかったから。わたしはヘブライ聖書を一文も暗唱できないし、ユダヤ教の祭事を何ひとつ知らないし、〈タルムード・トーラー〉（ユダヤ教の基礎を教える初等学校）に通ったこともない。その代わり、父は夜になると時折、わたしの枕元でマルクスとエンゲルスの『共産党宣言』の抜粋を読んでくれた。わたしはヘブライ語は読めないけれど、両親の書棚にあったロラン・バルトのエッセイならすべて読んだ。

わたしはヨム・キプルの歌の〈コル・ニドレイ〉は知らないけれど、〈パルチザンの歌〉ならよく知っている。ハッザーン（ミサ先唱者）の音楽を聴きにシナゴーグへ行ったことはないけれど、ドアーズの曲をよく聴かされていたので十歳までに全楽曲をそらで歌えるようになった。エジプトを出るために選ばれた民族のことは知らなかったけれど、わたしが女性で何も相続できないかもしれないから、よく学びよく働くよう言い聞かされてきた。

わたしは、預言者エリヤが何をしたのかは知らなかったけれど、チェ・ゲバラやメキシコのマルコス副司令官が何をしてきたかはよく知っている。著名なラビのモーシェ・ベン＝マイモーンは名前さえ聞いたことがなかったけれど、フランス革命について学んでいた時に父に勧められてフランソワ・フュレの本は読んだ。わたしの母はバト・ミツヴァの儀式には参加しなかったけれど、五月革命には参加した。

こうした教育は、人生を生きぬくための武器にはならなかった。でもわたしをこれまで育んでくれた、ちょっとロマンティックなこうした教養は、わたしにとって何にも代えがたいものになった。両親によってわたしは、すべての人間が平等であることの大切さを叩きこまれた。ふたりとも、理想国家の出現を心から信じていた。そして、教養と知性の光に照らされて宗教的な反啓蒙主義がすべて消滅する時がきたら、自由で知的な女性として新しい社会で生きていけるようにと、わたしたち姉妹を鍛えようとしてくれた。ふたりの試みは決して成功したとはいえない。でも、努力はした。〈本当に〉精一杯努力をしてくれた。わたしはそんなふたりを尊敬している。

ただし。

ただし、こうした両親の教育において、その方針とは矛盾するものが時々現れた。

それは、あるひとつのことば、そう、《ユダヤ人》ということばだった。その奇妙なことばは、時々、たいていは母の口から発せられた。そのことば、その概念、あるいはその秘められた不可解な歴史を、母はいつも前触れなく突然口にした。そのせいで、わたしにはそのことばがひどく暴力的なものに感じられた。

わたしは、相反するふたつの対象に向き合わざるをえなかった。ひとつは、両親が理想として掲げた構築すべき国家。その理想社会において、宗教は絶対に打ち勝たなくてはならない害毒であると、わたしたちは繰り返し教えこまれてきた。そしてもうひとつは、わたしたち家族一人ひとりの薄暗いところに潜んでいる、隠れたアイデンティティ。存在理由が宗教にあるという奇妙な血筋を持つ、謎めいた先祖からもたらされたもの。わたしたち人間はみなひとつの大きな家族で、肌の色や出自が異なっても、すべての人間が〈人類〉として結びついている。ところが、わたしが教えられてきたこうした啓蒙思想の中心には、まるで黒い天体のように、あるいは奇妙な星座のように、不可思議な光輪を背負ったあのことば……ユダヤ人ということばが存在していた。

これらふたつの矛盾した概念は、わたしの心のなかで対立していた。一方ではあらゆる世襲遺産を拒みつつ、もう一方ではユダヤ人としての遺産を母から受け継いでいると知っていた。一方では法の下における市民の平等を信じつつ、もう一方では自分は選ばれた民族に属していると感じていた。一方ではあらゆる《先天性》を否定しつつ、もう一方では生まれた瞬間からすでに自分に何かが備わっていると知っていた。一方ではわたしたちは誰もが同じ世界市民であると断言しつつ、もう一方では自分たちは閉鎖的で特殊な世界の人間だと思っていた。どうしたらいいかわからなかった。離れたところから見れば、両親から教わったことはすべて明快だった。ところが近くから見ると、決してそうではなかった。

わたしは自分が何をしたかを、数カ月単位、あるいは一年単位でごっそり記憶からなくしてしまうことがある。訪れた町のことや、どんな出来事があったかなど、ふつうの人なら覚えているようなエピソードを忘れてしまう。バカロレア試験で取った点数、学校の教師の名前なども忘れてしまう。ところが、こんなに記憶力がないのに、どういうわけか《ユダヤ人》ということばを耳にした時のことだけははっきりと思いだせる。そう、子どもの頃からずっと。最初にそのことばを聞いたのは、わたしが六歳の時だった。

一九八五年九月。

夜のうちに、家の壁にスプレーでハーケンクロイツを落書きされた。もちろん、わたしにはその意味がわからなかった。

『何でもないよ』母は言った。

わたしはすぐにそれを嘘だと感じた。

母は漂白剤を浸したスポンジで落書きを消そうとした。だが、壁に深く染みこんだ濃い塗料はなかなか消えなかった。

その翌週、またしても家の壁に落書きされた。今度は円の上に斜線が描かれた、矢が当たった的《まと》のような図形だった。両親はその時、わたしがそれまで聞いたことがなかった単語を口にした。その《ユダヤ人》ということばを聞いて、わたしはいきなり頬を平手打ちされたように感じた。そのことばは突然、わたしの人生に無理やり入りこんできた。両親が《グッド》と言うのも聞こえた。神を意味するらしいそのどこか滑稽なことばの響きも、子ども心に大きなインパクトを残した。

『さあ、こんなの何でもないからね。もう忘れなさい。あたしたちには何の関係もないことだよ』母はわたしに言った。

だがわたしは、母が《何か》に脅かされていることを感じとった。そしてその《何か》は、自分の世界のすぐ隣に存在しているのだと思った。〈反ユダヤ主義〉という空間と時間軸を持つ集合体が、幼かったわたしの小さな星のまわりをぐるぐると回っていた。

一九八六年一月。

母が話をすると、わたしの頭の上をことばが飛び交った。耳のそばでぶんぶんと音を立てる、夜の虫のようだった。それらのことばのなかから、突然ひとつのことばが飛びだした。それは、ほかのことばとはまるで違っていた。奇妙な響きを持っていた。聞くのが怖いのに、耳を済まさずにはいられない。嫌悪感が湧き上がるのに、なぜかからだは喜びに震えている。理由はわかっていた。そのことばは、わたしに関係があるからだ。わたしを《指し示した》ことばだからだ。

それ以来、学校の休み時間に友だちとかくれんぼをするのが嫌になった。見つかるのがひどく怖かった。捕らえられるのが恐ろしかった。泣いているわたしに『どうしたの』と尋ねた見回り係の女性に、『うちの家族はユダヤ人なの』と答えた。その人の驚いた顔を今でも覚えている。

一九八六年秋。

わたしは小学校の中級科一年に進級した。ほとんどの同級生はカテキズム（キリスト教の教理の入門教育）を受けるため、水曜の午後になると教会の司祭館に通うようになった。

『お母さん、わたしも司祭館に通いたい』

『それは駄目』母は苛立った声で言った。

『どうして？』

『あたしたちはユダヤ人だから』

どういう意味かはわからなかったけれど、これ以上駄々をこねてはいけないのだと思った。そして突然、恥ずかしくなった。〈司祭館に行きたいなんて言わなければよかった〉と後悔した。どうしてそんなことを言ったのかというと、日曜に教会へ行く女の子たちが白くてきれいなワンピースを着ているのが羨ましかったからだった。

一九八七年三月。

甘い匂いがするチューインガムの〈マラバール〉に、転写シールのおまけがついていた。保護シートを剝がしてから水に浸し、肌の上にのせてしばらく待つと、イラストがきれいに貼りつくのだ。わたしはそのシールを手首の内側に貼った。

『そのタトゥーシールをすぐに剝がしなさい』母が言った。

『でも、貼っておきたいの』

『あんたがそんなことをしてるのを見たら、お祖母ちゃんに怒られるよ』

『どうして？』

『ユダヤ人はタトゥーをしてはいけないの』

どうしてかはわからなかった。でも、その意味は教えてもらえなかった。

一九八七年初夏。

クロード・ランズマン監督の映画『ショア』（上映時間九時間半のホロコースト映画）が、フランスのテレビで初めて四夜にわたって放送された。わたしはまだ八歳だったが、それがとても大きな出来事だとわかっていた。サッカーのワールドカップを観るために前年の夏に買ったビデオデッキで、両親はこの映画を録画した。

『ショア』が録画されたVHSテープは、ほかのテープとは別のところに保管された。姉は何巻かに分かれているそれらのテープの背表紙すべてにダヴィデの星を描いて、「消さないこと！」と赤い感嘆符をつけて大きな字で書いた。わたしはこれらのテープが怖かった。ほかのテープと離れたところに置いてあってほっとした。

母は長い時間をかけてこのビデオを観ていた。その間、わたしたちは決して邪魔することができなかった。

一九八七年十二月。

わたしはとうとう母に尋ねた。

『お母さん、ユダヤ人ってどういう意味？』

母は何と答えたらいいか戸惑っているようだった。しばらく考えこんだ末、書斎へ行って一冊の本を持ってきた。母はその本を床に敷かれたラグの上に置いた。白くてふさふさしたウールシャギーで縁どりされた敷物だった。

白黒の写真がたくさん載っていた。パジャマのような服を着た、骨と皮だけになった痩せた人たち。雪に埋もれた有刺鉄線。積み重ねられた遺体。山のような服、メガネ、靴。たった八年の人生で、わたしはまだこれに耐えらえる心の強さを備えていなかった。これらの写真によって、わたしは自分のからだが攻撃され、傷つけられたように感じた。

『もしこの時代に生まれていたら、あたしたちはボタンにされていたんだよ』母は言った。

その『あたしたちはボタンにされていた』ということばのあまりに不可思議なイメージに、わたしは大きなショックを受けた。

その日、そのことばはわたしの脳の皮膚の一部を焼き焦がした。それからはそこにもう何も生えてこなかった。そこには何の思考も生まれなくなった。

母はその日、《ボタン》ということばを間違えて使ったのだろうか？　あるいはわたしが《石鹼《サボン》》と聞きちがえたのだろうか？　かつて、ユダヤ人の肉体を再利用するために人体実験が行なわれたが、それは脂肪から《石鹼》を作ろうとしたのであって、《ボタン》を作るためではなかった。

だがそのことばは、その後もわたしの脳に深く焼きつけられた。今でもわたしはボタンを縫いつけるのが苦手だ。まるで先祖のからだを糸でくくりつけているような、何とも言えない不快な気持ちになってしまうからだ。

一九八九年六月。

フランス革命二百周年を記念する年だった。学校でもフランス革命に関する劇を演じることになった。生徒たちに役柄が割り当てられ、わたしはマリー＝アントワネットを演じることになった。夫のルイ十六世を演じるのは、サミュエル・レヴィ（ヘブライ語由来のユダヤ人の姓）という少年だった。

公演当日、わたしの母とサミュエルの父親が話をした。母は、首を切られる国王夫妻の役柄にわたしたちが選ばれたことについて、皮肉めいたコメントを述べた。またしてもあの〈ユダヤ人〉ということばが、冷たくて恐ろしいギロチンの刃のイメージを伴って、わたしの耳に飛びこんできた。わたしは、自分たちは他人とは違うという誇りと、死の恐怖が混ざったような、複雑な思いにとらわれた。

同じく、一九八九年。

両親から『マウス　アウシュヴィッツを生き延びた父親の物語』というコミックの第一巻を、そしてその後第二巻を与えられた。ネズミの顔をした人間と、ハーケンクロイツを背負ったちょび髭の猫が描かれたその表紙は、まるで恐ろしい鏡のように、わたしをなかに引きずりこもうとしていた。表紙をめくるのがためらわれた。わたしは十歳だった。もしこの物語に入りこんだら、自分が完全に変えられてしまうという恐ろしい予感があった。思いきって本を開く。ページが指に貼りついて離れない。紙が手の皮膚の内側にめりこんで、剝がすことができない。モノクロで描かれた登場人物たちが体内に積み重なっていき、壁となって肺を覆いつくした。耳が燃えるように熱かった。その夜、わたしはなかなか寝つけなかった。頭のまわりで、猫と豚が輪になって死のダンスを踊りながら、ネズミのあとを追いかけている。恐怖の幻灯機のようだった。青白い人影がまわりにたくさん座っていて、いつの間にかベッドの上にものっていた。その人影は縦縞のパジャマを着ていた。それが悪夢の始まりだった。

一九八九年十月。

十歳の時、母と一緒に近所の小さな映画館に出かけて『セックスと嘘とビデオテープ』を観た。スティーブン・ソダーバーグ監督の作品で、カンヌ映画祭で最高賞《パルム・ドール》を受賞したばかりだった。チケット窓口にいた男性は、座席案内係と映写技師を兼ねていたが、何も言わずに幼かったわたしをなかに入れてくれた。

作中で、知らないことばが取り上げられていた。家に帰って、寝室でひとりきりになってから辞書でそのことばを調べた。マスターベーション。わたしはカーペットに寝そべって、開いた辞書を隣に置いた。そして、書かれていた定義のとおりにやってみた。新しい世界が広がった。今まで知らなかった、強烈な世界だった。

それから数日間、大人たちに映画の話をするたびに、わたしの年齢では観てはいけない作品だと言われた。あんなにおもしろかったのに、と不思議に思った。仲のよかった見回り係の女性は、わたしの話を信じようとしなかった。わたしを嘘つき呼ばわりして、『お母さんに連れていってもらったなどと、あちこちで言いふらすのは止めなさい』と言った。その時、大人にはふたつのタブーがあるのだと知った。子どもに隠しておきたいふたつのこと。ひとつはセックスで、もうひとつは強制収容所だった。

映画『セックスと嘘とビデオテープ』のイメージは、わたしのなかでコミック『マウス』のイメージと重なった。わたしは自らに快楽を禁じるようになった。『マウス』のネズミたちが被った苦しみのせいだった。自分がユダヤ人のひとりだと感じていたからだ。だが当時は、どうしてだかよくわからなかった。

一九九〇年十一月。

コレージュの第六学年になった。わたしは、書きとり、文法、そしてとくに作文が得意で、成績はクラスのトップ。先生のお気に入りの生徒だった。フランス語の先生は、背が高くて痩せていて、グレーヘアの、いつもウールのスカートを履いている女性だった。諸聖人の祝日、先生は家系図を書いてくるよう宿題を出した。この宿題に点数はつかないけれど、休み明けに教室で発表会が行なわれる予定だった。

母方の親族の名前は、綴りが難しかった。母音に対して子音が多すぎるからだ。そしてフランス語の先生は、わたしの家系図にアウシュヴィッツという単語がしょっちゅう登場することにひどく戸惑っていた。

その日以来、何かが確実に変わった。わたしは先生のお気に入りではなくなった。それまで以上に勉強をして、試験で高得点を取っても駄目だった。先生がわたしに向けてくれていたやさしさや思いやりは、ある種の警戒心へと変わってしまった。

この時、わたしは濁った水のなかを泳いでいるような、自分自身も暗い時代に生きているような気持ちにさせられた。

一九九三年四月。

この年の春、フランスじゅうからコレージュの生徒が参加する〈レジスタンス運動と収容所移送に関する課題の全国コンクール〉で、第四位になった。このために、第二次世界大戦に関する歴史書を数カ月かけて片っ端から読みあさった。授賞式はラッセ館（国民議会議長公邸）で行なわれた。父が一緒に来てくれて、それがとても嬉しかった。ほかの生徒たちのスピーチに、何度も《ユダヤ人》が取り上げられた。その時、みんなが読んだ歴史書に出てくる民族の一員であることに、誇りと恐れが交ざったような気持ちになった。受賞にさらなる意義を与えるために、自分もユダヤ人だと言いたかった。でも何かが邪魔をして言えなかった。そのことに居心地の悪さを感じていた。

一九九四年春。

毎週土曜になると、女友だちと一緒にRERに乗ってクリニャンクールの蚤の市に出かけた。ボブ・マーリーのTシャツや、牛の匂いがする革製ポシェットなどを購入した。ある土曜の午後、蚤の市で買ったダヴィデの星のペンダントを首にぶら下げて帰宅した。母は何も言わなかった。父も同じだった。でもふたりの表情から、わたしがこのペンダントをつけるのを快く思っていないことがわかった。この件について何も話をしないまま、わたしはそのペンダントをそっとアクセサリー入れにしまいこんだ。

一九九五年秋。

リセの第二学年全員が体育館に集められ、ハンドボールのトーナメント試合が行なわれた。四、五人の女生徒が体育教師のところへ行き、《ヨム・キプルだから》試合に出られないと述べた。彼女たちが羨ましかった。自分が属しているはずの世界から、仲間はずれにされたような気がした。わたしだけがハンドボールのコートに入って、《非ユダヤ人》たちと一緒に試合をしなくてはならない。そう思うと腹が立った。

その日は、家に帰ってからも気分が落ちこんでいた。結局、自分が本当の意味で属している世界は、母の苦しみだけなのだ。わたしの共同体はそれだけだった。その共同体は、たったふたりの生きている人間と、何百万という死者たちで成り立っていた。

一九九八年夏。

ENS文科準備学級の一年目を修了すると、両親のあとを追ってアメリカに渡った。父が《客員教授》として、半年間ミネアポリス大学の教壇に立つことになったからだ。わたしが到着した時、父母の間柄はなぜかぎくしゃくしていた。アメリカに到着してすぐ、母が奇妙な《発作》に襲われたというのだ。

『アメリカに逃亡しようとして結局できなかった、あたしの家族のことを考えてしまうんだよ。ここにいると、自分が生き延びてしまったことに罪悪感を感じる。だからつらいんだ』

母が《あたしの家族》と言ったことに、わたしは大きなショックを受けた。実の娘であるはずのわたしたち姉妹が、急に母にとって他人になったかのようだった。

それに加えて、母が大昔の出来事をついこの間のことのように語ったことにもショックを受けた。ふだんの母からは考えられない言動だった。誰が自らの祖父母で誰が両親なのか、一族の関係性を混同しているかのようだった。幸いにもフランスに戻ったらその発作はおさまり、すべてが元どおりになった。

同じ年の夏の終わり、わたしは実家を出て《自分の》人生を歩み始めた。

祖母のミリアムとその妹のノエミが七十年前に通った学校で、ENS文科準備学級に通った。だが、当時はまだそうとは知らなかった。グランゼコールの入学試験に落ち、それから十年ほどつらい年月を過ごしたが、文章を書いたり、恋愛をしたり、子どもを授かったりしたことで徐々に気持ちがほぐれていった。

こうしたすべてに、わたしは多大なエネルギーを傾けた。すべてに全身全霊で向き合った。

そしてその道の終点で、あなたに、ジョルジュに出会った。

ペサハのパーティーは本当に素晴らしかった。それまで知らなかったことを、あれほどなつかしく感じることがあるのだろうかと不思議だった。大昔の先祖の指が自分の手に触れたように感じた。ジョルジュ、もうすぐ夜が明ける。きっとあなたはこのメールを、朝目覚めてから読んでくれるだろう。わたしは結局徹夜してしまったけれど、ちっとも後悔はしていない。まるであなたのそばで夜を過ごしたような気持ちになれたから。

さあ、あと数分したら、クララを起こしに寝室に行かないと。そしてその時にこう言うつもり。

「朝食のしたくができたよ。早くおいで。聞きたいことがあるの」

第五章

「ねえ、クララ。お祖母ちゃんから聞いたんだけど、学校で何かあったんだって？」

「何もないよ、お母さん」

「でも、お祖母ちゃんに話したんでしょ？　みんなが嫌がってるって……」

「みんなが何を嫌がってるの？」

わたしが何を言いたいのか、クララはわかっているはずだった。わたしはしつこく尋ねつづけた。

「だから！　学校にユダヤ人がいるのをみんなが嫌がってるって、お祖母ちゃんに言ったんでしょ？」

「ああ、それ。言ったよ。でもたいしたことないから」

「どういうことか教えて」

「わかった。だからそんなにかりかりしないで。あのね、休み時間にサッカーの仲間と天国の話をしてたんだ。死んだあとの世界のこと。それで、みんなが自分の宗教の話をして、あたしはユダヤ人だって言ったの。お母さんが前にそう言ってたから。そしたらアッサンがこう言ったの。

『へえ、そうなんだ。じゃあ、おまえはもうおれのチームに入れられないな』

『どうして？』って、あたしは聞いた。

『だって、うちの家族はユダヤ人を好きじゃないんだ』

『どうして?』って、あたしはもう一度聞いたの。

『だって、おれの国の人たちはユダヤ人を好きじゃないんだ』

『ふうん』

そう言われてがっかりした。だって、アッサンはサッカーが一番うまいから。アッサンと同じチームだといつも勝てるんだもん。だから少し考えて、アッサンに聞いてみたんだ。

『あんたの国ってどこ?』

『おれの両親はモロッコ出身だ』

それを聞いて、あたしはほっとした。なんとなく、アッサンはそう言うような気がしてたし、もしそうだとしたらいい方法があったから。

『じゃあ、大丈夫だよ、アッサン』って、あたしは言ったの。『それなら全然平気。だって、あんたのお父さんとお母さんは間違ってるんだもん。モロッコの人たちはユダヤ人をすごく好きなんだよ』

『なんでそんなことがわかるんだよ』

『あたし、お母さんと一緒にバカンスでモロッコに行って、ホテルに泊まったんだ。そしたらみんなすごく親切だったよ。ほらね、モロッコの人たちはユダヤ人が好きなんだよ』

『へえ、そうなんだ』って、アッサンは言ったの。『それなら、おまえもおれのチームに入っていいよ』

「それで?」わたしはクララに尋ねた。「そのあともその話はしたの?」

「ううん。いつもどおり休み時間に一緒にサッカーをしてるよ」

〈うちの娘はすごい〉と、わたしは思った。そして〈アッサンも偉い〉と思った。ふたりともシンプルで、論理的だ。わたしは娘の賢そうな広いおでこにキスをした。このおでこで考えたことばが、この世界の愚かさをほんのわずかな間だけストップさせた。これですべて終わったのだ。わたしはほっとして娘を小学校へ送り届けた。


「ほっとしてるところ、悪いんだけどさ」ジョルジュが電話で言った。「きみが手紙に書いてくれたことや、話してくれたことをすべて考慮した上で言うけど、やっぱり小学校の校長には知らせておくべきだよ。公立小学校におけるユダヤ人差別発言をそのまま受け流すのはよくない」

「ユダヤ人差別発言なんかじゃない。幼い子どもが、意味がわからないままに口にした失言でしかないよ！」

「だからこそ、だよ。誰かがその子にその発言の意味を教えてあげなきゃいけない。そしてその誰かは、共和的で非宗教的な学校の校長であるべきだ」

「でも、アッサンのお母さんは家政婦をして働いてるんだよ。わたし、家政婦の子どもがしたことを校長に言いつけたりしたくない」

「どうして？」

「そういう子のことを校長に言いつけるのは、社会的に見てちょっと攻撃的だと思わない？　いくら何でも」

「じゃあ、クララに『うちの家族はユダヤ人を好きじゃない』と言ったのが、もし生粋《きっすい》のフランス人の良家の子だったら？　きみは校長に知らせにいくの？」

「うん、たぶん。でも実際はそうじゃないでしょ」

「きみを傷つけたいわけじゃないけど……きみは、自分が相手を見下してることに気づいてない？」

「わかってる。それは認める。でもわたしは、移民出身の女性に嫌な思いをさせたことをあとで恥じるくらいなら、そのほうがまだまし」

「そういうきみの出自は何？」

「わかったよ……ジュルジュ、あなたの勝ち。校長先生にメールを送って面会の時間を取ってもらう」

電話を切る前に、ジョルジュは、わたしの誕生日がある週の土日を空けておいてほしいと言った。

「二ヵ月も先だけど？」

「早めに予約しておこうと思って。ふたりでどこかへ出かけないか？」


その日は朝からずっと、どうやって校長に話をしようかと考えつづけた。何度も脳内で会話のシミュレーションをした。思いもかけないことを言われて動揺したり、感情的になったりしたくなかったからだ。

〈今日わたしがここに伺ったのは、先日校庭で、うちの娘がほかの生徒と交わしたという会話についてお伝えしたかったからです〉

〈伺いましょう〉

〈それから、この件はここだけでとどめていただけますか？　担任の先生にお伝えいただくには及びません〉

〈わかりました〉

〈実は、ある子どもがうちの娘に《うちの家族はユダヤ人を好きじゃない》と言ったんです〉

〈何ですって？〉

〈もちろん、子ども同士の会話です。宗教の話をしていて、うっかり口にしたんだと思います。ただ、娘はそのことばに少し動揺したようで……と言っても、それほどでもないのですが。むしろ、娘より

ショックを受けたのはわたしたち大人のほうで〉

〈それを言ったのはどの子ですか？〉

〈校長先生、すみませんが、名前は言えません〉

〈お母さん、わたしは校内で起きたことを知っておく必要があります〉

〈もちろん、わたしはそのためにここに来たのですが、でも子どもがしたことを告発するようなことは……〉

〈クララの担任から、子どもたちに差別はいけないと話をさせます〉

〈校長先生、そうおっしゃってくださるのはありがたいのですが……〉

こうして話はどんどん大きくなり、わたしの力ではどうにもできなくなった。結局、娘を取り囲む状況は悪化し、とうとう転校せざるをえなくなった。わたしはマスコミの記者たちに囲まれてマイクを向けられ、《この学校にユダヤ人差別があったとお考えですか？》などと尋ねられた。学校近くの通り沿いには、テレビのニュース番組のミニバンが列を成していた……。

……というのが、シミュレーションにおける最悪のシナリオだ。そしてとうとう、実際の面会時間がやってきた。

小学校のエントランスホールに入る。派手な色に塗られた壁には、生徒たちが描いた絵が掲示されていた。床にはブルーグレーの小さなマットが敷かれ、いくつかのゴムボールが隅のほうに転がっていた。そこにひとりの女性がやってきた。わたしを校長室に案内してくれるという。食堂の前を通ると、昼食用の〈デュラレックス〉のグラスが積み重ねられているのが見えた。そういえば小学生の時、このグラスの底に書かれている数字を自分の本当の年齢だと言い合っていたな、とふと思いだした。

ドアを開けてくれた校長と握手を交わした。なんだか非現実的な感じがした。だが校長室の内部は、わたしが脳内でイメージしていたとおりだった。押しピンで時間割が留められたコルクボード、今年のカレンダー、遠方に旅行した時に買い求めたと思われるポストカード、資料が並べられた書棚、クリップが入った瓶の置かれたデスク。

校長はキャスターつきのアームチェアに座ったまま、小さくて平たい歯を見せてほほ笑んだ。すきっ歯だった。少しカバに似ていた。

わたしは大きく深呼吸をしてから、勇気を振りしぼって状況を説明した。校長は、ほんの少し前かがみになりながら話に耳を傾けていた。その表情は穏やかで、ほとんど微動だにしなかった。時々まばたきをするくらいだった。

「大ごとにしたくはないんです」わたしは言った。「ただ、こちらの小学校の休み時間にこういうことがあったと、校長先生にお知らせしておきたかっただけなんです」

「わかりました」校長は言った。「覚えておきます」

「担任の先生や保護者には知らせないでいただきたいのですが……」

「わかりました、知らせません。ほかに何か？」

「あ……いえ、これで終わりです」

「そうですか。ありがとうございました」

わたしは動揺し、身動きひとつせずに校長を見つめつづけた。

「ほかに何かおっしゃりたいことが？」わたしが椅子からなかなか立ち上がらないのを見て、校長は心配そうに尋ねた。

「いえ」わたしは座ったまま答えた。「校長先生のほうは、何かおっしゃりたいことは？」

「ありません」

わたしたちはしばらく黙ったまま向かい合っていた。その数秒間が永遠のように長く感じられた。

「では、どうぞよい一日を」校長は立ち上がり、ドアのほうへ歩きながら言った。面会は終了したのでもう出ていってくれという意味のようだった。

わたしは肩を落として校長室を出た。携帯電話の電源を入れて、時刻を確かめる。面会時間はたったの六分間だった。

このことが大ごとにならないよう、わたしが気を張る必要はまったくなかった。子どもたちに話さないでほしいと、校長を説得する必要もなかった。

「あんたはこのことが外に漏れるのを望まなかったんだろう？　だったらよかったじゃないか、これで」母はわたしに言った。

「うん、まあね。しばらく経ってからそう気づいた」わたしは煮えきらない返事をした。

「いったいどうしてほしかったんだい？」

「わからないけど……たぶん、もう少し自分ごとに感じてほしかったんだと思う」

第六章

「へえ、校長が自分ごとに感じると思ったんだ?」

中国料理店内に、ジェラール・ランベールの雷鳴のような笑い声が響きわたった。ほかのテーブルの客たちが一斉にこちらを振りかえる。

ジェラールは、パリとモスクワを行ったり来たりしながら暮らしていた。わたしたちは、ジェラールのスケジュールに合わせて、十日に一度ほどの割合でふたりで昼食を摂っていた。いつもと同じ中国料理店。それぞれのアパルトマンの中間地点にあるこの店で、いつも同じ席に座り、いつも日替わり定食を注文する。今回は夏が近いからと言い訳をして、定食に一品ずつ追加した。わたしはデザート、ジェラールはビールを一杯。ただし、二、三口飲んだあとはもう口をつけていない。

ジェラールは背が高く、がっしりした体型で、肌が艶やかで、いつもきちんと髭を剃っていた。いい匂いを漂わせ、大声でしゃべり、たとえ気分が沈んでいても明るくふるまう。まるでローマからやってきてパリに迷いこんだ人のようだ。そう、ジェラールはイタリア人みたいだ。ローマ教皇庁御用達のガマレッリであつらえたスーツ、紫色のセーター、靴下を身につけている。

「ジェラールと一緒だと退屈しない」

友人たちはみな口を揃えてそう言う。だが、ジェラールが頻繁に会う人間は実はそれほど多くない。

「ぼくはひとりでも楽しく過ごせる人間なんだ」ジェラールは言う。

この日、わたしは小学校での面会について、校長の反応も含めてすべて打ち明けた。

「じゃあきみは、校長が自分ごとに感じなかったことに驚いたんだ？　いやあ、笑って悪かったよ。泣いてもよかったんだけどさ、でもぼくが急に泣きだしたらきみも困るだろう？　ね？　だから、悪いけどひとこと言わせてくれ。きみは《フェジェレ》だよ、世間知らずの小鳥ちゃんだ。どうしてか教えてあげようか？　でもその前に、きみのその揚げ春巻きをちょっと味見させてくれよ。いいかい？　よく聞くんだよ。あ、これ、うまっ！　ぼくも頼もう。お姉さん、すいません！　この子と同じのをぼくにも！　さて、いいかい？　ちゃんと聞いてるかい？」

「ジェラール、大丈夫。ちゃんと聞いてるから！」

「ぼくが八歳の時、通ってた公立小学校の体育の先生が言ったんだ。

『ジェラール・ローザンベール、おまえはさすがに悪徳商人の血筋を引いた子どもだな』

時は一九六〇年代初め、ダリダが『ビキニスタイルのお嬢さん』を唄ってた時代だ。ところが、フランスではまだユダヤ人差別が行なわれていた。わかるかい？　その先生は、当時のフランス人がみなそうだったように、ガス室の存在を知っていた。焼かれた遺体の灰がまだ燻《くすぶ》っていた時代だよ。なのに『おまえはさすがに悪徳商人の血筋を引いた子どもだな』って言ったんだ。その時はどういう意味かよくわからなかった。そりゃそうだよ、だってぼくはたったの八歳だったんだから。先生が口にした単語が何を意味しているか知らなかった。それでもそのことばは、脳にしっかりと刻みこまれた。まるでハードディスクに記録したみたいにね。その後もそのことばをしょっちゅう思いだした。……続きを聞きたいかい？」

「もちろん！」

「それから二年後の一九六三年、ぼくは十歳になった。国務院の政令に従って、父は一家の姓を変えることにした。そう、苗字を別のものに変更するんだ。どうしてかって？　父は、当時まだ十五歳だった兄をいずれ医者にしようとしていた。その頃、大学の医学部には反ユダヤ主義者が多いと言われていた。父は、いずれまた〈ヌメルス・クラウズス〉が復活するかもしれないと考えて、兄の学業に差し障りが出るのを恐れたんだ。〈ヌメルス・クラウズス〉って知ってるかい？」

「うん、知ってる。ロシアの五月法、それからヴィシー政権の法律にも採用されたよね。ユダヤ人はごく少人数しか大学に通えなくなって……」

「そう、それだよ！　そうか、きみも知ってたか！　みんな、ぼくたちに侵略されるのが嫌だったのさ。大昔からつい最近にいたるまで、繰り返し行なわれてきたことだ。そう、そのせいで、父はさっさと、家族全員の名前をローザンベールからランベールに変えてしまったんだ。ぼくがどれほど頭にきたかわかるかい？」

「どうして頭にきたの？」

「名前を変えたくなんかなかったんだよ。その上、両親はぼくが通う学校まで変えてしまった。十歳の少年にとって、自分の名前が変わって、学校まで変わるなんて、本当に一大事だったんだ。うんざりしたというか、もう嫌で嫌でしかたがなかった。両親に食ってかかって、『十八歳になったら元の名前に戻してやる！』と息巻いた。やがて、新しい学校で新学期が始まった。朝、担任の先生がやってきて出席を取った。

『ランベール！』

ぼくは返事をしなかった。自分の名前だと思わなかったからだ。

『ランベール！』

誰も返事をしない。ぼくは内心、《なんだよ、ランベールってやつ、早く返事をすればいいのに》

と思った。担任の先生はいかにも不機嫌そうだったんだ。

『ラ・ン・ベー・ル！』

あ、やばい！　ぼくはようやく気づいた。そうだ、ぼくがランベールだった！　そこですぐに返事をした。

『はい、ここです！』

クラスメートたちはくすくすと笑った。そりゃあそうだ。担任の先生もぼくがわざとやったと思っているようだった。目立ちたがり屋の少年が悪ふざけをしたと勘違いしたんだ。ほら、いるだろう、たまにそういう馬鹿げたことをするやつが。ぼくは、自分がそんな人間だと思われたことが不愉快だった。心の底から嫌だった。もうどうしようもなく、嫌で嫌でしかたがなかった。ところがそのあと、徐々に気づきはじめたんだ。ジェラール《ランベール》と名乗る生活は、ジェラール《ローザンベール》と名乗る生活とは、天と地ほどの隔たりがあるということにね。どう違うかわかるかい？　休み時間に校庭で、毎日のように《ユダ公》と呼ばれることがなくなった。それから、『ヒトラーがおまえの両親を捕まえそこねて残念だったな』みたいなことを言われずに済むようになった。新しい学校で、新しい名前で過ごすことで、誰からも何も言われなくなることが、どれほど快適かを初めて知ったんだ」

「じゃあ、ジェラール、十八歳になって結局どうしたの？」

「どうしたって何が？」

「さっき言ったじゃない。『十八歳になったら元の名前に戻してやると息巻いた』って」

「十八歳になった時、もし誰かに『ジェラール・ローザンベールに戻りたい？』と尋ねられていたら、ぼくは『絶対に嫌だ』と答えただろうね。さあ、早くその揚げ春巻きを食べなよ。さっきから何も食べてないじゃないか」

「わたしの苗字は、これ以上ないと言っていいくらいフランス的だけど……あなたの話を聞いて気づいたことがある」

「何？」

「心のどこかで、わたしも《ほかの人たちにわからない》ことに安心してたんだなって」

「そりゃそうさ！　きみなら、ラテン語でミサ曲を唄っていてもまったく違和感がないよ！　正直なところ、今だから言うけどさ、きみと出会った十年前、『わたし、ユダヤ人なんです』と言われた時は、椅子から転げ落ちそうなほどびっくりしたよ！」

「そんなに？」

「もう驚いたのなんのって！　きみから打ち明けられる前に、『アンヌのお母さんがアシュケナジム系ユダヤ人だって知ってた？』って誰かに言われていたら、『は？　馬鹿じゃないの？　そんなことあるわけないだろ！』って答えてたさ。きみの見た目は《完璧なフランス人女性》だ。本物の〈ゴイ〉だよ、〈エヒテ・ゴイ〉だ」

「ジェラール、わたし、これまでずっと『わたし、ユダヤ人なんです』ってことばをなかなか口にできなかった。言っちゃいけないような気がして。それに、変な話だけど、祖母の恐怖が自分に組みこまれてる気がする。ある意味、わたしのなかに隠れているユダヤ人の自分が、〈ゴイ〉の自分にかくまわれていることにほっとしてるんだよ。わたしは誰にも気づかれない。フランス人の顔をしてるわたしは、曽祖父のエフライムが夢見た姿そのものなの」

「そしてそれ以上に、きみは反ユダヤ人主義者たちにとっての悪夢だよ」ジェラールが言った。

「どうして？」わたしは尋ねた。

「だって、〝きみでさえ〟ユダヤ人なんだから」ジェラールはそう言って大声で笑った。

第七章

「お母さん、わたしはちゃんとクララと話をしたし、校長とも面会した。言われたことはすべてやったよ。だから今度は、お母さんが約束を守って」

「わかった。何でも聞いていいよ。答えられるよう努力する」

「どうしてお母さんは、これまであのポストカードを放っておいたの？」

「その話もしよう。その前にちょっと待って。タバコを取ってくる」

母は書斎へと姿を消し、その数分後にタバコに火をつけながらキッチンに戻ってきた。

「マッテオリ委員会って聞いたことがあるかい？　二〇〇三年一月当時、あたしはちょうどその渦中にいたんだよ。だからあのポストカードを受けとった時は、誰かに脅されているのかと思ったんだ」

マッテオリ委員会と母が感じた脅威との間にどういう関係があるのか、わたしにはよくわからなかった。わたしがいぶかしんでいるのを見て、母は詳しく説明する必要があると感じたようだった。

「合点がいかないようだね。じゃあ、少し前のことから話そう」

「そうしてほしい。時間はたっぷりあるから」

「戦後、ミリアムは、亡くなった家族一人ひとりに関する公式書類を一式揃えようとした」

「何のために？」

「死亡証明書のためだよ！」

「あ、そうか」

「ところが、それが大変だった。結局、必要な書類をすべて揃えて死亡証明書を発行してもらうのに、およそ二年もかかった。ちなみに当時、フランス政府は公式には《収容所で死亡した》や《移送された》ではなく、《帰還しなかった》としか言わなかったんだ。どういうことかわかるかい？　それが何を意味するか？」

「うん。フランス政府は、ユダヤ人に対して『あなたたちの家族はフランス政府の過失によって殺害されたのではない。ただ、帰ってこなかっただけだ』と言ってたんでしょう？」

「言いのがれだよ」

「残された家族は、葬儀もできない、別れの挨拶もできない、祈りを捧げるための墓所もない……さぞつらかっただろうね。その上、追い討ちをかけるように、政府はいつまで経っても責任の所在をはっきりさせない」

「ミリアムが最初に手に入れた書類の発行日は、一九四七年十二月十五日だった。ミリアム本人とレ・フォルジュ村長の署名と一九四七年十二月十六日という日付が、手書きで記載されている」

「ミリアムの両親が逮捕された時と同じブリアン村長？」

「そう。ミリアムは、あの村長に直接話をつけたんだ」

「それがド・ゴールの意向だったんでしょ。フランス人同士が敵対しあわないこと。《ただ義務を果たしただけだった》人たちによる行政基盤を維持すること。国を分裂させずに再建すること。でも、ミリアムにとって、それを受け入れるのはそうとうつらかっただろうね」

「エフライム、エマ、ノエミ、ジャックが、正式に《行方不明》と認められるには、それからおよそ一年後の、一九四八年十月二十六日まで待たなくてはならなかった。ミリアムがその証明書を受理したのは、一九四八年十一月十五日だ。もちろんそれで終わりじゃない。ようやく一段階目をクリアしただけだ。彼らが正式に死亡したと認められるには、公式の保証書が必要だった。そして死体未発見の死亡を保証できるのは、民事裁判所の判決だけだった」

「海難事故での行方不明者のように？」

「そのとおり。判決が言いわたされたのは一九四九年七月十五日、四人が亡くなった七年後だよ。その一方で……いいかい？　フランス行政当局が発行した死亡証明書では、エフライムとエマはドランシーが、そしてジャックとノエミはピティヴィエが、公式の死亡地になっている」

「フランス政府は、四人がアウシュヴィッツで亡くなったのを認めなかったってこと？」

「そう。四人は《帰還しなかった》からまずは《行方不明》になり、それから《フランス国内で死亡》になった。公式の死亡日は、四人が移送列車でフランスを出発した日とされたんだ」

「信じられない……」

「その一方で、当時のフランス政府の〈退役軍人・戦争犠牲者省〉は、第一審裁判所に対して、死亡地をアウシュヴィッツと認めるよう要請を出していた。ところが、裁判所はそう判決はしなかった。それだけじゃない。ユダヤ人は差別によるのではなく、政治的な理由から収容所に入れられたとされた。一九九六年になってようやく、いくつかの被収容者団体に対してのみ、犠牲者は《国外移送先で死亡》したと認められ、死亡証明書の訂正も行なわれたが、それだけだった」

「でも、収容所が解放された時の映像や写真が残ってるよね？　証言もいろいろ……プリモ・レーヴィ（イタリア人化学者・作家、アウシュヴィッツ生還者）のとか……」

「確かに戦後すぐ、収容所が解放されて被収容者たちが帰ってきた当時は、フランス人は誰もが真相を究明しなければならないという意識を持っていた。ところがやがて少しずつ、この件について議論される機会は減っていった。そしてとうとう誰もこのことを話したがらなくなった。誰もだ。つまり、被害者と対独協力者のいずれも。確かに、声を上げる人たちも少しはいた。だが、事態が大きく動くには、セルジュ・クラルスフェルト（ナチ・ハンターとして知られるフランスの歴史学者、弁護士）とクロード・ランズマンが出てくる一九八〇年代を待たなくてはならなかった。この頃になってようやく、《忘れてはいけない》という声が表面化しはじめたんだ。このふたりは偉大なことをしてくれたんだよ。膨大な仕事をし、命をかけて作品を完成させた。もし彼らがいなければ、いまだに沈黙は続いていただろう。わかるかい？」

「なんだかうまく想像できない。わたしが育ったのはちょうどその時代じゃない？　クラルスフェルトとランズマンのおかげで、収容所のことはすでにあちこちで話題になっていた。この時代の前に、何十年も沈黙が続いていたこと自体が信じられない」

「ここで、さっきのマッテオリ委員会につながるんだ。この委員会については知ってたかい？」

「うん。正式名称は《フランス在住ユダヤ人から強奪した品々に関する調査組織》だよね？」

　当時首相だったアラン・ジュペは、一九九七年三月に行なったスピーチのなかで、自らが設立したこの調査組織の面々に向かってこう命じた。

〈われわれの国の歴史におけるこの痛ましい側面について、その解明の全容を政府と国民に向けて示すために、諸君に次の任務を託したい。一九四〇年から一九四四年の間に、フランス在住ユダヤ人が所有していた財産、不動産、動産が、ドイツ占領軍またはヴィシー政権によってどのように押収されたか、あるいはたいていの場合はそうだったと思うが、どのような暴力または窃盗によって不正に獲得されたかを調査してもらいたい。とりわけ、こうして獲得された強奪品がどれほどの規模だったかを見積もった上で、こうした強奪品によってどのような個人あるいは法人が利益を得てきたかも明らかにしてもらいたい。さらに、戦後から現在に至るまでの間に、これらの財産がどのような運命を辿《たど》

ったかも明確にしてほしい〉

「さらに裁判所は、ドイツ占領下で制定された反ユダヤ主義的法律による犠牲者、またはその権利を引き継いだ者たちによって作成された、個々の賠償請求を審理する任務を負った。たとえば、もしあたしたちの家族が所有していた財産が強奪されたと証明できれば、フランス政府はその損害を賠償しなくてはならなくなったんだ。そのための時効は設けられていない」

「確か、絵画や芸術作品がその対象だったよね？」

「違うよ！　すべての財産が対象なんだ！　アパルトマン、会社、車、家具……フランス各地の通過収容所で没収された現金だってそうだ。《ドイツ占領下で発効された反ユダヤ主義的法制にもとづいて行なわれた強奪の損害賠償委員会》が、賠償請求の調査を行ない、賠償金を支払う役割を負った」

「お母さんも請求したの？」

「まあね……でも決して簡単じゃなかったよ。まず、家族がアウシュヴィッツの収容所で死んだと証明するのに一苦労した。当時、フランス政府は彼らについてフランスで死んだと言いはっていたからね。パリ十四区の区役所の死亡証明書にもそう書かれてる。それから、家族の財産が強奪されたと証明するのも難しかった。フランス政府はすでに自分たちが強奪した痕跡を消してしまっていたからね。もちろん、あたしだけじゃなくて、たくさんの子孫たちが同じようにして行き詰まってしまった」

「それでどうしたの？」

「調査したのさ。二〇〇〇年に『ル・モンド』紙に載った記事を参考にしてね。委員会に提出すべき書類を集めるのに必要な連絡先を、すべてリストアップしてくれた記者がいたんだ。『書類が必要な人は、ここと、ここと、ここに連絡をして《マッテオリ委員会の件で》と言えばいい』とね。その記事のおかげであたしたちは、フランスの公文書館や資料館にアクセスすることができたんだ」

「それ以前はそういう公文書や資料を閲覧できなかったの？」

「公開が《禁止》されてたわけじゃないんだけど、当局が手続きをわざとややこしくしたり、あえて周知しなかったりしてきたのさ。当時はインターネットなんてなかったからね。どこにどうやって連絡をして、何をどう要求したらいいか、さっぱりわからなかった。あたしにとっては、あの記事がすべてを変えてくれたよ」

「お母さんも連絡したんだね？」

「『ル・モンド』に書かれていた連絡先に手紙を書いた。けっこう早く返事をもらえたよ。指定された日時に二カ所を訪れた。ひとつはフランス国立公文書館で、もうひとつはパリ警視庁の資料室。ロワレ県庁とウール県庁の資料室からは、資料のコピーを送ってもらった。おかげで、通過収容所の入所時と退所時に記入された登録カードを手に入れられたんだ。こうしてようやく、四人がアウシュヴィッツに移送されたことを証明する書類が揃ったんだよ」

「あとは、財産が強奪されたことの証明だね」

「そう。これもまた大変だった。でもどうにかして、エフライムの会社、SIRE社の登記書類を捜しだした。そのおかげで、この会社が企業のアーリア化によってジェネラル・デ・ゾー社に強奪されたことが証明できたんだ。レ・フォルジュで見つけた家族写真も添付したよ。家族がかつては自動車やピアノなどを所有していたことを証明するためにね」

「書類を提出したのはいつ？」

「二〇〇〇年だった。書類番号は三八一六番。その後、面接の日程が通知されて……そう、二〇〇三年一月初めに面接が行なわれたんだ」

「ポストカードが送られてきた時期だね」

「そう。だからあれを受けとった時に嫌な気分になったんだよ」

「そうか、賠償請求手続きをやめるよう、誰かに脅されているように感じたんだね。それで、面接はどうだったの？」

「面接室にひとりで入ると、審査委員みたいな人たちがずらりと並んでた。論文の口頭試問みたいな雰囲気だったよ。真正面に委員会の会長がいて、ほかに政府代表、書類担当者などけっこうたくさんいた。あたしは簡単に自分の書類について説明をした。最後に、ほかに言いたいことはあるか、質問はあるかと尋ねられて、『とくにない』と答えた。すると担当者の男性が『こんなに完璧に揃えられた書類は初めて見た』と言ったんだ」

「まあ、そうだろうね、お母さんなら」

「数週間後、国から支払われる賠償金の総額が知らされた。少額だったよ、形ばかりのね」

「それを見てどう思った？」

「お金の問題じゃなかったからね。あたしにとっては、祖父母たちがフランスから移送されていったことを、フランス政府に認めてもらうことが重要だったんだ。目的はそれだけだった。公式にそう認められることで、ようやくフランスで大手を振って生きていけると思ってたんだ、心のどこかでね」

「じゃあ、お母さんは、あのポストカードが委員会に関わる誰かによって出されたと思ってるの？」

「そう思ってた時期もあった。でも今ならわかる。あれは単なる偶然だった」

「ずいぶんと確信してるみたいだけど」

「うん、ずっと考えてたんだよ、何週間も、何カ月もね。委員会の人間だとしたら、いったい誰があんなものを送ってくる？　何のために？　あたしをおじけさせるため？　面接にやってくるのを阻止するため？　考えて、考えつづけて、ポストカードの名前を繰り返し眺めて、書類を読んで……ある日、突然わかったんだ。すでに数カ月経っていたけど」

母は灰皿を探しに立ち上がった。キッチンを一旦出ていって、再び戻ってくるその姿を、わたしは黙って見つめていた。

「以前、ロシア人は複数の名前を持っていると言ったのを覚えてるかい？」母は言った。

「うん、ロシアの小説みたいにでしょう？　読んでるうちに、何が何だかわからなくなる」

「呼び名だけじゃなくて、綴りも複数あるんだ。《Ｅｐｈｒａïｍ》と書いたり、《Ｅｆｒａïｍ》と書いたり。エフライムは、役所に提出する書類にはすべて〈ｆ〉と書いているのに、私信では〈ｐｈ〉と書いていた」

「それがどうしたの？」

「ある日、気づいたんだよ。委員会に提出したすべての書類に、あたしは《Ｅｆｒａïｍ》と書いていた。つまり、〈ｆ〉と。でも、あのポストカードには〈ｐｈ〉と書いてあった」

「だから、あのポストカードが委員会と無関係だとわかったんだね」

「家族のことをよく知る誰かが出したことは確かだけどね」

第八章

一）統計学的に見ると、匿名の手紙の差出人は、受取人の知り合いであることが多い。もっとも多いのは家族で、次が友人、隣人、そして職場の同僚と続く。（＝ラビノヴィッチ家の誰かの知人）

二）やはり統計学的に見ると、暴行、傷害、殺人といった犯罪の加害者は、隣人であることが多い。たとえばパリ近郊だと、殺人事件の三件のうち一件は隣人トラブルが原因とされる。（＝ラビノヴィッチ家の隣人）

三）著名な筆跡鑑定家のシュザンヌ・シュミットはこう述べる。「わたしの経験上、匿名の手紙を書く人の多くは、ふだんはおとなしい人間だ。口に出して言えないことを表現する方法として、匿名の手紙を書く」（＝おとなしい人間）

四）たいていの場合、匿名の手紙は、誰が書いたかわからなくなるように大文字で書かれる。また、筆跡をごまかすために、右利きの人は左手で、左利きの人は右手で書く。「だが、たとえ利き手ではないほうで書かれても、筆跡の特徴は判別できる」と、シュザンヌ・シュミットは述べる。（＝匿名のポストカードは大文字で書かれていない。筆跡を変えているのか？　あるいは、自分が誰かを知らせようとしている？）

手帳に書き留めておいたこれらのメモを、母の前で読み上げた。母は集中している時にいつもそうしているように、遠くを見ながら聞いていた。わたしは手帳のまっさらなページに三つのことばを並べて書いた。家族、友人、隣人。白い紙に書かれたこれらの単語は、なんだかひどく頼りなげだった。だがこの三つのことばは、航海者や航空士にとっての岩山、鐘楼、塔のように、わたしたちにとって唯一の指標だ。これを頼りに進んでいくしかない。

「さあ、何でも聞いていいよ」母はハサミで半分にカットしたタバコに火をつけた。喫煙量を減らすための苦肉の策であるらしい。

「まず、ミリアムとノエミの友だちから。誰がいる？」

「ひとりしか知らないね。コレット・グレ」

「うん、その人ならわたしも知ってる。二〇〇三年まで生きていたかどうかはわかる？」

「生きてたよ。亡くなったのは二〇〇五年だった。葬儀にも行ったよ。戦後、コレットは看護師になって、パリ十三区のピティエ＝サルペトリエール病院の手術室で働いてた。いい人だったよ。ミリアムとはずっと親しくしてた。母が人生を立て直していた頃、幼かったあたしの面倒をよく見てくれたんだ。オートフィユ通り二十一番地に住んでいた。中世の城の小塔にある三階の部屋で、あたしもよく寝泊まりさせてもらったよ」

「彼女がポストカードを書いた可能性は？」

「ありえない。あの人が匿名のカードを出すなんて想像できない」

「内気な人ではなかった？」

「内気……ではなかったね。控えめではあったけど。どちらかといえば慎み深い女性だった」

「高齢になって認知に障がいが出た可能性は？」

「ない。亡くなる一、二年前に、すごくしっかりした文面の手紙をもらったよ。ええと、あの手紙はどこだっけ？　どこかにしまったのは確かだけど、いったいどこにやったのやら……。あたしは整理整頓が苦手だからね、何をどこにしまったかすぐにわからなくなっちゃう」

　わたしと母は、資料がぎっしり詰まった高い書棚を見上げた。手紙はこのどこかにあるはずだ。数十冊のファイルに収まった、何百枚ものクリアポケットのどれかに入っているのだろうか？　わたしたちは手紙を捜しはじめた。紙製の書類ボックス、行政関係の書類のファックスや昔の写真のコピーが入ったファイルなど、ありとあらゆるものをひっくり返した。まるで砂地を掘るようにして捜しものをしている間、わたしは自分が最近したことを母に報告した。

「あのポストカードの発行会社と制作会社を捜してみたんだ。ポストカードの真ん中に《ラ・シゴーニュ》と〈SODALFA〉と書かれていて、小さな字で撮影者の名前と住所も記されてた。〈工業地区　BP28　95380　ルーヴル〉。もしかしたらあの写真がいつ撮影されたかわかるかもしれないと思って。でも結局何もわからなかった」

「残念だったね」母が言った。

「消印はルーヴル中央郵便局だった。これについても調べてみた」

「今、ルーヴル郵便局は改装工事で閉鎖されてるんじゃなかった？」

「うん、だからネットでね。二〇〇三年当時、ルーヴルは年中無休で営業する唯一の郵便局だったみたい。日曜も祭日も含めて、二十四時間オープンしてたんだって。消印は二〇〇三年一月四日で、調べたらこの日は土曜だった」

「それで？」母は資料の山を漁りながら先を促した。

「確かなのは、ポストカードの差出人が、金曜と土曜の間の深夜零時一分から、土曜と日曜の間の二十三時五十九分までの間に、ルーヴル郵便局に行ったこと。『ただし、コンピュータのメンテナンスとバックアップのために、朝六時から七時半の間は郵便物の受付を中断』してたらしいけど」

「で？　何が言いたいんだい？」

「ネットでその日の天気を調べたんだ。当日の気象情報を読み上げるよ。『パリ十二区の路上で八センチの積雪が観測された。一九九九年一月十三日以来初めてのことだ。雨が雪に変わったのは午前十一時半で、はじめは小雪が舞う程度だったが、やがて吹雪になった。視界が悪くなり、ほとんど前が見えない状態だった』」

「ああ、思いだしたよ。あの週末はかなり雪が降ったんだ」

「こんな吹雪の日に匿名のカードを出すなんて、よっぽどの事情があったんだよ。そう思わない？」

視界が真っ白になるほどの吹雪のなか、どうしてわざわざポストカードを出しに行ったのか。わたしたちは少しの間、差出人の気持ちを想像してみた。

「あった！」母が一枚の紙を振り上げながら叫んだ。「コレット・グレの手紙が見つかったよ！」

母はわたしに一通の封筒を差しだした。宛先の住所は母レリアのものだったが、宛名はミリアムだった。ポストカードとまったく同じだ。だが、筆跡はまるで違う。手紙はスカイブルーの便せんに書かれていた。分厚くてざらざらした紙。母がざっと目を通したあと、何も言わずにわたしに差しだした。困惑しているような表情だった。

二〇〇二年七月三十一日
親愛なるレリア
なんて嬉しいサプライズでしょう！　あなたがわたしを覚えていてくれたなんて！　あなたの家族、ラビノヴィッチ家がどういう運命を辿ったかを再構築してくれて、わたしも喜んでいます。あなたのお母さんは、ご両親、そしてノーとジャックを失ってひどく苦しんでいました。どんなにつらかったことか。わたしはノエミが大好きでした。いつも素晴らしい手紙をくれたものです。本当ならきっとよい作家になっていたでしょう。

わたしはずっと後悔していました。だって、ラ・ピコティエールのそばに小さな家を持っていたのに……。でも兵士たちはいつもその家の前を通っていたから、結局どうなっていたかはわかりません。その前の道を通って、近くの農場へウサギや卵をもらいに行っていたようですし。

あなたの手紙をずっとそのままにしていました。バカンスに出かける場合は九月に電話します。ごめんなさいね。


じゃあね、レリア。どうぞお元気で。コレット

「『わたしを覚えていてくれたなんて』ってどういうこと?」

「簡単だよ。二〇〇二年、調査の一環で久しぶりにコレットに手紙を書いたんだ。戦時中のことで何か覚えていたら、教えてもらおうと思ってね」

「何月に手紙を書いたか覚えてる?」

「二〇〇二年の二月か三月だった」

「三月だとしても……返事をしたのが七月だから、四カ月経っていたことになるね。もちろんご高齢だから、書くのに時間がかかったんだろうけど。思ったんだけど、七月ってラビノヴィッチ家にとって特別な月じゃない?　子どもたちが逮捕された月。なんだか、まるで何かに追い立てられるようにしてこの手紙を書いたような……」

「だからといって、この半年後にコレットが匿名のポストカードを送ってきた理由にはならないよ」

「そうかな、わたしは十分理由になると思う。だって『わたしはずっと後悔していました。だって、ラ・ピコティエールのそばに小さな家を持っていたのに』って書いてるじゃない。《後悔》ってなかなか軽い気持ちで言えないことばだよ。コレットはあの逮捕以来、ずっと苦しんできたんじゃないか

な。一九四二年七月から二〇〇二年七月まで……。何にびっくりしたって、兵士たちやウサギなど、まるで昨日のことのように話すその口調だよ。彼女は内心、自分の家でノエミとジャックをかくまってあげればよかったってずっと思ってたんだと思う。まるでお母さんに言い訳をしてるみたい。ジャックとノエミをかくまえたかもしれないけど、やっぱり最終的には見つかってたと思う……だからどうかわたしを恨まないでって言いたがってるような」

「確かにね。まるであたしに釈明せずにいられないというような……。自分を正当化しようとしてるみたいだね」

突然、わたしの脳内ですべてがクリアになった。曇りひとつなく明晰になった。何もかもがぴったりと符合した。

「お母さん、タバコをちょうだい」

「やめたんじゃなかったの？」

「大丈夫。一本の半分だし。いい？　わたしの解釈を話すよ。戦後、コレットはずっと良心の呵責《かしやく》に苦しんできた。心のなかではずっと、ジャックとノエミが逮捕されたことを忘れられなかった。でもミリアムにその話をする勇気はなかった。それから六十年後、コレットはお母さんから手紙を受けとった。てっきり、戦時中の自分の態度を責められるのだと思いこんだ。驚き、そして困惑してこの手紙を書いた。自分の過ちをほのめかし、《後悔》していると書いた。もう八十五歳で、老い先もそれほど長くないだろう。あの世までこの後悔を持っていきたくはない。そこで少しでも重荷を軽くしたいと思い、あのポストカードを送った……」

「つじつまは合うね。でもなんだか引っかかるな……」

「完璧に筋が通ってると思うけど。二〇〇三年には存命中だったし、ラビノヴィッチ家と親しくしていたし、お母さんの住所も知っていた。こうして数カ月前に手紙を送ってきてるんだから。ほらね、これ以上ないくらい理にかなってると思わない？」

「じゃあ、あのポストカードは罪の告白だったってことかい？」母がわたしに尋ねた。どうやらわたしの説明にまだ納得できていないようだった。

「そう。その証拠がもうひとつ。お母さんの住所宛てなのに、間違えてミリアムの名前を書いてるじゃない？　コレットはずっとミリアムに罪の意識を打ち明けたいと思っていて、無意識にそれが出たんだよ。ねえ、コレットは幼かったお母さんの面倒をよく見てくれたって言ったでしょ。それもミリアムに負い目を感じてたからだよ。そう思わない？　あのポストカードは、アレハンドロ・ホドロフスキー（チリ出身映画監督、心理療法サイコマジックの考案者）が言うところの《サイコマジック》的な行動だったんだよ」

「何それ」

「ホドロフスキーのことばを引用するね。『われわれの家系図上には、トラウマを負ったり、起きた出来事を消化できなかったりする箇所が、どこかしらに存在する。囚われたその箇所は、解放されようとして次世代に向けて矢を放つ。そこでも解決されなければ、また同じことが繰り返される。こうしてその矢はいずれ、何世代かのちの的に到達する』。お母さんは、前の世代から放たれた矢の的だったんだよ。ねえ、コレットはルーヴル郵便局の近くに住んでた？」

「いや、パリ六区。さっきも言っただろう、オートフイユ通りだよ。あんな悪天候のなかを、八十五歳になったコレットが外に出るなんて考えられないね。彼女の家からルーヴル郵便局に行くまでの間、通りを曲がるたびに転んで骨を折りそうじゃないか。立っていられないほどだったと思うよ」

「誰かに投函してもらったのかも。ヘルパーさんとか、家に来てもらってる誰か。そう、ルーヴル郵便局の近くに住んでる誰か」

「ポストカードと手紙の筆跡は全然似てなかったよ」

「筆跡を変えることだってできるはず」

そう言ったあと、わたしはしばらく黙りこくった。すべてのつじつまが合う。何もかもが完全に理にかなっている。それなのに、母はコレットだと思っていない。そしてわたしは、母の直感を昔から信頼していた。

「うん、お母さんの気持ちはわかった。でも、念のために筆跡を比べてみたい。一応確認しておきたいんだ」

「フランク・ファルク様、母と話し合ったところ、例のカードの差出人の見当がつきました。コレット・グレという祖母の友人で、ラビノヴィッチ家とは子どもの頃からつき合いがあります。亡くなったのは二〇〇五年です。この先の調査をお願いできますか？」

フランク・ファルクは前回と同じように、わたしがメールを送った直後に返事をくれた。

「犯罪学者のジェジュに連絡してみてください。先日名刺を差し上げたと思います」

そういえばそうだった。もっと早くそうするべきだったのだ。

「拝啓　フランク・ファルク氏から貴殿を紹介していただきました。二〇〇三年にわたしの母が受け取った匿名のポストカードを見ていただきたいのです。ここから読みとれることはありますか？　差出人がどういう心情からこれを書いたかわかりますか？　年齢と性別は？　差出人を捜すのに役立つと思われる情報を教えてください。カードの表面と裏面のコピーを添付します。お返事をお待ちしています。アンヌ」

「拝啓　残念ながらこのカードに書かれた文字だけでは、筆跡をもとに心理学的なプロファイリングはできません。ひとつだけ言えるのは、これは自然に書かれた文字ではないらしいということです。

それ以上はわかりかねます。敬具。ジェジュ」

「拝啓　たったこれだけの文字から分析をするのをためらわれるお気持ち、よくわかります。お仕事に正確さを期するかたであれば当然のことだと思います。しかしその上であえてお尋ねしたいのですが、どんなことでもいいのでほかに気づいたことはありませんか？

いただいたお答えは、細心の注意を払って取り扱います。どうぞよろしくお願いします。アンヌ」

「拝啓　それでは、おっしゃるように《細心の注意を払って取り扱うべき》情報をお知らせしましょう。

一）〈Ｅｍｍａ〉の〈ａ〉の筆跡はあまり見かけません。非常にまれと言っていいでしょう。意図的に筆跡を変えようとしたか、あるいは文字を書く習慣がない人が書いたかのいずれかに思われます。

二）気になるのは、カードの左側は筆跡を変えてあるようなのに、右側の住所欄の筆跡は《正直》に見える点です（筆跡を変えていない、自然に書かれた文字を指すのに、われわれの業界では《正直》という言い回しをします）。左側と右側の書き手が同じかどうかを調べる必要があるでしょう。わたしには同じ人物のように思われますが、断言はできません。

三）住所欄の数字からは何も読みとれません。われわれの業界では、数字は決定的な要因にはなりにくいのです。アルファベットは二十六文字あるのに対し、数字は0から9までのわずか十文字しかありません。また、数字は学校で誰もが同じように書き方を教わり、その後はほとんど変化しません。つまり、個人差があまりないのです。われわれにとっては関心がある文字ではありません。このカードの場合、〈3〉がふつうより角張っているほかは、ありきたりな筆跡です（ちなみにアルファベットの大文字も、数字と同じように決定的な要因になりにくい文字です）。わたしが気づいたのはこれがすべてです。これ以上言えることはありません。敬具。ジェジュ」

「拝啓　もうひとつ、お尋ねしたいことがあります。実は、このカードの書き手ではないかと疑っている人物がひとりおりまして、わたしはその人が書いた手紙を持っています。

便せん二枚分のこの手紙とポストカードの筆跡を、比較してみてはいただけませんか？　敬具。アンヌ」

「拝啓　ええ、構いません。ただし、ひとつ条件があります。その手紙とカードはほぼ同じ時期に書かれたものである必要があります。人間の筆跡は平均して五年ごとに変わりますので。敬具。ジェジュ」

「拝啓　手紙は二〇〇二年七月、カードは二〇〇三年一月に、それぞれ投函されています。わずか半年の違いです。敬具。アンヌ」

「拝啓　では、拝見しますのでその手紙をお送りください。カードの筆跡と適合するかどうか照合してみましょう。敬具。ジェジュ」

「拝啓　二〇〇二年七月に書かれた手紙を添付します。カードを書いたのと同じ人かどうか、ご意見をお聞かせください。敬具。アンヌ」

第九章

ジェジュによると、筆跡の照合の結果が出るのに二週間ほどかかるという。その間に自分のすべきことをしよう、とわたしは思った。執筆を進めて、買いものをして、娘を学校に送り届けて、柔道教室へ迎えに行って、クレープを焼いて、おやつのために箱のなかにお菓子を入れておいて、ジョルジュとランチを摂って、モスクワにいるジェラールの近況を尋ねて……そして、いらいらせずにじっと待つ。

気づくと、ポストカードのことばかり考えていた。ふと、ジョルジュの家で会った女性、著書を贈ってくれたナタリー・ザジュを思いだす。彼女は『イズコール』の話をしていた。『イズコール』とは《ユダヤ人共同体の歴史を残すために、戦時中に亡くなった人たちに関する記録や、戦後生き延びた人たちの証言を集めて、第二次世界大戦後に世界じゅうで編纂された書籍群》だという。ノエミのことも考えた。彼女の頭のなかだけにあって、決して書かれることのなかった小説はどんなものだったのだろう。そして、著者になるはずの人間がガス室で亡くなったことで、一緒に失われた多くの本にも思いを馳せた。

戦後、東欧系ユダヤ人の家庭では、この地上にユダヤ民族を再び繁栄させるため、女性はなるべく多くの子どもを産まなければならないとされてきた。それは本も同じではないかと思う。わたしたちは無意識のうちに、書かれなかった本によって隙間ができた書棚を埋めるために、なるべく多くの本を書かなくてはならないと考えている。そう、戦時中に焼却された本だけでなく、著者の死によって書かれずに失われた本がたくさんあるはずなのだ。

イレーヌ・ネミロフスキーのふたりの娘のことも思った。大人になった彼女たちは、リネン類が詰めこまれたトランクの底から『フランス組曲』の原稿を見つけだした。いったい何冊の本が、スーツケースやキャビネットの引き出しにしまわれたまま忘れられているのだろう?

リュクサンブール公園へふらりと出かけた。鉄製の椅子に腰かけて、どこかもの悲しくて美しい公園の風景を眺める。かつてラビノヴィッチ家の人々も、何十回となくこの公園を訪れていたはずだ。

突然、雨上がりのスイカズラの匂いがした。オデオン劇場へ向かって歩きだす。あの日、ミリアムは五枚のパンツを履いてこの通りを歩いていた。車のトランクに入って、フランスを縦断するためだ。劇場に掲示されている上演作品のポスターは、クルトリーヌではなくイプセンだ。作品は『民衆の敵』で、演出はジャン=フランソワ・シヴァディエ。劇場の裏手からオデオン通りを歩き、アントワーヌ・デュボワ通りの階段を下りて、エコール=ド=メドゥシーヌ通りに出る。そして、オートフイユ通り二十一番地にやってきた。角にある八角形の小塔のコレット・グレの部屋で、ラビノヴィッチ家の姉妹のミリアムとノエミは何時間も夢を語り合った。わたしはふたりのユダヤ人の少女たちの声に耳を澄ませようとした。数メートル先に、この場所にまつわる歴史を紹介する看板が立っている。〈オートフイユ通り十五~二十一番地、エコール=ド=メドゥシーヌ通り、ピエール・サラザン通り、ラ・アルプ通りに囲まれたこの一帯は、中世の一三一〇年までユダヤ人墓地だった〉と記されていた。エアポケットのような時間は、年月を超えて常につながっている。

パリの街を歩きつづける。自分には大きすぎる邸宅のなかで、迷子になって途方に暮れている気分だった。フェヌロン高校のほうへ足を向ける。かつてわたしは二年間、この学校のENS文科準備学級に通っていた。

二十年前と同じように、陽が当たって明るいシュジェ通りから、薄暗くてひんやりしたエントランスホールに入る。二十年はあっという間だった。当時は、ミリアムとノエミがこの学校に通っていたのを知らなかった。しかしどういうわけか〈自分はここで学ばなくてはならない、ほかの学校では駄目だ〉と感じていた。『ほかの者たちにはわからないやり方で、あの学校はわたしに語りかけてくる』。彫刻家のルイーズ・ブルジョワは、フェヌロン高校で過ごした年月についてそう言っていた。さらにこうも言っている。『どうしても捨てられない過去があるなら、その過去は復元されなくてはならない』。大きな木製のポーチをくぐりながら、かつてないほどミリアムとノエミを身近に感じた。彼女たちもこの中庭に立って、わたしと同じように少女らしい感情と夢を抱いたのだろう。針がハサミの形をしたくすんだ色合いの木製の大時計、幹に斑点のあるマロニエの古木、錬鉄製の手すりがついた階段などは、きっと彼女たちの瞳にも同じように映っていただろう。階段を上り、二階の通路から中庭を見下ろす。今もすぐそこで戦争が行なわれている気がした。戦争はそこらじゅうにある。戦争を生き延びた人たち、戦わなかった人たち、戦った人たちの子どもたち、戦わなかった人たちの孫たち、もっと戦えたのにそうしなかった人たち……それぞれの心のなかで、戦争は行動、運命、友情、愛情を操りつづける。あらゆるものがわたしたちをそこへ引き戻す。わたしたちの耳には爆音が響きつづける。

この学校で、歴史学に興味を抱いた。重大な事件が発生するには要因があり、きっかけとなる出来事があると学んだ。原因と結果。まるでドミノ倒しのように、一つのピースが倒れれば次のピースも倒れる。不確かな現象などなく、あらゆる出来事は論理的な脈絡のなかで起こるのだと教わった。ところが現実を見れば、わたしたちの人生には亀裂と衝突しかない。ネミロフスキーのことばを借りると〈何が何だかさっぱり訳がわからない〉のだ。その時、誰かに肩を叩かれて飛び上がって驚いた。

「何かご用ですか?」見回り係の女性だった。

「すみません。用というわけじゃないんですけど」わたしは答えた。「昔、この学校の生徒だったんです。当時と変わったかどうかを知りたくて……でも、すぐに帰ります。失礼しました」

第十章

いつもの中国料理店でジェラール・ランベールと会い、いつもと同じ日替わり定食を注文した。

「そういえばさ」ジェラールが言った。「一九五六年のカンヌ映画祭のことだけど、パルム・ドールを争うコンペティション部門に、フランスの作品のひとつとしてアラン・レネの『夜と霧』も出品されると告知されたんだ。で、その後どうなったか知ってる？」

「え、知らない」

「じゃあ、耳をでっかくして聞いてくれよ。きみの耳はちっちゃいからな。きみのように小さな耳にはめったにお目にかかれない。いいかい？　当時の西ドイツの外務省が、この映画をオフィシャル・セレクションから取り下げるよう、フランス政府に要請したんだ」

「何の権利があってそんなこと言うの？」

「フランスとドイツの和解の妨げにならないように、だとさ！　こんなことで台なしにするべきじゃないっていうんだ！」

「で、結局、コンペティションには出さなかったの？」

「そう、出さなかった。もう一回言おうか？　そうなんだ、出さなかったんだよ！　こういうのはね、ひと口に言うと検閲って呼ばれてるんだ」

「でもこの映画って、カンヌで上映されたかと思ってた！」

「ああ！　抗議の声が上がったからさ。当然だよ。だからコンペティション外として上映されることになったんだ！　でもそれだけじゃないぞ。フランス検閲委員会は、このドキュメンタリー映画の一部の資料映像をカットするよう、制作側に要求したんだ。それがさ、何だったと思う？　なんと、ピティヴィエ収容所で監視をするフランス憲兵の姿が映ったシーンだったんだよ。フランス人がこういう施設を管理するのを手伝っていたと、あまり広く知らしめてはいけないっていうんだ。

戦後、誰もがこういう話をしたり聞いたりするのにうんざりしていた。家庭内でも同じさ。戦時中に何があったか、家族の誰も教えてくれなかった。誰ひとりとしてね。今でもよく覚えてる。あれは、ある春の日曜だった。両親が親戚を十人ほど自宅に招待した。暑い日だった。女性たちは薄手のワンピースを、男性たちは半袖のシャツを着ていた。だから気づいたんだ、みんなの左腕に数字のタトゥーが入ってたことにね。招待客はひとり残らずそうだった。母の父親の弟のミシェルも、母の父親の弟の妻のアルレットも、そのいとことその妻も、母の叔父のジョゼフ・ステルネールも、みんな左腕に数字のタトゥーがあった。高齢者ばかりに囲まれたぼくは、一匹の蚊が飛ぶようにして、みんなのまわりをちょこまかと動きまわっていた。そんなぼくがきっと少しうっとうしかったんだろう、ジョゼフ叔父がぼくをからかおうとして、突然こんなことを言ったんだ。

『おまえの名前は本当はジェラールじゃないんだぞ』

『そうなの？　じゃあ、何て名前なの？』

『おまえの名前は《スーパーいたずらマン》だ』

叔父は、一音節ごとに刃物で切るようなイディッシュ語なまりで、ことばの最初のほうを強く、最後のほうを弱く発音しながらそう言った。

ぼくはひどく傷ついた。まだ幼かったし、子どもってすぐにへそを曲げるものなんだ。きみも覚えがあるだろう？　つまり、ぼくは叔父のジョークが気に入らなかった。それがきっかけで、まわりにいるすべての年寄りに急に嫌気がさした。そして母の気を引きたくなった。自分だけを見てほしかった。構ってほしかった。そこでぼくは母に言った。

『お母さん、どうしてジョゼフ叔父さんは左腕に数字のタトゥーを入れてるの？』

母はしかめ面をして、ぼくを追いはらおうとした。

『お母さんは今忙しいんだよ。見ればわかるだろう？　どこかで遊んでおいで、ジェラール』

でもぼくは食い下がった。

『ジョゼフ叔父さんだけじゃないよ。今日来た人たちはみんな、左腕に数字のタトゥーを入れてる。いったいどうして？』

するとぼくの目をじっと見て、顔色ひとつ変えずにこう言った。

『あれは電話番号だよ、ジェラール』

『電話番号？』

『そう』母は自信に満ちた表情で、大きく頷きながら言った。『電話番号なんだよ。みんなもうけっこうな歳だからね。忘れないようにそうしてるんだ』

『いいアイデアだね！』ぼくは言った。

『そうだろう？　じゃあ、もうこれ以上質問するのはやめておくれ。いいね、ジェラール？』

その後も、ぼくは母の言ったことを信じつづけた。わかるかい？　何年もの間ずっと、〈頭がいいなあ、あの電話番号のタトゥーがあれば、年寄りはみんな道に迷わずに済むんだ〉と思ってきたんだ。……ねえ、揚げ春巻きを追加で頼まないかい？　すごくおいしそうじゃないか。あのさ、ぼくはずっと《あのこと》に囚われながら生きてきたんだ。誰かと道ですれちがっただけで、《この人は人殺しか、それとも被害者か》とすぐに考えてしまう。五十五歳くらいまでずっとそうだった。その後はおさまったけどね。今ではめったにそんなふうには考えない。まあ、八十五歳以上のドイツ人とすれちがった時は別だけど。といっても、幸いにもその年齢のドイツ人とそれほど頻繁に会うことはないからね。だって、やつらはみんなナチなんだ。全員だ！　ひとり残らず！　今でもそうだ！　死ぬまでやつらはナチだ！　もし一九四五年時点でぼくが二十歳だったら、ナチ・ハンターになって生涯をその活動に捧げたと思う。断じて、この世界ではユダヤ人なんかにならないほうがいい。どうしてってって言われてもそうなんだ。それ以上でも、それ以下でもない。さあ、デザートをひとつ頼んでシェアしよう。きみが好きなのを選びなよ」

ジェラールと別れたあと、母から電話をもらった。「いいものが見つかったから今からおいで」と言う。資料の山に紛れこんでいたのだそうだ。

母の書斎に入ると、タイプライターで打たれた二通の手紙を渡された。

「これだと筆跡の分析はできないよ」わたしは言った。

「いいから読んでごらん。きっと興味を持つから」

一通目は、一九四二年五月十六日付だった。ジャックとノエミが逮捕される二カ月前だ。

大好きなお母さん

無事に着いたことだけ伝えたくて、取り急ぎこの手紙を書いてます。長くは書けないわ。仕事がすごく忙しいから。欠勤者のぶんまで働かなくちゃいけないの。

(中略)

ねえ、ノーが変わったと思わない？　前のようにはしゃがなくなった。それでも一日じゅうわたしと一緒にいて、楽しんでるように見えたけど。でもお母さんと過ごせなくてごめんね。あーあ、今日はずっと雨降りでうんざり！（中略）ラ・ピコティエールに少ししかいられなかったこと、怒ってない？今夜、もっと長い手紙を書きます。じゃあね。
コレットより

二通目は、同年の七月二十六日付。ジャックとノエミが逮捕されてから十三日目だった。

一九四二年七月二十三日、パリ
お母さんへ
家に着いてから、二十一日付のお母さんからの手紙を受けとりました。またしてもタイプライターでごめんね。だって、手書きより二倍速く書けるんだもの。書くのが嫌なんじゃない。仕事があるせいです。やるべきことが多すぎて。（中略）さて、いくつか近況をお知らせします。
一）仕事のこと。トスカンとわたしたちは険悪なムードです。エティエンヌはヴァンセンヌに行ったきり。（中略）
二）お昼頃、ラビノヴィッチさんの手紙を受けとりました。それからずっと悲しい気分に浸ってます。ノーと弟が、ほかのたくさんのユダヤ人のように連れていかれたの。それ以来、連絡がないんですって。しかもそれが、わたしがレ・フォルジュに行ったのと同じ週のことだったらしいの。ここのところ気持ちが晴れなかったのは、きっと虫の知らせだったんだわ。近々ミリアムに会ってみます。ノーがかわいそう。まだ十九歳だし、弟なんて十七歳になるかならないかなのに。パリは恐ろしいことになっているようです。子ども、夫、妻、母たちがみんな引き裂かれてる。母親と一緒にいられるのは、三歳未満の子どもだけなんですって！

三）レモンドに手紙を書きました。彼女に会えるのが嬉しい。だって、ラビノヴィッチさんの手紙を読んでから、ずっと気持ちが動揺してたから。

（中略）コレットより

一読して、奇妙な印象を受けた。〈ノーと弟が、ほかのたくさんのユダヤ人のように連れていかれたの。それ以来、連絡がないんですって〉。連れていかれた？ 彼女のことばの使い方に違和感をおぼえた。それにこれらの手紙では、すべてがごくふつうのことのように書かれている。ユダヤ人絶滅計画が、配給制、猫の近況、雨降りの話題などと同列に語られている。わたしは思ったままを母に伝えた。

「昔のことを現代の感覚で判断するのは難しいよ。もしかしたら将来、今の時代では当たり前のことが、後世の人たちには無遠慮で無責任に思えるかもしれない」

「お母さんはさ、わたしがコレットを悪く言うのが嫌なんだよね。でもこの二通の手紙で、わたしは自分の推測に確信を持ったよ。コレットは、ラビノヴィッチ家に起きたことに大きな衝撃を受けた。そして亡くなるまで罪の意識を抱きつづけた」

「かもね」母が眉を上げながら言った。

「ねえ、すべてが符合してるのにどうして認めようとしないの？ だって彼女、お母さんがポストカードを受けとった半年前にもこれと同じようなことを言ってるんだよ。それって信じられないことじゃない？」

「驚くほど符合してるのは認めるよ。でも……」

「でも？」

「でも、匿名のポストカードを送ったのはコレットじゃない」

「どうして？　なんでそんなに自信があるの？」

「どうしてって、ぴんとこないからさ。この感じをどう説明したらいいかわからない。まるで、2＋3＝4って言われてるみたいなんだ。あんたにいくら理路整然と説明されたって、ぴんとこないとしか言いようがない。わかるかい？　コレットが送ったとはどうしても思えないんだ」

第十一章

「拝啓
　お電話の件でお便りします。文字数が少ないので百パーセント確実とは言えませんが、ここに書かれた文字を分析した限りでは、ポストカードと手紙を書いたのは同一人物ではありません。この件についてご不明な点があれば、いつでもご連絡ください。
敬具　ジェジュ・F。犯罪学者。筆跡鑑定家」

　ジェジュと母は意見が一致したようだった。匿名のポストカードを書いたのは、コレットではなかった。

　わたしは心の底からがっかりした。そしてすべてにうんざりした。クララを子ども用ベッドに寝かせて、ポストカードを遠ざけて、いつもの生活を取り戻そうとした。それから自分のベッドに横になり、『モモ　いつも文句ばかり言っているワニ』を読み聞かせた。天井から聞こえてくるピアノの音色に全身が包まれる。目を閉じた。上の階からピアノの音がした。天井から音符が落ちてくる。細かい雨粒のように、天井から音符が落ちてくる。

　それから数日間は、すっかり打ちひしがれていた。何もしたくなかった。いつどこにいても寒くてさみしくて、熱いシャワーを浴びて元気を取り戻そうとした。ジョルジュとのランチの約束もキャンセルした。芯から疲れきっていた。唯一したいと思ったのは、シネマテーク（映画上映ホールと映像資料室がある施設）へ行って、ミリアムの叔父のエマニュエルが出ているジャン・ルノワールの映画のDVDを買うことだけだった。『のらくら兵』と『十字路の夜』は見つかったが、『マッチ売りの少女』はなかった。クレジットタイトルにマニュエル・ラービーというエマニュエルの芸名が現れたのを、ひどく悲しい気持ちで眺めた。現実感がまるでなかった。そして睡眠薬を飲んだかのように、どうにも抑えられない睡魔に襲われた。丸めたセーターの上に頭をのせて、エマニュエルのことを考える。彼はいつ、どうやって亡くなったのだろう？　母に電話をして確かめてみないと……そう思いながら、そうする気力がなかった。

玄関の呼び鈴の音に起こされた。

ドアの陰から現れたのはジョルジュだった。ワインのボトルと花束を抱えている。

「きみが外に出たくないならぼくが行こう、と思ってね。じゃないと、会いたくて我慢できなくなりそうだったから」そう言ってジョルジュは笑った。

音を立てないように注意しながら、ジョルジュをなかに入れた。寝ているクララを起こしてはいけない。わたしたちはキッチンへ行き、ワインの栓を抜いた。

「ジェジュから返事をもらった？」ジョルジュが尋ねる。

「うん。コレットじゃないって。それでがっかりしちゃって。こんなことして何になるんだろうって思ってたところ」

「大丈夫だって。最後まで頑張りなよ」

「へえ、意外。諦めるよう説得されるかと思った」

「いや、辛抱強くやるしかないでしょう。やり遂げられるって信じないと」

「絶対にできない気がしてきた。時間を無駄にするだけになりそう」

「いや、きっと新しい発見があるはずだよ」

「発見って？」

「わからないけど……中断したところからもう一度やり直してみたら？　きっと進むべき道が見えてくるよ」

わたしはメモを取った手帳を開いて、ジョルジュに見せた。

「中断したのはここ」

そのページには三つのことばが書かれていた。家族、友人、隣人。

「家族、はもう誰もいない。友人、はコレットだけ。残ったのは、隣人」

第十二章

「村に行って、一九四〇年代に何があったか住民に聞いてみたいって？」

「うん。レ・フォルジュのかつての隣人たちに尋ねてみたい。うちの家族に会ったことがないか、覚えていることはないかって」

「あんた、ラビノヴィッチ家のことを知ってる人たちを見つけられると、本気で思ってるの？」

「当たり前じゃない。だって、一九四二年に子どもだった人たちは今八十代だよ。記憶に残ってる可能性は高い。ねえ、明日一緒に行こう？　クララを学校に送ったらすぐに出発したい」


翌朝、パリ南端のポルト・ドルレアンで母と待ち合わせをした。母は赤いトゥインゴに乗って、ラジオでニュースを聞きながらわたしを待っていた。車内はタバコの煙と香水の匂いがする。子どもの頃からよく知っている匂いだ。ペンケース、ぼろぼろの推理小説、片方しかない手袋、コーヒーが入っていたらしいプラスティックカップ、ハンドバッグなどの荷物をどかしてから、助手席に座る。〈刑事コロンボの車みたいだ〉と、わたしは思った。

「家の住所は知ってるんだよね？」

「知らないんだよ」母は答えた。「レ・フォルジュに関する資料はたくさん集めたんだけど、どういうわけかどこにも住所が書かれてなかった」

「まあ、向こうに行けばどうにかなるでしょ。小さい村みたいだし」

空を見上げると、雲行きが怪しくなっていた。スマートフォンのナビによると、現地まで一時間二十七分かかるらしい。ラジオでは、欧州議会議員選挙と、黄色いベスト運動の全国討論大会について話をしていた。だがそれよりも、今はこれからのことに集中していたい。わたしはラジオの音量を下げて、自分が考えていることを話しはじめた。一九四二年十月にラビノヴィッチ夫妻がいなくなってから、レ・フォルジュの家はいったいどうなったのか。

「ふたりは逮捕されるのを待ってたんだよね」わたしは母に言った。「子どもたちに会うためにドイツへ行きたいと思ってた。ということは、出発前に家を片づけて、隣人に留守中の管理をお願いしておいたんじゃない？　信頼できる人に合鍵を預けたとか？　もしかしたらその鍵が今もどこかにあるかもしれない」

「村役場に渡したんだ」母がきっぱりと言った。

わたしが驚いてことばを失っている間に、タバコに火をつける。

「村役場？」わたしは咳をしながら尋ねた。「どうしてわかるの？」

「後ろに置いてある書類フォルダを見てごらん」

わたしは後部座席に手を回して、グリーンの紙製フォルダをつかんだ。

「お母さん、お願いだから窓を開けて。じゃないと吐きそう」

「あんたもまた吸いはじめたのかと思ってたよ」

「吸いはじめてない。わたしが吸うのは、お母さんのタバコの臭いを我慢するためなんだよ。ねえ、窓を開けてってば！」

紙製フォルダには、書類のコピーが挟まっていた。マッテオリ委員会のために母が収集したものだ。

レ・フォルジュ村役場のレターヘッドが入った手紙を取りだす。村長自身の手書きによるもので、一九四二年十月二十一日と日付が入っていた。エフライムとエマが逮捕された十二日後だ。

村長より
ウール県農業局長殿

拝啓
ラビノヴィッチ夫妻の逮捕後、自宅を施錠し、わたし自身がその鍵を保管している旨を貴殿にお知らせします。最近選出されたばかりの村の役員の立ち会いのもとで、所持品の目録も作成いたしました。飼育されていた二頭の豚は、今のところジャン・フォシェール氏に託しております。見つけた飼料も渡しました。しかし、この状況をこれ以上長引かせることはできません。フォシェール氏からは七十フランの日給を請求されています（現在、同氏は手作業で大麦の脱穀をしております）。さらに、庭園内には菜園と果樹がありますので、こちらも何かに利用すべきでしょう。こうした状況を整理するには正式に財産管理人を任命しなくてはなりません。
現状の解決のために、県庁からのご指示をお待ちしております。
どうぞよろしくお願い申し上げます。

村長

気取った文字を書く人だった。大文字の〈D〉の先端が、こっけいなくらい大袈裟に丸まっている。〈E〉は、まるで凝った渦巻き装飾のようだった。
「美しい字で恐ろしいことを書いてる」

「とんでもない馬鹿だね」

「ねえ、お母さん、このジャン・フォシェールって人の子孫を捜そうよ」

「その下にある手紙も読んでごらん。ウール県農業局長から県知事に宛てたもので、この翌日に書かれてる」

フランス国
ウール県農業局長より
ウール県庁（第三局）　ウール県知事へ
エヴルー市
レ・フォルジュ村長から送られてきた書簡を同封します。同村に在住していたユダヤ人のラビノヴィッチ夫妻の自宅の状況について、当局に連絡がありました。同夫妻が所有していた一軒家を整理するために、正式に財産管理人を任命してほしいとのことです。
この件は当局の管轄外であり、問題を解決するための権限を持っておりません。したがって、貴殿よりレ・フォルジュ村長に必要な指示を出していただきたく、よろしくお願い申し上げます。
局長

「行政の内部でたらい回しにされてない？」

「そのとおり。誰も村長に返事を出したがらなかったみたいだよ。県知事も、農業局長も」

「どうしてだろう？」

「忙しすぎたんだろうね。《ユダヤ人のラビノヴィッチ夫妻》の豚二頭とリンゴの木なんかに、かかずらってる暇はなかったんだよ」

「ユダヤ人なのに豚を飼ってたって、変じゃない？」

「だからさ、彼らにはそんなことはどうでもよかったんだよ。豚を食べちゃいけないとか、そういう決まりを全然気にしてなかった。かつて暑い地域では生の豚肉を正しく保存できなくて、食べると人体に有害であることからそういう言い伝えが生まれたんだ。でも二千年も前の話さ。それに、エフライムは信仰心がなかったし」

「ねえ、もしかしたらさ、農業局長は一種のレジスタンスとして、自分には権限がないって返事をしたんじゃない？　こういうやり方に異議を唱えるために、関わらないことに決めたとか」

「あんたもおめでたいねえ。いったい誰に似てそんな性格になったんだか……」

「やめてよ！　おめでたくなんかないってば！　わたしはただ、ひとつの物事をさまざまな側面から検討したいだけなの。同じ行政機関、同じフランス政府の内部で、まともな人と下劣な人が共存してた事実にすごく興味があるんだよ。ほら、ジャン・ムーランとモーリス・サバティエのように。ふたりとも同世代で、同じような教育を受けて、同じような経緯で県知事になった。ところがその後、ムーランがレジスタンス運動の指導者になった一方で、サバティエはヴィシー政権下の県知事になった。あのモーリス・パポンの上司だったんだよ。そして戦後、ムーランは偉人としてパンテオンに埋葬され、サバティエは人道に対する罪に問われた。何がふたりの運命を分けたんだろう？　ちょっと、お母さん！　タバコを消してったら！　窒息死しちゃう！」

母は車の窓を開けて、吸い殻を外に放り投げた。それを見たわたしは、喉まで出かかった文句をぐっとこらえた。

「その下にある書類も見てごらん。レ・フォルジュの村長は、ただ手をこまねいているだけじゃなかった。自発的にエヴルー県庁を訪れたんだ。これはその後に受けとった手紙だよ。日付は一九四二年十一月二十四日。さっきの手紙のほぼ一カ月後だ」

行政総局・公安局
外国人取締事務所
書類記号　ラビノヴィッチ2239／EJ
エヴルー市　一九四二年十一月二十四日
レ・フォルジュ村長殿
拝啓
去る十一月十七日、貴殿が外国人取締事務所を訪問された件でお知らせします。十月八日に逮捕されたユダヤ人のラビノヴィッチ夫妻が食糧として所有していた二頭の豚を、売却する権利を貴殿に付与します。この件については、エヴルー県アメイ兵舎付食糧総局の主計官宛に報告書を提出してください。売却した利益は貴殿が保管し、近く任命される予定の臨時財産管理人に支払ってください。

「エフライムとエマの家に臨時財産管理人がいたの？」

「十二月に任命されたよ。ラビノヴィッチ家の庭園と土地の整理を行なったんだ」

「その人が家に住んだの？」

「まさか。これらの土地は、ドイツ占領軍の命令の下、フランス政府によって回収、というか強奪された。ユダヤ人が所有していた企業の財産が強奪されて、フランス人が経営する企業に割り振られたのと同じようにね。ラビノヴィッチ家の場合、臨時財産管理人が作業員を雇って家の外にあったものはすべて整理したが、家そのものには手をつけなかったらしい」

「じゃあ、家はどうなったの？」

「戦争が終わるとすぐ、ミリアムが売却してしまった。現地に一度も行かずにね。つらすぎて見たくなかったんだろう。一九五五年に、公証人を立てて手続きを行なった。それ以来、ミリアムがレ・フォルジュの話をすることは一度もなかった。でもあたしはあの家の存在を知ってたんだよ。家が売られた時は十一歳だった。もしかしたら当時、大人たちの会話を小耳に挟んだのかもしれない。よく覚えてないんだけど、《レ・フォルジュ》という名前の場所に、会ったことのない家族、幻の家族が住んでいたことだけはわかってた。ずっとその家のことが頭の片隅にあって、常にどこかで気にかかってた。今のあんたみたいにね。そして一九七四年、あたしが三十歳の時、どういう運命のいたずらかレ・フォルジュに行くことになったんだ。

当時、うちはあんたの父親、あんたの姉さん、あたしの三人家族だった。一種の共同体のように仲間たちとつるんでいて、どこへ行くにも一緒だった。ある週末、みんなで仲間のひとりの田舎の家へ遊びに行くことになった。あたしはミシュランの地図を買って、エヴルーの近くだというその場所を調べた。通るべきルートに色鉛筆で印をつけていると、突然、レ・フォルジュという名前が目に飛びこんできたんだ。目的地から八キロしか離れていない。心底驚いたよ。〈あの村は本当に存在したんだ。夢じゃなかった。あたしの勝手な思いこみじゃなかったんだ〉ってね。土曜の夜、友だちの家でパーティーを催した。たくさんの人が集まってとても楽しい時間だった。でもあたしはどこかうわの空だった。ここからならすぐにでもレ・フォルジュへ行けると思うと気もそぞろだった。見るだけでいいから行ってみたい。結局、その夜は眠れなかった。翌日の早朝、ひとりで車に乗ってレ・フォルジュへ向かった。道はわからなかったけど、何かに導かれるようにして走った。そうして一度も迷わずに村に入り、たまたま目の前に現れた家の前で車を停めた。車から降りて玄関の呼び鈴を鳴らすと、しばらくしてなかから年配の女性が現れた。白髪で、穏やかでやさしそうだった。一見して善良な人という印象を受けた。

『すみません、戦時中にレ・フォルジュに住んでいたラビノヴィッチさんの家を捜してるんです。聞いたことはありませんか？　その家がどこにあるか、ご存じではないでしょうか？』

女性は奇妙な目つきであたしを見つめた。そして青ざめた顔で尋ねたんだ。

『あなた、ミリアム・ピカビアさんの娘さん？』

あたしは息が止まるほど驚いて、その場に立ちすくんだ。どうしてこの人は自分を知っているのか……。それもそのはず、一九五五年にラビノヴィッチ家の一軒家を買ったのは、目の前にいるその女性だったんだ」

「てことは、お母さん、たまたま見つけた家の前に車を停めて、その家の呼び鈴を鳴らしたら、それが自分の祖父母の家だったっていうの？　村に入ってすぐに見つかったってこと？」

「信じられないだろうけどさ。物ごとってこういうふうに運ぶものなんだよ。それであたしは言ったんだ。

『はい、わたし、ミリアムの娘です。すぐ近くで、夫と娘と一緒に週末を過ごしてたんですが、どうしても祖父母の家があった村をひと目見たくなって。でも、お邪魔はしませんから』

『何を言うの。どうぞあがって。あなたにお会いできてとても嬉しいわ』

彼女はとても温かくてやさしい声でそう言ってくれた。あたしは庭に入った。家のファサードを目にした途端、急に目の前が真っ白になって、脚ががくがくして立っていられなくなった。めまいがした。女性に居間に案内されて、オレンジエードをもらった。たぶんあたしの動揺を察してくれたんだと思う。しばらくすると気分が回復したので、女性と話をした。そしてあんたがさっき言ったのと同じことを尋ねた。この家を買った時にどういう状態だったかと聞いたんだ。

『ここに住みはじめたのは一九五五年だったわ。初めて訪れた時、家具がほとんどなくて、価値があるものはすべて持ちだされたあとだとわかった。次に訪れたのは引っ越しの時だったけど、どうやらその間に誰かが忍びこんで盗みをはたらいたらしいの。椅子がひっくり返ってた。ほら、空き巣に入った泥棒が、慌てて何かを落としたりひっくり返したりするじゃない？　そして何が盗まれたかすぐにわかった。壁に掛けてあった額装の写真がなくなってたの。この家を撮ったもので、初めて訪れた時にその美しさに目を奪われたわ。でもそれが影も形もなかった。壁には四角い跡が残っていて、額を吊るすためのワイヤーだけがぶら下がってた』

女性の話を聞いて、あたしの胸は引き裂かれた。盗まれたのはあたしたちの思い出だった。あたしの母親の、あたしたち家族の思い出だった。

『でも、取っておいたものがいくつかあるの』女性は言った。『トランクに入れて屋根裏に置いてある。あなたのものよ。よかったら持って帰って』

言われるがままに屋根裏部屋までついていった。何が起きたのかわからなくて頭が混乱していた。何年もの間、誰かが捜しにきてくれるのを待っていたものたちが、この場所にあるのだ。女性がトランクを開けた時、さまざまな感情がどっと押し寄せてきた。自分ではどうにも抑えられなかった。

『日をあらためてトランクをいただきにまいります』あたしはようやく言った。

『それでいいの？』

『はい、夫と一緒に来ます』

女性に見送られながら玄関ロへ戻った。だが、外に出て別れの挨拶をしようとした途端、女性があたしを引きとめた。

『待って。やっぱり今、何かしら持って帰ってほしい』

女性は小さな絵を手にして戻ってきた。Ａ４用紙と同じくらいの大きさの、ガラス製のピッチャーを描いたガッシュ画。素朴な木材で額装された静物画だった。ラビノヴィッチという署名が入っている。シャープで上品な、まさにミリアムの筆跡だった。この絵は母が描いたのだ。この家で、両親、弟、妹のノエミに囲まれて、幸せに暮らしてた頃の作品。それ以来、あたしはこの絵をずっと手元に

「あとでトランクを取りに行ったの?」わたしは尋ねた。

「もちろん。数週間後に、あんたの父親と一緒にね。母には何も言わなかった。いきなり見せて、驚かせてやろうと思ったんだ」

「えっ、それはやっちゃ駄目でしょ」

「そう、絶対やってはいけなかったんだよ。夏のバカンス中、母と一カ月ほど一緒に過ごすために、南仏のセレストを訪れた。その時にトランクを持っていったんだ。母に宝物をプレゼントするのだと興奮して、得意げにね。ところが母は、トランクを見て表情を曇らせた。そして無言のまま蓋を少しだけ開けて、すぐにまた閉めてしまった。その間、何も言わなかった。ひと言もね。そしてそのまま地下室にしまいこんだ。バカンスが終わってパリへ帰る時、あたしは地下室に行っていくつかのものを持ちだした。テーブルクロス、ノエミが描いたデッサン、写真、役所からの手紙……いずれもたいしたものじゃなかった。その時の写真は今も書類ボックスにしまってあるよ。一九九五年にミリアムが亡くなった時、あたしはセレストにこのトランクを取りに行った。でも中身は空っぽだったんだ」

「全部捨てちゃったのかな？」

「さあね。焼却したか、誰かにあげたか……」

大粒の重たい雨が降ってきた。フロントガラスに当たると、まるでビー玉がぶつかったような音がする。レ・フォルジュに着いた時はどしゃ降りになっていた。

「どのへんに家があったか覚えてる？」

「あんまり。村のはずれの、森へ向かう道沿いだったと思う。前の時と同じように簡単に見つかればいいんだけど」

夜のように空が真っ黒だった。フロントガラスについた結露をセーターの袖でこすり落とす。ワイパーは役に立たなかった。同じところを何度も行ったり来たりした。母にとっては見覚えのない建物ばかりのようだ。まるで悪夢を見ているように、あるいはロータリーにはまって出られなくなった時のように、どう走っても必ず出発地点に戻ってきてしまう。そして空からは大量の水がしたたり落ちている。

片方の道沿いに五、六軒の一戸建て住宅が並び、その向かいに野原が広がる通りに出た。一戸建ての家はどれもこぢんまりしていて、まっすぐ一列に並んでいる。

「この通りだった気がする」母が言った。「こんなふうに、向かい側には家がなかったはずなんだ」

「ねえ、標識に《プティ・シュマン通り》って書いてあるよ。聞き覚えある？」

「うん、確かそんな名前だった」母はそう言うと、九番地と表示された家の前に車を停めた。「たぶん、この家だったと思う。通りの奥のほうだけど、一番端じゃなくてその少し手前だったから」

「門の表札を見てくる」

わたしは車を降りると、表札を見るために雨のなかを門まで走った。傘は持っていなかった。車に戻ってきた時は、全身ずぶ濡れになっていた。

「マンソワさんだって。聞き覚えある？」

「ない。確か、名前に〈X〉がついてたと思う。確信はないけど」

「この家じゃないのかも」

「ファイルのなかに昔の外観の写真があるよ。見比べてみよう」

「どうやって？　塀が高くてなかが見えないけど」

「屋根に上ればいい」

「家の屋根に？」

「違う、車の屋根だよ！　そうすれば遮るものがなくなって、塀の奥まで覗ける」

「嫌だよ、そんなことしたくない。誰かに見られたらどうするの」

「いいから。ほら、行っといで」母は言った。子どもの頃、嫌がるわたしに車と車の隙間でおしっこをさせた時と同じ口調だった。

雨が降るなか、外に出る。車のドアを開けっぱなしにして、助手席のシートに足を乗せて屋根によじのぼった。雨水のせいで滑りやすくなっており、両足で立ち上がるのは容易ではなかった。

「どう？」

「お母さん、そうだよ、この家！」

「チャイムを押してみな！」母が下から怒鳴った。珍しい。娘のわたしに何かを命じたことなどこれまで一度もないのに。

全身ずぶ濡れのまま、九番地の家の門のチャイムを何回か押す。ラビノヴィッチ家の人たちが住んでいた家の前にいると思うと、胸が高鳴った。門の奥にある家は、わたしが来たことをすでに知っていて、ほほ笑みながら待ってくれている気がした。

長い間待ったけれど、誰も出てこなかった。

「誰もいないみたい」わたしはがっかりして母に報告した。

するとその時、犬の吠え声がして、九番地の家の門がわずかに開いた。五十代くらいの女性だった。ブロンドに染めた髪は肩にかかるくらいの長さで、赤みを帯びたふっくらした顔立ちをしている。吠えながら走ってくる犬たちに何か声をかけていた。悪意がないことを示そうとわたしが満面の笑みを浮かべても、警戒心を露わにしてこちらを睨んでいる。犬たちはすべてジャーマンシェパードだった。女性の足下をぐるぐる回っている。女性は苛立った口調で、静かにするよう命じた。〈どうして犬の飼い主には、犬に対して怒ってばかりいる人が多いんだろう〉と、わたしは思った。だったら飼わなければいいのに。そして、今自分が感じている恐れは、犬に対するものか、それともこの女性に対するものかと考えた。

「チャイムを押したのはあんた？」母が乗っている車のほうをちらりと見ながら、女性は金切り声を上げた。

「はい」髪から大量の水を滴《したた》らせながら、わたしは笑顔で答えた。「戦時中、家族がこちらの家に住んでいたんです。一九五〇年代に家を売ったんですが、その、もし可能でしたら……もちろんこちらのお宅にご迷惑でなければですが、庭だけでも見せていただけないでしょうか。どんな感じなのか、少しだけ……」

　女性は門扉の隙間に立ちふさがった。その貫禄ある体格のせいで、家の外観はまったく見えなかった。女性は眉をひそめた。どうやら犬に代わって、今度はわたしが彼女を苛立たせているようだった。

「わたしの先祖がこちらの家を所有してたんです」わたしは繰り返した。「戦時中にここに暮らしていました。ラビノヴィッチという名前に聞き覚えはないですか？」

　女性は顔を遠ざけて、しかめ面をしてこちらを睨んだ。まるでわたしが彼女の鼻先で嫌な臭いでも嗅がせたかのような反応だった。

「ちょっと待ってて」彼女はそう言い放つと、門扉を閉めてしまった。

　ジャーマンシェパードたちがいっそう大声で吠えだした。それに応じるように、近所の犬たちも吠えだした。まるで犬たちが村じゅうに、わたしたちの来訪を知らせているかのようだった。わたしは冷たいシャワーを浴びているように、雨のなかで長い間待ちつづけた。どうしてもこの家が見たかったのだ。ナフマンが野菜を育てて、ジャックとナフマンが協力して井戸を作った庭。かつて幸せだったラビノヴィッチ家の暮らしを見守ってきた、この家のファサードの石の一つひとつを見て回りたい。

やがて砂利敷きを歩く足音が聞こえて、再び門が開いた。その時、女性がマリーヌ・ル・ペン（極右政党の国民連合党首）に似ていることに気づいた。不自然なほど大きな花柄の傘を差していて、今度はそのせいでなかが見えなかった。背後に誰かがいるようだった。足下にグリーンのゴム製ハンティングブーツが見える。どうやら男性らしい。

「いったい何がしたいのよ」女性が尋ねた。

「ただ、見たいだけなんです。家族が昔ここに……」

わたしが言い終える前に、背後にいた人物が割りこんできた。かなり年配の男性だった。女性の父親か、あるいは夫なのかもしれない。

「おい、他人の家にこんなふうにいきなりやってくるなんて失礼だろう。この家はな、おれたちが二十年前に買ったんだ。今はおれたちの家なんだよ！」男性は敵意をむき出しにして怒鳴りちらした。

「来るなら、あらかじめ連絡してからにしろ。サビーヌ、門を閉めろ。もう帰ってくれ」

サビーヌと呼ばれた女性は、わたしの鼻先で門扉をぴしゃりと閉めた。わたしはすぐには動けなかった。突然、とてつもない悲しみに襲われた。涙が次々と溢れてくる。だが、雨のせいですでに顔がびしょ濡れだったので、たとえ誰かに見られても気づかれなかっただろう。

母は運転席にゆったりと座ったまま、決然とした表情でまっすぐ前を見ていた。

「ほかの家に行こう」母は言った。「盗まれたものを見つけるんだ」

「盗まれた？」

「そうだよ。家具、額装された写真などが盗まれたじゃないか！　きっと近所のどこかにあるはずだ！」

母はそう言うと、車の窓を開けてタバコに火をつけようとした。ところが土砂降りの雨が吹きこんでくるせいで、ライターの火がなかなか点かなかった。

「さて、どうしようか」

「誰かが住んでいそうな家はあと二軒だね」

「うん」母はそう言いながら、何かを考える顔をした。

「どっちから行く？」

「一番地からにしよう」母が言った。もうひとつの家より離れたところにあるので、移動中に長くタバコが吸えると思ったらしい。

わたしたちは、勇気をたくわえ、気持ちを落ち着かせるために、少し時間を置いてから一緒に車の外に出た。

一番地の家では、年配の女性が姿を見せた。やさしそうで、一見して七十代のようだが、おそらく実年齢より若く見えるだけなのだろう。髪を赤く染めて、ライダースジャケットを着て、首に赤いバンダナを巻いている。

「こんにちは。突然お邪魔してすみません。実は、家族のことを調べてるんです。第二次世界大戦まで、この通りの九番地に暮らしてました。何かご存じないかと思いまして……」

「戦時中もいらしたの？」

「一九四二年までレ・フォルジュにいました」

「ラビノヴィッチさん？」女性はかすれ声で尋ねた。喫煙者特有の、低くてしゃがれた声だった。

女性がラビノヴィッチと呼ぶのを聞いて、なんだか不思議な気持ちになった。まるで今朝彼らとすれちがったばかりのような言い方だったからだ。

「そうです」母は言った。「彼らのことを覚えてるんですか？」

「よく覚えてるわ」驚くほどあっさりした口調だった。

「あの」母は切りだした。「差しつかえなければ、なかで五分ほどお話しさせていただけないでしょうか？」

女性は急にためらうようすを見せた。

わたしたちを家に入れたくないのは明らかだった。その一方で、無下《むげ》に断れないとも思ったらしい。ラビノヴィッチ家の子孫だからだろうか。結局、女性はわたしたちを居間に通すと、濡れたコートのままソファに座らないでほしいと言った。

「夫に伝えてくるわ」そう言い残して姿を消す。

誰もいないのをよいことに、わたしは室内をじろじろと見回した。ところが女性は驚くほどあっという間に戻ってきた。手に数枚のバスタオルを持っている。

「よければ、ソファの上に敷かせてもらっていい？　じゃあ、お茶を入れてくるわね」そう言うと、再びキッチンへと姿を消した。

しばらくすると、湯気が上がるティーカップがのったトレイを持って、女性が戻ってきた。ピンクと青の花柄模様がついたイギリス風の陶製ティーセットだった。

「うちにも同じものがあります」母が言うと、女性は嬉しそうだった。母は初対面の相手の心をつかむのがうまいのだ。

「ラビノヴィッチさん、知ってますよ。よく覚えてる」女性はわたしたちに砂糖を勧めながら言った。「ある日、ラビノヴィッチ家のおばさん……ええと、ごめんなさい、お名前を忘れてしまって」

「エマです」

「そうそう、エマ。エマおばさんから、庭のイチゴをもらったの。すごくやさしい人だった。彼女はあなたのお母さん？」女性は母に尋ねた。

「いえ、祖母です。何かほかに覚えてることはありませんか？　すごく関心があるんです」

「そうね……イチゴのことはよく覚えてるわ。わたしはイチゴが好きだったから。ラビノヴィッチさんの庭のイチゴは本当においしかった。庭には菜園があって、垣根に枝を這わせた背の高いリンゴの木もたくさん。そういえば、庭から時々音楽が聞こえてきたわね。お母さまはピアニストじゃなかった？」

「はい、祖母はピアニストでした」母が訂正しながら応じた。「村でピアノ教室をしてたかもしれません。そんな話は聞きませんでしたか？」

「いいえ。わたしはまだ幼かったし、かなり昔のことだから」

女性はわたしたちをじっと見つめた。

「わたしは四、五歳だったかしら。あの人たちが逮捕された時」

彼女はしばらくの間黙りこんだ。

「でも、母から少し話を聞いたの」

そう言って再び考えこむ。陶製のティーカップに視線を落としながら、記憶を探っているようだった。

「警察が来た時、子どもたちが家の外に出てくるのを母は見ていたの。警察の車に乗る時、ふたりはフランス国歌の〈ラ・マルセイエーズ〉を歌ってたんですって。それがすごく心に残ったんだそうよ。その後も何かにつけて言ってたわ、『あの子たちは〈ラ・マルセイエーズ〉を歌いながら行ってしまった』ってね」

きっと誰もふたりの歌を止められなかったのだろう。ドイツ人兵士も、フランス人憲兵も。そんなことをすれば、フランス国歌に対する冒瀆になるからだ。ラビノヴィッチ家の子どもたちは、殺人者たちを彼らなりにあざ笑う方法を見つけた。突然、外からふたりの歌声が聞こえてくるような気がした。

「家にあったはずの家具がなくなっていたんです。ピアノとか……。何かご存じないですか？」わたしは女性に尋ねた。

女性は少し黙りこんだあと、こう言った。

「リンゴの木があったわ。垣根に枝を這わせて。長い垣根だった」

それから再びティーカップに視線を落とし、考えこむ顔をした。

「戦時中、ここはドイツ軍に占領されていたの。彼らはトリガル館に駐在しててね。小学校教師の男性もひとりいなくなってしまった」

急にとりとめのないことを話しはじめる。まるで脳の機能がうまく働かなくなってしまったかのようだった。

「あの……」

「今の持ち主はとてもいい人たちよ」こちらをまっすぐ見ながら言う。まるで見えない誰かに聞かれているのを、警戒するような口ぶりだった。

それから彼女は、急に子どもっぽい口調になった。七十年前、エマの庭でイチゴを食べている姿が想像できる話し方だった。いったいどうしたというのだろう。わざと子どもっぽさを演じているのだろうか。

「あの、どうしてわたしたちが今日ここに来たかをご説明します。数年前、奇妙なポストカードを受けとったんです。わたしたちの家族について書かれたカードです。もしかしたら、この村の誰かが送ったんじゃないかと思って」

女性の目に鋭い光が走った。表情から子どもっぽさが消えた。心のなかで決意を固めつつあるようだった。おそらく、彼女はふたつの思いの間で揺れている。ひとつは、これ以上この会話を続けたくない、後戻りできないところに追いこまれたくないという思い。そしてもうひとつは、おそらく正義感の強い人なのだろう、わたしたちの質問にきちんと答えなくてはいけないという思い。

「夫を呼んでくるわ」彼女は突然そう言った。

その瞬間、ひとりの男性が居間に入ってきた。まるで舞台袖で出番を待っていた役者が登場したようだった。ドアの後ろで話を聞いていたのだろうか？　おそらくそうなのだろう。

「夫です」紹介されたのは、頭髪と口髭が真っ白な、妻よりも背の低い男性だった。射るような青い瞳をしている。

夫は黙ったままソファに腰かけた。わたしたちにはわからない何かを待っているようだった。こちらをじっと見つめている。

「夫はスペイン国境沿いのベアルン出身なの」女性は言った。「ここで生まれ育ってはいないけど、昔から歴史に関心があってね。戦時中のレ・フォルジュについても詳しく調べてる。だから、質問するならわたしより夫のほうが適任だと思うわ」

すると、夫はようやく話しはじめた。

「レ・フォルジュの村は、フランスのほかの村、とくにフランス北部の占領地区でのほとんどの村と同じように、戦争によって大きな影響を受けたんだ。たくさんの人が亡くなり、多くの家族が離散した。そうしたすべてから立ち直るのに、村人たちは想像を絶する苦労をしている。当時の状況における彼らの気持ちを、ぼくたちが理解するのはほとんど不可能だと思う。だから今、ぼくたちは彼らを批判することはできない。それはわかるかい？」

かなり高齢だが、ゆっくりと知的な話し方をする人だった。

「レ・フォルジュの村人たちは、ロベルトの事件に大きな衝撃を受けた。あなたたちもご存じだろうけど」

「いえ、初めて聞きました」

「ロベルト・ランバル、知らない？　彼女の名前がついた通りもある。あとで行ってごらん、興味深いから」

「その事件のこと、話していただけませんか？」

「お望みなら」女性の夫は、ズボンの両膝あたりの生地をたくし上げながら言った。「ぼくの記憶が正しければ、あれは一九四四年八月だった。レジスタンス運動家たちが、エヴルーでふたりのドイツ人兵士を殺したんだ。もちろんドイツ軍にとっては見過ごせない事件だ。レジスタンス運動家たちはエヴルーから逃げだし、レ・フォルジュに身を潜めた。彼らをかくまったのは七十歳の未亡人、ロベルトおばさんだった。当時は七十歳といえばかなりの高齢でね、小さな農家で鶏とヤギを飼いながらひっそりと暮らしていた。ところが数日後、村の誰かがロベルトのことを警察に密告した。それを知ったひとりの村人が農場まで走っていき、すぐに逃げるようレジスタンス運動家たちに忠告した。彼らはロベルトにも一緒に来るよう促した。ドイツ人に捕まれば厳しい尋問を受けるとわかっていたからだ。ところがロベルトはそれを断り、絶対に口を割らないと約束した。彼女の望みは、ここにいて鶏とヤギの世話をしつづけることだけだった。それに、森のなかを走って逃げるには、彼女は歳を取りすぎていた。結局、レジスタンス運動家たちは自分たちだけで逃げていった。そのわずか数分後、車やバイクで乗りつけたドイツ人たちが、農家の玄関を蹴破って入ってきた。十五人ほどはいただろうか、機関銃を手にしてロベルトを取り囲み、レジスタンス運動家たちはどこだと詰め寄った。ロベルトは何のことかわからないと答えた。ドイツ人たちは家じゅうをひっかき回した。そしてとうとう納屋に積まれたわらの山から、一台の無線送信機を見つけだした。ドイツ人たちは口を割らせるためにロベルトを何度も殴った。それでもロベルトは何も言わなかった。やがて、車がもう一台やってきた。ドイツ人の追跡隊が、腕章をつけて銃を持って逃げようとするレジスタンス運動家のひとりを捕まえたのだ。ガストンという名の男性だった。ドイツ人たちは、ガストンとロベルトを引き合わせた。だがふたりともしらを切りとおした。ほかの者たちの名前も明かさず、行き先も言わなかった。ガストンは庭の木に縛りつけられ、拷問にかけられた。ドイツ人全員に代わる代わる殴られたが、やはり口を割らなかった。爪を剝がされても何も言わなかった。その間、ロベルトは食事のしたくをさせられた。顔の形が変わって血だらけになったガストンの目の前で、食卓の準備をしなくてはならなかった。ドイツ人は、ロベルトに鶏とヤギを調理させ、地下室にあったワインを飲み干し、家じゅうの食糧を食い荒らした。ロベルトに給仕をさせながら時々殴りつけ、一晩じゅう飲み食いをして騒ぎまわった。殴られたロベルトがよろけて転ぶのを見て大笑いした。ガストンは夜の間じゅう縛られたままだったが、翌朝になっても何もしゃべらなかった。そこでドイツ人たちは縛っていたひもを解き、ガストンを森へ連れていって、地面に穴を掘って生き埋めにした。農家に戻ってロベルトにその話をし、口を割らなければ縛り首にしてやると脅した。それでもロベルトは屈しなかった。レジスタンス運動家なんて知らないと言い張った。ドイツ人の下士官は、ロベルトの頑固さにとうとう堪忍袋の尾が切れて、彼女を縛り首にするよう部下たちに命じた。ドイツ人たちは言われたとおりに準備をし、ロベルトの首にひもをかけた。首を吊られたロベルトが両脚を宙にばたつかせるのを見て、苛立った下士官が彼女を機関銃で撃った……これで終わりだ」

「ロベルトを密告したのは誰なのか、ご存じですか？」

我ながら執拗《しつよう》だと思うが止められなかった。沼の底にたまっていた泥をかき混ぜてしまったせいで、水が濁りだしている。

「いや、誰も知らない」妻が口を開く前に夫が答えた。

「わたしたちがどうしてここに来たか、奥さまから伺いました？」

「いや、聞かせてほしいな」

「わたしたちの家族に関することで匿名のポストカードを受けとったんです。もしかしたら村の誰かが書いたのかもしれないと思って調べにきました」

「そのカード、見せてもらっていいかな？」

わたしはスマートフォンに入っているポストカードの写真を見せた。男性は何も言わず、ただじっとそれを見つめていた。

「つまり、このポストカードは一種の告発ではないかと、そう思ってるんだね？」

実に的確な質問だった。

「匿名で送られてきたせいで、つい疑ってしまうんです。おわかりいただけますか？」

「うん、よくわかるよ」男性は頷いた。

「それで、もしかしたらレ・フォルジュに、ドイツ人ととても親しくしていた人がいたんじゃないかと思って」

そのことばに困惑したのか、男性は顔をしかめた。

「この話をするのはお嫌でしょうか」

すると、今度は妻が間に入った。どうやらこの夫婦は、互いをかばい合いながら一緒に暮らしているらしい。

「さっき夫も言ったように、過去にあったことを今さら誰も批判はできないのよ。それに、この村にはとてもいい人たちがいたの」

「そう、とてもいい人たちがいた」夫も繰り返した。「たとえば、あの小学校教師の男性のように」

「違うわよ。あの人は小学校教師じゃなくて、小学校教師の夫なの。本人は県庁に勤めてた」妻が訂正した。

「その話を聞かせていただけますか？」母が尋ねた。

「その人はこの村に暮らしてたけど、勤め先はエヴルーにあった。県庁だったんだ。部署はどこだか知らないが、役職にはついていなかったと思う。ただし、さまざまな情報を知りうる職場だった。だからその情報を使って他人に助言をしたり、警告したり、実際に手を貸したりしていたんだ。とてもいい人だった」

「まだご存命ですか」

「いいえ、密告されたの」女性は目に涙をためて言った。「戦時中に亡くなりました」

「罠にかけられたんだ」夫が話を継いだ。「ふたりの男がやってきて、彼に言ったんだ。『イギリスに逃亡する方法を知っているんだって？　警察に追われてるやつがいるので、助けてやってくれないか』。そこで彼は、追われているという相手と待ち合わせをした。ところが約束した場所にはドイツ人がいて、すぐに逮捕されてしまった。ふたりの男は親独民兵隊《ミリス》のメンバーだったんだ」

「それは何年だったんですか」

「確か、一九四四年だった。初めにフランス北部のコンピエーニュ通過収容所に入れられて、それからオーストリアのマウトハウゼン強制収容所に移送された。その後、ドイツで収容中に亡くなった」

「戦後、妻の小学校教師はどうしたんですか」

　女性は目を伏せたまま、静かな声で話しはじめた。

「わたしたちの先生だったの。みんな彼女が大好きだった。戦後すぐ、村はその話でもちきりだったわ。告発、密告……戦時中に起きたあらゆること。でもしばらくして、もうそういう話をするのはやめようと誰もが思ったの。先生もそうだった。でも先生は再婚はしなかったけど」

　女性の声は震えていて、目は涙で濡れていた。

「すみません、最後にひとつだけ」わたしは一か八か尋ねることにした。「ラビノヴィッチ家のことを覚えてる人は、まだこの村にいると思いますか？　どなたか話を聞かせてくれそうな人、当時の記憶がありそうな人はいませんか？」

　夫婦は、互いに問いかけるようにして顔を見合わせた。きっとふたりはもっと多くのことを知っている。言いたくないだけなのだ。

「ええ、いると思う」女性が涙をぬぐいながら言った。

「誰のこと?」夫が心配そうに尋ねた。

「フランソワさん」

「ああ、なるほど、フランソワさん」夫が繰り返した。

「フランソワさんの奥さんのお母さんが、ラビノヴィッチさんのお宅で家政婦をしてたんです」

「そうなんですか? どこにお住まいですか?」

夫がブロックメモを取りだし、住所を書いた。それからそのメモを切りとってわたしたちに差しだした。

「電話帳で見つけたことにしておいてほしい。それから……もうそろそろいいかな。やるべきことがたくさんあるので」

もらったメモを眺めながら、わたしの脳裏にある考えが浮かんだ。

ジェジュにこの文字の筆跡を分析してもらおう、と思ったのだ。


外に出ると、いつの間にか雨が上がって青空が広がっていた。青白く光る水たまりに、日差しが反射してまぶしかった。母とわたしは無言のまま車まで歩いた。

「フランソワ家の住所をちょうだい」わたしは母に言った。

スマートフォンのナビに住所を入れ、わたしたちはその指示に従って走った。この村は一見のどかそうに見えるが、わたしたちには見えないところで何かがうごめいているようだった。

もらった住所にたどり着くと、玄関の呼び鈴を鳴らした。ショートヘアの女性が門扉まで出てきた。幾何学模様の青いエプロンドレスを着ている。

「こんにちは。フランソワさんですか」

「そうですけど」女性は少し驚いているようだった。

「突然お邪魔してすみません。実は、戦時中にこの村に住んでいたわたしたちの家族のことを調べてるんです。もしかしたら、何かご存じないかと思って。ラビノヴィッチという名前なんですが」

門扉の内側で、女性の表情が急にこわばったのがわかった。鋭い目でこちらを睨んでいる。

「あなたたち、いったい何をしたいの？」

疑っているというより、怖れているように見えた。わたしたちとは直接関係のない何かに怯えているふうだった。

「ラビノヴィッチ家のことを知らないか、何か覚えてることはないか、教えていただきたいんです」

「何のために？」

「わたしたちは子孫なんですが、先祖について何も知らないので、彼らにまつわるエピソードがあれば知っておきたいだけなんです」

女性は門から後ずさった。わたしはそれを見て〈もしかしたらこれは、彼女に対してはまずいやり方だったかもしれない〉と思った。

「お忙しかったようですね、すみません」わたしは言った。「よろしければ、ご連絡先をいただけませんか？　また後日お会いできればありがたいです」

フランソワ夫人は見るからに安堵したようだった。

「そうね、ちょっと考えさせてもらってからなら……」

「ええと、何か書くもの」わたしはそう言いながら、ハンドバッグを手で探った。「またあらためてご都合をお伺いするので、手帳のこのページにお名前とお電話番号をいただけますか？」

女性は躊躇していたが、一刻も早くわたしたちを追いはらいたかったようで、渋々と自分の苗字、住所、電話番号をわたしの手帳に記した。

彼女の夫と思われる年配の男性が、家のなかから外に出てきた。門扉越しに妻が見知らぬふたりと話しているのを、心配そうに見ている。首のまわりにテーブルナプキンを巻いていた。

「おい、どうした、何をしてるんだ、ミリアム」男性は女性に尋ねた。

母がわたしの顔を見た。わたしの心臓は凍りついた。わたしたちがいぶかしげな顔をしているのに女性も気づいたようだった。

「ミリアムさんとおっしゃるんですか」母が当惑しながら尋ねた。

だが女性は、母の質問に答える代わりに、自分の夫に向かって話しかけた。

「ラビノヴィッチさんの子孫なんですって。知りたいことがあるそうよ」

「食事中なんだから、今はやめろ」

「あとで電話することにしたから」女性は言った。

女性は、昼食の邪魔をされて不機嫌な夫を怖れているように見えた。

「奥さん、お食事の時間帯にお邪魔して本当に無作法で申し訳ないんですが、でもわたしたちちょっとびっくりしてしまって……まさかこの村で、レ・フォルジュで、ミリアムという名前の人に出会うなんて」

「今行くから」女性は夫に向かって言った。「オーブンからジャガイモを出しておいて。焦げちゃうから。すぐに行く」

夫は家のなかへ戻っていった。女性はわたしたちに向かって、早口で一気に話しはじめた。門扉を今にも閉めようとしていて、その口元と鋭く光る片目が隙間から見えるだけになってしまった。

「母が彼らの家で働いてたの。いい家だったらしいわ、それは確かよ。あんなによくしてくれた家はほかにないって、死ぬまで言いつづけてた。音楽をたしなむ人たちで、とくに奥さんがお上手だったそうね。母はそのせいでわたしをミリアムと名づけたの。あ、〝そのせいで〟って、違うの、変な意味じゃないのよ。母が長女のわたしをミリアムと名づけたのは、彼らの長女がミリアムという名前だったから。つまり、そういうこと。じゃあ、もう行かないと。夫が怒りだすから」

女性はそう言うと、別れの挨拶もしないで行ってしまった。母とわたしは黙ったまましばらくそこに立ち尽くしていた。


「さあ、何か食べないと。村役場のそばにパン屋があったね」わたしは言った。「なんだか頭がくらくらする」

「そうだね」母は答えた。

わたしたちは黙ったまま、車のなかでサンドイッチを食べた。あまりにいろいろなことが起きて茫然としていた。うつろな目をしながらパンを咀嚼した。

「これまでのことを振り返っておこう」わたしは手帳を見ながら言った。「九番地には、今の家の所有者がいた。彼らはラビノヴィッチ家とは何の関わりもない。七番地には誰もいなかった」

「食べ終わったらもう一度行ってみよう」

「三番地にも誰もいなかった。そして一番地には女性がいた。イチゴの思い出の」

「ポストカードを送ったの、彼女だと思ってるのかい?」

「可能性はゼロじゃないと思う。彼女にも何か書いてもらって、その字をポストカードの字と比べてみてもいいかも」

「夫はどうだろう」

「夫婦でやったのかな? ポストカードの左側と右側は別の人が書いたかもしれないとジェジュも言ってたし……もしかしたらそうかも」

わたしは、女性の夫がフランソワ家の住所を記したメモを見つめた。

「これをジェジュに送ってみる。何かわかるかもしれない。それから、ミリアムという女性に書いてもらった文字も」

「なんだか奇妙なことばかりだね」

その時、母のハンドバッグの奥で電話が鳴った。

「非通知だ」母が画面を見ながら不安そうに言った。

わたしがそのスマートフォンを受けとり、通話ボタンを押した。

「もしもし」

かすかな呼吸音が聞こえるだけだった。それから電話が切れた。わたしは驚いて母の顔を見た。すると再び電話が鳴った。すぐにスピーカーホンに切り替える。

「もしもし。聞こえますか？ もしもし」

「フォシェールさんの家に行きなさい。ピアノがある」相手はそれだけ言うと電話を切った。

母とわたしは目を丸くして顔を見合わせた。

「フォシェールさんだって。聞き覚えがある？」わたしは母に尋ねた。

「当たり前じゃないか。村長の手紙をもう一度読んでごらん」

わたしは書類フォルダをつかみ取り、手紙を出した。

ウール県農業局長殿

ラビノヴィッチ夫妻の逮捕後、（中略）飼育されていた二頭の豚は、今のところジャン・フォシェール氏に託しております。見つけた飼料も渡しました。

「もっと早く気づくべきだったね。さっき車のなかで話題になったばかりなのに」

「ネット電話帳を見てごらん。フォシェールという人物の住所がわかるかもしれない。何がなんでも会わないと」

わたしはバックミラーにちらりと目をやった。誰かに見られているような気がしたのだ。それから車を降りて少し歩き、深呼吸をした。背後で母が車のエンジンをかける音がする。わたしは再び車に乗り、ネット電話帳を調べた。だが、〈ジャン・フォシェール〉で検索しても何も出てこない。そこで〈フォシェール〉だけで検索すると、画面に住所がひとつ現れた。

「どうした?」目を丸くしているわたしを見て、母が尋ねた。

「フォシェール家、プティ・シュマン通り十一番地だって。さっきの通りだよ」

母は車を走らせた。わたしたちは朝とまったく同じ道をたどった。まるで大きな危険に向かってあえて突進しているかのように、心臓が激しく鼓動した。

「どうする? ラビノヴィッチ家の人間だって言ったら、なかに入れてもらえないよ」

「何かでっち上げないと。どうしようか、いいアイデアはない?」

「何も浮かばない」

「ええと、居間に入れてもらって、ピアノを見せてもらうための口実といえば?」

「ピアノの収集家って言うのはどう?」

「疑われそうだ。でも古美術商ならよさそうだね。そうだよ、古いものを鑑定するって言えば、興味を示すかも」

「断られたら?」

わたしは〈フォシェール〉と表札の出ている家の呼び鈴を鳴らした。年配だけどこぎれいな格好をした男性が現れた。糊の利いた服を身につけている。突然、通りがしんと静まりかえったような気がした。

「やあ、どうも」男性は親しげな口調でそう言った。

不自然なほど身なりが整っていた。髭をきちんと剃り、おそらく高級な保湿クリームを使っているのだろう、頬が艶々していた。髪もきれいにセットしている。庭に奇妙な彫刻が置かれていた。ひどく醜い彫刻だった。それを見て、急にあるアイデアが浮かんだ。

「こんにちは。突然すみません。わたしたち、パリのポンピドゥーセンターから委託された仕事をしています。ポンピドゥーセンターはご存じですか？」

「美術館だったね、確か」

「はい。実は今、ある現代アーティストの大規模な企画展の準備を進めています。芸術にご関心は？」

「あるよ」男性は髪をかき分けながら言った。「まあ、趣味で鑑賞する程度だけど」

「でしたら、わたしどもの話にも関心を持っていただけると思います。実は、その現代アーティストは古い写真を使って作品を制作しているんです。具体的には一九三〇年代の写真なんですが」

母は男性の目をまっすぐ見ながら、わたしのことばにいちいち大きく頷いていた。

「わたしたちは当時の写真を捜す役割を担っていて、こうして古物商や個人のお宅を訪ね歩いているんです」

男性はわたしたちの話にじっと耳を傾けていた。眉をひそめ、腕を組んでこちらを見ている。どうやら、言われたことをなんでもそのまま鵜呑みにするタイプではないらしい。

「そのアーティストは、インスタレーション作品のために当時の写真をたくさん必要としているんです」

「二千から三千ユーロで買いとります」母が言った。

わたしは仰天して母の顔を見た。

「へえ!」男性は驚きの声を上げた。「どういう写真?」

「そうですね、風景、建物、あるいは家族写真など……ただし、一九三〇年代限定ですけど」

「現金でお支払いします」母がつけ加えた。

「それなら」男性は思いがけない儲け話に声を弾ませた。「うちにもその時代の写真があるはずだから、見てもらおうかな」

男性はもう一度髪をかき上げて笑った。その歯はありえないほど真っ白だった。


「じゃあ、居間で待ってて。書斎にしまってあるから持ってくる」

居間に入ってすぐに気づいた。ピアノだ。ローズウッド製の立派なグランドピアノがそこにあった。誰かが弾いているようすはなく、インテリアとして置かれていた。閉じた蓋の上にレースのテーブルセンターが敷かれ、小さな陶製の置物がたくさん飾られている。中型なのか小型なのかはわからないが、素人が趣味で弾くには立派すぎるピアノであることは明らかだった。確かな腕を持つピアニストでないと、こういう楽器は弾きこなせない。しずく形をした金色のふたつのペダル、木材の上に美しく施された〈PLEYEL〉の艶やかなエンブレム……すべてが壮麗だった。象牙の白鍵と黒檀の黒鍵は、現役で使われていた当時の輝きを保っているように思われた。エマの幻が見えたような気がした。ピアノに向かって座っていた彼女がこちらを振り返り、安堵のため息をついてつぶやく。

『やっと来てくれたのね』

フォシェール氏が居間に戻ってきた。わたしたちがピアノをじっと見つめているのに気づくと、眉をひそめる。不快に感じているようだった。

「美しいピアノですね。とても古いもののようですが」わたしは動揺を必死に抑えながら言った。

「でしょう?」フォシェール氏は言った。「ほら、あなたたちが興味がありそうな写真を見つけたよ」

「ご家族のピアノですか?」母が尋ねる。

「ああ、うん、そうだね」フォシェール氏は落ち着かない口調だった。「ほら、見てよ。いずれも一九三〇年代にこの村で撮られたものだ。どうかな?」

要望どおりの写真が見つかったのが嬉しかったらしく、真っ白な歯を見せて笑う。差しだされた靴箱には二十枚ほどの写真が入っていた。ラビノヴィッチ家の建物の外観、ラビノヴィッチ家の庭園、ラビノヴィッチ家の花壇、ラビノヴィッチ家の家畜……母がショックを受けているのがわかった。わたしも気分がすぐれなかった。背後のピアノの存在が重くのしかかり、耐えられないほどだった。

「額装入りの写真もあったから持ってくるよ」

箱の底に、ジャックの写真があるのを母が見つけた。井戸の前に立っている。ナフマンが夏にやってきて、庭に野菜を植えるのを手伝った時だろう。半ズボンを穿いて、得意げに手押し車を押している。カメラを構えている父親のほうを見て、笑みを浮かべていた。

母はその写真を両手でつかみ、倒れこむようにして頭を垂れた。その頬を涙がつたっている。

もちろん、フォシェール氏にも、フォシェール氏の両親にも、何の責任もないことはわかっている。戦争も、盗みも、彼らのせいではない。だがわたしたちは、激しい怒りが湧き上がるのをどうしても抑えられなかった。フォシェール氏は、ラビノヴィッチ家の家を撮った額装入りの写真を持って戻ってきた。かつて母が会った所有者が引っ越してくる前、壁に掛かっていたという写真に間違いなかった。

「これは誰ですか? あなたのお父さん?」ジャックの写真を指差しながら、母が尋ねた。

フォシェール氏は唖然としていた。どうして母が泣いているのか、なぜそんなふうに詰問する口調なのか、さっぱりわからなかったからだ。

「いや、両親の友人だけど……」

「親しい友人ですか？」

「うん、たぶん。近所に住んでたらしいよ」

わたしは、どうにかしてこの場をとりつくろわなくては、と思った。そこで母の問いかけに補足を加えた。

「著作権の問題があるのでお尋ねさせていただきました。古い写真を公開するには、ご子孫の許可が必要なんです。この方のご子孫をご存じですか？」

「いない」

「いないとは？」

「子孫はいないんだ」

「そうですか」わたしは動揺を必死に隠しながら言った。「それなら、問題はありませんね」

「子孫がいないというのは確かなんですか」

母が喧嘩腰で尋ねたので、フォシェール氏は疑いを抱きはじめたようだった。

「あなたたちの画廊、何て名前だっけ？」

「画廊ではありません。現代美術館です」わたしは口ごもりながら言った。

「企画展のアーティストの名前は？」

どうしよう、何て言おう。早く答えないと。母はもうわたしたちの会話をまったく聞いていなかった。その時、これ以上ない名前がひらめいた。

「クリスチャン・ボルタンスキーです。ご存じですか？」

「いや、知らない。どういう綴り？ネットで調べるから」フォシェール氏は疑わしげに言うと、携帯電話を取りだした。

「発音のとおりです。BOLTANSKI」

フォシェール氏はスマートフォンに名前を打ちこむと、ウィキペディアの説明文を声に出して読み上げた。

「へえ、知らなかったけど、おもしろそうだな」

その時、隣の部屋から電話が鳴る音がした。フォシェール氏は立ち上がった。

「電話に出てくる。好きなように見てていいよ」彼が出ていくと、母とわたしは居間にふたりきりになった。

母は、今がチャンスとばかりに、箱の底にあった写真を数枚つかみ取ると、ハンドバッグに突っこんだ。それを見て、子どもの頃を思いだした。当時、カフェやビストロに入って、紙で包まれた角砂糖、小袋入りの塩やコショウやマスタードが出されると、母はそれらをバッグに突っこんだ。客のために出されたのだから、それは確かに〝盗み〟ではない。家に帰ると、ブルターニュ産バタークッキーの〈トロウマッド〉の古いブリキ缶に、母はそうした戦利品をしまいこんだ。それから何年も経って、マルセリーヌ・ロリダン＝イヴェンス監督の、収容所での経験をもとにした映画『白樺のある小さな牧草地』で、主演のアヌーク・エーメがホテルから小さなスプーンを盗むのを観た時、わたしはようやく母の行動を理解した。

「全部は取らないでよ。バレちゃうから」わたしは母に言った。

「ピアノを取っていくわけじゃないんだから」母はさらに別の写真をバッグに入れながら答えた。

ユダヤ人ジョークのようなその口ぶりに、わたしは思わず声を上げて笑った。

その時、居間のドアのところにいつの間にかフォシェール氏が立っていたことに気づいた。少し前からわたしたちのようすを窺《うかが》っていたらしい。

「あんたたち、何者なんだ？」

母もわたしも何も答えられなかった。

「すぐに出ていけ。でないと、警察を呼ぶ」

十秒後、わたしたちは車のなかにいた。母は即座にエンジンをかけ、車を走らせた。村役場まで辿りつくと、建物の前にある小さな駐車場に車を停めた。

「運転できない。手足の震えが止まらない」

「少し休もう」

「フォシェールは警察を呼ぶかな？」

「でも、あの写真はわたしたちのものだよね。さあ、コーヒーでも飲みながら考えをまとめよう」

わたしたちは、一時間ほど前にツナサンドをふたつ買ったパン屋に戻ると、併設されているカフェに入った。出されたコーヒーはおいしかった。

「このあとどこへ行くかわかるかい？」母が尋ねた。

「家に帰るんでしょ？」

「違うよ、村役場に行くんだ。前から両親の婚姻届を見たかったんだよ」

第十三章

村役場は、昼休みを挟んで十四時半に営業を再開するという。幸いにも、ちょうど十四時半になったところだった。若い男性が入口のドアを解錠している。赤いレンガ造りの大きな建物で、スレートぶきの屋根に三本の煙突が立っていた。

「お忙しいところをすみません。予約はしていないんですが、可能でしたら婚姻届の写しをいただきたいのです」

「そうですか」男性は穏やかな口調で言った。「通常、それはわたしの仕事ではないのですけど、いいですよ、やりましょう」

男性に招き入れられ、わたしたちは建物の内部に入って廊下を歩いた。

「両親がこちらで婚姻届を提出したんです」母が言った。

「ああ、そうでしたか。捜してきましょう、何年でしたか？」

「一九四一年です」

「ご両親のお名前を伺っていいですか。頑張って捜してきます。通常はジョジアンヌという者が担当しているんですが、彼女は少し遅れるようなので」

「父の名前はピカビア。画家のピカビアと同じ綴りです。母はラビノヴィッチ。RABI……」

その時、男性はぴたりと動きを止めて、わたしたちを凝視した。まるでわたしたちが本当にそこにいるかどうかを、確かめているような目つきだった。

「ちょうどお会いしたいと思っていたんですよ」

わたしたちは男性のオフィスに招き入れられた。部屋の壁に、トリコロールカラーのサッシュをたすきがけにした本人の写真が飾られている。ということは、この男性はレ・フォルジュの村長なのだ。

「実は、エヴルーの高校の歴史教師から手紙をもらったんです」村長は紙の山を探りながらそう言った。「今、第二次世界大戦について、生徒たちと一緒に調べものをしているんだそうです」

村長はわたしたちに一枚の紙を差しだした。

「ざっと目を通しておいてください。その間に、ご両親の婚姻届を捜してきます」

エヴルーにあるアリスティッド・ブリアン高校の生徒たちが、〈レジスタンス運動と収容所移送に関する課題の全国コンクール〉のために、戦時中に収容所に移送されたユダヤ人高校生について調査した。学校名簿から始まって、ウール県庁資料室、ショア記念館、収容所に移送されたユダヤ人の子どもたちのための国立評議会へと、調査の範囲を徐々に広げていったようだ。その過程で、ジャックとノエミの記録を見つけたという。そこで生徒たちは歴史教師と連名で、レ・フォルジュの村長宛に手紙を送ることにしたのだ。

村長殿

わたしたちは、エヴルーの高校に在学していたユダヤ人の生徒たちについての資料をまとめるために、ご遺族の子孫の方たちと連絡を取りたいと思っています。また、高校の記念プレートにまだ載っていない彼らの名前が、この機会に刻まれて永遠に記憶されつづけることを願っています。

第二学年Aクラス生徒一同

十代の若者たちがわたしたちと同じように、ラビノヴィッチ家の子どもたちの短い生涯の軌跡を捜そうとしてくれている……わたしたちは心動かされた。

「この子たちに会いたいです」母は言った。

「きっととても喜ぶでしょう」村長は答えた。「さあ、こちらがご両親の婚姻届の写しです」

一九四一年十一月十四日十八時、ロレンツォ・ヴィサント・ピカビア（デッサン画家、一九一九年九月十五日パリ七区生まれ、二十二歳、パリ市カジミル・ドゥラヴィーニュ通り七番地在住、フランシス・ピカビア［画家、アルプ＝マリティーム県カンヌ市在住、特記事項なし］とガブリエル・ビュッフェ［その妻、無職、パリ市シャトーブリアン通り十一番地在住］の息子）、および、ミリアム・ラビノヴィッチ（無職、一九一九年八月七日ロシア国モスクワ生まれ、二十二歳、本村在住、エフライム・ラビノヴィッチ［農業従事者］とエマ・ヴォルフ［その妻、農業従事者、夫婦共に本村在住］の娘）のふたりは、共に本役場に出頭し、一九四一年に婚姻財産契約書が公証人のロベール・ジャコブ氏（ウール県ドーヴィル市在住）によって受理された旨を申告し、ロレンツォ・ヴィサント・ピカビアとミリアム・ラビノヴィッチはそれぞれが互いを配偶者とすることを望むと表明したため、法の名のもとにおいてふたりが婚姻によって結ばれたことを本役場は宣言した。本書は、ピエール・ジョゼフ・ドゥボール（県庁の文書作成担当者）およびジョゼフ・アンジェレッティ（日雇い労働者）（両者ともレ・フォルジュ村在住）のふたりの成人の立会いのもと、両配偶者、立会人、レ・フォルジュ村長のアルテュール・ブリアンによって閲覧の上署名される。署名：

L・M・ピカビア

M・ラビノヴィッチ
P・ドゥボール
アンジェレッティ
A・ブリアン

「このふたりの立会人、ピエール・ジョゼフ・ドゥボールとジョゼフ・アンジェレッティがどういう人物か、ご存じですか？」

「わかりません！　生まれてなかったので」市長は苦笑しながら言った。確かに、市長は四十歳になるかならないかくらいだ。「秘書のジョジアンヌに聞いてみます。彼女は何でも知ってるんですよ。捜してきますね」

ジョジアンヌはブロンドの髪で、丸くて紅色の顔をした、六十代くらいの女性だった。

「ジョジアンヌ、こちらがラビノヴィッチ家の方たちだ」

不思議な気持ちだった。母もわたしも、『ラビノヴィッチ家の方たち』と呼ばれるのは生まれて初めてだった。

「子どもたちはおふたりを見つけることができて、とても喜ぶでしょう」深い母性を感じさせるあたたかい口調でジョジアンヌが言った。

もちろん「子どもたち」とは、エヴルーの高校の第二学年の生徒たちだろう。だがわたしはそれを聞いた瞬間、ジャックとノエミのことを思った。

「ジョジアンヌ」村長が切りだした。「ピエール・ジョゼフ・ドゥボールとジョゼフ・アンジェレッティってどういう人か知らない？」

「ジョゼフ・アンジェレッティは知らないですね」ジョジアンヌは村長に向かって答えた。「でもピエール・ジョゼフ・ドゥボールは……知ってるに決まってるじゃないですか」

ジョジアンヌは、何をわかりきったことをと言わんばかりに肩をすくめた。

「どういう意味？」市長は尋ねた。

「ピエール・ジョゼフ・ドゥボールは、小学校教師の夫ですよ。あの人は、県庁に勤めていた……」

それを聞いて、わたしは胸がいっぱいになった。《ユダヤ人であるラビノヴィッチ家》の娘の結婚の立会人も引き受けてくれたのだ。しかしその数年後、あまりに多くの隣人を助けようとしたために命を落とした。そして、彼を罠にかけた人物は、おそらくよぼよぼの老人になって今も高齢者施設で生き延びている。

「ラビノヴィッチ家にまつわるほかの資料はありませんか？」母が尋ねた。

「それなんですけど」ジョジアンヌが言った。「実は、高校生たちから手紙をもらった時に捜してみたんです。でも見つかりませんでした。そこで、わたしの母に聞いてみました。かつて役場で秘書をしてたんです。ローズ・マドレーヌといいますが、八十八歳になっても頭はしっかりしてるんですよ。母によると、当時レ・フォルジュの死者の記念碑に、ラビノヴィッチ家の四人の名前を刻んでほしいと要請する手紙を受けとったんだそうです」

母とわたしはほぼ同時に尋ねた。

「その手紙を送ったのは誰か、お母さまは覚えてますか？」

「いいえ。覚えていたのは、南仏からきた手紙ということだけでした」

「いつ頃だったかおわかりですか？」

「一九五〇年代だったようです」

「その手紙を見せていただくことはできますか？」わたしが尋ねた。

「役場の資料室を捜したんですけど、あいにく見つかりませんでした。どこを捜してもなかったんで

す。もしかしたら、ほかの書類にまぎれて資料ケースに入れられて、県庁に移されたのかもしれませ
ん」
「すでに一九五〇年代に、誰かが四人の名前を残そうとしてくれていた……」母が、心の声をそのま
ま発したような口調で言った。
村長もわたしたちと同じくらい胸を打たれたようだった。
「この役場で、ラビノヴィッチ家のための式典を催させてください」村長は言った。「その時に、記
念碑に皆さんのお名前を刻みましょう。これまで載っていなかったのでしたら、ぜひ」
「それは素晴らしいです」母はそう言い、丁寧に感謝のことばを述べた。母もわたしも村長の思いや
りに心から感動していた。
村役場から出ると、わたしたちは低い塀のへりに腰かけた。車に乗って運転を始める前に、母がタ
バコを一本吸いたがったのだ。
母が足先でタバコを踏みつぶすのを待って、わたしたちは駐車場へ向かった。車のワイパーの下に
何かがあるのが、遠くからでもわかった。違反切符を挟むのと同じ位置だ。近づくと、それはA5サ
イズほどのクラフト紙の封筒だった。
「いったい何だっていうのよ……」わたしは思ったままを口にした。
「あたしだって知らないよ」母も同じくらい驚いているようだった。
「わたしたちの車だって知ってる人だよね？」
「そして、あたしたちをずっと観察してたんだ」
「間違いなく、今日会った人たちの誰かだよ」
封筒のなかには、使用済みの古いポストカードが五枚入っていた。擦り切れたリボンで綴じられて
いる。ほかには何もなかった。いずれも、大都市の観光スポットの写真がプリントされていた。パリ

のマドレーヌ寺院、アメリカのボストンの眺望、パリのノートルダム大聖堂、フィラデルフィアの橋……どれもあのオペラ座のポストカードとよく似ている。

すべて戦時中に投函されたものだった。宛先もみな同じ。

エフライム・ラビノヴィッチ様
アミラル＝ムーシェ通り七十八番地
パリ十四区
ほかの文面はすべてキリル文字で書かれていて、一九三九年という年号が記されている。その時、解読できないこのキリル文字の文章を眺めながら、あのポストカードについてあることに思い至った。そうだ、絶対に間違いない。

「ねえ、わかったよ！　あのポストカードの字がどうして奇妙だったのか！」わたしは母に言った。

「あれは、ローマ字のアルファベットを知らない人が書いたんだよ！」

「あ、そうか！」

「あの書き手は、アルファベットの文字を書いたんじゃなくて《描いた》んだよ。キリル文字しか知らない人なんだ」

「その可能性はかなり高いね」

「この五枚はどこから来たの？」

「プラハだよ。ボリスおじさんが書いてる」母が言った。

「ボリスおじさん……誰だっけ？　よく覚えてない」

「エフライムの兄で、自然主義者だった人だよ。鶏の性別を見分ける方法で特許を取った人」

「このカードの文面、訳してくれる？」

母はカードを一枚ずつ黙読して、読んだ順にわたしに手渡した。

「どれも日常的なことが書かれてる」母は最後に言った。「近況を知らせてほしいとか、みんなのことをいつも思ってるとか、誕生日のお祝いメッセージとか。庭園や蝶の話もしてる。仕事がすごく忙しいとも。弟からなかなか返事がもらえないのを心配もしている。……うん、特別なことは書かれていないよ」

「あのポストカードを書いたのもボリスおじさんなのかな」

「違うよ。ボリスはみんなより早く死んでしまったんだ。一九四二年七月三十日、チェコスロバキアで逮捕された。あたしが突きとめた証言によると、社会革命党時代の仲間が、収容所へ送られないようせっかく手を回してくれたのに、ボリスはそれを拒んだんだそうだ。『同じ民族の人たちと運命を共にすることを選んだ』らしい。こうしてボリスは、ナチスの《模範収容所》とみなされていた、テレージエンシュタット強制収容所に移送された。そして一九四二年八月四日、今度はベラルーシのミンスク近郊にあるマリィ・トロステネツ強制収容所に移された。そして到着直後、地面に掘られた大きな穴のへりに立たされて、首に銃弾を撃ちこまれて死亡した。五十六歳だった」

「ボリスじゃないとしたら、いったい誰が書いたんだろう」

「さあ。見つかりたくない誰かなんじゃないの」

「わたし、なんだかその人物にかなり近づいたような気がする」

第三部　名前

クレールへ

ちょっと話したいことがあって今朝電話をしたんだけど、やっぱり思いなおしてメールを書くことにした。そのほうが、考えたことを整理して伝えられると思ったから。ということで読んでね。

知ってのとおり、お母さん宛てに届いた匿名のポストカードについて調べてるところなんだけど、その過程でいろんなことを考えさせられた。たくさんの本や資料を読んだけど、とくにダニエル・メンデルソーンの『つかの間の抱擁』に書かれていたことばにはっとさせられた。《多くの無神論者たちのように、わたしは迷信によってつじつまを合わせることがある。たとえば、わたしは名前の力を信じている》。

名前の力。そのことばになぜか惹きつけられた。それで考えてみた。

お父さんとお母さんは、わたしたちが生まれた時に、セカンドネームとしてそれぞれにヘブライ語の名前を与えたんだよね。知られざる名前。わたしはミリアム、あなたはノエミ。わたしたちはベレスト家の姉妹であると同時に、ラビノヴィッチ家の姉妹でもある。わたしは生き延びたほうで、あなたは生きられなかったほう。わたしは逃げたほうで、あなたは殺されたほう。どっちの人生を背負うほうがより大変なんだろう？　よくわからない。答えられない。まあ、どちらもはずれくじといえるだろうね。お父さんとお母さんはそこまで考えていたのかな。当時は今とは考え方が違ったんだろうね、やっぱり。

メンデルソーンのことばにはっとさせられて、わたしは自分に問いかけた。あなたにも同じことを問いかけたいし、一緒に考えたい。わたしたちはこれらの名前に何を強いられているんだろう？ というか、何を強いられてきたんだろう？ これらの名前は、わたしたちにどういう影響を及ぼしてきたんだろう？ わたしたちの性格や世のなかの見方をどう変えてきたんだろう？ つまり、メンデルソーンのことばを借りるなら、これらの名前の力はわたしたちの人生に何をもたらしたのか？ わたしたちふたりの関係をどう変えたのか？ これらの名前から、わたしたちは何を得て、何を築いてきたのか？ いきなり顔に石を投げられたように現れた、あのポストカードの名前。わたしたちの表向きの名前の裏に隠された名前。

幸か不幸か、その影響はわたしたちの性格に現れている。

ヘブライ語の響きを持つこれらの名前は、わたしたちの皮膚の下にあるもう一枚の皮膚のようなもの。その内側には、わたしたち自身よりはるかに大きく、わたしたちよりずっと前から存在して、わたしたちを超越する歴史が隠されている。これらの名前は、わたしたちを大きく揺り動かす何か、宿命というべき何かをもたらしている。

どうしてお父さんとお母さんは、これほど重たいものをわたしたちに背負わせたんだろう？ そんなことをすべきじゃなかったのかもしれない。そうすれば……もしミリアムとノエミじゃなければ……もしかしたら、わたしたちはもっと楽に生きられたかもしれない。わたしたちふたりの関係ももっと気楽だったかもしれない。あるいはもしかしたら、もっとつまらない人生を送っていたかもしれない。もしかしたら、ふたりとも作家になどなってなかったかもしれない。わからないけど。

ここのところ、ずっと考えてた。いったいわたしのどこがミリアムなのか？

以下、思いついたままにその答えを記すね。

わたしはミリアム。いつも逃げてばかりいる。家族団らんの場にいたがらない。すぐによそへ行ってしまう。そうやって自分の身を守ろうとする。

わたしはミリアム。まわりにうまく合わせられる。目立たないようにふるまえる。車のトランクに入れられても我慢できる。誰にも気づかれずにいられる。まわりに合わせて生活を変え、環境を変え、性格を変えられる。

わたしはミリアム。どんなフランス人よりフランス人らしくいられる。先を見越して、それにうまく適応できる。誰にも気づかれずにいつの間にかそこにいて、自然に場に溶けこむことができる。おとなしくて、礼儀正しくて、行儀がよくて、ちょっとよそよそしくて、少し冷たい。みんなからもそう責められる。でも生き延びるにはそうするしかない。

わたしはミリアム。ドライで、好きな相手に素直に愛情表現ができない。誰かから愛情表現をされると、居心地が悪く感じることがある。わたしにとって、家族とは厄介なもの。

わたしはミリアム。いつも出口を探してる。常に危険を回避しようとする。ぎりぎりまで追い詰められるのが好きじゃない。まだ発生していない問題を先回りして考える。近道を通ろうとする。ほかの人たちの言動をよく見ている。流れてる水より溜まった水のほうが好き。網の目をくぐり抜けて外へ出ようとする。なぜなら、そうするように定められているから。

わたしは《ミリアム》。生き延びたほう。

そして、あなたはノエミ。

わたしがミリアムである以上に、あなたはノエミ。

なぜなら、その名前は、隠されてさえいなかったから。

かつてわたしたちはあなたをクレール＝ノエミと呼んでいた。まるで本当にそういう複合名であったかのように。

子どもの頃のある夜――確かあなたが五、六歳で、わたしが八、九歳くらいだったと思う――寝室の反対側のベッドに寝ていたあなたがわたしを呼んだの。わたしは自分のベッドから起き上がり、あなたの小さなベッドに近寄った。するとあなたは言った。

『あたし、ノエミの生まれ変わりなんだ』

今思い返すとすごく不思議。そう思わない？　どうしてあなたはそんなふうに考えるようになったの？　あんなに幼かったのに。当時、お母さんからノエミの話を聞いたことなんて一度もなかったのに。

これまで、あの時の話をしたことは一度もなかったよね。だから、あなたがこのことを覚えてるかどうかもわからない。どう？　覚えてる？

とまあ、そういう感じ。

この調査を終えた時、いったい何が見つかるのか、あのポストカードを書いた人物が判明するのか、よくわからない。どんな結末が待ちかまえているのかもわからない。とにかく、やってみないと。

返事は急ぎません。時間がある時にでも、よかったら。きっと今頃、ゲラの校正に追われているんだろうね。大変だと思うけど、頑張って。フリーダ・カーロについて書いたというあなたの新作、早く読みたい。美しくて力強い、あなたにとって大事な作品になる予感がする。

じゃあね。あなたのフリーダによろしく。

アンヌより

アンヌ姉さんへ

メールをもらってから何度も繰り返し読んだよ。最初の二回は、泣きながら読みました。まるで痛い思いをした子どものように、こらえきれずに大きな声を上げて、しゃくり上げて、からだを震わせながら泣いたよ。どうしてこんなに痛い目に遭わなくちゃならないのかと、理由がわからなくて悔しがる子どものように泣いたよ。

でもそのあとは、もう泣かなかった。何度も何度も読み返した。すると、次第に最初の気持ちが薄れていった。無力さと、一種の怖れが消えていった。

それで、ようやく姉さんの問いかけについて考えられるようになった。その答えを今ここに書き記そうと思ってる。

うん、覚えてるよ。

幼い頃のあの夜、あたしは姉さんをそばに呼んで、自分はノエミの生まれ変わりだと言った。いくつか覚えてる子どもの頃のシーンのひとつとして、まるで脳内で映画を上映しているみたいに、はっきりと鮮明に覚えてる。

うん、当時、お母さんはこういう話をきちんとしてくれなかったね。でも沈黙を通して伝わってきた。それはあちこちで感じられた。書棚に並ぶたくさんの本、お母さんの苦しみと支離滅裂な言動、見ようと思えば見ることができたいくつかの写真。〈ショア〉は、家のなかでの探偵ごっこのようなものだった。発見した手がかりをもとに犯人の足どりを追うの。

長女のイザベル姉さんは、お母さんと同じようにセカンドネームを持っていなかった。

でもアンヌ姉さんはミリアムで、あたしはノエミだった。

お母さんに言われたことがあるよ、あたしのファーストネームを本当はノエミにするつもりだったって。でもお父さんからセカンドネームのほうがいいと言われたらしい。お母さんはあたしに言った。『でもノエミだって素敵な名前なんだよ』。うん、本当にそうだと思う。

それからお母さんは言った。『でもやっぱりクレールでよかった。クレールは〈光〉という意味だから』。

だからあたしもそれでいいと思った。お母さんの名前のレリアは、ヘブライ語で〈夜〉という意味だから。

子どもの頃、あたしはお母さんの書斎からノエミ・ラビノヴィッチの写真をこっそり持ちだして、真実を確かめようとした。この亡くなった女性と自分の顔に、似たところがあるかどうかを知りたかったんだ。あたしたちはほっぺたがそっくりで（今なら頬骨と言うところだけど、まだ子どもだったからね）、瞳が青いところも同じだった。

アンヌ姉さんの瞳はグリーンだね。ミリアムと同じ。

写真のノエミは、あたしと同じように長い髪を三つ編みにしてた。

あたしが十年間ずっと、長い髪を三つ編みにしてたのはどうしてなんだろう？　無意識に真似してたのかな？　よくわからない。答えを探すつもりもない。

写真のノエミはモンゴル系の顔立ちをしてた。切れ長な目と、高い頬骨。子どもの頃のあたしの写真も、にっこり笑った目が線のように細くて、モンゴル系の先祖の血を引いてることは一目瞭然だった。そういえば、モンゴル系の赤ちゃんのお尻には蒙古斑と呼ばれる青あざがあって、成長すると消えるとされてるよね。お母さんが言ってたけど、あたしたちにもその青あざがあったらしいよ。……なんだかこうして姉さんに手紙を書いてると、三十八歳にもなって六歳の頃の自分に戻っちゃう。混乱して、自分がどこにいるのかわかんなくなる。

あたしはかつて（はっきりした理由もないのに）赤十字社でのボランティア活動に夢中になった。その時のあたし、アウシュヴィッツへ移送される前に、通過収容所の医務棟で働いていたノエミと同じ歳だったんだよ。当時は、週末ごとに赤十字社で働いてた。だけどある日突然、その習慣をやめてしまった。

　眠れない夜、よくわからない奇妙なことについて考えた。

　子どもの頃の思い出で、今でもはっきり覚えてることがある。ある日、誰かに言われたんだ、『おまえの家族はかまどのなかで死んだんだ』って。それ以来、あたしはキッチンのオーブンを見ながら〈そんなことってありうるのかな〉と考えた。かまどといえばオーブンだと思ってたから、こんな狭いところにどうやって全員を詰めこめるんだろうって、どんなに考えてもわからなかった。十代の頃、両親の留守中に仲間とパーティーをして、その時にオーブンを壊してやったの。その瞬間、すごくすっきりしたのを覚えてる。

　二十歳になるとすぐ、それまでしていたことをすべて放りだして、突然ニューヨークに行ったんだ。ユダヤ人遺産博物館を訪れた。たくさんの展示室があった。ある展示室で、一枚の写真が壁に掛けられていた。小さな写真。それはミリアムだった。すぐにわかった。すると急に気分が悪くなった。恐る恐る近づくと、説明文が書かれてた。〈ミリアムとジャック・ラビノヴィッチ〉。セルジュ・クラルスフェルトの所蔵品だった。

　あたしは気を失って、非常口から外へ運びだされた。今でも覚えてる。


　そう、あれは確かに六歳の時、あたしは姉さんをそばに呼んで言った。なかなかひどいことを言ったもんだよね、自分は死んだ女の子の生まれ変わりだなんて。あたし自身も知らないし、ほかの誰も知らない子。あまりに若くして死んでしまったし、彼女を知ってた人たちも一緒に死んでしまったから。全員が、あっという間に。彼女は生き延びられなかった。あたしは彼女について何も知らない。ひどい話だよね。

　でもあたしは、あたしたちは知っている。彼女は作家になりたかった。

そしてあたしは、子どもの頃から作家になると言っていた。絶対に作家になると断言して、そうなると確信してきた。そして実際にそうなった。

小さな子どもじゃないけれど、「ほらね、本当だったでしょ」って。

昔、ふらふらと遊び歩いてた夜、時々思ってたことがある。あたしは、生きることができなかったほかの誰かの代わりに生きてるんじゃないかって。それがあたしの義務なんだって。でも、今はそんなことは思ってないよ。ただ、人生のある時期、自分がよくない状態の時、まるで悪霊ばらいをするかのようにそんなことを考えてただけ。でも今はそうじゃない。

あたしは、どんなに怖くても、転ぶまで馬跳びをやりつづける子だった。暗い影をごまかすために腕いっぱいにタトゥーを入れる若者だった。

今こんなことを書いてるのは、恥じる必要はないと思ってるから。恥ずかしくなんかない。このタトゥーだらけの腕を、あたしはもう恥ずかしく思っていない。

うん、確かにそういう意味では、アンヌ姉さんはミリアムだね。おとなしくて、礼儀正しくて、行儀がいい。いつも出口を探してる。常に危険を回避しようとする。追い詰められた状態が好きじゃない。つまり、あたしと正反対。ひとことで言うと、後先を考えずに危ない道を歩いていって、すぐに悲惨な状態に陥ってしまう……それがあたし。

ミリアムは助かって、ほかのみんなは死んでしまった。

彼女は誰も助けられなかった。

でも、彼女にいったい何ができたっていうの?

あたしは姉さんに助けを求めてきた。何度も何度も。それは、姉さんにとって大きな重荷だったと思う。

六歳の頃、自分はノエミの生まれ変わりだと言った時も、姉さんのことを大好きだと言った時も、どうして姉さんはあたしを好きだと言ってくれないのか、抱きしめてくれないのか（それもまた幼い頃の鮮明な記憶のひとつだよ）、あたしにはわからなかった。でも姉さんが言ったように、姉さんはミリアムで、よそよそしくて、冷たくて、自分の気持ちをうまく言い表せないんだよね。相手から愛情表現をされると居心地が悪く感じてしまう。

暗い影に押しつぶされそうになった夜、あたしはいつも姉さんの名前を呼んだ。でもそれはもう遠い昔のこと。あれはほかの誰かだった。今、あたしの心は穏やかだし、あたしは死んでいない。

これらの名前は、あたしたちにとってどういう意味を持つのかと、姉さんはあたしに問いかけたね。アンヌ＝ミリアムは、クレール＝ノエミが死なないよう、何度でも繰り返し助ける使命を負っていた。姉さんが今、ポストカードがどこから送られてきたかを探すことで、ラビノヴィッチ家を助けようとしているのと同じように。

これらの名前が、あたしたちの性格、あたしたちの関係……時にぎくしゃくすることもあったふたりの間柄に、どういう影響をもたらしたのか。姉さんはあたしにそう尋ねたね。まったくなんて質問なの。

だってもう何年も前に、あたしを助けるという姉さんの使命は消えてしまったんだよ。それはもう姉さんの役割じゃない。あたしも死のうとするのをやめた。姉さんの冷淡さを非難する気持ちも消えた。姉さんのあたしに対する苛立ちも、同じように消えていればいいんだけど。これ以上言うのは遠慮しておくけど（羞恥心もあるし）、本当は苛立ち以上のものがたくさんあるはずだよね。あたしはそれだけのことを姉さんにしてきてしまったから。

そう、あたしにだって遠慮や羞恥心があるように、姉さんだって本当はまわりにすんなり溶けこむタイプじゃない。家族団らんの場から逃げだすタイプじゃない。むしろその逆。

あたしたち、四十近くになってようやく、お互いに少しだけわかり合えてきたと思わない？　これだけ長く一緒に過ごしてきたのにね。

きっとミリアムとノエミは、お互いにわかり合えるだけの時間を持てなかったんだと思う。

きっとあたしたちは、喧嘩と、裏切りと、無理解を乗り越えて、こうして生き延びてきたんだと思う。

もし姉さんが、あの世から投げかけられた問いかけをメールに書いて送ってくれなかったら、きっとあたしもこんなことは書けなかったと思う。

きっと、いや、わかんないけど。

あたしたちは生き延びてきた。

そしてミリアムは、妹を救えるだけの力を持っていなかった。

彼女のせいじゃなかった。

ノエミは作家になれなかった。

アンヌ姉さんとあたしは作家になった。

あたしたちは四本の手で書いている。簡単なことじゃないけど、美しくて、力強いこと。

あたしには楽しい夢がある。アンヌ姉さん、いつかあたしは姉さんに元気を与えて、姉さんを守れる人間になりたい。

強いクレールになること。

ポストカードの今後の進展を祈ってます。

クララによろしく。

心の底から、
精一杯の愛をこめて。

クレールより

PS　ア・ドッホ・レーブン・オン・リーブカイト。ドス・ケン・ゴルニシュト・ゴルニシュト・ザイン。でもやさしさがなければ、人は生きられない。

（シャンソン『やさしさ』のイディッシュ語版より）

第四部　ミリアム

「お母さん、考えたんだけどさ、このポストカード、もしかしたらイヴ宛てだったんじゃない？」

「いきなり何。どうして？」

「ほら、見てよ。宛名が《M・ブーヴリ》ってなってる。これって、《ミリアム・ブーヴリ》じゃなくて《ムッシュ・ブーヴリ》だったんじゃないの？　つまり、ミリアムの二番目の夫のイヴ・ブーヴリ」

「違うよ。イヴはこの件には何の関わりもない」

「どうして？」

「馬鹿だね。二〇〇三年にはイヴはとっくの昔にこの世にいなかったんだ。イヴ宛てだなんてありえない」

「でもこのポストカードは一九九〇年代のものだし……」

「いい加減にしなさい。イヴとの人生は、ミリアムにとっては別物なんだよ。戦争が起こる前の人生とは何の関係もない」

母はタバコを灰皿に押しつぶしながら立ち上がった。

「本当にあんたは変わらないね。子どもの頃からずっとそうだった。頑固で聞きわけがない」母はそう言うと部屋を出ていった。

母は戻ってくる。わたしにはわかっていた。タバコがなくなったから、二階にある買い置きのカートンから一箱取ってくるだけなのだ。案の定、母は戻ってくるとこう言った。

「じゃあ説明してごらん。どうして急にその《M・ブーヴリ》に興味を抱いたのか」

「だって、このポストカードがミリアム宛てに書かれたなら、ほかの名前にするんじゃないかと思ったんだよ。ミリアム・ラビノヴィッチかミリアム・ピカビアのどっちか。なのに《ミリアム・ブーヴリ》と、二番目の夫の姓が書かれている。だからイヴに興味を抱いたの」

「何が知りたいんだい？」

「お母さんとイヴはどういう関係だった？」

「関係ってほどのものはなかったね。イヴはよそよそしいというか、あたしに関心がなかったんじゃないかな」

「お母さんにやさしかった？」

「イヴはすごくやさしくて、繊細で、知的な人だったよ。誰に対してもね。とくに自分の子どもに対しては。でもあたしにはそうじゃなかった。どうしてかって？　さあ、あたしにもわからない」

「もしかして、ヴィサントの面影をお母さんに見ていたから、とか？」

「もしかしたらね。ヴィサントとミリアムの間には、彼らにしかわからないたくさんの秘密があったから」

「ひとつ聞いておきたいことがあるんだ。前に言ってたよね、イヴが発作を起こしたって。どんな発作だったの？」

「急に何が何だかわからなくなったようでね、パニックを起こしたんだ。道に迷った人のようだった。そのあと、一九六二年六月に奇妙なことが起きた。仕事で電話をしている最中に、突然吃音《きつおん》が出るようになったんだ。そのせいで、イヴはそれから十年ほど仕事ができなくなった」

「どうしてそんなことになったかわかったの？」

「よくわからなかった。イヴは、死ぬ少し前に奇妙な手紙を書いている。『不吉な出来事のいくつかは、絶対的で、決定的だった、そう思ったのは一度や二度ではなかった。そうしたことをこれまですっかり忘れていたけれど』とね」

「不吉で絶対的な出来事って何だったんだろう？　何を忘れていて、何を思いだしたんだろう？　何を言いたかったんだろう？」

「わからない。でもね、あたしの直感だと、おそらく戦争が終わる直前、ミリアム、ヴィサント、イヴの三人で過ごしてた時のことに関係してるんじゃないかな。ただ、あたしはその時期のことは知らない。あんたに教えてあげられることは何もないよ」

「何も知らないの？」

「知らない。ミリアムの過去については途中で一旦見失ったからね。一九四二年にジャン・アルプと一緒に車のトランクに入って境界線を越えて、自由地区のヴィルヌーヴ＝シュル＝ロットの城に到着したところで途絶えてる」

「見失ったのはいつまで？」

「あたしが生まれる一九四四年までかな。だから、その間のことはわからない」

「ミリアムとヴィサントが、どうやってイヴと出会ったかも知らないの？」

「知らない」

「知りたいとは思わなかった？」

「それはさ、自分の両親の寝室に入るようなものだから、ちょっと……」

「気がひける？」

「いろいろあったみたいだよ。それに対してどう言うつもりはないけどね。彼らは、生きたいように生きてきたんじゃないかな。戦時中だったしね」

「わたしが調べるよ。自分で調べて、ミリアムのその時期の人生を再構築する」

「じゃあ、あんたにまかせるよ」

「もしポストカードの書き手が誰かわかったら、お母さんにも知らせたほうがいい?」

「その時がきたら、あんた自身が決めなよ」

「どうやって決めたらいい?」

「その問いに対する答えとして、ちょうどいいイディッシュ語のことわざがある。〈ア・ハーヴェ・イズ・ニット・ダフケ・デル・ヴォス・ヴィシュト・ディル・オップ・ディ・トレールン・ニー・デル・ヴォス・ブレングト・ディッフ・ベフラル・ニット・ツゥー・トレールン〉」

「どういう意味?」

「本当の友人は、あなたが流した涙を拭いてくれる人ではなく、あなたに涙を流させない人だ」

第一章

一九四二年八月。ミリアムがヴィルヌーヴ゠シュル゠ロットの城館に身を隠しはじめて、二週間近く経った。ある夜、寝ているところを誰かに揺り起こされた。夫だった。パリからヴィサントがやってきたのだ。ヴィサントは「ミリアムの両親と電話で話をしたけど、元気そうだった」と言った。夫は嘘をついている。ミリアムは目を閉じた。あの遠い昔の日々はすでにおぼろげなのに、いずれはすべて消えてしまうのだろう。ふたりは夜明け前に車でヴィルヌーヴを発った。初めて見る自動車だった。行き先はマルセイユだという。

「そうだ、質問してはいけないんだった」ミリアムは自分に言い聞かせた。

町はそれぞれ独特な匂いを持っている。イスラエルのミグダルは、陽の光を浴びたオレンジの香りと、鼻腔に長く残る岩の匂いがした。ポーランドのウッチは、繊維、庭園の花、芳醇《ほうじゅん》な蜜、アスファルトにこすれる路面電車の鉄の車輪……すべての匂いが複雑に混ざり合っていた。そしてマルセイユは、海水浴場と、汚れた水と、太陽に熱された木箱の匂いがした。港にはあちこちに木箱が転がっている。朝市の陳列台には食材が豊富に並んでいて、まるで夢のようだった。パリとは大違いだ。歩道にはたくさんの人たちが行き交い、とくに交差点では押し合うほどの混雑ぶりで、ヴィサントとミリアムは戸惑った。港に建ち並ぶカフェのひとつに入り、冷たいビールを注文する。オーデコロンとシェービングフォームの匂いが漂っていた。ふたりは若い恋人同士のようにテラス席に並んで座り、泡だらけのグラスに唇をつけながらほほえみ合った。少し酔って頭がぼんやりしてきた頃、〈本日の料理〉を注文し、タイムの香りがする骨つき仔羊肉を手づかみで食べた。まわりからありとあらゆる言語が聞こえてくる。一九四〇年六月の休戦協定以降、マルセイユは、非占領地区における重要な避難先のひとつになっていた。警察に追われているフランス人や外国人たちが、港から船に乗って逃亡するために大勢集まってきている。日刊紙〈ル・マタン〉の記事では、マルセイユは皮肉たっぷりに《地中海の新エルサレム》と呼ばれていた。

第二章

ヴィサントは、車のタイヤの切れ端を革ひもで留めて靴を作った。姉のジャニーヌと連れ立ってあちこちへ出かけている。あっちへ二日間、こっちへ四日間という具合だったが、どこへ行くのか、何のためか、ミリアムは教えてもらえなかった。

そんなふうにして、マルセイユで三カ月暮らした。ミリアムはほとんどの時間をひとりきりで過ごした。カフェのテラスに座って、ビールでほろ酔い加減になりながら、ひとり空想にふける。ノエミとジャックの近況が知らされるという空想だった。

〈もちろん知ってるわよ、あなたの妹さんでしょう？　そこで会ったわよ。ああ、弟さんも一緒だったわ。ご両親がふたりを迎えに行ったんですって。本当だってば、嘘じゃないわよ！〉

人込みのなかで、ふたりによく似た後ろ姿を見かけることもあった。その瞬間、ミリアムは全身をこわばらせる。それからすぐに駆けだして、女の子の腕をつかむ。ところが、振り返った顔はノエミではなかった。謝罪をし、意気消沈する……毎回その繰り返しだった。そんなことがあった日の夜は絶望的な気分になるが、夜が明けるとまた希望を取り戻した。

十一月になると、目抜き通りのラ・カヌビエールでドイツ語を耳にするようになった。《自由地区》にも占領軍がやってきたのだ。マルセイユはもはや、やさしい聖母《ボンヌ・メール》さまに守られた町でも、安全な避難先でもなかった。商店のショーウィンドーには〈アーリア人のみ入店可〉と書かれた札が掲げられた。路上だけでなく、映画館の出入口でさえ、警官による身分証明書の検査が行なわれた。アメリカ映画の上映は禁止された。

マルセイユはパリのようになった。夜間外出禁止令が出され、ドイツ人兵士がパトロールを行ない、暗くなっても街灯が点かなくなった。

ミリアムは、壁のなかに逃げこめるネズミたちが羨ましかった。サン゠ジェルマン大通りの〈ラ・ロムリー・マルティニケーズ〉でのように、危険な目に遭うのはもうこりごりだった。かつては見えない力に守られている気がしていたが、今はもう違う。ジャックとノエミが逮捕されて以来、何かが大きく変わってしまった。ミリアムは生まれて初めて怖れの感情を知った。

路上に警官がいたが、ヴィサントが新鮮な空気を吸いたいと言うので一緒に外へ出た。散策していると、港より少し手前にあるサン゠ルイ広場でヴィサントが立ち止まった。サングラスをかけて薄手のワンピースを着た、バカンス客のような格好の女性がこちらへやってくる。ミリアムはヴィサントの腕をつかんだ。

「見て。ジャニーヌみたいな人」

「本人だよ」ヴィサントは答えた。「待ち合わせをしてたんだ」

ジャニーヌはヴィサントの手をつかむと、少し離れたところの小道へと引っぱっていった。ミリアムは新聞の売店の前でふたりを待った。販売員が、ミッキーマウスとドナルドダックの絵本を陳列台から取り除いていた。

「ぬり絵の本と入れ替えろ、だとさ。ヴィシー政権の命令なんだ」店員はやれやれというように頭を振りながら言った。

その頃ヴィサントは、小道の奥でジャニーヌから重大な報告を受けていた。偽造通行許可証作りに関与していた女性が逮捕されたのだという。二十二歳で、ブロンドの巻き毛に、ドラジェのように真っ白な歯をした、人形みたいな女の子だった。リールに住む彼女の家族が、非常に精巧な《調理器具》、つまり官公庁の偽造スタンプを所有していたのだ。

彼女に与えられた役目は、リールとパリの間を列車で往復して書類を運搬することだった。手口は巧妙だった。列車に乗ると、ドイツ人将校たちが座っているコンパートメントに直行する。そして、にっこりほほ笑んで媚を売り、一緒に座ってもいいかと尋ねる。その美貌に魅せられた将校たちは、軍靴を鳴らして立ち上がると、彼女を《お嬢さん》と呼んで、荷物を棚に上げるのを手伝う。女性は将校たちと一緒に移動時間を過ごす。偽造通行許可証は彼女のコートの裏地に縫いつけられている。

駅に到着すると、ドイツ人将校の誰かひとりに頼んで、荷物を運んでもらう。こうして将校にエスコートされた女性は、警官から検査を受けることなくスムーズに駅から出られるのだ。陶製の人形のように美しい彼女ならではの仕事ぶりだった。

ところがある将校が、たまたま三回連続して彼女と同じ列車に乗り合わせた。それで手口が発覚してしまったのだ。

「留置所に入って取り調べを受けている間に、十数人もの男たちに犯されちまったらしいよ」ジャニーヌはおぞましさに身震いしながら言った。

ヴィサントとジャニーヌは、ミリアムにはその話はせずに、やるべきことがあるからパリへ戻るとだけ告げた。

「郊外のユースホステルであんたを降ろすから、そこで待ってて」

ミリアムは、異議を唱えることさえ許されなかった。

「あんたをここにひとりで残すのは危険すぎるんだよ」

ジャニーヌが運転する車に乗りこみながら、またしてもジャックとノエミから遠ざかってしまった気がした。ミリアムは「これだけはどうしても」と言ってジャニーヌに頼みごとをした。両親を安心させるためにポストカードを送りたかったのだ。

ジャニーヌは首を横に振った。

「そのせいで危険な目に遭うのはあたしたちなんだよ」

「だからなんだっていうんだよ」ヴィサントは姉に反論した。「どうせマルセイユから出ていくんだし。いいじゃないか、なあ?」ヴィサントはミリアムに向かってそう言った。

ミリアムは郵便局に入ると、窓口で《地区間カード》を八十サンチームで購入した。《ノノ》と《ジャジャ》の間を行き来できる唯一の郵便物だった。この頃、非占領地区（フランス南部）は略して《ゾーン・ノノ》、占領地区（フランス北部）はドイツ語で《イエス》を意味する《ｊａ》をフランス語読みして《ゾーン・ジャジャ》と呼ばれていた。投函されたカードはすべて郵便検閲委員会でチェックされ、疑わしいとされたものはその場ですぐに破棄された。

《本状は、家族への私信としてのみ利用できる。不要な項目は線で消すこと。ドイツ当局の検査を受けるために、読みやすい字で記入すること》

カードにはすでに文章がぎっしりと印刷されていた。一番上の空欄に、ミリアムは「マダム・ピカピアは」と記入した。

そのあとは、次の項目からいずれかを選択しなくてはならない。

—健康です

—疲れています

—殺されました

—捕われました

—死亡しました
—消息不明です
ミリアムは「健康です」を選んだ。
さらに、次の項目からもいずれかを選択しなくてはならない。
—お金が必要です
—荷物が必要です
—食糧が必要です
—に帰ります
—で働いています
—の学校に入ります
—に合格しました
ミリアムは「で働いています」を選び、空欄に「マルセイユ」と書きこんだ。カードの一番下には締めくくりの挨拶まで印刷されていた。「どうぞお元気で。敬具」
「ありえない」ミリアムの肩越しにカードを覗きこんだジャニーヌはつぶやいた。「あたしだってマダム・ピカビアなんだよ。それに、あたしはすでにマルセイユでお尋ね者なんだけど」
ジャニーヌはため息をついてカードを破ると、新たにカードを買いなおした。そして今度は自分で書きこんだ。
《マリーは健康です。試験に合格しました。荷物は送らないでください。必要なものはすべて持っています》
「あんたたちはふたり揃って、本当にどうしようもないね」ジャニーヌは車に戻ってから言った。「何にもわかってない」

そのあと、ジャニーヌとヴィサントはことばを交わさなかった。アプト方面へ向かう道すがら、小修道院跡の建物を改装したユースホステルの前で車が停まった。

「降りな」ジャニーヌはミリアムに言った。「ここのペアレントは信頼できる人だよ。フランソワっていうんだ。あたしたちの味方だから」

ミリアムにとって、ユースホステルは未知の場所だった。噂には聞いていたが、泊まったことはない。キャンプファイヤーをして合唱したり、自然のなかでハイキングをしたり、ドミトリーで寝泊まりしたりする場所というイメージだ。以前、今度試しに行ってみようと話し合ったことがある。その時は、コレットとノエミと一緒だった。

第三章

ジャン・ジオノは、マノスク市（プロヴァンス地方の町）出身の作家だ。代表作は『屋根の上の軽騎兵』だが、一九三〇年代初めに発表されたある小説もベストセラーになり、《大地への回帰》と呼ばれる自然派ブームを巻き起こした。主人公の真似をして自然のなかで生きると宣言し、プロヴァンス地方の廃墟となった農家に住みつく若者たちが急増したのだ。彼らは、産業革命時に仕事を求めて都市部に移住した人たちの孫世代に当たり、都会の小さなアパルトマンでの生活にうんざりしていた。

若者たちは、男の子も女の子もみんな、ユースホステルに集まってキャンプファイヤーをしながら互いの夢を語りあった。無政府主義者も、平和主義者も、共産主義者も一緒になって、ギターの音色に耳を傾けながら、熱い激論を戦わせた。そして夜が更けると、先ほどまでの対立を忘れて唇を重ね合い、暗闇のなかで同じ欲望を抱いて触れ合いながら仲直りをした。

ところがその後、戦争になった。

徴兵を拒否したために、刑務所に入れられる若者もいた。戦地へ送られて、前線で殺される若者もいた。もうキャンプファイヤーのそばで、ギターの音色が聞こえることはなかった。ユースホステルはすべて閉鎖させられた。

ヴィシー政権の首相となったペタン元帥は、このブームを国のために利用することを思いついた。

一九四〇年六月の休戦協定後、《大地は嘘をつかない》というスローガンを掲げて、ユースホステルの再開を許可した。だが、イベントは行政当局で承認されたものしか行なえず、キャンプファイヤーで歌える曲も限定された。男女が同じ施設に寝泊まりすることも禁止された。

ユースホステルをフランスに普及させた貢献者のひとり、フランソワ・モレナスは、ヴィシー政権のこうした規則に従うのを拒んだ。ジオノの小説のタイトルから名づけた〈二番草〉という自らのユースホステルを閉鎖すると、〈クレルモン・ダプト〉と呼ばれる旧小修道院跡の廃墟で人目を避けるようにして暮らしはじめた。ここは正式にはユースホステルではない。だが地域の人たちは、ここへ行けば食事と寝床を提供してもらえると知っていた。この違法ユースホステル、一種の反体制施設は、社会からはじき出された若者たちの避難場所であろうとして、非合法で存在しつづけた。こうしてフランソワは、社会主義者、平和主義者、レジスタンス運動家、共産主義者、ユダヤ人、強制労働徴用拒否者たちをかくまっていたのだ。

第四章

ミリアムはずっと自室から出なかった。フランソワ・モレナスが、代用コーヒーに浸して柔らかくしたラスクを毎朝運んでくれる。だが、ミリアムはそれをお昼まで食べなかった。からだも洗わず、着替えもしなかった。五枚のパンツをずっと履いていた。まるで時間が止まったかのように、身の回りを気にしなくなっていた。ただ、ジャックとノエミのことだけを考えつづけた。

「どこにいるんだろう？　何をしているんだろう？」

東の風が吹いていたある週の夜、突然、ヴィサントとジャニーヌが窓から部屋のなかへ入ってきた。緑色の泡が立つ海から打ち上げられた人のように、オリーヴの木々の間からひょっこりと姿を現した。夫の表情を見た瞬間、両親ときょうだいの近況は今回もわからなかったのだとミリアムは悟った。

「おいでよ」ヴィサントは言った。「外を歩こう。話したいことがあるんだ。ジャニーヌのことだ」

ジャニーヌ・ピカビアは、両親とはずいぶん前から疎遠だった。偉大なるアーティストは偉大なるエゴイストだ、と彼女は常々思っていた。例えるなら、ジャニーヌはマジシャンの両親の子どもだった。舞台裏を見ながら育ったため、ステージ上のイリュージョンを信じなくなっていた。

ジャニーヌは常に自由でいたかった。夫に依存する女にはなりたくなかった。そこで自分で稼げるようになるために、若いうちに看護師免許を取得した。

戦争が始まるとすぐ、レジスタンス運動のために働きはじめた。まだその活動が《レジスタンス》と呼ばれるようになる前から動きだしていた。

赤十字社の看護師として、そして救急車の運転手として働きながら、マルセイユに移転したイギリス領事館とパリの間を行き来して機密書類を運搬した。書類は包帯の内側やモルヒネのシリンジのなかに隠した。

その後、ジャニーヌは、イギリス人飛行士や落下傘兵の逃亡を助けるシェルブールの組織に接近した。逃亡ネットワークのはしりのような団体だった。

ジャニーヌの名前は広く知れわたった。イギリスの秘密情報部、MI6の通称で知られるシークレット《S》・インテリジェンス《I》・サービス《S》の目にもとまった。一九四〇年十一月、レジスタンス運動家のボリス・ギンペル＝レヴィツキーに呼びだされ、イギリス人運動家たちを紹介された。それから二カ月後、海軍関連の情報収集に特化した新しい組織を設立してほしいと打診された。ジャニーヌはその任務を快諾した。自らの命が危険にさらされることを知りながら。

ジャニーヌはフランス人男性、ジャック・ルグランと組んで仕事をした。ジャニーヌとジャックの組織は〈グロリア＝SMH〉と名づけられた。《グロリア》はジャニーヌの、《SMH》はジャックの、それぞれコードネームだった。SMHは女王陛下の機関《ハー・マジェスティーズ・サービス》の頭文字を逆から読んだものだった。

一九四一年二月、グロリア＝SMHは大きな仕事を成功させた。ブレスト港にドイツ軍の船舶が停泊しているのを発見したのだ。ドイツ海軍の戦艦シャルンホルスト、その二番艦のグナイゼナウ、重巡洋艦プリンツ・オイゲンの三隻だった。この情報のおかげで、イギリス軍は空襲によって三隻に大きな損害を負わせることに成功した。この快挙をきっかけに、グロリア＝SMHはイギリス軍から十万フランの資金を提供され、組織をさらに拡大させた。

ジャック・ルグランは、大学生や高校教師たちを諜報員としてスカウトした。そのほとんどが〈郵便受け〉要員だった。つまり、自宅で機密書類を受けとるだけの役割だ。中身が何かを知らされないまま、受けとった郵便物を安全な場所に保管する。それでももちろん、命を危険にさらしていることに変わりはない。その勇気を称えるため、ここで全員の名前を挙げて敬意を表したい。アンリ四世校教師のシュザンヌ・ルッセル、フェヌロン校教師のジェルメーヌ・ティリオン、ジルベール・トマゾン、ビュフォン校教師のアルフレッド・ペロン。ルグランは聖職者もスカウトした。パリ近郊ラ・ヴァレンヌ・サン＝ティレールの助任司祭、アレッシュ神父がそうだ。組織に入るのを希望する若者たちは、まずはアレッシュ神父の前で〈懺悔〉をしなくてはならない。それから神父が彼らを各連絡員に紹介するのだ。

ジャニーヌは、両親の知り合いのアーティストたちをスカウトした。常にヨーロッパじゅうをあちこち移動していて、複数の言語を話せる者が多かったからだ。レジスタンス運動組織は、機密書類を運搬するのにあらゆる職種の人を必要としていた。とくにフランス国鉄《SNCF》の従業員は重宝された。マルセル・デュシャンのパートナー、アメリカのミネソタ州出身のメアリー・レイノルズも、《ジェントル・メアリー》のコードネームで組織のために働いた。あるアイルランド人作家も同様だった。イギリスの特殊作戦執行部《SOE》の一員で、信頼できる人物として知られ、通訳としても有能だった。コードネームは《サムソン》だが、本名はサミュエル・ベケット。アイルランド出身の劇作家であるベケットは、グロリア＝SMHの組織で主任軍曹になると、あっという間に階級を上げて少尉にまで昇進した。

ベケットはパリの自宅で仕事をした。住んでいたのは、パリ十五区のファヴォリット通りのアパルトマンだ。書類を調べ、ほかの書類と照らし合わせ、書き写し、その重要性を判断し、緊急度を見極め、英語に訳し、タイプライターで清書する。完成した機密書類を自らの作品『マーフィー』の原稿の間に隠す。それをグロリア＝ＳＭＨの一員であるアルフレッド・ペロンが専属カメラマンのところへ持っていき、マイクロフィルムにする。そのマイクロフィルムをイギリスへ送る。

ちょうどその頃、ジャニーヌは弟のヴィサントと母のガブリエルにも声をかけた。ガブリエルは六十歳という年齢で組織の一員になり、《マダム・ピック》というコードネームを与えられた。

「これで教えられることはすべて教えたよ」ヴィサントはミリアムに言った。

「あんたもあたしたちの仲間入りだ。もしあたしたちがコケたら、あんたもコケる。わかってるかい？」ジャニーヌがミリアムに尋ねた。

もちろん。そんなことはとっくの昔からわかっている。

第五章

　ジャニーヌは、ユースホステルを出てリヨンへ向かった。数日前に、《ビショップ》というコードネームを持つアレッシュ神父とジェルメーヌ・ティリオンが、写真二十五枚のマイクロフィルムを持って現地を訪れていた。ディエップ沿岸における防衛体制の地図を写したものだ。だが、計画は予定どおりに運ばなかった。

　ティリオンがリヨン駅でゲシュタポから尋問を受け、そのまま逮捕されたのだ。〈ビショップ〉は捕まらずに済んだ。幸いにも、マイクロフィルムを持っていたのはティリオンではなく〈ビショップ〉だった。大きなマッチ箱のなかに隠し持っていたのだ。

　つまり、〈ビショップ〉はひとりでも任務を継続できるはずだった。リヨンの連絡員の〈ミス・ホール〉にマイクロフィルムを渡す約束をしていた。ところが、待ち合わせ場所のテルミニュスホテルに〈ビショップ〉は来なかった。〈ミス・ホール〉は翌日も同じ場所で待ってみたが、やはり無駄だった。翌々日、ようやく〈ビショップ〉は〈ミス・ホール〉にマイクロフィルムを渡したが、そのまま姿を消した。以来、彼との連絡は完全に途絶えた。

　ジャニーヌはその知らせに不安を感じ、何が起きたかを調べようとした。リヨンに着くと、SOEエージェントで《ゴーティエ》というコードネームを持つフィリップ・ド・ヴォメクールに会った。

〈ミス・ホール〉から受けとったマッチ箱を開けると、なかにディエップ沿岸の地図はなく、何の価値もない書類しか入っていなかった。〈ビショップ〉ことアレッシュ神父は組織を裏切ったのだ。

その結論を裏づけるように、同じ頃にパリで組織のメンバーが次々と逮捕された。〈SMH〉ことジャック・ルグラン、フィリップ・ド・ヴォメクール、マイクロフィルムを作ったカメラマンが、ゲシュタポに逮捕された。サミュエル・ベケットはパートナーのシュザンヌ・デシュヴォー＝デュメニルに頼んで、ほかのメンバーたちに警告しようとした。ところが路上で検問に遭遇し、そのまま引き返さざるをえなかった。ふたりは作家のナタリー・サロートの家に身を潜めた。組織の十二人のメンバーは、パリ近郊のフレンヌやロマンヴィルの留置所に収容され、のちに銃殺された。八十人は、ラーフェンスブリュック、マウトハウゼン、ブーヘンヴァルトといった強制収容所に移送された。組織のメンバーのほぼ半数が、数日のうちに処刑された。

ジャニーヌは、裏切りがあった場合のマニュアルに従って行動した。フランスじゅうの組織の活動をすぐに停止させる。それからメンバーたちとの連絡を断った。

ジャニーヌは、フランスでもっとも重要な逃亡犯のひとりとみなされるようになった。すぐに国から出なければならない。今度は彼女がトランクに入って旅をする番だった。サミュエル・ベケットとその友人によって改造された、六馬力のルノー車のトランクに乗りこんだ。ベケットとシュザンヌは南仏のルシヨンへ向かい、ジャニーヌをミリアムとヴィサントのいるユースホステルで降ろした。

ジャニーヌはふたりに、スペイン経由でイギリスに行くつもりだと伝えた。つまり、ピレネー山脈を歩いて越えるのだ。

「捕まるくらいなら、山の上で死ぬほうがましだからね」ジャニーヌは言った。

逮捕されたレジスタンス運動家の女性が辿る末路は決まっている。何度も繰り返しレイプされるのだ。静かなる完全犯罪。

ミリアムとヴィサントは暗闇のなかでジャニーヌと別れた。抱擁やキスをしたり、激励のことばをかけたり、プロヴァンス民謡の〈クーポ・サント〉を歌ったり、再会を約束したりはしなかった。ましてや〈幸運を祈る〉などもってのほかだ。ただ何も言わず、無事を願って握手を交わしただけだった。

こうして、ミリアムとヴィサントはふたりきりになった。ふたりとも、戦時中の夜にきょうだいと離れ離れになって途方に暮れた者同士だった。

翌日、ユースホステルのペアレントのフランソワ・モレナスが、施設が監視されているとふたりに告げた。

「きみたちがここにいるのは危険すぎる。もうすぐ憲兵たちが捜索にやってくるだろう」

フランソワは、ふたりを近郊の村のビュウーへ連れていった。岩山の上にある小さな村で、カフェを併設する小さなホテルが一軒あり、旅行者を寝泊まりさせていた。

「満室だよ」ホテルの主人はそう言った。

「じゃあ、シャボー夫人のところへ行こう」フランソワは言った。

この地域では誰からも敬われている戦争未亡人だった。

「ああ、空き家ならあるよ」シャボー夫人はミリアムとヴィサントに言った。「広くはないけどふたりなら十分だ。クラパレード高原の上の〈首吊り人の家〉だよ」

「ありがたい」フランソワが小声で言った。「憲兵たちは幽霊と高地が苦手だからな。さあ、ふたりとも行こう」

村からその家まで徒歩で行くという。アーモンドの林を抜けて、延々と続く急坂を上っていく。休む間もなく歩きつづけて、三十分後にようやくクラパレード高原にたどり着いた。

「近くにパラシュートが投下される場所があるので、このあたりはドイツ人の監視下にある」フランソワが警告した。「万一に備えて、室内に明かりを点ける時はよろい戸を閉めておきなさい。屋外や窓際でタバコを吸ってはいけない。光が漏れないよう、窓の隙間はふさいでおくほうがいい。用心するに越したことはないからね。鍵穴をふさぐのも忘れないように」

第六章

お母さん

今朝、お祖母ちゃんについて思いだしたことがあるんだ。確か十歳の時だったと思うけど、一緒に丘を散策しようと誘われたの。夏の暑い日に、ふたりで並んで歩いた。お祖母ちゃんは、道の隅に落ちていたチョウのさなぎを拾った。それをわたしにくれて、壊れやすいから気をつけるようにと言った。それから戦争の話をしてくれた。それを聞きながら、わたしはすごく困惑した。

家に戻ってから、わたしはその話をお母さんにしようとした。でも頭のなかがぼんやりして、話の内容をことばで言い表すことができなかった。お母さんが、まるで火がついたように興奮してたのを覚えてる。矢継ぎ早に質問されたけど、わたしは『わかんない』としか答えられなかった。その時の経験は、今のわたしの性格に大きな影響を与えていると思う。

そう、この時以来、質問に答えられない時や、記憶しておくべきことを忘れてしまった時、真っ暗な穴に落ちたような気がするようになった。お祖母ちゃんとお母さんに対する罪悪感からだと思う。……こんな古い話を持ちだして、お母さんを不快にさせてないといいんだけど。寝た子を起こすどころか、死人を蘇らせてるし。たぶんわたしは今、この日ミリアムが言ったはずのことばを捜してるんだと思う。

それに関して、ひとつ発見があったよ。

ミリアムが書き残したもののなかに、シャボー夫人という女性のことが書かれてた。戦時中、南仏のビュウーにある夫人の家で一年ほど過ごしたらしいね。ネット電話帳で調べたら、ビュウーには今もその名前が掲載されてた。

その番号に電話をかけると、すごく親切な女性が出た。シャボー夫人の孫息子の妻のようだった。『ああ、〈首吊り人の家〉なら今もありますよ。夫の祖母がそこにレジスタンス運動家をかくまってたのも知ってます。明日もう一度、夫のいる時に電話をくれませんか？　わたしよりよく知ってるはずなので』と、彼女は言った。夫はクロードという名で、戦時中に生まれたんだって。明日また電話をするので、何かわかったら教えるね。

お母さん、こういう話に興味がないわけではないと思うけど、きっと動揺もさせてるよね。ごめんなさい。それからあの日、ミリアムの話の内容を忘れてしまったことも、ごめんなさい。

アンヌ

第七章

〈首吊り人の家〉には何もなかった。リネンや食器さえなかった。ベッドにはマットレスもない。唯一あるのは、床板で作った古いベンチ、首吊りの踏み台にされたらしい乳搾り用の腰かけ、そして、いまだにはずされていない天井から下がったひもだけだった。

「これ、まだ使えそう」ミリアムは天井からひもをはずして、手に巻きつけた。

「マットレスが見つかるまでは、レダマをベッドに敷いておくといい。レダマってわかる？　黄色い花が咲く草だよ。このあたりでは敷きわらとしてよく使われるんだ」フランソワが言った。

都会育ちのふたりは、言われるがままに家の裏へ行くと、鮮やかな黄色い花が咲いた低木の枝をどっさりと刈りとった。あたり一面群生しているその植物の花は、アイリスを小ぶりにしたような形をしていた。ふたりは両手いっぱいにレダマを抱えて部屋に戻ると、マットレス代わりにベッドの上に敷きつめた。それからそっとその上に横になってみた。

「棺のなかで花に囲まれてるみたい」ミリアムは窓の外を見た。窓枠の向こうに、まるで五サンチーム硬貨のように丸い月が出ていた。

突然、すべてが非現実的に思われた。知らない土地の知らない部屋で、夫というよく知らない男性とふたりきり。でもきっとどこか遠くで、ノエミもこの月を見ているはず。そう考えるとなんだか少し元気が湧いてきた。

翌日、ヴィサントは暮らしに必要なものを買うために、アプトの市場へ出かけた。町までは七キロほどあるので、夜が明けるとすぐに出発した。市場に出すための商品を運んだり羊を連れたりしている農業従事者、職人、農場主たちのあとについて、大きな通りを歩いた。

広場に到着したヴィサントは唖然とした。マットレスやシーツなどどこにもない。ちょっとした鍋ひとつが、大型のオーブンレンジが買えるほどの高値で売られている。結局、手ぶらで帰宅した。苛立ちを鎮めるためのアヘンチンキの小瓶と、妻のためのヌガー菓子を買っただけだった。

ヴィサントとミリアムは、家主のシャボー夫人と親しくなった。バイタリティに溢れ、根っからの善人で、何があっても動じない。男三人ぶん働いて、たったひとりで息子を育てている。誰もが彼女を尊敬していた。裕福で、困っている人のためならいつでも惜しみなく金を使う。頼まれたら決してノーと言わない。相手がドイツ人である時を除いて。

週に一度、ドイツ人兵士たちが夫人の自動車を徴用しにやってくる。この地域で唯一の車だからだ。ほかに選択肢がないのでしかたがなく従うが、夫人が彼らを飲み食いさせることは決してなかった。ジュース一杯ふるまおうとしなかった。

ヴィサントとミリアムは、シャボー夫人の前では、大自然のなかで暮らしたくて都会から来た新婚夫婦のように振るまった。ジャン・ジオノの小説に憧れてやってきた、画家の夫と音楽家の妻。もちろんミリアムがユダヤ人だとは決して言わない。シャボー夫人は、根掘り葉掘り尋ねたりはしなかった。彼女がふたりに望んだのは、村の生活を乱さずに、礼儀正しく振る舞うことだけだった。そして、憲兵の厄介になるような騒ぎは起こさないこと。

ジャニーヌの組織が解体され、任務がなくなったヴィサントは遠出をしなくなった。結婚して初めて、ヴィサントとミリアムは同じ屋根の下で暮らし、ふつうの若夫婦のような生活を営んだ。食事をし、からだを洗い、服を着替え、暖を取り、眠りにつく。出会ってからこれまでずっと、ふたりは恐怖と慌ただしさのなかで生きてきた。愛を育むふたりの背後には、常に危険が迫っていた。ヴィサントはその状態を好み、そうあることを必要としていた。一方、ミリアムはこの静かで単調な暮らしを好んだ。人里離れた辺鄙《へんぴ》な田舎での生活を悪くないと思っていた。

数日すると、ヴィサントは無口になった。自分の殻に閉じこもってしまった。ミリアムはそんな夫をただ眺めていた。生きた絵画のようにただ鑑賞していた。

ヴィサントは、誰にも何にも執着していないようだった。それがヴィサントを魅力的にしていた。彼にとっては、今この瞬間以外に関心があるものなど何もなかった。だから、チェスをすればその勝負に夢中になり、食事を作っている時も、火をおこしている時も、目の前のやるべきことに全力を注ぐ。過去と未来は存在しない。思い出を作らない。ことばも必要としない。アプトの市場で農業従事者と仲よくなって、半日おしゃべりをして、仕事についてあれこれと質問を浴びせて、一緒にワインを一本空けて、さらにもう一本奢《おご》ってあげても、翌日にはもうその人のことを忘れてしまう。ミリアムに対しても同じだった。一緒に笑いながら楽しい夜を過ごしても、翌朝目を覚ますと、自分のベッドに勝手に入りこんだ知らない女性を見るような目でミリアムを見る。毎日一緒に過ごしても、ヴィサントとは何も構築できなかった。いつもゼロからやり直さなくてはならなかった。

少しずつ、ヴィサントはミリアムを避けるようになった。ミリアムが部屋に入ると、何かしらの言い訳をして外へ出ていく。

「きみがシャボー夫人のところへ行っている間に市場に行ってくる」

一緒にいないで済むための口実にすぎなかった。

ある夜、家賃を支払いにシャボー夫人の家を訪れた時、ミリアムは長居して自家製ジュースをごちそうになった。夫人は「これはドイツ人には絶対にあげないんだ」と言いながら、ふたつのグラスにジュースのお代わりを注いだ。ミリアムは借りている家の前の住人について尋ねてみた。例の〈首吊り人〉だ。

「カミーユって名前でね、かわいそうに、全身が硬直した状態で見つかったんだよ。飼ってたロバがそばにいて足首をなめてた」

「どうしてそんなことをしたんでしょうか」

「孤独のせいで、ちょっとおかしくなってたようだね。イノシシに菜園が荒らされたのを気に病んでたとも聞いた。でも奇妙なことに、日頃から死ぬのをすごく怖がってたっていうんだ。苦しみながら死ぬのは嫌だ、恐ろしいって、まるで取り憑かれたみたいに毎日話してたらしい」

つい長話をしてしまい、ミリアムは帰り道を急いだ。遅くなってしまったから、ヴィサントが心配しているかもしれない。家に辿りついた時には深夜零時近くになっていた。ところが、夫はすでに眠っていた。いつもなら朝方までずっと起きているのに、ミリアムを案じるようすもなく、ぐっすりと眠りこんでいた。

その後も、ヴィサントはぼんやりした目つきで、いつもだるそうに、つらそうにしていた。やがて、からだに蕁麻疹《じんましん》が現れた。皮膚がかゆそうで、うっすらと汗をかいた額が濡れて輝いていた。一週間後、ヴィサントは言った。

「パリに戻るよ。蕁麻疹を診てもらいたいんだ。みんなの近況も知りたいし。レ・フォルジュへ行ってきみの両親にも会ってくる。母親の実家があるエティヴァルにも行く。誰も使ってない古い毛布やシーツが屋根裏にあるはずだから、もらってくるよ。早ければ二週間後、遅くてもクリスマス前には帰ってくる」

ミリアムは驚かなかった。ヴィサントは旅立つと決めると、いつも熱に浮かされたようになる。今回もそうだった。

ヴィサントは十一月十五日に旅立った。結婚記念日の当日だ。あれからもう一年。奇妙な記念日だった。ミリアムは通りまで出ていってヴィサントを見送った。わかっている、こんなふうに、飼い犬がご主人さまを追いかけるように、夫につきまとっていてはいけない。ヴィサントは苛立っている。もう気持ちは旅に向かっていて、早くひとりになりたいのだ。

ミリアムは立ち止まり、アーモンドの林のなかに姿を消す夫を見送った。十一月の冷たい日差しを浴びて、身動きひとつせずに立ち尽くしていた。涙は出なかった。ここに来てから、ふたりはほとんど甘い時間を過ごしていなかった。一度だけ、ある晩、母親の腕のなかに入りこもうとする子どものように、ヴィサントがからだを丸めてミリアムにすり寄ってきたことがあった。暗闇のなかで温かいものを求めているような、唇をぶつけるようなぎこちないキスを数回。だが、それで終わりだった。次の瞬間、ヴィサントは腫れた瞼を閉じると、深くて熱い眠りのなかに沈みこんだ。

その夜、ミリアムは誰からも必要とされない自分のからだを持て余した。

それでも、あの謎めいた人、自分を求めようとしないあの夫は、ミリアムにとって世界じゅうの何者にも代えがたい存在だった。あの美しくて悲しげな男は自分のものなのだ。時折、子どものように無邪気になって、瞳をきらきらと輝かせる。それに、指輪よりも小さくてすぐに壊れてしまいそうだけど、ふたりを結びつけるある種の絆。それだけで十分だった。確かに、夫はミリアムと話もせずに何日も過ごすこともある。でもだから何だっていうのか。あの人は死ぬまで一緒にいると誓ってくれた。これ以上に大事な約束がほかにあるだろうか。ふたりの間にある尊厳と孤独を、ミリアムは美しいと思った。夫が何を考えているかわからないし、常に一緒にいられるわけでもない。それでもあの人が「おれの妻です」と自分を他人に紹介してくれるだけで、すべてが帳消しになる。この美しい男は自分のものだという誇りで胸がいっぱいになる。ヴィサントは無口だが、話なんかしなくても見ているだけでよかった。あの美しい姿を眺めてさえいれば、生きていくには十分だった。

数週間後、ミリアムは卵とチーズを買うために山を下りた。ビュウー村の人口はわずか六十人ほどで、カフェを併設するホテルが一軒と、食料品も売っているタバコ屋が一軒あるだけだった。

「おや、ピカビアさんの奥さん。ご主人は？　さいきん見ないようだけど」村人たちがミリアムに尋ねた。

「パリへ行ってるんです。夫のお母さんが病気なので」

「ああ、それはそれは」村人たちは言った。「ご主人はお母さん思いなんだね」

「ええ、そうなんです」ミリアムはにっこり笑った。

ミリアムは心配していなかった。ふたりが出会ってから、ヴィサントはしょっちゅうどこかへ出かけていたが、必ず戻ってきたからだ。

第八章

パリへ行くには境界線を越えなくてはならない。だが、通行許可証は持っていない。ヴィサントはシャロン＝シュル＝ソーヌ市にやってきた。フランス国鉄の整備士の妻が経営する〈ＡＴＴ〉というバーに入る。彼女は非合法の郵便物を通過させているレジスタンス運動家だ。ヴィサントはカウンターに直行すると、ドリンクを注文した。

「グレナデンシロップ入りのピコンを。シロップ多めで」

整備士の妻は、布巾でグラスを拭きながら、厨房に続く奥の入口に向かって顎をしゃくった。入口にはドアがなく、ウッドビーズのカーテンが下がっている。トイレへ行くふりをしてそちらへ向かい、〈意外と大胆なんだな〉と思いながら、雨だれに似た音を立ててビーズカーテンをくぐった。厨房ではひとりの男性が、バターの香りを漂わせながらオムレツを焼いていた。

「〈マダム・ピック〉がよろしくと言ってました」ヴィサントは言った。

ヴィサントがポケットから五百フランを取り出すと、男性はオムレツを焼きながらその手元をじっと見た。

「あんた、息子だろう？」

ヴィサントは頷いた。

「〈マダム・ピック〉の息子から金は取れねえな」

ヴィサントはたいして驚かずに、金をポケットにしまった。すると男性から、夜十一時に町のはずれの歩道橋まで来るよう命じられた。待ち合わせ場所に行くと、さきほどの男性がいた。歩道橋の奥に有刺鉄線が張り巡らされており、それが占領地区との境界線だという。男性のあとをついて、鉄線に沿って四つん這いで進む。五百メートルほど行くと、草むらの下に大きな穴が開いていた。ヴィサントはなかに潜りこんだ。外に出ると、そこは鉄線の反対側だった。鉄道駅まで大通りを数キロほど歩く。誰にも気づかれなかった。プラットフォームにはすでに始発列車が待っていて、それに乗ってパリへ向かった。

数時間後、リヨン駅に降り立った。パリはいつものように騒がしかった。世界で何が起きてもきっとこの町は変わらないだろう。ヴィサントはヴォージラール通り六番地のアパルトマンに直行した。長旅のせいで全身が薄汚れ、駅舎や車内の埃にまみれている。早く着替えたかった。郵便受けを覗いたが、妻の家族からの便りは届いていなかった。〈あの人たちらしくないな〉と首を傾げながら、レ・フォルジュへ行くと妻と約束したのを思いだした。

最上階に上ると、部屋のドアの下に書き置きが挟まっていた。《大至急来なさい》と母の字で書かれていた。

ガブリエルはとても忙しそうだった。両手で大きな陶製の人形を抱えている。

「何してるの?」ヴィサントは尋ねた。

「活動を続けてるんだよ」

「誰と?」ヴィサントは驚いた。

「ベルギー人」ガブリエルはにっこり笑って答えた。

ジャニーヌの組織が解体したあと、ガブリエルは〈マダム・ピック〉ではなく、《ダム・ド・ピック》（スペードのクイーンの意）と呼ばれていた。フランス・ベルギー共同の〈アリ＝フランス〉という組織のために働いているという。一九四〇年にフランス北端のルーベで設立された〈ゼロ〉という組織と関わりがある団体だ。ガブリエルは郵便物の運搬を任されていた。

ヴィサントは母を観察した。六十一歳で、背丈は居間のチェストほどしかないが、まるで若い娘のようにきびきびと動き回っている。

「腕が痛いくせに大丈夫なの？」ヴィサントは母の腕の痛みをやわらげるために、何度かモルヒネを打ってあげたことがあった。

ガブリエルは部屋から出ていったかと思うと、巨大な車輪がついたマリンブルーの乳母車を押しながらすぐに戻ってきた。おくるみに包んだ陶製の人形をなかに入れる。内側には非合法の郵便物が隠してあるという。ガブリエルは、いたずらをしかけたわんぱく小僧のような表情を浮かべていた。

〈まったく恐ろしい女だな〉と、ヴィサントは思った。

「あんたも手伝うんだろう？」ガブリエルが尋ねた。「非占領地区の連絡員が欲しいんだよ」

「わかったよ」ヴィサントはため息をつきながら答えた。「大至急来いっていうのはこのこと？」

「そのとおり」ガブリエルは答えた。「これからは、あたしがあんたに任務の連絡をするから」

「ジャニーヌはどうしてる？」

「もうすぐスペイン国境を越えるはずだよ。ねえ、あんた本当にちゃんとやってくれるだろうね？」

「はい、はい、大丈夫だって。その前に、金が必要なんだよ。ミリアムの両親に会いにレ・フォルジュへ行かないと。それからエティヴァルの屋根裏にあるシーツと毛布をもらってきて、それから……」

「うん、わかった」ガブリエルは、新婚夫婦の寝具の話なんて退屈だからやめてくれと言わんばかりに、ヴィサントの話を遮った。「はい、どうぞ」

　ガブリエルは引き出しから札束を取りだし、そこから四枚をヴィサントに渡した。

「それ、誰の金？　フランシスがくれたの？」

「まさか」ガブリエルは肩をすくめた。「マルセルだよ」

「ニューヨークにいるんじゃなかった？」

「そうだよ。でもどうにかうまくやってるのさ」

　ヴィサントは、ポケットに入れた紙幣の感触を確かめながら階段を下りた。紙がぶつかると手のひらがむずがゆい。外に出ると、自宅のある右方向へ行く代わりに左へ向かった。フォブール・モンマルトル地区の〈シェ・レア〉へ行くためだった。

第九章

ヴィサントが初めてこのアヘン窟に入ったのは、十五歳の時だった。父のフランシスと一緒だった。父子がふたりで出かける機会はめったになかったが、その稀有な機会はいつも最後によくない結果をもたらした。息子は父親に気に入られたかったが、父親は美しすぎる息子と距離を置きたがった。フランシスは内心思っていた。もしヴィサントが妻の愛人、マルセル・デュシャンの息子だったら、きっともっと好きになれただろう。そう、もしあの男が飛ばした精液から生まれた子なら、この悲しげで美しい少年をもっと愛せただろうに。しかし残念なことに、この浅黒い肌、マタドールのようにほっそりした腰回りは、まぎれもなく自分と同じスペインの血を引いていた。

ガブリエルとの間に四人の子どもをもうけたフランシスは、ある結論に至った。天才は万能ではないのだ。絵を描かせれば完璧でも、子どもを作るのには向いていない。凡庸なものしか作れない。

さみしそうなこの少年をどう扱ったらいいか迷ったあげく、フランシスはアヘンの味を覚えさせることに決めた。

『これをやると、いいアイデアが湧くんだ』

〈シェ・レア〉に出入りしているのは、俳優や高級娼婦ではなかった。ここは選ばれたごく一部の人たちが来るような、最先端のアヘン窟ではない。耽美主義者ではなく、日陰者が集まる場所だった。

ふたりはまず、通り沿いのバーカウンターのある部屋に通された。フランシスは、当時はまだ存命中だったレアに、ショットグラス入りの焼酎を注文した。コメから作られた蒸留酒をレアから直接受けとると、ヴィサントはその透明な液体を少しだけ口にした。からだじゅうが焼かれたようだった。喉から内臓まで全体的に痛みを感じたが、とくに腸の内壁がひりひりした。ヴィサントが目を丸くしているのを見て、フランシスは声を上げて笑った。馬鹿にしているのではなく、心から楽しんでいる笑い声だった。それを見たヴィサントは、おそらく酔いも手伝ったのだろう、深い喜びに満たされた。父が自分と一緒にいて、自分のことを嘲笑《あざわら》う以外に笑ったのは初めてだった。

『行こう』フランシスはヴィサントにそう言うと、残りの焼酎を一気飲みして、空のグラスをカウンターに置いた。『いいか』息子の肩を叩きながら言う。『男同士の約束だ。お母さんには言うんじゃないぞ』

〈信じられない〉と、ヴィサントは思った。父と一緒に禁じられた場所にいて、『男同士の約束だ』と言われて秘密を共有している。しぐさもいつになく親しげだった。父は友人に対してはしょっちゅう、こんなふうに陽気に笑いながら肩を叩いていた。カフェのギャルソンに対してさえ同じようにすることがあった。だが、ヴィサントに対しては一度もしたことがなかったのだ。

あれから八年。〈シェ・レア〉の扉を押しながら、ヴィサントは父と最初にここに来た日のことを思いだしていた。あれ以来、パリじゅうのアヘン窟に通った。こぎれいなところからみすぼらしいところまで、さまざまな店を渡り歩いた。だがこの店は特別だった。ここに来ると初体験の香りが蘇る。この八年の間に、レアは他界し、父は最大の敵になった。

ヴィサントは店の奥へ向かった。地下に続く階段を下りると、下水とカビの匂いが漂ってきた。丸天井の地下室を奥へ進むと、その匂いがますますきつくなって息苦しさをおぼえた。

ペルシア絨毯のように分厚いカーテンをめくると、石造りの地下室の王国が広がっていた。永遠に反射を続ける鏡の世界のように、石造りの丸天井がはるか向こうまで続いている。初めて訪れた時はその匂いに驚いた。濃厚で刺すようなアヘンの匂い、下水道の糞便のむせかえる匂い、そして甘ったるい花の香り。すべてが混ざり合って、吐き気をもよおすほどだった。だが今日は、この刺激臭、糞便臭、パチョリの香りが混ざった匂いに、不思議と安心感を抱いた。この匂いに包まれた途端、気持ちが穏やかになるのを感じた。

部屋は真っ赤だった。壁一面が、刺繡を施した光沢のある赤いモアレ生地に覆われている。初めて訪れた時は、東洋に来たような気分になった。

安っぽくて悲壮感すら漂うこの装飾が、ヴィサントは好きだった。すべてがわざとらしい作りもので、汚らしいまがいものだ。カウンターの年老いた中国人女性が身につけている宝石も、巨大な仏像の飾りものも、スタッフの青年たちがかぶっているフェルト帽も、すべて偽ものだった。だが、客たちが提供されるサービスは、決してまがいものではない。ヴィサントは、ガブリエルからもらったばかりの紙幣をカウンターの上に置いた。年老いた中国人女性が、スタッフのひとりにヴィサントを案内するよう合図を出した。

煙が立ちこめる小部屋をいくつも通りすぎる。薄暗い室内には、意識が朦朧《もうろう》とした人たちが横たわっていた。まるで息絶える寸前の重病人のようだ。小さなあえぎ声を上げながら、恍惚として目を輝かせている。そのようすを見たヴィサントは官能をくすぐられ、性器が反応するのがわかった。

男性も女性も青ざめた顔をして、床ぎりぎりの高さの長椅子に横たわっていた。指で竹筒を支えながら先端を口にくわえている姿は、まるでフルート奏者のようだ。官能的な交響曲の音色にうっとりしながら、勃起した長い筒に熱い息を吹きこんでいるように見える。ヴィサントは彼らが羨ましかった。自分も早く彼らのようにゆったりと横たわって、甘美な毒を体内にたっぷりと招き入れたい。

案内された長椅子に到着すると、シャツの袖口のボタンをはずし、ズボンを留めていた革のベルトを緩めて、楽な格好になって横たわった。眼球が飛びだし、蠟《ろう》のように黄色い肌をした、禿頭の小男が近づいてくる。血のように赤くて、鏡のように艶やかな漆塗りの盆をそばに置いた。ここにアヘン吸引に必要な道具一式が入っている。初めてアヘンを吸った時に、父が言ったことばを思いだした。『これさえあれば、悲しい気持ちにならなくて済む。おまえの悩みごとはすべて、人生の扉の外へ追いやってしまえるぞ』

だが初めての時、ヴィサントはひどく吐いた。体内のすべてのものを出しきって、とろりとした胃液だけになるまで吐いた。それから滝のような汗をかき、ひどく気分が悪くなった。ところがそのあと、本当に多幸感がやってきた。三本目のパイプで、神々しいほどの陶酔に見舞われた。

服をはだけ、ゆったりと長椅子に横たわりながら、ヴィサントは耳をすました。秘められた恥辱の夜、暗闇で人々が肉体を交わし合い、歓びの吐息を漏らし、長くて低いあえぎ声や押し殺した叫び声を響かせている。蠟のような肌の小男が持ってきたパイプは、きちんと熱されていないせいで煙が軽すぎた。苛立ったヴィサントが文句を言うと、小男は目を伏せて謝り、代わりのパイプを取りに行った。ヴィサントは今か今かと待った。一刻も早く、思いきり煙を吸いこみたい。息を止めて、煙をなるべく長く肺にとどめておくのだ。ようやく熱されたパイプを手渡されて、ヴィサントはゆっくりと目を閉じた。まるで母親の指を握りしめる子どものように安らかな表情を浮かべ、両手でしっかりとパイプを握りしめた。

アヘンの黄色い香りを吸いこむ。小さなオイルランプから煤が散って、教会のような荘厳な雰囲気を作りだす。ヴィサントは横向きに寝そべり、唇の端にパイプをくわえ、目を半開きにした。木枕の上に頭をのせると、褐色の髪をした妖精が覆いかぶさってくる。妖精はまるでサイアムの売春宿の女王のように、ヴィサントに吸いついた。するとヴィサントの首の下の皮膚がひきつり、やがて魔法の手で皮膚を剝がされたかのように、頭髪からふくらはぎまで全身が総毛立った。熱に浮かされたような興奮のなか、濃い霧に包まれていく。ズボンの内側にそっと手を入れて、そのままじっと待った。焦がれていたものがようやく訪れる。金色に輝くエクスタシー。幻想的な夢。不動のままの肉体を満たす快楽。

初めて訪れた時、ヴィサントの性器が充血して大きくなるのを、フランシスはほほ笑みながら眺めていた。少年だったヴィサントは、初めての快楽をここで知った。あらゆる罪の意識から解放された、尽きることのないしなやかな欲望。苦しみのない穏やかな歓喜だった。

ヴィサントにとって、しごいたり動かしたりする必要はなかった。膨張した性器をそっと撫でるだけで、地上の肉体など必要とせずに、愛するすべてのものを与えてくれる大きな慈愛に包まれた。肉体と肉体の調和、若い女の美しい肌、成熟した女の豊満な胸、均整の取れた男性の四肢と、彫像のような象牙色の尻。身動きひとつしないまま、十倍に肥大した性器を屹立させて、まわりのすべてにからだを溶けこませる。ヴィサントはもはや青年ではなかった。自分を欲求するすべての男女を満足させられる、巨大な陰茎を持つ怪物だった。白鳥の小さな羽の欠片が雪のように舞い落ちる。クリームを塗り、おしろいをはたき、薔薇色の肌をした女たちが、快楽に溺れてやさしげな表情を見せる。彼女たちの腋《わき》の下は砂糖とプルプリンの甘ったるい味がする。だがその蜜を味わうのに、舌で舐める必要はない。ヴィサントの性器は柔らかい羽毛をまとう鳥のように宙を舞う。こうして何時間も空中を浮遊しながら、果てしない快楽のなかで女たちを歓ばせる。

初めて訪れた時、ヴィサントのほうへひとりの男が近づいてきて、腕のなかに入りこむようにしてからだを擦り寄せた。ヴィサントは戸惑い、拒絶すべきか受け入れるべきか尋ねようとして父の姿を捜した。だが、フランシスはすでに意識が朦朧として、息子の存在を忘れてしまっていた。ヴィサントは父親の世界の外側に追いやられた。結局、されるがままになった。慎み深いと言えるほどにやさしい、アヘンの愛撫に身をゆだねた。気ままに散策をするように、無為な一日を過ごすように、熱いからだに寄り添って眠る夜のように、自らのすべてをゆだねた。

こうして、睡眠と覚醒の間のような感覚が数時間続いた。だが、夢のなかに突然母親の姿が現れて、その時間は終わりを告げた。

甘い夢を台なしにするのは、いつも母のガブリエル、そして姉のジャニーヌだった。渦を巻いて立ちのぼる煙のなかに、ふたりの姿が現れる。するとヴィサントは、ふたつの冷たい岩山に挟まれたような、巨大なふたつの乳房に圧迫されたような、息苦しい気持ちにさせられる。世紀の大天才である父もまた、ヴィサントを押しつぶす。父が描いた作品の前では、自分などちっぽけな屑、単なる虫けらにすぎない。自分はみんなからもてあそばれる、布製のぼろ人形なのだ。

ヴィサントは狂ったように笑いながら、小さくて勇敢なふたりの女たちを指でつまんで押しつぶした。それから、泣きたくなった。双子のせいだ。フランシスの馬鹿が、自分とほぼ同時期によその女に生ませた子どものせいだ。あいつは今どこにいる？　大嫌いなあのきょうだいはいったいどこだ？きっと帆船に乗ってどこかへ行ってしまったのだろう。自分も一緒に行けばよかった。憎む代わりに、一緒に逃げればよかった。ヴィサントは、白墨のように青ざめた顔になり、目だけをぎらぎらと輝かせて、引きつったように笑った。そしてふと我に返って、〈そろそろ新しいパイプに換えないと〉と思った。蠟のような肌の小男に、次のパイプを持ってくるよう指示をする。脚が寒かったので、ヤギ皮の毛布も要求した。臭いはきついけれど、からだをしっかり温めてくれるのだ。あとはそのままじっとしていた。唇の端でパイプをくわえながら、十年でもそのままでいたかった。

ようやく正気に戻った時、今が何曜日かわからなくなっていた。金はすべて使い果たした。気力も使い果たした。アヘンのせいで、すべきことをしなくてはならないという理性的な考えが失われていた。レ・フォルジュへ行く代わりに、一日じゅうアパルトマンに引きこもった。何をする気も起きなかった。

どうして自分はパリにいるのだろう？

なぜこんなところに来たんだろう？　妻がどこかで待っているはずだ。だが、妻と一緒に暮らしはじめた村の名前が思いだせなかった。

妻のところへ戻るにはどうしたらいいんだろう？

ヴィサントが唯一覚えていたのは、ジュラ地方にある母の実家へ、シーツと鍋をもらいにいかなければならないことだけだった。

第十章

夫からは相変わらず便りがなかった。ミリアムはたったひとりで、電気も水道もない〈首吊り人の家〉で待ちつづけた。毎日のように吹いている風は、どんどん冷たくなっていった。

時折、シャボー夫人がようすを見にやってきた。夫人はまるでカニのようだ。表面は硬い甲羅に覆われているが、その下に隠れている内面は柔らかい。南仏のことばで〈ライス〉と呼ばれるにわか雨の季節になると、山頂より雨量が少ないからと、村に下りてくるよう誘ってくれた。夫人の家を訪れるたび、沸かした湯を使わせてもらった。服を脱いで、大きな岩をくりぬいて作った流し台のなかに入り、両膝をついてからだを洗った。薪を《節約》する方法も教わった。縦に揃えて並べるのではなく、端と端を合わせて放射状に置くことで、小さな炎を長く保つことができるのだ。

「通風のしかたが難しいのが難点だけどね」夫人は言った。

ミリアムが帰る時は、いつもカゴいっぱいの野菜とチーズを持たせてくれた。

クリスマスの二日前、イヴのディナーに招待された。シャボー夫人の息子夫婦も一緒だという。夫婦にはクロードという息子が生まれたばかりだった。

「そういえばあんた、教会で見かけないね。イヴの夜、食事の前にミサへ行ったらどうだい？　あたしも行くからさ。ほかのみんなは忙しいから無理だけどね。あったかい格好をしてくるんだよ、十二月の夜は冷えるからね」

断るという選択肢はなかった。ミリアムがユダヤ人だとは誰も疑っていない。シャボー夫人でさえ知らない。もしミサへ行くのを断ったら、きっと村じゅうで噂されるだろう。だが、キリスト教の儀式の作法、聖書の読み方、祈禱のしかたがわからなかった。クリスマスの夜に何をするかも知らない。ミリアムは、ミサの作法を教えてほしいとフランソワ・モレナスに頼んだ。

フランソワは無神論者だったが、ミリアムのために十字の切り方を教えてくれた。「父と子と聖霊の御名によって」と言いながら、額、胸、左肩、右肩の順に二本の指を動かす。ミリアムはこの動作を何度も繰り返し練習した。

当日の朝、シャボー夫人の家へ手ぶらで行くわけにはいかないと思い、エギュブラン小谷へヒイラギを採りに行った。遠くのアルピーユ山脈はすでに雪で真っ白だった。それを見て、もうすぐ夫が帰ってくる印だと思った。

村へ下りる時、ヴィサントに書き置きを残しておくことにした。クリスマスの夜を狙って帰ってくるかもしれないと思ったからだ。イエス生誕のお祝いに駆けつける東方の三博士のように、両手いっぱいにプレゼントを抱えて戻ってくる姿が想像できた。

〈家のカギはいつもの場所にあります。シャボー夫人の家にいるので、来れるなら来てください。家で待っていてもいいです〉

ミリアムはかじかむ手で、その短い手紙をドアの前に置いた。そして、フランソワに教えてもらったように「アーメン」と声に出してみた。アシュケナジム系ユダヤ人のような「オーメイン」ではなく、きちんと「アーメン」と発音しなくては。

教会にはたくさんの人が集まっていて、ミリアムに注意を払う者は誰もいなかった。心配は杞憂《きゆう》だったようだ。教会の出口にシャボー夫人がいた。ふたりが歩きだしたちょうどその時、夫人が主任司祭から声をかけられた。

「シャボー夫人、もっと頻繁に教会にいらしていただかないと。でもほら」司祭はそう言ってミリアムを指さした。「今夜はこうしてお手本を示してくださいましたね。お連れになられたこの方は……」

「司祭どの、おことばですが、働くことは祈ることなんですよ」夫人は司祭のことばを遮ってそう言うと、ミリアムの腕を引っぱった。

そのままふたりが立ち去っても、司祭は何も言わなかった。シャボー夫人は、たったひとりで穀物を育てて、フルーツを収穫して、アーモンドを売って、食肉とミルクと繊維用の家畜を飼育している。その上、四頭の馬を所有して、必要な人には気前よく貸している。あまりに忙しすぎて、日曜ごとに教会に来る暇などないのだ。村の多くの人たちの暮らしが、彼女のおかげで成り立っている。司祭もそれを知っていた。

ふたりが家に到着すると、すでに食卓の準備が整っていた。テーブルには染みひとつない真っ白なクロスが三枚重ねてかけられていた。昔はベッドにもこうして数枚のシーツを重ねておいて、一枚ずつ剝がしながら使っていたという。一番上のクロスは今夜の食事用で、二枚目が肉のみを食べる明日二十五日のランチ用。そして一番下が残りものを食べるディナー用だという。テーブルの上には、プロヴァンス地方伝統の〈クリスマスの十三種類のデザート〉が並べられていた。

幸せの象徴であるオリーブとヒイラギの枝が、食卓に飾られていた。父と子と聖霊の三位一体を表す三本のキャンドルの横には、〈聖バルブの麦〉が置かれている。レンズ豆の苗だが、プロヴァンス地方に昔から伝わる装飾品だという。十二月四日の聖バルブの日に、湿らせた皿の上にレンズ豆を敷いて発芽させ、クリスマスまでにふさふさした緑色の苗を育てておくのだ。パンは三つに切り分けられ、ひとつはキリスト、二つ目は会食者たちのためとされる。三つ目は物乞いがやってきたら与えるために、布巾にくるんで戸棚にしまっておく。ミリアムは祖父のナフマンを思いだした。シャバットの食前の祈り《キッドゥーシュ》の儀式の時、やはりパンを切り分けていた。ペサハの夜にも、預言者エリヤのためにパンを取っておいた。

〈クリスマスの十三種類のデザート〉は、一種類ずつ皿に盛ってテーブルの上に置かれていた。

「ほら、ごらん。こういうのはちょっとよそでは見られないと思うよ！」シャボー夫人がミリアムに言った。「これは〈ポンパ・ア・ロリ〉、小麦粉の菓子パンなんだ。喉が渇いたロバに水を飲ませるように、オリーブオイルをたっぷりと染みこませてあるんだよ」

パンはオレンジの花の爽やかな香りがした。バターの塊のように黄色くて、上からブラウンシュガーがまぶされている。

「このパンをナイフで切ってはいけないよ！　縁起が悪いからね」シャボー夫人が言った。

「次の年に破産してしまうと言われてる」夫人の息子がつけ加えた。

「ほら、ミリアム、こっちは〈パシショワ〉だよ」

シャボー夫人は、プロヴァンス地方の伝統を紹介できるのが嬉しそうだった。四つの皿にのった〈パシショワ〉別名〈マンディアン〉（ドライフルーツやナッツ類）は、四つの修道会による〈清貧の誓い〉を表しているという。デーツ（ナツメヤシの実）は、なかに入っている種子の形がアルファベットの〈O〉に似ていることから、このフルーツを初めて味わった聖家族（聖母マリア、養父ジョゼフ、幼子キリスト）が漏らした感嘆の声を示しているとされる。

「デーツが手に入らない時は、ドライイチジクにクルミを詰めて代用するんだ」

「貧乏人のヌガーって言われてるんだよ」

九番目の皿には、イワナシの赤い実、ブドウ、ブリニョール産プラム、洋梨のワイン煮など、季節のフルーツが盛られていた。クリスマスメロンの〈ヴェルドー〉もあった。秋に出回る晩生メロンで、緑色をしており、皮にシワがよっているものがおいしいという。ほかに、揚げ菓子の〈ビューニュ〉、ドーナッツの一種の〈オレイエット〉、クミン風味やアニス風味のクッキーの〈ナヴェット〉、アーモンドクッキーの〈クロカン〉、ミルククッキー、松の実入りのビスコッティなどもあった。

目の前のテーブルを眺めながら、ミリアムはパレスチナでのヨム・キプルのディナーを思いだした。畏れの日々《ヤミム・ノライム》の十日間の最終日であるヨム・キプルの夜、シナゴーグでショファーという角笛の演奏が行なわれる。シナゴーグから家へ戻ると、みんなでケシの実入りケーキを食べた。祖父のナフマンはフレッシュチーズを塗ったパンが好きで、塩漬けニシンやミルクコーヒーと一緒に食べていた。

「パリのクリスマスもこんな感じかい？」ひとり物思いにふけっていたミリアムに、シャボー夫人が言った。

「いいえ、全然！」ミリアムは笑顔で答えた。

「あんたにプレゼントがあるんだよ」食事を終えると、シャボー夫人が言った。

夫人は、ミリアムにオレンジを一個差しだした。その実を包んでいたのは、あのミグダルで使われていた薄手の〈柑橘用包み紙〉だった。ミリアムの胸は締めつけられた。あの苦味のあるオレンジの皮……爪のなかに入るとなかなか取れないあの白い内皮……。あの日、オレンジ倉庫で、家族みんなでパリへ行くと母から告げられた。母が発したことばが、明るい未来の合言葉のように響いたものだった。〈パリ、フランス、エッフェル塔〉。

「エフライム、エマ、ジャック、ノエミ。みんなどこにいるの？」シャボー夫人の家からの帰り道、ミリアムはつぶやいた。しんと静まりかえった闇の向こうから、答えが返ってくるような気がした。

第十一章

ピレネー山脈を歩いてスペイン国境を越えるには、だいたい四、五日かかる。費用は千フラン以上で、場合によっては六万フラン要求されることもある。前金を受けとっておいて、当日姿を見せない案内人もいる。山越えをしている途中で依頼人を殺してしまう案内人もいる。その一方で、勇敢で寛大な依頼人もいる。たとえば、そういう依頼人にこう告げるとする。

「手持ちの金がない。だがいつか必ず支払う」

するとこう返事をもらえる。

「さあ、行こう。ドイツ人なんかに捕まらないうちに」

ジャニーヌはこうした話をすでに耳にしていた。知り合いから勧められた案内人は山岳ガイドで、山越えには慣れていた。すでに三十回は成功しているという。

やってきたのが若い女性だったので、案内人は不安そうな顔をした。ジャニーヌは子どものように背が低いし、着ている服や履いている靴は決して山越えに適したものではない。

「これでも一番よさそうなのを着てきたんだけど」ジャニーヌが言う。

「あとで泣き言を言うんじゃねえぞ」

「最初は、もっと西寄りのバスク地方側から行こうと思ってたんだ」

「あっちのほうが標高が低いんだから、そうすればよかったのに」

「でもドイツ人が南の自由地区にやってきてから、向こうは安全ではなくなっちゃったんだよ」

「ああ、確かにそうらしいな」

「ヴァリエ山を越えたほうがいいって人から勧められたんだ。ドイツ人兵士たちもそこまではやってこないだろうと。危険すぎるから」

案内人はジャニーヌをじっと見て、それから吐きだすように言った。

「あんまりしゃべってエネルギーを無駄にするんじゃねえ」

ふだん、ジャニーヌは決しておしゃべりではない。恐怖をごまかすために、しゃべらずにはいられなかったのだ。自分より先に行った人たちのうち、山越えをして自由を得るどころか、途中で死んだ者たちもいると知っていた。

ジャニーヌは国境を目指して、めまいがするのも顧みず、一歩ずつ足を前に出して歩きつづけた。崖に沿った道には粉雪が積もっていて、踏みだした足が雪のなかに沈みこむ。ジャニーヌが見かけほどやわではないことを、案内人もようやく理解したようだった。ふたりは一緒に凍った川を越えた。

「もし脚を骨折したらどうなる?」ジャニーヌは尋ねた。

「正直に言うぜ」案内人は言った。「銃で頭を撃って終わりにする。あるいは、凍死するんでも構わない」

ジャニーヌは頭を上げた。スペインはすぐそこにあるように見えた。あの明るく光る山の頂に、手を伸ばせば触れられそうだった。ところが、前進するほどその光は遠のいていった。だが希望を捨ててはいけない。哲学者のヴァルター・ベンヤミンを思いだす。せっかくピレネー山脈を越えてスペインに入国したのに、フランスへ追い返されると思いこんで自殺してしまったという。《もう八方ふさがりだ。ここでけりをつけるしかない》と、最後の手紙にフランス語で書き残している。しかし、もし彼が希望を捨てていなければ、きっと今頃は助かっていただろう。

三日が経過した。案内人は手袋をはめた手で遠くを指さしながら、ジャニーヌに言った。

「この方向にまっすぐ歩いていけ。おれはここで引き返す」

「どういうこと？」ジャニーヌは尋ねた。「一緒に行ってくれないの？」

「案内人は国境を越えない。あとはひとりで行くんだ。このまま真っ直ぐ行くと小さな礼拝堂がある。逃亡者はそこで保護してもらえる。じゃあな、幸運を祈る」案内人はそう言うと、来た道を戻っていった。


ジャニーヌは、子どもの頃に母のガブリエルに言われたことを思いだした。印象的な話だった。母はあらゆる死に方をリストアップした。

焼死。

中毒死。

刺殺。

溺死。

窒息死……。

『いつかもし、死を選ばなくてはならない時がきたら、凍死を選ぶんだよ。一番楽に死ねるから。痛くも苦しくもなく、眠りにつくように死ねるからね』

第十二章

　ある日の真夜中、キッチンの窓を叩く音でミリアムは目を覚ました。ヴィサントだ、間違いない。冷たいワークブーツに裸足を突っこみ、寝巻きの上にカーディガンを羽織って駆けつける。だが、闇のなかに浮かぶシルエットは夫のものではなかった。ヴィサントより背が高く、肩幅が広くて、自転車に手をかけている。

「ピカビアさんからの言づけを伝えにきました」プロヴァンス地方のなまりでその男性が言った。

　ミリアムは玄関ドアを開けて、男性をなかに入れた。マッチを探してロウソクに火をつけようとしたが、暗いほうがいいと制された。男性は帽子を取り、ジャン・シドワヌと名乗ってから話しはじめた。

「ご主人は留置所に入ってます。ディジョンで拘束されました。あなたを連れてくるよう言われています。次の電車で発ちましょう。急いでしたくを」

　ミリアムはすぐに頭を働かせて、冷静に対処した。突発時における対応力の高さは母親ゆずりだった。出発前にすべきことを、頭のなかですべてリストアップする。暖炉の熾火を確認し、食品をあるべき場所に片づけ、家のなかを整頓し、シャボー夫人に書き置きをしたためた。

「列車に二回、バスに一回乗ります」ジャンは言った。「明日の深夜零時前にはディジョンに着きます」

早朝、ふたりはセニョン駅にやってきた。アプトとカヴァイヨン間を結ぶ列車にここから乗車できるという。ふたりは黙ったまま駅舎に入った。がらんとしたプラットフォームに立った時、ジャンが身分証明書を差しだした。

「あなたはわたしの妻です」

偽造証明書の写真を見ながら、〈この女性のほうがわたしよりずっときれいだ〉とミリアムは思った。

長旅だった。列車でもバスでも常に危険と隣り合わせだ。それに、ひどく寒かった。ミリアムはあまり厚着をしてこなかった。モンテリマールで、ジャンはニットの大きなカーディガンをミリアムの肩にかけた。

ヴァランスに到着した時、車内検札をするドイツ人兵士たちを見て、ふたりは思わず息を呑んだ。偽造の身分証明書を兵士に差しだす。ミリアムは顔色ひとつ変えなかった。ジャンは、敵を目の前にしても慌てないその冷静沈着ぶりに感心した。

ディジョン行きの最終列車で、ミリアムとジャンは車両にふたりきりになった。おそらくもう窮地は脱したのだろう。ミリアムは、夜行列車に乗るのが好きだったことを思いだした。まわりの人たちは居眠りをし、穏やかな空気が漂っている。何も考えずに済む、心安らぐ時間だった。

暗黙の了解から、ふたりはこれまで会話を交わさなかった。こういう状況で自分の話をすべきではないと、ふたりともよくわかっていた。だが、外は真っ暗で車窓の風景さえ見えず、誰もいない車内はしんと静まりかえっている。ふたりは少しずつ身の上話をはじめた。

「わたしが初めて乗った列車は」ミリアムが最初に沈黙を破った。「ポーランドからルーマニアへ行く列車だった。大きな女性がサモワールを占領していて、その人から叱られてとても怖かった。今でもあの顔をはっきり覚えてる」

「何をしにルーマニアへ？」

「船に乗るため。そこからパレスチナへ行って、両親と一緒に数年間暮らしたの」

「じゃあ、きみはポーランド人？」

「違うわ！　母の実家はポーランドにあるけど、わたしはロシアのモスクワ生まれ」黒いインクを垂らしたような木々のシルエットを窓から眺めながら、ミリアムは言った。「あなたは？」

「ぼくはセレスト生まれ。マノスク道路を通れば、ビュウーから自転車で二時間くらいで行けるよ。父さんは車大工。村のブラスバンドでコルネットを吹いている。母さんはズボンの縫製をしてる」ジャンは穿いているズボンの腿を得意げに叩いた。

「素敵なお仕事だね」ミリアムはほほ笑んだ。「あなた自身は何をしてるの？」

「ぼくは教師。ただ、残念ながらしばらく学校には行けてない。ぼくも拘禁されてたんだ。村のカフェで『戦争なんて嫌いだ』って言っちゃってね。そしたら、《敗北主義的発言》をしたとして、軍事裁判所の予審機関からサン＝ニコラ要塞に出頭するよう命じられた。結局、要塞内の刑務所に一年入れられたんだ。経験者だから言うけど、今のご主人に必要なのは勇気だと思う。ご主人は戦争の嫌な部分をたくさん知ることになるだろう。独房に入れられたり、看守から蔑まれたり、新入りいびりをされたり、髪を剃られたり、木靴で歩かされたり、屈辱的な身体検査を受けたり、卑怯な手でタバコを手に入れざるをえなかったり、吸いさしを売買したり、燃料アルコールを飲んだり……でも必ずいつか、きみのご主人は帰ってくる」

「あなたはいつ出てこられたの？」

「一九四一年一月二十一日。ぼくは一年ですっかり変わってしまった。ひどく痩せて、両親さえ見分けがつかなかったほどだ。外見だけでなく内面も変わった。かつてはノンポリだったけど、今はレジスタンス運動を手伝ってる」

「勇気があるんだね」

「勇気なんかないよ。できることをしてるだけさ。セレストに頼もしい人がきてくれたんだ。ルネっていうんだけど、今度会わせるよ。すべきことはすべて彼が指示してくれる。それでちょっとした任務を果たしてる。場合によっては軽食も作る」ジャンはそう言うと、布製の袋から丁寧に包まれたパンをふたつ取りだした。

ミリアムはにっこりと笑い、ジャンに差しだされたパンをありがたく食べた。

「もうすぐ着くよ。ご主人と一緒に拘禁されてる男性がいて、その妻の家にきみを連れていく。ぼくとはそこでお別れだ。明日、ご主人に会いに連れていってもらえるよ」

別れ際、ミリアムはジャンに礼を述べ、それから腕をつかんで言った。

「わたしも任務がほしい」

「わかった。ルネに言っておく」

第十三章

詩人のルネ・シャールは、アヴィニョン近郊のリル＝シュル＝ラ＝ソルグで暮らしていたが、常に当局から監視されていた。そこで一九四一年、五十キロ離れたセレストにスーツケースひとつで逃亡し、妻と一緒に友人夫婦宅に身を寄せた。

村の中心には、マロニエの木々に囲まれた小さな広場があり、教会が建っていた。教会の正面には小さな家が一直線に並んでいて、まるで司祭の前で聖歌隊の子どもたちが整列しているようだった。ある日、広場を通りかかったルネは、中央の水汲み場にいた女性に目を奪われた。村一番の美人で知られるマルセル・シドワヌだった。

ルネは彼女の姿を見るために、毎日広場まで足を運んだ。まわりでは老婆たちが、ベンチに座ったり、家の窓辺に佇んだり、教会の階段に座ったりしている。その日もマルセルが水を汲んでいると、ルネが広場にやってきた。

「ハンカチを落としましたよ」ルネは彼女にそう言った。

マルセルは何も言わなかった。黙ってポケットにハンカチを入れると、そのまま立ち去った。老婆たちがその背中を見送る。目の前の光景を一瞬たりとも見逃すまいとする執拗な目つきだった。

マルセルはポケットに手を突っこんで、ハンカチの内側を指で探った。紙切れが一枚入っている。

会う場所と時間が記されているはずだ。マルセルはもちろん、老婆たちもそれを知っていた。老婆たちのくたびれた心が再び高なりはじめる。まだしなやかな肉体をしていた若い頃、自分たちも広場で水を汲んだものだった。ハンカチに隠されたメッセージ、手に握りしめたハンカチ、ポケットに入れたマルセルの手を、老婆たちは想像する。こうしてマルセルは、ルネ・シャールが『イプノスの綴り』で書いた妖狐となった。

マルセルは、すでに村の男性と結婚していた。夫の名はルイ・シドワヌ。だが、誰もこの夫を監督不行き届きとして責めることはできない。戦争犯罪人としてドイツで監禁されていたからだ。この村で隠しごとはできない。すべてがみんなに知れわたる。よそ者がセレストの人妻に横恋慕したのだ。その報いはいつか必ず受けるだろう。しかし、すでにルネは妻と別れて、自らの司令本部をマルセルの母の実家に置いていた。ルネは地下で結成されたレジスタンス運動組織の一員だった。

戦いたいとひそかに願っている男女はあちこちにいた。家族ぐるみの場合もあった。誰にも打ち明けず、隣人が仲間だとも知らずに、単独で行動している者もいた。やがてあちこちで反乱が起きて、統率力のある人間のもとで結集されていった。ルネ・シャールもそのひとりだ。ルネは多くの人間を束ね、激励し、適材適所に人員を配置し、グループを組織化するのに長けていた。共に戦う仲間の名前をリストアップし、的確に任務を与えた。そして一九四二年、ルネは〈アレクサンドル〉の偽名のもとで、とあるレジスタンス組織統一軍の地域責任者になった。ド・ゴール将軍の指令を受けてジャン・ムーランが結成した、活発な運動を行なうことで知られる〈秘密軍〉だ。〈アレクサンドル〉の名は、マケドニア王でアリストテレスの弟子でもある戦士、アレクサンドロス大王から取られている。

ルネは、自転車、列車、バスなどであちこちを移動し、自らの担当地域を隅々まで訪れて、レジスタンス運動の参加希望者を見つけてスカウトした。セレスト近辺で運動を助けてくれそうな人たちとも積極的にコンタクトを取った。〈マキ〉（森や山に潜伏して活動するレジスタンス組織のひとつ）のために、身を潜められる家畜小屋、裏口から逃げられる家、挟み撃ちに遭う危険が高い通りなどを記した地図も作成した。パラシュート隊が野原に降下するのに邪魔な木があれば、農民たちに頼んで伐採してもらった。自分の攻撃的なやり方に眉をひそめる者たちを黙らせる手腕も持っていた。

当時はまだ、ルネのグループは武装していなかったが、前線に召集されても戦えるだけの訓練は行なっていた。その一方で、諜報活動をしたり、レジスタンスのシンボルであるロレーヌ十字を壁に描いたり、有名作家のジャン・ジオノの家を襲撃したりした。一九四三年一月十一日から十二日にかけての夜、ジオノの家の玄関をプラスティック爆弾で爆破した時、ドアは壊れたが本人は無事だった。どうしてジオノを狙うのか、首を傾げる人たちも少なからずいた。徴兵に反対し、平和のために戦った人なのに……。だが、ルネは言った。

「われわれの仲間でない者はわれわれの敵なのだ」

第十四章

ディジョンに着いたミリアムは、ジャン・シドワヌに連れてきてもらった家で一夜を過ごした。プロンビエール道路沿いのじめじめしたアパルトマンには、ブロンドに染めたせいでひどく傷んだ髪の女性が暮らしていた。

「夫と出会った時、あたしは空中ブランコ乗りだったんだ」ミリアムのためにベッドメーキングをしながら彼女は言った。

だが今の彼女はぽっちゃりした体型で、アスリートの面影はもう残っていない。

「もう眠ったほうがいいよ。明日は早起きして面会に行くんだから」元空中ブランコ乗りの女性は、ミリアムに毛布を手渡しながら言った。

ミリアムは眠れなかった。低空を駆ける飛行機の音を聞いたのは久しぶりだった。窓の外ではいつの間にか日が昇りはじめていた。両脚にまだ列車の揺れが残っている。船旅のあとで地上に降りた時、地面が揺れていると感じるのとよく似ていた。

ディジョンの街を見下ろすオートヴィル砦までは、野原を突っきって一時間ほど歩かなくてはならなかった。

留置所として使用されているのは、分厚い壁に覆われた灰色の建物だった。ミリアムはそこでヴィサントに会った。二ヵ月ぶりだった。夫は瞼が腫れて、暗い表情をしていた。

「ひどい頭痛がするんだ。腰も痛い」

ヴィサントは自分の体調のことしか話さなかった。風邪をひいたらしく、水のように透明な鼻水が出るという。

「そんなことより、何が起きたのか説明してよ！」

「予定どおり、ジュラ地方のエティヴァルへ行ったんだ。シーツと毛布をもらいにさ。そうそう、カトラリーももらってきた。翌日の十二月二十六日、スーツケースを抱えておれたちの家に帰ろうとした。でもその前に境界線を越えなきゃならない。行きは案内人を頼んだけど、帰りはひとりでも大丈夫だと思ったんだ。ところが、運が悪かった。深夜零時近くに境界線のそばにいたところを、パトロール中のドイツ人兵士に見つかっちまった。しかも生活用品を詰めこんだスーツケースを持ってたから、闇取引を疑われたんだ。というわけで、ハニー、今おれはここにいるってわけさ」

ミリアムは何も言わなかった。夫が自分を「ハニー」と呼んだのは初めてだった。それに、なぜかこちらの目を見ない。青白い顔をして、どんより澱《よど》んだ目つきをしている。

「どうしてそんなふうにからだを掻くの？」ミリアムは尋ねた。

「シラミだよ」ヴィサントは言った。「シラミがいるんだ！　かゆいんだよ！　判事は今日明日じゅうにおれの量刑を決定するらしい。まあ、どうなることやらだな」

ミリアムは何も言わなかった。どうやら夫は機嫌が悪いらしい。でもどうしても尋ねずにはいられなかった。

「わたしの家族がどうしてるかわかった？」

「いや、わからなかった」ヴィサントはそっけなく答えた。

お腹を拳で殴られたようだった。うまく息ができない。その時、面会時間の終了が告げられた。ヴィサントは最後にミリアムのほうに前かがみになると、耳元でささやいた。

「モーリスの奥さんから何か渡されなかった?」

ミリアムは首を横に振った。ヴィサントはからだを起こし、いぶかしげな顔になった。

「わかった。じゃあ、明日でいいや。明日は忘れないでくれよ」そう言って、作り笑いを浮かべる。

帰りがけにその話をすると、元空中ブランコ乗りの女性は謝罪した。すっかり忘れていたという。どうやら、本当にヴィサントに渡すべきものがあったらしい。アパルトマンに戻ると、女性は黒くて小さな丸いものを取りだした。

「明日、指と指の間に貼りつけておくんだよ。留置所の入口で看守に手のひらを見せても、そうしておけばバレないから。そのあと、ご主人に会った時にテーブルの下でそっと渡せばいい」

「いったいこれは何?」ミリアムは尋ねた。

元空中ブランコ乗りの女性は、ミリアムが何を頼まれたのかを知らないことにようやく気づいたようだった。

「これはさ、ほら、うちのお祖母ちゃんが作った甘草の薬なんだよ。関節の痛みによく効くんだ」

翌日、すべては計画どおりに進んだ。ヴィサントは舌の裏側に、その黒くてつやつやした丸いものを入れた。するとその瞬間、まるで媚薬を飲んだかのように、表情が生き生きと輝いた。片手でミリアムの頬に触れる。夫がこんなことをするのは初めてだった。そして長い間そのままじっとして、ミリアムの瞳の向こうの遠くにある何かを見つめていた。

翌日の一九四三年一月四日、ヴィサントは四カ月の禁固刑と千フランの罰金刑を言いわたされた。ミリアムは、ドイツへ移送されるという最悪の事態も覚悟していたので、心の底から安堵した。美しい夫がフランスにいてくれさえすれば、自分はどんなことでも耐えられると思った。

第十五章

ミリアムは〈首吊り人の家〉に戻ってきた。クラパレード高原は変わっていなかった。すべてが出かける時のままで、どこかそっけなく感じられた。一九四三年一月のこの頃、高原は凍った砂漠のようになった。ミリアムは骨の髄まで冷えきった。

ある夜、そろそろ寝ようとしたら窓の外に人影が現れた。ミリアムは飛び上がった。

「渡したいものがあるんだ」窓ガラスを叩いたのはジャン・シドワヌだった。

ジャンは、大きなツールボックスをキャリーカートにのせて引っぱってきた。丁寧に梱包されたものをなかから取りだす。ミリアムは一目見て、それが何かわかった。茶色いベークライト製のラジオ受信機だ。

「お父さんがエンジニアで、きみもラジオの使い方がわかるって言ってたよね」

「壊したら直してあげられるよ」

「むしろ聞くほうをお願いしたい。フルカデュールさんの家はわかる？」

「農家の？　場所はわかるけど」

「あの家には電気が通ってて、使ってもいいって言ってくれたんだ。納屋にラジオを置いておくから、行って聞いてほしい。イギリスのＢＢＣラジオのニュースの内容が知りたいんだ。夜九時すぎのニュースだ。小さな紙に内容を書いて、ユースホステルのフランソワのところへ持っていってほしい。キッチンの戸棚の、ハーブティー用のハーブの袋の奥にクッキーのブリキ缶がある。そのなかに入れるんだ」

「毎晩？」

「そう、毎晩」

「フランソワは知ってるの？」

「知らない。『ひとりでさみしいから、お茶を飲みながらおしゃべりがしたい』って言ってくれ。疑われないよう気をつけて」

「いつから始める？」

「今夜から。ニュースは二十一時半ちょうどに始まる」


ミリアムは風が吹きすさぶ外に出て、フルカデュール家へ向かって歩きだした。闇夜のなか、敷地内の納屋にこっそり忍びこむ。耐妨害波装置を適切な場所に置いてから、ラジオのボタンをひねった。ラジオがザーザーと音を立てる。風の音が邪魔をして、内容を正しく理解するには、受信機に耳をぴったり押しつけなくてはならない。薄暗い納屋のなかで、手元を見ずにメモを取った。視覚に頼らずに字を書くのは難しかった。

番組が終わると納屋を出て、壁を沿うように歩きながらフランソワ・モレナスのところへ向かった。闇夜を三十分歩いた。皮膚が剝がれそうに寒かった。それでも、何かの役に立っていると思うと気分がよかった。

ミリアムはノックもせずにフランソワの家に入ると、お茶を飲みながらおしゃべりをしたいと告げた。震えが止まらないのを見て、フランソワがユースホステルで使っていた毛布を背中にかけてくれた。やぼったい毛布で、毛糸の編み目に枯れ葉が挟まっている。しかしウールの服や脱脂綿が配給制になった今、たとえ肌がちくちくしてもこの手の毛布は貴重だった。

ミリアムは自分でハーブティーを入れると申しでた。そして戸棚にハーブをしまう際に、クッキー缶のなかに紙切れをそっと入れた。手が震えるのは寒さのせいか、それとも怖さのせいかわからなかった。

それからは、昼のうちに手元を見ずに字を書く練習をした。日を追うごとに、読みやすい字が書けるようになっていった。いまやミリアムはこのためだけに生きていた。夜のニュースを聞いて、メモを取る。

二週間後、フランソワがミリアムに言った。

「ラジオを聞いてるんだろう?」

ミリアムは必死に動揺を隠した。フランソワが知っているはずはないのに。

打ち明けたのはジャンだった。なぜか? それはミリアムの名誉を守るためだった。ある日、フランソワがジャンにこう言ったのだ。

『ピカビアさんの奥さんがぼくのところにやってくるんだ。話がしたいって。毎晩だよ』

『気の毒に。さみしいんだろうね、ご主人がいないから』

『どう思う?』

『何が?』

『どうしたらいいだろう?』

『何を言ってるのかわからない』

『彼女は、ぼくから最初の一歩を踏みだすのを待ってるのかな?』

フランソワがそう言ったのは、決して下心があるからではなく、本気でこのことを気に病んでいたからだった。それを聞いたジャンは責任を感じて、ミリアムがどうして毎晩やってくるかを説明した。沈黙のルールに背いたのだ。既婚女性を尊重しなければならないという思いからだった。

第十六章

お母さんへ
調査はかなり進みました。ジャン・シドワヌの手記を読んだら、たくさんのことがわかったよ。

イヴ、ミリアム、ヴィサントのことが書かれてた。

ミリアムとヴィサントが羊の乳搾りをしている写真も載ってました。ミリアムが仔羊を両腕に抱えて、ヴィサントが母羊の足元にしゃがんで乳を搾ってた。すごく楽しそうだった。

マルセル・シドワヌの娘さんが書いたという手記も入手しました。彼女がまだ子どもだった戦時中に、セレストでルネ・シャールと過ごした思い出が書かれてる。その娘さんは今も生きてるはず。

お母さん、記憶にない？　ミレイユって名前なんだけど。当時は十歳くらいだったと思う。

それからもうひとつ、別の発見もありました。ミリアムが残したメモに、ユースホステルのペアレントだったフランソワ・モレナスという人の名前が出てきたの。

モレナスは自分の思い出にまつわる本を数冊出していて、ミリアムの名前も何度か出てきます。

もしお母さんが読みたければ、該当箇所をコピーします。なかでもとくに心動かされた箇所があったので、それだけここに抜粋するね。『ウサギたちのクレルモン　アプトのユースホステル年代記一九四〇―一九四五』の百二十六ページより。〈石積み小屋が点在する高原に、ミリアムがやってきた。人里離れた一軒家で、ひとりの男が首を吊った。そのあとに残された空き家に、彼女はひとりで暮らしはじめたのだ。おしゃべりがしたいからと、しょっちゅううちへやってきた。レジスタンス運動の組織に入り、電気が通っているフルカデュール家へ毎夜通って、こっそりロンドンのラジオ局を聞いていた〉。

この本に書かれているミリアムの姿に、わたしは大いに感銘を受けました。

そして、お母さんを思いだした。お母さんも調査中に、アデライド・オーヴァル医師の本で偶然ノエミを発見したよね。お母さんにしてみたら、お母さんの両親に関わるあれこれにどうしてわたしがのめりこんでるのか、きっと理解できないだろうね。お母さん自身は、生まれる前の一年間にクラパレード高原で起きたことについて、決して調べようとしなかったのに。

わたしには、お母さんがそうしなかった理由がわかるよ。当然だけど。

お母さん、わたしはあなたの娘です。過去を再構築するために、どうやって調査をしたらいいか、情報の裏づけを取るにはどうすべきか、書きさしのメモから何を読みとるかなど、すべてお母さんから教えてもらった。ある意味、わたしはお母さんが教えてくれた作業を、最後までやり抜こうとしてるんだと思う。ただ、お母さんの仕事の続きをしているだけなんだと思う。

過去の再構築へとわたしを駆り立てるこのエネルギーは、お母さんからもらったものなんだよ。

アンヌへ

あたしの母親は、決して当時のことを話してくれなかった。

ただ、一度だけこんなことを言っていた。

〈そうだね、あの時期が、自分の人生で一番幸せだったかもね〉

なんと今朝、レ・フォルジュ村役場から手紙が届いたんだ。役場の秘書を覚えてるかい？　どうやらあの女性が、あたしたちのために資料を見つけてくれたらしいんだ。まだ封は切ってない。今度、クララと一緒にうちへおいで。その時にまた話をしよう。

第十七章

プロヴァンス地方では、四旬節の終わりに〈ブッフェ〉（中世の衣装をまとった子どもや若者たちの集団）の一群が村から村へと練り歩く。リーダーは女神に扮して白装束を身にまとい、てっぺんに紙製の月がついた釣竿《つりざお》を掲げる。ビュウーの教会前では、円を描いたり蛇行したりしながら、みんなが輪になって踊っていた。笛や鈴を鳴らす音があたりに響きわたる。若者たちは、鈴をつけた足でステップを踏みながら跳び上がる。こうして音を立てて、恵みの大地を目覚めさせるのだ。まるで罵りのことばを浴びせるように、村人たちの顔をめがけて笛を吹き、地元のことばで〈ペッド・クケ〉と呼ばれる足を引きずる歩き方で、奇妙な踊りをしながら去っていく。卵白と小麦粉で白塗りにした上にシワを描いた不気味な顔で、笑みを浮かべてまわりを怖がらせる者もいる。焦がしたコルク栓で顔を黒く塗り、野ネズミの仮装をした子どもたちが、家から家へと渡り歩いて卵や小麦粉を要求する。こうした賑やかなパレードのただなかで、ミリアムは耳元に誰かがささやく声を聞いた。だが、どこから聞こえてきたかはわからなかった。

「今夜、訪問客がある」

訪問客は、夜明け前にやってきた。ジャン・シドワヌと、げっそりして青白い顔をした青年だった。

「この子をかくまってやってくれないか」ジャンが言った。「納屋で寝泊まりさせてほしいんだ。数日でいい。正確な期間はあとで知らせる。その間、ラジオの仕事は中断してこの子を見ててくれ。名前はギー。まだ十七歳だ」

「弟があんたと同い年だわ」ミリアムは言った。「キッチンにおいで。何か食べよう」

ミリアムはかいがいしくギーの世話をやいた。〈ジャックにも誰かが同じようにしてくれてますように〉と、心のなかで願った。パンひと切れとチーズを出して、フランソワからもらったウールの毛布を肩にかけてやった。

「食べて。からだがあったまるから」

「あんた、ユダヤ人?」ギーは突然そう言った。

「そうだけど」突然の質問に戸惑いながらミリアムは答えた。

「おれも」ギーはパンを食べながら言った。「もっともらってもいい?」

おどおどした視線を残りのパンの上に注ぎながら尋ねる。

「もちろん」

「おれはフランス生まれ。あんたは?」

「モスクワ」

「あんたたちのせいだ、何もかも」ギーは、テーブルの上に置かれたワインのボトルを凝視しながら言った。

シャボー夫人からもらったワインだった。まだ抜栓《ばっせん》していない。ヴィサントが戻ってくるまで取っておくつもりだった。だがギーの光る目は、物欲しげにそのワインをじっと見つめていた。

「おれはパリ生まれで、両親もパリで生まれた。みんなフランスが好きだったんだ。あんたたち外国人が来るまではね。あんたたちは侵略者だ」

「へえ、そんなふうに考えてるんだ」ミリアムはオープナーでワインのコルクを抜きながら、淡々と答えた。

「父さんは第一次世界大戦でフランスのために戦った。一九三九年の時だって、フランスの軍服を着て戦うつもりだったんだ」

「徴兵されなかったの？」

「歳を取りすぎてた」ミリアムが差しだしたワインを一気に飲み干しながら、ギーは答えた。「代わりに兄貴が行ったけど、結局戻ってこなかった」

「お気の毒に」ミリアムはギーのグラスにワインを注ぎ足しながら言った。「それであんたはどうしてここに？」

「父さんは医者なんだ。ある日、患者のひとりから、どこかへ逃げたほうがいいと言われた。だから家族でボルドーに移住した。両親と、姉貴と、おれだ。そこからまたマルセイユへ移住した。運よくアパルトマンを借りることができて、数カ月ほどマルセイユで暮らした。でも南仏にもドイツ人がやってきて、両親は渡米を決意した。ところがアメリカに行こうとした直前、近所の人に密告されたんだ。おれたちはレ・ミル収容所に入れられた」

「それ、どこにあるの？」

「エクス＝アン＝プロヴァンスの近く。そこから定期的に輸送隊が出てる」

「輸送隊？　何それ」

「収容者たちを列車に乗せて、あんたたちが言うところの《ピチポイ》（ドランシー収容所に入れられた子どもたちが、場所も名前も知らない移送先につけた名前）に移送するんだ」

「ねえ、さっきから言ってる『あんたたち』って誰？　外国人？　あんたはまるでドイツ人よりユダヤ人のほうを憎んでるみたい」

「あんたたちのことばは醜い」

「それで、あんたの両親はその列車でドイツに移送されたの？」ギーの怒りには反応せず、ミリアムは平静を装いながら尋ねた。

「そう、姉貴も一緒だった。九月十日だ。でも出発の前日、おれだけがうまく逃げだせたんだ」

「どうやって？」

「移送計画が知らされた時に収容所内でパニックが起きたので、それに乗じて逃げた。そしたらいつのまにかヴネルにいた。どうやって辿りついたかは覚えてない。農家で三ヵ月かくまってもらったんだ。でも、その家の夫婦の間で意見が分かれた。旦那のほうはおれをかくまっても構わないと言ってたのに、奥さんが嫌がった。だから奥さんに密告されるのが怖くて、クリスマスの夜に逃げだしたんだ。森のなかで数日過ごしていたんだけど、寝ていたところを猟師に保護された。メラルグの近くでひとり暮らしをしているおじさんで、いい人だったよ。ただ、飲むとひどく荒れるんだ。ある夜なんか、猟銃を持ちだして宙に向かって撃ちはじめるもんだから、怖くて逃げだしちまった。その後はペルテュイの老夫婦の家に置いてもらった。第一次世界大戦で息子を亡くしたらしくてさ、その息子の部屋に寝泊まりさせてもらったんだ。遺品がすべてそのままだったよ。あの家は居心地がよかったな。でもある夜、やっぱりそこから逃げだしたんだ。自分でもどうしてそうしたのかわからない。それでまた森のなかをさまよっていて、たぶん気絶したんだと思う。次に目が覚めたら納屋にいた。おれを見張ってる男がいて、それが一緒に来たあんたの友だちだよ」

「あんたがいた収容所で、同じ年頃の男の子に会わなかった？　ジャックっていうんだけど。それから、ノエミっていう女の子も」

「聞いたことないな。それ誰？」

「わたしの弟と妹。七月に逮捕されたの」

「七月？　じゃあ、もう会えないな。現実を直視しろよ。ドイツで労働してるなんて嘘っぱちだぜ？」

「さて、と」ミリアムは会話を中断するために、ワインのボトルを両手でつかみながら言った。「そろそろ寝ようか」

それから数日、ミリアムはギーを避けながら暮らしていた。ある夜、窓辺にもたれていると、ジャンの自転車の音が近づいてきた。

「ギーをフランソワのところへ連れていってほしい。あの子をスペインに連れだしてやるという男がいるんだ。ユースホステルが待ち合わせ場所だ。ただし、フランソワは何も知らない。だから、ギーはきみのパリ時代の友人だと言ってくれ。電車のなかで偶然再会したんだと。きみはご主人の面会のために家を空けるから、あの子を手元に置けないと説明してくれ」

のちに、フランソワは手記にこう書いている。

〈高原で暮らすミステリアスな女性、ミリアムが、ある日わたしのところに男友だちを連れてきた。ちっともユースホステル向きではない青年だが、ユダヤ人だからとクレルモンで暮らしたがっていた。ミリアムは電車で偶然再会したらしい。その日、青年は食べるものを持っていたという〉

翌日、ジャンがやってきて、すべてうまくいったと報告してくれた。

「このあとは何をしたらいい？」ミリアムは尋ねた。「またラジオ？　あの仕事を再開する？」

「いや、あれはとりあえず中止する。今は危険なんだ。全員が目立たないようにしておいたほうがいい」

第十八章

ミリアムは、それからの数週間をずっと〈首吊り人の家〉で過ごした。まるで自分の人生が収縮して固まってしまったような気がした。昼夜を問わず毎日、よろい戸の向こうや玄関ドアの隙間から、ひゅーひゅーと風の吹く音が聞こえてくる。耳を傾けていると頭がおかしくなりそうだった。まるで敵の襲来を知らせる警告音のようだ。見わたす限りの枯木が広がる高原は、冬将軍がもたらした霧氷のヴェールに覆われて、すべての動きが止まっていた。

このオート＝プロヴァンス地方は、ラトビアの野原にも、パレスチナの砂漠にも、とくに似たところがあるとは思えなかった。だが、ミリアムがずっと昔から、生まれた時から、ロシアの森を荷馬車で旅した時から知っていた、あるものにはよく似ていた。それは〈追放〉だった。

ミリアムは、父の命令に従ったのを後悔していた。あの時、庭に隠れるよう命じられた。どうして娘というのは父親の命令につい服従してしまうんだろう。あの時、言うことなんか聞かないで、両親と一緒にいればよかった。

ミリアムは、家族と過ごした最後の数カ月を暗い気持ちで思いかえしていた。あの頃、妹のノエミとは距離ができていた。そのことでいつも本人から文句を言われた。もっと一緒に過ごす時間を作ってほしいと責められた。ミリアムは、時間が作れないのを新婚生活のせいにしていたが、本当はわざと妹を避けていた。狭くなりすぎた部屋の窓を開けるようにして、妹と距離を取る必要を感じていた。もう自分たち姉妹は子どもじゃない。ふたりともからだも大きくなって、一人前の女性になった。もっと広いスペースが必要だったのだ。

ミリアムは時折、傲慢で冷淡になった。ノエミのずうずうしさが嫌いだった。誰に対しても開けっぴろげで、すべてを見せてしまうところが我慢できなかった。ノエミはまるで、ドアを開けっぱなしにしたまま私生活を送っているように見えた。自由奔放なその生き方のせいで、ペースを乱されるのが不愉快だった。

そして今、そんなふうに思っていた自分を悔やんでいる。

あの過ちをもう一度やり直したい。これからは、ソルボンヌ大学からノエミと一緒にメトロに乗って帰宅し、リュクサンブール公園で通行人を観察しながら一緒に笑い合いたい。それから、ジャックをパリ植物園に連れていって、熱帯雨林の植物が集められた大温室を一緒に歩きたい。

ミリアムはベッドの上で丸くなった。寒さをしのぐために服を着こみ、その上から新聞紙にくるまった。何もする気が起こらずにそのままじっとしていると、やがてすべてがどうでもよくなってきた。何にも関心が持てず、何に対しても心を動かされなかった。

時々ゆっくりと目を開けるだけで、ほとんど動かなかった。必要最低限なことしかしなかった。湯たんぽ代わりのレンガが冷たくなったら温めなおし、シャボー夫人が持ってきてくれたパンを食べるくらいで、あとはまた寝室に閉じこもった。今日が何曜日なのか、今が何時なのかもわからなかった。

時折、自分が眠っているのか起きているのかさえわからなくなった。自分がこの世界から追われているのか、忘れられたのかもわからなかった。

〈誰の目にも留まらないのに、どうして自分が生きていると信じられるんだろう?〉

眠れるだけ眠りつづけた。そしてある朝、目を開けると、小さなキツネが自分をじっと見つめていた。

〈ボリスおじちゃんだ〉ミリアムは思った。自分のようすを見るために、チェコスロバキアからわざわざやってきたのだ。

そう思うと、なんだか元気が湧いてきた。ミリアムは心を解き放った。ここからはるか遠いところにあるカバノキの林の合間に、陽の光が差している。夏のバカンスのチェコの太陽が、自分の肌の上で揺れている。

『人間は自然がなくては生きられないんだ』キツネになったボリス伯父が、ミリアムの耳元でささやいた。『呼吸をするには空気が、喉の渇きを癒すには水が、空腹を満たすには果実が必要なんだ。だが、自然は人間がいなくても十分に生きていける。そう考えると、自然のほうが人間よりどれだけ優れているかわかるだろう』

ボリスはしょっちゅう、アリストテレスの自然学概論の話をしていた。多くの古代ローマ皇帝の病を治したギリシア人医師の話も聞かせてくれた。

『自然は人間に合図を送っていると、ガレノスは証明したんだ。たとえば、ボタンの花が赤いのは、血液の働きをよくする作用があるからだ。クサノオウの茎から出る液が黄色いのは、胆汁の不調を治す効果があるからだ。そして花の形が野ウサギの耳に似ているイヌゴマという植物は、耳管の病を治す働きを持っている』

ボリスはまるでいたずら好きな妖精のように、自然のなかをあちこち跳び回った。五十歳になっても、せいぜい三十五歳にしか見えなかった。若々しく見えるのは、ドイツ人司祭のセバスチャン・クナイプが提唱した水浴法《ハイドロセラピー》を実践しているからだという。クナイプ本人も、この自然療法のおかげで結核から回復したそうだ。クナイプの著書『いかにして生きるべきか：簡単で合理的な衛生管理法と自然療法に従って生きるための、病人または健常者に対する警告とアドバイス』は、ボリスの愛読書でありつづけた。もちろん、ドイツ語の原書で読んでいた。

ボリスはシャツの袖口にメモを取る習慣があった。ポケットはいつもメモを取った紙切れでいっぱいだったからだ。ある日、セイヨウシロヤナギの木の前で立ちどまると、ミリアムとノエミに語りはじめた。

『この木はアスピリンのようなものだ。皮を煎じて飲めば痛みが消える。製薬会社は人間を治療するのは化学物質だと主張しつづけ、ぼくたち人間もそれを信じかかっているけどね』

正しい花の摘み方もボリスから教わった。薬草としての効能を失わないためには、どこをつまんでどう折ればよいかを学んだ。時折、ボリスはミリアムとノエミの肩に両腕を回すと、地平線に向かってまっすぐ前を見るよう促した。

『自然は風景なんかじゃない。自然はおまえたちの目の前にあるのではなく、内側にあるんだよ。おまえたちが自然の内側にいるのと同じようにね』

ある朝、キツネは姿を消した。きっともう戻ってこないだろう。ミリアムは久しぶりに部屋の窓を開けた。クラパレード高原に広がるアーモンドの木々に、いつの間にか白いつぼみがついている。わずかな太陽の光によって冬は一掃された。アルピーユ山脈に差す光が、春の訪れを告げていた。

一九四三年四月二十五日、ヴィサントがオートヴィル＝レ＝ディジョン刑務所から出所した。だが、すぐにはミリアムの待つ家に帰れず、ジャン・シドワヌのところに立ち寄らなくてはならなかった。

第十九章

二十歳から二十二歳までの男性はひとり残らず、在住する市町村の役場に出頭して身分証明書を提示し、身体検査を受けなければならないという政令が出された。こうして調査目録に記録された人物には、のちに動員令状が送られた。ドイツでの強制労働徴用《STO》は、その名のとおり強制的に義務づけられた。期間は二年間と定められた。

ドイツで働いて、フランス親善大使になろう。

ヨーロッパのために働いて、家族や家庭を守ろう。

つらい毎日にさようなら。父さんはドイツで稼いでくるよ。

ヴィシー政権は、ドイツに行った若者は現地で資格を取得できると信じこませた。各人の適性を考慮して適切な仕事が割り振られると明言した。こうして、六十万人のフランスの若者をドイツに送る計画が立てられた。だが実際は、多くがこの命令に従わなかった。

あちこちで身分証明書の検査や家宅捜索が行なわれ、〈政令違反者〉や〈対独協力拒否者〉は逮捕された。家族への報復もほのめかされた。若者がＳＴＯから逃れるのを幇助しようとした者は、十万フラン以下の罰金刑に処された。

ドイツ行きから逃れるには、地下組織に接触するしか道はなかった。田舎に逃げだして、農家でかくまってもらう若者が増えた。そしてその多くが〈マキ〉に加わった。およそ四万人のSTO拒否者が新たに〈マキ〉に参加したと推定される。

ルネ・シャールもセレストの〈司令本部〉にとどまりながら、デュランス地区の対独協力拒否者たちを取りこむために動いていた。彼らが潜伏できる場所を確保し、適性を判断し、本当に強い信念を持っているかどうかをテストした。ジャン・シドワヌは、ルネに自分のいとこの話をした。穏やかな文学青年だが信頼できる人物で、クラパレード高原に暮らす若いユダヤ人女性の家にかくまってもらうつもりだ、と。

それが、イヴ・ブーヴリだった。わたしが捜していた人物だ。

第二十章

ミリアムは〈首吊り人の家〉の玄関口に立った。直射日光を避けるために、額に手をかざして前方を見る。こちらに向かって歩いてくるのは確かに夫だった。だが、その姿は見違えるほど変わっていた。老人のように頬がこけ、子どものように筋肉のないからだつきをしている。前よりからだが小さくなったようだ。目の脇には黄色と緑色の内出血の跡がある。

ヴィサントはふたりの男性と一緒だった。いとこ同士のジャン・シドワヌとイヴ・ブーヴリ。まるで専属の看護師、あるいは憲兵のようにヴィサントに付き添っている。三人は疲れきった傭兵のようにも見えた。よれよれのズボンを穿き、砂埃で口のなかまで汚れている。

「いとこを納屋に泊めてやってくれないかな」ジャンがミリアムに尋ねた。「STOの令状がきたんだ」

ミリアムは生返事で了承した。あまりに変わりはてたヴィサントのようすに気が動転して、それどころではなかったのだ。

ジャンは立ち去る前にミリアムに警告した。

「ぼくが出所した時は、元通りの生活ができるまで数週間かかった。我慢するんだ。決してくじけちゃいけない」

その夜、ヴィサントは寝室に入ろうとしなかった。室内に閉じこもるより、開放的な夜空の下で眠ることを望んだ。ミリアムは少しほっとした。ひとりきりの冬の数カ月間に考えていたことに反して、ヴィサントが戻ってもミリアムの心は休まらなかった。むしろその逆だった。少なくとも刑務所にいる間は、ヴィサントは守られていた。ドイツ人にもフランス警察にも捕まらない。そして何より、ミリアム自身にも正体がよくわからない、漠然とした危険から守られていた。

それから数日間、イヴの気配を感じるたびにミリアムは飛び上がるほど驚いた。イヴの存在になかなか慣れなかった。ヴィサントの体調のことで頭がいっぱいで、それ以外は何も考えられなかった。一日に二度、村で買ってきたパンと手づくりのスープをトレイにのせて、ヴィサントのところへ持っていく。痩せた夫の隣に座ると、自分が太っているように感じられた。丸みを帯びた腰まわりの肉が背中まで持ち上がって、まるで楽器のチェロのような形をしている。時折、自分がヴィサントの母親になったような気がした。

さらに数日すると、ようやくヴィサントが元気を取り戻した。すると今度はミリアムが体調を崩した。ひどい高熱に浮かされた。体温が上昇すると、からだからすえた匂いがした。今度はヴィサントがトレイを運ぶ番だった。一日に二度、病人用の食事をのせてミリアムの寝室に上がる。イヴは、祖母から受け継いだ解熱作用のあるハーブティーの作り方をヴィサントに教えた。カラミンサという野草を摘むためにふたりで野原へ出かけた。

イヴ手製のハーブティーのおかげで、ミリアムは病から回復した。ヴィサントが快気祝いをしようと言いだした。そして、アプトの市場で祝宴のための食材を買ってくると言い残して、ひとりで出かけていった。ミリアムとイヴは初めて家のなかでふたりきりになった。

イヴの存在はミリアムにはわずらわしかった。本人は気さくに接しようと努めているようだったが、逆にそれがミリアムを苛立たせた。

ヴィサントは、ワイン二本、カブ、チーズ、パン、そしておいしそうなジャムを買って帰ってきた。素晴らしいごちそうだった。

「ほら、見ろよ」ヴィサントはミリアムに言った。「このあたりではシェーヴルチーズを、栗の枯葉に包んで熟成させるんだってさ」

そういうチーズを見たのは生まれて初めてだった。ミリアムとヴィサントは、壊れものが入った包み紙を解くようにしてそっと葉を開いた。こうしておくと、乾燥した冬でもチーズのまろやかさが保たれるのだという。イヴの説明を聞いて、ヴィサントは大いに喜んだ。

「ローマ皇帝のアントニヌス・ピウスは、このチーズを食べすぎて死んだんだ」

ヴィサントは、移動書店で本も手に入れていた。一八八三年に刊行されたピエール・ロティの『ぼくの弟イヴ』で、タイトルが気に入って購入したという。

「なあ、みんなでこの本を順番に朗読しようぜ」

夜のキッチンで、ヴィサントはワインの栓を抜き、ミリアムはカブの皮をむき、イヴはテーブルセッティングをした。ヴィサントは指を汚しながら密輪タバコを吸い、声を上げて本を読みはじめた。

物語は、本のタイトルにもなっているイヴという青年の描写から始まっていた。海軍士官のピエール・ロティは、船上でイヴというブルターニュ人の水夫に出会い、道ならぬ恋に落ちる。

「『ケルマデック（イヴ＝マリー）は、イヴ＝マリーとジャンヌ・ダンヴェオシュの息子で、一八五一年八月二十八日、サン＝ポール＝ド・レオン（フィニステール県）生まれ。身長一八〇センチ。頭髪は栗色、眉も栗色、瞳も栗色。鼻の形はふつう、顎の形は平均的、額の大きさも平均的で、顔は卵形をしている』。……おまえは？」ヴィサントに促されたイヴは、すぐに本の記述と同じように自らを描写した。

「ブーヴリ（イヴ＝アンリ＝ヴァンサン）は、フェルナンとジュリー・ソーテルの息子で、一九二〇年五月二十日、シストロン（プロヴァンス県）生まれ。身長一八〇センチ。頭髪は褐色、眉も褐色、瞳も褐色。鼻の形はふつう、顎の形は平均的、額の大きさも平均的で、顔は卵形をしている」

「よし！」ヴィサントは声を上げた。自分が決めたルールにイヴが従ったことに満足しているようだった。

ヴィサントは続きを読みはじめた。

「『特徴：左胸には錨《いかり》形、右手首には魚のブレスレット形の、タトゥーがそれぞれ入っている』」

「ぼくにはタトゥーなんてない」イヴが言った。

「じゃあ、修正しようぜ」ヴィサントはそう言うと、キッチンから出ていった。

ミリアムは心配になった。こういう時、ヴィサントはろくなことをしない。するとヴィサントは、黒い木炭の欠片を持って戻ってきた。そしてもったいぶったしぐさでイヴの手首をつかむと、まるでブレスレットのように黒い線を描いた。手首の窪《くぼ》みに木炭が当たってくすぐったかったらしく、イヴは声を上げて笑った。その笑い声がミリアムの痈にさわった。続けてヴィサントは、イヴの左胸に錨の模様を描こうとした。〈やりすぎだ、ふざけるにもほどがある〉と、ミリアムは思った。だがイヴはためらうことなくシャツのボタンをはずした。美しい肉体だった。そのからだが発する強烈な汗の匂いにミリアムはたじろいだ。

ヴィサントは気持ちを高ぶらせた。ミリアムとイヴは、どちらも純粋で世間知らずだ。田舎の青年と、外国から来た少女。両親と同じ世界で暮らし、大人の遊びに興じる世間擦れした連中としかつるんでこなかったヴィサントにとって、ふたりの存在は魅惑的で挑発的だった。

二年前に出会った当時、ミリアムに対して、アンドレ・ジッドの家で過ごした夜についてほのめかしたことがあった。だが、ジッドの本を読んでいたミリアムでも、そのほのめかしには気づかなかった。

ヴィサントはその時、ミリアムは仲間の子たちとは違うと知った。奔放で経験豊富な女たちとは似ても似つかない。だが、今から説明しても遅すぎる。口で言うのは難しすぎる。すでにふたりは結婚しているのだから。

ミリアムが聞きかじった男同士の関係は、いつも作家に関するものだった。オスカー・ワイルド、アルテュール・ランボー、ヴェルレーヌ、マルセル・プルースト……だが知っているのはその程度で、漠然とした知識しかなかった。彼らの小説を読んでも、人生について学べなかったのと同様に、夫に対する理解も深まらなかった。ミリアムは生きることで学ぶ人間だった。だから、若い頃に読んだ本を本当の意味で理解できたのは、ずいぶんあとになってからだった。

ヴィサントは、イヴについてあらゆることを知りたがった。まっすぐに目を見ながら質問攻めにした。出会った当時のミリアムに対してそうだったように。

イヴは、ここからギャップ道路を百キロほど北上したところにある、シストロンという村で生まれ育った。母親のジュリーは、ジャン・シドワヌやほかの多くの親戚が暮らすセレストの出身だ。子どもの頃のイヴは、母親が教師をしていた小学校の敷地内で生活していた。放課後になると自分の家に帰っていく同級生たちを、羨望の眼差しで見ていた。自分はずっとここにいなければならないのに、と。

その後は、ディーニュ＝レ＝バンのコレージュの寄宿生になった。当時の記憶は寒さと結びついている。教室は暖房が効いておらず、共同寝室のベッドはひんやりしていて、朝は氷のように冷たい水で顔を洗った。食事の量は少なく、セーターはたいていはどこかしらがほつれていた。イヴは寄宿舎が大嫌いで、誰とも仲よくなれなかった。本だけが友だちだった。ジョゼフ・ペイレ、ロジェ・フリソン＝ロッシュらが書いた、旅や登山の話がとくに好きだった。内気で穏やかだけど、いざとなったら戦う勇気はある。だが喧嘩をするより、釣りやアウトドアスポーツをするほうがずっと好きだった。

「もう寝るよ」夜が更けるとイヴは言った。「ちょっとしゃべりすぎた」と、言い訳をしながらキッチンを出ていく。

ヴィサントはミリアムに、イヴをどう思うか尋ねた。

「何不自由なく育った子って感じ」ミリアムは答えた。

「たまにはそういうのもいいよ」ヴィサントは言った。


ヴィサントとイヴは、いつも一緒に行動するようになった。満月の明るい夜、ふたりはエギュブラン川に出かけた。ヴィサントはイヴからザリガニの釣り方を教わったが、結局ふたりとも一匹も捕れなかった。ずっと笑い転げていたせいで、せっかく捕まえたザリガニがすべて指の間からすり抜けてしまったのだ。夜明けになると、ふたりはたまたま釣れたという大きなマスを携えて帰ってきた。ふたりはその巨大さと、釣り針に引っかかってくれた寛大さに敬意を表して、そのマスを〈ラ・グリュ〉（大食いの意。ムーランルージュのトップダンサーの愛称）と名づけた。三人はそのマスを朝食に食べた。

まさかヴィサントが、これほど釣りに夢中になるとは思わなかった。たいていの場合、ヴィサントは他人が熱心にしていることにまったく関心を示さない。ミリアムは本人にもそう言った。

「物事は変わっていくんだよ」ヴィサントは謎めいたことを言った。

ふたりは毎日忙しそうにしていた。ひっきりなしに家を出入りして、時には数時間も帰ってこない。かと思えば、家の外から、ふたりの笑い声と足音が近づいてくるのが聞こえてくる。ある日、ミリアムはヴィサントに警告した。こんなふうにあちこち出歩くのは危険すぎる。

「こんなところで、いったい誰に見られるっていうんだ？」ヴィサントは肩をすくめた。

ミリアムはふたりに苛立った。三十近い男たちが、いったい何をはしゃいでいるのか。ふたりは貫禄を示そうとしたのか、タバコの葉をパイプに詰めて吸いはじめた。そうやってさまざまなことを語りあっている。哲学的な概念について話している時もあったが、ミリアムにはくだらない無駄話に思われた。

イヴはパリの生活とアート界について、ヴィサントを質問攻めにした。同じ年頃の青年がアンドレ・ジッドと親しくしているなんて、イヴにとっては夢のようなことだったのだ。

「ジッドの作品は読んだ？」

「いや、読んでない。でも本人にはつまんねえって言ってやったよ」

ピカソを親しい叔父のように話す青年と友だちになれて、イヴは心から嬉しそうだった。居間で話しこんでいるふたりを見ながら、ミリアムは苛立ちを募らせた。

「だからさ、マルセルは、モナリザの顔に口髭をつけ足したんだ」

ヴィサントは紙の上にモナリザの絵を描き、口髭をつけ加えた。

「まさか」イヴが言った。

「本当だって。それからその絵の下にこう書いたんだ」

ヴィサントはそう言いながら、鉛筆で五つのアルファベットを大文字で書いた。

「L・H・O・O・Q《エル・アッシュ・オー・オー・キュ》」（彼女は発情している（エ・ラ・ショー・オー・キュ）と同じ発音）イヴは訳がわからないままそのアルファベットを読み上げた。

ふたりは大声で笑いころげた。ミリアムはひとり寝室に引き下がった。

第二十一章

イヴは、ビュウー砦へ行こうとヴィサントを誘った。山の上に中世の要塞都市の遺跡があるという。

「美しいよ。まるで島みたいなんだ」イヴは言った。「きっと気に入るよ」

ミリアムは急いでヴィサントのズボンを穿いて、ふたりに合流した。家でひとりきりでいるのにもううんざりしていたのだ。

三人で、セール小谷沿いの道を歩いて砦へ向かった。垂直に切り立った巨大な岩の下を、黙ったまま歩きつづける。ラバが登れるように、岩を段々に削って階段が作られていた。その急な階段を登りつめたてっぺんに、円塔が立っていた。山の上にはカラスが住みついている。あちこちに点在する遺構の陰に潜んでいれば、人間に邪魔されずに済むからだろう。

教会の遺跡もあった。石造りの半円アーチ形のペディメントに、ラテン語の献辞が彫られている。

ミリアムがそれを読み上げた。

「《イン・ノニス・ヤヌアリイ・デディカティオ・イスティウス・エックレシアエ。ウォス・クィ・トランシティス……クィ・フレーレ・ウェリティス……ペル・メ・トランシテ。スム・ヤヌア・ウィタエ》」

それから、ヴィサントとイヴのためにフランス語に訳した。

「この教会を一月九日に神に奉げる。ここを通りたい者……泣きたい者はこの下を通りなさい。わたしは人生の門」

イヴはミリアムとヴィサントに、アルプス地方に生息するワシと、この地方に生息するハイタカの見分け方を教えた。遠くに見える山々のなかから、ヴァントゥー山を見つけて指さした。植物、動物、鉱物の名前もよく知っていた。自然界のものの特徴を見分けて、その名前を覚えるのが得意なようだった。〈ボリスおじちゃんも、自然界のものを分類し、特徴を覚えるのが好きだった〉と、ミリアムは思った。ふたりの間に思いがけない共通点を見いだしたことで、ミリアムの心に変化が生まれた。これまでとは違う目でイヴを見るようになった。

洞窟住居があるほうへ向かって、城壁に沿って歩いた。ミリアムは前を行くふたりの青年を観察した。イヴとヴィサントはほぼ同じ体型だった。実際、平気で靴や服を互いに貸し借りしている。なのに、ふたりは少しも似ていなかった。ヴィサントは表面的な人間だ。表面は素晴らしく美しい。だが、その内側を推しはかることはできない。彼の皮膚の下、血管のなか、肉体と精神に流れるものはすべて、ミリアムにとって、いや本人以外のすべての人たちにとって、不可解でありつづける。イヴは真逆だ。その存在のすべてがひとつの素材、ひとつの塊でできている。彼の表面に見えるものは、その内側に流れるものと同じ性質を持っている。ふたりの青年は、まるで一枚のコインの裏表のように思われた。

ビュウー砦のあとは、イヴの勧めでボリーと呼ばれる石積み小屋の集落を訪れた。平たい石を器用に積み上げただけで作られた、丸っこい形をした不思議な小屋だった。

ミリアムとヴィサントは小屋のなかに入った。内側はとても暗くて、外の明るさとのギャップでしばらくは何も見えなかった。徐々に目が慣れてくると、なかのようすや広さが把握できた。意外なほど涼しかった。天井は渦を巻くように石が積み上げられており、まるで鳥の巣を逆さにしたようだった。

「まるで胸の内側にいるみたいだな」ヴィサントはそう言いながら、暗闇のなかでミリアムの胸を撫でた。

それから、イヴの目の前でミリアムにキスをした。ミリアムは抵抗しなかった。何か重要なことが起きつつあった。だがそれはいったい何なのか？　ミリアムにはよくわからなかった。ミリアムとイヴはただ驚き、困惑していた。

「ボリーの由来は」イヴは困惑をごまかすように言った。「この土地の土壌にあるんだ。ここの土壌には石がたくさん含まれているので、取り除かなければならなかった。大量に除去された石が集められて、それをもとに小屋が作られた。すると羊飼いたちがそのなかに入って、暑さをしのぐようになったんだ」

帰り道、〈シェ・セギャン〉というホテル併設ダンスホール《ガンゲット》のほうから、高らかな笑い声が聞こえた。のどかで穏やかな午後、遠いところではごくふつうの生活が営まれているのだ。

湿気の多い気候は、官能を鈍らせる。イヴにとって、女性は謎めいていてよくわからない存在だった。ヴィサントは、退屈から逃れるために、何もないところにあえて謎を作りたがった。大人たちのみだらな行為を日常的に目撃したり、アヘンを吸う習慣がついたりと、子どもの頃から強い刺激にさらされてきた。もはや男女の寝室で何が起ころうと、少しも驚かなくなっていた。ヴィサントの脳は、より強い刺激を絶えず求めつづけた。燃えるように熱く、血がたぎるように過激な快楽を常に必要としていた。

その一方で、ヴィサントがまとうその背徳的な空気が、急に清らかなものに一変することがあった。そういう時は、急に無邪気で素直になって、純粋な愛情や子どもじみた喜びだけを追い求めた。

ヴィサントは、波乱に富んだ享楽の人生を送ってきたが、これほど幸せそうで健康的だったことはいまだかつてなかった。エスカルゴを食べた翌日には、ビーツの葉と発芽小麦を食べる。枯れ木を集めて火をおこし、骨つき肉を焼く。イラクサの茎を縦に裂いて外側の皮を乾燥させ、編んで丈夫なひもを作る。シーツを洗って天日干しにして乾かす。そして、夜になるとピエール・ロティの本を順番に朗読する。

「『イヴ、ぼくの弟』」ヴィサントは仰々しい口調で読み上げた。「『ぼくたちは大きな子どもだ。……いつもはしゃいではいけない時にはしゃいでしまい、悲しい気持ちになる。たまたま訪れた平穏で幸せな時間に、馬鹿げたことを言い合う』」

ヴィサントは幸せそうだった。だがその理由は、ミリアムには不可解で、謎めいていて、理解できなかった。ヴィサントは、自分が生まれる前の出来事を再現していた。かつてピカビア夫婦をディナーに招待した人たちは、席を三つ用意しなくてはならなかった。フランシス、ガブリエル、そしてマルセルのぶんを。

ヴィサントはフランシスから、さまざまなものについての嗜好と一緒に、3という数字に対する嗜好も受けついだ。この数字は、そのアンバランスな性質によって、永遠に変化しながら、予想外の組み合わせや思いがけない摩擦を生みだすのだ。

第二十二章

ある日、市場から戻ったヴィサントが、所持金が尽きたと報告した。母親のガブリエルからもらったぶんを使いきってしまったのだ。三人は働く必要に迫られた。

三人のうちで唯一ドイツ占領軍から追われていないヴィサントは、アプト道路沿いにあるフルーツコンフィの小さな工場で働こうとした。ところが、工場長からうさんくさい青年だと思われたらしく、面接で不採用にされてしまった。

翌日、イヴがセレストの親戚の家から一匹のフェレットをもらって帰ってきた。

「食べられるの？」ミリアムがおそるおそる尋ねた。

「いや、食べちゃ駄目だよ！ ウサギ狩りに使うんだから」

ヴィシー政権が武器の所有を禁止したため、ウサギはおろか、森の野生動物の狩猟はいっさいできなくなっていた。だがイヴは、大きな布袋とフェレットを使ってウサギを狩る方法を知っていた。

「まず、ウサギの巣穴を見つけるんだ。そして片側の穴からフェレットを入れて、反対側の穴に布袋をかぶせる。フェレットを怖がって逃げてきたウサギを、その袋に入れて捕まえるんだよ」

その夜、三人はさっそく一羽のウサギを調理して食べて、もう一羽を家賃代わりにシャボー夫人におすそ分けした。ミリアムは夫人に、現在お金がないこと、そしてイヴをかくまっていることを打ち明けた。

夫人のひとり息子も、かろうじて強制労働徴用を逃れたところだった。夫人は三人に仕事を紹介すると約束してくれた。

ミリアムはこの時、シャボー夫人は頼りがいのある人だと確信した。頼りがいのない人にはいつも裏切られ、頼りがいのある人はいつも力を貸してくれる。

「わたしたちは、助けてもらえるのを当たり前だと思って、裏切られるとそのたびに驚いてしまう。でも本当は逆であるべきなんですよね」ミリアムは夫人に礼を述べながらそう言った。

三人は夜明けと共に起床して、ビガロー種のサクランボをもいだり、アーモンドを収穫したり、干し草を作ったり、ボリジという青いハーブやビロードモウズイカという薬草を摘んだりした。髪が麦わらの塵まみれになり、力仕事のせいで皮膚が赤みを帯びた。疲労、強い日差し、虫刺され、アザミのトゲによる引っかき傷などに耐えて働いた。時折、三人は働きながら至福を感じさえした。とくに日中のもっとも暑い時間帯、日陰になった干し草の上で、男女が左右に分かれてみんなで昼寝をしている時、なんとも言えない幸福感を味わった。

ある朝、起床すると、ヴィサントの左目がウズラの卵ほどの大きさに腫れ上がっていた。「蜘蛛に嚙まれたんだね」と、イヴが言った。ミリアムが覗きこむと、赤い小さな穴がふたつ開いていた。蜘蛛のキバの跡だという。その日、イヴとミリアムは、ヴィサントを残してふたりで仕事に出かけた。夜になって帰ってくると、ヴィサントは上機嫌だった。目の腫れはすっかり引いて、もう痛くもかゆくもないという。夕食まで準備してくれていた。就寝前、ヴィサントはミリアムに言った。

「おまえたちがふたりで帰ってくる姿、なんだか恋人同士みたいだったぞ」

ミリアムはなんて答えたらいいかわからなかった。不可解なことばだった。非難されているのだろうか？　だが、ヴィサントは機嫌がよく、口調もあっけらかんとしていた。以前、ジャン・シドワヌが『刑務所に入ったあとは外見だけでなく内面も変わった』と言っていた。確かにそうだ。夫は前とは変わってしまった。

七月に入ると、フランスは全国的に猛暑に見舞われた。パリでは、男も女もみな水着姿でセーヌ川のほとりに集まり、すし詰め状態で日光浴をしているという。ミリアム、ヴィサント、イヴの三人は、気分転換に水辺へ涼みに出かけた。ビュウー崖とシヴェルグ崖の間に、デュランス川の水源のひとつがあって、岩間から流れてきた湧水が人工湖に注いでいる。青々と生い茂る草木と、白く乾いた岩肌のコントラストが美しかった。その湖は、岩場の窪みに隠れて外から見えないところにあった。まるでおとぎ話の世界のようだった。その場所を見た瞬間、三人は我を忘れるほど歓喜した。最初に服を脱ぎだしたのはヴィサントだった。

「行こうぜ!」澄んだ水をたたえた湖に入りながら、ふたりに向かって叫ぶ。

イヴも裸になって湖に飛びこむと、ふざけてヴィサントに水をかけた。ミリアムは躊躇し、動けないままでいた。

「来いよ!」ヴィサントが呼ぶ。

「そうだよ、おいでよ!」イヴも大声を上げた。

ふたりの声が岩に跳ね返り、こだまとなって聞こえてくる。ミリアムはふたりに目を閉じておくよう頼んだ。全裸で泳ぐのは初めてだった。湖の水はとろりとして柔らかく、肌を撫でるようにして流れていった。

帰り道、ミリアムは一方の手でヴィサントと、もう一方の手でイヴと腕を組んだ。イヴは、内心の戸惑いを隠そうとしているようだった。ヴィサントは、ミリアムの大胆な行動を賞賛するかのように、その腕をしっかりと抱きしめた。夫にこれほど強く抱きしめられたのは初めてだった。結婚式の当日ですらこうではなかった。ミリアムは宙に浮かんでいる気分になった。

三人は、腕を組みながら歩いていた。すると、急に空模様が怪しくなった。

「〈ライス〉だ」イヴが言った。

すると数秒後、熱くて重たい大粒の雨が空から落ちてきた。ヴィサントとミリアムはとっさに木の下に逃げこんだ。イヴがふたりをからかった。

「雷に打たれてもいいの？」

雨水は三人の顔をつたい、首筋を流れ、髪を頬にくっつけ、服を肌に張りつかせた。

ミリアムが濡れた石につまずいて転んだ。ヴィサントはつまずいたふりをして、ミリアムの上に倒れかかった。太ももの間に夫の激しい欲望を感じる。ミリアムが声を上げて笑うと、ヴィサントはその顔にキスをした。横たわったミリアムの腰まわりを、ヴィサントがきつく抱きしめる。ミリアムは目を閉じ、夫にからだをゆだねた。太ももの間に熱くてとろりとした雨が溢れている。振り返ると、イヴの姿が見えた。遠くからふたりを眺めている。激しく動揺しているのが伝わってきた。この時、この瞬間は封印された。この先ずっと、三人はこの瞬間によって互いに結びつけられ、この瞬間に支配され、この瞬間に惑わされつづける。


翌朝、〈首吊り人の家〉で眠っていた三人は、憲兵たちの到着によって起こされた。ミリアムは震え上がり、どこかへ逃げだそうとした。

「大丈夫だ」ヴィサントはミリアムの腕をしっかりと握って言った。「落ちつけよ。おれたちはこの人たちから好かれてるんだから」

ヴィサントは正しかった。憲兵たちは、村で噂になっているパリジャンたちに会いにきただけだった。挨拶がてらに、この地方の言い伝えが本当かどうかを確かめにきたのだ。

「このあたりでは〈パリジャンはパリジャンにしかやさしくない〉って言われてるんだよ」

ヴィサントが憲兵たちをもてなしている間、ミリアムはイヴが身を隠すのを手伝った。急いで納屋を片づけて人が暮らしている痕跡を消したが、憲兵たちは見せてくれとは言わなかった。彼らは来た時と同じように上機嫌で帰っていった。

だがその日以来、ミリアムはひどい不安に襲われ、平静ではいられなくなった。まわりが危険に満ちているような気がした。シャボー夫人に会うたびに、地域の近況について質問攻めにした。

「アプトでまた誰かが逮捕されたよ」

「ボニューで報復行為があった」

「マルセイユでまた事件が起きた。前回よりもひどいらしい」

ミリアムがパリに戻りたいと訴えると、ヴィサントは出発の準備を整えた。

偽造身分証明書を手に入れて列車に乗ったミリアムは、イヴと離れられたことに安堵した。もう三人の関係に耐えられなかった。リヨン駅に降り立つと、アスファルトと埃の匂いが鼻についた。路線バスは走っておらず、メトロが三十分に一本通っているだけだった。

一年ぶりのパリだった。

ミリアムは目まいをおぼえ、一刻も早くレ・フォルジュへ行きたいとヴィサントにせがんだ。すぐにでも両親に会いたい。

ふたりはサン＝ラザール駅から列車に乗った。ミリアムは無言のままだった。嫌な予感がしてしかたがない。とんでもなく恐ろしいことが起きている気がした。

両親の家に着いた途端、たくさんのポストカードが地面に落ちているのに気づいた。近況を知らせるためにこの一年間にミリアムが送ったものばかりだった。

誰も郵便受けを覗いておらず、誰もカードを読んでいないのだ。それを知ったミリアムは、自分がそのまま頭から後ろ向きに倒れた気がした。

「なかに入る？」ヴィサントが尋ねた。

ミリアムは声が出なかった。動けなかった。ヴィサントが家に近づき、窓からなかを覗きこんだ。

「人が暮らしてる気配がないな。家具にはシーツがかかってる。ちょっと近所の家まで行って、何か知らないか尋ねてくるよ」

ミリアムは長い間じっとしていた。からだじゅうを苦しみが駆け巡っていた。

「近所の人たちが言うには、ジャックとノエミが逮捕されたあと、お義父さんとお義母さんも行ってしまったらしい」

「行ったってどこへ？」

「ドイツへ」

第二十三章

数週間後に連合軍が上陸するという噂が流れた。ペタン首相は、首都のヴィシーからパリを訪れ、市庁舎のバルコニーでパリ市民に向けて演説を行なった。

「わたしは、迫りくるあらゆる災いからパリを救うためにやってきました。わたしはあなたたちのことをいつも考えています。パリは少し変わりましたね。でも四年ぶりの訪問ですから無理もありません。信じてください、今度はできるだけ早く、公式訪問としてここにやってきます。では、また近々会いましょう」

演説が終わると、ペタンは車に乗りこみ、空爆による負傷者たちを見舞うために病院へ向かった。カメラマンたちもそのあとを追いかけた。あとでペタンのパリ訪問の一部始終がマスコミで報道されるのだ。ジャーナリストたちは、取材のためにオペラ座の前に陣どった。ペタンの車を一目見ようと群衆が詰めかけて、「元帥！」と歓声を送っている。

イヴが連絡もせずにいきなりやってきた。パリ北端のポルト・ド・クリニャンクール地区で、古いアパルトマンの最上階の小部屋を借りたのだという。家主の女性は、空襲が始まったら窓から離れるようイヴに警告した。

ミリアムとヴィサントの家まで、メトロ一本で行ける場所だった。だが、それでもイヴは道に迷った。

イヴの期待どおりには物事は運ばなかった。あの夏ののんびりした日々はもう戻ってこない。すべてが遠い昔に思われた。ミリアムとヴィサントに距離を置かれ、連絡もなく何日も放っておかれた。ヴィサントはもう自分には関心を示さなかった。ミリアムは会ってはくれたけれど、ごくたまに、しかもほんの短い時間しか滞在してくれなかった。

三人組がこういう結末を迎えることを、イヴは想像もしていなかった。アパルトマンの外に出るのをやめて、部屋にひとりで引きこもった。そしてミリアムがのちに〈憂鬱の発作〉と呼ぶ状態に、この時初めて陥った。


ミリアムはポルト・ド・クリニャンクールの部屋を訪れて、イヴを説得しようと試みた。今は難しい時期だ。パリは解放されるかどうかの瀬戸際で、爆撃の標的になっている。そしてミリアムは、ヴィサントの子どもをみごもっていた。その夜、イヴは部屋のなかで深い孤独にさいなまれた。そして翌日、セレストへ帰っていった。


だが、ヴィサントとミリアムはイヴにすべてを打ち明けたわけではなかった。

パリに戻ったふたりは、二千八百人の運動員で構成されるフランスとポーランドの合同組織〈F2〉に加わった。

ヴィサントは、なるべく長く眠らずにいられるよう、兵士たちが使っている覚醒剤《アンフェタミン》を手に入れた。薬のせいでヴィサントの危機意識は吹き飛んだが、いつも奇跡的に危険を回避できた。ミリアムは、妊娠したことで何かに守られているような気がして、あえて危険なことに手を染めた。

この時、レリアはまだ胎児でしかなかったが、母親が恐怖を感じた時に体内で生成される胆汁の味を味わっていた。ミリアムもかつてエマの体内で同じ味を味わった。アパルトマンを訪れた警官たちに対して勇敢に立ち向かった母親の、破裂しそうな心臓の音を聞いた時のことだ。

第二十四章

四月に入り、五月が過ぎ、六月になった。ノルマンディー海岸に連合軍が上陸し、やがてパリでレジスタンスが蜂起した。ヴィサントは、とんでもなく大きくなったミリアムのお腹を見て、いったいここから何が出てくるのだろうと思った。女の子？　そうだ、女の子がいい。ふたりはパリ中心部の戦闘の音を遠くに聞いた。窓から聞こえるその奇妙な音は、まるで花火のようだった。

一九四四年八月二十五日、嵐が去って、パリの上空が積乱雲に覆われた。ヴィサントはド・ゴール将軍の演説を聞くために、パリ市庁舎広場へ向かった。しかしおびただしい群衆を前にしてたじろぎ、きびすを返した。たとえ正しい目的であったとしても、大勢の人たちが集まっている場所が恐ろしかった。これなら〈シェ・レア〉へ行くほうがずっといい。

フランス人は初めてド・ゴール将軍の姿を目の当たりにした。これまではイギリスのBBCラジオから流れる声しか知らなかったのだ。まわりを取り囲む人たちから頭ひとつ抜きんでた、大理石の彫像のように大きな男だった。

ミリアムは両親からの知らせをずっと待っていた。弟と妹の消息も待ちつづけた。信じて、希望を抱きつづけた。そして出産を数カ月後に控えた時期になると、ジャニーヌに何度も繰り返し言った。

「ドイツから家族が帰ってきたら、この赤ちゃんを一番のプレゼントにするんだ」

そして四カ月後の一九四四年十二月二十一日、冬至の日にレリアは産まれた。出生地は、パリ市ヴォージラール通り六番地のアパルトマン。ミリアム・ラビノヴィッチとヴィサント・ピカビアの娘。この日、母親になったミリアムの手を、ジャニーヌはしっかりと握りしめた。身内と遠く離れて、混乱のさなかにある国で子どもを出産するのがどういうことか、ジャニーヌにはよくわかっていた。ジャニーヌにもパトリックという息子がいた。パトリックはイギリス生まれだった。

一年前、一九四三年のクリスマスの夜、ジャニーヌは山のなかでスペイン国境を遠くに仰ぎ見た。もし生きて帰れたら子どもを作ろう。そう決意して、案内人に言われた方向に歩きつづけた。だが、そのあとのことはほとんど記憶にない。

目覚めた時は、スペインの女性刑務所のなかだった。救助はされたものの、囚人として扱われた。スペイン当局に所持品を調べられ、帳簿に記録され、尋問された。だが赤十字社の関係者とわかったおかげで、バルセロナに移送された。バルセロナでイギリス軍に合流し、自由フランス軍の女性部隊に加わった。

ロンドンに到着して初めて、白髪でやさしい目をしていたあのアレッシュ神父が二重スパイだったと知らされた。ドイツ国防軍最高司令部から毎月一万二千フランの報酬を得て、フランスで諜報活動を行なっていたのだ。日中は司祭としてレジスタンス運動に従事し、夜はドイツ軍からもらった金でふたりの愛人を囲い、パリ十六区のスポンティニ通りに暮らしていた。アレッシュの役割は、若者をレジスタンス運動に引き入れ、その名前をドイツ軍に告げること。それで特別手当をもらっていた。組織のメンバーのほとんどが亡くなっていたことも、ジャニーヌは初めて知った。右腕だったジャック・ルグランは、アレッシュの裏切りのせいでマウトハウゼン強制収容所に送られた。

ジャニーヌはロンドンで、リュシエンヌ・クロアレックというブルターニュ地方出身の若い女性と知り合った。故郷のモルレー町で、実兄が目の前でドイツ人に銃殺されたのだという。その事件をきっかけに、リュシエンヌはド・ゴール将軍のところへ行く決意をし（ド・ゴールはイギリスで亡命政府〈自由フランス〉を結成していた）、十七人の男性に交ざって女ひとりで海藻採取用小型船〈ル・ジャン〉に乗りこんだ。イギリスまでの航海はおよそ二十時間を要した。フランス人政治家で作家でもあるモーリス・シューマンは、リュシエンヌの高い行動力に感銘を受け、彼女がロンドンに到着するとすぐにBBCラジオの自分の番組に招待した。

リュシエンヌ・クロアレックとジャニーヌ・ピカビアのふたりは、一九四三年五月十二日付の政令によって、ド・ゴール将軍から女性初のレジスタンス勲章を授与された。

その直後、ジャニーヌは妊娠した。スペイン国境での決意が実現した。

ジャニーヌはパリに戻ると、生まれたばかりの息子のパトリックと一緒に、リュテシアホテルで暮らしはじめた。ドイツ軍に徴発されていた建物を自由フランス軍が取り戻し、レジスタンス運動で活躍した者たちを一時的に宿泊させていたのだ。ジャニーヌとパトリックは、そこで数週間をのんびり過ごした。泊まっていた部屋は、てっぺんに望楼を頂く小塔内にあった。ジャニーヌの猫はいつも小円窓の窓枠に陣取った。息子とふたりではもったいないほど豪奢で広かったので、ジャニーヌはヴィサントにレリアを預かると申しでた。

ジャニーヌが見たところ、レリアが生まれてから、ヴィサントとミリアムの仲はうまくいっていないようだった。

第二十五章

お母さん
六歳か七歳くらいの頃だったと思う。あの時、わたしはお母さんが運転する白のルノー5の後部座席に座ってた。ラスパイユ大通りを通りかかると、ものすごく大きな高級ホテルが目の前に現れた。お母さんはそのホテルを指さして、幼い頃にここに数カ月いたんだって言った。わたしは車の窓に顔をくっつけて、その建物をじっと眺めた。パリ六区がすっぽり入るんじゃないかと思うくらい大きくて、どうしてこんなところでお母さんが暮らせたんだろうと不思議だった。この話は、子どもの頃にいくつか生まれたさまざまな謎のうちのひとつだった。
毛足の長いクリーム色のカーペットの上を走りまわったり、デザートワゴンの上にのったケーキをくすねて食べたりした、小さなお母さんの姿を想像したよ。小さい頃に読んでもらった絵本の一場面みたいにね。
でもそれはお母さんにとって、子ども向けの物語じゃなくて、本当にあったことだったんだよね。現実に起きたこと。今のわたしは、お母さんがリュテシアで数カ月暮らした背景も、その後はあまり恵まれない子ども時代を送ったことも知っている。それでもこの話は、ひとつのイメージとしてわたしの心に刻まれたんだ。現実でもあり、虚構でもある出来事。自分の母親は高級ホテルの廊下でよちよち歩きを覚えたという、空想上のイメージ。

アンヌ

第二十六章

一九四五年四月初め、フランス政府の〈戦争捕虜・被収容者・難民省〉は、戦時中に東ヨーロッパへ移送された数十万人のフランス人を帰国させる措置をスタートした。彼らを受け入れるために、パリ市内の大きな建物が複数徴発された。オルセー駅、ルイイ兵舎、モリトール・プール、レックスやゴーモン・パラスなどの大型映画館……そしてあのヴェロドローム・ディヴェールも。（なおヴェル・ディヴは、のちの一九五八年に、パリ警視総監に就任したばかりのモーリス・パポン（ユダヤ人強制収容所移送に関わったとして、一九九六年に〈人道に対する罪〉に問われた政治家）によって、アルジェリア出身イスラム系フランス人の留置センターとしても使用された。建物は翌年の一九五九年に解体されている）

当初、リュテシアホテルは徴発されていなかった。ところが、帰国措置を早急に見直す必要が生じて、強制収容所から戻ってくる者たちをリュテシアの三百五十の客室に受け入れるよう、ド・ゴール将軍が命令を出した。そのためには、ホテル側は内部を改装し、医師たちと連携して必要な器材を備えた医務室を設置するなど、受け入れ体制を整えなくてはならなかった。

ド・ゴール将軍の指示で、ほかの病院で働く看護師たちをリュテシアに送迎するためのタクシーが手配された。大学の医学部の学生やソーシャルワーカーたちも、ホテルに手伝いに来ることになった。

赤十字社をはじめとする複数の人道支援団体もサポートに回るという。ボーイスカウトたちはホテルの長い廊下を一日じゅう走り回って、メッセンジャーとしての役割を果たす予定だ。彼らを統率するために、陸軍の女性補助スタッフも動員されることになった。

ホテルでは、朝から晩まで時間を問わず、いつでも食事を提供できるようにしておかなくてはならない。帰国者だけでなく、看護スタッフや幹部スタッフの食事も必要だ。帰国者受け入れのために、およそ六百人が館内で働く予定だった。厨房では一日五千食の料理が準備される。そのためには、食料の調達や食品の貯蔵も計画的に行なわなくてはならない。闇市で押収された食料もホテルに提供される。警察が没収した密輸食品も毎日供給される。いや、食べものだけでなく、衣類や靴なども持ちこまれる。押収品の倉庫とホテルの間を小型トラックが毎日往復するという。

帰国者の家族を迎える準備もしなくてはならない。行方のわからない息子、夫、妻、父、祖父母たちに再会できると信じて、多くの人がホテルのエントランスの回転ドアに詰めかけるだろう。自分の家族が見つけやすくなるよう、尋ね人の張り紙掲示板をロビーに設置する予定だった。所定の用紙に行方不明者の写真を貼りつけて、本人を識別するのに役立つ情報と連絡先を記入し、掲示板に張りだすのだ。

ラスパイユ大通り沿いでは、一九四五年四月二十九日に実施予定の市議会選挙のポスター用パネルが回収された。こうした木製パネルを二十四枚ほどつなげた大きな掲示板が、ホテルのロビーのエントランスから大階段に至るスペースに設置された。写真入りの手書きの張り紙が少しずつ貼られていき、いずれは数万枚の紙でパネルが覆い尽くされるだろう。

帰国者の受付と振り分けも適切に行なわなくてはならない。

戦争捕虜・被収容者・難民省では、帰国者ひとり当たりの手続きに一時間から二時間程度を要すると見積もられていた。行政上の書類を作成し、医務室で手当てを施し、配給チケットを供給し、たとえ所持品を失っていてもフランス国内の自宅に帰れるように鉄道あるいはパリ市内ならメトロの無料パスを与える。被収容者証明書といくばくかの現金も支給する。

こうして四月二十六日にはすべての準備が整えられた。受け入れ初日、多忙を極めるホテルのために、ジャニーヌも手助けをすることにした。

ところが、実際は予定どおりには運ばなかった。帰国者たちが想像を絶する状態だったからだ。準備していた措置は彼らにふさわしいものではなかった。こんなことになるとは誰ひとり予想していなかった。

「どうだった？」初日の仕事を終えて、ヴォージラール通りのアパルトマンにやってきたジャニーヌに、ミリアムは尋ねた。

ジャニーヌは返事に窮した。

「そうだね」ジャニーヌはようやく言った。「まったく想定外だったよ」

「どういうこと？」ミリアムは尋ねた。「わたしも行きたい」

「もう少し待ちなよ。いろいろ落ち着いてからのほうがいい」

だがミリアムは、翌日もその翌日もまた自分も連れていってほしいとせがんだ。

「今は時期がよくない。初日にチフスでふたり死んだんだ。客室係の女性がひとりと、クローク係をしていたガールスカウトの子がひとり」

「ほかの人には近づかないようにする」

「ホテルに入るとすぐにDDTの白い粉をぶっかけられるんだ。感染症予防のために全員に義務づけられてる。あんたの母乳にはよくないと思う」

「じゃあ、なかには入らない。外で待ってる」

「ねえ、帰国者の名前は毎日ラジオで読み上げられてるんだよ。今のあんたは人込みに行くより、ラジオを聞いてるほうがいいと思う」

「わたしもホテルのロビーに張り紙を掲示したい」

「じゃあ、家族の写真と情報をちょうだい。あたしが所定の用紙に記入して貼っておく」

ミリアムはジャニーヌを睨みつけた。

「今回だけは、お願いだから頼みを聞いて。明日、わたしはリュテシアに行く。絶対に誰にも邪魔させない」

第二十七章

よく晴れた日、後方にデッキが設置されたバスが、太陽の光を浴びて銀色に輝くセーヌ川のそばを走っていた。シテ島の先端にあるドーフィーヌ広場を境に、川は二手に分かれている。バスはその上に架かるポン・ヌフを通った。パリの街には、たくさんの車が行き交っていた。運転手たちは、全開にした窓のへりに肘をのせてタバコを吸っている。歩道には、赤く染めた唇や爪をこれ見よがしにして歩く女性たちや、足の向くままに散策をするアメリカ人兵士たちがいる。兵士たちの視線の先には、乳首が目立つのもお構いなしにぴちっとした花柄ワンピースを着て、すべての指に細い指輪をはめ、ハイヒールを履いて颯爽《さっそう》と歩くフランス人女性たちがいた。菩提樹の並木道には、通学カバンを背負って帰宅する小学生たちが歩いている。パリは日に日に暖かくなりつつあった。バスはセーヌ右岸の東駅から、左岸のリュテシアホテルに向かっていた。このバスを初めて見た人たちは、誰もが車内のようすに釘づけになった。車で帰宅を急ぐ人たちも、店先に出てきた商店主たちも、考えごとをしながら歩いていた通行人たちも、みなバスに気づくと目を大きく瞠った。眼窩《がんか》が落ち窪んで、うつろな目をした人たち。髪を剃り落とした頭はこぶだらけだった。

「精神病院から出てきたのかな？」

「いや、ドイツから帰ってきた老人たちだよ」

違う、老人ではない。彼らの大半は十六歳から三十歳の若者だ。

「男性しか戻ってこられなかったのかな？」

違う、女性もいる。髪を剃り、骨と皮だけのからだになって、性別がわからなくなっただけだ。子どもが産めなくなった女性もいた。


パリ市内のあちこちの鉄道駅に、東ヨーロッパを出発した列車が次々とやってきた。ブールジェ空港やヴィラクブレー空港には飛行機も到着した。被収容者たちが初めて到着した日、駅のプラットフォームでは、楽隊によるファンファーレと国歌の『ラ・マルセイエーズ』の演奏で帰国を祝福した。列車から降り立つのは、被収容者、戦犯、ＳＴＯの労働者の順と定められていた。だがこうした出迎えは、初日だけで終了した。

被収容者たちは、自力で列車から降りることも、バスに乗りこむこともできなかった。逮捕されて通過収容所に入れられ、家畜用列車に乗せられたのはほんの数カ月前だったのに、信じられない変わりようだった。

「あの時はどうしようもなかったんだ」みんなが口々にそう言った。

バスのなかで、被収容者たちはもたれ合うようにして立っていた。移り変わる首都の風景を車窓から眺める。パリを初めて訪れた人たちもいた。

街を行くパリジャンたちは、みなこちらを凝視していた。通行人も車に乗っている人も、一瞬すべてを忘れて驚愕の視線を向けてくる。丸刈りにして縦縞パジャマを着たあいつらはいったい何なんだ、と自問しているのだろう。まるであの世からやってきた者を見ている目つきだった。

「おい、見たか？　バスでやってきた被収容者たちを」

「からだを洗ってやればいいのに」

「どうして囚人服なんか着てるんだ？」

「帰国したら金をもらえるらしいよ」

「じゃあ、大丈夫だな」

そうして再び日常生活に戻っていく。

バスが赤信号で停車した時、彼らの異様な姿に驚いた通行中の老人が、手にしていたサクランボのパックをバスの窓に向けて差しだした。みずみずしい赤い実がたっぷり詰まっている。すると棒切れのように細い腕と筋ばった指が、サクランボを目がけて次々と襲いかかった。

「食べものをあげないで！」赤十字社の女性スタッフが叫んだ。「この人たちの胃では消化できないんです！」

被収容者たち自身も、自分たちの内臓にとって固形物が毒であることは重々承知していた。だが、誘惑には勝てなかったのだ。

信号が青に変わると、バスは再び走りだした。左岸に入り、サン＝ミシェル広場を抜けて、サン＝ジェルマン大通りを進む。消化できなかったサクランボが、脚のつけ根からしたたり落ちる。

「もっと礼儀正しくできないもんかね」通行人のひとりがつぶやいた。

「もっと行儀よく食べればいいのに」別の通行人は思った。

「すごい臭いがした。からだを洗えばいいのに」

第二十八章

　バスに乗るのを拒んだ被収容者がひとりいた。パリ市内からドランシー通過収容所へ移送された時に乗ったのと、まったく同じバスだったからだ。そこでほかの乗客たちが出てくる前に脇へすりぬけて、駅舎の西側に延びる通りに飛びだした。だが自分がどこにいるのかわからなくなり、すっかり途方に暮れてしまった。

「どうしました？　何かお手伝いできることは？」通行人が声をかけた。

　だが被収容者の男性は、黙ったまま首を横に振った。バスに乗せられるのだけはどうしても嫌だった。やがて男性のまわりを取り囲むようにして、親切で慈悲深い人たちが集まってきた。

「具合が悪そうですね」

「気をつけて。この人を無理に動かしちゃいけない」

「憲兵に連絡しないと」

「あなた、フランス語はわかりますか？」

「何か食べるものをあげないと」

「わたしが買ってきます。待っててください」

「身分証明書はお持ちですか？」呼ばれた憲兵がやってきて男性に尋ねた。

男性は憲兵の制服を見て怯えた。だが、声をかけた憲兵は情に厚い人物だった。〈こんなに具合が悪そうな人は見たことがない。病院へ連れていかないと〉と考えた。

「さあ、行きましょう。治療できるところへお連れします。帰国者証明書はお持ちじゃないですか？」

被収容者の男性は思った。ずいぶん前に、身分を証明するものはすべて失った。金も、妻も、子どもも、髪も、そして歯も失った。まわりを取り囲み、こちらを見ている人たちが恐ろしい。ここにいることに罪悪感を覚える。妻、両親、二歳の息子に先立たれ、何百万というほかの人たちも亡くなったのに、自分ひとりだけが生き残ってしまった。きっと自分が不当なことをしたために、ここにいる人たちに石を投げられるのだ。憲兵に連れられて留置所に入れられ、裁判にかけられるのだ。法廷の傍聴席の片側にはSSが、もう片側には死んだ妻、死んだ両親、死んだ息子、そして何百万もの死者たちが並ぶだろう。ここから走って逃げだしたい。だが、憲兵の警棒が視界に入るだけで、打たれた時の痛みがよみがえる。走れる体力も残っていない。はるか昔、このあたりに、いやまさにこの場所に、自分は来たことがあった。その時はみんなと同じような服装をして、頭には髪があり、口には歯があった。だが、もう二度とあの頃には戻れない……。通行人のひとりが近くの食料品店へ行って、「歯がない帰国者がいて、お腹を空かせているんです」と告げた。店主はヨーグルトを差しだして、「代金はいらないよ。帰国者を支援するのは当然のことだからね」と言った。戻ってきた通行人は、被収容者の男性にヨーグルトを差しだした。そのヨーグルトが、男性の胃に穴を開けた。ぎりぎりの状態でかろうじて生きていた彼の胃にとって、ヨーグルトはあまりにも重すぎた。今年の一月、SSに追い立てられながらアウシュヴィッツをあとにして、三カ月が経過していた。その後の虐殺を生き延び、死の行進を耐え忍んできた。護送するSSたちに殴られ、罵倒されながら、ほかの収容所へ移動するために雪のなかを無理やり歩かされた。ナチス・ドイツ崩壊後の混乱にも、再び乗せられた家畜用列車にも、飢えにも、喉の渇きにも耐えてきた。生きて帰国するために戦いつづけ、限界まで疲労困憊していたが、母国に到着したその日に息絶えた。数ヵ月間戦いつづけたあげく、パリのアルザス通りの階段の下で、灰色の石畳の歩道の上で力尽きた。最後の瞬間、男性はうずくまるようにして倒れこんだ。まるで枯葉のように、軽いからだがゆっくりと地面へ落ちていき、音も立てずにそっと横たわった。

第二十九章

東駅からやってきたバスが、リュテシアホテルの前に到着した。それを見た人たちがどっとバスのほうへ押し寄せる。勝手がわからないミリアムもみんなのあとについていった。自転車のタイヤがミリアムの足を踏んだが、乗っていた人は謝りもせずに行ってしまった。初めて聞く町の名前が飛び交う。アウシュヴィッツ、モノヴィッツ、ビルケナウ、ベルゲン＝ベルゼン。

バスの扉がいきなり開いた。だが被収容者たちは、ひとりでバスを降りることも歩くこともできず、ボーイスカウトたちに支えてもらいながらホテルのエントランスへ向かった。担架を必要とする人たちもいた。

家族と離れ離れになった人たちが、被収容者たちのそばに駆けつけた。写真を振り回しながら、必死の表情で詰め寄っている。ミリアムは、その慎みのない無遠慮な態度に嫌悪感を抱いた。

「この子を知りませんか？　わたしの息子なんです」

「この顔に見覚えはないですか？　夫です。背が高くて青い目をしています」

「これは娘が十二歳の時の写真です。連れていかれた時は十四歳になってました」

「あなたはどこにいたんですか？　トレブリンカ収容所にいた人を知りませんか？」

だがバスから降りてきた人たちは、それらの質問にほとんど応じなかった。話をする体力がなかったのだ。ひとり言にしか聞こえない小声でつぶやくのがやっとだった。それに、いったい何を言えるというのだろう？　本当のことを言っても、どうせ信じてはもらえない。

〈あなたのお子さんは焼却炉に放りこまれたんですよ、奥さん〉

〈あなたのお父さんは、まるで犬のように裸で鎖につながれていました。笑いものにするためです。寒さのあまり狂って死にました〉

〈あなたの娘さんは《ラーガー》（ドイツ語の収容所）の売春婦になりました。妊娠したあと、人体実験のために開腹されました〉

〈SSたちはドイツの敗戦を知ったあと、女性を全員裸にして窓から突き落としました。わたしたちはその遺体を集めて積み重ねるよう命じられたんです〉

〈生存している可能性はゼロです。あなたはもうご家族に会えないでしょう〉

　どうせ信じてもらえないことを、あえて話そうとする者などいない。それに、ずっと待ちつづけてきたであろう人たちに、こんな話はしたくない。あまりにかわいそうだ。だが気の毒だと思うあまり、期待を持たせることを言う人もいた。

「その写真のご主人の顔、見覚えがあります。ええ、きっと生きていますよ」

　ミリアムは、回転ドアを通ってホテルのなかに入っていく人たちの間から、こう話す声を聞いた。

「向こうにはあと一万人くらいいるはずです。大丈夫、みんな帰ってきますよ」

　被収容者たちは、希望を持っても無駄だと知っていた。だが収容所にいる間は、その希望だけが彼らを生き延びさせてくれたのだ。ひとりの女性がある被収容者に体当たりするようにして近づき、夫を知らないかと尋ねた。衰弱している人に対する無謀な行為に、赤十字社の看護師がすぐに割って入った。

「皆さん、帰国した人たちを通してあげてください。そんなふうにぶつかったらこの人たちは死んでしまいます。あとにして！　通してあげて！」

被収容者たちは、まずはレカミエ広場の正面にあるスパ施設へと連れていかれた。その建物も帰国者受け入れ先として徴発されていた。そこへ行くには、ラスパイユ大通りとセーヴル通りの角にあるリュテシア菓子店の店内を通らなくてはならない。彼らは空っぽの陳列棚の前で列を作った。縦縞の服を脱いで、全身を消毒する。所持品はビニール袋に入れて首にかけておく。たいていの場合、消毒にはDDTが使われた。チフス菌を媒介するシラミを殺すのに有効だからだ。裸になった被収容者は、背中にDDT入りの容器を背負ってゴム製の防護服と手袋をつけたスタッフの前に立つ。そして、長いホースで全身に殺虫剤を噴霧される。非常に不愉快な処置だが、防疫にはこれしか対処法がないとされていた。

全身を消毒・洗浄されたあと、清潔な服に着替える。それから事務室が並ぶ二階に上って手続きを行なう。ここでは〝偽の〟被収容者の捜索も行なわれる。

ヴィシー政権下における対独協力者のなかには、被収容者になりすまそうとする者たちが大勢いた。フランスじゅうあちこちで、非合法な報復行為によって多くの対独協力者たちが殺害されていたからだ。それに加えて、公的な裁判による粛清処罰《エピュラシオン》も始まっていた。親独民兵隊のなかには、アウシュヴィッツに収容されていたと思わせるために、左前腕に数字のタトゥーを入れる者もいた。そういう者たちは、列車でパリに到着した被収容者たちが駅舎の外に出るところに紛れこんで、一緒にバスに乗ってリュテシアへやってくる。

戦争捕虜・被収容者・難民省は、こうしたなりすましを捜しだすため、ホテル内に設置された帰国管理局で徹底した審査を行なうよう命じた。つまり、被収容者たちはひとり残らず、〝本物の〟被収容者であることを証明するために、警官の取り調べを受けなくてはならないのだ。これを屈辱的と感じる人も少なくなかった。

取り調べは難航した。収容所で長期間過ごしていた人たちは、頭が混乱して正常な思考能力を失っていたせいで、うまく話ができなくなっていた。無意味なディテールにこだわったり、事実を正確に伝えられなかったりした。その一方で、身分を詐称しようとするなりすましたちは、よそで聞いてきた話をうまく組み合わせて、筋道の通った話を作りだすことができた。

またほとんどの被収容者たちは、こうした取り調べを極度に嫌がった。フランス警察の横暴さが骨身に染みていたため、相手と向かい合っているだけでも我慢できなかったのだ。

「おまえなんかにそんなことを聞かれる筋合いはない！」

「また取り調べか！　いったい何のためなんだ！」

「もう放っておいてくれ！」

彼らの反発心は、時に過激な言動を伴った。デスクをひっくり返す男性もいた。急に立ち上がって、取り調べを行なっている警官を指差し、叫びだす女性もいた。

「あんた、覚えてるよ！　あんたはあたしを拷問した！」

見つかったなりすましは、ホテルの客室に閉じこめられ、武装した兵士が見張りにつけられた。そして夕方六時になると、護送車で警察署へ連れていかれ、のちに裁判にかけられた。

取り調べを終えた〝本物の〟被収容者たちは、被収容者証明書、現金、バスとメトロの無料パスを支給される。それからホテルの客室に案内され、そこで数日間を休息しながら過ごす。必要であれば、《プティット・ブルー》と呼ばれる女性たちの世話を受ける。彼女たちはボランティア団体に所属するスタッフで、リュテシアでは受付業務と客室の管理を任されていた。ホテルの二階では事務手続きのみが行なわれ、三階に医務室があり、その上は八階までずっと客室が並んでいた。四階は女性専用階とされた。

「大丈夫ですよ、室内はしっかり暖かくしてありますから」

真夏でもラジエーターは点けっぱなしだった。痩せほそった被収容者たちは絶えず寒さを訴えた。

「床の上に寝るほうがいいんですって。ベッドのほうがずっと快適なのに、変ね」

被収容者たちは、部屋のカーペットの上に横になって寝た。柔らかいベッドでは眠れなくなってい た。ひとりで寝るのを嫌がり、大勢でくっついていないと眠れない者も少なくなかった。髪を剃り落とされて、細菌感染のせいで皮膚のあちこちが腫れたりただれたりしているのを、誰もが恥ずかしく感じていた。自分たちの姿がまわりを怯えさせているのも自覚していた。自分たちを見るのがつらいと、みんなが感じているのにも気づいていた。


リュテシアホテルのダイニングルームは荘厳な雰囲気だった。石造りの部屋は幾何学模様のシンメトリーな内装で、ところどころに鉢植えのヤシの木が配されている。巨大なステンドグラスと装飾的な円柱が印象的な、アール・デコ様式の粋《すい》を集めた豪華な部屋だった。

被収容者たちがその部屋に集められ、食事が供された。皿に盛られた料理なんて、ずいぶん前に食べたきりだった。本当にそんなことがあったのかどうかすらわからなくなるほど、はるか昔の話だ。飲料水は銀のカップに注がれていた。そんなものがあることもすっかり忘れていた。

テーブルの上には花瓶が置かれ、青、白、赤のカーネーションが生けられていた。在仏カナダ大使夫妻が被収容者たちのために自国から取り寄せたという、ミルクとジャムが供された。

年齢不詳の男性が、首を伸ばして前かがみになり、目の前に置かれた肉料理をじっと見つめていた。彼にとって食料は盗む、つまり収容所で言われるところの「自分で手配する」のが当たり前だった。椅子に腰かけてよいのかどうかもわからないらしく、プティット・ブルーのひとりに何度も許可を求めていた。ドイツ語しか話せなくなってしまった人や、自分の登録番号を繰り返し読み上げる人もいて、彼女らボランティアたちは時折途方に暮れた。

「そこのあなた、ナイフを持っていかないでください」

「必要なんだよ。おれのことを密告したやつを殺しに行くんだから」

第三十章

ミリアムは、ほかの人たちと一緒に回転ドアを通ってホテルに入った。他人を押したり押されたり、足を踏んだり踏まれたりした。行方不明者の近親者向け情報を提供してくれる場所を探していたところ、大階段の下に大きなパネルがあるのを発見した。何百という張り紙、手紙、写真が貼られている。結婚式、バカンス中の楽しそうなようす、家族揃っての会食、軍服を着た全身像など、さまざまな写真があった。写真は天井や床にも貼られ、よく見るとロビーじゅうを覆いつくしていた。まるでびりびりに破いた壁紙がぶら下がっているようだった。

ミリアムがパネルに近寄ったのとほぼ同時に、被収容者たちもやってきた。灰に埋もれてしまう前の世界がおさめられた写真に惹かれたらしい。だが彼らの目つきは、その画像が何なのかを理解できていないように見えた。もしそこに自分の写真があっても、見分けられなかったかもしれない。

『この男が自分だって？　まさか、そんなはずはない』

彼らに場所を譲り、パネルの前から立ち去る。案内所はないかと探していると、ひとりの男性に腕をつかまれた。家族捜しを手伝っているボランティアと間違えたようだ。男性はパニックに陥っていた。

「すみません、妻を見つけたんですが、わたしの腕のなかで眠りこけてしまって、そのまま目を覚まさないんです」

ミリアムは、自分はここで働いている者ではなく、家族を捜しにきただけだと説明した。だが男性は聞く耳を持たず、とにかく来てほしいと言って腕を離さなかった。

女性がアームチェアに座っていたが、眠っているのではないとすぐにわかった。この場所で息を引きとるのは彼女だけではない。日に何十人も死者が出ていた。ようやく会えた、ようやく帰れたという精神の高ぶりに、疲れはてた肉体が耐えられなかったのだ。

ミリアムはその場を離れ、案内所の列に並んだ。すぐそばに、若いフランス人夫婦がいた。抱っこしている女の子はポーランド人だという。戦時中にポーランド人夫妻から預かって、ずっとかくまってきた。預かった当初は二歳だったが、もう五歳になっている。今ではパリなまりのフランス語を完璧に話す。ラジオで読み上げられる帰国者リストに母親の名前があったので、リュテシアにやってきたという。

だが、針金のように細くて丸刈りにされた女性を見ても、女の子は母親だとわからなかった。そして突然しゃくり上げて泣きだし、大声を上げた。こんなお化けみたいな人は嫌だと叫ぶ。その声はロビーじゅうに響きわたった。女の子は、自分の母親ではないフランス人女性の脚にしがみついて泣きつづけた。

案内所では何も教えてもらえなかった。ただ、張り紙用の用紙を渡されただけだった。毎日ここに来てもしかたがないので、ラジオで名前が読み上げられるのを待つよう助言された。

〈そんなことをしてもどうにもならない〉

ミリアムは、ロビーの隅にいた常連らしい人たちに近づいた。毎日ここに来ているようで、行き交う情報や噂をよく知っていた。

「フランス人被収容者たちの多くは、ロシア人に連れさられたんだ」

「医者と技師を連れていった」

「毛皮職人と庭師もらしい」

ミリアムの父も技師だ。しかもロシア語を話す。もしかしたらロシアへ行ってしまったから、帰国者リストに載らないのかもしれない。

「わたしの夫は医者なの。きっと連れていかれたんだわ」

「五千人以上がロシアに行ったって話だよ」

「どうやって情報を得たらいいのかしら」

「案内所で聞いてみた？」

「駄目よ、またあんたかって追い払われるのが関の山」

「じゃあ、そこのあんたが行けばいい。新顔には親切にしてくれるさ」

「みんなどこかで必ず元気にしているよ」

「辛抱しないと。いずれ帰還させてもらえるから」

「ジャコブ夫人の話は知ってる？」

「夫の名前が、マウトハウゼン強制収容所の死亡者リストに載ってたんだ」

「それを知って、夫人は泣きくずれた」

「ところが三日後、家のドアを叩く音がした。開けるとそこに」

「夫がいたの。誤ってリストに載っただけだったのよ」

「そういうケースはほかにもある。だから諦めちゃいけないんだ」

「オーストリアに、記憶喪失者を入れる収容所があるって話だよ」

「オーストリア？　本当？」

「違うよ、ドイツだよ」

「該当者たちの写真が出回ってるっていうけど」

「信じられない」

「いやわかんないよ、本当かも」

ミリアムはロビーに張り紙をすることにした。だが、家族の写真はない。すべてレ・フォルジュの家にあるアルバムのなかだった。しかたがないので、ロビーじゅうに何百、何千と貼られたほかの張り紙に埋もれないよう、大きな字で名前を書いた。これなら家族が帰ってきた時にすぐに気づくだろう。

エフライム
エマ
ノエミ
ジャック

それから、自分の居場所が家族にすぐにわかるよう、ヴォージラール通りの住所を記し、署名をした。

なるべく高いところに張り紙を留めるために、爪先立ちになった。バランスを崩しそうになりながら、腕をまっすぐに伸ばして画鋲《がびょう》を押す。いつの間にか、すぐそばに男性が立っていた。口元に奇妙な笑みを浮かべてミリアムを見ている。

「死亡者リストによると、ぼくは死んでしまったらしいんだ」

どう応えていいかわからなかった。張り紙を貼り終えたのでもう帰ろうとすると、今度は後ろから肩をつかまれた。

「見て、娘なの」

振り返ると、見知らぬ女性が目の前に写真を突きだしていた。だが近すぎて何も見えない。何か言おうとする間もなく、女性が再び話しはじめた。

「捕まった時は、この写真より少し大きくなってたけど」

「ごめんなさい」ミリアムは言った。「わたしにはちょっと……」

「ねえ、お願い。この子を捜すのを手伝って」女性の両頰は赤い斑点で覆われていた。

ミリアムの腕を強く握りしめ、耳元でささやく。

「お金はいくらでも出すから」

「離して！」ミリアムは叫んだ。

ホテルを出ると、先ほどの常連グループが慌ただしげにしていた。荷物を持ってメトロに乗ろうとしている。何があったのか知りたくてあとをついていった。どうやら、リュテシアに来るはずだった四十人ほどの女性が、誤ってオルセー駅へ送られたらしい。四十人といえばかなりの数だ。もしかしたらノエミもいるかもしれない。ミリアムも一緒にメトロに乗り、胸を高鳴らせながらオルセー駅へ向かった。なんとなくよい予感がする。ようやく光が見えてきた。

ところが、オルセー駅にいた人たちのなかにノエミの姿はなかった。

「ジャックとノエミという名前に心当たりはありませんか？」

「どの収容所にいたかわかりますか？」

「女性は全員ラーフェンスブリュックへ送られたと聞いてますが」

「初めて聞きましたね。そんなの噂にすぎませんよ」

「実際にラーフェンスブリュックにいた人たちに聞いてみては？」

「申し訳ないですが、ラーフェンスブリュックからの列車はありません。今後も予定はないです」

「どうして？　誰かが迎えに行けばいいじゃない。ボランティアが必要ならわたしも立候補します！」

「奥さん、われわれはすでにラーフェンスブリュックに人を送りました。でも帰国させられる人は誰もいなかったんです」

そのことばの意味は明らかだったが、ミリアムには理解できなかった。『帰国させられる人は誰もいなかった』ということばの意味を、ミリアムの脳は理解したがらなかった。

自宅へ戻ると、ジャニーヌがドアを開けてくれた。レリアを抱っこしている。何も言わなくても、ジャニーヌは何があったかを理解してくれた。

「明日も行ってくる」ミリアムはそれだけ言った。

毎日リュテシアへ行って家族を待った。いつの間にかミリアムも、ほかの人たちと同じように、慎みを失って無遠慮になっていた。ホテルから出てくる被収容者たちの前に立ちふさがり、注意を引こうと声をかけた。

「ジャックとノエミという名前に聞き覚えはありませんか?」

ラジオで名前が読み上げられたり、電報を受けとったりした人たちが羨ましかった。そういう人たちはすぐに見分けられた。ホテルのロビーに入ってくる時の雰囲気が、ほかの人たちとはまるで違う。足どりがしっかりしている。

やがてミリアムは、帰国者支援を進んで手伝うようになった。そうしていると、ポーランド、ドイツ、オーストリアで何が起きたかをいち早く知ることができる。まわりから帰るよう促されるまで、毎日ホテルじゅうを上から下までうろうろしつづけた。

「奥さん、もう今日は帰国者のバスは来ないよ。帰りなさい」

「また明日来なさい。これ以上ここにいてもしかたがない」

「すぐにホテルから退出してください」

「今日はもう誰も来ませんよ」

「明日は朝八時に最初の列車が到着します。さあ、そんなにがっかりしないで」

生後九カ月になった頃、レリアが激しい腹痛を訴えた。何も食べたがらなくなったのを見て、ジャニーヌはミリアムに娘のそばにいるよう命じた。

「この子にはあんたが必要なんだよ。ちゃんと食べさせてやりな」

ミリアムは一週間リュテシアに行かず、レリアの看病をし、食事を与えた。ホテルに戻ると、以前と同じ女性たちが同じように写真を振りまわしていた。だが、確実に何かが変わった。以前に比べてずいぶん人が少なくなっていた。

「明日以降、もう列車が来ないらしいよ」

一九四五年九月十三日付の新聞《ス・ソワール》紙に、ルクールトワという名の記者が書いた記事が掲載された。

リュテシア、〈生ける屍《しかばね》〉たちのホテルから脱却
あと数日で徴発が解除され、リュテシアホテル（ラスパイユ大通り）が所有者に返却される。元の状態に戻すには三カ月かかるという。（中略）現在、ホテルはもぬけの殻だ。リュテシアは今、惨めで哀れな人たちを追いはらって、生き生きと幸せそうな人たちを受け入れる準備を始めている。

これを読んだミリアムは憤った。だが、どの新聞にも似たようなことが書かれていた。被収容者たちの帰国はこれで終了したとみなされていた。

〈終わりなんかじゃない。だって、わたしの家族はどのリストにも載ってないし、帰ってきてもいないのに〉

絶望したり、いやまだわからないと思い直したり、ミリアムの心はなかなか休まらなかった。そん

な時ふと、ホテルのロビーで耳にした噂を思いだした。

『向こうにはあと一万人くらいいるはずです。大丈夫、みんな帰ってきますよ』

『ドイツに、記憶喪失者を入れる収容所があるって話だよ』

ミリアムは、新聞、雑誌、ニュース映画で、絶滅収容所の写真や映像を見た。だが、両親、ジャック、ノエミが見つからないことと、これらの写真や映像を結びつけることは到底できなかった。

〈家族は必ずどこかにいる。きっと見つけだしてみせる〉


一九四五年九月の終わり、ミリアムは、ドイツを占領する連合軍と一緒にドイツのリンダウに滞在することにした。

空軍の通訳として雇われた。ミリアムは、ロシア語、ドイツ語、スペイン語、ヘブライ語を話せる。英語も少しだけ、そしてもちろんフランス語も話した。

現地でも、家族を捜しつづけた。

もしかしたら、ジャックとノエミはうまく逃げだしたかもしれない。

もしかしたら、記憶喪失者を入れるという収容所にいるのかもしれない。

もしかしたら、お金がなくてフランスに帰れないのかもしれない。

あらゆる可能性が考えられる。信じつづけなくては。

第三十一章

「お母さんが小さい頃、お祖母ちゃんに会いにドイツへ行ったことはないの？」

「リンダウへ？　あるよ。少なくとも一度は父親に連れていってもらった。庭に置かれたたらいで、母親にからだを洗われてる写真が残ってる。あれは軍事基地内だと思うけど……」

「わたしの理解が正しければ、ミリアムとヴィサントはもう一緒に暮らしていなかったんだよね？」

「さあ……実際、別々の国で離れて生活してはいたけどね。確か当時、母親はリンダウの空軍パイロットとつきあってたはずだよ」

「え、そうなの？　どうして教えてくれなかったのよ！」

「しかも、相手から結婚を申しこまれたはずだよ。でもあたしを寄宿舎に入れて、その後は関わりを断ちたいと言われて、それがきっかけで別れたらしい」

「じゃあさ、三人組はいつ復活したの？」

「何、三人組って」

「イヴ、ミリアム、ヴィサントの三人だよ。お母さんが生まれたあと、また三人で会うようになったんでしょ？」

「その話はしたくない」

「わかったよ、そんなに怒らないで。いずれにしても、今日わたしが来たのはその話をするためじゃなくて、お母さんが受けとった郵便物を見せてもらうためだから」

「何の郵便物？」

「ほら、レ・フォルジュ村役場の秘書が資料を送ってくれたって言ってたじゃない。まだ封を切ってないって」

「あのさ、あたしは今日疲れてるんだよ。その郵便物をどこに置いたかなんて覚えてない。悪いけど、別の機会にしてくれないかな」

「その資料、わたしの調査に絶対に役立つはずなんだよ。どうしても必要なの」

「この際だから言わせてもらうけどさ、あたしは、ポストカードの送り主が見つかるとは思わない」

「わたしは見つかると思ってる」

「だいたい、あんたはなんでこんなことしてるのよ？　いったい何の役に立つのさ」

「そんなのわたしだってわからないよ。見えない力に動かされてるとしか言えない。とことんやれって誰かに言われてる気がするんだよ」

「でもあたしは、あんたの質問に答えつづけるのにうんざりしてるんだよ！　これはあたしの過去なんだ！　あたしの子ども時代の話で、あたしの両親なんだよ！　どれもこれも、あんたには何の関係もない。もう放っておいてほしい」

第三十二章

アンヌへ

さっきは本当に悪かった。すべて水に流してほしい。

あたしと母親の関係はこじれたままだった。たぶん、どう頑張っても駄目だったと思う。ただ、どうしてあたしを何年も放ったらかしにしたのか、その理由を話してくれてさえいれば、少しは歩み寄れただろうに。そうする以外にしかたがなかったのだと、説明してくれてさえいたら。

おそらく母親は、生きていることへの罪悪感を抱えたまま死んでいったんだろう。そして、あたしをたらい回しにさせて放っておいた自責の念も。

もし理由を話してくれていれば、あたしだって理解できただろう。でもあたしは、ひとりで答えを探さざるをえなかった。そして、答えを見つけた時には遅すぎた。母親はもういなくなっていたから。

何もかもが重要な問題ばかりだから、あたしは途方に暮れてしまうんだよ。まるで母親を裏切っているような気持ちにさせられるんだ。

お母さんへ

ミリアムは、戦争は自分だけの問題だと思ってた。

娘にその話を打ち明けるべきだとは、おそらく考えてもみなかったんだろうね。だから、わたしの調査を手伝うことを、お母さんがミリアムへの裏切りだと感じるのも無理はないと思う。ミリアムは、死んでしまったあともなお、自らの沈黙をお母さんに押しつけてる。

でもね、その沈黙がお母さんを苦しめてきたことを忘れないで。沈黙だけじゃないよ。「この話はあなたには関係ない」と、母親から蚊帳《かや》の外《そと》に置かれたことにも、お母さんは苦しめられた。わたしの調査によってお母さんがどれほど動揺しているか、よく理解できるよ。とくに、父親のヴィサント、高原での生活、ふたりのもとに現れたイヴの存在については、詳しく知りたくないだろうと思う。

でもね、この物語はわたしのものでもあるんだよ。お母さんは時折、まるでミリアムのように、お母さんの物語に関係のない人間のようにわたしを見る。お母さんは沈黙の世界に生まれた。お母さんの子どもたちがことばを欲するのは当然のことだよ。

アンヌへ

このメールを受けとったら電話をください。昨日の質問について答えるから。あたしが怒りだした件だよ。

正確に言うとね、三人組が「復活したのはいつか」ではなく――それはあたしも知らないんだ――、ミリアム、イヴ、父親の三人が「最後に会ったのはいつか」について話をするから。

第三十三章

「あれは、一九四七年十一月、諸聖人の祝日の休暇中、南仏のオートンという小さな村でのことだった。どうして幼かったのにそんなことを覚えてるのかって？　簡単さ、写真が残ってるんだよ。父親のヴィサントと一緒に撮った唯一の写真。何度も繰り返し眺めたから、細部までしっかり覚えてる。でもどこにもキャプションがないから、いつどこで撮られたものかはわからなかった。当然のことながら、母親に尋ねるわけにもいかないし……。ところがある時──確か、一九九〇年代の終わり頃だったと思う──セレストのシドワヌ家を訪れて、みんなでたわいのない話をしていた時……いとこがあたしに言ったんだ。『そういえばさ、すごくいい写真を見つけたんだよ。イヴの膝の上にあんたがのってってね。待ってて、今見せてあげる』。いとこが引き出しから取りだした写真を見て、あたしは心底驚いた。父親と一緒のあの写真と同じ場所、同じ服装、同じ髪型だったから。二枚とも同じ日に撮られたに違いない。フィルムも同じだったかもしれない。あたしは動揺を悟られないようにしながら、写真を裏返した。すると、そこにキャプションがあったんだ。『イヴとレリア、一九四七年十一月、オートンにて』ってね」

「その日って……お母さん、ショックだったんじゃない？」

「そりゃあね。父親が自殺したのはその直後、一九四七年十二月十四日だったから」

「何か関係があると思う？」

「それは誰にもわからないよ」

「お母さんのお父さんの死因、わたしはよく知らないんだ。そのあたりのことがわたしのなかではっきりしてなくて」

「パリ警視庁の資料室で見つけた、法医学者による死亡診断書を見せるよ。あんたに預けるから、自分でまとめてごらん」

第三十四章

ヴィサントは、ベンゼドリンよりよく効く、新しいタイプのアンフェタミンがあることを知った。その名はマキシトン。ボンボンとも呼ばれている。神経系を極度に興奮させる一方で、震え、めまい、目の奥の痛みといった副作用がない。ヴィサントはマキシトンを摂取すると恍惚状態に陥り、生きるのが楽になったように感じた。

アンフェタミンは生命の躍動を妨害するとされるが、あの日だけは違った。むしろ真逆だった。レリアはその終わりなき恍惚のなかで授かったのだ。ヴィサントがドラッグに魅了されるのは、まさにその意外性、予想外の結果のせいだった。生きた肉体と生きた物質による化学反応は、服用する日時、状況、分量、気温、直前に摂取した食品などによって、さまざまに異なる結果が現れる。ヴィサントはこうしたことについて、まるで化学者のように何時間でも専門的な話をすることができた。ドラッグに関してなら、化学、植物学、解剖学、心理学のいずれの分野においても造詣が深かった。もし毒物学コンクールというものが存在していたら、きっとどんなに難しい試験でもいとも簡単に合格していただろう。

ヴィサントは、自分が若くして死ぬことを予感していた。この人生というものに長くは耐えられないと思っていた。生まれた時に両親からもらったロレンツォという名前を好きになれず、ヴィサントと改名した。工場での事故によって早逝した叔父から取った名前だ。叔父は腐食性ガスを吸いこんで肺に穴が開き、内出血を起こしてもがき苦しみながら死んでいった。当時、三歳になる娘がいたという。ヴィサントはレリアの誕生日の数日前に自殺した。もうすぐ三歳になろうとしていた。

「ヴィサントは、自分の母親の自宅の真下の路上で、ドラッグの過剰摂取で倒れていたんだ。発見したのはアパルトマンの管理人だった」

「警察を呼んだのも管理人だったんだね」

「そう。そして警察はこの件を帳簿に記録した。それをあたしが見つけたんだ。横罫入りの古い帳簿で、すでに紙が黄ばんでた。ひとつの案件につき、通し番号、日付、担当部署、戸籍上の身分、概要の五項目を記入するようになっている。同じページには、ほかに盗難事件の記録がいくつか並んでいて、そのなかに父親の死亡事故が混ざってた。ほかはすべて黒インク、同じ筆跡で書かれていたのに、父親の事故だけは青インクだった。淡い色合いで、経年劣化でほとんど見えなくなっていた。でも『ピカビア・ローラン・ヴァンサン殿の死亡に関する調査』と書かれているのは読めた。奇妙だろう？　ロレンツォをローラン、ヴィサントをヴァンサンと、それぞれあえてフランス語読みに書き換えてる」

「この警官、感覚が古くさいのかも。だって『殿』ってちょっと古風じゃない？」

「『十二月十四日午前一時、寝室にて死亡』って書かれてるけど、これは誤りだ。ヴィサントは屋外で、歩道の上で死んだんだ。だからこそ警察が調査に入った。法医学研究所の記録にはそう記載されている。そっちも確認したから間違いないよ」

「どうして警察の帳簿に嘘が書かれてるの？」

「経緯はこうだ。まず、アパルトマンの管理人が路上で人が死んでいるのを発見し、警察を呼んだ。

その後、それがヴィサントだとわかって、ガブリエルを呼びに行った。ガブリエルは息子を路上に放置するのを嫌がり、すぐに部屋に運ばせてベッドに寝かせた……だから混乱が起きたんだよ。警察はいくつかの疑問を呈してる。『麻薬？　急性アルコール中毒？　有毒アルコール？　ＩＭＬに電話。フリザック法医学者』とね。そのおかげで、法医学研究所《IML》に記録があるとわかったんだ。

結局、父親の死亡に関しては、三つのことが判明した。ひとつは、自殺による死亡とみなされたこと。二つ目は、遺体はガブリエルの自宅の真下の路上で見つかったこと。そして三つ目は、一九四七年十二月と真冬の真夜中にもかかわらず、裸足にサンダルをつっかけていただけだったことだ」

第三十五章

「自分が誰の子か、疑ったことはない？」

「ないね、奇妙かもしれないけれど、一度もない。だって、あたしはヴィサント似だからね。疑う余地がないほど父親と瓜二つなんだよ。でもある日、イヴとミリアムを困らせたくてわざと尋ねてみたんだ」

「何を？」

「もちろん、自分は誰の子かってね！」

「どうして？」

「どうしてかって？　そりゃあ、母親にしゃべらせるためさ。ミリアムは本当に何も言わなかった。何も教えてくれなかった。もううんざりしてたんだよ。本当に、心の底からうんざりしてたんだ。母親の口から父親の話を聞きたかった。だから鎌をかけた。沈黙のなかから母親を引きずりだしたかった。そのためには強硬手段を取る必要があったんだ。その時は夏のバカンス中で、みんなでセレストにいた。イヴとミリアムにその話をしたのは夕方頃だった。イヴはひどく動揺していたよ。その夜は三人で激しい言い争いになった」

「イヴはヴィサントの死に責任を感じていたのかな」

「かわいそうにね、そうじゃなかったと願いたいよ、今となっては。でももしかしたら、当時はそうだったのかもしれない。いずれにしても、その翌日にあたしは荷物をまとめて、一緒に来ていたあんたの父親と一緒にパリへ戻ったんだ」

「わたしたちが生まれる前？」

「いや、生まれてた。あんたたちも一緒だったよ。それから三日後、母親から手紙をもらったんだ」

「お母さんが望んでたものだった？」

「うん。当時、あたしは父親について何も知らなかった。戦時中のミリアムのことも知らなかった。何も話してくれなかったから。あたしは、日にち、場所、ことば、名前が欲しかった。あたしが思いきって尋ねたことで、ミリアムは情報を与えざるをえなくなったんだ」

「その手紙、見せてもらえる？」

「いいよ。書類入れにあるから取ってくる」

第三十六章

木曜、十六時

レリアとピエールへ

自分は誰の子かというレリアの質問、まさかあんな時間帯にされるとは思わなかったので、イヴとわたしは大変戸惑いました。もし別の機会だったら、もっと穏やかに話ができたでしょう。イヴはとても感受性の強い人です（そのせいでかなりつらい思いをしています）。あんなふうにいきなり問題を突きつけられることには耐えられないのです。それはともかく、あなたの質問の重要な部分については喜んで答えましょう。

一九四三年六月、ユースホステルのペアレントだったフランソワ・モレナスの友人、ジャン・シドワヌから、高原にあるわたしたちの家の裏手の納屋にいとこを泊めてほしいと頼まれました。こうして、イヴはわたしたちと暮らしはじめたのです。

わたしたちが一緒に暮らしていたのは一九四三年です。スターリングラード攻防戦で、ソ連軍にかすかな希望が芽生えた一方、ナチス軍がどんどん攻撃的になっていった時期です。牧歌的な高原においても、いつ誰に密告されるかわからない危険な状況でした。そこでヴィサントとわたしは、高原を発ってパリのヴォージラール通りへ戻ることにしたのです（アパルトマンは偽名で借りていました）。

身分証明書はジャン・シドワヌに偽造してもらいました。レリア、あなたを身ごもったのは一九四四年三月のパリです。高原にいた一九四三年ではありません。

一九四四年四月一日以降、ヴィサントとわたしはパリでレジスタンス組織に参加しました。わたしはそこで暗号係、つまり、情報を暗号化したり暗号を解読したりしていました。Ｐ２エージェント、登録番号５９４３、専従メンバーで、身分は戦闘員。《カルヴァリオの修道女《フィーユ・デュ・カルヴェール》》の一員で、コードネームはモニーク。ヴィサントもやはりＰ２エージェントで、登録番号６４２７、身分は少尉で、役職は暗号化センター長。《ピアニスト》の一員で、コードネームはリシュリュー。わたしたちはふたりとも一九四四年九月三十日に動員解除されて、そのおよそ二カ月後にあなたが生まれました。

ひとつ、言っておきたいことがあります。ヴィサントもわたしも、日常的に路上で銃撃されたり、メトロで検挙されたり、組織メンバーとしてゲシュタポに逮捕されたりする危険にさらされていましたが、もし一九四四年の三月の時点で戦況が連合軍に有利でなかったら、子どもを作ったり産んだりする決意はしなかったでしょう。その後、一九四四年六月に連合軍がノルマンディーに上陸し、パリは解放されてお腹の子の命も救われました。こうして一九四四年十二月二十一日木曜日、ヴィサントは本物の身分証明書を持って、パリ六区の区役所に出生届を提出しに行ったのです。

「お母さんが生まれたあとはどうなったの？」

「区役所に出生届を出しに行ったあと、父親はそのまま三日間行方不明になったんだ。ヴォージラール通りのアパルトマンに戻らずに、どこかに蒸発してしまった」

「どこに行ったか、誰もわからなかったの？」

「そう、誰もわからなかった。きっとひどいありさまだったんだと思うよ。あたしの出生届には適当なことばかり書いてあったからね。誕生日も、出生地も、みんな嘘ばかり。すべていい加減なことをでっち上げていた」

「ドラッグでハイになってたのかな」

「たぶんね……あるいは、レジスタンス運動中に偽造ばかりしてた習慣がつい出てしまったのか……。よくわからないけど、いずれにしても、おかげであたしは大変な目に遭ったんだ。公務員になった時に大問題になってね、六区区役所で裁判所にまで出頭させられた。ちなみにシャルル・パスクワが内相だった時代は、《生粋のフランス人》でないと公務員にはなれなかったんだ。あたしはそうじゃなかったからね。そしてサルコジが内相だった時代に、身分証明書、パスポート、運転免許証をすべて盗まれて再発行せざるをえなくなった。ここでもまた大問題になってね。役所の担当者から、フランス人であることを証明しろと言われたんだ。『身分を証明する書類をすべて盗まれてしまったのに、どうやって証明するんですか？』と尋ねると、両親がフランス人であることを証明しろと言う。でも母親は外国生まれだし、父親の名前はスペイン語の綴りだし、あたしの出生届は間違いだらけだしで、完全に疑われてしまったんだよ。その時、〈ああ、もう、またか！〉と心のなかで悪態をついたわ」

「ねえ、お母さん、ヴィサントが亡くなったあと、お母さんはどうなったの？」

「セレストへ連れていかれた。イヴの故郷にね」

第三十七章

ミリアムはドイツで二年過ごしたのち、フランスに帰国してセレストで暮らしはじめた。イヴは、ヴィサントの代わりにミリアムのかたわらで眠るようになり、教員試験を受けるようミリアムを励ました。ミリアムが勉強に集中できるよう、イヴはレリアをアンリエット・アヴォンの家に預けた。第一次世界大戦で未亡人になった女性で、シドワヌ家のすぐ近くに住んでいる。イヴはミリアムに寄り添い、励まし、支えつづけた。誰からどう言われようが、ミリアムを守りつづけた。

当初、アンリエットはレリアを預かるのをためらった。子どもは予想以上にお金がかかり、結局は損をするとわかっていたからだ。シーツや肌着の洗濯回数はおとなより多いし、食器を割ったり戸棚からパンをくすねたりする子も少なくない。だが、褐色の髪のレリアに会って、すぐに情が湧いた。母親にべったりな子どもだったが、まるで主人に疎まれているのを知っている子犬のように見えた。アンリエットは貧しかった。極貧といってよかった。そして同居人たちは彼女よりさらに貧しかった。同居人には、レリアのほかにジャンヌがいた。高齢の女性で百歳を越えるといわれていたが、本当は何歳なのか誰も知らなかった。硬い皮膚に覆われた小さなそのからだは、どこかロブスターに似ていた。目は見えないが、指先がとても器用だった。部屋の隅に座らせて、グリンピースやレンズ豆をたっぷりのせた布巾を膝の上にのせてやれば、ジャンヌにはそれで十分だった。器用に手先を動かしながら、さやを取ったり、殻をはずしたり、選り分けたり、皮を剝いたりする。まるで指先に目がついているようだった。だが、レリアはジャンヌを怖がった。ジャンヌはきつい小便の匂いがするので、姿を見るたびにレリアは慌てて逃げだした。

ジャンヌはからだを洗わなかった。その一方で、アンリエットは躍起になってレリアの全身を清潔に保った。洗髪の時は、流しの前に置いた小さな腰かけにレリアを座らせて、首のまわりにタオルを巻いて仰向かせ、目の上にバスグローブをのせる。それから、乳白色のシャンプー〈DOP〉の使いきりパックを開封し、頭の上にすべて出す。シャンプーは高価だったが、アンリエットは決して物惜しみしなかった。洗い終えたら、水差しで少しずつぬるま湯を流してすすぐ。水滴が耳の脇を通って首筋を流れると、レリアは冷たさにからだを震わせた。

レリアはセレストの小学校で、読み書きや計算を習った。同じ年頃の子たちよりもの覚えがよかった。そこで校長はアンリエットに対し、レリアに高等教育を受けさせるよう両親に伝えてほしいと言った。アンリエットは、レリアはいずれ月へ行くと言われたかのように喜んだ。

セレストはレリアにとって故郷の村になった。ミリアムにとってのラトビアのリガのようなものだった。レリアは、すべての村人たちの顔と名前、生活習慣、性格を記憶した。村のどこに何があるか、石ころひとつに至るまで把握した。子どもはラ・クロワ道路の外側へ行ってはいけないことも理解した。ガルデットの丘へ行くには、どの道を通ればよいかも覚えた。丘の上に建っている給水塔は気まぐれな巨人で、村人たちに何日も水を供給してくれないことが時折あった。

アンリエットの家は、ブールガード通りから大通りへ抜ける急な下り坂の、角から二番目の建物だった。あまりに傾斜が激しいので、レリアはその坂を下る時に必ず駆け足になった。アンリエットの家の隣の、大通りとの角の家には、ルイとロベールというふたりのいたずらっ子が住んでいた。ふたりはレリアを壁に押しつけて身動きできなくさせ、それから一目散に逃げだすという悪ふざけをした。日に焼けて浅黒くなったレリアは、地元の子どもたちと見分けがつかなくなった。レリアが一年で一番楽しみなのは、謝肉祭の最終日のマルディ・グラの祭りだった。その日は、ほかの子たちと一緒に〈カラック〉――プロヴァンス語でロマやボヘミアンを意味する――の仮装をする。子どもたちは焦がしたコルク栓で顔を黒く塗り、古着をまとって野ネズミの格好をして、村の広場に集合する。みんなでサラダボウルを手にして村を行進し、家から家へと渡り歩いて卵や小麦粉を要求するのだ。夜になると、〈カラマントラン〉と呼ばれるカラフルで巨大なかかしをのせた荷車を曳きながら、みんなで村を練り歩く。広場に到着すると、かかしは裁きを受けて火あぶりにされる。幼い子どもたちが、奇声をあげながら燃えるかかしに石を投げる。生け贄になったかかしの前で子どもたちは誰もが楽しんだ。

「かつては若者たちが、四旬節の終わりに〈ブッフェ〉の踊りをしたもんだよ。まあ、昔の話だけどね」セレストで生まれ育ったおとなたちはそう言い合った。

宗教儀式の行列では、司祭のすぐ後ろを教区旗を掲げた者たちが歩き、聖歌隊の少年たち、そして白い服を着た少女たちがあとにつづく。少女たちは、白、ピンク、ライトブルーなどの長いリボンがついたカゴを首から下げている。カゴのなかにはたくさんの花が入っていた。

レリアが初めてその行列に参加した時、それを見た村の女性たちが陰口を言っているのをアンリエットは耳にした。

「あの子はユダヤ人なんだから、カトリックの行列に入っては駄目なのに」

アンリエットは憤った。まるで自分の娘であるかのように、レリアをかばって彼女たちを怒鳴った。それ以来、女性たちは大っぴらにレリアを悪く言うのを控えるようになった。

だがこの日のことは、アンリエットの心にずっと引っかかっていた。そして、洗礼を受けた子たちのなかにレリアが交ざっていることを、もしかしたら神さまはよく思わないかもしれないと考えた。

レリアは、教会の聖母マリア像に魅了された。うつろな目をした美しい顔、祈りを捧げるために合わされた手、たっぷりとひだの入った青いローブ、腰に巻いた白いひも。マリア像の目の前にやってきた人たちはみな、うやうやしくお辞儀をしながら手で十字を切った。レリアもその真似をして、胸の前で十字を切るしぐさをした。すると、アンリエットに言われた。

「あんたはやっちゃ駄目」

レリアはその理由を尋ねなかった。

ある日、レリアは誰かに石を投げられた。あやうく目に当たるところだった。

「ユダ公」校庭のどこかから声が聞こえた。

自分のことだとはわかったが、そのことばが何を意味するかはわからなかった。家に帰ってからも、アンリエットにはそのことを話さなかった。誰かに打ち明けたい。でも、誰に言おう？　いったい誰なら、生まれて初めて聞いたこのことばの意味を教えてくれるだろう？　誰も思いつかなかった。

第三十八章

つまりわたしの母は、一九五〇年のその日、小学校の校庭で、自分がユダヤ人であると知ったのだ。そう、こんなふうに突然、何の前置きもなく知らされたのだ。それはミリアムが、レリアと同じ歳の時にポーランド人の少年たちから石を投げられたのとよく似ていた。ミリアムの母親の実家があったウッチを初めて訪れた時のことだ。

一九二五年は、一九五〇年から見るとそれほど遠い過去ではない。

セレストの子どもたちにとっては、一九二五年のウッチ、二〇一九年のパリの子どもたちと同様に、ちょっとしたいたずらにすぎなかったのだろう。休み時間の校庭で発せられた、ありきたりな悪口のひとつ。だがミリアム、レリア、そしてクララにとっても、それは不可解なことばだった。

レリアは母になってから、娘のわたしたちの前で一度も「ユダヤ人」ということばを口にしなかった。だが母は、意図的に話さなかったのでも、考えた末に話さないと決めたのでもなかった。ただ単に、どうしたらいいかわからなかったのだ。どこからどう話したらいいか、どうやって説明したらいいか、正解が見つからなかったのだ。

わたしたち姉妹もまた、同じように突然そのことばを知るはめになった。家の壁にスプレーでハーケンクロイツを落書きされた時だ。

一九八五年は、一九五〇年から見るとそれほど遠い未来ではない。

そしてわたしはついさっき気づいた。母と祖母が罵倒されて石を投げられた時と、わたしがスプレーで書かれたハーケンクロイツを見た時は、同じ年齢だったと。さらに娘のクララが校庭で『うちの家族はユダヤ人を好きじゃない』と言われた時も、わたしたちと同じ年齢だった。

何かが繰り返されていることは確かだった。

しかし、だからといってどうすればいいというのか？ 今無理やり結論を出しても、中途半端なものになりかねない。そしてわたしは、すぐに結論を出せるとも思わなかった。

わたしたちのこれらの経験から、何かを読みとらなくてはならない。だがいったい何を？ そのためには、これらの経験について証言しなくては。いつまで経っても不可解なこのことばについて問いつづけなくては。

「ユダヤ人とは何か？」

もしかしたら、その答えはすでにこの問いに含まれているのかもしれない。

「ユダヤ人とは、『ユダヤ人とは何か』と自問する者だ」

ジョルジュからもらったナタリー・ザジュの本『生き残った者たちの子どもたち』を読んだあと、あのペサハの夜に、わたしはデボラにどう言うべきだったかを理解した。その答えはあの数週間後に自然に現れた。デボラ、『本当のユダヤ人』や『本当じゃないユダヤ人』ということばが何を意味するのか、わたしにはわからない。わたしがあなたに言えるのは、自分は生き残った者の子どもだということだけ。つまり、セデルの作法は知らないけれど、ガス室で死んだ家族がいる人間。母と同じ悪夢を見ながら、生きている人たちのなかに自分の居場所を探している人間。自らのからだが、どこにも埋葬されなかった人たちの墓場となった人間。デボラ、あなたはわたしに『都合のよい時だけユダヤ人になる』と言った。でも生まれたばかりの娘を産院で初めてこの腕に抱いた時、わたしは何を思ったと思う？　わたしの脳裏に最初に浮かんだのはどんなイメージだったと思う？　それは、赤ん坊に母乳を与えていた時に、ガス室に入れられた母親たちの姿だった。そう、アウシュヴィッツのことを毎日考えずに済めば、どれだけ〝都合がよかった〟ことか。物事がこんなふうでなければ、どれだけ都合がよかったか。役所を怖がらずに済めば、どれだけ都合がよかったか。ガスを使うのを恐れたり、書類をなくすのを恐れたり、狭い場所を恐れたり、犬に咬みつかれるのを恐れたり、国境を越えるのを恐れたり、飛行機に乗るのを恐れたり、人ごみを恐れたり、男性が性的に興奮するのを恐れたり、男性が数人でつるんでいるのを恐れたり、子どもがどこかへ連れ去られるのではないかと恐れたり、他人の言いなりになる人間を恐れたり、制服を恐れたり、遅刻するのを恐れたり、警察に捕まるのを恐れたり、身分証明書を再発行せざるをえなくなるのを恐れたり、自分がユダヤ人だと告げるのを恐れたりせずに済めば、どれだけ都合がよかったことか。いつだってそう。わたしには〝都合のよい時〟なんてない。わたしの細胞には、ひどく危険な目に遭った記憶が刻みこまれている。時折、自分自身が本当にそういう経験をしたか、あるいはこれから経験するのではないかと思われるほどに、はっきりと。わたしにとって、死はいつも身近にある。何かに取り憑かれているのではないかと思うことがある。自分はこの世から消えるべきなのではと思うことがある。歴史書を読んでいると、誰も教えてくれなかったことが書かれていないかと探してしまう。常にたくさんの本を読みたがる。常に知りたいと渇望する。自分を異国人のように感じることがある。ほかの人たちには見えない障がい物が見える。神話のように伝えられているあの大量虐殺を、自分の家族とうまく結びつけることができずにいる。こうしたあらゆる困難が、わたし自身を作りあげている。これがわたしという人間だ。ほぼ四十年間ずっと、わたしは自分の姿の輪郭を描こうとしながら、どうしても描けずにいた。でも今、一枚の紙の上に散らばっている星屑のすべての点をつないで、どうにか自分らしいシルエットを形づくることができている。わたしは、生き残った者たちの娘であり孫だ。

第三十九章

母がわたしに一通の封筒を差しだした。レ・フォルジュ村役場から送られてきたものだ。なかには母宛ての手紙が入っていた。

「読んでいいの?」わたしは尋ねた。

「いいよ、読みな」母が即答する。

白くて大きな厚手の紙に、丁寧に書かれた美しい文字が綴られていた。

拝啓
あなたがレ・フォルジュ村役場にいらっしゃったあと、例の資料をもう一度捜してみました。わたしの母が覚えていた、『レ・フォルジュの死者の記念碑に、アウシュヴィッツに送られたラビノヴィッチ家の四人の名前を刻んでほしい』と要請する手紙です。
でもやっぱり、村役場の資料室にはありませんでした。
その代わり、ある封筒を見つけました。もしかしたらご興味を抱かれるかもしれません。役場宛てに送られたもので、紙製フォルダに入れられているのを見つけました。開封されていなかったので、そのまま同封してお送りします。

敬具

ジョジアンヌ

母のデスクの上に、未開封の封筒が置かれていた。『ノエミのノート』と表書きがされている。それが何かはすぐにわかった。一九四二年からずっとそのままなのだ。

「アンヌ、怖くてあたしには開けられない」

「わたしが開けていいの？」

母は頷いた。わたしは大きく深呼吸をしてから、震える手で封筒を開封した。室内に電気のような何かが走ったのを、母もわたしも確かに感じた。なかには二冊のノートが入っていた。どちらにも、ノエミの筆跡でびっしりと文章が綴られている。一行の隙間もなく、すべてのページが真っ黒に埋め尽くされていた。わたしは一冊目のノートを開いた。ページの冒頭に日付が記され、アンダーラインが引かれている。

わたしは母のために声に出して読みはじめた。

一九三九年九月四日

今日はお母さんの誕生日。二十五年前、そう、あの「前の戦争」の時はヴィテック伯父さんの誕生日でもあった。わたしたちは今、レ・フォルジュに住んでいる。かつては別荘だったけど、今はずっとこの家で暮らしている。戦争について実感するのに二日かかった。外に出て、澄んだ空、木々、緑を眺めている限り、戦争の影はどこにも見えない。ところが、人々の穏やかな生活にはすでに不気味な影が落ちつつある。だけど、気分は悪くない。これからも頑張っていかないと。わたしたちにとって、この変化は活気をもたらしてさえいる。皮肉だけど、これが現実。生活は基本的には変わらないし、いつものように暮らしてる。でもまわりはずいぶんと変わった。社会生活が変調をきたしはじめてる。慣れるまでに時間がかかるだろう。どうにかして順応しないと。大切なのは、この目まぐるしい変化に耐え、元気に頑張ることだ。今日はロンドンで二時間にわたって爆撃があった。一隻の客船が転覆させられた。文明社会における野蛮な時代。パリの方角に不気味な明かりや閃光が見える。わたしたちは同じ思いを抱きながら、外に出てそれを眺める。戦争が行なわれているという事実に慣れつつある。夜は悪夢にうなされる。目が覚めた時に最初に思うのはいつも、ああ今は戦時中なんだな、ということ。戦地では男たちが死に、路上では女や子どもたちが爆撃に倒れる。

五日

五時、ルマンを待つ。まったく何の知らせもない。もしかしたら、やっぱり。伯爵夫人からの手紙もない。ヒトラーは頭がおかしい。在独イギリス大使のネヴィル・ヘンダーソンに対して、ドイツとイギリスの間でヨーロッパを《公平》に分けることを提案したんだとか。それでも本人はかなり譲歩したつもりらしい。イギリスはドイツを爆撃している（？）。ビラを撒きちらしている。音楽家たち、ドレミファソ、ミリアムのトロンボーン。ピョートル一世の本を読む。もしかしたら、もうすぐロシアに行けるかもしれない。親戚全員にようやく会えるかも。そうすれば、あとに続く人たちのために道筋を作れるだろう。フランス革命百五十周年に、民衆の解放戦争が行なわれている。どうかあまり長く続きませんように。最近わかってきたことは、この戦争が終わるまでは、わたしたち、そしてほかの人たち（ミリアムや悲観主義者たち）に対して戦争がどういう結果をもたらすか、考えてはいけないらしいということ。

六日

快晴。編み物。手紙。たぶんクローゼット。五時にルマン。

九日

特筆に値しない日だってたまにはある。今日はよくない日だ。朝はポーランドについて話をした。そんなことを言っても無駄だと誰もがわかっていながら、自分を納得させるために無意味な理屈をこねまわしている。ダン夫妻がパリにやってきた。来週中にはここにも来るらしい。哲学の大学受験資格の有用性や、レ・フォルジュでの生活について淡々と議論している間も、人々は命を落としている。ウッチの親戚はみんな生きているのだろうか？　ひどい悪夢だ。そう、今日は本当によくない一日だった。

ウッチの家族の話が挙がったところで、母がわたしに読むのをやめさせた。これ以上聞くのはつらすぎるようだ。動揺し、ショックを受けている。

「この日記、どこまで続いてる？」母がわたしに尋ねた。

わたしは二冊目のノートを開いた。やはり文字で真っ黒に埋め尽くされている。だが、こちらは日記ではないらしいとすぐにわかった。

「お母さん、これ……」

わたしはそう言いながら、書かれている文章に視線を走らせた。

「小説の冒頭部分だ……」

「読んで」母が言った。

わたしはページをめくった。メモ書き、章ごとの構成、草稿なども書かれている。すべてがごちゃまぜで無秩序だった。迷ったり、模索したり、浮かんだアイデアを書きとめて寝かせておいたり、ふと思いついた文章を走り書きしたりしている。作家としてのノエミの試行錯誤が見てとれた。さらに読み進めていって、わたしはある一点に目が釘づけになった。まさかそんなことって……信じられない。ノートを閉じたあとも、ことばが出てこない。

「どうした？」母がわたしに尋ねる。

わたしは答えられなかった。

「お母さん、この封筒を開けたことはないよね？　本当にないんだよね？」

「ないよ。どうして？」

なんて言ったらいいかわからない。頭がぐるぐると回転している。わたしは小説の冒頭を読み上げた。

九月の終わりの今朝、エヴルーは霧に包まれていた。冬の訪れを告げる冷たい霧。だが、今日はよい天気になるだろう。空気が澄んでいて、空には雲ひとつない。

アンヌは街を散策しながら時間を過ごした。友だちとおしゃべりをするために、女子中学校の校門が開くのを待つことにする。コレージュへ向かう途中、兵舎と、イギリス人将校たちが宿泊しているノルマンディーホテルの前を通りすぎた。

アンヌは音楽ノートを脇に置いて、トマト、キャベツ、洋ナシが並ぶ店先を眺めた。その反対の通り沿いには、屋根の低い小さな家が連なり、道をふさぐようにして五足の黒い靴が干されている。

「どうやら」アンヌはまわりに耳を澄ましながら言った。「イギリス軍の最初の隊列が明日到着するみたい。グラン・セルフホテルには、すでに小規模な参謀本部が設けられている。すごくあかぬけた人たちだよ」


ノエミの小説の主人公はアンヌという名前だった。

第四十章

パリのリヨン駅でジョルジュと待ち合わせをした。日差し溢れるリゾート地の気配が漂う、南仏行き列車の始発駅だ。途中で、薬局に寄って妊娠検査薬を購入する。ジョルジュにはまだ何も言っていない。列車のなかで、ジョルジュは週末の計画を説明してくれた。スケジュールは盛りだくさんだ。アヴィニョン駅に到着したら、予約しておいたレンタカーに乗りこむ。ボニュー村のホテルに直行して荷物を置いたら、すぐに小さな教会へ向かう。美術史専攻の女子学生が、教会内に展示されているルイーズ・ブルジョワの作品を解説してくれるという。

わたしの四十歳の誕生日をボニューで祝うとジョルジュが決めたのは、この村にルイーズ・ブルジョワ教会があるからだった。教会を見学したあとは、高台にある眺めのよいレストランでランチを摂る。デザート代わりにブドウ畑を散策して、ワインのテイスティングをする。

「そのあと、サプライズがある」

「サプライズは好きじゃないんだけど。怖いんだよね、サプライズ」

「わかった。キャンドルを立てたケーキが出てくる。ブドウ畑でワインのテイスティングをしている最中にね」

週末のバースデー旅行はこうして順調にスタートした。ジョルジュと一緒にいるのは楽しかった。

南仏行きの列車に一緒に乗れるのが嬉しかった。きっと妊娠しているだろう。からだにその予兆を感じる。だが検査はパリへ戻る時、帰りの列車のトイレでするつもりだ。もし検査結果が陽性なら、次の日曜の夜にお祝いができる。もし陽性でなくても、このバースデー旅行を台なしにせずに済む。駅に着くと、レンタカーが待っていた。ジョルジュが運転席に座り、わたしは景色を眺めるためにサングラスをかけた。さあ、ボニューへ向けて出発だ。目の前のことだけを考えて過ごすのは、ずいぶんと久しぶりだった。隣にいるこの人とずっと一緒にいたいと思い、自分たちがどういう親になるかを想像した。だが、わたしはそこで空想を中断した。ジョルジュに車を停めてもらって、引き返してくれるよう頼む。今通りすぎたばかりの、アプト道路沿いのフルーツコンフィの工場をもう一度見たかったのだ。オークル色のファサードと古代ローマ風の回廊に見覚えがあった。

「ジョルジュ、わたし、ここに何十回も来たことがある」

そのあとは、見覚えのある風景が続いた。アプト、カヴァイヨン、リル＝シュル＝ラ＝ソルグ、ルシヨン……こうした村々がいきなり過去から蘇った。子供の頃、祖母の家でバカンスを過ごした時に見聞きした名前ばかりだ。ボニューのこともようやく思いだした。ジョルジュがホテルを予約してくれたこの村も、かつてミリアムと一緒に訪れていた。

「そうだよ、わたし、ボニューならよく知ってた！　祖母の女友だちが住んでいて、その孫息子がわたしと同じ歳だった」

突然、すべてを思いだした。孫息子の名前はマチューだ。家にプールがあって、泳ぎが上手だった。わたしは金づちだったけど。

「アームリングという浮き輪を腕につけなくちゃいけないのが恥ずかしくて……。そのあと、両親に泳ぎを教えてほしいと頼んだんだよ」

窓の外に顔を向けて、一つひとつの家屋や商店を食い入るように眺めた。老人の容姿のなかに、若かりし頃の面影を探そうとするかのように。何もかもが不思議な感じがした。スマートフォンを取りだし、このエリアの地図を検索する。

「何を見てるの？」ジョルジュが尋ねる。

「ここから祖母が住んでた村まで三十キロだって。セレストっていう村なんだけど」

ミリアムがレリアを里子に出した村。戦後、ミリアムがイヴ・ブーヴリと結婚して住みはじめた村。そして、わたしが幼い頃にバカンスを過ごした村。

「祖母が亡くなってから一度も行ってない。もう二十五年になる」

ホテルに到着した時、わたしはジョルジュにほほ笑みかけた。

「ねえ、わたしが今したいことを言っていい？　あなたと一緒にセレストを散策したい。祖母が住んでた山小屋を見つけたい」

ジョルジュは声を上げて笑った。今日という日を特別なものにしたいと思って、長い時間をかけて計画を立てたのに、すべてが無駄になったのだ。それでもジョルジュは、快くわたしのわがままを受け入れてくれた。わたしはバッグを探って、常に持ち歩いている手帳を取りだした。

「それは何？」ジョルジュが尋ねる。

「調査のために、どんなに小さなことでもここに書き留めてあるの。ミリアムのことを知っている村人たちの名前も書いてある。もしかしたら会えるかも……」

「行こう！」ジョルジュが弾んだ声で言った。

わたしたちは再び車に乗りこむと、セレストへ向かって走った。ジョルジュは、ミリアムはどういう人間で、どういう人生を歩んできて、わたしにどういう思い出があるかを教えてほしいと言った。

第四十一章

「かなり長い間……十一歳くらいまでだったかな、わたし、自分の祖先はプロヴァンス出身だと思ってたんだよね」

「まさか」ジョルジュは笑った。

「本当だってば。ミリアムはフランス生まれかと思ってた。セレストはローマ街道のひとつのドミティア街道が通る村で、わたしたちはバカンスごとに訪れてた。イヴは血のつながってる祖父だと思ってたし」

「ヴィサントの存在は知らなかったの？」

「知らなかった。なんていうか、すべてがあいまいだったの。母親は確かに『イヴはあんたのお祖父さんだよ』とは言わなかったけど、祖父じゃないとも言わなかった。そういえば、子どもの頃でよく覚えてることがある。両親はどこの出身かと、誰かに尋ねられたんだよね。わたしは『お父さんはブルターニュ地方で、お母さんはプロヴァンス地方』と答えた。自分は半分ブルターニュ人で半分プロヴァンス人だと、頭からそう思いこんでた。祖母はこれに矛盾することを言わなかったしね。一度だって『昔ロシアでは』、『ポーランドでバカンスを過ごした時は』、『ラトビアにいた子どもの頃は』、『パレスチナの祖父母の家では』などと口にしなかった。祖母がそういう土地で過ごしてきたなんてまったく知らなかった」

ミリアムは、わたしたちにいろいろなことを教えてくれた。ピストゥースープを作るためにエンドウ豆のさやを剝いたり、一本の長いリボンでラベンダースティックを編んだり、夜用のハーブティーのためにリンデンフラワーを布の上で乾燥させたり、砕いたサクランボの種を蒸留酒に漬けてラタフィアを仕込んだり、ズッキーニの花をフリッターにしたり……そうしたプロヴァンス地方ならではの習慣を、わたしは先祖から代々伝えられたやり方だと思いこんだ。さらにミリアムは、夏の暑さを乗りきるには、よろい戸を半開きにして部屋を涼しく保つよう、そして数時間働いたら必ず昼寝をするよう助言した。わたしはそれも、先祖から言い伝えられた知恵だと思いこんだ。そして今、自分にこの土地の血が流れていないと知ってからも、この地方の道の尖った石、厳しい暑さに愛着を抱きつづけている。

ミリアムは、風に吹かれて世界のあちこちへ飛ばされた種子だ。ようやくひっそりとした小さな村に根を下ろした。そしてそのまま時間が止まったかのように、命が尽きるまでその場にとどまりつづけた。

ミリアムは初めてひとつの土地に根を張った。人里離れたその丘は、石だらけの土壌で暑さが厳しく、もしかしたらどことなくミグダルに似ていたかもしれない。幼少の頃に暮らした、祖父が買ったパレスチナの土地。そこにいた時だけは、何者からも追われずに過ごせた。

わたしが祖母のミリアムと会った場所は、いつも南仏だった。アプトからアヴィニョンに至るエリアに点在する、リュベロンの丘の上の村々で、自分のセカンドネームの由来となった女性と共に時を過ごした。

ミリアムは、他人と一定の距離を置こうとする人だった。誰かが自分に近づきすぎるのを好まなかった。時折、困惑したような目でこちらを見ていたのを覚えている。今ならはっきりわかる。あれは、わたしたちの顔のせいだったのだ。わたしたちの笑い方や話し方が、ミリアムがかつて知っていた人たちとよく似ていると気づいた時に、つらい思いを強いられていたはずだった。

ミリアムは時々、まるで赤の他人のホストファミリーと一緒にいるかのように、わたしたちと接することがあった。

食事を共にする時など、わたしたちと一緒にいて楽しそうにしている一方で、どこかで本当の家族に会えるのを待っているようにも見えた。

わたしにとって、ラビノヴィッチ家の娘のミローチカと、ヴォークリューズの山々とリュベロン山脈の間にある村で夏を一緒に過ごした祖母のミリアム・ブーヴリが、同一人物だと実感するのは難しかった。

ミリアムが持つすべての側面を、ひとつに結びつけるのは容易ではない。彼女が生きたあらゆる時代を、ひとつにまとめるのは簡単ではない。この家族は、まるで大きすぎる花束のように、わたしひとりの両手では抱えきれないのだ。

「子どもの頃に泊まった山小屋を見にいってみたい。村の裏手の丘を越えると行けるはず」

「よし、行こう」ジョルジュが言った。

丘を越え、道の突端に辿り着いた時、ミリアムの姿を思いだした。日に焼けて黒ずみ、古いなめし革のようになった肌。日照り続きにもかかわらず、みずみずしい果実がたわわになった、石ころだらけの土地を歩いている姿。

「ここだよ」わたしはジョルジュに言った。「ほら、あの小屋。戦後、ミリアムはイヴと一緒にあそこで暮らしてた」

「〈首吊り人の家〉もこんな感じだったんじゃない？」

「うん、そうだと思う。わたしも夏になるとここでミリアムと一緒に過ごした」

レンガと瓦とコンクリートでできた建物だった。風呂もトイレもなく、夏用のキッチンは屋外にあった。わたしたちは毎年七月初めになるとここに来て、何もせずにのんびり過ごした。太陽の光を浴びただけで、人間も動物も塩の彫像になってしまうほどの暑さだった。ミリアムは、ラトビアにあった父親のダーチャや、パレスチナにあった祖父母の農園と似たような暮らしを、この土地で再現していた。当時、わたしの父母は長い髪をしていた。わたしたちはプラスティック製の黄色いたらいでからだを洗った。トイレは森のなかで済ませた。苔に覆われた岩の陰にしゃがみこんで用を足した。落ち葉の間を川のように流れる温かいおしっこに、虫たちが驚いたり、まるで火山の溶岩のようにアリやカメムシたちが呑みこまれていくのを、わくわくしながら眺めた。

わたしは長い間、子どもは誰でも夏のバカンスは家族みんなで山小屋で過ごし、マットレスの上で昼寝をしたり、森のなかで用を足したりするものだと思っていた。

ジャム、ハチミツ、フルーツのシロップ漬けの作り方、マルメロ、アプリコット、サクランボなどの果樹や菜園の手入れ方法も、ミリアムから教わった。一カ月に一度、蒸留酒を作るために、余ったフルーツを収穫しに業者がやってきた。一緒に押し花を作ったり、劇を演じたり、カードゲームをしたりした。葉っぱを指で左右に引っぱりながら唇に当てて、トランペットのような音を出すコツも教わった。よい音を出すには大きくて丈夫な葉を選ばなくてはならないのだ。キャンドルの作り方も教わった。オレンジの皮のなかにオリーブオイルを入れて、芯の代わりに植物の茎を立てる。グリル焼きのためのソーセージ、骨つき肉、ファルシにするためのトマト、首を落としたヒバリ肉などを買いに、一緒に村まで下りることもあった。太陽が照りつけるなか、歩いて森を抜ける。コルクガシの葉が銀色に輝いていた。わたしたち幼い子どもは、裸足で森の小道を歩いた。石ころだらけだったけれど、すり傷ひとつ作らなかった。足が痛くならない歩き方を知っていた。貝殻やサメの歯の形をした化石を見つけることもあった。出会った者を石に変えてしまう恐ろしい敵との戦い方を知っているように、暑さと戦って勝利する方法を知っていた。日が暮れてようやく涼しくなると、今日も暑さに打ち勝てたと誇らしい気持ちになった。濡らしたバスグローブをのせたように、そよ風が額を撫でて熱を冷ましてくれる。夜になるとミリアムは、丘に棲みついているキツネにエサをやりに連れていってくれた。

「キツネはやさしいんだよ」ミリアムは言った。

キツネもミツバチもミリアムの友だちだった。わたしたちは、祖母は動物や虫と秘密の会話ができると思いこんでいた。

夏のバカンスはいつもあっという間に過ぎた。まるでひと晩の夢のようだった。叔父と叔母、そしていとこたちも一緒だった。ミリアムは毎年、イヴとの間にできた子どもたち、ジャックとニコルも呼び寄せていた。

ニコルは農学技師だった。

ジャックは山岳ガイドで詩人だった。歴史の教師として長年働いてもいた。

ふたりとも、十代に非常につらい出来事を経験していた。ジャックは十七歳、ニコルは十九歳の時だ。誰もそこに関連性を見ようとはしなかった。話題にさえしなかった。それに、彼らの家族に精神分析を信じる者はいなかった。

大好きだったジャック叔父さんは、わたしにノノとあだ名をつけた。そう呼ばれるのが嬉しかった。人気アニメに出てくる小型ロボットと同じ名前だったからだ。

ミリアムは少しずつ記憶を失っていった。奇妙なことをするようになった。ある朝早く、寝ているわたしを起こしにきた。心配し、動揺しているようだった。

「荷物をまとめなさい。ここを出ないと」彼女は言った。

それから、靴ひものことでわたしを叱った。ひもが結んであったから叱られたのか、逆にほどけていたから叱られたのか、もう覚えていない。だが、ひどく怒っていたのは確かだ。わたしは言われるがままにあとをついていったが、ミリアムはまたベッドに入って寝てしまった。

しばらくするとミリアムは、丘の上から自分に話しかける声が聞こえはじめた。他人の顔、ものの置き場所、過去の出来事を思いだせないことが増えた。記憶が遠ざかり、薄れていくのに並行して、話したり書いたりするのもおぼつかなくなった。それでもミリアムは書きつづけた。いつも何かを書いていた。そして書いた紙のほとんどを捨てたり燃やしたりした。デスクの上に、捨て忘れたらしい紙を数枚見つけたことがある。

困難な時期に差しかかり、わたしは奇妙な不安感にさいなまれている。

自然や植物に執着するあまり、まわりの一部の人たちの存在を非常に不快に感じてしまう。

わたしはばっさりと相手を切る。そこには気持ちのすれ違いがあるようだ。

プラタナスと菩提樹のそばに座る。この場所がどんどん居心地よくなっている。眠りには落ちずに、夢を見る。徐々に自分の脳が、たくさんの馬鹿げたことに無関心になるのを待っている。そして、この森の素晴らしさ、この土地での成功を確信している。それでもやはり、冬の数カ月間はまたニースに滞在するだろう。

あの町は、わたしが今でも楽しみや友情を見いだせる例外的な唯一の場所なのだ。

ジャックは水曜に戻ってくる。

最後の数年間は、セレストに人を送って、ミリアムの世話をしてもらわなくてはならなくなった。もうひとりでは生活できなくなっていた。その頃、ある奇妙な現象も起きていた。ミリアムがフランス語を忘れてしまったのだ。十歳の時に学んだこの言語が、ミリアムの記憶から抹消されてしまった。ロシア語しか話せなくなっていた。脳の機能が衰えるにつれて、幼い頃の言語の世界に戻ってしまったのだ。かつて、ミリアムのためにキリル文字で手紙を書いた。母の友人のロシア人に書いてもらった見本を、家族みんなで一生懸命に書き写した。ダイニングテーブルに集まって、記号のような文字を描くようにして書いた。先祖のことばを書いているのだと思うと、だんだん楽しくなってきた。だがミリアムにとっては、長年暮らしてきた国で急に外国人になってしまったようなもので、そうとう大変だっただろう。

ジョルジュとわたしは、山小屋をぐるりと見て回ってから車に戻った。その時、薬局で妊娠検査薬を購入したことを伝えた。

「きっと妊娠してるよ」ジョルジュは言った。「女の子ならノエミ、男の子ならジャックという名前にしたらどうかな」

「ううん。わたしたちの子どもには、誰のものでもない名前をあげたい」

第四十二章

何かヒントがあるはずだと思いながら、わたしは手帳をぱらぱらとめくった。しっかりと頭を働かせよう。そうすれば、きっとよいアイデアが浮かぶはず。

「ミレイユだ！」わたしは言った。「彼女の手記を読んだんだった！　まだこの村にいるはず！」

「ミレイユ？」

「そう！　ミレイユ・シドワヌ！　ルネ・シャールに育てられた、マルセルの娘さん。今頃、九十歳くらいになってると思う。彼女が書いた手記を少し前に読んだんだ。今もセレストに住んでるって書いてあった。祖母のミリアムと母のことを知ってるはず。イヴの親戚だったからね」

わたしが話をしている間、ジョルジュはスマートフォンを見ながら、ネット電話帳を検索していた。

「うん、住所が見つかった。どうする、行く？」

村の小道はどれも見覚えがあった。びっしりと密集している家と家の間を、狭い道が大きく湾曲しながら続いている。子どもの頃、よくこのあたりを歩きまわった。三十年前から何ひとつ変わっていないように思える。アンリエットの家の目の前に、ミレイユの家があった。ルネ・シャールが書いた『イプノスの綴り』の妖狐、マルセル・シドワヌの実の娘。

結局、事前連絡もせずに、いきなりミレイユの家の呼び鈴を鳴らすことになった。躊躇しているわたしを見て、ジョルジュが言った。

「駄目元だよ。鳴らしてごらん」

通りに面した窓が開き、高齢の男性が顔を出した。ミレイユの夫だった。わたしはミリアムの孫娘だと名乗り、昔のことを調べていると伝えた。男性はわたしたちに待っているよう告げて、玄関のドアを開けてくれた。それからとてもやさしい声で「自家製ジュースを飲んでいきなさい」と言った。

ミレイユがいた。家の裏手の庭に置かれたテーブルの前に座っている。髪を整え、きちんとした身なりをして、黒い服を着ていた。九十歳か、あるいはそれ以上かもしれない。まるであらかじめ約束していたかのように、わたしたちを待っていた。

「こっちにおいで」ミレイユは言った。「目がほとんど見えないんだよ。すぐそばに来てくれないと、顔がわからない」

「ミリアムを覚えてますか？」

「もちろん。よく覚えてる。小さい頃のあなたのお母さんも知ってるよ。なんて名前だったっけ？」

「レリアです」

「ああ、そうだった。いい名前だね、個性的で。レリア。ほかに同じ名前の人には会ったことがない。さて、何を知りたいの？」

「祖母はどんな人でしたか？　どういうタイプの女性でした？」

「そうだね、控えめな人だったよ。あまりしゃべらなかった。村でもめ事を起こしたことは一度もない。ただ、誰にでも愛嬌《あいきょう》を振りまくタイプじゃなかったね、それもよく覚えてる」

わたしたちは長い間そこにいた。イヴとヴィサント、三人組の恋愛、そしてその結末についての話を聞いた。ルネ・シャールについても、戦時中セレストでどうしていたかを教えてもらった。ミレイユは歯切れのよい話し方をする人だった。少しも回りくどいところがない。わたしは頭のなかで、母にどうやって話をしようかと考えた。ミレイユ・シドワヌ、ひっそりとした庭での会話、ミリアムの思い出……母がここにいたらいいのに、とつくづく思った。

しばらくして〈そろそろお暇しないと〉と思った。ミレイユが疲れてきたように見えたからだ。そこで最後に、祖母について教えてくれそうな人はこの村に他にいないかと尋ねた。

「祖母と親しくしていたと思われる人に会いたいんです」

第四十三章

ジュリエットは、孫たちのために作ったというレモネードを出してくれた。気さくで、明るくて、話好きな女性だった。わたしたちは長い時間をかけてさまざまな話をした。生前のミリアム、アルツハイマー病を患ってからのこと、葬儀のようす。看護師だったジュリエットは、ミリアムの病が悪化してから住みこみで介護をしていたという。当時は三十歳で、その時の記憶はまだ鮮明に残っていた。

「あなたの話も聞いたよ！　孫が何人もいるって。でもあなたのお母さん、レリアの話が一番多かったね。いずれは娘のところで暮らすんだっていつも言ってた」

「どうして？　セレストが嫌になったんでしょうか？」

「いや、ミリアムはセレストを気に入っていたよ。自然が好きだったからね。でも『娘のところに行かないと。娘はあの人たちを知ってるから』ってしょっちゅう言ってた」

「ああ、そうか、思いだした……」

わたしはジョルジュのほうに向き直り、説明をした。

「晩年のミリアムはいろいろなことを混同してたの。エフライム、エマ、ジャック、ノエミに、母が会ったことがあると思いこんでた。母に向かって『あなたはお祖父さんとお祖母さんを知ってるから』って実際に言ったこともある。みんながまだ生きていた頃に、母が生まれ育ったと思ってたみたい」


　その時突然、ジョルジュが、あのポストカードをジュリエットに見せたらどうかとわたしに提案した。ポストカードを撮った写真が、スマートフォンに保存されているのを知っていたからだ。

「ああ、これならもちろん知ってるよ」ジュリエットは言った。

「はい？」

「だって、投函したのはあたしだもの」

「どういうこと？　まさか、このカードを書いたのはあなただったんですか？」

「違うって！　あたしは郵便ポストに入れただけだよ！」

「じゃあ、いったい誰が？」

「書いたのはミリアムだよ。亡くなる直前だった。ほんの数日前だったと思う。あたしも手伝ってあげたからね。こうやって手を支えて……最後の頃は文字を綴るのも難しくなってたから」

「その時に何があったのか、正確に教えてもらえますか？」

「あなたのお祖母さんは、自分の過去を書き留めておきたいとずっと思ってた。でも病気でそれができなくなった。いろいろ書いてたけど、あたしにはなんて書いてあるのかさっぱりわからなかったね。フランス語のほかに、ロシア語、ヘブライ語の文章もあったようだよ。これまでの人生で学んできたすべての言語が、頭のなかで何もかもごちゃ混ぜになってたんだ。するとある日、ポストカードの束から一枚を取りだして……そうそう、ミリアムは歴史的記念物のポストカードを収集してたんだ」

「ボリスおじさんみたい……」

「ああ、その人の名前も聞いた覚えがある……ミリアムに教えてもらったんだね、きっと。それでさ、四つの名前を書きたいから手伝ってほしいって言われたんだ。ボールペンを使わなきゃいけないってしつこく言ってた。万年筆の水性インクだと消えてしまうかもしれないからって。それからこう言ったんだ。『わたしが娘のところで暮らすようになったら、このポストカードをわたし宛てに送ってほしいの。約束してくれる？』って。あたしは『わかった』って答えた。それでそのカードを預かって、ほかの書類と一緒に自宅にしまっておいたんだ」

「それから？」

「結局、ミリアムがあなたのお母さんの家で暮らすことはなかった。希望は叶わなかった。そして、このセレストで亡くなった。正直言って、ポストカードのことはすっかり忘れていたんだよ。自宅にあるほかの書類にまぎれこんだままだった。それから数年後、あたしは夫と一緒にパリでクリスマスを過ごした。二〇〇二年の冬だった」

「はい、二〇〇三年一月でした」

「まさにその時だよ。パリに紙製の書類フォルダを持っていったんだ。身分証明書やホテルの予約確認書など、旅行に必要な書類を一式入れてあったから。するとパリ滞在中に、フォルダのポケットにポストカードが入っているのに気づいた。滞在最終日の、セレストに戻る直前だった」

「土曜の朝」

「そう。それであたしは夫に言った。『どうしてもこのカードを出さないと。ミリアムに頼まれてたんだ。必ず出すって約束してたんだ』って。それに、どうしてかわからないけど、このポストカードをセレストに持ち帰りたくないと思ったんだ。ちょうどいいことに、泊まってたホテルのすぐそばに大きな郵便局があった」

「ルーヴル郵便局」

「その通り。そこで投函したんだ」

「切手を逆向きに貼ったのを覚えてます？」

「いいや、全然。とにかくものすごく寒くてね、夫は車のなかでいらいらしながら待ってたし、そんなことまで気にしていられなかった。それから大急ぎで空港に向かったのに、結局大雪で飛行機が飛ばなかったんだ」

「カードを封筒に入れて出してくれればよかったのに！　それで、事情がわかるようにひと言書き添えてくれれば……。そうしたら、わたしたちだってこんなふうに謎に振り回されずに済んだのに」

「確かにそうなんだけどさ、でもね、今言ったように、飛行機に乗り遅れそうだったんだ。ひどい吹雪だったし、夫は車のなかで悪態をつきながらあたしを急かすし、手元に封筒はなかったし……」

「でも、どうしてミリアムは、このポストカードを自分宛てに送ってもらいたかったんでしょうか？」

「自分が記憶をなくしてると自覚してたんだよ。こう言ってたよ。『わたしが忘れるわけにはいかないの。じゃないと、この人たちが生きてたことを覚えてる人が、誰もいなくなっちゃうから』

本書は、母による調査、そして母自身が執筆した文書がなければ完成しなかった。つまり、本書は母の作品でもある。

本書をグレゴワールに、
そして、ラビノヴィッチ一族のすべての子孫に捧げる。

編集者のマルティーヌ・サアダに、心から感謝の意を表します。

ジェラール・ランベール、ミレイユ・シドワヌ、カリーヌとクロード・シャボー、エレーヌ・オーヴァル、ナタリー・ザジュ、トビー・ナタン、アイム・コルシア、デュリュック・デテクティヴ、ステファン・シモン、ジェジュ・バルトロム、ヴィヴィアン・ブロック、マルク・ベトン、皆さん、本当にありがとうございました。

ピエール・ベレストとローラン・ジョリのおふたりには、多大なる助言と支援をいただきました。ここに深謝します。

本書を手に取ってくださったすべての方々、そして、アニエス、アレクサンドラ、アニー、アルメル、ベネディクト、セシル、クレール、ジリアン＝ジョイ、グレゴワール、ジュリア、レリア、マリオン、オリヴィエ、プリシル、ソフィー、グザヴィエに心から感謝します。エミリー、イザベル、レベッカ、リズレーヌ、ロクサナにも謝意を表します。

そして、ジュリアン・ボワヴァン、本当にありがとう。

訳者あとがき

本書『ポストカード』は、フランスで二〇二一年八月にグラッセ社より刊行された *La carte postale* の全訳である。

著者のアンヌ・ベレストは、一九七九年パリ生まれの小説家・脚本家だ。本書は著者六作目の小説で、刊行直後から本国で高い評価を得ており、高校生が選ぶルノードー賞ほか多くの文学賞を受賞。フランスでもっとも権威ある文学賞のひとつ、ゴンクール賞にもノミネートされた。ジャンルはノンフィクション小説（フランス語で“roman vrai”）で、登場するのは実在する（した）人物であり、事実や史料にもとづいて構築されている。主人公は著者自身で、ほかに母で言語学者のレリア・ピカビア、父で固体力学研究者のピエール・ベレスト、妹でやはり小説家のクレール・ベレストらが登場（イザベルという地理学者の長姉もいるが、「わたしは小説には出たくない」と断ったという）。一般的なノンフィクションと同様、著者の「伝えたい」という使命感と臨場感に満ちているが、さらに本書では登場人物やエピソードに肉付けが施され、全篇に豊かな色彩、匂い、情感がもたらされている。さすがは着想力、想像力、独自の文体、知性に定評ある著者ならではの完成度だ。決してメロドラマ調ではないが、読者は登場人物たちと一緒に笑ったり、泣いたり、共感したりしながら、最後までページをめくる手が止まらなくなる。

本書は、家族の物語だ。すべては二〇〇三年一月、母のレリアが一枚のポストカードを受け取ったことから始まった。オペラ座の写真が印刷された、ありふれたカード。裏には手書きの四つの名前。エフライム、エマ、ノエミ、ジャック。レリアの祖父母、叔母と叔父で、全員一九四二年にアウシュヴィッツで亡くなっている。ほかには何も書かれておらず、差出人の名前もない。いったい誰が、何の目的で送ってきたのか。だが謎は解明されず、カードは引き出しにしまわれて忘れられた。ところがおよそ十六年後、著者のアンヌの娘が学校でクラスメートに言われたことばをきっかけに、ポストカードの差出人の調査が始まった……。作中と同様、レリアは母ミリアムの死後、二十年以上の年月をかけてひとりで家族の歴史を調査している。エフライムとエマ夫妻の長女であり、ノエミとジャックの姉であったミリアムは、家族の話を一切しないまま、一九九五年にこの世を去った。レリアは、なぜミリアムだけが生き残ったのか、祖先の人たちはどこから来て何をしていた人たちなのかを知らなかった。そのため、ミリアムが残した写真や文章を読み解き、各地の公文書館や資料館で膨大な情報を集め、家族の歴史を再構築した。だがその調査は、ナチス占領下のフランスでミリアムが北部の占領地区から南部の自由地区に逃亡したところで中断された。その後の調査は、実の両親であるミリアムとヴィサント（画家フランシス・ピカビアの息子）の「寝室に入る」（本書三七五ページ）行為のようで、気がひけてできなかったという。後を継いだのがアンヌだ。現実でも、レリアと一緒に、あるいはひとりで、探偵事務所を訪ねたり、筆跡を分析させたり、ノルマンディー地方や南フランスを訪れたりした。本書の文章は、調査と並行して少しずつ書き進められたという。当時は、差出人が見つかるかどうかはもちろん、せっかく書いた文章を本にできるかどうかさえわからなかった。家族の歴史を明らかにしたい一心だったのだが、調査中は亡くなった彼らに後押しされる気がしていたという。さて、差出人は結局見つかったのか？　本書は推理小説ではないのでそこは大きな問題ではない。旅と同じように、大事なのは目的地よりそこにたどり着くまでの過程だ。死者は、人々に記憶され、語られることで生きつづける。

本書は、フランスにおけるユダヤ人の物語でもある。ナチス占領下のフランスにおけるホロコースト（今はヘブライ語でショアと呼ぶべきか）は、過去にも多くの文学・映像作品に取り上げられてきた。小説ではパトリック・モディアノの作品群、本書にも登場するイレーヌ・ネミロフスキーの『フランス組曲』（本書三〇一ページ）、マルグリット・デュラスの『苦悩』、フィリップ・グランベールの『ある秘密』、ピエール・アスリーヌの『密告』、近年ではダヴィド・フェンキノスの『シャルロッテ』、映画ではルイ・マルの『さよなら子供たち』、ヴェル・ディヴ事件（本書一六八ページ）を題材にした『サラの鍵』や『黄色い星の子供たち』、さらに『ベル＆セバスチャン』や『バティニョールおじさん』など枚挙にいとまがない。だが、モディアノの『1941年。パリの尋ね人』を原書で読んで以来、ホロコースト作品（とくにフランスの）に魅入られるようになった訳者から見ても、本書は稀有な魅力を持っている。登場人物をこれほど身近に感じ、自分もその場にいるかのように激しく心揺り動かされたことはこれまでなかった。原書の初読から、訳出、推敲、校正と本書を繰り返し読みながら、そのたびに感情に突き動かされてしばしば作業を中断せざるをえなくなったものだ。

本書の背景となるナチス占領下のフランスについて、簡単に説明しておきたい。第二次世界大戦中の一九四〇年六月、フランスがドイツに敗北して独仏休戦協定が締結されると、フランス国土の北半分（占領地区）がドイツ軍に占領され、南半分（自由地区）ではヴィシーに首都を置くヴィシー政権がスタートした。両地区間には境界線が敷かれ、自由な往来ができなくなった。占領直前、北部から南部へ逃げようとする数百万人の車で、幹線道路は渋滞しつづけたという。ヴィシー政権の国家主席に就任したのは、第一次世界大戦の英雄、ペタン元帥。一方、対独運動を続けるド・ゴールは、イギリスで亡命政府の自由フランスを結成した。当初、フランス人の大半はヴィシー政権を支持した。ペタンを戦争の苦難から救ってくれた恩人とみなしていたのだ。だが実際は、ヴィシー政権はドイツ軍の傀儡政権にすぎなかった。経済、資源、労働力における対独協力が苛烈化するにつれて、徐々にレジスタンス運動が広まっていく。しかも、ヴィシー政権はユダヤ人の取り締まりを次第に強化させた。フランスにおけるユダヤ人迫害の最大の象徴が、ヴェル・ディヴ事件とドランシー収容所だ。一九四二年七月のヴェル・ディヴ事件では、パリで一万三千人のユダヤ人が一斉検挙された。そしてフランス国内で検挙されて絶滅収容所へ送られたユダヤ人総勢七万六千人の八八パーセントが、ドランシー収容所を経由している。フランスでユダヤ人迫害を率先して行なったのは、ドイツ人ではなくフランスの警察と憲兵だった。各地の県知事や市町村長も警察の指示に従った。親独民兵隊《ミリス》も、レジスタンス掃討やユダヤ人逮捕を嬉々として行なった。フランスは、決して「渋々と」ではなく「積極的に」ホロコーストに手を染めたのだ。だが戦後のフランスでこの事実に触れることは長年タブー視されており、一九八〇年代になってようやく歴史の負の遺産として後世に伝える動きが出はじめた。モーリス・パポンをはじめとするユダヤ人迫害に関与した人物たちが起訴され、殺害されたユダヤ人の遺族への補償が開始されたのもこの頃である。

　ユダヤ人とは何か。著者はこう書いている。「ユダヤ人とは、『ユダヤ人とは何か』と自問する者だ」（本書五一八ページ）。外見、言語、国籍、生活スタイル、信仰を問わず、ユダヤ人とは何か、なぜ人間が人間を迫害するのか、を考えつづけるとしたら、もしかしたらその人はすでに少しはユダヤ人なのかもしれない。

　作中にはたびたびイディッシュ語とヘブライ語が登場する。読み方が不明な箇所については、適宜鴨志田聡子さんにご教示いただいた。ありがとうございます。

　末筆になるが、早川書房編集部の吉見世津氏、校閲担当の清水春代氏、島貫順子氏、リベルの山本知子氏のおかげで本書は刊行された。ナチス占領下のフランスを描いた書籍を訳すという長年の夢が叶った訳者として、いくら感謝してもしきれない思いである。

　　二〇二三年七月

訳者略歴　フランス語翻訳家　訳書『エッフェル塔～創造者の愛～』ニコラ・デスティエンヌ・ドルヴ，『2033年 地図で読む未来世界』ヴィルジニー・レッソン（以上早川書房刊），『ナポレオンじいちゃんとぼくと永遠のバラクーダ』パスカル・リュテル他多数

ポストカード

2023年8月10日　初版印刷
2023年8月15日　初版発行

著者　アンヌ・ベレスト

訳者　田《た》中《なか》裕《ゆう》子《こ》

発行者　早川　浩

発行所　株式会社早川書房
東京都千代田区神田多町2－2
電話　03－3252－3111
振替　00160－3－47799
https://www.hayakawa-online.co.jp

印刷所　株式会社亨有堂印刷所
製本所　大口製本印刷株式会社

Printed and bound in Japan

ISBN978-4-15-210260-7　C0097